A História das Aventuras de

JOSEPH ANDREWS

e seu Amigo o Senhor

ABRAHAM ADAMS

COLEÇÃO CLÁSSICOS COMENTADOS
Dirigida por Ivan Teixeira

Henry Fielding

A História das Aventuras de

JOSEPH ANDREWS

e seu Amigo o Senhor

ABRAHAM ADAMS

Escrita à imitação da maneira de Cervantes,
autor de Dom Quixote

Tradução, Introdução e Notas
Roger Maioli dos Santos

Ateliê Editorial

EDITORA UNICAMP

Dados Internacionais de Catalogação na Publicação (CIP)
(Câmara Brasileira do Livro, SP, Brasil)

Fielding, Henry, 1707-1754
A História das Aventuras de Joseph Andrews e seu Amigo o Senhor Abraham Adams / Henry Fielding; tradução, introdução e notas Roger Maioli dos Santos. – Cotia, SP: Ateliê Editorial; Campinas, SP: Editora da Unicamp, 2011. – (Coleção Clássicos Comentados)

ISBN 978-85-7480-532-0 (Ateliê Editorial)
ISBN 978-85-268-0915-4 (Editora da Unicamp)

Título original: The history of the adventures of Joseph Andrews and his friend Mr. Abraham Adams.
"Escrita à imitação da maneira de Cervantes, autor de *Dom Quixote*."

1. Ficção inglesa. I. Santos, Roger Maioli dos. II. Título. III. Série.

10-11837 CDD-823

Índices para catálogo sistemático:
1. Ficção: Literatura inglesa 823

ATELIÊ EDITORIAL
Estrada da Aldeia de Carapicuíba, 897
06709-300 – Cotia – SP – Brasil
Telefax: (11) 4612-9666
www.atelie.com.br
atelie@atelie.com.br

EDITORA DA UNICAMP
Rua Caio Graco Prado, 50
Campus Unicamp
13083-892 – Campinas – SP – Brasil
Tel./fax: (19) 3521-7718/7728
www.editora.unicamp.br
vendas@editora.unicamp.br

2011

Printed in Brazil
Foi feito o depósito legal

SUMÁRIO

A HISTÓRIA DAS AVENTURAS DE JOSEPH ANDREWS
E SEU AMIGO O SENHOR ABRAHAM ADAMS

Walter L. Colls. Ph. Sc.

Henry Fielding

INTRODUÇÃO

Este que o leitor tem em mãos é um livro de reconhecida importância histórica. Publicado em 1742, ele está na raiz de uma das duas grandes tendências do romance inglês no século XVIII. A primeira, que teve seu principal expoente em Samuel Richardson, destacou-se pelo teor sentimental e pelo tratamento psicológico aprofundado de um círculo restrito de personagens; a segunda, a sua própria, destacou-se pelo espírito descontraído e por um escopo menos profundo porém mais amplo. Seguidas e defendidas por diferentes autores a partir de meados do século, essas duas tendências acabariam por convergir na obra de romancistas como Fanny Burney e, notavelmente, Jane Austen, deixando a partir de então um duradouro legado para o gênero que acima de qualquer outro passou a ser sinônimo de literatura em nossos dias.

Importância histórica à parte, *A História das Aventuras de Joseph Andrews e Seu Amigo o Senhor Abraham Adams* também merece atenção por outro motivo: é um romance envolvente e divertidíssimo, e deve proporcionar ao leitor agradáveis momentos na poltrona. O "senhor Abraham Adams" do título, homônimo quixotesco do patriarca Abraão, é um dos mais finos espécimes na galeria de tipos cômicos da Inglaterra. E as peripécias pelas estradas interioranas inglesas, escritas "à imitação da maneira de Cervantes", nos levam ao encontro de muitas figuras menores mas memoráveis, que compõem um colorido panorama dos costumes e maus costumes daquela época (e, confessemos na surdina, também de outras).

Com isso, esta edição pretende atrair tanto pelo que o livro revela sobre questões exteriores como por seu valor intrínseco. Seu público-alvo inclui, por um lado, o leitor interessado em problemas específicos da história e da teoria literárias e, por outro, o leitor que simplesmente aprecia romances. Como na época de sua publicação, *Joseph Andrews* quer a um só tempo instruir e divertir, à melhor maneira clássica.

Mas como nem tudo sobrevive a dois séculos e meio de mudanças, esta introdução pretende ajudar o público de hoje a apreciar melhor os métodos e propósitos de Fielding. As páginas iniciais podem ser lidas sem receios por quem prefere não conhecer de antemão o deslinde da trama. Mais adiante a discussão se aprofundará e incluirá detalhes do enredo, mas o leitor será alertado a tempo, para, se assim preferir, passar diretamente ao livro e retornar mais tarde para ler as páginas restantes da introdução.

Comecemos, como de praxe, do começo. Ou até um pouco antes.

FIELDING E SEU OUTRO

O nome de Henry Fielding (1707–1754) costuma figurar nos capítulos de história literária no centro de uma lista que inclui quatro outros romancistas. São eles Daniel Defoe (1660–1731), Samuel Richardson (1689–1761), Laurence Sterne (1713–1768) e Tobias Smollett (1721–1771). Esses cinco autores foram por muito tempo tidos como a quintessência do romance inglês em sua fase inicial. Mais adiante veremos que esse quadro não faz jus à real complexidade da ascensão do gênero, mas por ora vale notar que mesmo o quinteto canônico não era exatamente simples. Ele não consistia numa mera corrida de tocha, com mestres passando a vez e a voz a seus discípulos. Seus três primeiros integrantes, em especial, estão longe de formar uma escola, tendo chegado à prosa de ficção por vias e métodos bastante diversos. E, se existe uma relação entre Richardson e Fielding, é menos a de discipulado do que a de ferrenha e ardorosa oposição – uma oposição tão reveladora quanto aquela outra, além do Canal, entre Voltaire e Rousseau, já que ambas ilustravam os valores conflitantes de um passado clássico e comedido e de um futuro romântico e impetuoso. Uma diferença interessante é que, no caso da dupla de ingleses, o apego à tradição ficou por conta do autor mais jovem.

Até o início da década de 1740 não havia sinais de que as carreiras desses dois homens viriam jamais a se cruzar. Por essa altura Richardson, já entrado na casa dos cinquenta, era um próspero mestre-impressor estabelecido na Salisbury Square, em Londres. Era homem de origens burguesas, casado pela segunda vez, e dono de gostos recatados que o faziam preferir os salões mais tranquilos e a

Samuel Richardson, em gravura de meados do século XVIII

companhia das damas. Tinha instrução mediana e pouca experiência como escritor; limitara-se, nessa área, à redação de prefácios e à edição de textos para as publicações de sua casa (um exemplo eram as fábulas de Esopo na versão de Sir Roger L'Estrange), possuindo de resto certa fama local como autor de cartas edificantes. Já Fielding, embora fosse dezoito anos mais jovem, já vira muito mais do mundo, tendo circulado à larga pelas esferas altas e baixas, do seio da nobreza aos fundos de taverna. Na época em questão ele vinha se esfalfando para sustentar a esposa e duas filhas numa dupla carreira como jornalista político e advogado incipiente, tendo passado por muitos apertos desde que a censura teatral promulgada em 1737 interrompera sua carreira como o mais celebrado e controverso dramaturgo de seu tempo. Diversamente de Richardson, Fielding tinha origens aristocráticas: descendia do primeiro Conde de Desmond e era aparentado com a casa de Denbigh. Também se supunha parente – com alegria mas por engano, como hoje sabemos – dos Habsburgos austríacos. Possuía sólida formação clássica, obtida a princípio em Eton e em seguida na Leiden Universiteit, na Holanda. Apesar de seu histórico como dramaturgo, que lhe proporcionara uma experiência literária mais intensiva que a de Richardson, também ele estava por sondar o terreno da prosa de ficção realista – que, pelo menos na Inglaterra, permanecia quase intocado por autores com seu nível de instrução[1].

O FENÔMENO *PAMELA*

O curso de colisão entre Richardson e Fielding teve início com uma encomenda feita ao primeiro em 1739. Sabendo da fama de Richardson como epistológrafo, os livreiros Charles Rivington e John Osborne pediram-lhe que produzisse uma coletânea de cartas sobre variados assuntos, destinada a servir de guia de conduta e a proporcionar modelos de composição. Richardson aceitou a incumbência, e o resultado, as *Familiar Letters on Important Occasions* (*Cartas Familiares para Ocasiões Importantes*), chegou a público em 1741. Nesse ínterim, porém, o projeto teve um desdobramento inusitado: as cartas de número 138 e 139 fascinaram Richardson pelas possibilidades dramáticas que ofereciam. Nelas, uma jovem criada discutia com o pai o assédio a que seu patrão a vinha sujeitando. Richardson desenvolveu esse tema num projeto independente que se tornou um livro à parte, o romance epistolar *Pamela, or Virtue Rewarded* (*Pamela, ou a Virtude Recompensada*). O enredo era simples: após a morte de sua patroa, a jovem e prendada Pamela Andrews, filha de um pio casal de província, vê-se importunada pelas solicitações do herdeiro, o jovem fidalgo sr. B. Após resistir firmemente a tais avanços, que incluem formas sofisticadas de pressão psicológica e até o aprisionamento numa mansão reclusa sob a vigília de figuras sinistras, Pamela acaba levando a palma aos escrúpulos sociais do sr. B., que sucumbe à paixão e a toma por legítima esposa. Passada essa fase de provação, a virtude de Pamela é assim "recompensada". O romance se detém por algum tempo em sua luta para ser aceita nos círculos do marido, após o que encerra-se com um final feliz.

Publicado em novembro de 1740, *Pamela* teve um sucesso inesperado e estrondoso. Imagine-se a Londres de então como uma metrópole movimentada onde o florescimento econômico vinha sendo espelhado por novos desenvolvimentos no campo cultural: a caducidade da censura sobre material impresso em

1. Exceções importantes são a novela *Incógnita* (1692), de Congreve, e *As Viagens de Gulliver* (1726), de Swift. Por essa época Fielding talvez já estivesse esboçando seu romance satírico *Jonathan Wild*, que só publicaria em 1743 – um ano depois de *Joseph Andrews*, portanto.

1695 permitira um desenvolvimento sem precedentes do mercado editorial; o aumento da alfabetização vinha beneficiando grupos até então excluídos, sobretudo homens dos estratos inferiores e mulheres da classe média; os mercadores em ascensão vinham procurando ilustrar-se em matéria de cultura, motivando autores como Joseph Addison a levar a literatura das bibliotecas para os cafés; e a mecanização de processos como a costura de roupas e o fabrico de sabão tirara certas tarefas das mãos das donas de casa, que ganharam tempo livre para ocupações privadas como a leitura. Nesse ambiente, os leitores potenciais limitavam-se cada vez menos a uma elite letrada com gostos clássicos, e temas ligados à vida quotidiana e aos dilemas da gente comum vinham tendo uma aceitação que teria sido impensável nos círculos cortesãos do século XVII. Nessa nova Londres o gênero epistolar já possuía precedentes, e narrativas em prosa com jovens heroínas vítimas de desarranjos hierárquicos tampouco eram novidade. Mas Richardson deu a ambas as vertentes uma dramaticidade inaudita. As cartas de Pamela, escritas "no afã do momento", proporcionavam uma experiência tão imediata e voyeurística que Londres se pôs praticamente nas pontas dos pés para acompanhar seus apuros. Mesmo luminares da ala conservadora, como o poeta Alexander Pope e o doutor Samuel Johnson, ficaram impressionados com a realização de Richardson. Já outros, como Fielding, quedaram simplesmente atônitos diante de todo aquele escarcéu. Mas o êxito do romance era inequívoco: *Pamela* teve cinco edições dentro de um ano, além de prontas traduções no continente, e em certos círculos passara a ser razão de vexame não tê-la lido; sua história era extensivamente discutida em letra de mão e de fôrma; bonequinhas de cera da protagonista e leques ilustrados com cenas do romance foram postos à venda; por fim, glória infame, o livro ganhou em 1744 um cantinho no *Index Librorum Prohibitorum*, a lista negra da Igreja Católica. Num país de maioria protestante essa inclusão incomodava pouco. A característica definidora de Pamela, sua "virtude", continuou sendo exaltada e recomendada, e seus preceitos morais ganharam o elogio até mesmo do clero, normalmente tão avesso aos escritos de ficção. Richardson, que havia publicado o romance anonimamente, admitiu sua autoria em 1742, assumindo publicamente sua nova carreira de romancista.

Não seria uma carreira tranquila. No século XVIII, mais do que hoje, a coroa da fama tinha espinhos, e a Richardson não faltaram detratores e parodistas. O mais destacado de todos foi justamente Fielding, que, diante do êxito de *Pamela*, encontrou tempo em sua agenda atribulada para dedicar-lhe não uma, mas duas réplicas: a paródia *Shamela* e o próprio *Joseph Andrews*, separados por um intervalo de dez meses.

Que a incursão de Fielding pelo gênero ainda indefinido do romance deveu muito à publicação de *Pamela* é ponto pacífico. Mas o que, exatamente, tanto o provocara no livro de Richardson? Para essa pergunta as respostas da crítica são menos unívocas; as razões sugeridas, de qualquer modo, são antes complementares do que alternativas. Vejamo-las.

No nível mais básico, Fielding estava fazendo uma cartada comercial. Seus hábitos perdulários o haviam metido em muitas enrascadas financeiras, e na época da publicação de *Pamela* ele se encontrava no ponto mais calamitoso de uma sucessão de azares. Em 1737 a Lei de Licenciamento que submeteu os teatros à censura do Estado pôs fim a sua carreira como dramaturgo infenso ao governo; em 1738 a fazenda de sua família em East Stour foi vendida para levantar divisas; em 1740 seu pai, o tenente-general Edmund Fielding, foi preso por dívidas; e em março de 1741 ele próprio passou dezesseis dias detido pelo mesmo motivo. O dote que sua esposa, Charlotte Cradock, lhe havia trazido em 1734 há muito se esgotara; e as esperanças de Fielding de herdar alguma soma redentora do pai, apesar de seu relacionamento intempestivo, frustraram-se com a morte de Edmund em junho de 1741, quando se descobriu que ele esbanjara os últimos resquícios dos bens da família para perecer na infâmia e na miséria. O resultado é que Fielding vinha tendo de trabalhar exaustivamente nos tribunais e na imprensa para se manter, e quaisquer oportunidades de ganhos adicionais seriam bem-vindas. Como ele próprio diria anos depois no *Jacobite Journal,* "se o público dá de comer a um homem faminto em troca de uma pequena calúnia, há de ser muito honesta a pessoa que preferir morrer de fome a escrevê-la". Ele estava decerto ciente de que um ataque ao grande livro do momento provavelmente teria boa circulação, e pôs mãos à obra.

Mas seus propósitos iam mais fundo. De par com a perspectiva de lucros havia objeções sérias a tudo o que *Pamela* representava. Em primeiro lugar, sua fama de exemplaridade moral incomodava Fielding, por vários motivos. Um deles era sua estreiteza: a moralidade, em Richardson, parecia-lhe reduzida a uma questão de castidade feminina, em detrimento de outros valores que lhe eram mais caros, como a caridade. Outro motivo, destacado por Ronald Paulson[2], era a falta de interpretação autoral dos eventos: o leitor, inebriado pela narrativa em primeira pessoa de Pamela, carecia de um guia desinteressado que observasse de

2. Paulson, *Satire and the Novel in Eighteenth-Century England*, p. 102.

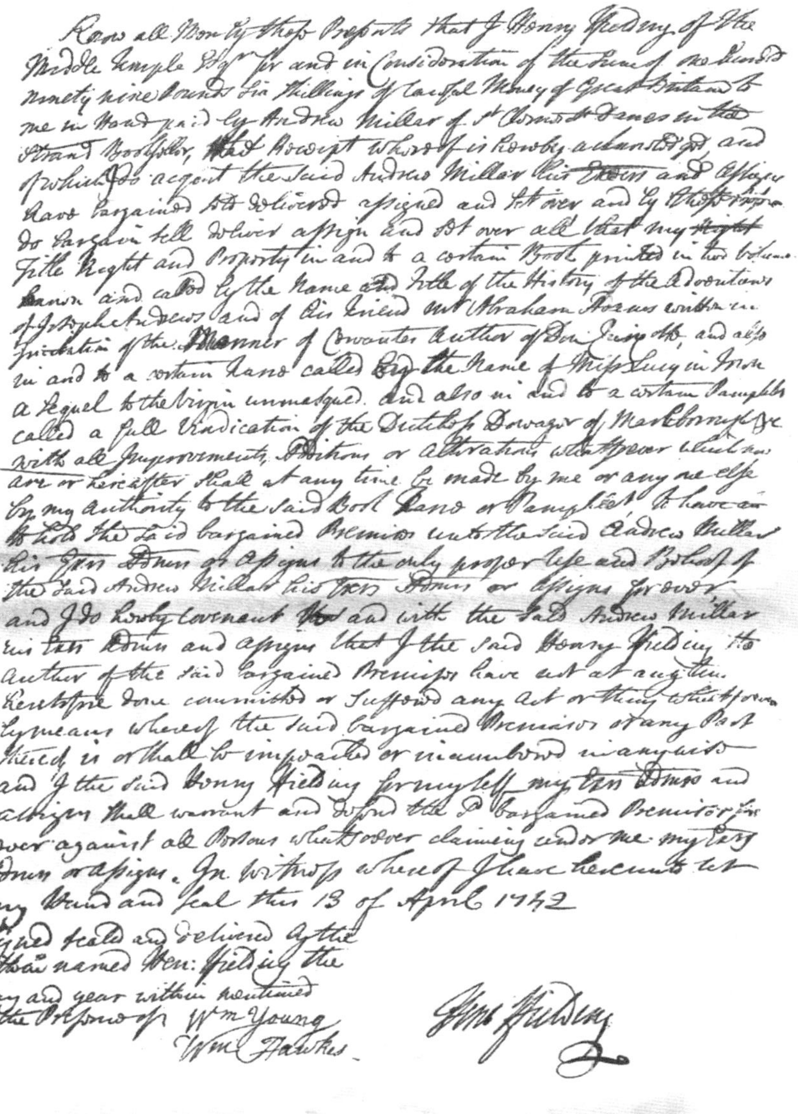

Know all Men by these Presents that I Henry Fielding of the Middle Temple Esqr for and in Consideration of the Sum of one hundred ninety nine Pounds Six Shillings of lawful Money of Great Britain to me in Hand paid by Andrew Millar of St Clements Danes in the Strand Bookseller, the Receipt whereof is hereby acknowledged, and of which I do acquit the said Andrew Millar his Execrs and Assigns Have bargained Sold delivered assigned and set over and by these presents Do bargain Sell deliver assign and Set over all that my Right Title Right and Property in and to a certain Book printed in two Volumes known and called by the Name and Title of the History of the Adventures of Joseph Andrews and of his friend Mr Abraham Adams written in Imitation of the Manner of Cervantes Author of Don Quixote, and also in and to a certain Farce called by the Name of Miss Lucy in Town a Sequel to the Virgin unmasqued. And also in and to a certain Pamphlet called a full Vindication of the Dutchess Dowager of Marlborough &c with all Improvements, Additions or Alterations whatsoever which now are or hereafter shall at any time be made by me or any one else by my authority to the said Book Farce or Pamphlet To have and to hold the said bargained Premises unto the said Andrew Millar his Exrs Admrs or Assigns to the only proper Use and Behoof of the said Andrew Millar his Exrs Admrs or Assigns for ever, and I do hereby covenant and with the said Andrew Millar his Exrs Admrs and Assigns that I the said Henry Fielding the Author of the said bargained Premises have not at any time heretofore done committed or suffered any act or thing whatsoever by means whereof the said bargained Premises or any Part thereof is or shall be impeached or incumbered in any wise and I the said Henry Fielding for myself my Exrs Admrs and Assigns shall warrant and defend the said bargained Premises for ever against all Persons whatsoever claiming under me my Exrs Admrs or Assigns. In Witness whereof I have hereunto set my Hand and Seal this 13 of April 1742

Signed Sealed and delivered by the above named Hen: Fielding the Day and year within mentioned in the Presence of Wm Young Wm Hawkes

Hen Fielding

Contrato de direitos autorais de Joseph Andrews

fora os eventos e os pesasse moralmente. A versão parcial que lhe restava – a da própria Pamela – era para Fielding a de uma hipócrita, que se oferecia ao assédio do patrão com a boa vontade de uma caça-fortuna e pintava a si mesma em tons virtuosos. Um terceiro problema era a ideia pouco cristã de que a virtude seria recompensada no aqui-e-agora, "com libras e posição social"[3]. Outro, associado ao anterior, era o dilema crescente do conflito de classes, enfatizado por Brian McRea[4]: ao contrário do que ocorria costumeiramente na literatura e no teatro, a heroína de Richardson não era alçada na última hora por pais fidalgos que a tivessem perdido na infância. Suas origens rasteiras eram reais, e a exaltação de sua virtude, culminando em sua elevação a esposa do sr. B., era um testemunho do valor intrínseco dos malnascidos – testemunho pernicioso numa época que ainda tentava manter que virtude e nascença caminhavam juntas[5]. Para arrematar o quadro, o livro vinha sendo recomendado do púlpito, o que para Fielding era uma traição às verdadeiras virtudes cristãs.

As objeções de Fielding a *Pamela* ganhariam forma explícita na primeira de suas réplicas. *An Apology for the Life of Mrs. Shamela Andrews (Apologia da Vida da Sr.ª Shamela Andrews)*, conhecida sucintamente como *Shamela*, era uma paródia em volume único que passava por retificar a história de Pamela. Na versão burlesca de Fielding, Pamela (rebatizada Shamela com base no verbo inglês *to sham* – "fingir") é uma criadinha interesseira e despudorada que, ao mesmo tempo em que namora o pároco local, simula virtude para seduzir o patrão (rebatizado como sr. Booby) e apanhá-lo nas redes do matrimônio. Essa versão da história vem à tona graças à descoberta das cartas secretas da heroína, que Richardson, subentende-se, desconhecia. No texto, essas cartas são enviadas pelo pastor Oliver ao pastor Tickletext, até então um admirador iludido que fazia propaganda do romance de Richardson e recomendava seu uso na igreja. Conhecendo o verdadeiro caráter de Shamela, o pastor Oliver resume assim a moral do livro:

> Os jovens gentis-homens ficam aí sabendo que esposar as criadas de suas mães e cultivar a paixão da lascívia, em detrimento da razão e do bom senso, são atos de religião, virtude e honra; e aliás o mais certo caminho para a felicidade.
>
> [...] Todas as criadas são estritamente exortadas a se engraçar com seus patrões; aprendem a usar de pequenos truques para esse propósito; e, por fim, são toleradas na impertinência para com seus superiores e na traição dos segredos da família.

Ele conclui incentivando o pastor Ticketext a levar as cartas ao prelo, para assim desiludir outras vítimas das patranhas de Shamela. Foram essas cartas, precedidas

3. A expressão é de Martin C. Battestin, em *Henry Fielding. A Life*.
4. McRea, "Rewriting *Pamela*: Social Change and Religious Faith in *Joseph Andrews*".
5. Ver McKeon (1988) para um estudo das relações entre virtude intrínseca e estrato social e de suas representações na prosa de ficção da época.

Pamela, heroína do romance homônimo de Samuel Richardson, é vista aqui em um de seus transes. O sr. B., emergindo das sombras, parte para mais uma tentativa de sedução, com a ajuda da sr.ª Jewkes, sua governanta. Óleo sobre tela de Joseph Highmore, 1743-1744.

de louvores arremedando os que então recheavam as edições de *Pamela,* e acompanhadas pela correspondência entre Oliver e Tickletext, que chegaram a público em abril de 1741.

Shamela, apesar do alvo bem escolhido e do brilhantismo da paródia, não teve grande sucesso. O próprio Fielding jamais a contou entre suas obras, e somente no século XX sua autoria foi admitida para além de dúvidas. Sua inclusão pacífica na obra de Fielding fez com que *Joseph Andrews*, publicado no início do ano seguinte, passasse a ser visto não como a única, mas como a *segunda* reação a *Pamela*, e esse rearranjo impôs à crítica a tarefa de explicar por que Fielding retomaria um tema que já explorara de maneira tão cabal. Talvez ele tivesse esperanças de um retorno financeiro maior da segunda vez, e, se as teve, elas se cumpriram. *Joseph Andrews*, ao contrário do que tradicionalmente se supunha, teve uma aceitação inicial muito boa, exigindo três edições em menos de um ano e valendo a Fielding a soma muito bem-vinda de 183 libras e seis xelins. (Para efeitos de comparação, um operário em 1750 ganhava em média duas libras por mês; a renda do próprio pastor Adams era de "vinte e três libras ao ano".) Estava claro, entretanto, que Fielding, ao escrever *Joseph Andrews*, não estava insistindo na mesma tecla de *Shamela*. As diferenças eram muito visíveis. Em vez de um negativo impudico de Pamela Andrews, o leitor encontrará desta vez o genuinamente virtuoso irmão dela, Joseph, também ele membro da criadagem numa casa de família. Sua patroa, Lady Booby, é tia do jovem fidalgo que se casara com Pamela. Numa reversão do enredo de *Pamela*, a patroa, recém-enviuvada, se toma de amores pelo criado, e é no exemplo da irmã que Joseph vai buscar forças para proteger, também ele, sua virtude. Passados alguns capítulos, porém, esse cenário confinado se expande e ganha dimensões panorâmicas, com Joseph, demitido por excesso de virtude, saindo em várias aventuras pela estrada na companhia do seriíssimo e todavia hilário pastor Adams. Em suma, o livro transcendeu em muito o escopo da mera paródia. *Shamela* tem pouco mais de 15 mil palavras; *Joseph Andrews*, cerca de 130 mil. Aquela *arremeda* seu modelo, e o faz ininterruptamente; este *alude* a ele, mas em maior parte ocupa-se de si mesmo. O modo de *Shamela* é parasítico, e ela depende de seu hospedeiro para se manter; já *Joseph Andrews* tem vida própria, ainda que *Pamela* esteja em sua gênese. Por muito tempo considerou-se que essa vida própria resultara do acaso, de um desvio de rota não planejado. Hoje a opinião prevalecente, influenciada sobretudo por Martin Battestin, é a de que, se em *Shamela* Fielding quis apenas mostrar as falhas de *Pamela*, em *Joseph Andrews* ele tinha em mente uma alternativa ao modelo de Richardson, não apenas em termos morais, mas também em termos literários. Ele estava, em suas próprias palavras, enveredando por "uma nova província do escrever" (*Tom Jones*, II, i).

A NOVA PROVÍNCIA

A ambição maior de *Joseph Andrews* em comparação com *Shamela* fica evidente logo de saída: o novo livro se abre com um prefácio em que Fielding discute seus métodos e propósitos, procurando sintonizar o juízo crítico do leitor. Isso sugere que ele o via como uma obra dotada de méritos próprios, e não como uma mera negação do mérito alheio. Para dizer de outro modo, ao passo que *Shamela* se empenhara em demolir *Pamela*, *Joseph Andrews* procurava construir algo sobre os destroços. Por tudo isso, o prefácio é também um manifesto de novidade, um esforço para demonstrar ao "mero leitor inglês" (ou seja, o leitor que não lia outras línguas) que aqueles dois volumes exploravam uma forma ainda intocada na Inglaterra: a "estória romanesca cômica" (*comic romance*), ou "poema épico-cômico em prosa" (*comic epic-poem in prose*).

Note-se, a princípio, que Fielding não emprega o termo inglês *novel*, que hoje utilizamos para designar seu livro e também os romances modernos em geral. Ele emprega *romance*, uma palavra que, em sua versão substantiva, designa um outro tipo de narrativa em prosa: as longuíssimas estórias romanescas[6] de origem sobretudo francesa, que narravam em tom elevado as aventuras heroicas de figuras da Antiguidade ou da fábula, com pouco interesse pela verossimilhança ou pelas realidades quotidianas em que o romance (*novel*) vinha se especializando. Uma das melhores distinções entre esses dois gêneros foi proposta pela romancista Clara Reeve em *The Progress of Romance* (1785):

> O romanesco (*romance*) é uma fábula heroica, que trata de pessoas e coisas fabulosas. O romance (*novel*) é um retrato da vida real e seus modos, e dos tempos em que ele é escrito. O romanesco, em linguagem altiva e elevada, descreve o que nunca ocorreu nem provavelmente ocorrerá. O romance faz um relato familiar daquelas coisas que transcorrem todos os dias diante de nossos olhos, que podem ocorrer a nosso amigo ou a nós mesmos; e sua perfeição está em representar cada cena de modo tão simples e natural, e fazer com que elas pareçam tão prováveis, que nos deixemos persuadir (ao menos enquanto lemos) de que tudo é real, a ponto de sermos afetados pelas alegrias ou angústias das pessoas na estória, qual fossem as nossas próprias.

Essa descrição do romance já está bem próxima do conceito de "realismo formal" elaborado por Ian Watt em seu clássico estudo das origens do gênero, *A Ascensão do Romance* (1957)[7]. Segundo Watt, a prosa de ficção que vinha surgindo nas obras de Defoe, Richardson e Fielding distinguia-se de variedades mais antigas por já não adotar os enredos tradicionais extraídos da mitologia ou da história; por apresentar figuras individualizadas agindo em locais e momentos históricos bem definidos; por dar ênfase aos detalhes da vida quotidiana; e por adotar uma linguagem de caráter referencial. A esse conjunto de procedimentos Watt deu o nome de realismo formal. Ora, é evidente que *Joseph Andrews*, com base nas definições acima, tem menos a ver com o romanesco

6. Uma vez que a palavra "romance" serve como tradução do inglês *novel*, é necessário procurar outra expressão para traduzir o inglês *romance*, de modo a preservar a distinção entre os termos originais. "Estória romanesca" foi a solução de Péricles Eugênio da Silva Ramos para a tradução de *Anatomia da Crítica*, de Northrop Frye (Cultrix, 1973), tendo sido também adotada por Sandra Vasconcelos em seus vários textos sobre o romance inglês. Ao empregá-la também aqui, espero contribuir para a estabilização da terminologia nesse campo.
7. Os leitores da versão brasileira de *A Ascensão do Romance*, traduzida por Hildegard Feist, devem ter em mente que a palavra *romance* aparece aí numa tradução alternativa: "novelística".

(*romance*) do que com o romance (*novel*). Como explicar, então, que Fielding tenha empregado o primeiro termo?

Em primeiro lugar, é importante saber que a distinção terminológica entre o *romance* fantasioso e aristocrático e a *novel* realista e burguesa só se assentou em fins do século XVIII, nos tempos da própria Clara Reeve. O dramaturgo William Congreve já a esboçara em termos muito similares aos dela no prefácio a sua novela *Incógnita* (1692), mas as duas palavras seriam utilizadas intercambiavelmente durante a maior parte do intervalo que separa esses dois autores. Ao longo de todo esse tempo podia-se encontrar a mesma obra sendo designada ora como *novel*, ora como *romance*. Pior: a essas designações vinham juntar-se muitas outras, como *memoir*, *epopee* e *history* (esta última aparecendo no título por extenso do próprio *Joseph Andrews*). Em suma, na época de que estamos tratando *romance* e *novel* não tinham o sentido estável e contrastante que possuem na terminologia moderna, e por isso não se deve esperar que fossem aplicados segundo os critérios de hoje. Em segundo lugar, apesar da ambiguidade terminológica, alguns dos termos utilizados para designar a nova prosa de ficção tinham má reputação. E o de pior reputação era curiosamente o que acabaria afirmando-se como canônico. *Novel*, na época de Fielding, era uma palavra com conotações depreciativas, associada como estava a histórias de amor escandalosas como as escritas pelo "Belo Triunvirato do Espírito": Aphra Behn, Mary Delarivière Manley e Eliza Haywood. A última chegou a ser satirizada em *The Author's Farce*, uma das mais bem-sucedidas peças de Fielding, como "Mrs. Novel", e a designação não era lisonjeira. *Novel*, para Fielding, era insulto. E ele não estava sozinho em evitar a aplicação desse rótulo a suas obras: Richardson tampouco o admitiu. De fato, o único romancista canônico anterior a Fanny Burney a designar um livro seu por esse termo foi Smollett, na dedicatória do divertidíssimo *The Adventures of Ferdinand Count Fathom* (1753). Por fim, note-se que Fielding, ao repudiar *novel*, não adotou o termo alternativo sem ressalvas. Pelo contrário, ele já previa que o leitor poderia ter do *romance* "uma ideia diferente da do autor destes pequenos volumes", e procurou instruí-lo de antemão para evitar falsas expectativas. Assim como não queria que *Joseph Andrews* fosse confundido com a ficção imoral normalmente associada à palavra *novel*, tampouco queria associar-se às inverossimilhanças romanescas dos franceses.

Por aí tem-se a impressão de que a prosa de ficção, fosse na forma dos romances realistas, fosse na forma das estórias romanescas, não era um gênero de prestígio nesse tempo. De fato: com pouquíssimas exceções, os autores cultos da Inglaterra se haviam mantido até então ao largo desse filão popularesco. Entre os autores que a história literária inglesa chama de "augustanos" (em função de sua simpatia pelos valores clássicos da era do imperador romano Augusto), apenas Swift deixou-nos um espécime duradouro de prosa de ficção. (Defoe, em contraste, era um autor popular desdenhado pela elite culta.) O círculo augustano de que Fielding gostava de se considerar membro vinha ocupando-se desde há muito com formas literárias bastante diferentes: a épica, a poesia lírica e satírica, o drama – todos gêneros com uma genealogia respeitável remontando à Antiguidade. Quanto aos romances, histórias, memórias, biografias ou demais subespécies da prosa de ficção, eram vistos como subliteratura, e muitas décadas se passariam antes que ganhassem respeitabilidade. Percorrer a crítica do período é encontrar ataques recorrentes ao gênero em formação, visto aqui como inverossímil, ali como imoral, acolá como ambos. Pode-se imaginar que problema isso representava para Fielding, um seguidor do credo neoclássico obrigado pelas conjunturas a escrever dentro de moldes populares. A solução que ele encontraria seria mostrar, por meio de seu prefácio, a secreta relação de *Joseph Andrews* com os modelos neoclássicos. Nesse sentido, o prefácio funciona como uma espécie de *vindicação* do texto e do próprio autor.

O que Fielding fez, em poucas palavras, foi aparentar seu livro com a tradição épica. Com argumentos desenvolvidos sob medida para esse fim, ele procurou diferenciar-se da safra comum da prosa de ficção e situar-se alternativamente na prestigiosa tradição de Homero e Virgílio, por um lado, e de Cervantes, por outro. Eis um resumo de seu raciocínio: o épico sério é um correlato de maior escopo da tragédia; deve haver, portanto, um épico cômico que seja um correlato de maior escopo da comédia. E a esse gênero, o épico cômico, pertenceriam, entre outros, o perdido poema *Margites*, que Aristóteles atribuiu a Homero; o *Dom Quixote* de Cervantes; e o próprio *Joseph Andrews*. A única manobra necessária para autorizar essa filiação seria descartar o verso como requisito da épica, admitindo a existência do épico em prosa. Este último argumento não era novo, e já fora defendido por numerosos autores na Itália, na Espanha e na França. Le Bossu, um dos críticos mais apreciados por Fielding, escrevera, em seu *Traité du Poème Epique* (1675): "Mas se escrevermos uma epopeia em prosa, será ela um poema épico? Não o creio, já que um poema é um discurso em verso. Isso todavia não impedirá que seja uma epopeia, assim como uma tragédia em prosa não é um poema trágico mas é sempre uma tragédia". O próprio Cervantes, modelo assumido de Fielding, dissera que "a épica tão bem pode escrever-se em prosa como em verso" (*Dom Quixote*, I, xlvii). Por fim, o exemplo admirado das *Aventuras de Telêmaco* (1699), de Fénelon, que davam sequência à *Odisseia* narrando a busca de Telêmaco por seu pai, Odisseu, favorecia a ideia de que a prosa e a épica não eram modos autoexcludentes. Fielding adotou o mesmo argumento (que já fora aceito na Inglaterra por Sir Philip Sidney e seria acolhido por críticos subsequentes como Lorde Kames e Hugh Blair[8]) e conseguiu estabelecer assim uma genealogia respeitável para sua "nova província". *Joseph Andrews,* escrito "à imitação da maneira de Cervantes", seria o primeiro espécime inglês do "poema épico-cômico em prosa", associado a modelos europeus mais recentes (e aprovados) e, em última instância, à Antiguidade greco-romana.

Ao apontar seu modelo, Fielding estava ademais aderindo ao princípio, defendido entre outros por Le Bossu, de que a função das narrativas épicas era antes de mais nada didática. *As Aventuras de Telêmaco*, por exemplo, haviam sido compostas deliberadamente para inculcar valores morais ao jovem Duque de Borgonha, herdeiro do trono francês. O mesmo deveria valer para o épico cômico. Em resultado disso, Fielding faria de seu livro uma crítica de costumes, exortando seus leitores não apenas a seguir exemplos de uma virtude mais abrangente do que a de Pamela, mas também a evitar os vícios perniciosos da vaidade e da hipocrisia, expostos ao ridículo em episódio após episódio. A vaidade da sr.ª Slipslop ou a hipocrisia do pastor Trulliber, na melhor tradição da sátira, seriam espelhos em que o público poderia contemplar a própria deformidade, e reformar-se.

Até aqui tudo bem. Mas impõe-se então a questão: até que ponto o prefácio de Fielding era uma improvisação de última hora, uma tentativa de impor ordem tardia a um livro escrito a esmo? Para responder a esta pergunta, será necessário abordar detalhes do enredo e aliás do desfecho do livro. Neste ponto, portanto, o leitor de primeira viagem é convidado a passar diretamente à leitura do romance, para retornar mais tarde às seções seguintes desta introdução.

UMA PARÓDIA ABORTIVA?

Como já vimos, por muito tempo *Joseph Andrews* foi considerado um sucesso acidental, um trem que saiu dos trilhos e foi dar num destino inusitado. E. M. Forster, em *Aspectos do Romance*, considerou-o um "exemplo abortivo" de paródia: "*Joseph Andrews* [...] é interessante para nós como exemplo de um começo em falso. Seu autor começa bancando o tonto num mundo richardsoniano e acaba sendo sério num mundo seu – o mundo de Tom Jones e Amelia". Na mesma linha, a tradicional *Cambridge History of English and American Literature* diz que "assim como *Pamela* crescera nas mãos de seu autor para tornar-se algo muito maior que a concepção original, a paródia cresceu para além da intenção pri-

8. Cf. H. T. Swedenberg Jr., *The Theory of the Epic in England, 1650–1800.*

meira de Fielding, até tornar-se seu primeiro romance publicado"[9]. A ideia aqui é a de que Fielding pretendia a princípio atacar *Pamela* por um novo ângulo, mostrando como seus votos de virtude soariam afetados na boca de um rapagão assediado pela patroa. Esse esquema, porém, o teria cansado por sua esterilidade. Passadas menos de trinta páginas, Joseph é posto na rua por Lady Booby, indignada com que um lacaio lhe fosse falar de virtude quando ela própria estava disposta a descuidar da sua. A partir desse ponto, Joseph cai no mundo muito diferente do romance de estrada. A ele vem unir-se o pastor Adams, personagem tão exuberante que logo rouba a cena e se torna o verdadeiro protagonista. Com isso, o projeto inicial de parodiar *Pamela* é esquecido quase até o final do livro, quando a própria Pamela surge em cena e Lady Booby reaparece.

Essa, em resumo, é a interpretação tradicional de *Joseph Andrews*, e ela não soará improvável ao leitor que tiver acabado de lê-lo. O trabalho de Fielding recende ao improviso, e, exceções feitas a *Tom Jones*, ele sempre teve certa fama de desleixado. Thackeray reconta assim uma anedota relatada originalmente pelo primeiro biógrafo de Fielding, Arthur Murphy:

> Quando o público, em certa ocasião, começou a vaiar uma cena que ele fora preguiçoso demais para corrigir, e a cujo respeito, tendo-o Garrick admoestado, dissera ser o público demasiado burro para perceber seu serviço malfeito – quando o público começou a vaiar, Fielding disse com característica frieza: "Eles perceberam, foi?"[10]

Thackeray reconhecia que como romancista Fielding era mais cuidadoso, mas os elogios feitos à estrutura planejada de *Tom Jones* nunca se aplicaram a *Joseph Andrews*. Neste último há improvisos visíveis, tal como o sono de duas horas que impede Joseph de reconhecer seu pai (III, iv), a história do mascate que revela a paternidade de Fanny (IV, xii) e (possivelmente) a inserção repentina desta última na história (I, xi). Não admira, portanto, que a opinião crítica por tanto tempo tenha sido a de que Fielding começou num rumo e acabou em outro.

Desde meados do século XX, contudo, essa visão tradicional tem sido contestada. Críticos como Aurélien Digeon, Homer Goldberg, Martin Battestin e Andrew Wright opuseram-se à ideia de que o material de Fielding escapara ao seu controle para assumir vida própria. Goldberg e Battestin, em especial, defenderam a unidade de concepção de Fielding, argumentando que o livro obedece a um projeto pre-

9. Harold Child, "Fielding and Smollett". O capítulo figura no volume X da série.
10. Em *The English Humourists of the Eighteenth Century*.

liminar que a crítica anterior ignorou. Seus argumentos envolvem respectivamente a literatura continental e a história de ideias. Vejamo-los cada um por seu turno.

JOSEPH ANDREWS E A TRADIÇÃO CONTINENTAL

Em *The Art of Joseph Andrews* (1969), Homer Goldberg interpretou o romance à luz de seus modelos continentais. Fielding admitira explicitamente sua dívida para com Cervantes no subtítulo da história, e implicitamente no modelo picaresco[11] de *Joseph Andrews*, nas interpolações narrativas e em vários episódios específicos[12]. Mais do que isso, o próprio Dom Quixote é usualmente considerado o modelo principal para a criação de Adams. E, no entender de Goldberg, Adams foi o ponto de partida de Fielding, tudo o mais tendo sido calculado para complementar sua história. Se a hipótese estiver correta, Fielding não topou com Adams a meio caminho, mas, sim, começou com ele.

Neste ponto é interessante nos estendermos um pouco a respeito do personagem que se tornou unanimidade junto aos apreciadores de Fielding. O problema de como adaptar o Cavaleiro da Triste Figura aos ares ingleses já ocupara Fielding no passado. Em seus tempos de aluno em Leiden ele havia esboçado uma comédia chamada *Don Quixote in England*, que concluiria meia década mais tarde, em 1734. Na peça, Dom Quixote e Sancho vão parar na Inglaterra em tempo de eleições, e repetem com pouca imaginação seus disparates originais, com as confusões quixotescas de praxe e os inesgotáveis rifões de Sancho. No prefácio à edição impressa, o próprio Fielding se dizia insatisfeito com os resultados:

> [C]onstatei ser infinitamente mais difícil do que supunha variar as cenas e dar a meu cavaleiro oportunidades de se exibir em maneira diversa daquela em que ele aparece no romance. A natureza humana é por toda parte a mesma. E os modos e hábitos de nações específicas não variam suficientemente para distinguir um Quixote na Inglaterra de um Quixote na Espanha.

11. Uso a palavra "picaresco" em seu sentido genérico, normalmente associado a aventuras episódicas transcorridas na estrada. O termo tem um sentido mais preciso no contexto da literatura espanhola, em que o gênero picaresco possuía características específicas nem sempre refletidas em suas contrapartidas estrangeiras. O próprio *Dom Quixote* é amiúde contrastado com a tradição genuinamente picaresca – a tradição do anônimo *Lazarillo de Tormes* (1554) e de *La Vida del Buscón* (1626), de Francisco de Quevedo.
12. Eis alguns: as peças pregadas em Dom Quixote pelos duques no Livro II espelham os trotes de que Adams é vítima na casa do fidalgo (III, vii); os discursos eruditos de Dom Quixote têm paralelos nos de Adams; e a confusão na venda envolvendo Maritornes (I, xvi) repete-se na cena hilária em que Adams se engalfinha com a sr.ª Slipslop (IV, xiv).

Ilustração do frontispício de Dom Quixote *na primeira tradução inglesa, realizada por Thomas Shelton (a parte 1 em 1612, e a parte 2 em 1620). O inglês foi a primeira língua a ganhar uma tradução de* Dom Quixote, *e a obra exerceu enorme influência sobre a literatura inglesa desde sua recepção original.* Joseph Andrews *sente essa influência de maneira explícita e marcante.*

Para criar um Quixote inglês que não fosse apenas uma réplica do espanhol, Fielding teria de recorrer a uma reprodução menos literal de seu modelo, concentrando-se em sua essência mínima: o indivíduo cuja visão idealista do mundo o põe em constante conflito com a realidade. Essa foi a fórmula adotada em *Joseph Andrews*. Com ela, saem de cena os apetrechos da cavalaria andante, e o que temos é um distraído pároco de província muito versado em religião e história antiga, mas "tão inteiramente ignorante dos modos deste mundo quanto uma criança recém-chegada a ele poderia ser" (I, iii). De viagem a Londres para vender seus volumes de sermões (que esquece de levar consigo), Adams se enreda num sem-número de aventuras cômicas. Sempre pronto a esperar das pessoas as virtudes a cujo respeito tanto leu em Sêneca e Platão, tudo o que encontra são desapontamentos e maus-tratos, aos quais reage ora com seu otimismo ingênuo, ora com a retórica de seus punhos e de seu fiel bordão de macieira. Esses traços "ingleses" com que Fielding revestiu a essência quixotesca, ele os buscou num velho amigo, cura da paróquia de East Stour. Richardson foi um dos contemporâneos que registraram a semelhança por escrito: "O pastor [William] Young serviu de modelo para o pastor Adams de Fielding; homem que ele conhecia, e que só tornou um pouco mais absurdo do que já é". Como Adams, Young era ao mesmo tempo mestre-escola e pároco, homem de vasta prole e pouca paga, e de resto um erudito de cabeça nas nuvens. A tradição preservou muitas anedotas sobre seu comportamento distraído, a maioria decerto apócrifa. Conta-se, por exemplo, que tentou tirar férias temporárias escrevendo a si mesmo um convite para passar uma quinzena no campo; cometeu o deslize, porém, de apresentar o convite a seu superior num envelope ainda selado, o que expunha flagrantemente sua armação. Conta-se, também, que era de têmpera irritadiça, e que certa vez ameaçou surrar um homem que tivera o destempero de chamá-lo de pastor Adams. Wilbur Cross, por décadas o principal biógrafo de Fielding[13], chegou a aventar que "o pastor Young e Fielding [...] empreenderam juntos jornadas a Londres, topando com aventuras nas quais se basearam as do pastor Adams e Joseph"[14]. Conjecturas à parte, a importância de Young na criação de Adams é em geral aceita pela crítica contemporânea. A existência de um modelo tão próximo (e tão caro) possibilitou a Fielding não apenas transplantar a essência do quixotismo para a Inglaterra, mas também dotar o resultado de uma dignidade que perdura mesmo em meio a mil patuscadas. "Rir de [Adams] não diminui nosso respeito por ele", observou sintomaticamente o crítico William Hazlitt em suas *Lectures on the English Comic Writers* (*Palestras sobre os Escritores Cômicos Ingleses*). Isso condiz com a intenção declarada de Fielding de evitar o burlesco que caracterizara suas peças mais famosas e concentrar-se dessa vez no cômico, de que seria possível extrair "um prazer mais racional e mais útil" (Prefácio). Nisso Adams está especialmente próximo de Dom Quixote: ambos pertencem à seleta galeria de personagens cômicas que despertam antes a empatia do que o despeito do leitor.

E foi essa figura, retomando o raciocínio de Goldberg, que constituiu o ponto de partida da obra concebida por Fielding. Um sintoma disso é o fato de que as características principais de Adams são expostas já no capítulo III, muito antes de suas aventuras roubarem a cena – o que sugere que Fielding tinha planos para ele[15]. Admitindo-se que o romance deveria girar em torno de Adams, o novo Quixote inglês de Fielding, dois problemas se apresentavam: um deles era como pôr a história em andamento, já que a abertura sem cerimônia empregada por Cervantes (o fidalgo endoidecido que sai em busca de aventuras

13. Sua biografia em três volumes, *The History of Henry Fielding* (1918), escrita em colaboração com Humphrey Milford, cedeu vez à de Battestin, que desde sua publicação em 1989 passou a ser tida como a principal referência. Uma outra opção, menos rica em fatos mas com maior ênfase na crítica das obras, é Ronald Paulson, *The Life of Henry Fielding*.
14. *The History of Henry Fielding*, I, p. 348.
15. Esse ponto foi reforçado por Andrew Wright, *Henry Fielding. Mask and Feast*, p. 61.

andantescas) resultaria um tanto anêmica no caso de Adams, que estaria apenas de saída para vender sermões; o segundo era encontrar um desfecho com efeitos dramáticos, já que Adams não poderia, como Dom Quixote, ser "curado" de suas ilusões sobre o mundo (que, ao contrário das do cavaleiro manchego, eram até elogiáveis). A solução seria inserir as aventuras do pastor numa outra trama mais maleável, com início e fim. Para Goldberg, Fielding se teria inspirado no exemplo do romancista satírico francês Paul Scarron (1610–1660), cuja influência sobre *Joseph Andrews* já fora notada, entre outros, por Sir Walter Scott. O *Roman Comique* (1651–1657) de Scarron narrava as aventuras de uma trupe itinerante pelo interior da França, alternando o foco entre diferentes personagens e recheando tudo com adaptações de noveletas espanholas. Essa estrutura fragmentária era todavia emoldurada pela trama sentimental entre o ator Le Destin e a atriz Mademoiselle de l'Étoile, o que proporcionava um senso de suspense e continuidade e criava possibilidades para um desfecho (que Scarron infelizmente morreu sem escrever). Na mesma linha, Fielding teria recorrido à trama amorosa entre Joseph e Fanny como meio de emoldurar e conferir unidade às aventuras episódicas do pastor Adams.

O problema dessa interpretação, Goldberg admite, é que ela não explica por que Fanny leva onze capítulos para ser mencionada pela primeira vez: "Se Fielding não começou simplesmente a escrever uma paródia e então mudou de ideia, quer parecer que ele estava disposto a sacrificar a consistência do todo pelo bem da introdução paródica, que seria radicalmente enfraquecida caso a figura da castidade masculina fosse apresentada como um amante fiel"[16]. Passada essa fase inicial, que amarra o livro ao precedente sempre conspícuo de *Pamela*, a relação problemática entre Joseph e Fanny poderia vir à tona e servir de rejuntamento para os episódios envolvendo Adams, os quais constituiriam, por sua vez, a razão de ser do romance. Goldberg supõe que a baixeza que tais episódios foram assumindo próximo ao fim destinava-se a moderar a proeminência de Adams como personagem e a permitir que Joseph, depois de seu virtual apagamento nos trechos médios do romance, ascendesse uma vez mais como figura central. "Desta forma, quando o pano se erguesse sobre os protagonistas reunidos em Booby Hall, a renovação do conflito então redefinido entre Lady Booby e Joseph serviria como um satisfatório clímax dramático e cômico para o romance."[17]

16. "The Reasoning Behind the Form of *Joseph Andrews*", p. 480.
17. *Idem*, p. 483.

É, portanto, pelo recurso aos modelos continentais de Fielding (dentre os quais sobressaíam ainda Marivaux e Lesage) que Goldberg defende a unidade de concepção de *Joseph Andrews*. Já Martin Battestin, o maior nome dos estudos sobre Fielding na atualidade, contestou a tradição por um outro ângulo, vendo no romance não apenas um projeto literário renovador, mas também a articulação de uma postura moral alternativa. Sua tese, defendida minuciosamente em *The Moral Basis of Fielding's Art* ("A Base Moral da Arte de Fielding"), cuja primeira edição é de 1959, teve grande aceitação, reaparecendo com frequência na crítica posterior.

Battestin nega igualmente a ideia de que *Joseph Andrews*, iniciado como mais uma paródia de *Pamela*, houvesse ganhado novos rumos graças ao achado fortuito do pastor Adams. A seu ver, o livro fora escrito desde o início numa chave diferente da paródica: ao passo que *Shamela* imitava *Pamela* e reescrevia sua história com efeitos autodestrutivos, os trechos iniciais de *Joseph Andrews* meramente *remetem* ao romance rival, preservando o tempo todo sua própria identidade. Neles, "as semelhanças com o romance de Richardson são, como se vê, *alusivas* em vez de imitativas". (Recorde-se aqui que a paródia envolve uma *imitação* exagerada de traços e procedimentos formais de outras obras; o método alusivo de *Joseph Andrews* era antes satírico do que paródico.) Battestin prossegue: "Embora invariavelmente satirizem *Pamela*, [tais semelhanças] se destinam primariamente a *relembrar* suas inadequações intelectuais e técnicas, enquanto que a narrativa principal de *Joseph Andrews* oferece em seu lugar uma alternativa madura e antitética – a abrangente comédia social do épico da estrada". Segue-se daí a autossuficiência do novo livro como forma literária. Já vimos, porém, que para os autores setecentistas a forma épica devia ter um propósito didático ulterior. E para Battestin a moral de *Joseph Andrews* não fora uma ideia incluída na última hora no prefácio, mas, sim, parte integrante de um projeto preliminar que ia além do mero arcabouço formal.

> A jornada em *Joseph Andrews* não é uma mera errância picaresca, um artifício destinado apenas a introduzir novas aventuras tais como as que encontramos no *Roman Comique*, em *Gil Blas* ou em *Dom Quixote*. A excursão dos heróis de Fielding tem um propósito, é uma peregrinação moral da vaidade e corrupção da Cidade Grande para a *relativa* naturalidade e simplicidade do campo[18].

18. *The Moral Basis of Fielding's Art*, pp. 88-89.

Em suma, Battestin vê em *Joseph Andrews* uma réplica calculada, em termos tanto *formais* como *morais*, ao romance de Richardson. Já analisamos em algum detalhe as diferenças formais; e quanto à moralidade?

Em geral, a moral articulada por Fielding coincide com a de teólogos latitudinários como Isaac Barrow (1630–1677), Samuel Clark (1675–1729) e Benjamin Hoadly (1676–1761). O epíteto se explica por esses autores observarem certa "latitude" em questões de doutrina, aceitando os princípios fundamentais da Igreja anglicana mas arguindo que minúcias dogmáticas podiam ser dispensadas em favor do bom senso. Eram, em suma, teólogos tolerantes, a meio caminho entre a rigidez conservadora da Alta Igreja anglicana e o extremismo das seitas calvinistas que exaltavam a fé em detrimento das boas obras. Fielding, como eles, acreditava que o homem, embora caído, "era essencialmente *capaz* de grande bondade, desde que fosse assistido pelas instituições da sociedade e persuadido pelos poderosos incentivos da religião a fazer um uso apropriado de sua razão e vontade" (Battestin, p. 84). Para isso era fundamental o exemplo de homens bons; mas, como ele mesmo observa na abertura do primeiro capítulo,

> como amiúde ocorre de os melhores homens serem pouco conhecidos, e não poderem por conseguinte estender em muito a serventia de seus exemplos, o escritor pode ser chamado em auxílio para melhor difundir sua história e apresentar os adoráveis retratos aos que não têm a felicidade de conhecer os originais.

Joseph Andrews, juntamente com seu propósito declarado de expor ao ridículo os vícios da vaidade e da hipocrisia, tem como meta a difusão de bons exemplos, especialmente nas figuras de Adams e Joseph. Battestin supõe que o esquema básico do livro foi sugerido pelo sermão "Of Being Imitators of Christ" ("Sobre Sermos Imitadores de Cristo"), de Isaac Barrow. Nesse sermão, Barrow recomendava a imitação das virtudes de grandes homens, propondo Abraão (em inglês "Abraham") como modelo de caridade e José (em inglês "Joseph") como exemplo de castidade[19]. Temos aí o esqueleto da peregrinação moral de *Joseph Andrews*. Abraham Adams, exemplo do clérigo de boa natureza, ilustraria a virtude da caridade, tão cara a Fielding e tão ausente do romance de Richardson. Preocupado tanto com o dogmatismo da Alta Igreja quanto com a popularidade do movimento metodista, que negava a importância das boas obras e afirmava que a fé tão-somente bastava

19. Trata-se do José do Antigo Testamento, que resiste aos avanços da mulher de Putifar: Gênesis, 39: 7-20.

para a salvação, Fielding exalta como alternativa a caridade pragmática de Adams. A disposição do pastor em ajudar o próximo, que decorre antes de sua boa natureza do que de quaisquer dogmas, é contrastada ora com a caridade da boca para fora do pastor Trulliber ou do agiota Peter Pounce[20], ora com as doutrinas metodistas de George Whitfield. Adams constitui assim uma consumada dramatização da boa natureza, característica dos que não requerem incentivos materiais para traduzir a fé em boas obras. Já Joseph Andrews, em seus transes com Lady Booby ou a criada Betty, ilustra uma variedade legítima e igualmente desinteressada de castidade, diferente da caça-fortunas Pamela. Com esse duo de modelos, Fielding recria em forma narrativa o esquema alegórico de Barrow.

Nisso ele estava observando a fórmula horaciana do *utile et dulce*, esse lugar-comum do neoclassicismo, e ministrando seus princípios não com a solenidade de um sermão, mas com a descontração e a exuberância narrativa do épico cômico em prosa. Estava observando também um outro princípio comum na Era Augustana, o de seguir a "natureza" – palavra que tinha então toda uma gama de sentidos. No caso de Fielding, seguir a natureza significava sobretudo evitar o particular em prol do geral: "declaro aqui de uma vez por todas que não descrevo homens, mas modos; não um indivíduo, mas uma espécie" (*JA*, III, i). Em outras palavras, o advogado do coche, a sr.ª Tow-Wouse ou Lady Booby deviam ser vistos não como detentores de uma identidade exclusiva que os punha à parte de todas as demais pessoas, mas como personificações de tipos atemporais como o mesquinho, o avarento, o lascivo[21]. Esse princípio clássico já havia tido uma longa existência no teatro inglês – especialmente nas mãos de Ben Jonson (1572–1637), um dos dramaturgos favoritos de Fielding –, e converteria os episódios de *Joseph Andrews* como que em parábolas morais que denunciavam vícios e exaltavam virtudes, sendo tanto uns como as outras ilustrados por figuras humanas. Ao adotar essa estratégia, Fielding estava exercitando uma veia moralista que já havia cultivado anteriormente[22] e voltaria a cultivar. Numa passagem do *Covent Garden Journal* em fevereiro de 1752, ele diria: "quando nenhuma moral, nenhuma lição, nenhuma instrução é transmitida ao leitor, quando o propósito todo da composição mais não é do que nos fazer rir, o escritor bem se aproxima do caráter de um bufão".

20. Tanto Trulliber como Peter Pounce parecem ter sido baseados em figuras reais, apesar dos protestos de Fielding de que evitara alusões particulares.

21. Esta, aliás, é uma das razões por que Ian Watt considerou Fielding limitado em termos de realismo formal – já que este último tinha entre seus procedimentos a individualização dos personagens.

22. Por exemplo, nos textos que assinara como Hercules Vinegar ("Vinagre") no periódico *The Champion* (1739–1740).

Para arredondar o raciocínio, é na articulação de uma moral latitudinária que Battestin vê o princípio unificador da estrutura episódica do livro – um princípio que, segundo ele, Fielding tivera em mente desde o início ao conceber sua alternativa formal e moral ao romance de Richardson.

OUTROS TEMAS

Se nos detivermos em seus pontos comuns, essas três posições críticas – a tradição da paródia abortiva, a adaptação de modelos continentais (Goldberg) e o épico-cômico unificado pela moral (Battestin) – nos proporcionam uma boa visão geral da natureza de *Joseph Andrews*. Trata-se de uma réplica sofisticada a *Pamela* que recorre a uma variedade de prosa de ficção comum no continente mas quase inexistente na Inglaterra e que, a exemplo de Fénelon, doura a pílula da moral com o deleite da narrativa. Para além de suas minúcias polêmicas, esse esquema básico acomodou vários temas secundários, que merecem uma seção à parte.

Quero começar chamando a atenção para o episódio do sr. Wilson (III, iii), o verdadeiro pai de Joseph. Tanto como a história do Homem da Colina em *Tom Jones*, as peripécias de juventude do sr. Wilson foram frequentemente criticadas como um enxerto sem serventia no livro. A bem dizer, a interpolação de noveletas em narrativas mais longas não era uma invenção de Fielding; era, pelo contrário, muito frequente nos romances cômicos continentais (em Sorel, em Scarron, em Lesage), e tinha seu exemplo mais famoso na "História do Curioso Impertinente", inserida por Cervantes na primeira parte de *Dom Quixote*. O próprio *Joseph Andrews* conta com outras duas interpolações: as histórias de Leonora (II, iv-vi) e dos dois amigos (IV, x). Até aí, portanto, Fielding estava apenas imitando uma tendência então aceitável. Mas a história do sr. Wilson é diferente das interpolações corriqueiras. Ela nos interessa por dois motivos especiais. Em primeiro lugar, como Andrew Wright observa, parafraseando Wordsworth, "a interpretação usual do conto de Wilson é a de que ele é autobiográfico, uma recordação na tranquilidade do Fielding maduro, que, à idade de trinta e quatro, arrepende-se dos desmandos de sua juventude"[23]. Fielding, que desde cedo saíra para o mundo em desavença com o pai, seguramente concordaria com Wilson quando este diz: "E a esse ingresso precoce na vida, sem um guia, imputo todos os meus futuros infortúnios". Esses infortúnios, se não devem ser vistos como estritamente autobiográficos, espelham com frequência os do pró-

23. Andrew Wright, *Henry Fielding. Mask and Feast*, p. 66.

prio Fielding. Como ele, Wilson conheceu as muitas faces da vida urbana – as rixas, a vida teatral, os livreiros, os deístas – e recolheu-se ao campo após casar-se, tendo constatado "que os prazeres do mundo eram sobretudo tolices, e os negócios, velhacarias, sendo ambos nada mais que vaidade". Vem então o segundo motivo: o episódio de Wilson, além de projetar luz sobre a biografia de Fielding, coaduna-se tematicamente com a narrativa principal de *Joseph Andrews*. Battestin descrevera o livro como uma "peregrinação moral da vaidade e corrupção da Cidade Grande para a *relativa* naturalidade e simplicidade do campo"[24]. Apesar de o campo não ser pintado como um paraíso por Fielding, a cidade é para ele o principal assento do vício. Recorde-se, por exemplo, a viagem de Joseph a Londres (I, iv) e os efeitos dela em seu temperamento: bastou uma breve estada para que até mesmo esse modelo de virtude se fosse dando ares e ficando turrão. Essa fase, porém, é passageira: Joseph logo retorna ao campo e à influência benfazeja de Adams. E aqui notamos um problema, se considerarmos que Fielding pretendia ridicularizar as afetações da vaidade e da hipocrisia: Londres aparece pouco na história principal. Em *Tom Jones* Fielding enriqueceria seu panorama social levando Tom ao seio da sociedade londrina, mas em *Joseph Andrews* o enredo se desenrola predominantemente na estrada e no interior. A história do sr. Wilson, portanto, desempenha uma importante função complementar: ambientada em Londres, é nela que vemos a vaidade e a hipocrisia pintadas em suas cores mais negras, com o foco de Fielding expandindo-se para incluir problemas urbanos como as casas de jogo, a prostituição e o movimento deísta – armadilhas para os infelizes que careciam de um guia moral enquanto jovens.

Neste ponto, pensamos naturalmente em Joseph sendo guiado por Adams, relação que num sentido mais amplo vinha vindicar o papel tutelar do clero. Fielding explica que fez de Adams um homem do hábito porque "nenhum outro ofício lhe teria dado tantas oportunidades de demonstrar suas dignas inclinações". Temos aí outro dos temas menores de *Joseph Andrews*: o chamado "desprezo" do clero. Em meados do século XVIII alastrara-se na Inglaterra um desdém generalizado pelos ministros da Igreja. Fielding julgava preocupante esse estado de coisas, e ao mesmo tempo via o próprio clero como parcialmente culpado, devido às politicagens escancaradas e à falta de caridade de muitos de seus membros. Dois textos em que ele denunciara os abusos clericais e sugerira correções foram a peça burlesca *Pasquin* (1736) e sua "Apologia do Clero", publicada

24. Para um estudo específico das atitudes quanto aos universos rural e urbano na literatura inglesa, o leitor pode consultar *O Campo e a Cidade*, de Raymond Williams.

em quatro números do periódico *The Champion* em 1739. Essa campanha prosseguiria em *Joseph Andrews*, onde, além de Adams, marcam presença vários outros clérigos, quase todos de conduta repreensível. O mais famoso, o pastor Trulliber, é o epítome do cura tirânico, interesseiro e desalmado, e seu encontro com o pastor Adams (II, xiv) dramatiza o conflito entre as versões teórica e prática da caridade. Trulliber, conquanto se orgulhasse de saber a Bíblia, também sabia "o suficiente sobre a caridade para não desperdiçá-la com vagabundos". Adams, "dizendo que doía-lhe ver homens de tal sorte tomando ordens", teve de ir buscar caridade em outras partes. Nesse episódio, em especial, Fielding ilustrou em microcosmo as causas ocultas do desprezo do clero, apontando na conduta geral de Adams as atitudes ideais para remediá-lo.

Um problema mais abrangente que também ganhou espaço no romance era o valor intrínseco das posições sociais. Já vimos que entre os elementos que Fielding considerava problemáticos em *Pamela* contava-se a subversão da ordem social pela elevação de uma criada à condição de protagonista exemplar. Desde a Antiguidade, os gêneros tradicionais haviam relegado as classes inferiores aos papéis cômicos, de caráter autodepreciativo, enquanto que o tratamento sério era reservado a figuras mitológicas ou da nobreza[25]. A atitude de Fielding quanto ao valor de nascença é ambígua. Vemo-lo, por exemplo, exaltando as virtudes naturais de Joseph acima das do dândi Didapper, cujas origens fidalgas não o resgatavam da mediocridade; vemo-lo, ainda, comparando a "gente subida e a gente rasteira" (II, iii) em termos jocosos, sem fazer grande distinção entre uma e outra. No entanto, como observa Brian McRea, "em *Joseph Andrews* o *status* social é contestado e acalentado quase simultaneamente"[26]. De fato, após todos os elogios à nobreza nativa de Joseph, acabamos descobrindo que não havia aí nenhuma incompatibilidade entre nascimento e virtude: Joseph era de fato filho de um fidalgo, embora de fortuna caída. Como em *Tom Jones*, o *topos* da paternidade de última hora, tão comum no teatro da Restauração, vem proporcionar uma solução livre do teor revolucionário de *Pamela*. Em última análise, embora *Joseph Andrews* critique recorrentemente a má conduta das altas classes, em suas páginas ainda aprendemos que o bom nascimento é uma virtude desejável. Fielding, como já vimos, orgulhava-se de suas raízes, e não deixa de ser irônico que em 1747, cinco anos depois de sua grande réplica a *Pamela*, ele próprio tenha

25. Há decerto exceções, como Terêncio e Calderón de la Barca, mas o princípio se aplica à grande maioria das obras produzidas antes do século XVIII. Um dos mais influentes estudos dessa questão é *Mimesis*, de Erich Auerbach, que todavia situa o momento de transição no século XIX, com Stendhal e Balzac.

26. "Rewriting *Pamela*: Social Change and Religious Faith in *Joseph Andrews*", p. 489.

imitado na vida real o sr. B. de Richardson e tomado por esposa sua criada, Mary Daniel, com quem viveu casado até a morte.

Passemos agora a um problema de interesse mais restrito: quem teria sido Colley Cibber? O leitor terá notado já de início que o ataque de Fielding contra Richardson reservou algumas farpas para um cavalheiro com esse nome, que será aviltado ainda outras vezes no decorrer do romance. Cibber (1671–1757) era poeta laureado e um dos nomes de monta no teatro da época, tanto como ator quanto como dramaturgo e diretor. Fora amigo de Fielding quando este estreara na carreira teatral, mas os dois cedo se desentenderam e passaram a atuar em campos rivais. Em 1740 Cibber publicou sua autobiografia, *An Apology for the Life of Colley Cibber* (*Apologia da Vida de Colley Cibber*), hoje tida como um importante documento da história teatral do período, mas vista por Fielding e por muita gente na época como vaidosa e bombástica. Cibber, vale dizer, descrevera Fielding no texto como um cabeça oca ("*a broken wit*"[27]), o que não ajudava muito. Por coincidência, no mesmo ano *Pamela* veio a público anonimamente, qual fosse uma coletânea de cartas verdadeiras[28]; Fielding percebeu que eram ficcionais, mas supôs que o autor fosse seu velho desafeto, e escreveu *Shamela* com Cibber em mente. Isso explica o título *An Apology for the Life of Mrs. Shamela Andrews*, que alude ao mesmo tempo à biografia de Cibber e ao romance do momento. Também explica o pseudônimo utilizado por Fielding no frontispício: Mr. Conny Keyber, uma clara desfiguração de "Colley Cibber"[29]. De resto, *Shamela* continha ataques recorrentes a seu rival. Em *Joseph Andrews* Fielding voltou à carga, provavelmente indignado com a popularidade que a autobiografia de Cibber continuava a ter, enquanto ele próprio mourejava em condições precárias. Nisso ele deu início à mesma campanha de difamação que Alexander Pope levaria ao ápice na *Dunciada*, epopeia cômica que atacava os inimigos literários de Pope e coroava Cibber como o rei dos tolos. O ataque concertado foi fatal: até hoje Cibber é lembrado sobretudo como o fanfarrão dissimulado e sem gramática que Pope e Fielding pintaram. A sátira nessa época podia ser um jogo impiedoso.

Havia mais em comum entre Fielding e Pope do que o ataque a Cibber. "Scriblerus Secundus", pseudônimo que Fielding adotara ao redigir anotações de

27. *An Apology*, VIII.
28. Só depois da publicação de *Joseph Andrews* a autoria de Richardson se tornaria pública.
29. Não parece haver consenso quanto à pronúncia de "Cibber". Alguns empregam uma inicial sibilante [sɪbɚ] (por exemplo, o crítico John Richetti em sua leitura de "An Epistle to dr. Arbuthnot", de Pope: http://www.writing.upenn.edu/pennsound/x/Richetti.html#2007). Já Judith Hawley, em sua introdução a *Joseph Andrews*, sugere uma oclusiva velar surda [kɪbɚ], o que bate melhor com o "Keyber" de Fielding, grafia que o próprio Cibber por vezes utilizava. (O nome original holandês era Keiber.)

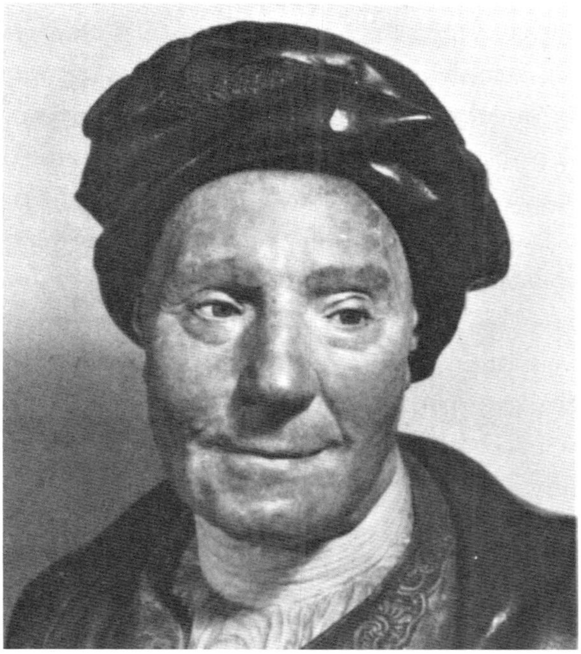

Colley Cibber, em busto de autoria incerta (c. 1740).

rodapé para sua peça mais famosa[30], remetia ao personagem Martinus Scriblerus e ao antigo Scriblerus Club, confraria de autores de tendência conservadora que incluía, entre outros, Pope, Swift e Gay, e cujo propósito era ridicularizar certas tendências da literatura que seus membros viam como um rebaixamento das letras. As satíricas *Memoirs of Martinus Scriblerus* foram seu grande projeto coletivo. O Scriblerus Secundus de Fielding procurava retomar essa campanha cultural em nome do bom teatro, e o mesmo espírito estaria presente em sua tentativa de vincular *Joseph Andrews* à tradição dos grandes gêneros. Nesse contexto, uma estratégia que Fielding tomou diretamente emprestada de seus modelos augustanos é a forma herói-cômica, pela qual a linguagem elevada dos grandes épicos era empregada para narrar acontecimentos banais, enquanto que certas convenções da épica eram parodiadas. *MacFlecknoe* (1682), de John Dryden, e *The Rape of the Lock* (1714), de Pope, eram exemplos notórios de poemas herói-cômicos ingleses, e Fielding os tivera decerto em mente ao narrar os apuros de Joseph nas garras da concupiscente Sr.ª Slipslop (I, vi) ou ao cantar seus feitos heroicos com um penico de pedra (III, ix).

30. *The Tragedy of Tragedies; or, The Life and Death of Tom Thumb the Great* (1731).

Essa paródia de convenções épicas não constituía, todavia, um ataque à tradição: era antes um reconhecimento bem-humorado de que a grandiloquência do épico sério não assentava bem no universo mais modesto do épico cômico, com seu recurso à realidade quotidiana. Pense-se aqui na distinção entre o cômico e o burlesco, que Fielding ilustrou em seu prefácio invocando a arte de seu amigo, o pintor e gravador William Hogarth (1697–1764): ao passo que o burlesco distorcia a realidade a fim de provocar o riso (aparentando-se assim com a caricatura), o cômico, embora procurasse igualmente divertir, exigia a "mais exata reprodução da natureza". Fielding admitiria o burlesco tão-somente na dicção, evitando-o em seus "sentimentos e personagens", que seriam representados com naturalidade. Daí a incompatibilidade ocasional entre o estilo grandiloquente e os acontecimentos absolutamente mundanos. A altivez heroica no segundo campo, embora ainda fosse admirada por Fielding, vinha-se mostrando cada vez menos praticável. Não por acaso, o último épico sério bem-sucedido da literatura inglesa – o *Paraíso Perdido* de Milton – fora publicado havia três quartos de século. Era um sinal dos tempos. O próprio Hogarth, que procurou criar uma

"O Banco dos Juízes" (1758), gravura em cuja inscrição William Hogarth procura distinguir caracteres e caricaturas, em termos similares à distinção que Fielding traça entre o cômico e o burlesco. Em muitos sentidos, Hogarth e Fielding – que eram amigos – se assemelhavam em sua maneira de representar o mundo, com um toque a um só tempo cômico e crítico. É como se praticassem o mesmo gênero nos campos literário e pictórico.

tradição pictórica inglesa concentrada em questões contemporâneas, evitou ao máximo a tradição heroica da pintura italiana. Pensando nisso, Ian Watt observou: "O romance de Fielding reflete certamente a atitude ambígua de sua época, uma época cuja característica ênfase literária no herói-cômico revela quão longe ela estava do mundo épico que tanto admirava"[31]. Fielding, atuando nos estertores do neoclassicismo, estava na prática reconciliando uma tradição debilitada com tendências novas que logo se mostrariam irreversíveis.

DEPOIS DE *JOSEPH ANDREWS*

De fato. Com a decadência do sistema de patronato público e privado que havia sustentado a literatura neoclássica em seu apogeu, com o avanço do mercado livreiro e com a difusão da alfabetização, gêneros de apelo popular como a prosa de ficção realista foram-se afirmando. A rivalidade entre Richardson e Fielding foi uma fase crucial nesse processo. Seria uma falsificação da história dizer que o romance inglês *surgiu* com eles. Hoje, com estudos de um viés historicista redescobrindo continuamente obras que o cânone ofuscou, as origens do romance na Inglaterra já não têm a nitidez de contornos implicada pelo quinteto de romancistas canônicos de que partimos. Muitas vozes abafadas pela história literária tradicional (como as de Thomas Dangerfield, Aphra Behn e Eliza Haywood) e muitos gêneros tangenciais (como o jornalismo e a ensaística) vêm sendo reconhecidos por sua contribuição para a formação do gênero. O resultado é que o romance inglês já não é visto como o fruto subitâneo de um golpe de gênio; admite-se, pelo contrário, que ele se formou paulatinamente e a muitas mãos, como um produto dos desenvolvimentos culturais que acompanharam a história social dos séculos XVII e XVIII[32]. Richardson e Fielding foram apenas outros tantos participantes nessa longa fase de formação. Mas o prestígio que conquistaram assegurou que sua participação fosse especialmente relevante. Foi a partir deles que uma tradição nativa começou a tornar-se reconhecível. Ao passo que tanto um como outro, para justificar seus romances, precisaram ou se afirmar fundadores de novas províncias ou associar-se a escritores de outros gêneros e outros tempos, os romancistas posteriores poderiam apoiar-se tam-

31. *The Rise of the Novel*, p. 254.
32. Ver especialmente os estudos de McKeon, Davis e Hunter (cf. bibliografia). Os leitores brasileiros ganharam recentemente uma obra de grande fôlego nessa área: *A Formação do Romance Inglês*, de Sandra Vasconcelos, que inclui uma generosa compilação de discussões de época sobre o romance, em maioria de difícil acesso.

bém num emergente cânone inglês. Assim fez, por exemplo, Fanny Burney, no prefácio de *Evelina* (1778): "enquanto nos anais daqueles poucos predecessores a quem esta espécie de escrito deve o ter sido salva do desprezo e resgatada da depravação pudermos contar nomes como Rousseau, Johnson, Marivaux, Fielding, Richardson e Smollett, ninguém deve enrubescer por partir do mesmo posto". E cada vez menos os escritores enrubesceriam por escrever *novels*, como o gênero acabaria sendo chamado definitivamente. Na passagem do século Jane Austen já poderia defender o romance como o tipo de obra "em que os máximos poderes da mente são exibidos, em que o mais completo conhecimento da natureza humana, a mais feliz descrição de suas variedades, as mais vívidas efusões de espírito e humor são comunicados ao mundo na mais seleta linguagem" (*A Abadia de Northanger*, v). Com o tempo essa opinião se acabaria difundindo. É sobretudo a Richardson e Fielding que remontam as origens dessa nova respeitabilidade, tanto por seus romances iniciais como pelas obras máximas que eles escreveriam em seguida.

Se *Pamela* e *Joseph Andrews* definiram os rumos, *Clarissa* (1748) e *Tom Jones* (1749) constituíram o ápice das carreiras de Richardson e Fielding. Por essa altura ambos já conheciam seu principal rival e já haviam polido as próprias técnicas. *Clarissa*, diversamente de *Pamela*, era um grandioso romance epistolar com desfecho trágico, narrado em múltiplas vozes; e *Tom Jones* alargou ainda mais o já amplo leque do épico cômico em prosa, acrescentando-lhe um desenlace de uma engenhosidade sem precedentes. O sucesso desses dois romances consolidou a posição de seus autores como pontos de referência para os que viessem depois – como dois grandes modelos quase obrigatórios. O modelo de Richardson, como vimos de passagem, é o romance epistolar intensivo, transcorrido sobretudo a portas fechadas, concentrado num universo restrito cujos protagonistas têm seus estados de alma explorados à exaustão, e no qual a ausência de um narrador comentarista amplifica no leitor a impressão de estar de fato vivenciando os eventos. O de Fielding é o modelo panorâmico: um grande elenco de personagens representando tipos humanos básicos desfila em tramas cômicas de valor parabólico, às quais acontecimentos não faltam. Nesse sentido, o modelo de Fielding é mais superficial. Richardson, escrevendo em 1756 à romancista Sarah Fielding, irmã de Henry, disse que o conhecimento de Fielding "era o conhecimento do exterior de um relógio, enquanto o [dela] era o de todas as molas e moções mais sutis do interior". Samuel Johnson, curiosamente o último bastião do neoclassicismo, reutilizou a mesma imagem para expressar sua preferência por Richardson, dizendo que havia "tão grande diferença entre Richardson e

Fielding quanto entre um homem que soubesse como se fazia um relógio e outro que soubesse ler as horas olhando o visor"[33].

O que Fielding perdia em profundidade, contudo, ganhava em amplitude e incisividade. Para Boswell, os "visores" de Fielding tinham não obstante mais brilho. E, assim como o neoclássico Dr. Johnson preferia o protorromântico Richardson, o romântico Coleridge preferia Fielding: "Quão encantador, quão salutar, é Fielding o tempo todo! Passar a ele depois de Richardson é como sair de um quarto de doente, aquecido por fornalhas, para um descampado aberto num dia arejado de maio"[34]. Tal efeito de despreocupação deve muito a uma figura ausente da forma epistolar escolhida por Richardson: o narrador comentarista. Como observou uma estudiosa brasileira do assunto, Gabriela Hatsue Yuasa, "o narrador [em *Joseph Andrews* e *Tom Jones*] assume diante do leitor o papel de guia, e o leva a distanciar-se igualmente daquilo que narra através de seus comentários ora no registro burlesco, ora no satírico ou no irônico"[35]. O leitor, como resultado, nunca perde de vista que aquilo que está lendo é ficção, e que os personagens obedecem aos comandos de um todo-poderoso mestre-de-cerimônias. Isso estava bem de acordo com as metas de Fielding, para quem o efeito ilusionista de Richardson privava os leitores de um corolário moral, deixando-os à mercê do puro deleite vicário. Seu narrador intrometido, piadista e filosofante, que monopoliza com suas ruminações pessoais os capítulos de abertura dos livros I, II e III (e de todos os livros no caso de *Tom Jones*), tornou-se um dos elementos mais distintivos e mais influentes de sua obra. Em Defoe, em Richardson e em muitos dos antecessores de Fielding na senda da ficção realista, a narrativa epistolar ou em primeira pessoa impedia que uma voz não envolvida contemplasse os eventos de cima e se pronunciasse a seu respeito. Nesses autores, que de costume punham suas obras a circular como autobiografias ou epistolários reais, a meta era o que Ian Watt chamou de *realismo de apresentação*[36]: o mundo se reproduziria nas páginas tal como percebido por uma consciência individual envolvida, e a verdade presumivelmente o acompanharia no processo. Já Fielding praticava o que Watt chamou de *realismo de avaliação*: os acontecimentos e personagens seriam vistos

33. A anedota é narrada por James Boswell em *The Life of Samuel Johnson*, p. 158.

34. Conversa à mesa. Em Kathleen Coburn, *Inquiring Spirit: A New Presentation of Coleridge from His Published and Unpublished Prose Writings*, New York, Pantheon Books, 1951, p. 181.

35. *Tradição e Inovação na Gênese do Romance Inglês: O Narrador em Henry Fielding*, p. 130. Gabriela também é autora de um estudo comparativo entre Fielding e o escritor brasileiro que mais se lhe assemelha, Manuel Antônio de Almeida: *Um Enjeitado e um Sargento de Milícias: Formação do Indivíduo e do Romance*, tese de doutoramento (2006).

36. *The Rise of the Novel*, p. 288.

de fora e submetidos ao juízo de um narrador distanciado, o que aumentava a clareza moral ao custo de uma relativa perda de autenticidade.

Essa era uma perda que a concepção de Fielding quanto aos propósitos da ficção conseguia facilmente acomodar. Ao passo que a maioria dos ficcionistas em prosa da Inglaterra procurava credenciar suas narrativas afirmando-as verídicas, *Joseph Andrews* e *Tom Jones* assumiam-se explicitamente como obras de imaginação. Com isso Fielding não supunha faltar à verdade: a exemplaridade de seus personagens, que ilustravam tipos humanos atemporais, conferia a seus romances um valor histórico e biográfico que a seu ver faltava à historiografia usual. Para Fielding, *Dom Quixote* era mais histórico do que certa *História da Espanha*:

> Pois ao passo que est[a] últim[a] se limita a um período e uma nação específicos, o primeiro é a história do mundo em geral, ou ao menos daquela parte polida por leis, artes e ciências, e é-o desde o momento em que foi primeiramente polido até os dias de hoje, e o será também no futuro, por quanto tempo perdure (III, i).

Fielding está retomando com isso uma atitude epistemológica que já era a de Luciano de Samósata e de Rabelais, e também a das narrativas parabólicas da Bíblia: a de que histórias cujos detalhes e personagens são fictícios podem servir de veículo para verdades essenciais. A ficção não era sinônimo de alienação – algo que gêneros mais tradicionais como o drama há muito admitiam, mas que ainda precisava ser reconhecido no campo da prosa narrativa. Nesse sentido *As Viagens de Gulliver*, cuja trama absurda comportava uma aguda crítica dos tempos, foram um elo a meio caminho entre *Joseph Andrews* e a sátira neoclássica dos augustanos. Essa reafirmação da verdade ulterior das obras de imaginação foi um passo fundamental para justificar e trazer respeitabilidade ao novo gênero do romance[37].

Mas nem todos pensavam como Fielding. Apesar de seus cuidados para evitar a ambiguidade moral de Richardson, sua sorte não foi diferente, e foi provavelmente pior. *Tom Jones*, conquanto agradasse a muitos, foi considerado tão lascivo que alegou-se ter contribuído para causar os dois tremores de terra que sacudiram Londres no primeiro quartel de 1750. A opção de Fielding pela comédia, que envolvia necessariamente o retrato da vida baixa, tornava-o um alvo

37. As formas alternativas de dizer a verdade na narrativa da época são discutidas em detalhe por McKeon, em *The Origins of the English Novel*.

constante de acusações de imoralidade. Samuel Johnson, também ele um dedicado moralista, obtemperou que, "se o poder do exemplo é grande a ponto de se assenhorear da memória como que à força, e se produz efeitos quase que sem a intervenção da vontade, cumpre cuidar para que, sendo a escolha irrestrita, somente os melhores exemplos sejam exibidos"[38]. Já Richardson dizia que, se não soubesse quem Fielding era, ele o tomaria por um estribeiro, tal a vileza de sua obra[39]. Mas havia motivos para as liberdades de Fielding com a decência: com sua vasta experiência de jovem fidalgo e *bon vivant*, ele acreditava que o retrato da vida chã era essencial para uma denúncia efetiva e completa dos vícios que afligiam a sociedade. (Dickens sofreria o mesmo tipo de acusação pela cenas de delinquência em *Oliver Twist*, e apontaria Fielding como um precedente.) Em seu último romance, *Amelia* (1751), Fielding desceria ainda mais, explorando um mundo de corrupção que se alastrava das prisões londrinas aos redutos secretos da vida quotidiana. Tudo isso com um elemento inesperado: desde a publicação de *Clarissa*, romance de uma pujança dramática irresistível, Fielding havia passado a admirar seu rival, tendo-lhe aliás escrito cartas elogiosas. Em *Amelia* é visível uma aproximação geral com os métodos de Richardson. Ali o narrador comentarista e o distanciamento satírico saem de cena, e o tom é mais soturno e mais dramático. Johnson, apesar de suas reservas quanto aos retratos da vida baixa, parece ter aprovado a mudança; Boswell conta que ele leu *Amelia* de uma só sentada[40]. A recepção geral, porém, foi lastimável. Os leitores, ansiosos por novos produtos da mesma pena descontraída que lhes dera o pastor Adams e Tom Jones, ficaram desapontados, atônitos, irritados até. Para Fielding essa reação foi particularmente dolorosa, já que ele baseara a protagonista do romance em sua finada esposa, Charlotte, e dizia preferir *Amelia* ao restante de sua prole literária. Num testemunho tocante no *Covent Garden Journal* ele declarou:

> Não acho que minha filha [referindo-se metaforicamente a *Amelia*] esteja totalmente livre de faltas. Não conheço nada de humano que esteja; mas com certeza ela não merece o rancor com que foi tratada pelo público. Porém, não é minha intenção no momento fazer defesas; antes, assumirei um compromisso que sempre se permitiu neste tribunal em todos os processos por tédio. Destarte, declaro solenemente ao senhor Censor que não mais incomodarei o mundo com outras filhas minhas pela mesma musa.

38. *The Rambler*, IV.
39. Boswell, *The Life of Samuel Johnson*, p. 196.
40. Boswell, *idem*, p. 309.

E o compromisso foi cumprido. Três anos mais tarde Fielding morreria em Lisboa, acometido pela gota e pela asma. Dessa época data seu *Journal of a Voyage to Lisbon* (*Diário de uma Viagem a Lisboa*), onde o vemos alquebrado e amargurado com o mundo, tendo renunciado a Aristófanes e Rabelais, lumes de sua fase cômica, e até mesmo a Homero, seu grande modelo épico. Em conjunto, isso sugere sua perda de confiança no épico-cômico em prosa. No prefácio desse canto do cisne, testemunhamos uma inversão diametral do credo manifesto em *Joseph Andrews*: "a *Odisseia*, o *Telêmaco* e todos os outros dessa sorte estão para o escrito de viagens que tenho em mente assim como está o romanesco para a história verdadeira, o primeiro sendo o perversor e corruptor da última". A preferência de Fielding voltava-se, enfim, para a história no sentido tradicional. Nos anos entre a publicação de *Amelia* e sua partida para Lisboa ele se dedicara a questões contemporâneas e a suas atividades como magistrado em Londres, sem fazer outras visitas a sua "nova província do escrever". O romancista se recolhera com *Amelia*.

Richardson nunca retribuiu o gesto de apreciação de Fielding, e continuou a aviltá-lo mesmo depois de sua morte. É como rivais que eles perduram na história da literatura inglesa. No continente, onde o Romantismo teve sobre a prosa de ficção um influxo maior do que entre os ingleses, o alcance de Richardson superou em muito o de Fielding. Rousseau, Diderot, Goethe e Púchkin absorveram seu exemplo e o estenderam. Mas na Inglaterra os legados de ambos os autores se mesclaram. Jane Austen, com seus retratos sociais agudos temperados pela ironia bem controlada da narrativa em terceira pessoa, reconciliaria magistralmente o realismo de apresentação de Richardson com o realismo de avaliação de Fielding. Daí em diante, essas técnicas apareceriam com frequência juntas, conforme o gênero se fosse alçando à posição proeminente que ocupa hoje. A "nova província do escrever", cuja reputação ainda cambaleava na virada do século, acabou por consagrar-se na Inglaterra vitoriana. O sucesso dos romances históricos de Sir Walter Scott contribuiu decisivamente para tornar o gênero respeitável, e essa honra teve desdobramentos retrospectivos. A reputação dos praticantes setecentistas beneficiou-se do trabalho editorial empreendido tanto pelo próprio Scott, que biografou vários deles, como por Anna Laetitia Barbauld, organizadora da série *The British Novelists* (1810), 51 volumes acompanhados de um longo ensaio sobre a história do romance. Tanto Scott como Mrs. Barbauld concederam lugares de honra a Richardson e a Fielding. Posteriormente, autores do calibre de Thackeray e Dickens reconheceriam de bom grado sua dívida específica para com o último, em romances panorâmicos repletos de personagens típicos das altas e das baixas rodas, narrados com algo da ironia e da exasperação moral de seu predecessor.

Com o tempo, os métodos de Fielding acabaram por fundir-se com técnicas desenvolvidas por romancistas tanto ingleses como estrangeiros, tornando-se moeda comum e circulando anonimamente. E é nessa corrente genérica, alimentada a princípio por afluentes provindos de mananciais distintos, que Fielding reencontrou por fim o confortante esteio da tradição.

REFERÊNCIAS BIBLIOGRÁFICAS

EDIÇÕES DE *JOSEPH ANDREWS* UTILIZADAS

Joseph Andrews and Shamela. Edição e introdução de Douglas Brooks-Davies. Oxford, Oxford University Press, 1990.

Joseph Andrews. Edição e introdução de Martin C. Battestin. Riverside Editions. Boston, Houghton Miffling Company, 1961.

Joseph Andrews. Introdução de J. B. Priestley, com ilustrações de Norman Tealby. London, John Lane the Bodley Head Ltd., 1929.

Joseph Andrews. Tradução francesa do abade Desfontaines, com introdução de Serge Soupel. Paris, Flammarion, 1990.

Joseph Andrews / Shamela. Edição e introdução de Judith Hawley. London, Penguin Books, 1999.

Joseph Andrews with Shamela and Related Writings. Norton Critical Edition. Edição e introdução de Homer Goldberg. New York, W. W. Norton & Company, 1987.

The Works of Henry Fielding, Esq.: Joseph Andrews, 2 vols. Edição de George Saintsbury, com ilustrações de Herbert Railton e E. J. Wheeler. London, J.M. Dent & Co., 1893.

OUTRAS FONTES

(Só inclui edições de obras literárias mencionadas mais do que de passagem na introdução.)

ALLEN, Walter. (1954). *The English Novel: A Short Critical Study.* London, Penguin Books, 1999.

ATKINS, J. W. H. *English Literary Criticism: 17th and 18th centuries.* London, Methuen, 1951.

AUERBACH, Erich. *Mimesis. A Representação da Realidade na Literatura Ocidental.* São Paulo, Edusp/Perspectiva, 1971.

BATTESTIN, Martin C. *The Moral Basis of Fielding's Art.* Middletown, Wesleyan University Press, 1967.

BATTESTIN, Martin C., com BATTESTIN, Ruth R. *Henry Fielding. A Life.* London, Routledge, 1989.

BOOTH, Wayne C. *The Rhetoric of Fiction.* 2nd edition. London, Penguin Books, 1991.

BOSWELL, James. *Life of Johnson.* Chicago, William Benton, Encyclopædia Britannica, Inc., 1952.

BUTT, John. *Fielding*. London, Longman, 1954.

________. *The Augustan Age*. London, Hutchinson's University Library, 1950.

CAZAMIAN, L. "Richardson". *The Cambridge History of English Literature*, vol. x. Cambridge, Cambridge University Press, 1934.

CERVANTES, Miguel de. *Dom Quixote de la Mancha*. Tradução dos Viscondes de Azevedo e Castilho. São Paulo, Atena, s.d.

CHILD, Harold. "Fielding and Smollett". *The Cambridge History of English Literature*, vol. x. Cambridge, Cambridge University Press, 1934.

CIBBER, Colley. *An Apology for the Life of Colley Cibber*. New York, Dover, 1968.

CROSS, Wilbur L. & MILFORD, Humphrey. *The History of Henry Fielding*. 3 vols. New Haven, Yale University Press, 1918.

DAVIS, Lennard J. *Factual Fictions: The Origins of the English Novel*. Philadelphia, University of Pennsylvania Press, 1997.

DAY, Geoffrey. *From Fiction to the Novel*. London, Routledge & Kegan Paul, 1987.

DOBRÉE, Bonamy. *English Literature in the Early Eighteenth Century – 1700-1740*. Oxford, Clarendon Press, 1959.

FIELDING. Henry. *A Journey From This World to the Next and The Journal of a Voyage to Lisbon*. Edição e introdução de Ian A. Bell e Andrew Varney. Oxford, OUP, 1997.

________. *Tom Jones*. Tradução de Octavio Mendes Cajado. São Paulo, Círculo do Livro, 1995.

________. *Amelia*. Edição e introdução de David Blewett. London, Penguin Books, 1987.

________. *Jonathan Wild*. Edição e introdução de David Nokes. London, Penguin Books, 1986.

FORSTER, Edward Morgan. *Aspects of the Novel*. London, Penguin Books, 1964.

FRYE, Northrop. *Anatomia da Crítica*. Tradução de Péricles Eugênio da Silva Ramos. São Paulo, Cultrix, 1973.

HOMER GOLDBERG. "The Reasoning Behind the Form of *Joseph Andrews*." *In*: HOMER GOLDBERG (ed.). *Joseph Andrews*. Norton Critical Edition. New York, Norton, 1987.

HUMPHREYS, Arthur. (1957). "The Social Setting" e "The Literary Scene". In: FORD, Boris (ed.). *The New Pelican Guide to English Literature 4. From Dryden to Johnson*. London, Penguin Books, 1997. pp. 15–100.

________. *The Augustan World – Life and Letters in Eighteenth Century England*. London, Methuen & Co. Ltd., 1964.

HUNTER, J. Paul. *Before Novels. The Cultural Contexts of Eighteenth-Century English Fiction*. New York/London, W. W. Norton & Company, 1990.

JACK, Ian. *Augustan Satire. Intention and Idiom in English Poetry. 1660-1750*. Oxford, OUP, 1942.

KETTLE, Arnold. *An Introduction to the English Novel, V. I. Defoe to George Eliot*. New York, Harper Torchbooks, 1960.

LAWRENCE, Robert G. (ed.). *Restoration Plays*. London, Everyman, 1999.

LEAVIS, F. R. *The Great Tradition.* London, Chatto & Windus, 1948.

MCCUTCHEON, Roger P. *Eighteenth-Century English Literature.* London, Oxford University Press, 1985.

MCKEON, Michael. *The Origins of the English Novel. 1600-1740.* Baltimore, Johns Hopkins University, 1988.

MCREA, Brian. "Rewriting *Pamela*: Social Change and Religious Faith in *Joseph Andrews.*" *In*: HOMER GOLDBERG (ed.). *Joseph Andrews.* Norton Critical Edition. New York, Norton, 1987.

MORETTI, Franco. *Atlas do Romance Europeu.* Tradução de Sandra Vasconcelos. São Paulo, Boitempo, 2003.

MUIR, Edwin. *The Structure of the Novel.* London, The Hogarth Press, 1957.

NEILL, S. Diana. *A Short History of the English Novel.* New York, Collier Books, 1964.

NISBETT, H. B. & RAWSON, Claude (ed.). *The Eighteenth Century. The Cambridge History of Literary Criticism*, v. 4. Cambridge, CUP, 1997.

PAULSON, Ronald (ed.). *Fielding – A Collection of Critical Essays.* Englewood Cliffs, Prentice--Hall, Inc., 1962.

PAULSON, Ronald. *The Life of Henry Fielding. A Critical Biography.* Oxford, Blackwell Publishers, 2000.

________. *Satire and the Novel in Eighteenth-Century England.* New Haven, Yale University Press, 1967.

PAULSON, Ronald & LOCKWOOD, Thomas (ed.). *Henry Fielding: The Critical Heritage.* London, Routledge, 1969.

POPE, Alexander. *Selected Poetry.* Ed. by Pat Rogers. Oxford, Oxford University Press, 1998.

PROBYN, Clive T. *English Fiction of the Eighteenth Century. 1700-1789.* New York, Longman, 1987.

RAWSON, Claude. *Henry Fielding and the Augustan Ideal Under Stress.* London, Routledge & Kegan Paul, 1972.

REEVE, Clara. *The Progress of Romance: and, The History of Charoba, Queen of Aegypt.* New York, The Facsimile Text Society, 1930.

RICHARDSON, Samuel. *Clarissa: or The History of a Young Lady.* Edição e introdução de Angus Ross. London, Penguin Books, 1986.

________. *Pamela; or, Virtue Rewarded.* Introduction by Margaret A. Doody. London, Penguin Books, 1985.

RICHETTI, John (ed.). *The Cambridge Companion to the Eighteenth-Century Novel.* Cambridge, CUP, 1996.

ROGERS, Pat. "Books, Readers and Patrons". *In*: FORD, Boris (ed.). *The New Pelican Guide to English Literature 4. From Dryden to Johnson.* London, Penguin Books, 1997. pp. 214–227.

________. *The Context of English Literature – The Eighteenth Century.* London, Methuen, 1978.

SACKS, Sheldon, "Fielding's Guidance of the Reader." *In*: GOLDBERG (ed.). *Joseph Andrews*. Norton Critical Edition. New York, Norton, 1987.

SCARRON, Paul. *Le Roman Comique*. Edição de Yves Giraud. Paris, Flammarion, 1981.

STEVENSON, Lionel. *The English Novel*. London, Constable and Company, 1961.

SUTHERLAND, James. *English Satire*. Cambridge, Cambridge University Press, 1958.

SWEDENBERG JR., H. T. *The Theory of the Epic in England, 1650–1800*. Berkeley, University of California Press, 1944.

THACKERAY. "The English Humourists of the Eighteenth Century." *The Complete Works of William Makepeace Thackeray. Vol. XIII*. Boston, Houghton, Mifflin and Company, 1889. pp. 111–330.

THORNBURY, Ethel Margaret. *Henry Fielding's Theory of the Comic Prose Epic*. Madison, University of Wisconsin, 1931.

VASCONCELOS, Sandra Guardini T. *A Formação do Romance Inglês*. São Paulo, Hucitec, 2007.

________. *Dez Lições sobre o Romance Inglês do Século XVIII*. São Paulo, Boitempo, 2002.

________. "Formação do Romance Brasileiro: 1808-1860 (Vertentes Inglesas)." Versão eletrônica: http://www.unicamp.br/iel/memoria/Ensaios/Sandra/sandra.htm

________. "Romances Ingleses em Circulação no Brasil durante o Século XIX." Versão eletrônica: http://www.unicamp.br/iel/memoria/Ensaios/Sandra/sandralev.htm.

WAGENKNECHT, Edward. *Cavalcade of the English Novel*. New York, Henry Holt and Company, 1944.

WATT, Ian. *The Rise of the Novel: Studies in Defoe, Richardson, and Fielding*. Berkeley, University of California Press, 1957.

WHEELER, Michael. *English Fiction of the Victorian Period*. New York, Longman, 1994.

WILLIAMS, Raymond. *O Campo e a Cidade*. Tradução de Paulo Henriques Britto. São Paulo, Companhia das Letras, 1990.

WRIGHT, Andrew. *Henry Fielding. Mask and Feast*. London, Chatto & Windus, 1968.

YUASA, Gabriela Hatsue. *Tradição e Inovação na Gênese do Romance Inglês: O Narrador em Henry Fielding*. Dissertação de mestrado apresentada à USP. São Paulo, 1999.

CRONOLOGIA DA VIDA DE HENRY FIELDING

1707 Nasce em Sharpham Park, próximo de Glastonbury, Somerset, em 22 de abril. O pai, o oficial do exército Edmund Fielding (ou Feilding, a grafia tradicional), é de família aristocrática, aparentado com os condes de Denbigh e Desmond. A mãe é filha de fidalgos rurais.

1709–1719 Passa a infância na fazenda de East Stour, Dorset. Em abril de 1718 perde a mãe, cuja parte (majoritária) na fazenda é deixada aos filhos. (Henry tinha cinco irmãs e um irmão, todos mais jovens.)

1719 Seu pai se casa novamente com uma viúva católica e faz uso indevido da herança materna dos filhos, que resultará num processo familiar. Os conflitos entre Henry e Edmund remontam a essa época.

1719–1724 Educação em Eton.

1725 Fielding tenta em vão sequestrar a rica herdeira Sarah Andrew, cuja mão lhe fora negada.

1727 Publica em Londres sua primeira obra, o poema perdido *The Coronation*. Morte de sua madrasta.

1728 Primeira produção de uma peça sua: *Love in Several Masques*, cujo texto é publicado em 23 de fevereiro.

1728–1729 Parte para a Holanda para estudar Letras na Leiden Universiteit. Esboça *Don Quixote in England*. Deixa Leiden aparentemente em razão de dívidas e se estabelece em Londres. Pouco antes disso, seu pai volta a se casar, dessa vez com uma viúva rica.

1730–1737 Núcleo de sua carreira como dramaturgo, com várias comédias de grande sucesso, como *Tom Thumb* (1730) e *Pasquin* (1736). Dessa época data sua amizade com Cibber, e também a rápida ruptura. Apesar de seus ganhos consideráveis, leva uma vida desregrada, endividando-se viciosamente.

1734 Casa-se em 28 de novembro com Charlotte Cradock, com quem aparentemente fugira.

1737 A Lei do Licenciamento Teatral estabelece a censura, devido sobretudo às peças politicamente polêmicas de Fielding. Apesar de alguns escritos posteriores, sua carreira de dramaturgo chega efetivamente ao fim, e ele passa a estudar Direito no Middle Temple. Também atua como jornalista da oposição.

1738 A fazenda da família em East Stour é vendida para pagar dívidas.

1740 Fielding inicia-se na carreira legal, prosseguindo em seu trabalho como jornalista. Em novembro, seu pai é preso por dívidas e Richardson publica *Pamela*.

1741 Ainda na prisão, Edmund volta a se casar. Em abril, Fielding publica *Shamela*. Dois meses depois Edmund morre, sem lhe deixar nada.

1742 Em 22 de fevereiro *Joseph Andrews* é publicado, em dois volumes ao preço de seis xelins. A segunda edição, com correções e modificações, sai em 10 de junho; a terceira, apresentando finalmente seu nome na capa, em março de 1743. Edições pirateadas aparecem em Dublin em 1742 e 1747. A primeira tradução francesa, pelo abade Desfontaines, surge já em 1743.

1743 Publica três volumes de *Miscellanies*, incluindo os textos integrais do romance satírico *Jonathan Wild* e da viagem fantástica *A Journey from this World to the Next*.

1744 Prefacia *The Adventures of David Simple*, de sua irmã Sarah. Em novembro morre sua esposa, Charlotte.

1745 Dedica-se ao *True Patriot*, periódico antijacobita.

1747 Casa-se com Mary Daniel, sua ex-criada.

1747–1748 Edita o *Jacobite's Journal*, periódico governista. Em dezembro de 1747 Richardson publica os dois primeiros volumes de *Clarissa*.

1748 Inicia-se na carreira de magistrado, a que se dedicará com grande afinco nos anos seguintes. Em dezembro saem os três últimos volumes de *Clarissa*.

1749 *Tom Jones* é publicado em fevereiro, tendo quatro edições antes do fim do ano.

1751 Escreve seu *Enquiry into the Causes of the Late Increase of Robbers*, um influente estudo dos problemas criminais de Londres. Em dezembro, publica *Amelia*.

1752 Edita o *Covent-Garden Journal*.

1753 Implanta um esquema bem-sucedido para reduzir a criminalidade em Londres.

1754 Com sérios problemas de saúde, renuncia à magistratura e decide procurar um clima mais ameno. De junho a agosto empreende a viagem a Portugal que narrará em seu *Journal of a Voyage to Lisbon*, de publicação póstuma. Em 8 de outubro, morre em Junqueira.

NOTA SOBRE A TRADUÇÃO

Não é impossível que tenha havido no Brasil alguma tradução remota de *Joseph Andrews*, mas minhas buscas nesse sentido foram infrutíferas. O trabalho de compilação de Sandra Vasconcelos, que catalogou os romances ingleses em circulação no Brasil no século XIX, identificou edições em inglês e em francês nas bibliotecas e gabinetes de leitura do Rio de Janeiro, mas nenhuma tradução nacional. Esta, portanto, é muito provavelmente a primeira versão integral brasileira. (Excertos da obra, além de pronunciamentos gerais sobre o romance por parte do mesmo autor, foram incluídos por Sandra em *A Formação do Romance Inglês*.) Em geral, Fielding continua pouco traduzido no Brasil. Salvo engano, além de *Tom Jones*, que teve excelentes traduções de Octavio Mendes Cajado e Jorge de Pádua Conceição, tendo ganhado ainda diversas adaptações, uma das quais por Clarice Lispector, o leitor só terá acesso a um breve "Ensaio sobre o Nada", que integrou o volume *Ensaístas Ingleses* da coleção Clássicos Jackson.

Esta tradução foi feita a partir da edição de Douglas Brooks-Davies (Oxford, OUP, 1990), que por sua vez reproduz a versão do texto estabelecida por Martin Battestin para a *Wesleyan Edition of the Works of Henry Fielding* (Oxford, Clarendon Press, 1967). Em sua versão, que serve de base para a maioria das edições modernas, Battestin utilizou as quatro primeiras edições do romance (publicadas entre 1742 e 1743), recorrendo sobretudo ao texto da segunda (de junho de 1742), que contém as principais alterações feitas por Fielding.

As convenções tipográficas da época foram adaptadas à prática moderna. Assim, no original Fielding grafa substantivos comuns com inicial maiúscula, e nomes próprios em itálico; na tradução os primeiros virão com inicial minúscula e os últimos com maiúscula, mas em corpo redondo. As aspas encerrando discursos foram substituídas por travessões, salvo quando um discurso é inserido dentro de outro já iniciado por travessão. Fielding com frequência usava aspas para abrir um discurso direto mas preservava a sintaxe do discurso indireto; nesses casos a tradução dispensará o travessão. Dadas as peculiaridades da pontuação da época, em certos momentos pontos e vírgulas, dois-pontos ou vírgulas foram substituídos por outras formas de pontuação. Procurei, porém, manter as opções de Fielding sempre que elas não se desviassem demais da prática atual nem comprometessem a compreensibilidade do texto. O resultado serão períodos amiúde longos e complexos e um uso muito frequente de pontos e vírgulas, que, se podem causar um estranhamento inicial, transmitirão uma ideia mais fiel do estilo de Fielding, tão afeito às subordinações e aos longos encadeamentos. No mesmo espírito, traduzi literalmente certas palavras a que ele recorria com incomum frequência, como *immediately*, *accident* e *violent*, mesmo naqueles casos em que o resultado soa um tanto peculiar em português.

A tradução mais comum para a palavra *parson* é "pároco", mas esse termo, embora ideal isoladamente, não me parece ficar bem como antenome. Na tradução de *parson Adams* preferi o antenome "pastor" (no sentido geral de "ministro protestante"), que cumpre melhor a função e é a meu ver mais eufônico.

Por fim, certas passagens em francês (como no capítulo IV do livro II) continham erros que foram silenciosamente corrigidos na tradução.

Henry Fielding

A História das Aventuras de

JOSEPH ANDREWS

e seu Amigo o Senhor

ABRAHAM ADAMS

Escrita à imitação da maneira de Cervantes,
autor de Dom Quixote

THE

HISTORY

OF THE

ADVENTURES

OF

JOSEPH ANDREWS,

And of his FRIEND

Mr. *ABRAHAM ADAMS*.

Written in Imitation of

The *Manner* of CERVANTES,
Author of *Don Quixote*.

IN TWO VOLUMES.

VOL. I.

LONDON:
Printed for A. MILLAR, over-againſt
St. Clement's Church, in the *Strand*.
M.DCC.XLII.

Frontispício da primeira edição de Joseph Andrews *(1742)*

PREFÁCIO

Como é possível que o mero leitor inglês tenha das estórias romanescas[1] uma ideia diferente da do autor destes pequenos volumes[2], e possa por conseguinte esperar um tipo de entretenimento que não se há de encontrar, nem tampouco foi tencionado, nas páginas a seguir, não será talvez impróprio adiantar umas poucas palavras com respeito a este gênero de escrito, que não me recorda ter visto até o momento empreendido em nossa língua.

A Épica, tão bem como o Drama, se divide em tragédia e comédia. Homero, que foi o pai dessa espécie de poesia, legou-nos o modelo de ambas, muito embora o do último gênero se haja inteiramente perdido, o qual, Aristóteles nos diz, tinha a mesma relação com a comédia que sua *Ilíada* com a tragédia[3]. E que não tenhamos dele outros exemplos entre os autores da Antiguidade se deve talvez à perda desse grande modelo, que, se houvesse sobrevivido, teria encontrado seus imitadores, a exemplo dos outros poemas desse grande original.

Ademais, assim como tal poesia pode ser trágica ou cômica, não faço escrúpulo de dizer que pode igualmente ser em verso ou em prosa: pois embora lhe falte um pormenor que o crítico enumera entre as partes constituintes de um poema épico – qual seja, a métrica –, quando um gênero qualquer de escrito contém to-

1. A respeito desta expressão, ver a seção "A Nova Província" da Introdução.
2. *Joseph Andrews* foi originalmente publicado em dois volumes.
3. A referência é ao poema cômico *Margites*. Cf. Aristóteles, *Poética*, IV, 17. O nome *Margites* deriva de *margos – tolo*.

das as suas demais partes, como fábula, ação, personagens, sentimentos e dicção, sendo deficiente apenas na métrica, parece a meu ver razoável associá-lo à épica, quando mais não fosse porque nenhum crítico julgou apropriado elencá-lo sob qualquer outra categoria, nem atribuir-lhe algum nome em particular.

Assim, o *Telêmaco*[4] do arcebispo de Cambrai se me afigura do gênero épico, tão bem como a *Odisseia* de Homero; com efeito, é muito mais justo e mais razoável atribuir-lhe um nome em comum com o da espécie de que ele difere tão-somente numa única instância do que confundi-lo com aquelas a que não se assemelha em nenhuma outra. Tais são aquelas obras volumosas comumente chamadas *estórias romanescas*, como *Clélia, Cleópatra, Astreia, Cassandra*, o *Grande Ciro*[5] e inumeráveis outras, que contêm, em meu entender, muito pouca instrução ou entretenimento.

Ora, uma estória romanesca cômica é um poema épico-cômico em prosa, e difere da comédia como o épico sério da tragédia: sua ação sendo mais extensa e abrangente, contendo um círculo muito maior de incidentes e introduzindo maior variedade de personagens. Ela difere da estória romanesca séria em sua fábula e ação, no sentido de que, como em uma estas são graves e solenes, na outra são leves e ridículas; difere em seus personagens, por introduzir pessoas de grau inferior e consequentemente de modos inferiores, ao passo que a séria dispõe as mais excelsas à nossa frente; difere, enfim, em seus sentimentos e dicção, por observar o lúdrico em lugar do sublime. Na dicção, penso eu, o próprio burlesco pode ser por vezes admitido, do que ocorrerão vários exemplos nesta obra, como nas descrições das batalhas e em alguns outros trechos que escusa apontar ao leitor clássico, para cujo entretenimento tais paródias ou imitações burlescas foram mormente calculadas.

Porém, embora o tenhamos admitido por vezes em nossa dicção, excluímo-lo cuidadosamente de nossos sentimentos e personagens, porquanto nestes ele nunca se introduz com propriedade salvo em escritos do gênero burlesco, o que este não pretende ser. De fato, não há duas espécies de escrito que possam diferir mais largamente do que o cômico e o burlesco, pois assim como o último consiste sempre na exibição do que é monstruoso e desnatural, e em que nosso delei-

4. Trata-se de *Les Aventures de Télémaque* (1699), de Fénelon, popularíssimas em seu tempo. Escrito para a instrução do Duque de Borgonha, neto de Luís XIV, o livro retoma em tons didáticos a busca de Telêmaco por seu pai, Ulisses, a partir do canto IV da *Odisseia*.

5. Trata-se, em todos os casos, de obras francesas em vários tomos, de autoria de Mlle. de Scudéry (*Clélia* e *Ciro*), la Calprenède (*Cassandra* e *Cleópatra*) e Honoré d'Urfé (*Astreia*). Todas já existiam em traduções inglesas e haviam tido uma fase de grande aceitação na Inglaterra.

te, se o examinarmos, decorre de absurdos surpreendentes, como na apropriação dos modos das classes mais altas pelas mais baixas, ou *è converso*[6]; outrossim, no primeiro devemos sempre nos confinar estritamente à natureza, de cuja justa imitação fluirá todo o prazer que podemos por esse meio transmitir a um leitor de bom senso. E há talvez uma razão para que o escritor cômico seja de todos o menos desculpável por se desviar da natureza, já que nem sempre será tão fácil para um poeta sério deparar o grande e admirável, mas a vida por toda parte provê de ridículo um observador atento.

Aventei este tanto com respeito ao burlesco porque ouvi muitas vezes esse nome ser dado a produções que eram na verdade do gênero cômico, por tê-lo o autor admitido por vezes em sua dicção apenas – a qual, visto que é a indumentária da poesia, estabelece, como a dos homens, os caracteres (um, de todo o poema, e o outro, de todo o homem) na opinião vulgar, para além de suas maiores excelências. Mas é claro que uma certa jocosidade de estilo, quando os personagens e sentimentos são perfeitamente naturais, não mais constitui o burlesco do que uma oca pompa e dignidade das palavras, quando tudo o mais é mesquinho e rasteiro, podem qualificar uma produção ao título de deveras sublime.

E quer me parecer que a opinião de milorde Shaftesbury sobre o mero burlesco coincide com a minha quando ele assevera que "não se há de encontrar tal coisa nos escritos dos antigos"[7]. Mas talvez eu nutra menos repugnância do que ele professa por este, e não porque tive um pequeno sucesso nos palcos por esse caminho, mas antes porque ele contribui mais para a alegria e o riso requintados do que nenhum outro; e estes são provavelmente remédios mais salutares para a mente, e ajudam melhor a purgar a zanga, a melancolia e os maus afetos do que geralmente se imagina. Mais que isso, perguntarei à observação comum se as mesmas agremiações não se encontram mais cheias de bom humor e benevolência depois de terem sido adoçadas por duas ou três horas com entretenimentos desse tipo do que quando azedadas por uma tragédia ou uma palestra solene.

Mas, para ilustrar isso tudo por meio de outra ciência, em que talvez vejamos a distinção mais clara e distintamente, examinemos as obras de um pintor histórico-cômico junto àquelas produções a que os italianos chamam *caricaturas*; nisso descobriremos que a real excelência das primeiras consiste na mais exata cópia da natureza, tanto que um olhar judicioso lhe rejeita instantaneamente

6. *Vice-versa.*
7. Anthony Ashley Cooper (1671–1713), terceiro conde de Shaftesbury, foi um dos principais filósofos ingleses da Restauração, e destacou-se por suas reflexões sobre a estética. O trecho mencionado por Fielding encontra-se, com formulação diversa, em seu *Sensus Communis: An Essay on the Freedom of Wit and Humour* (1709).

qualquer coisa de *outré*[8], qualquer liberdade que o pintar tiver tomado com as feições dessa *alma mater*[9] – ao passo que na caricatura abonamos todas as licenças. Sua meta é exibir monstros, não homens, e quaisquer distorções e exageros estão dentro de sua devida província.

Ora, o que a caricatura é na pintura o burlesco é na escrita; e, do mesmo modo, o escritor e o pintor cômicos se correlacionam um com o outro. E aqui devo observar que, assim como na primeira o pintor parece levar vantagem, outrossim na última esta se encontra infinitamente do lado do escritor, pois o Monstruoso é muito mais fácil pintar do que descrever, e o Ridículo, descrever do que pintar.

E, embora esta última espécie talvez não logre em nenhuma das duas ciências afetar e agitar os músculos tão intensamente quanto a outra, admitir-se-á, creio eu, que um prazer mais racional e mais útil nos advém dela. Aquele que chamasse o engenhoso Hogarth[10] de pintor burlesco lhe faria em minha opinião pouquíssima honra, pois com certeza é muito mais fácil e muito menos digno de admiração pintar um homem com um nariz ou outro traço qualquer em dimensões prepósteras, ou expô-lo numa atitude absurda ou monstruosa, do que expressar as afeições dos homens sobre a tela. Tem-se considerado um grande encômio ao pintor o dizer que suas figuras *parecem respirar*; mas com certeza é um aplauso bem maior e mais nobre dizer *que elas parecem pensar*.

Mas, voltando – o ridículo apenas, como eu já disse, está dentro de minha província na presente obra. Tampouco uma explicação desse termo será tida como impertinente pelo leitor se este considerar quão espantosamente ele tem sido confundido, mesmo por escritores que o professaram: pois a que, senão à confusão, podemos atribuir as muitas tentativas de ridicularizar as vilanias mais negras, ou, o que é ainda pior, as calamidades mais terríveis? O que poderia exceder o absurdo de um autor que escrevesse *A comédia de Nero, com o alegre incidente de rasgar-lhe o ventre à mãe*? Ou o que causaria maior choque à humanidade do que uma tentativa de expor ao ridículo as misérias da pobreza e do sofrimento? E, no entanto, o leitor não carecerá de muita erudição para sugerir a si mesmo tais exemplos.

Além disso, pode parecer notável que Aristóteles, que é tão afeito a e tão liberal em definições, não tenha havido por bem definir o ridículo. De fato, ao

8. "Exagerado".
9. "Mãe nutriz", ou a natureza.
10. William Hogarth (1697–1794), artista conhecido por suas narrativas pictóricas em imagens sequenciais, era amigo próximo de Fielding. O leitor encontrará algumas de suas gravuras nesta edição.

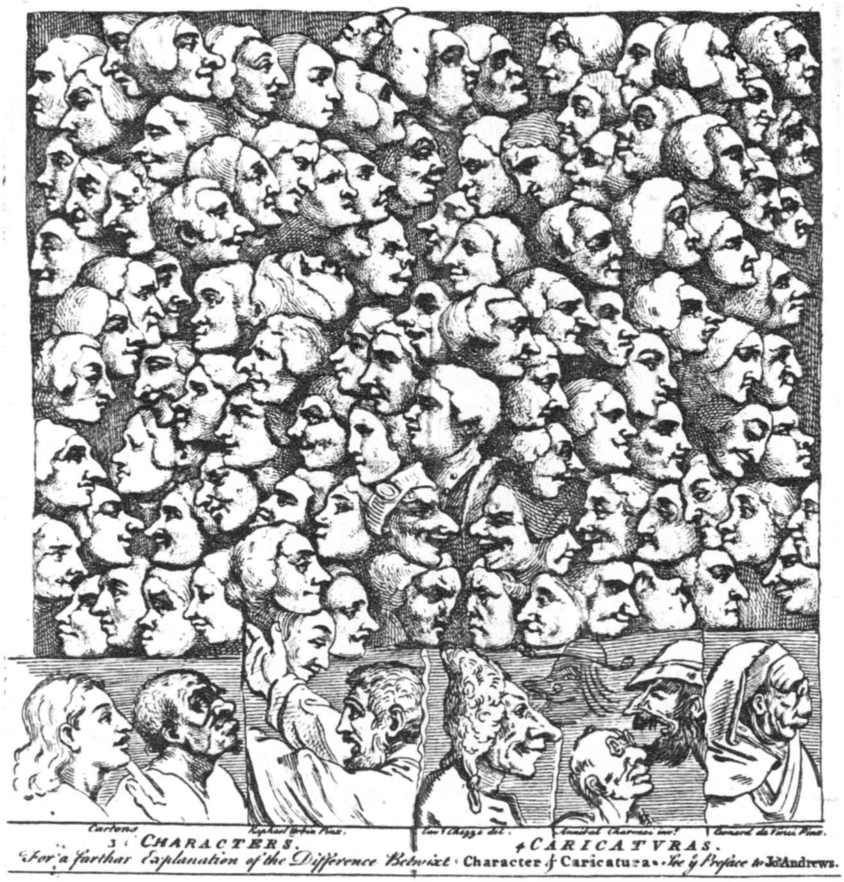

William Hogarth, "Caracteres e Caricaturas" (1743). Aqui Hogarth ilustra a diferença entre estas e aqueles referindo-se diretamente a Joseph Andrews. *Os dois que trocam um sorriso escarninho um pouco abaixo do centro da imagem são justamente Fielding e Hogarth.*

nos dizer que este é próprio da comédia, ele observou que a vilania não é seu objeto; mas não chegou, ao que me lembro, a afirmar positivamente o que o seja. Tampouco o abade Bellegarde, que escreveu um tratado sobre este assunto[11], embora nos mostre dele muitas espécies, traçou-o alguma vez até a fonte.

A única fonte do verdadeiro ridículo (ao que me parece) é a afetação. Mas, malgrado brote de uma única fonte, quando consideramos os infinitos cursos em que esta se ramifica, deixamos logo de admirar o copioso campo que ele oferece ao observador. Ora, a afetação procede de uma destas duas causas, a vaidade ou

11. Trata-se das *Réflexions sur le ridicule, et sur les moyens de l'éviter* (1696), de Jean Baptiste Morvan de Bellegarde.

a hipocrisia, pois assim como a vaidade nos leva a afetar falsos caracteres a fim de granjear aplausos, a hipocrisia nos induz a um empenho por evitar a censura ocultando nossos vícios sob um simulacro das virtudes opostas. E, embora essas duas causas sejam amiúde confundidas (pois há certa dificuldade em distingui-las), uma vez que procedem de motivos muito diferentes, elas são tão claramente distintas em suas operações: pois, com efeito, a afetação que decorre da vaidade está mais próxima da verdade do que a outra, pois não tem a combater aquele violento repugno à natureza que a do hipócrita tem. Pode-se igualmente notar que essa afetação não implica uma negação absoluta das qualidades que são afetadas; e, portanto, embora ao proceder da hipocrisia ela se alie de perto ao logro, quando provém de mera vaidade ela partilha da natureza da ostentação: por exemplo, a afetação de liberalidade num homem vaidoso difere visivelmente da mesma afetação no avarento, já que, embora o vaidoso não seja o que pretende parecer ou não tenha a virtude que afeta no grau que espera lhe creditem, ela assenta menos canhestramente nele do que no homem avarento, que é o exato reverso daquilo que procura parecer.

Da descoberta dessa afetação decorre o ridículo – que sempre atinge o leitor com surpresa e prazer, e isso num grau maior e mais intenso quando a afetação decorre da hipocrisia do que quando da vaidade, pois descobrir que alguém é o exato reverso daquilo que afeta é mais surpreendente, e por conseguinte mais ridículo, do que descobri-lo um tanto deficiente na qualidade cuja reputação ele deseja. Eu poderia observar que nosso Ben Johnson[12], que de todos os homens melhor entendeu o ridículo, utilizou sobretudo a afetação hipócrita.

Agora, é tão-somente pela afetação que os infortúnios e calamidades da vida, ou as imperfeições da natureza, podem tornar-se objetos de ridículo. Terá decerto uma mente desarranjada aquele que conseguir ver a feiura, a enfermidade ou a pobreza como ridículas em si mesmas; tampouco creio que algum homem vivo que encontre um sujeito imundo percorrendo as ruas de carroça seja daí tomado pela ideia do ridículo; mas se calhasse de ver a mesma figura descer de um coche de seis cavalos, ou saltar de sua liteira de chapéu sob o braço, então sim ele desataria a rir, e com justiça. Do mesmo modo, se entrássemos numa casa pobre e víssemos uma família infeliz tiritando de frio e languescendo de fome, isso não nos inclinaria ao riso (teríamos no mínimo uma natureza bem diabólica se o fizesse); mas se aí descobríssemos uma grelha, em vez de carvão, ornada de flores; baixelas ou pratos de porcelana vazios sobre o aparador; ou qualquer outra afeta-

12. Na grafia correta, Ben Jonson (1572–1637), tido como o maior comediógrafo do período jacobiano.

ção de riqueza e requinte nas pessoas ou na mobília, então que nos desculpassem por ridicularizar tão fantástica cena. Muito menos serão as imperfeições naturais objetos de troça; mas quando a feiura busca louvores de beleza ou o aleijão tenta exibir agilidade, então essas infelizes circunstâncias, que a princípio moviam nossa compaixão, tendem apenas a nos causar diversão.

O poeta[13] leva isso bem longe:

Ninguém, por ser o que é, comete afronta,
Mas sim por não ser o que faz de conta.

Onde, se a métrica admitisse que a palavra *ridículo* fechasse o primeiro verso, a ideia viria bem mais a propósito. Grandes vícios são objetos próprios de nossa ojeriza, e faltas menores de nossa piedade; mas a afetação me parece a única fonte real do ridículo.

Mas talvez possam objetar-me que eu, contra minhas próprias regras, introduzi vícios, e de espécie bastante negra, nesta obra. Ao que responderei, primeiro, que é muito difícil acompanhar uma série de ações humanas e ficar longe deles. Segundo, que os vícios que aqui se encontram são antes consequências acidentais de alguma fraqueza ou mania humana do que causas existentes por hábito na mente. Terceiro, que eles nunca são expostos como objetos de ridículo, mas de ojeriza. Quarto, que nunca são a principal figura em cena em tais momentos; e, por fim, que nunca produzem o mal tencionado.

Tendo assim distinguido *Joseph Andrews* das produções dos escritores romanescos, por um lado, e dos escritores burlescos, por outro, e feito umas poucas observações muito breves (pois que mais não tencionava) sobre esta espécie de escrito, que afirmei não ter sido empreendido até hoje em nossa língua, deixarei que o leitor de boa natureza coteje a peça com minhas observações, e não o deterei senão com uma palavra a respeito dos personagens desta obra.

E aqui protesto solenemente que não tenho a intenção de envilecer ou asprejar ninguém; pois embora tudo seja copiado do livro da natureza, e mal haja um personagem ou ação que não tirei de minhas próprias observações e experiências, tomei o maior cuidado para obscurecer as pessoas com circunstâncias, condições, e cores tão diferentes que será impossível adivinhá-las com algum

13. Trata-se do dramaturgo da Restauração William Congreve (1670–1729), em "Of Pleasing: An Epistle to Sir Richard Temple".

grau de certeza; e, se vier a ocorrer o contrário, será apenas onde a falha caracterizada for tão miúda que constitua uma mera mania, de que a parte interessada pode rir-se tão bem como qualquer outro.

Quanto ao personagem Adams, como é o mais sobrestante dentre todos, imagino que não será encontrado em nenhum livro hoje existente. Foi concebido como uma personagem de perfeita simplicidade, e, assim como a bondade de seu coração o recomendará aos de boa natureza, outrossim espero que ela me escusará junto aos cavalheiros de seu hábito, pelos quais, desde que dignos de sua sagrada ordem, ninguém possivelmente terá maior respeito. Eles me perdoarão, portanto, e sem embargo das baixas aventuras em que ele se enreda, por eu havê-lo feito clérigo, visto que nenhum outro ofício lhe teria dado tantas oportunidades de demonstrar suas dignas inclinações.

LIVRO I

CAPÍTULO I

DO ESCREVER VIDAS EM GERAL, E PARTICULARMENTE A DE PAMELA; COM UMA PALAVRINHA SOBRE COLLEY CIBBER E OUTROS.

É uma observação batida mas verdadeira a de que exemplos atuam na mente com mais força que preceitos. E se isso é justo quanto ao odioso e repreensível, é-o mais forçosamente para o amável e louvável. Aí a emulação opera com máximo efeito sobre nós, e inspira nossa imitação de maneira irresistível. Um homem bom é portanto uma lição constante para todos os seus conhecidos, e de muito maior uso nesse círculo restrito do que um bom livro.

Mas como amiúde ocorre de os melhores homens serem pouco conhecidos, e não poderem por conseguinte estender em muito a serventia de seus exemplos, o escritor pode ser chamado em auxílio para melhor difundir sua história e apresentar os adoráveis retratos aos que não têm a felicidade de conhecer os originais; e assim, ao comunicar tais modelos valiosos ao mundo, ele talvez preste um serviço mais durável à humanidade do que a pessoa cuja vida originalmente serviu de modelo.

Sob essa luz sempre considerei aqueles biógrafos que registraram as ações de grandes e dignos indivíduos de ambos os sexos. Para não falar daqueles autores antigos, que hoje em dia são pouco lidos, sendo lavrados em idiomas obsoletos e, como em geral se alvitra, ininteligíveis – tais como Plutarco, Nepote e outros de que ouvir falar na juventude –, nossa própria língua oferece muitos exemplos de excelente uso e instrução, finamente calculados para plantar nos jovens as sementes da virtude, e facílimos de entender por pessoas de capacidade moderada. Assim são a história de João, o Grande, que por suas bravas e heroicas ações contra homens de corpo vultoso e atlético conquistou o glorioso epíteto de mata-gigantes; a de certo Conde de Warwick cujo prenome era Guido; as vidas de Argalo e Partênia; e, acima de tudo, a história daqueles sete valorosos personagens, os Campeões da Cristandade[1]. Em todos esses o deleite se mistura à instrução, e o leitor é quase tão engrandecido como entretido.

Mas passo por estes e muitos outros para mencionar dois livros recém-publicados que representam modelos admiráveis do amável em um e outro sexo. O primeiro deles, que trata da virtude masculina, foi escrito pela própria pessoa eminente que viveu a vida que registrou, e que no entender de muitos não viveu tal vida senão para escrevê-la. O outro nos foi comunicado por um historiador que toma suas luzes emprestadas, como é o método comum, de documentos e registros autênticos. O leitor, creio eu, já conjectura que me refiro às vidas do sr. Colley Cibber[2] e da sr.ª Pamela Andrews[3]. Quão habilmente o primeiro, ao insinuar que *escapou* de ser promovido aos mais altos escalões da Igreja e do Estado, nos ensina o desdém da grandeza mundana! Quão firmemente nos inculca a absoluta submissão a nossos superiores! Por fim, quão completamente nos arma contra uma paixão tão irrequieta e miserável como o medo da vergonha, quão claramente expõe o vazio e a vaidade daquele delírio, a reputação!

O que as leitoras aprendem com as memórias da sr.ª Andrews é tão bem exposto nos excelentes ensaios ou cartas prefixados à segunda e às subsequentes edições da obra que seria aqui uma repetição desnecessária. A história autêntica com que ora presenteio o público é um exemplo do grande bem que aquele livro promete fazer, e da prevalência dos exemplos que há pouco mencionei; pois se verá que foi sobretudo tendo em vista o excelente padrão de virtudes de sua irmã que o sr. Joseph Andrews pôde preservar sua pureza em meio a tão grandes tentações. Só acrescentarei que esse caráter da castidade masculina, embora sem dúvida tão desejável e cabível em uma parte da espécie humana como na outra, é quase que a única virtude que o grande apologista não se arrogou por amor de dar o exemplo a seus leitores.

1. Trata-se em todos os casos de brochuras populares relatando eventos folclóricos ou romanescos.
2. Colley Cibber (1671–1757), ator, diretor e dramaturgo, além de poeta laureado. Fielding refere-se aqui a sua autobiografia, *An Apology for the Life of Colley Cibber* (1740). A relação entre ambos é comentada na Introdução, na seção "Outros Temas".
3. Pamela é discutida em mais detalhes na Introdução. Ela é a protagonista do romance epistolar *Pamela* (1740), de Samuel Richardson, obra que *Joseph Andrews* procura a um só tempo satirizar e corrigir.

CAPÍTULO II

DO NASCIMENTO, PROSÁPIA, EDUCAÇÃO E GRANDES DONS DO SR. JOSEPH ANDREWS, COM UMA PALAVRA OU DUAS A PROPÓSITO DE ANCESTRAIS.

O sr. Joseph Andrews, herói da história que se segue, era tido como filho único do compadre e da comadre Andrews, e irmão da ilustre Pamela, cuja virtude vai por ora tão famosa. Quanto a seus ancestrais, pesquisamo-los com grande diligência mas pouco sucesso, tendo sido incapazes de traçá-los para além de seu bisavô, que, como um ancião da paróquia recorda ter ouvido ao pai, era um excelente caceteiro. Se ele teve quaisquer ancestrais antes disso deixaremos à opinião do leitor curioso, não tendo descoberto nada de suficientemente certo em que nos basear. Entretanto, não podemos omitir a inserção de um epitáfio que um engenhoso amigo nosso nos comunicou:

> Detém-te, viajor, pois neste exido
> Repousa o alegre Andrew adormecido.
> E quando o sol final cruzar a esfera
> Que ascenda ele do túmulo se espera.
> Alegra-te se podes, pois já viste
> Que logo tal qual ele serás triste.

As palavras quase sumiram da pedra de antigas. Mas é desnecessário observar que Andrew aí se escreve sem o *s*, sendo de resto um prenome[4]. Meu amigo ademais conjectura que foi esse o fundador daquela seita de filósofos risonhos desde então chamados Merry Andrews[5].

Descartemos, portanto, uma circunstância que, embora mencionada por conformidade às regras exatas da biografia, não é de grande monta; passo a coisas de maior relevância. Com efeito, é suficientemente certo que ele teve tantos ancestrais quanto o melhor homem vivente, e talvez, se recuarmos quinhentos ou seiscentos anos, seja aparentado com pessoas de grandíssima figura no presente, cujos ancestrais, já em meados do último século, acham-se sepultados em igual obscuridade. Mas suponha-se, para fins de argumento, que devamos admitir que ele não

4. Andrews, por sua vez, é um sobrenome, e significa "filho de Andrew".
5. Em português, "bobo alegre".

teve ancestral algum, mas brotou, como versa a expressão moderna, de um monturo, como os atenienses pretendiam ter feito eles próprios da Terra; não mereceria esse *autokopros*[6] todos os louvores decorrentes de suas próprias virtudes? Não seria duro que um homem que não tem ancestrais seja assim incapacitado de alçar-se à honra, quando vemos tantos que não têm virtude nenhuma usufruindo a honra de seus antepassados? À idade de dez anos (época em que sua educação chegava para a leitura e a escrita) ele foi feito aprendiz, de acordo com o estatuto[7], junto a Sir Thomas Booby, um tio do sr. Booby[8] pelo lado paterno. Como Sir Thomas tivesse então uma herdade em suas próprias mãos, o jovem Andrews foi empregado inicialmente naquilo a que no campo se chama *tocar pássaros*. Seu ofício era desempenhar o papel que os antigos atribuíam ao deus Priapo[9], deidade que os modernos designam pelo nome de João da Quaresma[10]: mas, como sua voz fosse tão extremamente musical que mais atraía os pássaros do que os assustava, foi logo transferido dos campos para o canil, onde foi posto sob os cuidados do caçador e feito o que a gente de caça chama de *chicoteiro*[11]. Também para esse posto a doçura de sua voz o desqualificou: os cães preferiam a melodia de suas broncas a todas as notas sedutoras do caçador, que logo se enfezou de tal modo com a coisa que quis que Sir Thomas lhe arrumasse um outro, e passou a atribuir constantemente quantas faltas os cães cometessem ao pobre menino, que foi então transferido para o estábulo. Ali ele cedo deu mostras de uma força e uma agilidade acima de seus anos, e montava constantemente os mais indômitos e viciosos cavalos até a água, com uma intrepidez que surpreendia a todos. Enquanto esteve nessa função montou em várias corridas por Sir Thomas, e isso com tanta perícia e sucesso que os cavalheiros da vizinhança amiúde solicitavam ao fidalgo que permitisse ao pequeno Joey (pois assim o chamavam) correr em seus páreos. Os melhores apostadores, antes de comprometerem seu dinheiro, sempre perguntavam qual cavalo o pequeno Joey montaria, e as apostas eram determinadas antes pelo cavaleiro do que pelo próprio cavalo – especialmente depois de ele haver recusado com desdém um

6. Em inglês, "brotado de um monturo". (Nota de Fielding.)

7. O Estatuto dos Aprendizes (1563), que proibia o exercício de certas profissões sem um período preliminar de aprendizagem.

8. Trata-se de uma caricatura do Sr. B., o jovem fidalgo que corteja e desposa Pamela no romance de Richardson. Fielding já o batizara como Booby em *Shamela*.

9. Na mitologia grega, Priapo era filho de Dioniso e Afrodite. Era deus da fertilidade e protetor dos jardins.

10. Em outras palavras, o espantalho. Era uso entre os gregos pôr estátuas de Priapo nas plantações para incentivar a fertilidade e espantar pássaros.

11. Cuja função era evitar que os cães se dispersassem ameaçando-os com um chicote.

Joseph como hábil cavaleiro, na visão de Norman Tealby

suborno considerável para entregar as pontas em uma ocasião do tipo. Isso enalteceu extremamente seu caráter, e tanto aprouve a Lady Booby que ela desejou tê-lo (estando ele então com dezessete anos) por seu próprio lacaio.

Joey foi então promovido do estábulo ao serviço de sua senhora: sair a recados por ela, postar-se-lhe atrás da cadeira, servi-la à mesa de chá e carregar seu livro de preces à igreja, local em que sua voz lhe dava a oportunidade de distinguir-se entoando salmos; ele se portava outrossim tão bem em todos os demais aspectos do serviço divino que isso o recomendou à atenção do sr. Abraham Adams, o cura, que aproveitou uma oportunidade certo dia, enquanto tomava uma caneca de cerveja na cozinha de Sir Thomas, para fazer ao jovem várias perguntas sobre religião, com cujas respostas às quais ficou esplendidamente satisfeito.

CAPÍTULO III

DO SR. ABRAHAM ADAMS, O CURA; DA SR.ª SLIPSLOP, A CAMAREIRA[12]; E AINDA OUTROS.

O sr. Abraham Adams era um excelente erudito. Dominava perfeitamente as línguas grega e latina, às quais acrescentava um grande conhecimento das línguas orientais, e sabia ler e traduzir francês, italiano e espanhol. Dedicara muitos anos

12. Mais adiante Fielding designará a sr.ª Slipslop como dama de companhia ou aia, e a camareira passará a ser Betty.

ao mais severo estudo, e acumulara um quinhão de saber raro de encontrar nas universidades. Era ademais homem de bom senso, bons predicados e boa natureza, mas ao mesmo tempo tão inteiramente ignorante dos modos deste mundo quanto uma criança recém-chegada a ele poderia ser. Como nunca tinha a intenção de enganar, nunca suspeitava esse desígnio em outrem. Era generoso, amigável e denodado ao extremo; mas a simplicidade era sua característica: ele não concebia, não mais do que o sr. Colley Cibber, que paixões como a malícia e a inveja existissem na humanidade, o que era a bem dizer menos notável num pároco rural do que num cavalheiro que passou a vida atrás dos palcos, local raramente tido como a escola da inocência, e onde um mínimo de observação teria convencido o grande apologista de que tais paixões têm real existência na mente humana.

Sua virtude e suas demais qualificações, assim como o punham à altura de seu ofício, faziam-no também um companheiro agradável e valioso, e o tinham agraciado e recomendado de tal modo a um bispo que, à idade de cinquenta, foi provido com a vistosa renda de vinte e três libras ao ano – com a qual, entretanto, não podia fazer grande figura, pois morava numa região dispendiosa e via-se algo onerado com esposa e seis filhos.

Foi esse cavalheiro que, tendo, como eu disse, observado a singular devoção do jovem Andrews, achou meios de interrogá-lo com respeito a vários pormenores, como quantos livros havia no Novo Testamento, quais eram eles, quantos capítulos continham, e coisas tais; e a tudo isso, como o sr. Adams disse em particular, ele respondeu bem melhor do que Sir Thomas ou outros dois juízes de paz da vizinhança poderiam ter feito.

O sr. Adams ficou muitíssimo curioso por saber em que momento e por qual ensejo o jovem se inteirara de tais assuntos. Joey contou-lhe que aprendera desde muito cedo a ler e escrever graças à bondade de seu pai, que, posto não tivesse influência suficiente para matriculá-lo numa escola de caridade, em razão de um primo do senhorio de seu pai não ter votado no lado certo para a curadoria da igreja numa cidadezinha do distrito, arcara pessoalmente com a despesa de seis *pence* por semana para instruí-lo. Contou-lhe igualmente que, desde que estava na família de Sir Thomas, vinha empregando todas as suas horas livres na leitura de bons livros; que lera a Bíblia, o *Pleno Dever do Homem*[13] e Thomas à Kempis[14]; e que, sempre que podia, e sem ser percebido, estudava um bonissi-

13. *The Whole Duty of Man* (1658), provavelmente de Richard Allestree, texto devoto que Fielding admirava.

14. Thomas à Kempis (c. 1380–1471), monge católico nascido na Alemanha. Sua *Imitação de Cristo* (c. 1418) é um célebre tratado espiritual cristão.

Adams, visto por Herbert Railton e E. J. Wheeler

mo livro que jazia aberto junto à janela do vestíbulo, no qual lera *como o diabo arrebatara meia igreja na hora do sermão, sem ferir ninguém da congregação*; e *como um milharal desembestara colina abaixo com todos os pés de milho sobre si e cobrira a campina de um outro homem*. Tanto bastou para certificar o sr. Adams de que o bom livro em questão não podia ser outro senão a *Crônica* de Baker[15].

O cura, surpreso por descobrir tais exemplos de indústria e aplicação num jovem que jamais encontrara o menor incentivo, perguntou-lhe se ele não lamentava extremamente a falta de uma educação liberal e o não ter nascido de pais que pudessem ter cultivado seus talentos e seu desejo de saber. Ao que ele

15. *A Chronicle of the Kings of England* (1643), de Sir Richard Baker, um dos livros favoritos do próprio Fielding.

respondeu que esperava ter tirado suficiente proveito dos livros que lera para não lamentar sua condição neste mundo. Que, de sua parte, estava perfeitamente satisfeito com o estado que lhe coubera, e devia empenhar-se em fazer render seu talento[16], que era tudo o que se lhe requeria, mas não deplorar o próprio fado nem invejar o de seus superiores. – Muito bem dito, meu rapaz – replicou o cura –, e quisera que alguns que leram muitos mais bons livros, e, mais ainda, que escreveram bons livros eles próprios, houvessem tirado deles tamanho proveito.

Adams não tinha acesso mais direto a Sir Thomas ou a milady do que por intermédio da dama de companhia, pois Sir Thomas era muito dado a julgar os homens meramente pela veste ou fortuna, e milady era uma mulher de alegrias, que fora abençoada por uma educação citadina e nunca se referia a nenhum de seus vizinhos no condado por outra designação senão *os brutos*. Ambos consideravam o cura uma espécie de mero criado pertencente ao pároco local, o qual andava por essa época em desavenças com o cavaleiro; pois o pároco há muitos anos vivia num estado constante de guerra civil – ou, o que talvez seja igualmente ruim, de direito civil – com o próprio Sir Thomas e os arrendatários de sua herdade. O motivo dessa querela era um *modus*[17] por cuja revogação uma vantagem de vários xelins *per annum* redundaria para o reitor; mas ele ainda não fora capaz de concretizar seu propósito, e não colhera até então nada melhor dos processos do que o prazer (que ele costumava dizer com frequência não ser pequeno) de refletir que havia totalmente arruinado muitos dos arrendatários pobres, embora se houvesse ao mesmo tempo empobrecido bastante.

A sr.ª Slipslop, a dama de companhia, sendo ela própria filha de um cura, mantinha certo respeito por Adams; professava grande consideração por seu saber e frequentemente debatia com ele sobre tópicos de teologia; mas sempre insistia em que se prestasse deferência a seu entendimento, pois estivera várias vezes em Londres e sabia mais do mundo do que um pároco rural poderia arvorar.

Ela levava nessas discussões uma vantagem particular sobre Adams, pois era uma grande afetadora de palavras difíceis, que empregava de tal maneira que o pastor, que não ousava ofendê-la pondo em dúvida suas palavras, via-se frequentemente às escuras para adivinhar-lhes o sentido, e teria ficado muito menos confuso com um manuscrito árabe[18].

16. A referência é à parábola dos talentos (Mateus, 25:14 e seguintes).
17. Trata-se do *modus decimandi*, um acordo segundo o qual os paroquianos, em vez do dízimo, pagariam à igreja uma quantia fixa – que naturalmente perderia valor com o correr dos anos.
18. A sr.ª Slipslop prenuncia, assim, a célebre sr.ª Malaprop, da peça *Os Rivais* (1775), de Sheridan.

Adams, por isso, aproveitou uma oportunidade certo dia, após um debate bastante longo com ela sobre a *essência* (ou, como ela se comprazia em dizer, a *nescência*) da matéria, para mencionar o caso do jovem Andrews, pedindo-lhe que o recomendasse a sua senhora como um jovem muito suscetível ao saber, e de cuja instrução em latim ele próprio se incumbiria, para que ele pudesse por tais meios qualificar-se a uma condição superior à de lacaio. E acrescentou que ela sabia estar facilmente ao alcance de seu senhor proporcionar-lhe uma situação melhor. Era seu desejo, portanto, que o rapaz pudesse ser deixado sob seus cuidados.

– Veja lá, sr. Adams – disse a sr.ª Slipslop –, acha que minha senhora vai tolerar quaisquer *preâmbulos* sobre tais assuntos? Ela segue para Londres dentro em *greve*, e tenho *convenção* de que não vai deixar Joey para trás de jeito maneira, já que ele é um dos rapagões mais garbosos que se podem ver num dia de verão; e tenho *convenção* de que ela pensaria tão cedo em se desfazer de um par de suas éguas cinzentas, pois tanto preza uma coisa como a outra. – Adams ia interrompê-la, mas ela prosseguiu: – E por que o latim vai ser de maior *necedade* para um lacaio do que para um gentil-homem? Está muito certo que os senhores, como *clárigos*, devam aprendê-lo, porque não podem pregar sem ele, mas ouvi dizer a gentis-homens em Londres que ele não serve para mais ninguém. Tenho *convenção* de que minha ama ia se zangar comigo por mencionar isso, e eu não vou me meter numa *fonêmica* dessas. – Após tais palavras o sino de sua senhora tocou, e o sr. Adams foi obrigado a se retirar; tampouco teve ele uma segunda oportunidade junto a ela antes da viagem a Londres, que ocorreu poucos dias depois. Ainda assim, Andrews se lhe mostrou muito reconhecido e grato pela tencionada gentileza, que afirmou jamais esqueceria; e ao mesmo tempo recebeu do bom homem muitas admoestações a respeito da regulação de sua conduta futura e de sua perseverança na inocência e na indústria.

A partida rumo a Londres, por Norman Tealby

CAPÍTULO IV

O QUE OCORREU APÓS A VIAGEM A LONDRES.

Tão logo o jovem Andrews chegou a Londres, entrou a travar conhecimento com seus irmãos coloridos, que se empenharam em fazê-lo desprezar seu antigo curso na vida. Seu cabelo foi cortado segundo a última moda, e tornou-se seu principal capricho. Ele saía levando-o empapelado por toda a manhã, e penteava-o à tarde; eles não conseguiram, contudo, ensiná-lo a jogar, imprecar, beber, nem nenhum outro vício requintado em que a cidade abundava. Dedicava a maioria de suas horas livres à música, em que se aprimorou sobremaneira, e tornou-se um tão perfeito conhecedor dessa arte que comandava a opinião de todos os demais lacaios nas óperas, e estes nunca condenavam ou aplaudiam uma única canção contra sua aprovação ou repugno. Era um tanto precipitado em tumultos nos teatros ou assembleias; e, quando acompanhava sua senhora à igreja (o que não se dava senão raramente), procedia com menos devoção aparente do que antes. Porém, se era por fora um sujeito vistoso, sua moral permanecia inteiramente incorrupta, embora ele fosse ao mesmo tempo mais alinhado e mais galhardo do que qualquer dos janotas da cidade, com ou sem libré.

Sua senhora, que muitas vezes dissera que Joey era o mais bonito e galhardo lacaio do reino, mas que era uma pena que lhe faltasse espírito, começou a já não lhe achar essa falta; pelo contrário, era frequente que a ouvissem exclamar: – Sim, há certa vida nesse rapaz! – Ela via claramente os efeitos que o ar da cidade tem nas constituições mais sóbrias. Deu de sair em caminhadas com ele até o Hyde Park de manhãzinha e, quando cansada, o que ocorria a quase todo minuto, apoiava-se em seu braço, e conversava com ele com grande familiaridade. Sempre que apeava do coche ela o tomava pela mão, e, volta e meia, por medo de pisar em falso, pressionava-a com grande força; admitia-o para transmitir mensagens ao pé da cama pela manhã, olhava-o de esguelha à mesa e tomava com ele todas aquelas inocentes liberdades que mulheres de condição podem permitir-se sem a menor mácula em sua virtude.

Mas, ainda que sua virtude permaneça imaculada, aqui e ali pequenas setas resvalam na sombra desta, a reputação; e tal se deu com Lady Booby, que calhou de estar passeando de braços dados com Joey uma manhã no Hyde Park quando Lady Tittle e Lady Tattle passaram acidentalmente em seu coche[19]. – Benzam-

19. *Tittle-tattle*: em inglês, "mexerico".

-me – disse Lady Tittle –, posso crer em meus olhos? Será aquela Lady Booby? – Sem dúvida – disse Tattle. – Mas o que a surpreende? – Ora, não é aquele o lacaio dela? – replicou Tittle. Ao que Tattle riu e exclamou: – É um caso antigo, asseguro-lhe. Será possível que não tenha ouvido falar? A cidade inteira já sabe faz meio ano. – A consequência dessa entrevista foi um sussurro em cem visitas, que foram feitas separadamente pelas duas senhoras[20] na mesma tarde e poderiam ter tido um efeito nocivo, não o houvessem impedido duas novas reputações que se publicaram no dia seguinte e que absorveram toda a conversa da cidade.

Mas quaisquer opiniões ou suspeitas que as inclinações escandalosas dos difamadores pudessem nutrir das inocentes liberdades de Lady Booby, é certo que elas não fizeram a menor impressão no jovem Andrews, que jamais procurou ir além das liberdades que sua senhora lhe permitia – um comportamento que ela imputava ao violento respeito que ele lhe votava, e que servia apenas para alimentar um não-sei-quê que ela principiava a sentir, e que o próximo capítulo desvelará um pouco mais.

CAPÍTULO V

A MORTE DE SIR THOMAS BOOBY, COM A AFETUOSA E CONTRITA CONDUTA DE SUA VIÚVA E A GRANDE PUREZA DE JOSEPH ANDREWS.

Por essa época sobreveio um acidente que pôs fim a essas aprazíveis caminhadas, as quais provavelmente teriam logo inchado as faces da Fama e a levado a soprar sua trombeta de bronze pela cidade[21], e este não foi outro senão a morte de Sir Thomas Booby, que ao partir desta vida deixou sua desconsolada senhora confinada em casa tão restritamente como se ela própria tivesse sido acometida de algum mal violento. Durante os primeiros seis dias a pobre dama não admitiu ninguém senão a sr.ª Slipslop e três amigas, que completavam uma mesa de cartas; mas no sétimo mandou que Joey, que por uma boa razão chamaremos

20. Pode parecer absurdo que Tattle fizesse visitas, como de fato as fez, para espalhar um escândalo conhecido. Mas o leitor pode se entender com isso presumindo, como eu, que, a despeito do que ela dizia, esta fora sua primeira notícia dele. (Nota de Fielding.)

21. Uma das frequentes alusões jocosas de Fielding à mitologia clássica A divindade da Fama é responsável, por exemplo, por difundir a ligação entre Enéas e Dido no quarto canto da *Eneida*.

Criado exemplar, por Norman Tealby

doravante de JOSEPH[22], lhe trouxesse sua chaleira. A dama, estando em seu leito, chamou Joseph até si, pediu-lhe que se sentasse e, tendo acidentalmente pousado a mão sobre a dele, perguntou se ele nunca tinha se apaixonado. Joseph respondeu, com algum embaraço, que não faltaria tempo para que alguém tão jovem como ele pensasse em tais coisas. – Por mais jovem que você seja – replicou a dama –, estou convencida de que não é estranho a essa paixão. Vamos, Joey – disse ela –, diga-me com franqueza: quem é a felizarda cujos olhos o conquistaram? – Joseph retorquiu que todas as mulheres que já vira eram-lhe igualmente indiferentes. – Ah, então – disse a dama – você é um amante geral. É verdade que vocês, moços bonitos, como as mulheres bonitas, são muito tardos e difíceis de laçar; e no entanto você jamais me convencerá de que seu coração é tão insuscetível ao afeto; antes imputo o que me diz a seu sigilo, qualidade muito louvável, e pela qual estou longe de irritar-me com você. Nada pode ser mais indigno num rapaz do que revelar suas intimidades com as damas. – Damas! Ah, senhora – disse Joseph –, eu com certeza nunca tive a impudência de pensar em nenhuma que mereça esse nome. – Não simule modéstia demais – disse ela –, que isso às vezes pode ser impertinente; mas venha, responda-me a esta pergunta: suponha que uma dama calhasse de lhe querer bem, suponha que ela o preferisse a todo o seu sexo, e o admitisse às mesmas familiaridades que você poderia ter esperado se houvesse nascido seu igual: está seguro de que nenhuma vaidade o tentaria a denunciá-la? Responda-me honestamente, Joseph: terá você tanto mais senso e tanto mais virtude do que geralmente têm vocês rapazes belos, que não fazem escrúpulo de sacrificar nossa cara reputação ao seu orgulho, sem considerar o grande obséquio que lhes fazemos com nossa condescendência e confiança? Consegue guardar um segredo, meu Joey? – Senhora – disse ele –, espero que sua senhoria não me possa acusar de já haver traído os segredos da família, e espero que, se vier a demitir-me, eu lhe possa ter isso como referência. – Não pretendo demiti-lo, Joey – disse ela, suspirando –, receio que isso não esteja em meu poder. – Ela então se aprumou um pouco na cama e desvelou um dos mais alvos colos jamais vistos, ao que Joseph enrubesceu. – Olá! – disse ela, com afetada surpresa –, o que estou fazendo? Arrisquei-me a sós com um homem, nua na cama; supondo que você tivesse

22. Referência ao José bíblico, que resistiu às seduções da esposa de Putifar (Gênesis, 39: 7-20).

más intenções para com minha honra, como eu iria me defender? – Joseph protestou que jamais tivera o menor desígnio maldoso contra ela. – Não – ela disse –, talvez você não considere seus desígnios maus, e talvez nem o sejam. – Ele jurou que não eram. – Você não está me entendendo – volveu ela. – Quero dizer que, se forem contrários a minha honra, talvez não sejam maus, mas o mundo assim os chama. Mas então, dirá você, o mundo nunca saberá nada a respeito; mas isso não seria confiar em seu sigilo? Minha reputação não ficaria então em seu poder? Você não seria então meu senhor? – Joseph pediu que ela se reconfortasse, pois ele nunca conceberia a menor maldade contra ela, e preferiria morrer mil mortes a lhe dar qualquer razão para suspeitar dele. – Sim – ela disse –, eu devo ter razões para suspeitar de você. Você não é um homem? E, sem vaidade, posso gabar-me de certos encantos. Mas talvez você receie que eu o processe; de fato, espero que o faça; e no entanto os céus sabem que eu jamais teria a confiança de comparecer perante um tribunal de justiça; e você sabe, Joey, que eu sou de uma têmpera perdoadora. Diga-me, Joey, não acha que eu deveria perdoá-lo? – Palavra, senhora – disse Joseph –, jamais farei coisa alguma para desagradar a sua senhoria. – Como? – disse ela. – Então acha que isso não iria desagradar-me? Acha que eu o toleraria voluntariamente? – Não a compreendo, senhora – disse Joseph. – Ah, não? – disse ela. – Então ou você é um tonto ou pretende sê-lo. Vejo que me enganei a seu respeito; por isso desça já, e que eu nunca mais veja sua cara; sua pretensa inocência não me engana. – Senhora – disse Joseph –, não quero que sua senhoria pense algum mal de mim. Sempre procurei ser um criado obediente, tanto para a senhora como para meu senhor. – Ah, vilão – respondeu milady –, por que mencionas[23] o nome daquele caro homem, a menos que para me atormentares,

"Diga-me, Joey, não acha que eu deveria perdoá-lo?" Por Norman Tealby.

23. Note-se a mudança de tratamento, agora que Lady Booby reassume sua superioridade social. Ao longo do livro tais transições são comuns, podendo ocorrer dentro de uma mesma frase.

trazendo-me à mente sua preciosa memória? – Nisso ela irrompeu num surto de lágrimas. – Some de minha vista, jamais voltarei a tolerar-te! – Com essas palavras ela lhe virou as costas, e Joseph deixou o quarto na mais desolada condição, e escreveu a carta que o leitor encontrará no próximo capítulo.

CAPÍTULO VI

COMO JOSEPH ANDREWS ESCREVEU UMA CARTA A SUA IRMÃ PAMELA.

"À sr.ª Pamela Andrews, em casa do fidalgo Booby;

"Cara irmã;

"Desde que recebi sua carta sobre a morte de sua boa senhora, tivemos um infortúnio do mesmo gênero em nossa família. Meu digno patrão, Sir Thomas, morreu há coisa de quatro dias e, o que é pior, minha pobre senhora é certo que perdeu o juízo. Nenhum dos criados esperava que ela ficasse tão sentida, já que eles brigaram quase todos os dias de suas vidas; mas chega disso, pois você sabe, Pamela, que nunca gostei de revelar os segredos da família de meu patrão; mas é claro que você deve ter sabido que eles nunca se amaram, e eu ouvi minha senhora desejando a morte de sua excelência mais de mil vezes – mas ninguém sabe o que é perder um amigo até que o tenha perdido.

"Não conte a ninguém o que escrevo, pois não faço questão de que as pessoas digam que eu espalho o que se passa em nossa família; mas, se não se tratasse de tão grande dama, eu pensaria que ela tem uma queda por mim. Querida Pamela, não conte a ninguém, mas ela mandou que eu me sentasse a seu lado na cama, quando estava descoberta; então segurou minha mão e falou exatamente como fala uma dama a seu bem-amado numa peça que vi no Covent Garden[24], embora não quisesse dele muito boa conduta.

"Se minha senhora estiver doida, não farei questão de demorar-me muito na família; por isso queria de coração que você pudesse conseguir-me um posto junto ao fidalgo ou a algum outro gentil-homem da vizinhança, a menos que seja verdade que você vai se casar com o pastor Williams, como diz o povo[25]; nesse caso eu

24. Assim era chamado, por metonímia, o Theatre Royal, fundado em 1732 no bairro londrino de Covent Garden.

25. Esse hipotético casamento é parte do enredo de *Pamela*.

A carta a Pamela, por Norman Tealby

estaria muito disposto a ser seu sacristão, para o que você sabe estou qualificado, sabendo ler e preparar um salmo.

"Acho que serei dispensado muito em breve; e, no momento em que o for, a menos que tenha notícias suas, voltarei à casa de campo de meu velho patrão, ainda que seja apenas para rever o pastor Adams, que é o melhor homem do mundo. Londres é um lugar ruim, e há tão pouco companheirismo que vizinhos de porta não se conhecem. Queira transmitir meus respeitos a todos os amigos que perguntarem de mim. Assim permaneço

seu afetuoso irmão,
Joseph Andrews."

Assim que selou e despachou essa carta, Joseph desceu as escadas, onde encontrou a sr.ª Slipslop, com a qual aproveitaremos esta oportunidade para deixar o leitor um pouco mais familiarizado. Era ela uma senhora solteira de uns quarenta e cinco anos, que, tendo dado uma escorregadela na juventude, mantivera-se desde então boa donzela. Não era na época notavelmente bonita, sendo muito baixa, corpulenta demais e um tanto vermelhona, com o adendo de espinhas no rosto. O nariz era igualmente grande demais, e os olhos por demais pequenos; parecia uma vaca, menos pelo bafo que por dois globos marrons que levava na dianteira; uma das pernas era igualmente um pouco mais curta que a outra, o que a fazia coxear quando andava. Essa formosa criatura há muito havia posto os olhos da afeição em Joseph, no que não se deparara com tanto sucesso como provavelmente quisera, muito embora, para além da sedução de seus charmes nativos, lhe houvesse servido chá, docinhos, vinho e muitas outras guloseimas das quais, por guardar as chaves, ela tinha absoluto comando. Joseph, contudo, não demonstrava a menor gratidão por todos esses favores, nem mesmo com um reles beijo; se bem que não quero insinuar que ela ficaria tão facilmente satisfeita, pois nesse caso ele seria decerto muito censurável. O fato é que ela atingira uma idade em que supunha poder entregar-se a quaisquer liberdades com um homem sem o perigo de trazer ao mundo um terceiro que os traísse. Imaginava que, com tão longa abnegação, não apenas compensara a escorregadela juvenil a que aludimos mais acima, como amealhara um quinhão de mérito que desculparia quaisquer falhas futuras. Em uma palavra, ela resolvera dar livre curso a suas inclinações amorosas, e pagar a dívida de prazer que constatara ter consigo mesma, tão logo fosse possível.

Com esses charmes pessoais e nessa disposição de espírito ela encontrou o pobre Joseph ao pé da escada, e perguntou-lhe se ele beberia um copo de alguma coisa boa àquela manhã. Joseph, cujo ânimo estava não pouco abatido, aceitou muito pronta e gratamente a oferta; e juntos seguiram até um gabinete, onde, tendo-lhe servido um copo cheio de ratafia e pedido que ele se sentasse, a sr.ª Slipslop principiou assim:

– Com certeza não pode haver mais simples *desastrino* numa mulher do que se afeiçoar a um rapazola. Se eu um dia achasse que ia ser essa a minha sina, preferiria morrer mil mortes a viver para testemunhar esse dia. Se gostamos de um homem, a menor deixa já *suficientifica*, ao passo que o rapazola nos *propele* a violar todos os *principados* da modéstia antes que possamos causar a menor *opressão* nele. – Joseph, que não entendeu uma palavra do que ela dizia, respondeu: – Sim, senhora... – Sim, senhora! – replicou a sr.ª Slipslop, com certo ardor. – Está querendo *entrajar* minha paixão? Já não basta, ingrato como é, não retribuir em nada os favores que lhe fiz, e ainda me vem *bracejando*? Monstro bárbaro! O que fiz para merecer que minha paixão fosse *entrajada* e tratada com *bracejos*? – Senhora – respondeu Joseph –, não entendo suas palavras difíceis. Mas estou certo de que não tem nenhum motivo para chamar-me ingrato, pois, longe de querer lhe fazer mal, sempre a amei tão bem como se a senhora fosse minha própria mãe. – Como, rapaz? – disse a sr.ª Slipslop em fúria. – Sua própria mãe! Está *inseminando* que sou velha o bastante para ser sua mãe? Não sei o que pode pensar um fedelho, mas acredito que um homem me *referiria* a *quaisquiserem* dessas garotinhas anêmicas. Mas eu devia era desprezá-lo em vez de me irritar com você por *referir* a conversa de garotinhas à de uma mulher de juízo. – Senhora – disse Joseph –, garanto que sempre estimei a honra que me fazia ao conversar comigo, pois sei que a senhora é uma mulher de saber. – Sim, Joseph – disse ela, um pouco abrandada pelo elogio a seu saber –, mas se você tivesse gosto por mim, é claro que teria encontrado algum método para mostrá-lo; pois tenho *convenção* de que você percebe o valor que lhe dou. Sim, Joseph, meus olhos, querendo ou não, já devem ter declarado uma paixão que não consigo aplacar... Oh! Joseph!...

Assim como uma tigresa faminta[26] que há muito atravessa a mata em infrutífera busca, quando vê um cordeiro ao alcance das garras, se prepara para saltar

26. Esta é a primeira imitação, no livro, dos famosos símiles homéricos. Fielding voltará a eles em outros capítulos e também em *Tom Jones*.

sobre sua presa; ou assim como um lúcio voraz de porte imenso, ao avistar no líquido elemento uma carpa ou gobiídeo que não pode escapar-lhe à mandíbula, escancara-a para engolir o peixinho – outrossim a sr.ª Slipslop se preparava para deitar suas violentas e amorosas mãos sobre o pobre Joseph, quando por sorte o sino de sua senhora tocou e libertou o prospectivo mártir de suas garras. Ela foi obrigada a deixá-lo abruptamente, e a deferir a execução de seu projeto até um outro momento. Voltaremos portanto a Lady Booby, e faremos a nosso leitor um relato de sua conduta desde que ela foi deixada por Joseph, num estado de espírito não muito diferente do da inflamada Slipslop.

As técnicas menos sutis da sr.ª Slipslop, por Norman Tealby

CAPÍTULO VII

DITOS DE HOMENS SÁBIOS. UM DIÁLOGO ENTRE A DAMA E SUA AIA, E UM PANEGÍRICO, OU ANTES SÁTIRA, À PAIXÃO DO AMOR, NO ESTILO SUBLIME.

É observação de algum sábio antigo, cujo nome esqueci, que as paixões operam diferentemente na mente humana, como as doenças no corpo, na proporção da força ou fraqueza, robustez ou decrepitude de uma e de outro.

Esperamos, portanto, que o leitor judicioso faça algum esforço por notar, como tanto nos esfalfamos por descrever, as diferentes operações dessa paixão do amor na mente fina e cultivada de Lady Booby em comparação com as que ela provocou na disposição menos polida e mais tosca da sr.ª Slipslop.

Outro filósofo, cujo nome no momento igualmente me escapa à memória, disse algures que resoluções tomadas na ausência do objeto amado são muito dadas a sumir em sua presença; e a esses dois ditos sábios o capítulo a seguir pode servir de comentário.

Nem bem havia Joseph deixado o quarto da maneira como já relatamos, e a dama, furiosa pelo desapontamento, começou a refletir com severidade sobre a própria conduta. Seu amor se convertera em desdém, que o orgulho assistia em atormentá-la. Ela se desprezava pela mesquinhez de sua paixão, e a Joseph por seu mau sucesso. No entanto, ela já a havia superado em sua própria opinião, e decidiu dispensar imediatamente seu objeto. Depois de muito virar-se e revirar-se na cama, e de muitos solilóquios – que, se não tivéssemos melhor assunto para nosso leitor, nós lhe serviríamos –, ela por fim tocou o sino como se disse acima e foi logo atendida pela sr.[a] Slipslop, que não estava muito mais satisfeita com Joseph do que a própria dama.

– Slipslop – disse Lady Booby –, quando foi que você viu Joseph? – A pobre mulher se espantou de tal modo com o som inesperado desse nome em tão crítico momento que teve a maior dificuldade para ocultar o embaraço em que estava da patroa, a quem não obstante respondeu, com muita confiança mas não totalmente sem temores de suspeita, que não o vira àquela manhã. – Receio – disse Lady Booby – que ele seja um rapazote estouvado. – Isso ele é – disse Slipslop –, e malvado também. Pelo que sei ele joga, bebe, xinga e briga eternamente; e de sobra tem o horrível *viço* de ser mulherengo. – Ah, é? – disse a dama. – Isso nunca me contaram. – Ah, senhora – replicou a outra –, é um sem-vergonha tão pervertido que se sua senhoria o mantiver consigo por mais tempo não terá uma virgem na casa, exceto por mim. E todavia não imagino o que as raparigas veem nele para se abobarem desse jeito; a meus olhos ele é o mais feioso espantalho que já *estopei*. – Não – disse a dama –, o rapaz até que é decente. – Ih, senhora! – exclamou Slipslop –, eu o acho o sujeito mais *praguematicíssimo* de toda esta família. – Decerto, Slipslop – disse a dama –, você se engana. Mas de qual das mulheres você mais suspeita? – Senhora – disse Slipslop –, tem Betty, a camareira, que estou quase *dissuadida* de que embarrigou dele. – Ah, é? – disse a dama. – Então queira pagar-lhe o ordenado neste instante. Não manterei tais vadias em minha família. E quanto a Joseph, pode dispensá-lo também. – Sua senhoria quer que o mande embora imediatamente? – perguntou Slipslop. – Porque talvez, depois que Betty for embora, ele possa se emendar; e a bem dizer o rapaz é um bom criado, e um rapaz forte, saudável, *arbusto*. – Esta manhã! – respondeu a dama com certa veemência. – Quisera, senhora – exclamou Slipslop –, que sua senhoria tivesse a bondade de experimentá-lo por mais algum tempo. – Não admito que se contestem minhas ordens – disse a dama. – Decerto você também não se apegou a ele? – Eu, senhora? – vozeou Slipslop, corando, quando não enrubescendo. – Muito me condoeria saber que sua senhoria tem motivos para *respeitar-me* de afeições por algum sujeito; e, se assim lhe apraz, cumprirei a ordem com a maior *relutância* possível. – Com a menor, presumo que queira dizer – observou a Dama. – E trate disso já. – A sr.ª Slipslop saiu, e a dama mal deu duas voltas antes de desatar a bater e a tocar com grande violência. Slipslop, que não viajava a posta, logo retornou e foi contramandada no tocante a Joseph, tendo ordens porém de mandar Betty cuidar da vida sem mais delongas. Ela partiu uma segunda vez, com muito mais alegria do que antes; nisso a dama começou imediatamente a acusar-se de falta de resolução e a recear o retorno de sua afeição, com suas perniciosas consequências. Por isso, fez-se novamente ao sino e reconvocou a sua presença a sr.ª Slipslop, que regressou uma vez mais e soube da patroa que esta considerara melhor o assunto e estava absolutamente decidida a despedir Joseph, o que ordenou-lhe fazer imediatamente. Slipslop, que conhecia a violência de têmpera de sua senhora, e não arriscaria seu posto por nenhum Adônis ou Hércules no universo, deixou-a uma terceira vez; e nem bem o fizera quando o pequeno deus Cupido, temendo não ter encerrado ainda os negócios com a dama, tirou uma flecha nova de agudíssima ponta de sua aljava e despediu-a diretamente contra o coração da última; em linguagem outra e mais simples, a paixão da dama levou-lhe a palma ao juízo. Ela chamou Slipslop uma vez mais e comunicou-lhe que resolvera ver o moço e examiná-lo ela mesma; e portanto pediu que o mandasse subir. Essa oscilação no temperamento da patroa provavelmente pôs certas coisas na cabeça da dama de companhia que é desnecessário mencionar ao leitor sagaz.

Lady Booby ia chamá-la de novo, mas não conseguiu persuadir-se a tanto. Sua consideração seguinte foi portanto a de como portar-se com Joseph quando ele entrasse. Ela resolveu preservar toda a dignidade da mulher da moda para com o criado, e a comprazer-se com essa última visão de Joseph (pois estava firmemente decidida de que assim seria) às expensas deste, primeiro insultando-o e depois o descartando.

Ó amor, que monstruosas peças pregas a teus cultores de ambos os sexos! Como os tapeias e fazes com que se tapeiem a si mesmos! Suas loucuras são teu deleite! Seus suspiros te fazem rir e seus tormentos são teu recreio!

Nem o grande Rich[27], que converte homens em macacos, carriolas e o que mais lhe saiba à imaginação, metamorfoseou tão estranhamente a forma humana; nem o grande Cibber, que confunde todo número e gênero e rompe toda regra da gramática a seu talante, distorceu tanto a língua inglesa como tu metamorfoseias e distorces os sentidos humanos.

Tu nos arrancas os olhos, obstruis nossos ouvidos e nos privas do poder de nossas narinas, de modo que não podemos ver o maior objeto, ouvir o mais alto

27. John Rich (1682–1761), um dos grandes diretores teatrais da época.

ruído nem sentir o mais pungente perfume. De resto, quando te apraz, consegues que um morrote de toupeira se pareça a uma montanha; que a harpa de um judeu soe a clarim; e que uma margarida recenda a violeta. Logras tornar a covardia valente, a avarícia generosa, o orgulho humilde e a crueldade terna. Em suma, viras o coração do homem pelo avesso, como um prestidigitador a uma anágua, e tiras o que quer que te agrade de dentro dele. E se alguém houver que duvide de tudo isso, que leia o próximo capítulo.

CAPÍTULO VIII

EM QUE, APÓS TRECHOS DE FINÍSSIMA ESCRITA, A HISTÓRIA PROSSEGUE, E RELATA A ENTREVISTA ENTRE A DAMA E JOSEPH, EM QUE ESTE ÚLTIMO DÁ UM EXEMPLO QUE DESESPERAMOS DE VER SEGUIDO POR SEU SEXO NESTA ERA VICIOSA.

Por essa altura o fescenino Héspero[28] havia pedido as bermudas e, tendo bem esfregado seus sonolentos olhos, preparava-se para vestir-se para a noite toda; e, a seu exemplo, seus irmãos fesceninos na Terra igualmente deixavam as camas em que haviam dormido o dia inteiro. Por essa altura Tétis, a boa dona de casa, começava a arrumar a panela para regalar o bom Febo[29], depois que seus labores diários estivessem encerrados. Em linguagem vulgar, era noitinha quando Joseph atendeu às ordens de sua ama.

Mas, como nos compete preservar o caráter dessa dama, que é a heroína de nosso conto, e como temos naturalmente uma maravilhosa ternura por aquela parte formosa da espécie humana chamada de belo sexo, antes de expormos em demasia sua fragilidade ao leitor será apropriado dar-lhe uma ideia vívida da vasta tentação que superara todos os esforços de uma mente modesta e virtuosa; e então esperamos humildemente que sua boa natureza antes lamentará que condenará a imperfeição da virtude humana.

Mais: as próprias damas, esperamos, serão induzidas, ao considerarem a variedade incomum de charmes que se uniram na pessoa desse jovem, a refrear sua arrebatada paixão pela castidade e a ser no mínimo tão brandas quanto lhes permitirem

28. A estrela vespertina.
29. Tétis e Febo (ou Apolo) são respectivamente a deusa do mar e o deus do Sol.

as violentas modéstia e virtude ao censurarem a conduta de uma mulher que, talvez, era em sua disposição tão casta quanto essas puras e santificadas virgens, que, após uma vida transcorrida inocentemente nas folias da cidade, começam na casa dos cinquenta a comparecer duas vezes *per diem* às igrejas e capelas polidas, para render graças pela bênção que outrora as preservou em meio aos peralvilhos de tentações possivelmente menos pujantes que a que então acometia Lady Booby.

O sr. Joseph Andrews estava então em seu vigésimo primeiro ano de idade. Tinha o mais alto grau da estatura média. Seus membros se conjugavam com grande elegância e não menos força. Seus pernas e coxas eram formadas na mais exata proporção. Seus ombros eram largos e vigorosos, e todavia os braços lhe pendiam tão à vontade que ele tinha todos os sintomas da força sem o menor desengonço. Seu cabelo era de cor castanha, e se desfraldava em rebeldes madeixas às suas costas. Sua fronte era alta, seus olhos, escuros, e tão cheios de brandura como de fogo. Seu nariz, um tanto inclinado à romana. Seus dentes, brancos e regulares. Seus lábios, cheios, vermelhos e macios. Sua barba só era grossa no queixo e no lábio superior, mas suas faces, em que seu sangue fulgia, revestiam-se de uma espessa penugem. Seu semblante tinha certa ternura, unida a uma inexprimível sensibilidade. Acrescente-se a isso o mais perfeito asseio no vestir-se e um ar que, àqueles que não viram muitos nobres, daria uma ideia de nobreza.

Tal era a pessoa que compareceu nesse momento perante a dama. Ela o contemplou algum tempo em silêncio e, por duas ou três vezes antes de falar, mudou de ideia quanto à maneira em que devia começar. Por fim ela lhe disse: – Joseph, lamento ter ouvido tais queixas contra você; soube que você procede tão rudemente com as criadas que elas não conseguem fazer o serviço em paz; refiro-me às que não são perversas o bastante para dar ouvidos a suas solicitações. Quanto às outras, elas talvez não o considerem rude, pois há vadias perversas que causam vergonha a seu próprio sexo, e que estão tão prontas a admitir essas nauseantes familiaridades quanto os rapazes a oferecê-las; pior, há dessas em minha família, mas nela não ficarão; aquela meretriz impudente que espera um filho seu já foi dispensada a esta altura.

Assim como a pessoa que é atingida no coração por um raio parece extremamente surpresa, e talvez esteja mesmo – outrossim o pobre Joseph recebeu a falsa acusação de sua ama: ele corou e pareceu atônito, o que ela confundiu com sintomas de sua culpa, e assim prosseguiu:

– Venha cá, Joseph; outra ama poderia dispensá-lo por essas ofensas. Mas eu tenho compaixão por sua juventude e, se pudesse ter certeza de que você não incorrerá em novas culpas... Considere, criança – pousando a mão distraidamen-

Joseph e Lady Booby, por Herbert Railton e E. J. Wheeler

te sobre a dele –, que você é um jovem bem-parecido e poderia conseguir coisa melhor, poderia fazer sua fortuna... – Senhora – disse Joseph –, asseguro a sua senhoria que não sei se alguma criada desta casa é homem ou mulher... – Ora essa! Joseph – respondeu a dama –, não cometa outro crime negando a verdade. Eu poderia perdoar o primeiro; mas odeio mentirosos. – Senhora – protestou Joseph –, espero que sua senhoria não se ofenda por eu asseverar minha inocência; pois, por tudo quanto é sagrado, nunca ofereci mais do que beijos. – Beijos! – disse a dama, com grande descompostura no semblante e mais rubor nas faces do que raiva nos olhos –, e diz que isso não é crime? Beijar, Joseph, é como o prólogo de uma peça. Posso crer que um jovem de sua idade e compleição se contentará com beijos? Não, Joseph, não há mulher que, concedendo isso, não conceda mais, e muito me engano a seu respeito se você não a instilaria a isso. O que você pensaria, Joseph, se eu admitisse que me beijasse? – Joseph respondeu que preferiria morrer a cogitar tal coisa. – E todavia, Joseph – volveu ela –, há damas que admitiram de seus lacaios tais familiaridades; e de lacaios, confesso, muito menos dignos delas; camaradas sem a metade de seus charmes, pois estes quase que desculpariam o crime. Diga-me então, Joseph, se eu lhe permitisse tal liberdade, o que você pensaria de mim? Diga-me livremente. – Senhora – disse Joseph –, eu pensaria que a senhora se estava rebaixando e muito. – Balela! – disse ela –, isso é aqui comigo. Mas você não insistiria em mais? Iria contentar-se com um beijo? Suas inclinações não ficariam antes inflamadas por tal favor? – Senhora – disse Joseph –, se ficassem, eu esperaria ser capaz de controlá-las, sem permitir que prevalecessem sobre minha virtude[30]. – O leitor já ouviu poetas falando da Estátua da Surpresa[31]; já ouviu igualmente, ou do contrário terá ouvido bem pouco, como a surpresa fez falar um dos filhos de Creso, embora fosse mudo[32]. Viu os rostos, na galeria dos dezoito *pence*, quando pelo alçapão, sob música suave ou sem música, o sr. Bridgewater, o sr. William Mills[33] ou algum outro de aparência espectral ascendeu com o rosto todo pálido de pó e a camisa ensanguentada de fitas; mas de nenhum desses, nem mesmo de Fídias ou Praxíteles[34], caso tornassem à vida... não, nem mesmo do lápis inimitável de meu amigo Hogarth lhe adviria uma tal ideia da surpresa como a que teria penetrado seus olhos houvessem estes contemplado Lady Booby no momento em que essas últimas palavras afloraram dos lábios de Joseph. – Sua virtude! – bradou a dama, recobrando-se após um silêncio de dois minutos. – A esta eu não sobrevivo! Sua virtude! Presunção intolerável! Você tem o despudor de pretender que, quando uma dama se rebaixa a pôr de lado as regras da decência a fim de honrá-lo com o mais alto favor de que dispõe, sua virtude deva resistir à inclinação dela? Que, quando já conquistou a própria virtude, ela deva encontrar uma obstrução na sua? – Senhora – disse Joseph –, não vejo por que o fato de ela não ter virtude deva servir de razão para que eu tampouco a tenha. Ou por que, por eu ser homem, ou por ser pobre, minha virtude deva sujeitar-se aos prazeres dela. – Haja paciência – bradou a dama. – Algum mortal já terá ouvido falar da virtude de um homem? Terão os maiores ou mais graves homens arrogado coisa do tipo? Terão os magistrados que punem a lascívia ou os párocos que contra ela pregam algum escrúpulo de praticá-la? E pode um menino, um fedelho, ter a presunção de falar da

30. Como já fizera em *Shamela*, Fielding satiriza aqui as repetidas referências de Pamela a sua própria virtude.
31. Trata-se de uma pose comum no drama heroico. Neste trecho Fielding lança mão de sua familiaridade com o teatro.
32. Creso (século VI a.C.) foi o último rei da Lídia. Conta Heródoto que seu filho mudo o salvou da morte rogando subitamente por sua vida (*História*, I, 85).
33. Dois atores populares em seu tempo.
34. Famosos escultores atenienses, respectivamente dos séculos V e IV a.C.

própria virtude? – Senhora – disse Joseph –, esse menino é o irmão de Pamela, e se envergonharia se a castidade de sua família, que nela se preservou, nele se maculasse. Se há homens tais como sua senhoria menciona, sinto sabê-lo, e quisera tivessem eles a oportunidade de ler as cartas de minha irmã Pamela que meu pai me enviou, e não duvido de que tal exemplo os emendaria. – Seu vilão impudente – gritou a dama em fúria –, você me insulta com os desvarios de meu parente, que se expôs por todo o condado por causa de sua irmã? Uma ladinazinha, que sempre me perguntei por que minha finada Lady John Booby mantinha em casa. Rapaz, suma de minha vista e prepare-se para partir esta noite, pois mandarei que paguem seu ordenado imediatamente, e você será despojado e posto na rua. – Senhora – disse Joseph –, lamento ter ofendido a sua senhoria; asseguro que jamais tive essa intenção. – Sim, rapaz – exclamou ela –, você teve a vaidade de entender mal a breve e inocente liberdade que tomei a fim de verificar se o que ouvira era verdade. Por minha consciência, você teve a presunção de imaginar que eu própria lhe queria bem! – Joseph respondeu que só falara motivado por ternura pela própria virtude; a essas palavras ela quedou numa paixão violenta e, negando-se a ouvir mais, mandou-o deixar o quarto no mesmo instante.

Ele nem bem se fora e ela prorrompeu nas seguintes exclamações: – Aonde nos impele essa paixão violenta? A que vilezas nos sujeitamos por seus impulsos? Sabiamente nós resistirmos a suas ofensivas iniciais e mais leves, pois só então podemos nos assegurar da vitória. Nenhuma mulher pode jamais dizer com segurança: "só irei até esse ponto". Não me expus à rejeição de meu lacaio? Não aguento nem pensar nisso! – Feito o que, recorreu ao sino, e o tocou com infinitamente mais violência do que o necessário, pois a fiel Slipslop esperava logo à mão. Verdade seja dita, ela havia concebido certa suspeita em sua última entrevista com sua ama, e aguardara desde então na antecâmara, tendo aplicado os ouvidos cuidadosamente ao buraco da fechadura durante todo o tempo em que a conversa precedente entre Joseph e a dama se passou.

A sr.ª Slipslop se inteirando da situação, por Norman Tealby

CAPÍTULO IX

O QUE SE PASSOU ENTRE A DAMA E A SR.ª SLIPSLOP, EM QUE HAVERÁ, PROFETIZAMOS, CERTAS PINCELADAS QUE NEM TODOS COMPREENDERÃO DE FATO NA PRIMEIRA LEITURA.

– Slipslop – disse a dama –, tive razões de sobra para crer em tudo o que me disseste desse perverso Joseph; decidi livrar-me dele neste instante; por isso vá até o secretário e mande-o acertar-lhe as contas. – Slipslop, que até então mantivera certa distância de sua senhora, mais por necessidade que por inclinação, e que julgava que o conhecimento desse segredo derrubara toda distinção entre elas, respondeu à dama com grande petulância que seria bom se ela se decidisse, pois tinha certeza de que voltaria a chamá-la antes que ela descesse metade da escada. A dama replicou que tomara uma resolução e estava decidida a mantê-la. – Lamento por isso – exclamou Slipslop –, e, se eu soubesse que puniria o pobre rapaz tão severamente, a senhora não teria ouvido um *entalhe* do assunto. Eis aqui uma bela baderna por nada. – Nada! – retorquiu milady. – Acha que vou tolerar a lascívia em minha casa? – Se a senhora demitir todo lacaio – disse Slipslop – que for afeito a esse esporte, logo vai ter de abrir a porta do coche sozinha, ou arrumar um bando de *mofroditas*[35] para servi-la; e eu palavra que detesto a vista deles, até quando cantam na ópera[36]. – Faça o que lhe ordeno – disse milady –, e não choque meus ouvidos com sua linguagem bestial. – Ora essa – protestou Slipslop –, os ouvidos das pessoas são às vezes a parte mais sensível delas.

A dama, que principiava a admirar o novo estilo em que sua aia se exprimia, e que ao término desse discurso suspeitou parte da verdade, chamou-a de volta e quis saber o que ela pretendia com o extraordinário grau de liberdade que julgava cabível dar à língua. – Liberdade! – disse Slipslop. – Não sei o que chama de liberdade, senhora; criadas têm línguas, tão bem como suas amas. – Sim, e línguas insolentes, de resto – respondeu a dama. – Mas fique sabendo que não tolerarei tamanha impertinência. – Impertinência! Não estou sabendo que eu seja impertinente – disse Slipslop. – Sim, na verdade você é – exclamou a dama –, e, a menos que corrija seus modos, esta casa não será lugar para você. – Modos! – exclamou Slipslop. – Nunca julgaram que me faltassem modos, *nem tampouco modéstia*; e, quanto a lugares, há mais de um; e eu sei o que sei. – O que você

35. Em seu sentido de época, "hermafrodita" podia designar qualquer homem de modos afeminados.
36. Referência aos *castrati* italianos, figuras populares na Londres da época.

sabe, senhora? – volveu a dama. – Não sou obrigada a contar para todo mundo – disse Slipslop –, não mais do que sou obrigada a mantê-lo em segredo. – Seria melhor você ir se virando – volveu a dama. – De todo o coração – replicou a aia, e assim partiu furibunda e bateu a porta atrás de si.

A dama percebia muito claramente que sua aia sabia mais do que ela de bom grado lhe teria dado a saber; e isso ela imputava a Joseph ter-lhe revelado o que se passara na primeira entrevista. Isso, portanto, exacerbou sua ira contra ele e reafirmou sua resolução de descartá-lo.

Mas dispensar a sr.ª Slipslop não era coisa de se resolver tão facilmente; ela tinha a máxima ternura pela própria reputação, pois sabia que desta dependiam muitas das mais valiosas benesses da vida – particularmente os jogos de carta, as cortesias em lugares públicos e, acima de tudo, o prazer de demolir as reputações alheias, descontração inocente em que sentia um extraordinário deleite. Ela por isso resolveu submeter-se a todos os insultos de uma criada a correr o risco de perder seu direito a tantos grandes privilégios.

Assim sendo, mandou chamar seu secretário, o sr. Peter Pounce, e ordenou-lhe pagar a Joseph seu ordenado, tirar-lhe a libré e corrê-lo da casa naquela noite.

Em seguida mandou Slipslop subir e, depois de renovar o espírito com um remedinho que guardava no armário, principiou da seguinte maneira:

– Slipslop, por que iria você, que conhece meu temperamento passional, tentar me provocar com suas respostas? Estou convencida de que você é uma criada honesta, e estaria muito indisposta a descartá-la. Acredito igualmente que você encontrou em mim uma ama indulgente em muitas ocasiões, e tem tão pouca razão de seu lado para desejar uma mudança. Não posso deixar de me surpreender, portanto, que você adote o método mais garantido para me ofender. Refiro-me a arremedar minhas palavras, coisa que você sabe que eu sempre detestei.

A prudente dama de companhia havia bem pesado todo o assunto, e concluído, após madura deliberação, que um bom emprego na posse era melhor do que na esperança; assim, como descobrisse sua senhora inclinada a transigir, achou de bom aviso adotar ela própria certa condescendência, que com igual prontidão foi aceita; e com isso o assunto se resolveu, todas as ofensas foram perdoadas e o presente de uma camisola e uma anágua lhe foi feito em sinal do futuro favor de sua ama.

Ela fez menção por uma ou duas vezes de falar em favor de Joseph, mas encontrou o coração da dama tão obstinado que renunciou prudentemente a todo esforço do tipo. Considerou que havia mais lacaios na casa, e alguns deles tão robustos, embora não tão bonitos, como Joseph; de resto, o leitor já viu que seus ternos avanços não haviam encontrado o incentivo que ela teria razoavelmente esperado. Ela achava que já havia desperdiçado uma boa dose de vinho seco e guloseimas num patife ingrato; e, estando algo inclinada à opinião daquela seita feminina que considera um rapaz sadio quase tão bom quanto outro rapaz sadio, renunciou por fim a Joseph e a sua causa; então, com um triunfo muito louvável sobre sua paixão, saiu levando o presente e, com grande tranquilidade, fez uma visita a um garrafão de pedra, que é de soberano uso para um temperamento filosófico.

Ela não deixou sua ama tão serena. A pobre dama não conseguia pensar sem agonia que sua cara reputação estava em poder dos criados. Todo seu conforto quanto a Joseph era sua esperança de que ele não entendera seus intuitos; pelo menos ela podia dizer por si mesma que não lhe expressara nada claramente; e, quanto à sr.ª Slipslop, ela imaginava que poderia comprar seu sigilo.

Mas o que mais lhe doía era que na realidade ela não havia suplantado tão inteiramente sua paixão; o pequeno deus continuava rondando seu coração, embora a raiva e o desdém a vendassem de tal modo que ela não podia vê-lo. Ela esteve mil vezes à beira de revogar a sentença que havia passado contra o pobre rapaz. O amor se fizera advogado deste, e sussurrava muitas coisas em seu favor. A honra igualmente se empenhava em vindicar seu crime, e a piedade em mitigar seu castigo; por outro lado, orgulho e vingança falavam tão altamente contra ele; e assim a pobre dama era torturada pela perplexidade, com paixões opostas perturbando e puxando sua mente em direções diversas.

Do mesmo modo já vi, no Salão de Westminster, onde o sargento Bramble fora posicionado no canto direito e o sargento Puzzle no esquerdo, a balança da opinião (de tão idênticos seus honorários) inclinar-se alternadamente para cada prato[37]. Ora Bramble lança um argumento, e o prato de Puzzle vai bater na trave; ora Bramble sofre a mesma sina, sobrepujado pelo peso de Puzzle. Aqui Bramble bate, ali Puzzle golpeia; aqui um nos enreda, ali o outro; até que por fim tudo se torna uma única cena de confusão nas mentes torturadas dos ouvintes; iguais apostas são feitas pelo sucesso, e nem juiz nem júri conseguem perceber coisa alguma do assunto, estando tudo tão enredado pelos cuidadosos sargentos em dúvida e obscuridade.

Ou como ocorre na consciência, em que a honra e a honestidade puxam para um lado e o suborno e a necessidade para outro. – Se nosso negócio pre-

37. Westminster Hall era a suprema corte da Inglaterra. Um sargento, nesta acepção, é um membro de um corpo de juristas do qual se elegiam. Bramble significa "espinheiro", e Puzzle, "quebra-cabeça".

sente fosse apenas compor símiles, poderíamos produzir muitos outros para esse fim; mas um símile (como uma palavra) para o sábio. Vamos portanto tratar um pouco de nosso herói, por quem o leitor está sem dúvida um tanto aflito.

CAPÍTULO X

JOSEPH ESCREVE OUTRA CARTA; SUAS TRANSAÇÕES COM O SR. PETER POUNCE &C., COM SUA DESPEDIDA DE LADY BOOBY.

O desconsolado Joseph não teria suficiente entendimento para ser a principal figura de um livro como este se ainda não tivesse percebido os intuitos de sua ama; e, com efeito, que não os discernisse antes, o leitor o queira atribuir a certa indisposição de sua parte de descobrir o que deveria condenar nela como uma falta. Tendo portanto deixado a presença dela, retirou-se a sua água-furtada e entrou num palavrório sobre as inúmeras calamidades que acompanhavam a beleza, e o infortúnio que era ser mais bonito que o vizinho.

Em seguida sentou-se e se dirigiu a sua irmã Pamela nas seguintes palavras:

"Cara Irmã Pamela,

"Na esperança de que esteja bem, que notícias tenho eu para contar-lhe! Ó Pamela, minha ama se apaixonou por mim! Ou seja, o que os grandes chamam de apaixonar-se: ela está decidida a me arruinar; mas espero ter resolução e graça suficientes para não me desfazer de minha virtude por dama alguma sobre a terra.

"O sr. Adams muitas vezes me disse que a castidade é uma tão grande virtude num homem como numa mulher. Ele diz que jamais conheceu[38] senão sua esposa, e hei de empenhar-me em seguir seu exemplo. Na verdade, deve-se inteiramente aos excelentes sermões e conselhos dele, juntamente com suas cartas, o ter eu sido capaz de resistir a uma tentação a que ele diz que nenhum homem cede sem que se arrependa neste mundo ou seja por ela condenado no próximo; e por que eu confiaria em arrepender-me no leito de morte, já que posso morrer dormindo? Que belas coisas são os bons conselhos e os bons exemplos! Mas alegro-me que ela me tenha expulsado do quarto como fez, pois por um instante quase me esqueci de quantas palavras o pastor Adams jamais me disse.

38. No antigo sentido de "manter relações sexuais com".

"Não duvido, cara irmã, que você terá a graça de preservar sua virtude contra toda prova; e peço-lhe encarecidamente rezar para que eu seja capacitado a preservar a minha – pois, para ser franco, ela vem sendo atacada muito severamente por mais de uma; mas, espero imitar seu exemplo e o de José, meu homônimo, e conservar minha virtude contra todas as tentações".

Joseph não havia terminado a carta quando foi chamado a descer pelo sr. Peter Pounce, para receber seu ordenado; pois, além de que, de oito libras anuais, reservasse quatro para seu pai e sua mãe, ele tinha sido obrigado, a fim de munir-se de instrumentos musicais, a recorrer à generosidade do dito Peter, que, em casos de urgência, costumava adiantar o salário dos criados – não antes de serem devidos, mas antes de serem pagáveis; ou seja, talvez um meio ano depois de serem devidos, e isso ao moderado juro de cinquenta por cento, ou um pouco mais; e por esses métodos caridosos, junto com o empréstimo de dinheiro às pessoas, e até mesmo a seus próprios senhor e senhora, o honesto homem, do nada, amealhara em poucos anos a pequena soma de vinte mil libras, ou coisa que o valha.

Joseph, tendo recebido o parco saldo de seu ordenado e se despojado de sua libré, foi forçado a tomar emprestado um manto e bermudas de um dos criados (pois era tão benquisto na família que todos lhe teriam emprestado o que fosse); e, sabendo de Peter que não devia deter-se um minuto na casa além do necessário para empacotar sua roupa branca, o que fez facilmente num espaço bem breve, disse um adeus melancólico a seus colegas de criadagem e partiu às sete da noite.

Ele havia cruzado a distância de duas ou três ruas antes de decidir absolutamente se devia deixar a cidade àquela noite ou, procurando alojamento, aguardar até a manhã. Por fim a lua, brilhando muito forte, ajudou-o a chegar à resolução de iniciar sua jornada imediatamente, para o que ele tinha igualmente outros estímulos, que o leitor, sem ser vidente, não poderá adivinhar até que lhe tenhamos dado as deixas que talvez já seja apropriado revelar.

CAPÍTULO XI

DE VÁRIAS NOVIDADES INESPERADAS.

É uma observação por vezes feita a de que, para indicar nossa ideia de um sujeito simples, nós dizemos: "Ele se deixa entrever facilmente". E não a julgo uma definição mais imprópria de um livro simples. Em vez de aplicar isto a alguma produção em particular, optamos antes por observar o contrário nesta história, em que o cenário se desvela em pequenos passos, e há de ser um leitor sagaz o que enxergar dois capítulos à sua frente.

Por esta razão, não aludimos até aqui a um assunto que agora parece necessário explicar, pois pode admirar, primeiro, que Joseph tenha saído com tão extraordinária pressa da cidade, o que já foi mostrado; e, segundo, o que agora se mostrará, que, em vez de se dirigir à casa de seu pai e mãe, ou a sua amada irmã Pamela, ele tenha preferido partir a toda a velocidade rumo à casa de campo de Lady Booby, que deixara quando de sua jornada a Londres.

Fique-se sabendo, então, que na mesma paróquia onde ficava essa casa vivia uma jovem que Joseph (embora o melhor dos filhos e irmãos) ansiava mais impacientemente por ver do que a seus pais ou a sua irmã. Era uma moça pobre, que fora em outros tempos educada na família de Sir Thomas[39], da qual, pouco antes da viagem a Londres, tinha sido demitida pela sr.ª Slipslop por conta de sua extraordinária beleza; pois nunca pude descobrir nenhuma outra razão.

Essa jovem criatura (que então vivia com um fazendeiro da paróquia) sempre fora amada por Joseph, e correspondia a sua afeição. Ela era apenas dois anos mais jovem do que nosso herói. Eles se conheciam desde a infância, e haviam concebido um apego muito precoce um pelo outro, o qual se convertera num tal grau de afeição que o sr. Adams a muito custo evitara que se casassem, persuadindo-os a esperar até que uns poucos anos de serviço e parcimônia tivessem aprimorado um pouco sua experiência e lhes permitido viver confortavelmente juntos.

Eles seguiram o conselho desse bom homem, já que na prática sua palavra era pouco menos do que uma lei na paróquia, pois, como ele havia demonstrado a seus paroquianos, com um comportamento uniforme de trinta e cinco anos de duração, que tinha o bem deles inteiramente em vista, eles o consultavam em todas as ocasiões, e muito raramente agiam contra sua opinião.

Nada pode ser imaginado de mais terno do que a despedida desses dois amantes. Mil suspiros agitavam o peito de Joseph; mil lágrimas destilavam dos adoráveis olhos de Fanny (pois esse era o seu nome). Embora a modéstia dela só lhe permitisse admitir-lhe os beijos afoitos, seu amor violento a fazia mais do que passiva em seus abraços, e ela amiúde o puxava de encontro ao seio com uma pressão suave que, embora talvez não tivesse amassado um inseto até a mor-

39. O original diz aqui "Sir John", mas trata-se de uma troca de nomes que as edições modernas usualmente corrigem.

te, trazia mais emoção ao coração de Joseph do que a mais apertada gravata córnica poderia ter feito[40].

O leitor talvez se admire de que um par tão apegado, durante uma ausência de doze meses, jamais se comunicasse entre si; na verdade, havia apenas uma razão que os impedia ou poderia tê-los impedido, e era o fato de que a pobre Fanny não sabia escrever nem ler, e tampouco se deixara persuadir a transmitir as delicadezas de sua terna e casta paixão pelas mãos de um amanuense.

Eles se contentavam, portanto, com frequentes inquéritos quanto à saúde um do outro, com uma mútua confiança na fidelidade um do outro e o prospecto de sua felicidade futura.

Tendo explicado estes assuntos a nosso leitor e, na medida do possível, satisfeito suas dúvidas, retornamos ao honesto Joseph, que deixamos bem no início de suas viagens à luz da lua.

Os que já leram qualquer estória romanesca ou poesia, antiga ou moderna, devem ter sido informados de que o amor tem asas; e disso não devem depreender, como certas senhoritas por engano fizeram, que um amante possa voar; os escritores, por essa engenhosa alegoria, não tencionavam insinuar senão que os amantes não marcham como a guarda montada; em suma, que eles põem à frente sua melhor perna, o que nosso robusto jovem, que andaria ao lado de qualquer homem, fez tão energicamente nessa ocasião que em coisa de quatro horas foi dar em uma famosa casa de pouso bem conhecida do viajante do oeste. Ela apresenta um leão na tabuleta, e o dono, que fora batizado Timóteo, é comumente chamado apenas de Tim. Alguns presumiram que ele escolheu especificamente o leão para a sua tabuleta por se assemelhar muito, em sua figura, a essa magnífica fera, embora sua disposição saiba mais à doçura do cordeiro. É pessoa bem recebida em meio a todos os tipos de gente, sendo qualificado para agradar a qualquer um, pois é bem versado em história e política, tem rudimentos de lei e teologia, conta boas piadas e toca maravilhosamente bem o corne francês[41].

Uma violenta chuva de granizo forçou Joseph a se abrigar nessa estalagem, onde, ele se lembrava, Sir Thomas já jantara a caminho da cidade. Joseph nem bem se sentou junto ao fogo da cozinha e Timóteo, observando-lhe a libré[42], começou a deplorar a perda de seu finado amo, que fora, ele dizia, seu mui chegado e ínti-

40. Golpe tradicionalmente aplicado pelos lutadores da Cornualha.

41. Fielding faz aqui um cumprimento aberto a Timothy Harris, proprietário de uma estalagem verdadeira.

42 Uma inconsistência, já que Joseph se desfizera da libré ao partir.

mo amigo, com quem dera fim a muita ditosa garrafa, sim, a muitas dúzias em seu tempo. Ele então comentou que todas essas coisas estavam então acabadas, todas passadas, tão bem como se jamais tivessem sido; e concluiu com uma excelente observação sobre a certeza da morte, que sua esposa disse ser bem verdade. Um rapaz chegou nisso à mesma estalagem com dois cavalos, um dos quais estava levando mais adiante na província ao encontro de seu patrão; ele os deixou no estábulo, achegou-se e se sentou ao lado de Joseph, que imediatamente o reconheceu como o criado de um gentil-homem da vizinhança, que costumava frequentar-lhes a casa.

Esse rapaz fora igualmente forçado a entrar pela chuva, pois tinha ordens de avançar mais vinte milhas naquela noite, e por sorte na mesma estrada que o próprio Joseph pretendia tomar. Ele por isso aproveitou a oportunidade de obsequiar o amigo com os cavalos de seu amo (não obstante ter recebido ordens expressas em contrário), o que foi prontamente aceito; e assim, depois de terem bebido uma boa jarra e de a tempestade ter estiado, partiram juntos.

CAPÍTULO XII

CONTENDO MUITAS AVENTURAS SURPREENDENTES COM QUE JOSEPH ANDREWS SE DEPAROU NA ESTRADA, QUASE INACREDITÁVEIS PARA OS QUE NUNCA VIAJARAM DE DILIGÊNCIA.

Nada de notável ocorreu na estrada até a chegada deles à estalagem onde os cavalos eram devidos, à qual foram dar por volta das duas da manhã. A lua então brilhava muito forte, e Joseph, fazendo ao amigo o presente de um quartilho de vinho e agradecendo pelo favor do cavalo, sem embargo de todos os rogos em contrário, prosseguiu em sua viagem a pé.

Ele não andara mais de duas milhas, enleado com as esperanças de ver em breve sua amada Fanny, quando foi abordado por dois tipos numa aleia estreita e intimado a fazer alto e passar tudo. Ele lhes entregou prontamente quanto dinheiro possuía, que era pouco menos de duas libras, e disse-lhes esperar que tivessem a generosidade de restituir-lhe uns poucos xelins, para custear suas despesas a caminho de casa.

Um dos rufiões respondeu com uma jura: – Sim, vamos dar-lhe uma coisa loguinho, mas primeiro tire a roupa e vá se d***r! – Tire a roupa – disse o outro – ou mando seus miolos ao capeta. – Joseph, lembrando que tomara a sobrecasaca e as bermudas emprestadas de um amigo, e que se envergonharia de apresentar quaisquer desculpas por não devolvê-las, replicou esperar que eles não insistissem em ter suas roupas, que não valiam grande coisa, e considerassem a frieza da noite. – Está com frio, é, seu pilantra? – disse um dos larápios. – Pois vou esquentá-lo de jeito! – E, maldizendo os próprios olhos, pegou-lhe uma pistola à cabeça; e nem bem o fizera quando o outro mirou-lhe um golpe com o bordão, que Joseph, sendo perito em bordoadas, aparou com o seu, e retribuiu o favor com tanto êxito sobre o adversário que o meteu estrebuchado a seus pés; e no mesmo instante recebeu por trás, com a coronha da pistola, um golpe do outro vilão, que o pôs por terra e o destituiu totalmente de seus sentidos.

O ladrão que tinha sido nocauteado já então se recobrara, e ambos entraram a castigar o pobre Joseph com seus bordões, até que se convenceram de que haviam dado fim a sua miserável existência. Então o despiram totalmente, atiraram-no numa vala e partiram com seus espólios.

O pobre coitado, que ficou imóvel por um bom tempo, estava apenas começando a recobrar os sentidos quando uma diligência apareceu. O postilhão, ouvindo os gemidos de um homem, deteve os cavalos e disse ao cocheiro que havia decerto um homem *morto* estirado naquela vala, pois ele o ouvira gemer. – Siga em frente, moleque – replicou o cocheiro –, já estamos para lá de atrasados e não temos tempo para tratar com gente morta. – Uma senhora que ouviu o que dissera o postilhão, e que também ouvira o gemido, pediu encarecidamente ao cocheiro que parasse e visse o que estava havendo. Com isso ele mandou o postilhão apear e ir olhar dentro da vala. Este o fez, e respondeu que havia nela um homem sentado, tão nu como viera ao mundo. – Ai, J*sus! – exclamou a dama. – Um homem nu! Caro cocheiro, siga em frente e deixe-o. – Nisso os cavalheiros saíram do coche, e Joseph lhes rogou que tivessem piedade dele, pois fora roubado e quase que morto a pancadas. – Roubado! – exclamou um velho cavalheiro. – Vamos dar o fora o mais depressa possível, ou seremos roubados também. – Um jovem rapaz que pertencia à lei respondeu que quisera tivessem passado sem tomar conhecimento nenhum; mas que então se poderia provar que haviam sido *os últimos em sua companhia*; viesse ele a morrer, e poderiam ser chamados a prestar contas por seu assassínio. Ele por isso julgava aconselhável salvar a vida da pobre criatura, pelo bem deles próprios, se possível; pelo menos, se ele morresse, para evitar que o júri determinasse *que eles se haviam evadido*. Era portanto sua opinião que pusessem o homem no coche e o levassem até a próxima estalagem. A dama insistiu em que ele não entraria no coche. Se o admitissem,

"Caro cocheiro, siga em frente e deixe-o." Por Norman Tealby.

ela mesma apearia, pois preferia permanecer naquele lugar por toda a eternidade a viajar com um homem nu. O cocheiro objetou que não poderia aceitar que o embarcassem a menos que alguém pagasse um xelim pelo transporte de quatro milhas. Isso os dois cavalheiros se negaram a fazer; mas o advogado, que receava que algum infortúnio lhe acontecesse caso o desgraçado fosse deixado para trás naquela condição, afirmando que ninguém podia ser cauteloso demais em tais assuntos e que se lembrava de casos muito extraordinários nos livros, ameaçou o cocheiro e desafiou-o a negar-lhe embarque por sua conta e risco – pois, se o homem morresse, ele seria indiciado por assassinato, e, se vivesse e viesse a processá-lo, ele próprio se disporia a tomar parte no caso. Essas palavras tiveram um efeito sensível sobre o cocheiro, que conhecia bem a pessoa que as proferira; e o senhor idoso mencionado acima, julgando que o homem nu lhe proporcionaria oportunidades frequentes de exibir seu espírito à dama, propôs unir-se aos companheiros em pagar uma caneca de cerveja pela passagem; até que, em parte alarmado pelas ameaças de um, e em parte pelas promessas do outro, e quem sabe *um pouco* tomado de compaixão pela condição da pobre criatura, que estava sangrando e tremendo de frio, ele por fim concordou; e Joseph ia entrando no coche quando, ao avistar a dama, que segurava as hastes do leque diante dos olhos, negou-se absolutamente, miserável como estava, a embarcar, a menos que fosse munido de cobertura suficiente para evitar a mínima afronta à decência. Tão perfeitamente modesto era esse jovem; tão poderosos efeitos haviam tido sobre ele o exemplo imáculo da amável Pamela e os excelentes sermões do sr. Adams.

Embora houvesse várias sobrecasacas pelo coche, não foi fácil superar a dificuldade que Joseph criara. Os dois cavalheiros protestaram que sentiam frio e não podiam abrir mão de um farrapo, enquanto que o homem de espírito dizia, entre risos, que a caridade começava em casa; e o cocheiro, que tinha duas sobrecasacas estendidas sob si, negou-se a emprestar qualquer delas, para que não se ensanguentassem; o lacaio da dama pediu que o escusassem pela mesma razão, o que a própria dama, não obstante sua aversão a homens nus, aprovou. E é mais do que provável que o pobre Joseph, que se atinha obstinadamente a sua modesta resolução, tivesse perecido, não houvesse o postilhão (um rapazola que desde então foi deportado por roubar um galinheiro) tirado voluntariamente uma sobrecasaca, seu único agasalho, ao mesmo tempo proferindo a sonora jura (pela qual foi repreendido pelos passageiros) de que preferiria guiar de camisa a vida toda a tolerar que um semelhante seu ficasse em condição tão miserável.

Joseph, tendo vestido a sobrecasaca, foi levado ao coche, que então prosseguiu em sua viagem. Ele declarou-se quase morto de frio, o que deu ao homem de espírito um pretexto para perguntar à dama se ela não poderia confortá-lo com um trago. Ela respondeu, com certo ressentimento, que se admirava de que ele lhe fizesse tal pergunta; mas assegurou-lhe que jamais bebia esse tipo de coisa.

O advogado se inteirava das circunstâncias do assalto quando o coche estacou e um dos rufiões, apontando uma pistola para o interior, exigiu o dinheiro dos passageiros, que prontamente lho deram; e a dama, no susto, entregou uma garrafinha prateada de cerca de meio quartilho, que o ladrão, levando à boca e bebendo-lhe à saúde, declarou conter um dos melhores Nantes[43] que jamais provara. Isso a dama posteriormente afiançou aos companheiros fora um engano de sua aia, pois lhe dera ordens de encher a garrafa com água da Hungria[44].

Assim que os pilantras partiram, o advogado, que tinha, ao que parece, um estojo de pistolas no assento do coche, declarou aos companheiros que, se fosse dia claro e ele tivesse alcançado as pistolas, não se teria submetido ao assalto; fez saber igualmente que encontrava amiúde salteadores ao viajar a cavalo, mas nenhum se atrevera jamais a atacá-lo; concluindo que, se não receasse mais pela dama do que por si próprio, não teria aberto mão de seu dinheiro tão facilmente.

Já que o espírito, como em geral se observa, adora residir em bolsos vazios, o cavalheiro cuja engenhosidade apontamos acima, tão logo se viu privado de seu dinheiro, passou a mostrar-se esplendidamente chistoso. Fez frequentes alusões a Adão e Eva e disse muitas coisas excelentes sobre figos e folhas de figueira, o que provavelmente causou mais ofensa a Joseph do que a qualquer outro no grupo.

O advogado teceu igualmente várias pilhérias boníssimas, sem se desviar de sua profissão. Disse que, se Joseph e a dama estivessem a sós, ele estaria mais apto a tratar com ela de *investimentos*, já que seus *bens* não se achavam *impedidos* por nenhum *entrave*; garantiu que ele logo os *revitalizaria* por um ato de *introdução*, que era o melhor dos instrumentos para fazer *herdeiros*; e ele, de sua parte, se comprometeria a promover um *tão firme ajuste* naquele coche que não haveria risco de *ejeção*; com todo um dilúvio de palavrórios afins, a que ele seguiu dando largas até o coche chegar a uma estalagem, onde havia uma única criada a postos para atender ao cocheiro e provê-lo de carne fria e um trago. Joseph quis apear e pediu que lhe preparassem um leito, o que a criada prontamente prometeu fazer; e, sendo uma moça de boa natureza, e não tão melindrosa como fora a dama, atirou um grande feixe de lenha ao fogo e, provendo Joseph de um casacão per-

43. Conhaque francês.
44. Cordial contra desmaios e histeria.

tencente a um dos cavalariços, pediu-lhe que se sentasse e se aquecesse enquanto ela fazia sua cama. O cocheiro, entrementes, aproveitou a oportunidade para chamar um cirurgião, que vivia a poucas casas dali; isto feito, lembrou a seus passageiros como estavam atrasados e, após despedir-se de Joseph, partiu com eles o mais rápido que pôde.

A moça logo levou Joseph ao leito e prometeu empregar sua influência para conseguir-lhe uma camisa emprestada; mas ela supunha, como mais tarde contou, que ele, de tão ensanguentado, estivesse às portas da morte, e saiu a toda para apressar o cirurgião, que já estava mais do que meio vestido, pois receava que o coche houvesse tombado e que algum gentil-homem ou dama estivesse ferido. Bastou a moça participar-lhe à janela que se tratava de um pobre pedestre que fora privado de tudo o que tinha e quase assassinado, ele a admoestou por ir incomodá-lo tão cedo, voltou a despir-se e regressou com a maior tranquilidade a sua cama e a seu sono.

A aurora principiava a mostrar suas faces louçãs por sobre as colinas, enquanto dez milhões de cancioneiros implumes, em jocundo coro, repetiam odes mil vezes mais doces que as de nosso laureado, entoando o Dia e a Canção[45], quando o mestre da estalagem, o sr. Tow-wouse, despertou, e, tendo ouvido da criada um relato do assalto e sido informado da situação de seu pobre hóspede nu, balançou a cabeça e grunhiu: – Ah, dia agourento! – após o que mandou que a moça lhe levasse uma de suas próprias camisas.

A sr.ª Tow-wouse acabara de acordar, e estendia os braços em vão para enlaçar o marido ausente quando a criada entrou no quarto. – Quem está aí? Betty? – Sim, senhora. – Cadê seu patrão? – Está lá fora, senhora; mandou que eu buscasse uma camisa para emprestá-la a um coitado nu, a quem roubaram e mataram. – Atreva-se a tocar em uma que seja, vadia! – disse a sr.ª Tow-wouse. – Seu patrão é mesmo uma beleza de homem, para aceitar vagabundos pelados e vesti-los com as próprias roupas. Isso eu não admito. Se puser a mão em alguma coisa, atiro-lhe o penico na cabeça. Vá, e me chame seu amo! – Sim, senhora – respondeu Betty. Tão logo ele entrou, ela principiou nestes termos: – Que diabos pretende com isso, sr. Tow-wouse? Agora vou ter de comprar camisas para emprestá-las a uma cambada de patifes rançosos? – Querida – disse o sr. Tow-wouse – esse é um pobre-coitado. – Sim – disse ela – sei que é um pobre-coitado, mas que diabos temos nós com pobres-coitados? A lei já nos obriga a cuidar de muitos. Em breve teremos aqui trinta ou quarenta pobres-coitados com fardas

45. O "laureado" é Colley Cibber, feito poeta laureado em 1730. Aqui Fielding caçoa de uma de suas odes.

vermelhas[46]. – Querida – exclamou Tow-wouse –, esse homem foi roubado de tudo o que tinha. – Muito bem – disse ela –, e onde está o dinheiro para pagar a conta? Por que um tipo desses não procura uma cervejaria? Vou despachá-lo daqui assim que me puser de pé, isso eu garanto. – Querida – disse ele –, a caridade comum não lhe permite fazer isso. – Caridade comum uma p**oia! – volveu ela. – A caridade comum nos ensina a cuidar de nós mesmos e de nossas famílias, e eu e a minha não seremos arruinados por sua caridade, isso lhe digo! – Ora bem – ele atalhou –, faça o que quiser quando se levantar; você sabe que eu nunca a contrario. – Não – disse ela –, viesse o diabo me contrariar, e a casa ia ferver para ele.

Em tais discursos eles consumiram quase meia hora, enquanto Betty conseguiu uma camisa com o cavalariço, que era um de seus namoricos, e vestiu com ela o pobre Joseph. Também o cirurgião por fim o examinara, e, tendo lavado e pensado suas feridas, vinha informar ao sr. Tow-wouse que seu hóspede se achava em tão extremo perigo de vida que ele mal via esperanças de recuperação. – Eis que bela embrulhada – bravejou a sr.ª Tow-wouse – você nos arrumou! Vem aí um funeral às nossas custas. – Tow-wouse (que, não obstante sua caridade, venderia seu voto tão livremente como nunca nas eleições para que qualquer outra casa do reino houvesse tido posse pacífica de seu hóspede) respondeu: – Querida, eu não tenho culpa. Ele foi trazido aqui pela diligência, e Betty já o tinha posto na cama antes de eu estar em pé. – Vou dar um Betty nela – ela disse. E com isso, tendo vestido metade das roupas e levando a outra metade sob o braço, saiu à cata da infortunada Betty, enquanto Tow-wouse e o cirurgião iam fazer uma visita ao pobre Joseph e inteirar-se dos detalhes desse melancólico caso.

A sr.ª Tow-wouse, por Norman Tealby.

46. As estalagens eram obrigadas por lei a dar abrigo aos soldados britânicos.

CAPÍTULO XIII

O QUE OCORREU A JOSEPH DURANTE SEUS MALES NA ESTALAGEM, COM O CURIOSO DISCURSO ENTRE ELE E O SR. BARNABAS, O PASTOR DA PARÓQUIA.

Assim que lhes comunicou a história detalhada do assalto, bem como uma breve relação de si mesmo e de sua tencionada jornada, Joseph perguntou ao cirurgião se este o julgava em algum perigo. A isto o cirurgião respondeu mui honestamente recear que sim, pois seu pulso estava muito exaltado e febril, e, se a febre se mostrasse mais do que sintomática, seria impossível salvá-lo. Joseph, soltando um profundo suspiro, exclamou: – Pobre Fanny! Quisera ter vivido para ver-te! Mas faça-se a vontade de D**s.

O cirurgião então o aconselhou, caso ele tivesse assuntos mundanos a tratar, a fazê-lo o quanto antes possível; pois, malgrado tivesse esperanças de que ele se recobrasse, sentia-se obrigado a informar que ele corria grande perigo, e, se a maligna concocção de seus humores[47] provocasse uma recaída da febre, poderia em breve tombar em delírio, incapaz de fazer seu testamento. Joseph respondeu ser impossível que alguma criatura no universo estivesse em pior condição do que ele, pois desde o assalto não tinha coisa nenhuma, de espécie que fosse, a que pudesse chamar sua. – Eu tinha – emendou – uma mísera medalha de ouro, que eles levaram, e que teria sido um conforto para mim em todas as minhas aflições; mas é claro, Fanny, que não careço de coisa alguma para lembrar-me de ti. Tenho tua cara imagem no coração, e nenhum vilão há de arrancá-la dali.

Joseph pediu papel e penas para escrever uma carta, mas eles lhe foram negados; e recomendou-se-lhe empenhar todos os seus esforços para recompor-se. Eles então o deixaram, e o sr. Tow-wouse mandou chamar um clérigo para ministrar seus bons ofícios à alma do pobre Joseph, já que o cirurgião desesperava de realizar quaisquer intervenções bem-sucedidas em seu corpo.

O sr. Barnabas[48] (pois era esse o nome do clérigo) veio tão logo o convocaram e, tendo primeiro bebido uma xícara de chá com a senhoria, e em seguida uma jarra de ponche com o senhorio, subiu ao quarto onde estava Joseph. Porém, encontrando-o adormecido, regressou para tomar a outra jarrinha, findo

47. Referência à antiga teoria fisiológica segundo a qual o corpo humano continha quatro fluidos, ou "humores" – a bílis negra, a bílis amarela, a fleuma e o sangue –, de cujo equilíbrio dependia a boa saúde.
48. Referência irônica ao caridoso Barnabé bíblico (ver Atos dos Apóstolos, II:24).

o que esgueirou-se uma vez mais de mansinho até a porta do quarto e, tendo-a aberto, ouviu o enfermo tratando de si para consigo da seguinte maneira:

– Ó adorável Pamela! Virtuosíssima irmã, cujo exemplo tão-somente pôde capacitar-me a resistir a todas as tentações da riqueza e da formosura, e a manter minha virtude pura e casta para os braços de minha querida Fanny, se houvesse aprazido aos céus que eu chegasse até eles. Que riquezas ou honras ou prazeres nos podem compensar a perda da inocência? Esta última, por si, não nos proporciona mais consolo do que todas as aquisições mundanas? O que, afora a inocência e a virtude, poderia trazer algum conforto a um mísero desgraçado como eu? E todavia elas podem fazer-me preferir este leito enfermo e dolente a quantos prazeres eu viesse a encontrar no de minha ama. Podem fazer-me enfrentar a morte sem temor; e, se bem que eu ame minha Fanny mais do que homem algum jamais amou uma mulher, podem ensinar-me a me conformar à vontade divina sem queixumes. Ó deliciosa e encantadora criatura, se a meus braços os céus te outorgassem, a mais pobre e mais humilde condição teria sido um paraíso; eu poderia viver contigo na mais abjeta cabana sem invejar os palácios, os regalos ou as riquezas de nenhum homem vivente. Mas devo deixar-te, deixar-te para sempre, meu anjo querido, devo cuidar em outro mundo, e rezo de coração para que possas achar conforto neste. – Barnabas julgou que já ouvira o bastante; por isso desceu as escadas e disse a Tow-wouse que não poderia prestar nenhum serviço a seu hóspede, pois este tinha a cabeça virada e não proferira senão uma rapsódia de sandices por todo o tempo em que ele estivera no quarto.

O cirurgião voltou à tarde e encontrou seu paciente com a febre mais alta, segundo disse, do que quando o deixara, embora não delirante; pois, não obstante a opinião do sr. Barnabas, ele não perdera o juízo em nenhum momento desde que chegara à estalagem.

O sr. Barnabas foi mais uma vez convocado, e com grande dificuldade convencido a fazer outra visita. Assim que entrou no quarto, ele disse a Joseph que viera orar ao seu lado e prepará-lo para o outro mundo. Em primeiro lugar, portanto, arrependia-se ele de todos os seus pecados? Joseph respondeu esperar que sim; mas havia algo que não sabia se devia chamar de pecado; se assim fosse, receava que morreria a cometê-lo, e era a mágoa de se separar de uma jovem que amava tão ternamente como às cordas de seu coração. Barnabas assegurou-lhe que deplorar a vontade divina era um dos maiores pecados que ele poderia cometer; que lhe cumpria esquecer toda afeição carnal e cuidar em coisas melhores. Joseph disse que nem neste mundo nem no próximo poderia esquecer sua Fanny, e que a ideia, embora penosa, de se separar dela para sempre não era metade tão aflitiva quanto o temor do que ela sofresse quando soubesse de seu infortúnio. Barnabas disse que tais temores denotavam uma difidência e uma desesperança bem criminosas; que ele tinha de se desvencilhar de toda paixão humana e voltar o coração às alturas. Joseph respondeu que era aquilo o que desejava fazer, e que lhe ficaria reconhecido se ele o capacitasse a tanto. Barnabas replicou que isso se devia fazer pela graça. Joseph rogou-lhe revelar como ele poderia alcançá-la. Barnabas respondeu: – Pela prece e pela fé. – E então interrogou-o acerca de seu perdão para os ladrões. Joseph receava que aquilo fosse mais do que poderia fazer, já que nada lhe daria maior prazer do que saber que tinham sido apanhados. – Isso – exclamou Barnabas – por amor da justiça. – Sim – disse Joseph –, mas se me ocorresse encontrá-los de novo, temo que os atacaria e aliás os mataria se pudesse. – Não há dúvida – volveu Barnabas – de que é legal matar um ladrão: mas você pode dizer que os perdoa como compete a um cristão? – Joseph desejou saber que perdão era esse. – É – respondeu Barnabas – perdoá-los como... como... é perdoá-los como... em suma, é perdoá-los como cristão. – Joseph disse que os perdoava até onde podia. – Ora bem – disse Barnabas –, já serve. – E quis saber em seguida se ele se lembrava de quaisquer outros pecados de que estivesse impenitente; e, caso se lembrasse, exortou-o a ser expedito e arrepender-se deles o quanto antes possível, para que pudessem repetir juntos umas poucas preces. Joseph respondeu que não recordava nenhum grande crime de que fosse culpado, e, quanto àqueles que cometera, lamentava-os sinceramente. Barnabas disse que isso bastava e passou às preces com toda a presteza de que era dono, pois aguardavam-no certos convivas no saguão abaixo, onde os ingredientes do ponche estavam todos preparados, mas ninguém espremeria as laranjas até seu retorno.

Joseph queixou-se de sede e pediu um chazinho; isso Barnabas comunicou à sr.ª Tow-wouse, a qual respondeu que já tomara o último gole e não podia passar o dia virando bule; mas mandou Betty levar-lhe uma cerveja barata.

Betty obedeceu às ordens da patroa, mas Joseph, tão logo provou a bebida, disse temer que ela agravasse sua febre, e que gostaria muitíssimo de um chá. Ao que a benévola Betty respondeu que chá ele teria, se algum houvesse na região; com o que saiu e comprou-o ela própria, levando-o em seguida até ele. E aí a deixaremos com Joseph por algum tempo, para entreter o leitor com outras matérias.

CAPÍTULO XIV

REPLETO DE AVENTURAS, SUCEDIDAS UMA APÓS A OUTRA NA ESTALAGEM.

Era já o ocaso vespertino quando uma figura grave chegou à estalagem e, confiando sua montaria ao cavalariço, encaminhou-se diretamente para a cozinha, e, tendo pedido uma cachimbada de tabaco, acomodou-se junto à lareira, onde várias outras pessoas achavam-se igualmente reunidas.

A conversa girava unicamente em torno do assalto cometido na noite anterior e do pobre coitado que jazia no andar de cima, na terrível condição em que já o vimos. A sr.ª Tow-wouse perguntava-se que diabos pretendia Tom Whipwell levando tais hóspedes à sua casa, quando havia tantas cervejarias na estrada apropriadas para sua recepção. Mas garantiu-lhe que, se ele morresse, a paróquia arcaria com as despesas do funeral. E acrescentou que o sujeito não se contentava senão com chá, ficasse ele sabendo. Betty, que acabava de regressar de seu caridoso ofício, replicou que acreditava que ele era um gentil-homem, pois nunca vira uma pele mais delicada na vida. – Às favas a pele! – replicou a sr.ª Tow-wouse. – Aposto que ela é tudo o que teremos pelas despesas. Não quero gentil-homem desse tipo dando as caras no Dragão (que parece era o emblema da estalagem).

O cavalheiro recém-chegado revelou grande emoção ante o sofrimento daquela pobre criatura, que, ele notava, não caíra em mãos muito compassivas. E, com efeito, ainda que a sr.ª Tow-wouse não houvesse manifestado a doçura de sua têmpera, a natureza despendera tamanho esforço em seu semblante que o próprio Hogarth jamais deu maior expressão a um retrato.

Sua figura era baixa, mirrada e recurva. Sua testa se projetava no meio, e dali descia numa declividade até o topo do nariz, que era adunco e vermelho, e se teria dependurado sobre os lábios, não lhe houvesse a natureza soerguido a ponta. Seus lábios eram dois nacos de pele que ela, sempre que falava, franzia numa bolsa. Seu queixo era pontudo, e na extremidade superior da pelanca que compunha suas faces havia dois ossos que quase ocultavam um par de olhinhos vermelhos. Acrescente-se a isso uma voz esplendidamente adaptada aos sentimentos que lhe cabia transmitir, sendo tanto sonora como roufenha.

Não é fácil dizer se o cavalheiro concebera mais aversão pela senhoria ou compaixão pelo infeliz hóspede. Ele perguntou mui seriamente ao cirurgião, que chegava então à cozinha, se tinha esperanças de uma recuperação. Rogou-lhe usar de todos os meios possíveis para esse fim, dizendo-lhe ser o dever de homens de todas as profissões aplicar de graça suas habilidades para o alívio dos pobres e necessitados. O cirurgião respondeu que tomaria os devidos cuidados, mas que desafiava todos os cirurgiões de Londres a lhe serem de alguma valia. – Mas diga-me, senhor – atalhou o cavalheiro –, quais são as suas feridas? – Por quê, o senhor lá entende de feridas? – disse o cirurgião (piscando para a sr.ª Tow-wouse). – Eu tenho, senhor, uns breves rudimentos de cirurgia – respondeu o cavalheiro. – Rudimentos, ho-ho-ho! – disse o cirurgião. – Suponho que sejam rudimentares de fato!

Os presentes estavam todos atentos, esperando ver o médico, que era o dito sujeito mordaz, humilhando o cavalheiro.

Ele começou, portanto, com um ar de triunfo: – Suponho que o senhor seja bem viajado. – Na verdade não – disse o cavalheiro. – Ah! Então praticou em hospitais, porventura? – Não, senhor. – Ah, nem isso? De onde, então, se posso atrever-me a perguntar, tirou lá os seus conhecimentos de cirurgia? – Meu senhor – respondeu o cavalheiro –, eu não tenho grandes pretensões, mas o pouco que sei, tirei-o de livros. – Livros! – exclamou o médico. – Ora, suponho que tenha lido Galeno e Hipócrates![49] – Não, senhor – disse o cavalheiro. – Como! O senhor entende de cirurgia – contraveio o médico – e não leu Galeno e Hipócrates! – Meu senhor – exclama o outro –, acredito que há muitos cirurgiões que nunca leram esses autores. – E eu também acredito – diz o médico –, e maior é a vergonha deles. Mas eu, graças a minha educação, sei-os de cor, e muito raramente saio sem ambos no bolso. – São livros bem grandes – disse o cavalheiro. – Sim – disse o médico –, acho que sei melhor do que o senhor quão grandes eles são – com o que desatou a piscar, e os presentes rebentaram em gargalhada.

O médico, aproveitando o triunfo, perguntou se o cavalheiro não entendia tão bem de medicina quanto de cirurgia. – Muito melhor – respondeu o cavalheiro. – Claro, nota-se! – exclamou o médico, com uma piscadela. – Bem, eu também sei o meu pouquinho. – Quisera saber a metade disso – interveio Tow-wouse. – Nunca mais ia vestir avental. – Bem, eu creio, meu senhorio – exclamou o médico –, que há poucos homens num raio de doze milhas (embora seja eu quem o diga) que tratam melhor de uma febre. *Veniente occurrite morbo*[50]: este é o meu método. Presumo que o irmão entenda latim? – Um pouco – disse o cavalheiro. – Sim, e grego também, garanto: *ton dapomibominos poluflosboio*

49. Os gregos Hipócrates (c. 470–360 a.C.) e Galeno (c. 130–200 d.C.) são considerados os pais da medicina ocidental. Suas obras reunidas não caberiam no bolso do médico.
50. Na verdade *venienti occurrite morbo* ("combatei a doença quando surge").

Thalasses[51]. Mas já quase esqueci tais coisas; antigamente podia repetir Homero de cor. – Irra! O cavalheiro deu de cara com um *tartarugo*![52] – disse a sr.ª Tow-wouse, com o que todos desembestaram a rir.

O cavalheiro, que não tinha a menor afeição por piadas, permitiu de muito bom grado que o médico apreciasse a vitória, o que este fez com não pouca satisfação. E, tendo-lhe sondado suficientemente a profundidade, disse-lhe que estava abolutamente convencido de seu grande saber e habilidade, e que lhe ficaria grato se ele lhe participasse sua opinião quanto ao caso do paciente no andar de cima. – Meu senhor – diz o médico – o caso dele é o de um morto. A contusão em sua cabeça *traspassou* a *membrana interna* do *occipício* e *escaqueirou* aquele *radical* pequeno *miúdo* invisível *nervo* que *indere* ao *pericrânio*; e isso tudo acompanhado por uma febre a princípio *sintomática*, depois *pneumática*; e ele por fim quedou *delirioso*, ou *delirante*, como diz o vulgo.

Ele ia prosseguindo dessa erudita maneira quando um alarido o interrompeu. Alguns rapazes da vizinhança haviam apanhado um dos ladrões, e o estavam trazendo à estalagem. Betty subiu correndo com a notícia até Joseph, que suplicou procurassem uma peça de ouro partido à qual se amarrava uma fita, que ele jurava poder identificar em meio a todos os tesouros dos mais ricos homens do universo.

Não obstante a persistência do sujeito em afirmar sua inocência, a multidão se ocupava em vistoriá-lo, e logo, entre outras coisas, arrancou-lhe a peça de ouro recém-mencionada; Betty, nem bem avistou-a, deitou-lhe mãos violentas e a levou até Joseph, que a recebeu entre arroubos de alegria, e, premendo-a contra o peito, declarou que então podia morrer contente.

Passados uns poucos minutos, chegaram outros homens com um fardo que haviam achado numa vala, e que eram com efeito as roupas que tinham sido arrancadas de Joseph, e as demais coisas que lhe haviam tirado.

O cavalheiro, nem bem avistou a sobrecasaca, declarou que conhecia a libré; e, se esta fora subtraída ao pobre coitado no andar de cima, ele desejou que lhe permitissem vê-lo, pois conhecia muito bem a família a quem a libré pertencia.

Ele foi assim conduzido por Betty ao andar de cima; mas qual, leitor, não foi a surpresa de ambos os lados quando ele viu ser Joseph a pessoa acamada, e quando Joseph divisou a face de seu bom amigo o sr. Abraham Adams?

Seria impertinente inserir aqui um diálogo que consistiu sobretudo no rela-

51. *Ton dapomibominos* ("respondendo a ele") e *poluflosboio Thalasses* ("do mar estrondoso") são duas expressões formulares da *Ilíada*, sem relação entre si.
52. Um "tártaro". No original, a sr.ª Tow-wouse diz *traytor* ("traidor").

to de questões já bem conhecidas do leitor – pois tão logo o cura satisfez Joseph quanto à perfeita saúde de sua Fanny, ele se mostrou por seu turno bastante inquisitivo quanto aos detalhes que haviam produzido aquele infeliz acidente.

Voltemos portanto à cozinha, onde uma grande variedade de gente se reunira, vinda de todos os aposentos da casa, bem como da vizinhança – tamanho deleite têm os homens em contemplar o semblante de um ladrão.

O sr. Tow-wouse começou a esfregar as mãos de prazer ao ver toda aquela gentarada – que, ele esperava, logo se distribuiria pelas várias dependências para falar do assalto e beber à saúde de todos os homens honestos. Mas a sr.ª Tow-wouse, cuja sina era ver as coisas normalmente de uma maneira um tanto perversa, entrou a ralhar contra os que haviam trazido o sujeito à sua casa, dizendo ao marido que iam mesmo prosperar os que mantivessem uma casa de folias para mendigos e larápios.

A multidão por essa altura encerrara a busca, e não pudera achar nada no cativo que prometesse servir de evidência; pois no que tangia às roupas, se a multidão se dava por muito satisfeita com essa prova, todavia, como o cirurgião observou, elas não poderiam condená-lo, pois não tinham sido achadas em sua posse; com isso Barnabas concordou, e acrescentou que elas eram *bona waviata*[53], e pertenciam ao solarengo[54].

– Como? – disse o cirurgião. – Está dizendo que estes bens pertencem ao solarengo? – Estou – exclamou Barnabas. – Pois eu discordo – disse o cirurgião. – O que pode o solarengo ter a ver com este caso? Alguém tentará me persuadir de que o que um homem encontra não é dele? – Eu já ouvi – disse um velhote de um dos cantos – o juiz Wise-one[55] dizer que, se todos tivessem o que é seu de direito, o que quer que se encontrasse pertenceria ao rei de Londres. – Isso pode ser verdade – disse Barnabas –, em certo sentido: pois a lei faz distinção entre coisas roubadas e coisas achadas; porquanto algo pode ser roubado e nunca achado; e algo pode ser achado sem ter sido roubado. Agora, bens que são tanto roubados como achados são *waviata*; e pertencem ao solarengo. – Então o solarengo é um receptador de artigos roubados – disse o médico, ao que se seguiu uma gargalhada universal, iniciada por ele próprio.

Quando o prisioneiro, à força de insistir em sua inocência, havia quase conquistado (não havendo evidências em contrário) o apoio de Barnabas, do

53. Versão legal latina de *waifs* ("bens perdidos").
54. No original, *lord of the manor*, senhor das quintas arrendadas em torno de uma casa senhorial ("solar").
55. Ou seja, "Sabidão".

cirurgião, de Tow-wouse e de vários outros, Betty informou-lhes que haviam ignorado uma pequena peça de ouro, que ela levara ao homem no leito e que este se predispusera a identificar no meio de um milhão ou até mesmo de dez mil outras. Isso imediatamente virou a balança contra o prisioneiro, e todos então o declararam culpado. Resolveu-se, assim, mantê-lo sub custódia aquela noite e levá-lo de manhãzinha perante um juiz.

CAPÍTULO XV

MOSTRANDO COMO A SR.ª TOW-WOUSE SE DEIXOU ABRANDAR; E COMO OS OFICIOSOS SR. BARNABAS E O CIRURGIÃO PRETENDIAM LEVAR O LADRÃO À JUSTIÇA, COM UMA DISSERTAÇÃO EXPLICANDO-LHES O ZELO E O DE MUITAS OUTRAS PESSOAS NÃO MENCIONADAS NESTA HISTÓRIA.

Betty disse à patroa que a seu ver o acamado era homem de maior monta do que supunham; pois, além da extrema alvura de sua pele e da maciez de suas mãos, ela observara uma grandíssima familiaridade entre ele e o cavalheiro; e acrescentou estar certa de que eram conhecidos íntimos, quando não parentes.

Isso amainou em algo a severidade do semblante da sr.ª Tow-wouse. Proibisse Deus que ela não cumprisse seu dever de cristã, disse ela, já que o pobre cavalheiro fora trazido a sua casa. Ela tinha uma natural antipatia por vagabundos, mas podia lamentar os infortúnios de um cristão tão bem como qualquer outro. Tow-wouse disse: – Se o viajante é um gentil-homem, mesmo que não tenha dinheiro consiga agora, é muito provável que sejamos pagos mais tarde; por isso pode começar a tomar nota quando quiser. – A sr.ª Tow-wouse respondeu: – Morda essa língua e não me venha ensinar o meu ofício. Asseguro que deploro de todo o coração os infortúnios do cavalheiro, e espero que o vilão que o tratou tão barbaramente seja enforcado. Vá, Betty, veja o que ele deseja. D*** proíba que lhe falte algo em minha casa.

Barnabas e o cirurgião foram ter com Joseph para confirmar a história da peça de ouro. Joseph foi a custo persuadido a mostrá-la; mas súplica alguma o convenceria a abrir mão de sua posse. Ele atestou, contudo, que era a mesma que lhe fora tirada, e Betty estava pronta a jurar que fora achada em poder do ladrão.

A única dificuldade que permanecia era como levar o ouro perante o juiz; pois, quanto a carregar Joseph em pessoa, parecia impossível; tampouco havia maior probabilidade de obtê-lo dele – pois ele o atara com uma fita ao braço, e afiançara solenemente que nada, salvo uma força irresistível, os separaria, resolução esta em que o sr. Adams, cerrando um punho que pouco devia ao jarrete de um boi, declarou que o secundaria.

Sobreveio então um debate a respeito de evidências, que não importa muito relatar aqui; depois disso, o cirurgião enfaixou a cabeça do sr. Joseph, insistindo ainda no iminente perigo em que seu paciente se achava, mas concluindo, com ares de grande importância, que começava a ter certa esperança, e que lhe enviaria uma poção *soporífera sanativa* e viria vê-lo pela manhã. Em seguida, Barnabas e ele partiram, deixando juntos Joseph e o sr. Adams.

Adams informou a Joseph a razão da viagem que empreendia a Londres – qual fosse, publicar três volumes de sermões, tendo sido estimulado, dizia, por um anúncio publicado recentemente por uma sociedade de livreiros, que se propunha adquirir quaisquer cópias que lhes oferecessem por um preço a ser acertado entre duas pessoas[56]. Entretanto, embora imaginasse que ganharia uma soma considerável nessa ocasião, da qual sua família necessitava com urgência, protestou que não deixaria Joseph em sua presente condição; por fim, disse-lhe que tinha nove xelins e três *pence* e meio no bolso, que ele poderia usar como lhe aprouvesse.

Essa bondade do pastor Adams trouxe lágrimas aos olhos de Joseph; ele declarou que tinha então uma segunda razão para desejar a vida, para que pudesse demonstrar sua gratidão a um tal amigo. Adams pediu-lhe que se animasse, pois vira claramente que o cirurgião, além de ignorante, queria granjear méritos por curá-lo, embora os ferimentos em sua cabeça, como ele notara, não fossem de modo algum perigosos; e estava convencido de que ele não tinha febre nenhuma, não tendo dúvidas de que estaria apto a viajar em um dia ou dois.

Essas palavras infundiram alento a Joseph; ele disse que lhe doíam muito as escoriações, mas não tinha razão para suspeitar de ossos quebrados, nem de ter sofrido ferimentos internos – exceto que sentia algo estranhíssimo no estômago, mas não sabia se isso não decorreria do fato de não ter comido um tico em cerca de vinte e quatro horas. Sendo-lhe então perguntado se tinha inclinação para comer, ele respondeu na afirmativa; e então o pastor Adams pediu-lhe definir o

56. O anúncio era real, e fora publicado em março de 1741 pela Sociedade dos Livreiros para a Promoção do Conhecimento.

que melhor lhe saberia, se um ovo cozido ou uma canja de galinha; ele respondeu que comeria qualquer um deles, mas que parecia ter apetite acima de tudo por um pedaço de carne cozida com repolho.

Adams alegrou-se com tão perfeita confirmação de que ele não tinha a mínima febre, mas aconselhou-lhe uma dieta mais leve naquela noite. Ele jantou, assim, ou um coelho ou um frango – nunca pude descobrir com tolerável certeza qual deles; depois disso, por ordem da sr.ª Tow-wouse, foi transferido para uma cama melhor e equipado com uma das camisas de seu marido.

De manhãzinha, Barnabas e o cirurgião apareceram na estalagem, para conduzir o ladrão até o juiz. Tinham virado a noite debatendo que medidas deviam tomar para apresentar a peça de ouro como evidência contra ele, pois eram ambos extremamente zelosos na questão, embora nenhum deles tivesse o menor interesse na ação penal, nem houvesse recebido danos pessoais do sujeito e nem fora jamais suspeito de amar o público o bastante para servir-lhe de graça um sermão ou uma dose de remédio.

Para ajudar portanto nosso leitor, na medida do possível, a compreender esse zelo, devemos informar-lhe que, como essa paróquia tivesse o infortúnio de carecer de advogados, havia um constante certame entre os dois médicos (o espiritual e o físico) com respeito a suas habilidades numa ciência em que, como nenhum deles a professasse, ambos tinham iguais pretensões a contestar as opiniões do outro. Tais disputas eram levadas a efeito com grande desprezo de ambos os lados, e haviam quase que dividido a paróquia; o sr. Tow-wouse e metade dos vizinhos pendiam para o cirurgião, e a sr.ª Tow-wouse e a outra metade, para o pároco. O cirurgião extraía seu conhecimento daquelas inestimáveis fontes chamadas o *Manual de Bolso do Advogado* e as *Tábuas da Lei* do sr. Jacob; Barnabas confiava inteiramente nos *Institutos* de Wood[57]. Sucedeu nessa ocasião, como tão amiúde era o caso, de esses dois eruditos divergirem quanto à suficiência da prova: o médico opinando que o juramento da criada condenaria o prisioneiro sem a apresentação do ouro; o pároco, *è contra, totis viribus*[58]. Pavonear seus talentos diante do juiz e da paróquia foi portanto o único motivo que pudemos descobrir para esse zelo, que ambos pretendiam ser pela justiça pública.

Ó vaidade! Quão pouco não é tua força reconhecida, ou tuas operações discernidas? Quão temerariamente não enganas a humanidade sob diversas guisas?

57. Todos eram manuais legais disponíveis na época. As fontes do cirurgião são mais superficiais do que a de Barnabas, mas nesse caso ele está com a razão.

58. "Opondo-se com todas as forças."

Por vezes usas a máscara da piedade, por vezes a da generosidade; não o bastasse, tens a impudência até mesmo de envergar aqueles gloriosos ornamentos que só pertencem à virtude heroica! Monstro odioso e disforme, que sacerdotes censuraram, filósofos desdenharam e poetas ridicularizaram: haverá infeliz tão desolado que admita conhecer-te em público? E todavia quão poucos se recusam a acolher-te quando a sós? Mais: és o cuidado da maior parte dos homens ao longo da vida. As maiores vilanias se cometem diariamente para aprazer-te: nem o mais vil ladrão, nem o mais excelso herói, estão acima de tua atenção. Teu amplexo é com frequência a única meta e a recompensa única do roubo privado e da província pilhada. É para adular-te, ó vadia, que tentamos arrancar aos outros aquilo de que não carecemos, ou privá-los daquilo de que eles carecem. Todas as nossas paixões são tuas escravas. A própria avareza amiúde não é mais do que tua aia, e mesmo a luxúria é tua alcoveta. O truculento medo, feito covarde, foge à tua vista, e a alegria e a tristeza cobrem a cabeça em tua presença.

Sei que pensarás que, enquanto te avilto, te cortejo, e que o amor a ti inspirou-me a escrever-te este sarcástico panegírico; mas estás enganada: por ti não daria um tostão, nem me doerá se persuadires o leitor a censurar esta digressão como desvairada sandice. Pois fica sabendo, para teu vexame, que te introduzi aqui sem outro propósito senão o de alongar um capítulo curto; e assim retorno a minha história.

CAPÍTULO XVI

A FUGA DO LADRÃO. A DECEPÇÃO DO SR. ADAMS. A CHEGADA DE DUAS MUITO EXTRAORDINÁRIAS PERSONAGENS, E A APRESENTAÇÃO DO PASTOR ADAMS AO PASTOR BARNABAS.

Barnabas e o cirurgião, tendo voltado à estalagem, como dissemos, para conduzir o ladrão até o juiz, muito se inquietaram ao constatar que sucedera um pequeno incidente que os desconcertou em algo; e outra coisa não fora senão a fuga do ladrão, que se havia modestamente evadido durante a noite, declinando toda ostentação e não optando, à imitação de certos grandes homens, por distinguir-se à custa de ser apontado.

Quando a multidão se retirou na noite anterior, o ladrão foi confinado numa sala onde o esbirro e um dos jovens que o tinham capturado foram postos como guardas. Por volta da segunda vigília, uma queixa geral de secura foi feita tanto pelo prisioneiro como por seus carcereiros. E entre estes acertou-se por fim que o esbirro permaneceria a postos e o jovem iria ter com o tasqueiro, um arranjo do qual o último não receou o menor perigo, pois o esbirro estava bem armado e podia de resto chamá-lo facilmente em auxílio se o prisioneiro fizesse a menor tentativa de obter a liberdade.

O rapaz não se ausentara havia muito do quarto quando deu na telha do esbirro que o prisioneiro poderia assaltá-lo de surpresa, e com isso, ao privá-lo do uso de suas armas, especialmente do longo cajado em que ele mais se fiava, condicionar o sucesso de uma luta a chances iguais. Assim sendo, para evitar tal inconveniente, sabiamente deixou o quarto e trancou a porta, esperando lá fora de cajado em punho, em prontidão para deitar por terra o infeliz prisioneiro se este por azar tentasse escapar.

Mas a vida humana, como foi constatado por tal ou qual grande homem (pois de modo algum se entenda que reclamo a honra de ter feito similar descoberta), assemelha-se em muito a um jogo de xadrez: pois assim como neste último o jogador que se concentra demais em resguardar-se bem em um dos lados do tabuleiro fica propenso a deixar uma brecha desprotegida no outro, o mesmo costuma dar-se na vida; e foi o que ocorreu nessa ocasião, pois enquanto o cauteloso esbirro, com tão assombrosa sagacidade, se assenhoreava da porta, esquecia-se desgraçadamente da janela.

O ladrão, que jogava no lado oposto, nem bem notou a abertura e começou a se mover nessa direção; constatando que a passagem era fácil, levou consigo o chapéu do rapaz, e, sem a menor cerimônia, saltou para a rua e queimou o chão.

O rapaz, que voltava com uma dupla caneca de cerveja forte, ficou algo surpreso de encontrar o esbirro junto à porta, mas muito mais quando, tendo a porta sido aberta, percebeu que o prisioneiro havia escapulido, e por qual via; atirou a cerveja ao chão e, sem nada dizer ao esbirro, salvo uma ou duas sinceras imprecações, saltou agilmente pela janela e fez-se uma vez mais à cata da presa, estando muito indisposto a perder a recompensa que já tinha como certa[59].

O esbirro não ficou livre de suspeitas nesse caso. Comentou-se que, por não ter estado envolvido na captura do ladrão, não teria direito a parte alguma da recompensa caso este fosse condenado; que o ladrão tinha vários guinéus no bolso; que era muito improvável que ele cometesse tamanho descuido; que seu pretexto

59. Pagavam-se 40 libras a quem capturasse um salteador de estrada, permitindo-se ainda que o captor retivesse os artigos pessoais do bandido como espólio.

para deixar o quarto era absurdo; que era sua máxima constante que um homem sábio jamais recusava dinheiro em circunstância alguma; que, em qualquer eleição, ele sempre vendia o voto aos dois partidos &c.

Mas, apesar dessas e de muitas outras alegações congêneres, estou assaz convencido de sua inocência, tendo sido positivamente assegurado a respeito por aqueles que receberam informações de sua própria boca – que, na opinião de alguns modernos, são a melhor e aliás a única evidência.

A família inteira já estava de pé, com muitos outros reunidos na cozinha, onde o sr. Tow-wouse se achava em certa tribulação; pois o cirurgião declarara que, por lei, ele podia ser indiciado pela fuga do ladrão, já que esta se dera em sua casa[60]. Ele foi um pouco confortado, contudo, pela opinião do sr. Barnabas, de que, como a fuga ocorrera à noite, a indiciação não valeria.

A sr.ª Tow-wouse manifestou-se nas seguintes palavras: – Mas nunca houve um tonto como esse marido meu! Algum ser vivente deixaria um homem sob a custódia de um cabeça-oca beberrão e modorrento como Tom Suckbribe?[61] – Era este o nome do esbirro. – Se ele pudesse ser indiciado sem prejuízo para a esposa e os filhos, eu achava era bom! – Nisso soou a campainha do quarto de Joseph. – Aqui, Betty, John Chamberlain, onde diabos se meteram? Não têm ouvidos, não têm consciência para tratar melhor do doente? Vejam o que o cavalheiro deseja; por que não vai você mesmo ver, sr. Tow-wouse? Mas por você todo mundo morria; você não tem mais sentimentos do que uma tábua. Se um sujeito passasse uma quinzena em sua casa sem gastar um pêni, nunca você o faria se tocar. Vá ver se ele quer chá ou café como desjejum. – Sim, querida – exclamou Tow-wouse. Ela então perguntou ao médico e ao sr. Barnabas o que tinham pedido como gole matinal, e eles responderam que tinham um bule de cidra ao fogo; com o qual deixaremos que se regalem e retornaremos a Joseph.

Ele se levantara bem cedo nessa manhã. Mas, embora suas feridas estivessem longe de oferecer perigo, ele sentia tanto as escoriações que era-lhe ainda impossível pensar em empreender viagem; por isso o sr. Adams, cujas reservas estavam visivelmente reduzidas com as despesas da ceia e do desjejum, não podendo sobreviver às contas daquele dia, passou a considerar como seria possível repô-las. Ele exclamou finalmente que atinara por sorte com um método certeiro, e, em-

60. Isso só valeria caso o bandido houvesse sido indiciado e Tow-wouse tivesse sido legalmente responsabilizado por sua custódia.

61. O sobrenome significa "Chupa-suborno". Este é um dos momentos em que a escolha de nomes estereotípicos por Fielding mostra-se especialmente sugestiva, servindo de comentário à pretensa credulidade do narrador.

bora este o fosse obrigar a voltar pessoalmente para casa com Joseph, isso não importava. Mandou chamar Tow-wouse e, conduzindo-o a outra sala, disse-lhe que desejava tomar três guinéus emprestados, pelos quais lhe deixaria amplas garantias em mãos. Tow-wouse, que esperava um relógio, ou anel, ou algo com o dobro do valor, respondeu que supunha poder fornecê-los. E então Adams, apontando para seu alforje, disse-lhe, com uma face e uma voz plenas de solenidade, que havia naquela bolsa nada menos que nove[62] volumes de sermões manuscritos, que tão bem valiam cem libras como um xelim valia doze *pence*, e que depositaria um dos volumes em suas mãos como caução – não duvidando que o outro teria a honestidade de restituí-lo quando da devolução do dinheiro, pois de outro modo ele sairia perdendo em muito, visto que cada volume lhe traria pelo menos dez libras, como soubera de um clérigo vizinho na região. – Afinal – disse ele –, de minha parte, como nunca mexi com impressão, não pretendo determinar o valor exato de tais coisas.

Tow-wouse, que estava meio surpreso com o penhor, disse (e não sem certa razão) que não podia julgar o valor daquele tipo de bens; e que, quanto a dinheiro, a verdade é que andava apertado. Adams respondeu que ele com certeza não faria caso de emprestar-lhe três guinéus pelo que seguramente valia no mínimo dez. O senhorio retorquiu que não supunha ter tanto dinheiro na casa, e que de resto precisava poupar. Tinha plena confiança de que os livros valiam muito mais, e lamentava de coração que a coisa não lhe conviesse. Então gritou: – Já vai! – embora ninguém tivesse chamado, e desceu as escadas correndo, sem nenhum medo de partir o pescoço.

O pobre Adams ficou extremamente desolado com a decepção, sem saber que outro estratagema tentar. Recorreu imediatamente ao cachimbo, seu amigo e conforto constante nas aflições; e, inclinando-se sobre a balaustrada, entregou-se à meditação, assistido pelos inspiradores fumos do tabaco.

Ele usava um barrete esticado por sobre a peruca e um casacão curto que lhe cobria parcialmente a sotaina; trajes estes que, somados a um quê de assaz cômico em seu semblante, compunham uma figura capaz de atrair os olhos de gente não muito dada à observação.

Enquanto ele fumava seu cachimbo nessa postura, um coche de seis cavalos, com numerosa comitiva, veio dar à estalagem. Apearam do coche um rapazote e uma junta de perdigueiros, após o que um outro rapaz saltou da boleia e apertou a mão ao primeiro; e ambos, juntamente com os cães, foram conduzi-

62. A princípio eram apenas três.

dos pelo sr. Tow-wouse a um aposento, a caminho do qual se ocuparam com o seguinte diálogo chistoso:

– Você é mesmo uma beleza de cocheiro, Jack! – disse o do coche –, quase nos fez tombar agora há pouco! – Que o leve uma praga – disse o cocheiro –, se eu me limitasse a quebrar seu pescoço, estaria poupando o trabalho a alguém; mas eu lamentaria os perdigueiros. – Ah, seu filho da p*** – respondeu o outro –, se ninguém atirasse melhor que você, os perdigueiros não serviriam de nada. – M***to seja – diz o cocheiro –, pois eu atiro contra você, a cinco guinéus por tiro. – Uma forca o balance! – disse o outro –, por cinco guinéus você pode atirar no meu r*bo. – Feito – disse o cocheiro –, vou empipocá-lo melhor do que jamais o empipocou a Jenny Bouncer![63] – Empipoque a avó! – disse o outro. – O Tow-wouse aqui o deixaria atirar nele a um xelim por tiro! – Eu conheço bem sua excelência – exclamou Tow-wouse –, nunca vi tiro mais certeiro numa perdiz. Todo mundo erra de vez em quando, mas se eu atirasse a metade do que atira sua excelência, não ia querer vida melhor do que a que ganhasse pela espingarda. – Que o leve uma praga! – disse o cocheiro. – Você espanta mais caça do que sua cabeça vale! Veja esta cadela, Tow-wouse, por D*** que ela nunca piscou[64] para um pássaro na vida! – Eu tenho um filhote que nem fez um ano e caçaria com ela por um cento! – exclamou o outro cavalheiro. – Feito – disse o cocheiro –, mas você iria ao diabo antes de fazer a aposta. Se está mesmo a fim de apostar – bradou o cocheiro –, ponho meu cão malhado contra sua cadela branca por um cento, e é pegar ou pagar! – Feito – disse o outro –, e eu aposto no Cara Calva contra o seu Marcha Lenta por outro. – Não – gritou o da boleia –, mas eu ponho Miss Jenny contra o Cara Calva ou até o Aníbal! – Vá para o diabo – berrou o do coche –, eu vou, sim, fazer todas as apostas do seu jeito! Ponho o Aníbal contra o Marcha Lenta por um milhar se você se atrever, e digo "feito" primeiro!

Eles enfim se ajeitaram, e o leitor de muito bom grado os deixará e passará à cozinha, onde Barnabas, o cirurgião e um exator fumavam seus cachimbos ao redor de um bule de cidra, e aonde os criados que serviam aos dois nobres cavalheiros que vimos apeando acabavam de chegar.

– Tom – disse um dos lacaios –, lá está o pastor Adams fumando cachimbo na galeria. – Sim – diz Tom –, eu o saudei com o chapéu, e o pastor falou comigo.

– Então o cavalheiro é um clérigo? – disse Barnabas (pois sua sotaina tinha estado amarrada quando ele ali chegara). – Sim, senhor – respondeu o lacaio –,

63. No segundo caso, o verbo alude às erupções causadas por doença venérea.
64. "Piscar" é o termo usado para denotar que o cão passou pelo pássaro sem apontá-lo. (Nota de Fielding.)

"Lá está o pastor Adams fumando cachimbo na galeria." Por Norman Tealby

e um com que bem poucos se parecem. – Ora – disse Barnabas –, se eu soubesse disso antes, teria buscado sua companhia; sempre procuro demonstrar o devido respeito pelo hábito; mas o que me diz o doutor: devemos passar a um quarto e convidá-lo a partilhar de um jarro de ponche?

Essa proposta foi imediatamente aceita e executada; e, como o pastor Adams aceitasse o convite, muitos rapapés se passaram entre os dois clérigos, ambos declarando o grande respeito que tinham pelo hábito. Não haviam estado muito tempo juntos quando entraram numa discussão sobre o pequeno dízimo, que prosseguiu por toda uma hora, sem que o médico ou o exator tivessem a oportunidade de dizer uma palavra.

Sugeriu-se então que se iniciasse uma conversa geral, e o exator começou com relações exteriores; mas uma palavra escapulida por azar de algum deles introduziu uma dissertação sobre as agruras padecidas pelo baixo clero, e esta, após longa duração, culminou com a trazida à baila dos nove volumes de sermões.

Barnabas desestimulou bastante o pobre Adams; disse que a época andava tão malévola que ninguém lia sermões. – Veja só, senhor Adams – disse ele –, eu próprio já quis imprimir um volume de sermões, e eles tinham a aprovação de dois ou três bispos; mas quanto o senhor acha que um livreiro me ofereceu? – Doze guinéus, talvez – exclamou Adams. – Nem doze *pence*, fique sabendo! – respondeu Barnabas. – Pior, o cachorro me negou uma concordância[65] em troca. Como um mínimo, eu propus confiar-lhe a impressão deles, a fim de dedicá-los àquele mesmo gentil-homem que agora há pouco chegou de coche à estalagem; e palavra que ele teve a impudência de recusar minha oferta. E por causa disso perdi um belo benefício, que foi posteriormente concedido, em troca de um perdigueiro, a um sujeito que... mas não quero dizer nada contra o hábito. Por aí o senhor tem uma ideia, senhor Adams, do que deve esperar; pois, se os sermões estivessem em voga, eu creio que... não quero parecer vaidoso, mas, para ser conciso com o senhor, três bispos declararam que eram os melhores jamais escritos. Mas, de fato, há um número bem considerável já impresso que ainda não foi vendido. – Mas diga – atalhou Adams –, a quanto acha que esse número pode montar? – Meu senhor – respondeu Barnabas –, um livreiro me disse supor uns cinco mil volumes no mínimo. – Cinco mil! – disse o cirurgião. – Sobre o que podem ter sido escritos? Lembro que, quando garoto, eu costumava ler os sermões de um tal Tillotson[66], e não duvido que, se um sujeito praticar metade do que se acha em um só daqueles sermões, ele irá para o céu. – Doutor – protestou Barnabas –, o senhor tem um jeito profano de falar, pelo qual devo repreendê-lo. Não se pode inculcar seu dever a um homem com demasiada frequência. Quanto a Tillotson, com certeza ele era um bom escritor, e dizia as coisas muito bem. Mas comparações são odiosas, um outro homem pode escrever tão bem quanto ele... Creio que há alguns entre os meus sermões... – e nisso levou a vela ao cachimbo. – E eu creio que há alguns entre os meus discursos – exclamou Adams – que os bispos não julgariam de todo indignos de ser impressos; e fui informado de que poderia alcançar uma soma bem alta (na verdade uma soma imensa) com eles. – Eu duvido – respondeu Barnabas. – No entanto, se o senhor deseja ganhar dinheiro com eles, talvez possa vendê-los anunciando-os como *Os Sermões Manuscritos de um Clérigo Recém-Falecido, todos Originais Atestados, e jamais Impressos*. E, pensando nisso agora, eu lhe seria reconhecido, caso haja entre eles algum para funerais, se o senhor mo emprestasse, pois hoje mesmo tenho de pregar um sermão fúnebre para o qual não escrevi uma linha, embora vá receber em dobro. – Adams respondeu que tinha apenas um, que

65. Uma concordância é um índice temático da Bíblia para fins de estudos comparativos.
66. Arcebispo da Cantuária de 1691 a 1694, conhecido por sua moderação e por seus sermões, que se tornaram um clássico no gênero.

ele receava não vir a propósito, tendo sido consagrado à memória de um magistrado que se empenhara muito singularmente na preservação da moralidade de seus vizinhos, a tal ponto que não havia cervejarias nem mulheres lascivas na paróquia em que morava. – Não – replicou Barnabas. – Esse não serviria muito bem, pois o defunto sobre cujas virtudes hei de arengar era muito afeito à bebida, e mantinha publicamente uma amante. Penso que levarei um sermão comum e confiarei na memória para acrescentar algo bonito sobre ele. – Na imaginação, de preferência – disse o médico. – Sua memória iria antes embaraçá-lo, já que ninguém tem boas lembranças do sujeito.

Com esse tipo de conversa espiritual eles esvaziaram o jarro de ponche, pagaram a conta e se separaram: Adams e o médico foram ter com Joseph; o pastor Barnabas partiu para celebrar o dito defunto; e o exator desceu à adega para valorar os cascos.

Joseph estava pronto para apreciar um lombo de carneiro, e aguardava o sr. Adams quando este e o médico apareceram. O médico, após sentir-lhe o pulso e examinar-lhe as feridas, declarou-o muito melhor, o que imputou àquela *poção soporífera sanativa*, medicamento cujas virtudes, dizia, não se podia exaltar que bastasse. E grandes mesmo teriam de ser, se Joseph lhes devesse tanto quanto supunha o médico, já que nada senão os eflúvios que escapavam pela rolha poderia ter contribuído para sua convalescença, pois o remédio permanecera intocado na janela desde sua chegada.

Joseph passou aquele dia e os três seguintes com seu amigo Adams, nos quais nada ocorreu de mais notável do que o rápido progresso de sua convalescença. Como tivesse excelentes hábitos físicos, seus ferimentos estavam quase sanados, e as escoriações lhe causavam tão pouco incômodo que pressionou o sr. Adams para deixá-lo partir, e disse-lhe que jamais teria condições de agradecer-lhe suficientemente todos os seus favores; mas rogou-lhe não protelasse por mais tempo sua jornada a Londres.

Adams, apesar da ignorância, como a entendia, do sr. Tow-wouse, e da inveja, pois assim a julgava, do sr. Barnabas, tinha grandes esperanças para seus sermões. Vendo portanto Joseph em tão bom estado, disse que concordaria com sua partida na manhã seguinte com a diligência, pois acreditava que lhe sobraria o bastante, após acertada a conta, para obter-lhe um dia de conduto nela, após o que ele poderia prosseguir a pé ou ser agraciado com uma carona na carroça de algum vizinho, especialmente porque haveria uma feira na cidade aonde o levaria o coche, à qual acorriam multidões de sua paróquia. Ele, de sua parte, concordava em seguir para a cidade grande.

Eles passeavam nisso pelo pátio da estalagem, quando um sujeito gordo, louro e baixote chegou a cavalo e, apeando, encaminhou-se diretamente para Barnabas, que fumava seu cachimbo num banco. O pároco e o estranho trocaram um amabilíssimo aperto de mãos, e seguiram juntos para um quarto.

Como a noite se aproximasse, Joseph recolheu-se a seus aposentos, aonde o acompanhou o bom Adams, e aproveitou a oportunidade para dilatar-se sobre as grandes mercês que Deus lhe fizera ultimamente, pelas quais deveria não apenas ter a mais profunda ciência interna, como também expressar sua gratidão externa. Puseram-se então de joelhos e passaram um tempo considerável em preces e ação de graças.

Acabavam de concluí-las quando Betty surgiu e disse ao sr. Adams que o sr. Barnabas queria tratar com ele de assuntos de importância no andar térreo. Joseph pediu-lhe que o avisasse se o assunto parecesse longo, para que ele pudesse ir deitar-se; Adams o prometeu, e, em todo o caso, desejaram-se mutuamente boa noite.

Adams e Joseph oram juntos, por Norman Tealby

CAPÍTULO XVII

UM AGRADÁVEL DISCURSO ENTRE OS DOIS PÁROCOS E O LIVREIRO, INTERROMPIDO PELA OCORRÊNCIA DE UM INFELIZ ACIDENTE NA ESTALAGEM, QUE PROVOCOU UM DIÁLOGO NADA AMISTOSO ENTRE A SR.ª TOW-WOUSE E SUA AIA.

Assim que Adams entrou no quarto, o sr. Barnabas o apresentou ao estranho, que, como ele informou, era livreiro[67] e estaria tão inclinado como qualquer ou-

67. O livreiro (*bookseller*) tinha na época uma importância muito maior do que seu nome sugere. Em vez de meramente comercializar livros, ele atuava como intermediário entre autores e impressores, por um lado, e autores e público, por outro, e sua experiência com o mercado atuava como um filtro determinando o

tro a negociar com ele seus sermões. Adams, saudando o estranho, respondeu a Barnabas que lhe ficava muito grato e que nada poderia ser-lhe mais conveniente, pois ele não tinha outros negócios na cidade grande e queria de coração regressar com o jovem que acabava de recobrar-se de seu infortúnio. Então estalou os dedos (como era seu uso) e deu duas ou três voltas pela sala, em êxtase. E, para induzir o livreiro a ser o mais expedito possível, e igualmente a oferecer-lhe um preço melhor por sua mercadoria, asseverou-lhe que o encontro era-lhe extremamente venturoso, porquanto ele tinha naquele momento a mais premente necessidade de dinheiro, já havendo quase esgotado o seu próprio e tendo então um amigo na mesma estalagem que acabara de recobrar-se de ferimentos que sofrera de ladrões, e que estava na mais indigente condição. – De modo que nada – disse – poderia ser tão oportuno para a satisfação de nossas respectivas necessidades quanto uma imediata barganha com o senhor.

Tão logo ele se sentou, o estranho principiou nestes termos: – Meu senhor, eu em absoluto me negaria a envolver-me no que meu amigo, o sr. Barnabas, me recomenda. Mas sermões são meras drogas. O mercado está tão vastamente atulhado com eles que, a menos que saiam com o nome de Whitfield ou Westley[68], ou outro figurão do tipo, tal como um bispo, ou essa sorte de gente, eu nem os tocaria, salvo ora fosse algum sermão pregado sobre o 30 de janeiro[69], ou de que pudéssemos dizer, no frontispício, "publicado a *veementes pedidos* da congregação, ou dos habitantes". Mas, palavra, de uma árida peça de sermões eu preferiria escusar-me, especialmente por estarem minhas mãos tão ocupadas no momento. Todavia, senhor, como o sr. Barnabas mos mencionou, eu levarei, se lhe aprouver, o manuscrito à cidade e lhe mandarei minha opinião sobre ele em curtíssimo prazo.

– Oh! – disse Adams – se o senhor quiser, lerei dois ou três discursos como amostra. – A isso Barnabas, que não gostava mais de sermões do que um quitandeiro de figos, imediatamente objetou, e aconselhou Adams a deixar que o livreiro levasse os sermões, dizendo-lhe que, se ele lhe desse um endereço, poderia fiar-se em uma pronta resposta, e acrescentando que ele não precisava fazer caso de confiá-los a sua posse. – Não – disse o livreiro, – ainda que fosse uma peça que tivesse sido encenada por vinte noites a fio, quero crer que estaria a salvo.

que deveria ser publicado ou não. Em resultado disso, a figura do livreiro era bastante criticada por autores polidos que os acusavam de julgar segundo o gosto popularesco, sem levar em conta os méritos ou deméritos da obra – o que faria da literatura uma mercadoria. Isso de fato ocorreu, e foi uma das razões que levaram autores educados a experimentar formas de maior apelo popular, preservando porém elementos neoclássicos (testemunha-o este próprio *Joseph Andrews*).

68. George Whitefield (1714–1770) e John Wesley (1703–1791), fundadores do movimento metodista.

69. Data da decapitação de Carlos I, quando usualmente se pregavam sermões.

Adams não gostou nada da última observação; disse que deplorava ver sermões sendo comparados a peças. – Não por mim, asseguro-lhe – protestou o livreiro –, embora me pergunte se o Ato de Licenciamento[70] não os deixará em breve no mesmo pé. Mas eu já vi darem cem guinéus por uma peça... – Maior a vergonha dos que os deram! – bravejou Barnabas. – E por quê – disse o livreiro –, se ganharam centenas com ela? – Mas não há diferença entre transmitir boas e más lições à humanidade? – perguntou Adams. – Não preferiria uma mente honesta perder dinheiro com umas a ganhá-lo com outras? – Se o senhor conhecer alguma, eu é que não vou impedi-la – respondeu o livreiro –, mas acho que as pessoas que ganham para pregar sermões é que deviam perder ao imprimi-los. De minha parte, a cópia que melhor vender será sempre a melhor cópia em minha opinião; não sou inimigo dos sermões senão porque não vendem bem; pois tanto me faria imprimir um de Whitfield como qualquer farsa.

– Quem quer que imprima tais coisas heterodoxas devia ser enforcado – disse Barnabas. – Senhor – emendou, dirigindo-se a Adams –, os escritos desse sujeito[71] (ignoro se o senhor já os viu) são voltados contra o clero! Ele tenciona reduzir-nos ao exemplo das eras primitivas, palavra!, e insinuar ao povo que um clérigo deve estar sempre pregando e rezando. Pretende interpretar literalmente as escrituras e fazer crer à humanidade que a pobreza e o estado abjeto que se recomendavam à Igreja em sua infância, e que eram apenas uma doutrina temporária adequada a seus tempos de perseguição, deveriam preservar-se em seu estado florescente e estabelecido. Senhor, os princípios de Toland, Woolston[72] e todos os livres-pensadores não procuram causar metade do estrago que causariam os professados por esse sujeito e seus seguidores.

– Meu caro – respondeu Adams –, se o sr. Whitfield não houvesse levado sua doutrina para além do que o senhor menciona, eu continuaria, como fui outrora, seu simpatizante. Eu próprio sou um tão grande inimigo do luxo e do esplendor do clero como ele pode ser. E pelo florescente estado da Igreja não entendo, mais do que ele, os palácios, equipagens, vestes, mobília, ricos regalos e vastas fortunas de seus ministros. É certo que tais coisas, que sabem tão intensa-

70. O decreto que em 1737 fechou os teatros sem licença e reinstaurou a censura, dificultando especialmente a carreira dramatúrgica do próprio Fielding. A essência do comentário é que para vencer o rigor dos censores as peças vinham tendo de ser tão morais como sermões.

71. Ou seja, Whitefield.

72. John Toland (1670–1722) e Thomas Woolston (1670–1733), dois dos principais livres-pensadores ingleses, geralmente malquistos por rejeitarem a revelação e submeterem a doutrina religiosa ao exame racional da natureza.

mente a este mundo, não convêm aos servos de alguém que professava não ser deste seu reino. Mas, quando ele passou a chamar em seu auxílio a insensatez e o entusiasmo, e a erigir a detestável doutrina da fé contra as boas obras, deixei de ser seu amigo, pois tal doutrina foi certamente cunhada no inferno, e pensar-se-ia que ninguém, salvo o diabo em pessoa, teria a empáfia de pregá-la. Pois pode alguma coisa ser mais derrogatória para a honra de Deus do que suporem os homens que o Ser Onisciente dirá doravante aos bons e virtuosos: "Não obstante a pureza de tua vida, não obstante a constante regra de virtude e bondade com que caminhaste sobre a terra, como não creste em todas as coisas à real maneira ortodoxa, tua falta de fé te condenará"? Ou, por outro lado, pode alguma doutrina ter uma influência mais perniciosa sobre a sociedade do que a convicção de que será um bom apelo para o vilão em seu derradeiro dia: "Senhor, é verdade que jamais obedeci a um único de teus mandamentos; mas não me punas, pois acredito em todos eles"? – Imagino – disse o livreiro – que seus sermões sejam de outra espécie. – Não, senhor – disse Adams –, o contrário, agradeço aos céus, está inculcado em quase todas as páginas, ou eu teria renegado minha própria opinião, que sempre foi a de que um turco ou pagão bom e virtuoso é mais admissível às vistas de seu criador do que um cristão vicioso e perverso, ainda que sua fé seja tão perfeitamente ortodoxa quanto a do próprio São Paulo. – Desejo sucesso ao senhor – disse o livreiro –, mas devo pedir-lhe que me desculpe, já que minhas mãos se encontram tão ocupadas no momento; e na verdade receio que o senhor encontrará certa relutância por parte do mercado em se envolver com um livro que o clero por certo destratará. – Deus proíba – disse Adams – que se propaguem livros que o clero precise destratar; mas se pelo clero o senhor entende uns poucos indivíduos facciosos e maquinadores, que têm por meta implantar seus esquemas favoritos ao custo da liberdade do homem e da própria essência da religião, não está no poder de tais pessoas aviltar qualquer livro; testemunha-o aquele excelente livro chamado *Um Relato Singelo da Natureza e dos Fins do Sacramento*[73]; um livro escrito (se posso arriscar a expressão) com a pena de um anjo, e calculado para restaurar o verdadeiro uso do cristianismo e daquela sagrada instituição: pois o que melhor tenderia ao nobres propósitos da religião do que reuniões alegres e frequentes entre os membros da sociedade, em que estes prometam, na presença uns dos outros e a serviço do Ser supremo, que serão bons, amistosos e benevolentes uns para com os outros? Ora, esse excelente livro foi atacado por uma certa facção, mas sem sucesso. – Ante tais palavras,

73. Escrito em 1735 por Benjamin Hoadley (1676–1761), bispo de Bangor.

Barnabas saiu a tocar a campainha com toda a violência imaginável, e, vindo um criado atendê-lo, pediu-lhe que trouxesse a conta imediatamente, pois até onde sabia estava na companhia do diabo em pessoa, e esperava ouvir encômios ao Alcorão, ao *Leviatã*[74] ou a Woolston caso se demorasse mais alguns minutos. Adams rogou, já que ele se exasperara tanto por ouvi-lo mencionar um livro, coisa que fizera sem recear a menor possibilidade de ofensa, que ele lhe fizesse o favor de apresentar as objeções que lhe tinha, às quais ele se empenharia em responder. – Eu, apresentar objeções! – disse Barnabas. – Eu nunca li uma sílaba de um livro tão ímpio; nunca o vi em minha vida, isso eu garanto. – Adams estava a ponto de responder quando um hediondíssimo escarcéu rebentou na estalagem. A sr.ª Tow-wouse, o sr. Tow-wouse e Betty levantavam as vozes juntos, mas a da sr.ª Tow-wouse, como um contrabaixo num concerto, destacava-se clara e distintamente das demais, e ouvia-se que articulava os seguintes sons: – Ah, seu desgramado vilão, é assim que me retribui todo o zelo que tive com sua família? É essa a recompensa por minha virtude? É dessa maneira que você se comporta com aquela que lhe trouxe fortuna e o preferiu a tantos partidos, todos eles melhores? Abusando de minha cama, de minha própria cama, com minha criada! Mas eu descadeiro a vadia, arranco-lhe os olhos ascosos; já houve cachorro tão desgraçado que se enroscasse com uma marafona dessas? Fosse ela uma gentil-dona como eu, e seria uma desculpa, mas uma criadinha esmoleira, petulante e encardida! Arranque-se de minha casa, rameira! – E a isso ela acrescentou uma outra palavra, com que preferimos não manchar nosso papel. Era um trissílabo iniciado por c*** – e aliás teria dado no mesmo se ela tivesse dito "fêmea de cão". E esta expressão, a fim de evitar ofensas, usaremos por ora, se bem que tanto a patroa como a criada houvessem proferido de fato a recém-mencionada c***, palavra extremamente repugnante para mulheres de qualidade inferior. Betty tolerara tudo com paciência, e não proferira senão lamentos; mas o último epíteto tocou-lhe nos calos. – Sou mulher que nem a senhora – rugiu –, e não uma fêmea de cão; e, se fui um pouquinho ordinária, não fui a primeira; se não agi tão bem como deveria – exclamou entre soluços –, isso não é razão para me tirar o meu nome. Meus supe-periores são pi-piores que eu. – Quieta! Quieta! – disse a sr.ª Tow-wouse. – Tem a impudência de me responder? Não flagrei você agora mesmo, sua *** de uma figa? – e repetiu nisso a terrível palavra tão odiosa a ouvidos femininos. – Eu não suporto essa palavra – respondeu Betty. – Se fui per-

74. Obra máxima do filósofo Thomas Hobbes (1588–1679) e um dos mais importantes tratados políticos ingleses, cujas posições heterodoxas causaram celeuma desde o início.

"Ah, seu desgramado vilão! É essa a recompensa por minha virtude?" Por Norman Tealby.

versa, eu mesma devo responder por isso no outro mundo, mas não fiz nada de desnaturado, e vou deixar sua casa neste instante, pois não serei chamada de fêmea de cão por patroa alguma na Inglaterra! – A sr.ª Tow-wouse armou-se então com o espeto, mas foi impedida de executar qualquer projeto medonho pelo sr. Adams, que lhe segurou os braços com a força de um pulso de que Hércules não se envergonharia. O sr. Tow-wouse, sendo sido flagrado, como diriam os nossos advogados, com a boca na botija, e não tendo a menor defesa a apresentar, muito prudentemente se retirou; e Betty se confiou à proteção do cavalariço, que, embora ela não imaginasse satisfeito com o que se passara, era a seu ver uma fera bem mais afável do que a patroa.

A sr.ª Tow-wouse, ante a intercessão do sr. Adams, e constatando que o inimigo sumira, começou a se recompor, e aos poucos recobrou sua usual serenidade de espírito – na qual a deixaremos para revelar ao leitor os passos que conduziram a uma catástrofe quiçá bastante comum, e bastante cômica também, na história moderna, mas amiúde fatal para a tranquilidade e o bem-estar das famílias, sendo assunto de tantas tragédias tanto na vida como no palco.

CAPÍTULO XVIII

A HISTÓRIA DE BETTY, A CAMAREIRA, E UM RELATO DO QUE OCASIONOU A VIOLENTA CENA DO CAPÍTULO PRECEDENTE.

Betty, que fora a causa de toda essa agitação, tinha suas boas qualidades. Tinha boa natureza, generosidade e compaixão, mas infelizmente sua constituição se compunha daqueles cálidos ingredientes que, se a pureza das cortes ou dos conventos teriam afortunadamente controlado, não conseguiram de modo algum resistir à melindrosa situação das camareiras de estalagem, sujeitas diariamente às solicitações de amantes de todas as compleições e às perigosas atenções de finos gentis-homens do exército, que são por vezes obrigados a residir com elas por todo um ano, e expostas, acima de tudo, às carícias de lacaios, cocheiros e bodegueiros, todos os quais empregam contra elas a plena artilharia de beijocas, lisonjas, subornos e todas as demais armas a serem encontradas no arsenal do amor.

Betty, que tinha apenas vinte e um anos, já vivera três nessa perigosa situação, durante os quais se safara bastante bem. Um alferes de infantaria fora a primeira pessoa a causar alguma impressão em seu coração; e, com efeito, acendera nela uma chama que exigiu os cuidados de um cirurgião para ser extinta.

Enquanto ela ardia por ele, vários outros ardiam por ela. Oficiais do exército, jovens gentis-homens em viagem pelo circuito oeste[75], fidalgos inofensivos e outros de caráter mais grave quedaram inflamados por seus encantos!

Com o tempo, tendo-se recobrado perfeitamente dos efeitos de sua infeliz primeira paixão, pareceu votar-se a uma condição de perpétua castidade. Fez-se por um bom tempo surda a todos os dissabores de seus amantes, até que um dia, numa festa na vizinhança, a retórica de John, o cavalariço, junto com um novo chapéu de palha e um quartilho de vinho, logrou sobre ela uma segunda conquista.

Ela, porém, não sentiu nessa ocasião nada daquelas chamas que tinham sido a consequência de seu primeiro amor; tampouco os outros maus efeitos que as jovens prudentes receiam com justiça da cessão demasiado absoluta às prementes urgências de seus amantes. Este último ponto talvez se devesse em certa medida ao fato de ela não ser totalmente fiel a John, com quem permitia que Tom Whipwell, o cocheiro, e vez que outra um jovem e garboso viajante compartilhassem seus favores.

O sr. Tow-wouse já há algum tempo pusera os langorosos olhos do afeto nessa jovem donzela. Ele se valera de todas a oportunidades para dirigir-lhe palavras ternas, comprimir-lhe a mão e por vezes beijar-lhe os lábios. Pois, assim como a violência de sua paixão se havia abatido consideravelmente no tocante à sr.ª Tow-wouse, outrossim, como a água cujo curso usual é bloqueada em um ponto, ela buscara naturalmente um escoadouro em outro. A sr.ª Tow-wouse, presume-se, percebeu esse abatimento, o que provavelmente contribuiu muito pouco para a natural doçura de sua têmpera; pois, embora fosse tão fiel a seu marido quanto o ponteiro de um relógio ao sol, tinha era mais desejo de ser irradiada, por ser mais capaz de sentir-lhe o calor.

Desde a chegada de Joseph, Betty concebera um extraordinário apego por ele, que se evidenciava mais e mais conforme ele se sentia melhor e melhor; até aquela noite fatal em que, enquanto ela aquecia-lhe a cama, sua paixão se alçou a tal altura, e tão perfeitamente dominou sua modéstia e sua razão, que, após muitas deixas infrutíferas e insinuações ladinas, ela acabou atirando ao chão a botija de aquecimento, e, abraçando-o com grande urgência, jurou que ele era a criatura mais bela que já tinha visto.

75. Rota usual de juízes itinerantes.

Joseph, em grande confusão, escapou-lhe de um salto, e disse-lhe que lamentava ver uma jovem pôr de lado toda consideração pela modéstia. Mas ela tinha ido longe demais para recuar, e tornou-se tão indecente que Joseph foi obrigado, contra a vontade, a usar de certa violência contra ela, e, tomando-a nos braços, fechou-a fora do quarto e trancou a porta.

Como deve alegrar-se o homem por sua castidade estar sempre em seu próprio poder, de modo que, se tiver suficiente força mental, terá sempre uma força física competente para se defender, não podendo, como uma pobre e frágil mulher, ser violado contra a vontade!

Betty ficou na mais violenta agitação com esse desapontamento. Raiva e lascívia puxavam-lhe o coração, como que com duas cordas, em duas direções diferentes; em um momento ela pensava em apunhalar Joseph; no outro, em tomá-lo nos braços e devorá-lo a beijos; mas a última paixão era de longe a prevalecente. Ela então cogitou vingar em si mesma a desfeita, mas, enquanto se detinha nessa meditação, a morte felizmente se lhe apresentou em tantas formas de afogamento, enforcamento, envenenamento &c. que sua mente atormentada não pôde optar por nenhuma. Nessa perturbação de espírito, acudiu-lhe acidentalmente à memória que a cama do patrão ainda não estava feita, e por isso encaminhou-se diretamente para o quarto dele – onde calhou naquele momento de ele estar ocupado à escrivaninha. Tão logo o viu, ela tentou retirar-se. Mas ele a chamou de volta e, tomando-a pela mão, abraçou-a tão ternamente, sussurrando-lhe ao mesmo tempo tantas meiguices junto ao ouvido, e em seguida pressionou-a tão firmemente com seus beijos, que a bela vencida, cujas paixões já estavam à tona, e que não era tão excentricamente caprichosa que um único homem as pudesse aplacar, ainda que talvez ela o houvesse preferido – a bela vencida, eu dizia, submeteu-se placidamente à vontade de seu amo, que acabava de concretizar a consumação de sua bonança quando a sr.ª Tow-wouse inesperadamente entrou no quarto e provocou toda a confusão que já vimos, e à qual não precisamos agora dedicar mais atenção. Afinal, sem a assistência de uma única deixa nossa, qualquer leitor com algum discernimento ou experiência, ainda que não casado, pode facilmente conjecturar que tudo se encerrou com a dispensa de Betty, a submissão do sr. Tow-wouse – com certas funções a serem desempenhadas de sua parte em sinal de gratidão pela bondade da esposa em se reconciliar com ele, juntamente com muitas e encarecidas promessas de jamais voltar a ofendê-la de semelhante maneira – e, por fim, sua plácida e acatada resignação a ser lembrado de suas transgressões, como uma espécie de penitência, uma ou duas vezes por dia pelo restante da vida.

LIVRO II

CAPÍTULO I

DAS DIVISÕES NOS AUTORES.

Há certos mistérios ou segredos em todos os ofícios, do mais alto ao mais chão, daquele do Primeiro Ministério a este da Autoria, que raro se revelam senão aos membros do mesmo mister. Entre os seguidos por nós, cavalheiros da última ocupação, penso que este de dividir nossas obras em livros e capítulos não é dos menos consideráveis. Ora, por falta de conhecer verdadeiramente este segredo, os leitores comuns imaginam que por esta arte de dividir não intentamos mais do que inflar nossas obras até um volume muito acima do que elas de outro modo atingiriam. As muitas partes portanto em nossa papelada preenchidas com nossos livros e capítulos são tidas como outros tantos estofos, esteios e presilhas na conta do alfaiate, servindo apenas para arredondar o total, encontrado comumente ao pé de nossa primeira página, e da sua última.

Mas na realidade o caso é outro, e nesta, como em todas as demais instâncias, temos em vista o benefício de nosso leitor, e não o nosso próprio; e, com efeito, muitos usos notáveis redundam para ele deste método. Pois, em primeiro lugar, esses breves espaços entre nossos capítulos podem ser vistos como uma estalagem ou remanso onde ele pode deter-se e tomar um copo, ou qualquer outro refresco que bem lhe saiba. Ademais, nossos finos leitores dificilmente poderão cruzar mais de um deles por dia. Quanto às páginas vazias postas entre nossos livros, devem ser vistas como aqueles estádios em que o viajante, quando em longas jornadas, detém-se por algum tempo para repousar e considerar o que viu nas regiões por onde já passou – cuidado que tomo a liberdade de recomendar ao leitor, pois, lestas como sejam suas capacidades, eu não o aconselharia a viajar rápido demais por estas páginas, pois, se o fizer, provavelmente deixará de ver algumas curiosas produções da natureza que serão observadas pelo leitor mais lento e mais acurado. Um volume sem esses pontos de pouso assemelha-se ao descortinar de desertos ou mares, que cansam o olho e fatigam o espírito uma vez adentrados.

Em segundo lugar, o que serão os sumários prefixados a cada capítulo senão outras tantas inscrições sobre os portões das estalagens (para prosseguir na metáfora) informando ao leitor que entretenimento ele pode esperar, de modo que, se não gostar, ele possa viajar até a seguinte? Porquanto na biografia, como não estamos presos a uma concatenação exata como os demais historiadores, um capítulo ou dois (por exemplo, este que ora escrevo) podem ser saltados sem nenhum prejuízo para o todo. E nestas inscrições fui tão fiel quanto possível, não imitando o célebre Montaigne, que promete uma coisa e lhe serve outra[1], nem certos autores de frontispícios, que prometem muito e não produzem nada.

Há, além desses benefícios mais óbvios, vários outros que nossos leitores auferem desta arte de dividir, embora a maioria seja talvez misteriosa demais para ser prontamente entendida pelos não-iniciados na ciência da Autoria. Para mencionar, portanto, apenas um, que é o mais óbvio, ela impede que se arruíne a beleza de um livro pelo destacamento das folhas, método de outro modo necessário àqueles leitores que (embora leiam com grande provento e vantagem) tendem, ao regressarem ao estudo após meia hora de ausência, a esquecer onde pararam.

Essas divisões têm a sanção de grande antiguidade. Homero[2] não apenas dividiu sua grande obra em vinte e quatro livros (em homenagem, talvez, às vinte e quatro letras com as quais tinha mui particular dívida[3]), como, segundo a opinião de certos críticos muito sagazes, mascateou-os separadamente, oferecendo apenas um livro de cada vez (provavelmente por subscrição)[4]. Ele foi o primeiro inventor de uma arte que há tanto jazia dormente, a de publicar em números – arte ora trazida a tamanha perfeição que até mesmo dicionários são divididos e

1. Os ensaios de Montaigne frequentemente avançavam em direções distintas das anunciadas pelo título.
2. Ao longo deste trecho, Fielding satiriza os críticos que vinham sugerindo que os poemas homéricos eram antes compilações do que todos orgânicos. (Infelizmente, para as expectativas de Fielding, admite-se hoje que eles herdaram material anterior da tradição oral e só receberam sua forma atual muito depois do século VIII a.C. – época em que teria vivido o conjectural "Homero", tido em geral como lendário.)
3. A divisão da *Ilíada* em livros foi um desenvolvimento posterior, tendo sido feita presumivelmente por Aristarco, bibliotecário de Alexandria, no século II a.C.
4. Alusão irônica às traduções de Homero por Pope, que constituíram um dos maiores êxitos do sistema de subscrição, ou assinatura, pelo qual os interessados em um livro em andamento adiantavam uma parte do preço final para prover o autor de fundos com que prosseguir no trabalho.

exibidos em fragmentos ao público; mais que isso, certo livreiro (*para estimular o saber e desonerar o público*) conseguiu servir-lhe um dicionário por esse método picado, por apenas quinze xelins a mais do que teria custado o inteiro.

Virgílio nos deixou seu poema em doze livros, um indício de sua modéstia, pois com isso pretendia decerto insinuar que não ambicionava mais que a metade do mérito do grego. Pela mesma razão, nosso Milton não foi originalmente além de dez, até que, lisonjeado pelo louvor dos amigos, pôs-se em pé de igualdade com o poeta romano[5].

Não pretendo, contudo, aprofundar-me tanto neste assunto como fizeram certos críticos doutos, que, com infinito labor e agudo discernimento, descobriram quais livros admitem adornos e quais requerem apenas simplicidade, particularmente no tocante a símiles, que, creio ser hoje consenso geral, convêm a todos os livros, salvo o primeiro.

Despacharei este capítulo com a seguinte observação: que em geral compete ao autor dividir um livro como ao açougueiro desmembrar a carne, pois tal assistência é de grande valia para o leitor e o trinchador. E agora, tendo-me comprazido um tanto, procurarei comprazer à curiosidade de meu leitor, que está sem dúvida impaciente por saber o que encontrará nos capítulos subsequentes deste livro.

CAPÍTULO II

UM SURPREENDENTE EXEMPLO DA MEMÓRIA CURTA DO SR. ADAMS, COM AS INFELIZES CONSEQUÊNCIAS QUE TEVE PARA JOSEPH.

O sr. Adams e Joseph estavam prontos para partir em direções diferentes, quando um acidente persuadiu o primeiro a regressar com o amigo, algo que Tow-wouse, Barnabas e o livreiro não haviam conseguido fazer. O acidente foi o fato de que aqueles sermões que o pastor viajava a Londres para publicar tinham sido – ó meu bom leitor! – deixados para trás; o que ele tomara por tais nos alforjes outra coisa não eram senão três camisas, um par de sapatos e outros

5. Em 1674 os livros 7 e 10 do *Paraíso Perdido* foram divididos em dois, segmentando o poema definitivamente em 12 livros.

artigos pessoais com que a sr.ª Adams, supondo que o marido precisaria mais de camisas do que de sermões na jornada, cuidadosamente o provera.

Essa descoberta se deveu por sorte à presença de Joseph à abertura dos alforjes, o qual, tendo ouvido o amigo dizer que trazia consigo nove volumes de sermões, e não pertencendo àquela seita de filósofos capazes de comprimir toda a matéria do mundo numa casca de noz, ao notar que não havia espaço para os sermões nas bolsas onde o pastor os dizia depositados, teve a curiosidade de exclamar: – Bênçãos, senhor, onde estão seus sermões? – O pastor respondeu: – Aqui, aqui, criança; aqui estão eles, sob minhas camisas. – Sucedeu então de ele remover a última camisa e o recipiente quedar visivelmente vazio. – O senhor bem vê – disse Joseph – que não há nada nas bolsas. – No que Adams, sobressaltando-se e denotando certa surpresa, exclamou: – Ai, com a breca, com a breca, não estão mesmo aqui! Com certeza ficaram para trás!

Joseph ficou bastante preocupado com a inquietação que receava seu amigo devia estar sentindo com esse desapontamento. Rogou-lhe seguir viagem e prometeu que o alcançaria ele próprio com os livros, com a máxima presteza. – Não, obrigado, meu filho – respondeu Adams –, mas assim não será. De que me valeria demorar-me na cidade grande, a menos que eu tivesse meus discursos comigo, que são, *uta ita dicam*[6], a causa única, a *aitia monotate*[7] de minha peregrinação? Não, filho: já que ocorreu este acidente, estou decidido a voltar a meu curato com você, ao que, de resto, minha inclinação suficientemente me impele. Este desapontamento pode até ter vindo para o meu bem. – Concluiu com um verso de Teócrito, cujo sentido não era senão o de que *às vezes chove e às vezes o sol brilha*.

Joseph inclinou-se em obediência e gratidão pelo desejo que o pastor expressara de regressar com ele; a conta foi então solicitada e, como se verificou, ficava a um xelim da quantia que o sr. Adams tinha nos bolsos. Talvez o leitor se pergunte como ele conseguiu arrumar uma soma suficiente para tantos dias. Para não surpreendê-lo, portanto, não será ocioso informar-lhe que tomara um guinéu emprestado de um criado que acompanhava o coche de seis cavalos, o qual fora em outros tempos seu paroquiano e cujo patrão, o dono do coche, vivia então a três milhas dele; pois tão bom era o crédito do sr. Adams que mesmo o sr. Peter, secretário de Lady Booby, lhe teria emprestado um guinéu com pouquíssima caução.

6. "Por assim dizer". Em latim no original.
7. "Causa única". Em grego no original.

O sr. Adams pagou a conta e ambos se prepararam para partir, tendo concordado em *montar e amarrar* – um método de viagem bastante usado por pessoas que têm apenas um cavalo consigo, e que funciona assim: os dois viajantes partem juntos, um a cavalo, o outro a pé. Ora, como geralmente ocorre de o cavaleiro se distanciar do pedestre, reza o costume que, assim que cruzar a distância combinada, ele desmonte, amarre o cavalo a algum portão, árvore, poste ou outra coisa, e então continue a pé; quando o outro alcança o cavalo, ele o desamarra, monta e sai a galope, até que, tendo ultrapassado seu companheiro de viagem, chega igualmente ao local de amarrar. E era esse o método de viagem tão em uso entre nossos prudentes ancestrais, que sabiam que os cavalos tinham bocas além de pernas, e que eles não se poderiam valer destas sem o custo de permitir que os animais se valessem daquelas. Era esse o método em uso naqueles dias em que, em vez de um coche de seis cavalos, a esposa de um parlamen-

"O cavalariço lhe apresentou uma conta." Por Herbert Railton e E. J. Wheeler.

tar viajava num selim atrás do marido, e um sisudo sargento da lei condescendia em seguir até Westminster num pangaré de passo lento, com o escrevente enfastiando-se logo atrás.

Adams havia partido há poucos minutos, tendo insistido que Joseph iniciasse a jornada a cavalo, e Joseph estava com o pé no estribo quando o cavalariço lhe apresentou uma conta pelo passadio do animal durante sua residência na estalagem. Joseph disse que o sr. Adams havia pago por tudo; mas a questão, sendo submetida ao sr. Tow-wouse, foi decidida por este em favor do cavalariço, e aliás com verdade e justiça – pois esse fora um novo exemplo daquela curteza de memória que decorria não da falta de atributos, mas da afobação contínua em que o pastor Adams estava sempre envolvido.

Joseph viu-se então num dilema que o desconcertava extremamente. A soma devida pela ração do cavalo era de doze xelins (pois Adams, que tomara o animal emprestado de seu sacristão, havia dado ordens para que o alimentassem tão bem como pudessem), e a importância em seus bolsos montava a seis *pence* (pois Adams repartira com ele o último xelim). Ora, embora tenha havido certas pessoas engenhosas que conseguiam pagar doze xelins com seis *pence*, Joseph não era uma delas. Nunca contraíra uma dívida na vida, e estava por conseguinte malprovido de expedientes para se desenredar. Tow-wouse mostrou-se disposto a lhe dar crédito até uma próxima vez, com o que a sr.ª Tow-wouse teria provavelmente consentido (pois tal era a beleza de Joseph que causara impressão até mesmo no pedregulho que a boa mulher levava no peito à guisa de coração). Joseph, assim, teria muito provavelmente encontrado a passagem livre, se não tivesse, ao expor honestamente a nudez de seus bolsos, sacado aquela pequena peça de ouro que já mencionamos. Isso trouxe água aos olhos da sr.ª Tow-wouse; ela disse a Joseph que não concebia como um homem podia estar sem dinheiro quando tinha ouro nos bolsos. Joseph respondeu que dava tamanho valor àquela peça de ouro que não se desfaria dela nem pelo cêntuplo da riqueza do maior fidalgo da região. – É mesmo um bonito estilo – disse a sr.ª Tow-wouse – fazer dívidas e depois se recusar a abrir mão do dinheiro, porque lhe dá valor! Nunca vi uma peça de ouro com maior valor do que os xelins que lhe dariam em troca! – Nem para salvar minha vida da fome, nem para resgatá-la de um ladrão, eu me desfaria desta querida peça! – respondeu Joseph. – O quê? – disse a sr.ª Tow-wouse. – Suponho que lhe tenha sido dada por alguma vil rameira, uma rapariga ou outra; se tivesse sido presente de uma mulher virtuosa, você não lhe daria tanto valor. Meu marido será um tonto se abrir mão do cavalo sem receber por ele. – Não, e eu nem posso abrir mão do cavalo antes que tenha o dinheiro – bradou o sr. Tow-wouse; resolução esta muito louvada por um advogado então no pátio, que declarou que o sr. Tow-wouse poderia justificar a retenção.

E assim, como não podemos no momento tirar o sr. Joseph da estalagem, ali o deixaremos, e levaremos o leitor ao encontro do pastor Adams, que, de cabeça perfeitamente tranquila, entrara a meditar sobre uma passagem de Ésquilo, que o entreteve ao longo de umas boas três milhas sem permitir-lhe pensar uma única vez em seu companheiro de viagem.

Por fim, tendo chegado ao fim da meada e estando então no cimo de uma colina, ele voltou os olhos para trás e estranhou não ver o menor sinal de Joseph. Como o deixara prestes a montar a cavalo, não podia supor que algum infortúnio tivesse ocorrido, nem suspeitar que Joseph houvesse errado o caminho, que era tão largo e claro; a única razão que lhe ocorria era que ele tivesse encontrado algum conhecido que o convencera a deter-se por algum tempo conversando.

Resolveu por isso prosseguir devagar, não duvidando de que seria em breve alcançado, e logo topou com uma poça imensa; como esta ocupasse toda a estrada, não viu outro jeito de passar senão vadeando-a, o que fez com água até a cintura; mas nem bem chegou ao outro lado e percebeu que, se tivesse olhado por cima da cerca, teria encontrado uma trilha que lhe daria conduto sem molhar os sapatos.

Sua surpresa por Joseph não ter aparecido tornava-se por essa altura bastante incômoda: começou a recear não sabia o quê, e, como se houvesse resolvido a não avançar mais e, caso ele não o alcançasse em breve, a retroceder, quis achar uma casa de trato público onde pudesse secar suas roupas e refrescar-se com um quartilho. Mas, não encontrando nenhuma (pela única razão de que não pusera os olhos cem jardas mais adiante), sentou-se num escabelo e sacou de seu Ésquilo.

Como um sujeito passasse por ali pouco depois, Adams perguntou se ele podia indicar-lhe o caminho para uma cervejaria. O rapaz acabara de sair dela, e percebia que a casa e a placa se achavam à vista; supondo que mangavam dele, e sendo de têmpera irritadiça, mandou-o seguir seu nariz e ir se d***r. Adams replicou que ele era um pelintra sem-vergonha; nisso o sujeito se virou, enfezado, mas, vendo Adams cerrar o punho, achou melhor ir-se embora sem tomar conhecimento.

Um cavaleiro apareceu logo em seguida e, ouvindo a mesma pergunta, respondeu: – Amigo, eis uma ali, à distância de uma pedrada; creio que o senhor bem pode vê-la. – Adams, alçando a vista, exclamou: – Homessa, mas é mesmo! –, e, agradecendo ao informante, encaminhou-se diretamente para ela.

CAPÍTULO III

A OPINIÃO DOS DOIS ADVOGADOS COM RELAÇÃO AO MESMO CAVALHEIRO, COM O INQUÉRITO DO SR. ADAMS SOBRE A RELIGIÃO DO ESTALAJADEIRO.

Ele acabara de entrar na casa, pedira seu quartilho e se sentara quando dois cavaleiros chegaram à porta e, amarrando os cavalos aos balaústres, apearam. Eles disseram que se aproximava um temporal violento, que tencionavam aguardar ali, e seguiram para uma salinha à parte, sem perceber o sr. Adams.

Um deles perguntou de chofre ao outro há quanto tempo ele não via aventura mais cômica. Ao que o outro disse que não sabia se, pela lei, o senhorio poderia justificar a retenção do cavalo pelo milho e pelo feno. Mas o primeiro respondeu: – Sem dúvida que pode: é um caso judicado, e eu já o vi em sessão.

Adams – que, embora fosse, como o leitor talvez suspeite, um tanto inclinado ao esquecimento, não requeria mais do que uma deixa para se lembrar das coisas –, tendo ouvido essa conversa, sugeriu imediatamente a si mesmo que se tratava aí de seu próprio cavalo, e que se esquecera de pagar por ele; e disso, feito o inquérito, certificaram-no os cavalheiros, que acrescentaram que o cavalo provavelmente teria mais descanso do que comida a menos que sua conta fosse paga.

O pobre pastor resolveu retornar na mesma hora à estalagem, embora não soubesse, não mais do que Joseph, o que fazer para obter a liberdade de seu cavalo. Mas foi persuadido a manter-se abrigado até que o temporal, então muito violento, estiasse.

Os três viajantes se sentaram então juntos para uma caneca de boa cerveja. Quando Adams, que avistara uma casa fidalguesca ao passar pela estrada, perguntou a quem esta pertencia, bastou que um dos cavaleiros mencionasse o nome do proprietário para que o outro entrasse a aviltá-lo em termos os mais acintosos. A língua inglesa mal oferece um único termo exprobratório que ele não tenha empregado nessa ocasião. E acusou-o ainda de muitas coisas particulares. Disse que ele, ao caçar, não tinha mais respeito por um trigal do que pela estrada; que prejudicara muitos lavradores pobres calcando-lhes o milho sob os cascos de seu cavalo; e que, se algum deles lhe pedisse com a maior submissão que parasse, seu chicote estava sempre a postos para render-lhes justiça. Disse que ele era o maior dos tiranos para os vizinhos em todos os demais sentidos, e não toleraria que um lavrador tivesse uma arma, ainda que pudesse justificá-la por lei; e que em sua casa era um mestre tão cruel que nunca mantinha um criado por doze meses. – Em sua capacidade como juiz – prosseguiu –, ele age tão parcialmente que condena ou absolve consoante seu humor, sem a menor consideração pela verdade ou pelas evidências. Por mim o diabo leve qualquer outro à sua presença; eu preferiria ser julgado diante de outros juízes a ser o querelante diante dele. Se tivesse uma propriedade na vizinhança, eu a venderia pela metade do valor, só para não morar perto dele. – Adams sacudiu a cabeça e disse lamentar que se permitisse a tais homens proceder com impunidade e que as riquezas lograssem pôr alguém acima da lei. Como o difamador se retirasse pouco depois para o pátio, o cavalheiro que primeiro mencionara aquele nome para Adams se pôs a afiançar-lhe que seu companheiro era uma pessoa preconceituosa. Era até verdade (dizia) que ele podia algumas vezes ter perseguido sua presa por um milharal, mas sempre pagara amplas indenizações à parte envolvida; que, longe de ele tiranizar seus vizinhos ou tomar-lhes as armas, ele próprio conhecia vários lavradores não qualificados que não apenas mantinham armas, como abatiam presas com elas. Que ele era o melhor dos patrões para seus criados, e vários destes haviam envelhecido a seu serviço. Que era o melhor juiz de paz do reino e, como ele sabia seguramente, resolvera muitas questões difíceis que lhe haviam sido submetidas com a máxima equidade e a mais alta sabedoria. E ele acreditava firmemente que muitos pagariam um ano de renda a mais por uma propriedade perto dele do que sob as asas de qualquer outro grande homem. Acabava de encerrar seu encômio quando seu companheiro retornou e deu-lhe a saber que o temporal tinha passado. Com isso montaram logo a cavalo e partiram.

Adams, que ficou na maior perplexidade ante esses dois retratos tão diferentes da mesma pessoa, perguntou ao estalajadeiro se ele conhecia o cavalheiro, pois começava a imaginar que eles, por engano, tinham estado falando de dois cavalheiros distintos. – Não, não, patrão! – respondeu o estalajadeiro, um sujeito astuto e maroto. – Conheço muito bem o cavalheiro de quem estavam falando, como também os cavalheiros que dele falavam. No que se refere a atropelar os milharais alheios, que eu saiba ele não montou a cavalo nestes últimos dois anos. Nunca ouvi dizer que tenha causado prejuízos dessa espécie; quanto a fazer reparações, ele não é assim tão liberal com seu dinheiro. Tampouco já ouvi dizer que tenha tomado as armas de alguém; sei aliás de muitos que têm armas em casa. Mas, quanto a abater caça com elas, não há homem mais rigoroso, e penso que ele arruinaria qualquer um que o fizesse. O senhor ouviu um dos cavalheiros dizendo que ele era o pior patrão do mundo, e o outro, que era o melhor; mas, de minha parte, conheço todos os seus criados, e nunca ouvi de nenhum deles que ele fosse uma coisa ou outra. – Ora, ora – diz Adams –, e como ele procede como juiz, diga-me? – Por fé de mim, amigo – respondeu o estalajadeiro –, eu nem sei se ele é comissionado. A única causa que o ouvi decidir em muito tempo foi entre essas duas exatas pessoas que acabaram de sair desta casa; e estou certo de que a resolveu com justiça, pois eu ouvi a coisa inteira. – E a favor de quem ele a decidiu? – perguntou Adams. – Acho que não preciso responder a essa pergunta – exclamou o estalajadeiro –, depois dos diferentes retratos que o senhor ouviu dele. Não é meu negócio contradizer cavalheiros enquanto estes bebem em minha casa, mas eu sabia que nenhum deles dizia uma sílaba de verdade. – Proíba Deus – disse Adams – que os homens atinjam um tal grau de perversidade que deturpem o caráter de seu vizinho em razão de uma reles afeição pessoal, ou, o que é infinitamente pior, de um rancor pessoal. Acredito antes que os entendemos mal, e que eles se referiam a duas outras pessoas, pois há muitas casas na estrada. – Ora, cá entre nós, amigo – exclamou o estalajadeiro –, pretendes jamais ter contado uma mentira na vida? – Nunca uma mentira maliciosa, disso estou certo – respondeu Adams –, nem com o desígnio de ferir a reputação de nenhum homem vivente. – Arre, maliciosa! Não, não – replicou o estalajadeiro –, não maliciosa com o desígnio de fazer enforcar um homem ou de metê-lo em encrencas; mas claro que, por amor de nós mesmos, devemos falar melhor de um amigo do que de um inimigo. – Por amor de si mesmo, o senhor deveria restringir-se à verdade – disse Adams –, pois ao agir de outra forma prejudica sua parte mais nobre: sua alma imortal. Mal posso crer que algum homem seja idiota o bastante para arriscar a perda desta por algum mísero ganho, e o maior ganho deste mundo não passa de escória em comparação com o que se revelará no futuro. – Nesse momento o estalajadeiro, erguendo a taça, bebeu com um sorriso à saúde do futuro, acrescentando que era pelas coisas presentes. – O quê? – disse Adams muito gravemente. – O senhor não crê em outro mundo? – Ao que o estalajadeiro replicou que sim, pois não era nenhum ateu. – E o senhor crê que tem uma alma imortal? – bradou Adams. Ele respondeu que Deus o livrasse de não tê-la. – E no céu e no inferno? – disse o pastor. O estalajadeiro pediu-lhe então que não profanasse, pois tais coisas não se deviam mencionar nem cogitar senão na igreja. Adams perguntou-lhe por que ele ia à igreja, se o que aprendia lá não tinha nenhuma influência sobre sua conduta na vida. – Eu vou à igreja – respondeu o estalajadeiro – para dizer minhas preces e me portar piamente. – E não acreditas – exclamou Adams – no que ouves na igreja? – Na maior parte sim, patrão – replicou o estalajadeiro. – E então não tremes – retrucou Adams – ante a ideia da punição eterna? – Quanto a isso, patrão – disse ele –, nunca pensei uma única vez a respeito. Mas de que serve falar de coisas tão distantes? A caneca está vazia, devo buscar outra?

Enquanto ele se ausentou para esse fim, uma diligência se deteve junto à porta. O cocheiro entrou na casa, e a dona lhe perguntou que passageiros ele tinha no coche. – Uma cambada de cad***s ressequidas – disse ele. – Estou bem inclinado a tombá-las; e a senhora não conseguirá que bebam coisa nenhuma, fique sabendo. – Adams perguntou-lhe se ele não vira um jovem a cavalo na estrada, descrevendo Joseph. – Sim – disse o cocheiro –, uma senhora de meu coche que é sua conhecida o redimiu e a seu cavalo; ele já estaria aqui antes disso, se o temporal não o tivesse obrigado a buscar abrigo. – Deus a abençoe – disse Adams em júbilo; e mal pôde esperar para sair e verificar quem era essa mulher caridosa; mas qual não foi sua surpresa ao avistar sua velha conhecida, a sr.ª Slipslop? A dela, na verdade, não foi muito grande, pois ela já tinha sido informada por Joseph de que ele estava na estrada. Muito civis foram as saudações de ambos os lados, e a sr.ª Slipslop repreendeu a estalajadeira por negar que o cavalheiro estivesse lá quando ela perguntara por ele. Mas a verdade é que a pobre mulher não havia errado de propósito, pois a sr.ª Slipslop perguntara por um clérigo, e ela infelizmente tomara Adams por um desses sujeitos que se dirigiam à feira da vizinhança com bolinha e três cumbucas, ou outra operação do tipo, pois ele desfilava numa balouçante sobrecasaca branca de botões pretos, larga porém curta, com uma peruca miúda e um chapéu que, não bastando não trazer fita preta, de preto não tinha nada.

Joseph então apareceu, e a sr.ª Slipslop quis convencê-lo a deixar seu cavalo para o pastor e embarcar ele próprio no coche. Mas ele se negou terminantemente, dizendo que graças aos céus estava assaz recuperado para poder cavalgar, e acrescentou que conhecia bem demais seu dever para andar de coche enquanto o sr. Adams estava a cavalo.

A sr.ª Slipslop teria persistido um pouco, não houvesse uma dama no coche posto fim à disputa ao negar-se a tolerar que um sujeito de libré viajasse no mesmo coche que ela. E assim, acertou-se por fim que Adams ocuparia o assento vago no coche, e Joseph prosseguiria a cavalo.

Eles não tinham chegado longe quando a sr.ª Slipslop, dirigindo-se ao pastor, falou nestes termos: – Houve uma estranha alteração em nossa família, sr. Adams, desde a morte de Sir Thomas. – Estranha alteração de fato – disse Adams –, a julgar por certos indícios que escaparam de Joseph. – Sim – ela disse –, eu nunca acreditaria, mas quanto mais a gente vive no mundo, mais a gente vê. Então Joseph lhe deu indícios? – Cuja natureza, entretanto, permanecerá sempre um total segredo comigo – protestou o pastor. – Ele me obrigou a prometê-lo antes de me comunicar qualquer coisa. Preocupa-me, de fato, saber que sua senhoria vem-se portando de maneira tão imprópria. Sempre a julguei em geral uma boa mulher, e jamais a suspeitaria de pensamentos tão indignos de uma cristã, ainda mais com um rapazote, e criado dela. – Essas coisas não são segredo para mim, asseguro-lhe – exclamou Slipslop –, e creio que logo não o serão em parte alguma: pois desde a partida do rapaz ela tem-se comportado mais como uma doida do que qualquer outra coisa. – Palavra, estou sinceramente preocupado – disse Adams –, pois ela era uma boa mulher; é verdade que muitas vezes desejei que frequentasse um pouco mais assiduamente o culto, mas ela fez muita coisa boa na paróquia. – Ah, sr. Adams! – disse Slipslop. – As pessoas que não veem tudo muitas vezes não sabem nada. Muitas coisas foram doadas em nossa casa, isso eu lhe digo, sem o conhecimento dela. Já ouvi o senhor dizendo no púlpito que a gente não deve se gabar; mas eu não posso evitar dizer que, se ela guardasse pessoalmente as chaves, os pobres teriam carecido de muito cordial que eu deixei que levassem. Quanto a meu finado patrão, era um homem tão digno como jamais viveu, e teria feito um bem infinito se não houvesse estado sob controle. Mas adorava uma vida tranquila, que os céus lhe descansem a alma! Tenho certeza de que ele está lá e leva uma vida tranquila, o que certa gente não lhe permitia aqui. – Adams respondeu que jamais ouvira tal coisa, e que muito se enganava se ela própria (pois recordava que era seu uso louvar a senhora e acusar o patrão) não tinha sido outrora de outra opinião. – Não sei – replicou ela – o que eu possa ter pensado antes, mas tenho agora *convenção* de que as coisas são como eu lhe digo; o mundo logo verá quem se enganou; de minha parte não digo nada, exceto que é *impressonante* como certa gente consegue fazer tudo quanto é coisa de cara séria.

Os espaços entre capítulos são como estalagens para o repouso do leitor. Por Norman Tealby.

Assim o sr. Adams e ela discorriam, até passarem em frente a um casarão que ficava a certa distância da estrada; uma senhora no coche, avistando-a, exclamou: – Lá mora a infortunada Leonora, se se pode com justiça chamar infortunada a uma mulher que devemos ao mesmo tempo considerar culpada e autora de sua própria calamidade. – Isso bastou de sobra para despertar a curiosidade do sr. Adams, como aliás de todos os presentes, que em conjunto solicitaram que a senhora lhes desse a conhecer a história de Leonora, pois esta parecia, pelo que ela dissera, conter algo de notável.

A senhora, que era perfeitamente polida, não precisou de muitas súplicas, e, limitando-se a expressar esperanças de que o entretenimento compensasse a atenção dos presentes, principiou da seguinte maneira.

CAPÍTULO IV

A HISTÓRIA DE LEONORA, OU A COQUETE INFORTUNADA.

Leonora era filha de um gentil-homem de fortuna; era alta e formosa, com uma animação em seu semblante que com frequência atraía mais do que traços mais regulares aliados a um ar insípido; tampouco é esse tipo de beleza menos apto a enganar do que a seduzir, já que o bom humor que ele denota é amiúde confundido com boa natureza, e a vivacidade, com real entendimento.

Leonora, que tinha então dezoito anos de idade, vivia com uma tia em uma cidadezinha no norte da Inglaterra. Era uma extremada amante de alegrias, e muito raramente perdia um baile ou qualquer outra agremiação pública, onde tinha oportunidades frequentes de satisfazer o voraz apetite da vaidade com a preferência que os homens lhe davam a quase todas as outras mulheres presentes.

Entre os muitos rapazes que a distinguiam com suas galanterias, Horácio logo se destacou aos seus olhos para além de todos os concorrentes; ela dançava com uma alegria acima do comum quando calhava de ser ele seu parceiro; nem a beleza da noite, nem a música do rouxinol conseguiam prolongar-lhe os passeios como a companhia dele. Ela fingia já não entender as civilidades dos outros, ao passo que voltava um ouvido tão atento a qualquer cumprimento de Horácio que amiúde sorria mesmo quando este era por demais delicado para sua compreensão.

– Com sua licença, senhora – disse Adams – quem era esse fidalgo Horácio?

– Horácio – disse a mulher – era um jovem cavalheiro de boa família, destinado à toga, e recebera havia poucos anos o grau de advogado. Seu rosto e sua pessoa eram do tipo que o vulgo admite bonitos. Mas ele tinha uma dignidade em seus ares muito rara de ver. Seu temperamento era de compleição saturnina, mas sem a menor mancha de irritabilidade. Tinha espírito e humor, com um pendor para a sátira, ao qual comprazia talvez em excesso.

Este cavalheiro, que contraíra a mais violenta paixão por Leonora, foi a última pessoa a perceber a probabilidade de seu sucesso. A cidade inteira já havia acertado o consórcio por ele antes que ele próprio extraísse das ações dela uma confiança suficiente para declarar-lhe sua paixão; pois era sua opinião (e talvez nisso estivesse certo) ser muito impolítico falar seriamente de amor a uma mulher antes de se ter feito tal progresso em suas afeições que ela própria espere e deseje ouvi-lo.

Mas, por mais insegurança que gerem os temores de um amante – o qual tende a agigantar todo favor conferido a um rival e a ver as pequenas mostras que ele próprio recebe pelo outro lado da lente –, era impossível que a paixão de Horácio cegasse seu discernimento a ponto de impedi-lo de conceber esperanças com base no comportamento de Leonora, cuja afeição por ele era já tão visível para uma pessoa de fora quanto a dele por ela.

– Nunca vi nenhuma dessas vadias oferecidas dar em nada – disse a senhora que negara a Joseph entrada no coche –, nem me admirarei do que quer que ela faça em seguida.

A senhora continuou assim sua estória: – Foi no meio de uma animada conversa pelos passeios certa noite que Horácio sussurrou para Leonora que desejava dar uma ou duas voltas com ela a sós, pois tinha algo de grande importância a comunicar-lhe. – Está certo de que é importante? – disse ela, sorrindo. – Espero – respondeu ele – que você também ache, já que a futura felicidade de minha vida dependerá do resultado.

Leonora, que bem suspeitava o que estava por vir, o teria deferido até um outro momento, mas Horácio, que com a iniciativa superara em boa parte a dificuldade de falar, mostrou-se tão insistente que ela por fim cedeu, e, deixando o restante do grupo, saíram de lado por uma trilha menos frequentada.

Eles se haviam retirado para bem longe das vistas do grupo, ambos mantendo estrito silêncio. Por fim Horácio estacou e, tomando Leonora, que estava pálida e trêmula, gentilmente pela mão, emitiu um profundo suspiro; então, mirando-a nos olhos com toda a ternura imaginável, exclamou em tons vacilantes:

– Ó Leonora! Será necessário que eu lhe declare em que a futura felicidade de minha vida deve fundar-se? Preciso dizer que há algo em seu poder que constitui um obstáculo para minha felicidade, e que, a menos que você o dispense, eu serei miserável? – E o que seria isso? – replicou Leonora. – Não admira – disse ele – você surpreender-se por eu objetar a algo que é seu, mas você com certeza pode inferir o que seja, pois trata-se do único de seus pertences que as riquezas do mundo, fossem eles meus, lograriam comprar-me. Ah, é aquilo de que você deve abrir mão para conceder tudo o mais! Poderá Leonora, ou, antes, desejará continuar em dúvida? Deixe-me então sussurrar-lhe aos ouvidos: é seu nome, senhora. É ao abrir mão dele, por sua anuência em ser para sempre minha, que me livrará de ser o mais miserável e me fará o mais feliz dos homens. – Leonora, coberta de rubor, e com um olhar tão zangado quanto pôde assumir, disse-lhe que, se ela houvesse suspeitado que declaração seria essa, ele não a teria afastado dos demais; e que ele a surpreendera e assustara tanto que ela lhe rogava a conduzisse de volta o mais rápido possível; o que ele, tremendo quase tanto quanto ela, fez.

– Tanto mais tonto ele é – exclamou Slipslop; – é um sinal de que conhecia bem pouco o *nó-sucesso*. – Francamente, senhora – disse Adams –, acho que tem razão; eu teria insistido em saber o que ela pensava, depois de ter levado as coisas tão longe. – Mas a sr.ª Grave-Airs preferiu que a outra omitisse esse tipo de matéria fastidiosa de sua estória, pois isso lhe causava enjoo.

– Pois então, senhora, para ser o mais concisa possível – disse a dama –, não se passaram muitas semanas dessa entrevista antes que Horácio e Leonora estivessem, como se diz, no melhor dos pés um com o outro. Todas as cerimônias, salvo a última, estavam encerradas; os documentos estavam redigidos e tudo se preparava com a máxima presteza para pôr Horácio na posse de todos os seus desejos. Repetirei, se lhes aprouver, uma carta de cada um deles, que sei de cor, e que lhes dará não pouca ideia da paixão deles em ambos os lados.

A sr.ª Grave-airs objetou a ouvir essas cartas. Mas, sendo posta a voto, a ideia foi aprovada à sua revelia por todos os demais no coche, com o pastor Adams pleiteando-a com a máxima veemência.

DE HORÁCIO A LEONORA

Quão vã, adorável criatura, é a busca do prazer na ausência de um objeto a que a mente por inteiro se devota, a menos que ele tenha alguma relação com esse objeto! Fui condenado a noite passada à companhia de homens de espírito e saber, o que, por mais agradável que outrora me fosse, só me trouxe a suspeita de que imputavam minha abstinência da conversa à verdadeira causa. Por essa razão, quando seus compromissos me privam da extática felicidade de vê-la, sempre desejo estar só, pois meus sentimentos por Leonora são tão delicados que não suporto a apreensão de que algum outro perscrute os deliciosos regalos que a calorosa imaginação de um amante por vezes lhe admite, e que suspeito meus olhos denunciam. Temer tal revelação de nossos pensamentos talvez pareça um melindre demasiado ridículo para mentes não suscetíveis a todas as ternuras dessa delicada paixão. E sem dúvida devemos suspeitar que há poucas assim, quando consideramos que ela exige todas as virtudes humanas para manifestar-se em sua plenitude. Afinal, a amada a cuja felicidade ela em última análise diz respeito nos pode proporcionar oportunidades fascinantes de sermos bravos em sua defesa, generosos com seus desejos, compassivos com suas aflições e gratos por seus obséquios; e, outrossim, de exercer todas as demais virtudes, sendo que aquele que não o fizer de algum modo, e com o máximo enlevo, jamais merecerá o nome de amante. É portanto no interesse da delicada modéstia de sua mente que a cultivo tão puramente na minha, e isso bastará para sugerir-lhe a inquietação que sofro ante aquelas liberdades que homens a quem o mundo atribui polidez tomam em tais ocasiões.

Poderei dizer-lhe com que ansiedade aguardo a chegada daquele bendito dia em que constatarei a falsidade de uma asserção comum, a de que a maior felicidade humana consiste na esperança? Uma doutrina em que ninguém jamais teve mais forte razão para crer do que eu próprio neste momento, porquanto ninguém jamais fruiu tamanha ventura como a que inflama meu peito à ideia de passar meus dias futuros com tal companheira, e de que toda ação de minha vida terá a gloriosa satisfação de conduzir a sua felicidade.

DE LEONORA A HORÁCIO[8]

A fineza de sua mente fora tão claramente demonstrada por cada palavra e ação desde que tive o prazer de conhecê-lo que eu julgava impossível minha boa opinião de Horácio pudesse elevar-se com alguma prova adicional de mérito. Essa exata ideia me ocupava quando recebi sua última carta, e, tendo-a aberto, confesso que fiquei surpresa ao descobrir que os delicados sentimentos nela expressos excediam a tal ponto o que eu supunha pudesse vir até mesmo de você

8. Esta carta foi escrita por uma jovem senhora ao ler a carta anterior. [Nota de Fielding. Presume-se que ele esteja referindo-se a sua irmã Sarah, que também seguiria a carreira de novelista.]

(embora eu saiba que todos os generosos princípios de que a natureza humana é capaz se concentram em seu peito) que palavras não podem descrever o que sinto ao refletir que minha felicidade será o objeto último de todas as suas ações.

Oh, Horácio! que vida não será aquela em que os mais simples cuidados domésticos sejam adoçados pela aprazível consideração de que o homem que na Terra mais merece e a quem mais nos dispomos a conceder nossa afeição colherá ou provento ou prazer de tudo o que fizermos! Em tal caso, os labores se convertem em recreios, e nada senão as inevitáveis inconveniências da vida nos pode lembrar de que somos mortais.

Se a disposição solitária de seus pensamentos e o desejo de mantê-los ocultos tornam tediosa para você até mesmo a conversa de homens de espírito e saber, que ansiosas horas não passo eu, que estou condenada, pelo costume, à conversa das mulheres, cuja curiosidade natural as impele a sondar todos os meus pensamentos e cuja inveja não admitirá jamais que o coração de Horácio seja possuído por alguém sem induzi-las a maliciosos desígnios contra a pessoa que é feliz o bastante para possuí-lo? Mas, a bem dizer, se a inveja pode jamais merecer desculpa, ou ao menos mitigação, é neste caso, em que o bem é tão grande que deve ser igualmente natural para todas querê-lo para si, e eu tampouco me envergonho de reconhecê-lo. E a seu mérito, Horácio, devo graças, pois ele impede que eu esteja na mais incômoda de quantas situações posso pintar na imaginação: a de ser levada, por inclinação, a amar a pessoa que meu próprio juízo me obriga a condenar.

As coisas estavam tão bem encaminhadas entre esse afetuoso casal que o dia do casamento já fora marcado, e distava uma quinzena quando calhou de as sessões daquele distrito[9] virem a ter lugar numa cidadezinha a cerca de vinte milhas daquela que é o cenário de nossa estória. Parece ser usual que os jovens cavalheiros da toga compareçam a tais sessões, não tanto pelo lucro como para mostrar seus talentos e aprender a lei com os juízes de paz. E para esse propósito um dos mais sábios e graves de todos os juízes é nomeado orador ou catedrático, como modestamente o chamam, e ele lhes dá uma palestra e os instrui no real conhecimento da lei.

– A senhora comete aí um ligeiro engano – disse Adams – que, se me permite, eu corrigirei; eu já estive em uma dessas sessões trimestrais, e lá notei que o conselho instruía os juízes, ao invés de aprender o que fosse com eles.

9. Trata-se de tribunais organizados trimestralmente para julgar questões menores na província.

– Isso não tem muita importância – disse a senhora. – Para lá encaminhou-se Horácio, que, como esperasse aumentar pela profissão sua fortuna, que não era então muito grande, resolveu, pelo bem de sua querida Leonora, não poupar esforços nem perder a menor oportunidade de se aprimorar ou prosperar nela.

Na mesma tarde em que ele deixou a cidade, estando Leonora à janela, passou por ali um coche de seis cavalos, que ela declarou ser a mais completa, elegante e vistosa equipagem que jamais vira, acrescentando estas admiráveis palavras: – Ah, apaixonei-me por essa equipagem! – as quais sua amiga Florela, embora sem lhes dar grande valor no momento, recordou desde então.

À noitinha ocorreu uma recepção, que Leonora honrou com sua presença, tencionando porém prestar a seu querido Horácio o cumprimento de negar-se a dançar em sua ausência.

Ah, por que as mulheres não têm, para manter seus votos, uma resolução tão boa como a inclinação que amiúde têm para fazê-los?

O cavalheiro dono do coche de seis cavalos compareceu à recepção. Suas roupas eram tão notavelmente finas como podia sê-lo a equipagem. Ele logo absorveu os olhares dos presentes; todos os janotas, todos os coletes de seda com bordas de prata e ouro, quedaram eclipsados num instante.

– Senhora – disse Adams –, se não for impertinente, eu gostaria de saber como o cavalheiro se vestia.

– Meu senhor – respondeu a dama –, disseram-me que ele trajava um casaco de veludo cinzelado em tom canela, alinhado com cetim rosado, todo bordado em ouro; seu colete, de tecido de prata, era igualmente bordado em ouro. Não saberia detalhar o restante de seus trajes, mas era tudo à moda francesa, pois Belarmino (era esse o seu nome) acabara de chegar de Paris.

Essa fina figura não cativou os olhos de todas as damas da recepção mais inteiramente do que Leonora cativou os seus. Bastou contemplá-la e ele quedou imóvel e inerte feito uma estátua, ou pelo menos o teria feito, se as boas maneiras lho permitissem. Mas levou-o a tal ponto antes de achar forças para se recompor que todos na sala perceberam facilmente onde sua admiração se assentara. As demais damas se puseram a distinguir seus antigos pares, todas cientes de qual seria a escolha de Belarmino, que elas todavia se empenharam, por todos os meios possíveis, em impedir. Muitas diziam a Leonora: – Ah, senhora, suponho que não teremos o prazer de vê-la dançar esta noite –, e então exclamavam, para Belarmino ouvir: – Ah, Leonora não dançará, afianço-lhe; o par dela não está aqui. – Uma tentou maliciosamente impedi-la mandando um sujeito desagradável solicitá-la, para que ela fosse obrigada ou a dançar com ele ou a sentar-se; mas o esquema mostrou-se abortivo.

Leonora viu-se admirada pelo belo estranho e invejada por todas as mulheres presentes. Seu coraçãozinho começou a palpitar dentro dela, e sua cabeça se agitava num movimento convulsivo; fazia menção de falar a vários de seus conhecidos, mas não tinha nada a dizer, pois, se não desejava mencionar seu presente triunfo, tampouco conseguia desvencilhar os pensamentos por um momento que fosse de sua contemplação. Nunca experimentara nada como essa alegria. Soubera antes o que era atormentar uma única mulher; mas ser odiada e secretamente maldita por uma recepção inteira fora uma alegria reservada para esse ditoso momento. E, como essa vasta profusão de êxtases confundira seu entendimento, nada havia de mais tolo do que sua conduta; ela dava curso a mil trejeitos pueris, e retorcia o corpo em diversas formas e o rosto em diversos risos, sem a menor razão. Em uma palavra, sua atitude era tão absurda quanto seus desejos, que eram os de fingir indiferença à admiração do estranho e ao mesmo tempo triunfar por ser admirada acima de todas as mulheres da sala.

Nesse estado de espírito, Belarmino, tendo-se informado de quem ela era, dirigiu-se-lhe e, com uma longa mesura, solicitou-lhe a honra de uma dança, que ela, com uma mesura idêntica, imediatamente concedeu. Dançou com ele a noite toda, e provavelmente fruiu o mais alto prazer que era capaz de sentir.

A essas palavras Adams emitiu um profundo gemido, metendo medo às senhoras, que lhe disseram esperar que ele não estivesse passando mal. Ele respondeu que só gemera pela insensatez de Leonora.

– Leonora se retirou – prosseguiu a dama – por volta das seis da manhã, mas não para repousar. Ela se virava e revirava na cama, com brevíssimos intervalos de sono, e estes inteiramente tomados por sonhos com a equipagem e as finas roupas que vira, e com os bailes, óperas e *ridotti*[10] que haviam sido o assunto de sua conversa.

Naquela tarde Belarmino, no caro coche de seis cavalos, foi prestar-lhe respeitos. Ele estava deveras encantado com a pessoa dela, e ficara, depois de informar-se, igualmente satisfeito com as circunstâncias de seu pai (pois ele próprio, não obstante todos os seus aparatos, não era assim tão rico como um Creso ou um Átalo[11]). – Átalo? – disse o sr. Adams. – Mas como foi que a senhora conheceu esses nomes? – Ela sorriu diante da pergunta e prosseguiu: – Ele ficou tão satisfeito, eu dizia, que decidiu fazer-lhe a corte diretamente. E isso ele fez, e com

10. Festas à italiana envolvendo música e danças.
11. Átalo III, rei de Pérgamo, famoso entre os antigos romanos por sua proverbial riqueza.

tanto calor e vivacidade que rapidamente debelou-lhe as fracas repulsas e obrigou-a a mencioná-lo a seu pai, que, ela sabia, se decidiria prontamente a favor de um coche de seis cavalos.

Assim, o que Horácio, à força de suspiros e lágrimas, amor e ternura, tanto tardara a obter, o franco-inglês Belarmino, com esplendor e galanteria, tomou para si num instante. Em outras palavras, o que a modéstia levara um ano inteiro para erigir a impudência demolira em vinte e quatro horas.

Aqui Adams gemeu uma segunda vez, mas as senhoras, que já começavam a conhecê-lo, não tomaram conhecimento.

Da abertura da recepção até o fim da visita de Belarmino, Leonora mal pensara uma única vez em Horácio. Mas agora ele começava, embora hóspede indesejado, a imiscuir-se em sua mente. Ela quisera ter visto o charmoso Belarmino e sua charmosa equipagem antes de as coisas terem chegado tão longe. – Mas por que – dizia-se – eu deveria desejar tê-lo visto antes, e de que importa eu tê-lo visto agora? Não é Horácio meu amado? quase meu marido? Não é tão bonito, ou mesmo mais bonito do que Belarmino? Sim, mas Belarmino é mais galante e mais fino; sim, isso devemos conceder-lhe. Sim, sim, isso ele é com certeza! Mas eu, ontem mesmo, não amava Horácio mais do que a tudo no mundo? Sim, mas ontem eu ainda não vira Belarmino. Mas Horácio não me venera, e não terá o coração partido de desespero caso eu o abandone? Bem, e não tem Belarmino um coração a partir também? Sim, mas eu me prometi a Horácio primeiro; mas isso por azar do pobre Belarmino; se o tivesse visto primeiro, eu certamente o teria preferido. Não me preferiu, a querida criatura, a todas as mulheres da assembleia, quando todas elas se lhe ofereciam? Quando é que esteve no poder de Horácio dar-me tal prova de afeição? Pode ele dar-me uma equipagem ou alguma das demais coisas de que Belarmino me fará senhora? Quão vasta é a diferença entre a esposa de um pobre jurista e a esposa de alguém com a fortuna de Belarmino! Se eu me casar com Horácio, não triunfarei sobre mais do que uma única rival. Mas ao esposar Belarmino farei a inveja de todas as minhas conhecidas. Que felicidade! Mas posso permitir que Horácio morra? – pois ele jurou que não sobreviveria a minha perda. Mas talvez ele não morra; se tiver de morrer, poderei impedi-lo? Devo me sacrificar por ele? De resto, Belarmino pode ficar igualmente miserável por mim. – Assim ela arguia consigo mesma quando algumas jovens damas a convidaram a passear, e aliviaram um pouco sua ansiedade pelo momento.

Na manhã seguinte Belarmino tomou o desjejum com ela na presença da tia, à qual comunicou suficientemente sua paixão por Leonora. Ele nem bem se retirara e a velha dama se pôs a aconselhar a sobrinha quanto ao assunto. – Você vê, criança – disse ela –, o que a fortuna lançou em seu caminho, e eu espero que não resista a suas próprias preferências. – Leonora, suspirando, rogou que ela não mencionasse tal coisa, quando sabia de seu compromisso com Horácio. – Compromisso uma pinóia! – berrou a tia. – Você devia agradecer aos céus de joelhos por estar em seu poder desfazê-lo! Alguma mulher hesitaria um instante para decidir se passeará de coche ou andará a pé todos os dias de sua vida? E no entanto Belarmino tem seis cavalos, e Horácio nem uma parelha. – Sim, senhora, mas o que o mundo dirá? – respondeu Leonora. – Não irão me condenar? – O mundo é sempre pela prudência – exclamou a tia – e certamente a condenaria se você sacrificasse seu interesse por qualquer motivo que fosse. Ah, eu conheço o mundo muito bem, e você revela sua ignorância, querida, com sua objeção. Por minha consciência, o mundo sabe das coisas. Vivi nele por mais tempo que você, e asseguro-lhe que não há nada digno de nosso apreço salvo o dinheiro. Tampouco conheci uma única pessoa que, tendo-se casado por outros motivos, não se arrependesse amargamente depois. De resto, se examinarmos os dois homens, você preferirá um tipo desprezível, educado na universidade, a um fino cavalheiro recém-chegado de viagens? Todo o mundo há de reconhecer que Belarmino é um fino gentil-homem, positivamente um fino gentil-homem, e um belo de um homem. – Talvez, senhora, eu já não tivesse dúvidas se soubesse como dar um belo de um fim no outro. – Ah, deixe isso comigo – disse a tia. – Você sabe que seu pai não foi informado do assunto. A verdade é que, de minha parte, eu achava que ele serviria bem, pois nem sonhava com uma proposta como esta; mas eu hei de desengajá-la, deixe-me dar uma resposta ao sujeito. Garanto que você não terá mais problemas.

Leonora acabou aceitando o raciocínio da tia; e, como Belarmino ceasse com ela àquela noite, acertou-se que ele deveria na manhã seguinte procurar o pai dela e propor a união, que ela consentiu se consumaria após seu retorno.

A tia recolheu-se logo após a ceia, e, ficando os amantes a sós, Berlarmino principiou da seguinte maneira: – Sim, senhora, este casaco, afianço-lhe, foi feito em Paris, e desafio o melhor dos alfaiates ingleses sequer a imitá-lo. Não há um único deles que saiba cortar, senhora; eles não sabem cortar. Se notar como esta aba é dobrada, e esta manga, um trapalhão de um canalha inglês não conseguirá fazer nada parecido. Diga-me, o que acha de minhas librés? – Leonora respondeu que as achava muito bonitas. – Todas francesas – disse ele –, asseguro-lhe; exceto as sobrecasacas. Nunca confio mais do que uma sobrecasaca a um inglês; a senhora sabe que devemos estimular nosso próprio povo no que pudermos, especialmente porque eu, antes de ter conseguido um cargo, servia ao interesse do país[12], ah, ah, ah! Mas, por mim, eu veria esta ilha imunda no fundo do mar antes de usar um único farrapo de tecido inglês em meu corpo, e tenho certeza de que a senhora, depois que fizer uma única excursão por Paris, terá a mesma opinião a respeito de suas próprias roupas. A senhora nem imagina que adendo um vestido francês seria para sua beleza; afirmo-lhe positivamente que, na primeira ópera que vi desde que voltei, tomei as damas inglesas por camareiras, ah, ah, ah!

Com esse tipo de conversa polida o folgaz Belarmino entretinha sua amada Leonora, quando a porta de chofre se abriu e Horácio entrou na sala. É impossível expressar aqui a surpresa de Leonora.

– Pobre mulher – disse a sr.ª Slipslop –, em que baita *almoroço* não deve ter ficado! – De modo algum – disse a senhorita Grave-airs. – Essas vadias nunca se deixam abalar. – Então devia ter uma impudência mais do que coríntia – disse Adams –, sim, maior do que a da própria Laís![13]

– Um longo silêncio – prosseguiu a dama – imperou entre todos os presentes. Se a entrada familiar de Horácio causou o maior dos espantos a Belarmino, a presença inesperada de Belarmino não causou menor surpresa a Horácio. Por fim, Leonora, amealhando toda a presença de espírito de que era senhora, endereçou-se ao último e fingiu admirar-se da razão de uma visita tão tardia. – Eu deveria com efeito – respondeu ele – desculpar-me por perturbá-la a esta hora, não houvesse o fato de eu encontrá-la em companhia confirmado que não interrompo seu repouso. – Belarmino levantou-se da cadeira, cruzou a sala a passo de minueto e trauteou uma canção operística, enquanto Horácio, dirigindo-se a Leonora, perguntou-lhe num sussurro se aquele cavalheiro era seu parente; ao que ela respondeu, com um sorriso, ou antes com escárnio: – Não, ele ainda não é meu parente – acrescentando que não lhe adivinhava o sentido da pergunta. Horácio disse-lhe, suavemente, que esta não se devera a ciúmes. – Ciúmes! – exclamou ela. – Mas vou lhe dizer! Seria bem estranho que um mero conhecido se desse tais ares! – Essas palavras surpreenderam um pouco Horácio, mas, antes que ele tivesse tempo de replicar, Belarmino achegou-se dançando à dama e disse que receava estar interrompendo algum negócio entre ela e o cavalheiro. – Eu

12. O "Interesse do País" ("Country Interest") era a divisa da oposição "Patriota" ao primeiro-ministro Sir Robert Walpole. Fielding apoiara em outros tempos o partido Patriota, mas suas esperanças de uma recompensa acabaram frustrando-se. O comentário de Belarmino, acrescentado na segunda edição do romance, alude sutilmente à ingratidão do partido.

13. Referência a uma de duas famosas cortesãs da antiga Corinto.

não tenho negócio algum – disse ela – com este cavalheiro, nem com quem quer que seja, que precise constituir segredo para você.

– A senhora me perdoará – disse Horácio – se eu desejar saber quem é este cavalheiro, para ser inteirado de todos os nossos segredos. – O senhor saberá logo, logo – exclamou Leonora –, mas não imagino que segredos se passariam entre nós de tamanha importância. – Não, senhora?! – protestou Horácio. – Com certeza a senhora não deseja que eu a entenda seriamente! – Para mim não faz diferença – disse ela – como o senhor me entende. Mas acho difícil entender uma visita tão inoportuna; no mínimo, quando alguém nos encontra ocupados, e embora os criados não nos neguem a presença, deveríamos esperar que uma pessoa de bons modos compreendesse logo a deixa. – Senhora – disse Horácio –, eu não imaginava que quaisquer assuntos com um estranho, como parece que este cavalheiro seja, tornaria minha visita impertinente, nem que tais cerimônias devessem observar-se entre pessoas na nossa situação. – Mas o senhor só pode estar sonhando – disse ela –, ou tentando persuadir-me de que eu esteja. Não sei que pretensões um mero conhecido possa ter para pôr de lado as cerimônias das boas maneiras. – É certo – disse ele – que estou sonhando; pois é impossível que eu seja realmente considerado um mero conhecido por Leonora, depois do que se passou entre nós! – Entre nós?! O senhor pretende me afrontar diante deste cavalheiro? – M***ito eu seja, afrontar a senhora – disse Belarmino, ajeitando o chapéu e emproando-se contra Horácio –, algum homem se atreve a afrontar esta senhora em minha presença, m***ito eu seja? – Escute aqui, meu senhor – disse Horácio –, eu o aconselharia a abandonar esse ar petulante; pois muito me engano se esta senhora não tem um desejo violento de encomendar-lhe uma boa coça. – Senhor – disse Belarmino –, eu tenho a honra de ser o protetor dela, e m***ito eu seja se entendo o que o senhor quer dizer! – Meu caro, – disse Horácio –, antes ela é sua protetora; mas não se dê novos ares, pois vê que estou preparado para o senhor – e estalou o chicote às suas barbas. – Oh, *serviteur très humble* – disse Belarmino –, *je vous entends parfaitement bien*[14]. – Nesse momento a tia, que soubera da visita de Horácio, entrou na sala e logo esclareceu-lhe todas as dúvidas. Convenceu-o de que ele jamais estivera mais desperto na vida, e de que nada de mais extraordinário ocorrera durante sua ausência de três dias do que uma pequena alteração nas afeições de Leonora – que então rompia em lágrimas e perguntava-se que razão lhe dera para que ele a tratasse de tão bárbara maneira. Horácio convidou Belarmino a se retirarem juntos, mas as senhoras

14. "Oh, seu humilde criado. Entendo-o perfeitamente bem."

impediram isso agarrando-se violentamente a este último; com isso o primeiro se despediu sem grande cerimônia e partiu, deixando a dama com seu rival a deliberar sobre a segurança deste, que Leonora receava sua indiscrição pudesse ter comprometido. Mas a tia a confortou com garantias de que Horácio não arriscaria a pele contra um tão consumado cavaleiro como Belarmino, e que, sendo advogado, procuraria vingança à sua própria maneira, de modo que o máximo que deveriam recear dele era um processo.

E assim acabaram concordando em permitir que Belarmino se recolhesse a seus aposentos, tendo primeiro acertado todas as questões relativas à jornada que ele empreenderia pela manhã e aos preparativos para as núpcias quando de seu retorno.

Mas homessa!, como os sábios já observaram, o assento da bravura não é o semblante, e muito homem reservado e modesto, com justa provocação, lançará mão daquele pernicioso metal, o ferro gélido, ao passo que homens de cenho mais feroz, e por vezes dotados daquele emblema da coragem – uma roseta –, mais prudentemente o evitarão.

Leonora foi despertada pela manhã, de um visionário coche de seis cavalos, para receber a funesta notícia de que Belarmino tinha sido trespassado por Horácio; de que ele languescia numa estalagem, e os cirurgiões haviam declarado a ferida mortal. Ela saltou de imediato da cama, dançou pelo quarto de maneira frenética, arrancou os cabelos e golpeou o peito, entregue a todas as agonias do desespero; e nessa triste condição sua tia, que se levantara igualmente com a notícia, encontrou-a. A boa velha empregou todas as suas artes para confortar a sobrinha. Disse-lhe que, enquanto houvesse vida, havia esperança, mas que, se Belarmino morresse, a aflição dela de nada lhe valeria, e só serviria para expô-la, o que provavelmente a privaria por um bom tempo de propostas futuras; que, do modo como se passaram as coisas, o mais sábio seria já não pensar em Belarmino, e sim esforçar-se para reconquistar as afeições de Horácio. – Não fale comigo! – pranteava a desconsolada Leonora. – Não foi por minha causa que o pobre Belarmino perdeu a vida? Não foram estes malditos encantos (e com estas palavras mirou-se detidamente no espelho) a ruína do mais encantador homem desta era? Tolerarei contemplar novamente meu próprio rosto? (Com os olhos ainda fixos no espelho.) Não sou eu a assassina do mais fino dos gentis-homens? Nenhuma outra mulher na cidade poderia ter-lhe causado alguma impressão. – Nunca pense nas coisas passadas – interveio a tia –, mas sim em reconquistar a afeição de Horácio. – Que razão – disse a sobrinha – tenho eu para esperar que ele me perdoe? Não, eu o perdi, tão bem como ao outro, e seus perversos conselhos é que causaram isso tudo. A senhora me seduziu, contra minhas inclinações, a abandonar o pobre Horácio – e com estas palavras ela rompeu em lágrimas. – A senhora me persuadiu, quisesse eu ou não, a renunciar a minha afeição por ele; não fosse pela senhora, e Belarmino jamais teria entrado em meus pensamentos; não tivessem as solicitações dele sido apoiadas por seus argumentos, e jamais me teriam causado a menor impressão; eu teria desdenhado toda a fortuna e equipagem do mundo; mas foi a senhora, foi a senhora quem levou a palma a minha juventude e ingenuidade, e me forçou a perder para sempre meu querido Horácio!

A tia quase veio abaixo com essa torrente de palavras, mas reuniu toda a força que pôde e, franzindo os lábios numa bolsa, principiou: – Não me surpreende, sobrinha, essa ingratidão. Os que aconselham as jovens pelo bem delas devem esperar sempre esse tipo de retribuição. Estou certa de que meu irmão me agradecerá por eu haver rompido seu compromisso com Horácio, de qualquer modo. – Isso talvez ainda não esteja em seu poder – respondeu Leonora –, embora seja muito ingrato de sua parte desejar ou empreender tal coisa, depois dos presentes que recebeu dele. (Pois era mesmo verdade que muitos presentes, e alguns deles bastante valiosos, haviam passado de Horácio à velha dama; mas é igualmente verdade que Belarmino, ao desjejuar com ela e a sobrinha, a cumprimentara com um brilhante que tirara do dedo, de valor muito maior do que tudo o que ela tocara do outro.)

A bílis da tia fervia por replicar, quando um criado entrou no aposento com uma carta, que Leonora, ouvindo ser de Belarmino, abriu com grande ansiedade, e leu o que se segue:

"Mui divina criatura;

A ferida que, receio, a senhora soube que sofri de meu rival não promete ser tão fatal como as abertas em meu coração, as quais foram infligidas por seus olhos *tout brillants*[15]. Estes são os únicos canhões ante os quais hei de cair: pois meu cirurgião dá-me esperanças de poder em breve comparecer a sua *ruelle*[16]; até então, a menos que a senhora me faça uma honra que mal tenho a *hardiesse*[17] de cogitar, sua ausência será a maior angústia que pode ser sentida por,

15. "Todo brilhantes."
16. Literalmente "rodela", o termo designava o aposento em que as jovens francesas recebiam suas visitas matinais.
17. "Ousadia."

SENHORA,

avec tout le respect[18] *do mundo,*

seu mais obediente, mais absoluto dévoté[19],

Belarmino

Tão logo Leonora soube de tais esperanças de recuperação para Belarmino, e que a fofoqueira Fama havia, consoante seu costume, exagerado tamanhamente seu perigo, ela abandonou sem mais quaisquer pensamentos sobre Horácio, e logo se reconciliou com a tia, que a recebeu uma vez mais em seu favor, com uma indulgência mais cristã do que em geral encontramos. É bem possível que ela estivesse um tanto alarmada com as indiretas que a sobrinha lhe dera a respeito dos presentes. Talvez receasse que tais rumores, caso se espalhassem, pudessem prejudicar uma reputação que, à força de frequentar a igreja duas vezes por dia e de observar o máximo rigor e severidade em seu semblante e conduta ao longo de muitos anos, lograra estabelecer.

A paixão de Leonora por Belarmino, após seu breve relaxamento, regressou com mais força do que nunca. Propôs à tia fazer-lhe uma visita em seu confinamento, de que a velha dama, com grande e louvável prudência, aconselhou-lhe declinar. – Pois – disse ela –, venha algum acidente impedir sua tencionada união, uma conduta demasiado imodesta com este amante poderá prejudicá-la aos olhos dos outros. Toda mulher, até que se case, deve considerar e se precaver contra a possibilidade de a ligação vir a romper-se. – Leonora disse que pouco lhe importava o que quer que ocorresse nesse caso, pois tinha posto suas afeições tão absolutamente nesse querido homem (assim ela o chamava) que, se tivesse o infortúnio de perdê-lo, ela abandonaria para sempre todo pensamento da espécie humana. Resolveu, portanto, visitá-lo, não obstante todos os prudentes conselhos de sua tia em contrário, e naquela mesma tarde cumpriu sua resolução.

A dama ia prosseguir em sua estória quando o coche fez parada na estalagem onde os passageiros deveriam jantar, para a amarga insatisfação do sr. Adams, cujos ouvidos eram sua parte mais faminta; pois ele era, como o leitor talvez adivinhe, de uma curiosidade insaciável, e estava ávido por conhecer o desfecho desse amor, embora declarasse que mal podia desejar o sucesso de uma senhora de disposição tão inconstante.

18. "Com todo o respeito."
19. "Devotado."

CAPÍTULO V

UMA TERRÍVEL QUERELA OCORRIDA NA ESTALAGEM ONDE OS PASSAGEIROS JANTAVAM, COM SUAS SANGRENTAS CONSEQUÊNCIAS PARA O SR. ADAMS[20].

Tão logo os passageiros apearam do coche, o sr. Adams, como era seu costume, encaminhou-se diretamente à cozinha, onde encontrou Joseph sentado junto ao fogo e a estalajadeira untando-lhe a perna; pois o cavalo que o sr. Adams tomara emprestado ao sacristão tinha uma propensão tão violenta a ajoelhar-se que crer--se-ia fosse este o seu ofício, como era o de seu amo. E nem sempre dava prévio aviso dessa intenção; punha-se com frequência de joelhos quando o cavaleiro menos esperava. Essa mania, contudo, não era de grande inconveniência para o pastor, que estava habituado a ela, e que, como suas pernas quase tocassem o chão quando montava o animal, só tinha um tantico a cair, e se lançava para a frente em tais ocasiões com tal destreza que nunca sofria ferimento algum; o cavalo e ele frequentemente saíam rolando por uma distância de muitos passos, e depois se levantavam e se reuniam, tão bons amigos como sempre.

O pobre Joseph, que não estava habituado a essa espécie de montaria, embora fosse excelente cavaleiro, não se safou tão bem; pelo contrário, tendo caído com a perna sob o peito, sofreu uma contusão violenta, à qual a boa mulher, como já dissemos, estava aplicando uma mão morna com aguardente canforada no exato momento em que o pastor entrou na cozinha.

Ele mal expressara sua preocupação pela má sorte de Joseph quando o estalajadeiro igualmente entrou. Este não tinha de modo algum a disposição gentil do sr. Tow-wouse, e era com efeito o senhor absoluto de sua casa e de tudo o que havia nela, exceto os hóspedes.

Esse tipo truculento, que sempre proporcionava seus respeitos de acordo com a aparência do viajante, indo desde o "Deus abençoe sua honra" até o simples "Já vai!", ao ver sua esposa ajoelhando-se para um lacaio, trovejou, sem cuidar nas circunstâncias: – Que diabos essa mulher está aprontando? Por que não cuida dos passageiros do coche? Vá lá e pergunte o que vão querer para o jantar.
– Querido – disse ela –, você sabe que eles só podem ter o que está no fogo, e que logo vai estar pronto; e, palavra, a perna deste pobre rapaz está muito ju-

20. Brigas em estalagem como esta são um dos elementos que aproximam *Joseph Andrews* de *Dom Quixote*; Fielding voltaria a usá-las profusamente em *Tom Jones*.

diada. – A estas palavras pôs-se a friccioná-la mais violentamente do que antes. Como a campainha então soasse, ele maldisse a mulher, e mandou-a atender aos hóspedes em vez de ficar ali esfregando o dia inteiro, pois ele não acreditava que a perna do rapaz estivesse tão mal como ele pretendia; e, se estivesse, a vinte milhas dali ele conseguiria um cirurgião para amputá-la. Diante de tais palavras, Adams deu duas passadas através do cômodo e, estalando os dedos sobre a cabeça, resmungou em voz alta que excomungaria um desgraçado daqueles por um vintém, pois achava que até o diabo teria mais humanidade. Essas palavras ocasionaram um diálogo entre Adams e o estalajadeiro, em que houve duas ou três réplicas atravessadas, até que Joseph mandou o último aprender a se portar diante de seus superiores. Ao que o estalajadeiro (tendo primeiro medido Adams com atenção), a repetir desdenhosamente a palavra "superiores", entrou em fúria, e, dizendo a Joseph que este estaria tão apto a sair de sua casa como estivera a entrar, fez menção de deitar-lhe mãos violentas; percebendo o que, Adams assestou-lhe com o punho um tão saudável cumprimento na cara que o sangue de imediato lhe jorrou do nariz aos borbotões. O estalajadeiro, não querendo ficar atrás em cortesia, especialmente de alguém com a figura de Adams, retribuiu-lhe o favor com tanta gratidão que as ventas do pastor começaram igualmente a parecer mais rubras do que de costume. Feito o que, este voltou a assaltar seu antagonista, e com uma nova punhada estatelou-o no chão.

A estalajadeira, que era melhor esposa do que um marido tão rude merecia, ao vê-lo todo ensanguentado e estirado, acorreu prontamente a assisti-lo – ou antes a vingar o golpe, que, a julgar pelas aparências, fora o último que ele jamais receberia; nisso, eis que uma panela cheia de sangue de porco, que infelizmente se achava sobre o aparador, apresentou-se-lhe primeiramente às mãos. Ela a agarrou em sua fúria e, sem a menor reflexão, descarregou-a contra as faces do pastor, e com tão boa mira que a maior parte saudou-lhe em cheio o rosto, donde escorreu-lhe em tal profusão pela barba e pelas vestes que dificilmente veríamos ou mesmo imaginaríamos um espetáculo mais horrendo. Tudo isso foi notado pela sr.ª Slipslop, que entrava na cozinha naquele instante. Essa boa mulher, não sendo de têmpera tão extremamente fria e paciente como a talvez necessária para fazer muitas perguntas nessa ocasião, fez-se com grande impetuosidade à touca da estalajadeira, a qual, junto com parte de seu cabelo, arrancou-lhe da cabeça num instante, desferindo-lhe ao mesmo tempo vários e enfáticos munhecaços na cara, os quais, por praticar com frequência nos criados subalternos, pegara um excelente jeito para aplicar com graça. O pobre Joseph mal podia erguer-se da cadeira; o pastor ocupava-se em enxugar o sangue dos olhos, que o cegara inteiramente; e o senhorio apenas começava a se mexer, enquanto que a sr.ª Slipslop, firmando o rosto da estalajadeira com a mão esquerda, fez tão destro uso da direita que a pobre mulher entrou a rugir num tom que alarmou todos os presentes na estalagem.

Aconteceu de estarem na estalagem nessa ocasião, além das senhoras chegadas na diligência, os dois cavalheiros que haviam estado na casa do sr. Tow-wouse enquanto Joseph era detido pelo passadio do cavalo, e que já mencionamos como tendo parado na cervejaria com Adams. Havia igualmente um cavalheiro recém-regresso de suas viagens pela Itália. A todos estes os hórridos gritos de assassínio logo atraíram à cozinha, onde se encontravam os vários combatentes nas posturas já descritas.

Já não houve dificuldade em pôr fim à refrega, pois os conquistadores estavam satisfeitos com a vingança obtida e os conquistados não tinham o menor apetite por renovar a luta. A figura principal, a ocupar os olhares de todos, era Adams, que estava totalmente coberto de sangue, o qual os presentes concluíam ser o seu próprio, imaginando por conseguinte que ele já não era deste mundo. Mas o estalajadeiro, que já se recobrara do golpe e se erguera do chão, logo os livrou desse receio, amaldiçoando a esposa por ter desperdiçado as entranhas do porco e dizendo-lhe que tudo estaria bem se ela não se tivesse intrometido como a c***la que era; acrescentou que muito lhe alegrava que a outra senhora a tivesse recompensado, embora nem com a metade do que ela merecia. A pobre mulher, a bem da verdade, se saíra bem pior do que os outros, já que, além dos impiedosos munhecaços sofridos, também havia perdido uma penca de cabelos, que a sr.ª Slipslop segurava em triunfo na mão esquerda.

O viajante, endereçando-se à srta. Grave-airs, rogou-lhe não se assustar, pois o que ali tinha havido não mais fora do que uma amostra de pugilismo, ao qual afirmou que os ingleses, para sua *disgracia*, estavam *accostumata*[21], acrescentando que aquela era entretanto uma visão algo estranha para ele, que acabava de chegar da Itália, sendo que os italianos não eram afeitos ao *cuffardo*, e sim à *bastonza*, dizia. Dirigiu-se então a Adams e, dizendo que este parecia o fantasma de *Otelo*, pediu-lhe que "não agitasse contra ele suas sangrentas mechas, pois não podia acusá-lo de tê-lo feito"[22]. Adams respondeu, muito inocentemente: – Meu senhor, estou muito longe de acusá-lo. – Ele se voltou então para a senhora e dis-

21. O italiano do viajante é bastante ruim, e ele chega a cunhar anglicismos (*cuffardo* de *cuff*, "soco", e *bastonza* de *bastone*, "porrete") para causar impressão.

22. Não Otelo, mas Macbeth (III, iv, 49-50), que afasta com tais palavras o espírito de Banquo.

"Vejo que este senhor ensanguentado é uno insipido del nullo senso.*" Por Norman Tealby.*

se: – Vejo que este senhor ensanguentado é *uno insipido del nullo senso. Damnata di me*, se vi similar *spectaculo* em meu caminho desde Viterbo.

Um dos cavalheiros, tendo ouvido ao estalajadeiro o motivo do alvoroço, e sendo por este assegurado de que Adams desferira o primeiro golpe, cochichou-lhe ao ouvido que podia garantir-lhe uma *recuperação*. – Recuperação! Patrão – disse o estalajadeiro, rindo –, eu não tenho cisma de morrer por causa de uma bordoada ou duas! Não sou um frangote desses. – Bah! – disse o cavalheiro. – Quero dizer que o senhor pode recuperar os danos sofridos no processo que sem dúvida pretende instaurar tão logo uma intimação possa provir de Londres; afinal, o senhor me parece um homem de demasiado espírito e coragem para tolerar que alguém lhe bata sem processá-lo. Muito escandaloso há de ser o sujeito que tolere uma surra quando a lei está aí para vingá-lo; ademais, ele tirou sangue do senhor e estragou seu casaco, e o júri lhe concederá reparações também por isso. Palavra que era um casaco novo e excelente, e agora não vale um xelim!

– Eu não faço questão – prosseguiu ele – de me intrometer em tais casos. Mas o senhor tem direito ao meu testemunho, e, se eu estiver sob juramento, deverei dizer a verdade. Eu o vi estrebuchado no chão, com sangue esguichando pelas ventas. O senhor pode seguir a própria opinião, mas, fosse eu em suas circunstâncias, e cada gota de meu sangue traria uma onça de ouro a meus bolsos. Recorde que não o aconselho a procurar a justiça, mas, se seu júri for cristão, há de conceder-lhe uma gorda indenização, eis tudo. – Patrão – protestou o estalajadeiro, coçando a cabeça –, eu não tenho estômago para a lei, obrigado. Já vi o bastante dela na paróquia, onde dois de meus vizinhos recorreram à lei por conta de uma casa até se litigarem ambos para o xilindró. – Com essas palavras ele girou nos calcanhares e começou a perguntar de novo pelas entranhas de seu porco; e provavelmente não teria sido desculpa bastante para sua esposa dizer que as despejara para defendê-lo, não houvesse certo receio dos presentes, especialmente do viajante italiano, que era pessoa de grande dignidade, refreado sua fúria. Enquanto um dos cavalheiros acima mencionados empregava-se, como vimos, em nome do senhorio, o outro mostrava-se não menos oficioso junto ao sr. Adams, a quem aconselhava abrir um processo imediatamente. Ele dizia que o ataque da esposa era por lei um ataque do marido, porquanto ambos constituíam uma única pessoa; e o marido estaria sujeito a compensá-lo por danos, que ele dizia seriam consideráveis, haja vista tão sangrenta disposição. Adams respondeu que, se era verdade que ambos constituíam uma única pessoa, então ele atacara a esposa, pois lamentava admitir que desferira o primeiro golpe contra o marido. – Lamento também que o senhor o admita – disse o cavalheiro –, já que isso não se pode levar ao tribunal; pois aqui não há testemunhas presentes exceto o rapaz manco na cadeira, que suponho ser seu amigo, e que por conseguinte nada dirá senão o que o favoreça. – Como – disse Adams –, o senhor me toma por algum vilão, que buscaria vingança a sangue frio e usaria meios injustificáveis para obtê-la? Se me conhecesse, e a minha ordem, eu diria que nos afrontou a ambos! – Ante a palavra ordem, o cavalheiro arregalou os olhos (pois ele estava ensanguentado demais para ser de qualquer ordem de cavalaria moderna) e, dando meia-volta às pressas, disse que cada um sabia de seus próprios negócios.

Estando as coisas então recompostas, os presentes se retiraram para seus vários aposentos, com os dois cavalheiros se congratulando mutuamente pelo sucesso de seus bons ofícios em promover uma perfeita reconciliação entre as partes litigantes; e o viajante foi ter com seu repasto, troando, como diz o poeta italiano,

> *Je voi* muito bem *que tutta e pace*,
> Mande ora o jantar, meu *Boniface*[23].

O cocheiro já começava a apressar seus passageiros, cuja entrada no coche vinha sendo retardada pela srta. Grave-airs, que insistia, contra as exprobrações de todos os demais, que não admitiria um lacaio no coche – pois o pobre Joseph estava muito ferido para montar a cavalo. Uma jovem senhorita, que parece era neta de um conde, pedia-o quase com lágrimas nos olhos; o sr. Adams rogava e a sr.ª Slipslop praguejava, mas tudo a troco de nada. Ela dizia que não se rebaixaria a viajar com um lacaio; que havia carroças pela estrada; que, se o dono do coche quisesse, ela pagaria por dois lugares; mas que não toleraria que um tipo daqueles entrasse. – Senhora – disse Slipslop –, eu tenho certeza de que ninguém pode impedir uma outra pessoa de entrar numa diligência. – Isso eu não sei, senhora – respondeu a mulher –, eu não tenho muito costume com diligências; raramente viajo nelas. – Pode até ser, senhora – replicou Slipslop; – pessoas muito distintas viajam, e melhores do que certa laia, pelo que sei. – A srta. Grave-airs disse que certas fulanas por vezes davam à língua uma liberdade que não lhes assentava diante de pessoas melhores que elas; de sua parte, ela não costumava tratar com criados. Slipslop retrucou que certa gente nem tinha criados com que tratar; de sua parte, ela agradecia aos céus por viver numa casa onde havia uma porção, e tinha mais deles sob o seu comando do que qualquer sinhazinha de meia-tigela

23. Também aqui uma salada de francês e italiano irregulares. "Boniface" tornou-se uma alcunha comum para estalajadeiros graças ao personagem homônimo na peça *The Beaux' Stratagem* (1707), de George Farquhar.

no reino. A srta. Grave-airs disse esperar que a patroa da outra não estimulasse tamanha insolência diante dos superiores. – Superiores? – disse Slipslop. – E quem são meus superiores, me diga? – Eu sou sua superior! – respondeu a srta. Grave-airs. – E vou informar sua senhora! – Nisso a sr.ª Slipslop riu sonoramente, e fez saber que sua ama era da alta fidalguia, e que sinhazinhas de meia-tigela, como certa gente que viajava em diligência, não chegariam tão facilmente até ela.

Este diálogo mordaz entre certa gente e certas fulanas prosseguia à porta do coche quando uma pessoa solene, chegando de cavalo à estalagem e avistando a srta. Grave-airs, interpelou-a imediatamente com as palavras: – Minha filha, como tem passado? – Ela respondeu prontamente: – Ah, papai, estou tão feliz que o senhor tenha me alcançado! – E eu também – respondeu ele –, pois um de nossos coches está logo à mão; e, como há espaço para você, não precisa continuar na diligência, a menos que o queira. – Como pode imaginar que eu queira tal coisa? – replicou ela; e, dizendo a Slipslop que viajasse com seu colega como melhor lhe aprouvesse, ela tomou a mão ao pai, que acabara de apear, e acompanhou-o até um quarto.

No mesmo instante Adams perguntou ao cocheiro, aos sussurros, se ele sabia quem era aquele gentil-homem. O cocheiro respondeu que ele *era* então um gentil-homem, e tinha seu cavalo e seu lacaio. – Mas os tempos mudaram, patrão – emendou. – Lembro-me de quando ele não era mais bem-nascido do que eu próprio. – É mesmo, é mesmo? – atalhou Adams. – Meu pai conduzia o coche do fidalgo – respondeu ele – na época em que esse mesmo sujeito servia de postilhão; mas agora ele virou secretário, e um baita de um gentil-homem. – Adams então estalou os dedos e exclamou que achava mesmo que ela fosse uma qualquer.

Adams apressou-se em levar à sr.ª Slipslop essa boa nova, como a julgava; mas ela foi recebida diversamente do que ele esperava. Essa prudente senhora, que desdenhara a raiva da srta. Grave-airs enquanto a supunha filha de um cavalheiro de baixa fortuna, ao saber de sua aliança com os altos criados de uma grande família na vizinhança, passou a temer sua influência junto à patroa. Quisera não ter levado a disputa tão longe, e ia pensando em tentar reconciliar-se com a jovem senhorita antes que esta deixasse a estalagem, quando felizmente a cena em Londres, que o leitor dificilmente terá esquecido, acorreu-lhe à memória, confortando-a com tal segurança que ela já não receava inimigos junto à patroa.

Estando tudo então acertado, os passageiros entraram no coche, que estava prestes a partir quando uma senhora lembrou que deixara para trás o leque, uma segunda as luvas, uma terceira a caixa de rapé e uma quarta um frasco de sais aromáticos; e a busca por tudo isso causou certo atraso, além de muitas imprecações por parte do cocheiro.

Assim que o coche deixou a estalagem, as mulheres caíram em bando sobre o caráter da srta. Grave-airs, que uma delas declarou ter suspeitado fosse uma criatura chã desde o início da jornada; outra afirmou que ela não tinha nem cara de gentil-dona; uma terceira garantiu que ela não era melhor do que parecia, e, voltando-se à senhora que relatara a estória no coche, disse: – A senhora já ouviu coisa tão afetada como os comentários dela? Arre, poupem-me das censuras de uma tal santarrona! – A quarta acrescentou: – Ah, senhora, essas criaturas são todas cheias de censura! Mas, de minha parte, eu me pergunto onde a infeliz foi educada; na verdade devo confessar que tratei bem pouco com essa gente de ordem rasteira, de modo que para mim talvez pareça mais estranho; mas opor-se à vontade geral de todo um grupo de pessoas tem em si algo de tão extraordinário que, de minha parte, confesso que mal acreditaria se meus ouvidos não o tivessem testemunhado. – Pois é, e um rapaz tão bonito! – disse Slipslop. – A mulher não deve ter a menor compaixão dentro de si; acho que é mais turca do que cristã; tenho certeza de que, se ela tivesse algum sangue cristão nas veias, a vista de um rapaz assim o teria esquentado. É verdade que existem trastes velhos, miseráveis e ignóbeis que nos reviram o estômago, e não me admiraria se ela recusasse um desses; eu sou tão melindrosa quanto ela, e não ia cobiçar mais do que ela a companhia de velhos fedidos. Mas ergue a cabeça, Joseph; tu não és nada disso, e aquela que não tem *compulsão* por ti é uma *maomentânea*, isso digo e afirmo! – Essa conversa incomodava a Joseph, bem como às senhoras, que, percebendo o ânimo em que se achava a sr.[a] Slipslop (pois a verdade era que copos não lhe tinham faltado), começavam a temer as consequências; uma delas pediu, portanto, que a dama concluísse a estória. – Sim, senhora – disse Slipslop –, queira sua senhoria concluir a estória que *indiciou* pela manhã – pedido ao qual a cordata mulher imediatamente acedeu.

CAPÍTULO VI

CONCLUSÃO DE *A COQUETE INFORTUNADA*.

Leonora, tendo uma vez transposto os limites que os costumes e a modéstia impõem a seu sexo, deu logo rédeas soltas a sua paixão. Suas visitas a Belarmino eram mais constantes, e também mais longas, do que as do cirurgião; em uma palavra, ela se tornou sua enfermeira absoluta, e preparava seu mingau aguado, ministrava-lhe os remédios e, não obstante o prudente conselho de sua tia em contrário, quase que fixara residência no quarto do amante ferido.

As senhoras da cidade começaram a levar sua conduta em consideração; esta era o principal tópico das conversas a suas mesas de chá, sendo severamente censurada na maioria dos casos, e especialmente por Lindamira, uma dama cuja atitude discreta e rígida, aliada a uma constante frequência à igreja de três vezes ao dia, frustrara contundentemente muitos ataques maliciosos contra sua reputação. Pois tamanha era a inveja que a virtude de Lindamira atraíra que, apesar de seu comportamento estrito e de seu estrito inquérito sobre a vida alheia, ela própria não escapara de ser alvo de algumas flechas, que entretanto não lhe causaram nenhum dano; bênção que talvez ela devesse ao clero, que constituía sua principal companhia masculina, e com dois ou três membros do qual ela fora bárbara e injustamente caluniada.

– Talvez não tão injustamente – disse Slipslop –, pois os clérigos são homens tão bem como os outros.

A extrema delicadeza da virtude de Lindamira via-se cruelmente ferida pelas liberdades que Leonora se permitia; ela dizia que aquilo era uma afronta para seu sexo; que não imaginava consistente com a honra de qualquer mulher dirigir palavra à criatura, ou ser vista em sua companhia; e que, de sua parte, sempre se negaria a dançar numa assembleia em que ela estivesse, por medo de contaminar-se tomando-a pela mão.

Mas voltando a minha estória: tão logo se recobrou, o que se deu coisa de um mês depois de sofrer o ferimento, Belarmino partiu, conforme o combinado, ao encontro do pai de Leonora, a fim de propor a união e acertar com ele tudo quanto se referisse a quinhões e coisas do tipo.

Pouco antes de sua chegada, o velho gentil-homem havia recebido uma notificação do assunto pela carta a seguir, que posso repetir *verbatim* e que dizem não fora escrita nem por Leonora nem por sua tia, embora a caligrafia fosse de mulher. A carta versava assim:

"Senhor,

Agrava-me informar-lhe que sua filha Leonora pregou uma das mais vis, como também mais simples peças a um jovem cavalheiro com o qual se comprometera, e a quem (perdoe-me a expressão) deu o fora em favor de outro de fortuna inferior, não obstante sua figura superior. O senhor pode tomar que medidas lhe aprouverem nesta ocasião; eu fiz o que estimei ser meu dever, porquanto tenho, embora o senhor o ignore, um imenso respeito por sua família."

O velho cavalheiro não se deu ao trabalho de responder a essa amável epístola, nem voltou a pensar nela depois de a haver lido, até que encontrou Belarmino. Ele era, para dizer a verdade, um daqueles pais que veem os filhos como uma infeliz consequência de seus prazeres juvenis; e, assim como teria ficado encantado em jamais tê-los tido, não menos lhe agradavam quaisquer oportunidades de se livrar do estorvo. Passava, no dizer do mundo, por um boníssimo pai, pois era rapace o bastante não só para roubar e saquear a humanidade inteira na máxima medida de seu poder, como até mesmo para se privar das conveniências e quase que das necessidades da vida, o que os vizinhos atribuíam ao desejo de amealhar fortunas imensas para os filhos. Mas na verdade não era assim: ele empilhava riquezas por mor delas somente, e via os filhos como rivais que usufruiriam sua dileta amada quando ele quedasse incapaz de possuí-la; quanto a esta, muito mais lhe agradaria o poder de arrastá-la consigo. Tampouco os filhos tinham outra garantia de que seriam seus herdeiros do que o fato de que a lei os teria por tais na ausência de um testamento, e de que ele próprio não tinha afeição bastante por nenhum ser vivo para se dar o trabalho de redigir um.

A este cavalheiro acorreu Belarmino, na missão que já mencionei. Sua pessoa, sua equipagem, sua família e seu patrimônio pareciam fazer dele um partido vantajoso para a filha, aos olhos do pai; este, portanto, aceitou mui prontamente suas propostas; mas quando Belarmino imaginou que o assunto principal estava concluído, e começou a introduzir as questões incidentais da fortuna, o velho cavalheiro mudou logo de expressão, dizendo que estava resolvido a nunca casar a filha num consórcio à Smithfield[24]; que quem quer que a amasse a ponto de levá-la encontraria em seus cofres, quando ele morresse, a parte dela em sua fortuna; mas que ele vira tais exemplos de desconsideração ocasionados pela generosidade demasiado precipitada dos pais que fizera o voto de jamais se desfazer de um xelim enquanto vivesse. Exaltou o dito de Salomão de que "aquele que poupa o vergasto mima o filho"[25], mas acrescentou que ele poderia ter igualmente asseverado que "aquele que poupa a bolsa redime o filho". Então enveredou por um discurso sobre a extravagância da juventude da época, do qual passou a uma dissertação sobre cavalos, e concluiu por fim elogiando os que Belarmino con-

24. Um casamento por dinheiro. Smithfield era onde ficava o mercado de carne em Londres.
25. Provérbios, 13:24.

duzia. Este fino gentil-homem, que em outra ocasião teria tido o maior prazer em deter-se um pouco naquele assunto, estava então muito ansioso por retomar a questão da fortuna. Disse que tinha um imenso apreço pela jovem senhorita, e que a receberia com menos do que a qualquer outra; mas que até mesmo seu amor por ela tornava necessária certa consideração pelos assuntos mundanos, pois seria para ele uma vista assaz dolorosa, quando tivesse a honra de ser seu marido, vê-la em algo menos do que um coche de seis cavalos. O velho cavalheiro respondeu: – Quatro já bastam, quatro já bastam – e então fez um desvio dos cavalos para a extravagância, e da extravagância para os cavalos, até desembocar uma vez mais na equipagem, à qual nem bem chegou e Belarmino o trouxe de volta ao ponto; mas isso de nada lhe valeu, pois ele escapou desse assunto num minuto, até o amante por fim declarar que, no atual estado de seus negócios, era-lhe impossível, embora amasse Leonora mais que a *tout le monde*[26], esposá-la sem nenhuma fortuna. Ao que o pai respondeu que lamentava que a filha tivesse de perder um partido tão valioso; que, ainda que fosse sua inclinação no momento, não estava em seu poder adiantar-lhe um xelim; que sofrera grandes prejuízos e incorrera em grandes despesas com projetos que, embora lhe dessem grandes esperanças, ainda não lhe haviam trazido nada; que não sabia o que poderia ocorrer mais tarde, como no nascimento de um filho ou um acidente afim, mas que não faria promessas nem entraria em arranjos, pois não romperia seu voto nem por todas as filhas do mundo.

Em suma, senhoras, para não mais mantê-las em suspense, Belarmino, tendo lançado mão de todos os argumentos e pretextos que pôde inventar, por fim se despediu, mas não para retornar a Leonora; seguiu diretamente para sua própria quinta, de onde, após uma estada de poucos dias, regressou a Paris, para o grande deleite dos franceses e a honra da nação inglesa.

Mas, tão logo chegou em casa, despachou prontamente um mensageiro com a seguinte epístola para Leonora:

"*Adorable* e *charmante*;

Lamento ter a honra de informar-lhe que não sou a pessoa *hereuse*[27] destinada a seus braços divinos. Isso seu papai me disse com uma *politesse* raramente vista deste lado de Paris. A senhora talvez adivinhe sua maneira de recusar-me – *Ah, mon Dieu!* E decerto me acreditará, senhora, incapaz de transmitir em pes-

26. "Todo o mundo."
27. "Feliz."

soa esta *triste* mensagem, cujas consequências pretendo tentar curar com os ares franceses – *Ah, jamais! Coeur! Ange! – Ah, diable!* – Se seu papai a obrigar a um casamento, espero que a vejamos em Paris; até lá, o vento que dali soprar será o mais caloroso *dans le monde*, pois consistirá quase que inteiramente de meus suspiros. *Adieu, ma princesse! Ah, l'amour!*

Belarmino."

Não tentarei, senhoras, descrever a condição de Leonora ao receber esta carta. É um quadro de horrores, que eu teria tão pouco prazer em traçar como as senhoras em contemplar. Ela deixou imediatamente o lugar onde era objeto de fofoca e ridículo e se recolheu àquela casa que lhes mostrei ao iniciar esta estória, onde tem levado desde então uma vida desconsolada, e talvez mereça mais piedade por seus infortúnios do que nossa censura por um comportamento para o qual os artifícios da tia muito provavelmente contribuíram, e ao qual mulheres demasiado jovens são amiúde sujeitadas por aquela condenável leviandade na educação de nosso sexo.

– Se eu me inclinasse a lamentá-la – disse uma jovem senhora no coche –, seria pela perda de Horácio; pois não percebo nenhum infortúnio em perder um marido como Belarmino.

– Ah, eu devo convir – disse Slipslop – que o cavalheiro era um tanto falso de coração. Mas é *todavelha* difícil ter dois amantes e acabar sem marido nenhum. Mas diga, senhora, o que foi feito de *Oraço*?

– Ele continua – disse a dama – solteiro, e se aplicou tão rigorosamente a seu negócio que acumulou, ouvi dizer, uma mui considerável fortuna. E o notável, ao que dizem, é que ele nunca ouve o nome de Leonora sem um suspiro, nem jamais proferiu uma única sílaba para acusá-la de má conduta para com ele.

Leonora em seu retiro, por Norman Tealby

CAPÍTULO VII

UM BREVÍSSIMO CAPÍTULO, EM QUE O PASTOR ADAMS CHEGOU BEM LONGE.

A dama, tendo concluído sua estória, recebeu os agradecimentos do grupo, e então Joseph, pondo a cabeça para fora do coche, exclamou: – Nunca me creiam se lá não está o nosso pastor Adams, seguindo a pé sem seu cavalo! – Palavra que é ele mesmo – disse Slipslop –, e é tão certo como dois tostões que o deixou para trás na estalagem! – Era com efeito verdade que o pastor tinha dado uma nova mostra de seu distraimento, pois havia ficado tão contente com a admissão de Joseph ao coche que nem por um instante se lembrara do animal no estábulo; e, descobrindo suas pernas tão ágeis como quisera, partira brandindo um bordão de macieira, e vinha-se mantendo adiante do coche, apertando e relaxando o passo ocasionalmente, de modo que nunca estivera a muito mais ou muito menos de um quarto de milha deste.

A sr.ª Slipslop pediu ao cocheiro que o alcançasse, o que este tentou, mas em vão, pois quanto mais rápido ele avançava, tanto mais rápido corria o pastor, com frequência gritando: – Isso, isso, alcance-me se puder! – até que o cocheiro imprecou que tanto lhe valeria tentar correr atrás de um galgo e, dirigindo ao pastor duas ou três calorosas pragas, gritou aos cavalos: – Oa, oa, rapazes! – ao que os polidos animais imediatamente obedeceram.

Mas nós seremos mais corteses com nosso leitor do que ele foi com a sr.ª Slispslop, e, deixando que o coche e seus ocupantes prossigam em sua jornada, vamos carregá-lo até o pastor Adams, que abria vantagem sem olhar uma única vez para trás, até que, tendo deixado o coche três milhas inteiras na retaguarda, chegou a um local onde, em se seguindo a trilha da extrema direita, era não mais do que infimamente possível que uma criatura humana errasse o caminho. E essa trilha todavia ele seguiu, tendo com efeito uma capacidade admirável para esse tipo de possibilidades ínfimas; e, viajando nela cerca de três milhas por sobre a planície, chegou ao cimo de uma colina,

Adams e seu Ésquilo, por Norman Tealby

onde, olhando para trás até grande distância e não percebendo nenhum coche à vista, sentou-se sobre o relvado, e, sacando de seu Ésquilo, decidiu aguardar ali sua chegada.

Estava sentado não havia muito quando uma espingarda, disparando bem ali perto, sobressaltou-o; alçou os olhos e viu um cavalheiro, a coisa de cem passos, recolhendo uma perdiz que acabara de abater.

Adams levantou-se e apresentou ao cavalheiro uma figura que teria provocado o riso a muita gente, pois sua sotaina despencara uma vez mais para além da sobrecasaca, o que significa dizer que lhe alcançava os joelhos, ao passo que as abas da sobrecasaca não desciam além da metade de suas coxas. Mas a hilaridade do cavalheiro cedeu vez à surpresa por contemplar um personagem daqueles em tal lugar.

Adams, dirigindo-se ao cavalheiro, disse-lhe esperar que a caçada estivesse boa, ao que o outro respondeu: – Muito pouco. – Pois eu vejo – disse Adams – que o senhor acertou uma perdiz. – A isso o caçador não deu réplica, ocupando--se antes em carregar a arma.

Enquanto a espingarda era carregada, Adams permaneceu em silêncio, rompendo-o enfim ao observar que a tarde estava deliciosa. O cavalheiro, que a princípio fizera do pastor uma opinião muito desagradável, começou, ao notar-lhe um livro na mão, e ao colher igualmente a informação da sotaina, a mudar de ideia, e fez por seu turno um pequeno gesto para puxar conversa, dizendo: – Suponho que o senhor não seja destas partes?

Adams lhe disse imediatamente que não: que era um viajante, convidado pela beleza da tarde e do local a repousar um pouco e se distrair com a leitura. – Eu bem poderia repousar um pouco também – disse o caçador –, pois estive fora a tarde toda e não vi um diabo de um pássaro desde que cheguei aqui.

– Talvez então a caça não seja muito generosa por aqui? – exclamou Adams. – Não, senhor – disse o cavalheiro. – Os soldados, que estão aquartelados na vizinhança, mataram tudo! – É muito provável – disse Adams –, pois atirar é sua profissão. – Sim, atirar nos bichos – respondeu o outro –, mas não vejo que sejam tão diligentes para atirar em nossos inimigos. Não gosto desse negócio em Cartagena[28]; se eu estivesse lá, acho que teria feito bem outras coisas, mal***o eu seja; o que é a vida de um homem quando seu país a exige? Um homem que não sacrifique sua vida pela pátria merece ser enforcado, mal***o eu seja! – E essas palavras ele proferiu com um gesto tão violento, uma voz tão estentórea, um

28. Referência ao frustrado ataque britânico aos espanhóis em Cartagena (1741).

tom tão vigoroso e um semblante tão feroz que teria metido medo num capitão de bandos treinados[29] à frente de sua companhia; mas o sr. Adams não era muito sujeito ao temor, e disse-lhe intrepidamente que bem aprovava sua virtude, mas não apreciava suas juras, e pediu-lhe não se viciar em tão mau costume, sem o qual, dizia, poderia lutar tão bravamente como fizera Aquiles. Na verdade ele ficara encantado com esse discurso, e disse ao cavalheiro que teria de bom grado percorrido muitas milhas para encontrar um homem com sua generosa maneira de pensar; que, se lhe aprouvesse sentar-se, teria o maior prazer em trocar conversa, pois, embora fosse um clérigo, também se prontificaria, se a tanto o convocassem, a abrir mão da vida por sua pátria.

O cavalheiro se sentou, e Adams a seu lado; e então o último iniciou, como se vê no próximo capítulo, um discurso que colocamos à parte, sendo como é o mais curioso não apenas deste, mas talvez de qualquer livro.

Adams deliciado com a companhia, por Norman Tealby

CAPÍTULO VIII

UMA NOTÁVEL DISSERTAÇÃO POR PARTE DO SR. ABRAHAM ADAMS, EM QUE ELE SE MOSTRA NUM MATIZ POLÍTICO.

– Asseguro-lhe, senhor – disse ele, tomando a mão do cavalheiro –, que estou francamente feliz por encontrar um homem de sua fibra. Pois, embora eu seja um pobre pároco, ouso dizer que sou um homem honesto, e não faria uma maldade para virar bispo. Mais que isso, embora não me tenha calhado oferecer tão nobre sacrifício, não me faltaram oportunidades de sofrer pelo bem de minha consciência, e agradeço aos céus por elas. Pois tive parentes, embora seja eu quem o diga, que faziam certa figura no mundo; especialmente um sobrinho que era lojista e conselheiro numa corporação. Era um bom rapaz, tendo esta-

29. A milícia civil.

do a meus cuidados em menino, e creio teria feito o que eu lhe pedisse até o dia de sua morte. Parece de fato uma vaidade extrema de minha parte pretender-me homem de tal importância para ter tamanha ascendência sobre um conselheiro; mas outros também pensaram assim, como ficou manifesto quando o prior, cujo cura eu outrora fui, mandou chamar-me por ocasião de uma eleição e me disse que, se esperasse continuar em sua cura, eu deveria induzir meu sobrinho a votar num certo coronel Courtly[30], um cavalheiro de quem eu jamais tivera notícia até aquele instante. Eu disse ao prior que não tinha poderes sobre o voto de meu sobrinho (Deus me perdoe de tal prevaricação!); que a meu ver ele o daria de acordo com sua consciência; que de modo algum eu me empenharia em influenciá-lo a votar de outro modo. Ele me disse que seria vão dissimular, pois sabia que eu já lhe falara em favor do fidalgo Fickle[31], meu vizinho; e era mesmo verdade que eu o fizera, pois aquela era uma época em que a Igreja andava em perigo[32], e em que todos os bons homens receavam que um não-sei-quê nos acometesse a todos. Então respondi ousadamente que, se ele achava que eu havia feito uma promessa, afrontava-me ao propor que a quebrasse. Para não ser muito prolixo, perseverei, como também meu sobrinho, no interesse do fidalgo, que foi eleito sobretudo por seu intermédio, e assim perdi minha cura. Mas, ora, o senhor acha que o fidalgo disse uma única palavra sobre a Igreja? *Ne verbum quidem, ut ita dicam*[33]: passados dois anos ele obteve um cargo, e tem desde então vivido em Londres, onde, como fui informado (mas D*** me livre de crê-lo), ele nem mesmo vai à igreja. E eu, senhor, fiquei um tempo considerável sem nenhum curato, e vivi um mês inteiro de um único sermão fúnebre que preguei quando da indisposição de um clérigo. Mas isso não vem ao caso. Acabou que, quando o sr. Fickle obteve seu cargo, o coronel Courtly candidatou-se de novo; e quem veio interceder por ele senão o próprio sr. Fickle? Aquele mesmíssimo sr. Fickle, que em outros tempos dissera-me ser o coronel um inimigo tanto da Igreja como do Estado, teve a impudência de solicitar que meu sobrinho o apoiasse, e o próprio coronel propôs fazer-me capelão de seu regimento, o que recusei em favor de Sir Oliver Hearty, o qual nos dizia que sacrificaria tudo por seu país; e creio que o faria, com exceção da caça, à qual era tão apegado que em cinco anos não foi senão duas vezes ao Parlamento; e em uma dessas vezes, como me contaram, nunca chegou às vistas da Câmara. Era entretanto um homem

30. "Cortês", com a conotação de "bajulador".
31. "Volúvel."
32. Devido à crescente tolerância a seitas dissidentes, que não observavam os ritos prescritos da igreja oficial.
33. "Nem uma palavra, por assim dizer."

digno, e o melhor amigo que jamais tive, pois, graças a sua influência junto a um bispo, conseguiu que me restituíssem o meu curato, e me deu oito libras do próprio bolso para comprar uma batina e uma sotaina e abastecer minha casa. Ele teve nosso apoio enquanto viveu, o que não foi muitos anos. Após sua morte novas solicitações me foram feitas, pois todo o mundo sabia da ascendência que eu tinha sobre meu bom sobrinho, que era então um homem de frente na corporação; e Sir Thomas Booby, comprando a quinta que fora de Sir Oliver, lançou-se candidato. Era então um jovem gentil-homem recém-chegado de viagens, e fazia-me bem ouvi-lo discursar sobre assuntos dos quais eu, de minha parte, não sabia nada. Fora eu dono de mil votos, e ele os teria a todos. Consegui que meu sobrinho o apoiasse, e ele se elegeu; e um finíssimo parlamentar ele foi. Dizem-me que fazia discursos de uma hora de duração, e muito bons, ao que me contaram; mas nunca pôde persuadir o Parlamento a ser de sua opinião. *Non omnia possumus omnes*[34]. Ele me prometeu um benefício, coitado, e creio que eu o teria tido, mas um acidente interveio, e foi sua esposa já tê-lo prometido à sua revelia. Isso, na verdade, eu só viria a saber mais tarde, pois meu sobrinho, que morreu cerca de um mês antes do beneficiário, sempre me dizia que eu poderia tê-lo como certo. Desde aquela época Sir Thomas, coitado, sempre esteve tão atarefado que nunca encontrava tempo para me receber. Acho que a culpa também era em parte de minha senhora, que não achava minhas roupas boas o bastante para a fidalguia de sua mesa. Porém, devo fazer-lhe a justiça de dizer que ele nunca foi ingrato, e sempre encontrei sua cozinha e também sua adega abertas para mim; muitas vezes, depois do serviço dominical – pois eu prego em quatro igrejas –, recobrei o ânimo com um copo de sua cerveja. Desde a morte de meu sobrinho a corporação passou para outras mãos, e eu já não sou o homem de importância que outrora fui. Já não tenho nenhum talento para pôr a serviço de meu país; e daquele a quem nada se dá nada se pode exigir. Todavia, em todas as devidas ocasiões, como quando as eleições se aproximam, eu insiro uma ou duas deixas apropriadas em meus sermões; coisa que, como tive o prazer de ouvir, não desagrada a Sir Thomas nem aos outros cavalheiros honestos meus vizinhos, todos os quais me prometem há cinco anos uma ordenação para um filho meu, que está para fazer trinta anos, tem um infinito cabedal de saber e é, graças aos céus, de uma vida irrepreensível; contudo, como nunca esteve na universidade, o bispo se recusa a ordená-lo. Todo cuidado é de fato pouco ao admitir-se alguém ao ofício sagrado, embora eu espere que ele jamais venha a agir de modo a ser uma des-

34. "Nem todos podemos [fazer] todas as coisas."

graça para qualquer ordem, mas, pelo contrário, sirva a seu Deus e a seu país até o limite de suas forças, como eu me empenhei em fazer antes dele; mais do que isso, que deponha sua vida quando convocado a tanto. Eu sei que o eduquei em tais princípios, de modo que cumpri meu dever e não terei pelo que responder nesse sentido. Mas não desconfio dele, pois é um bom rapaz; e, se a Providência puser em seu caminho que ele seja de tanta importância aos olhos do público como seu pai outrora foi, posso afiançar por ele que usará seus talentos tão honestamente como eu fiz.

CAPÍTULO IX

EM QUE O CAVALHEIRO SE DILATA SOBRE A BRAVURA E A VIRTUDE HEROICA, ATÉ QUE UM INFELIZ ACIDENTE PÕE TERMO AO DISCURSO.

O cavalheiro cumprimentou efusivamente o sr. Adams por suas boas resoluções, e disse esperar que o filho seguisse seus passos, acrescentando que, se ele não se dispusesse a morrer pela pátria, não seria digno de viver nela. – Eu não faria mais caso de atirar num homem indisposto a morrer pela pátria do que...

– Meu senhor – disse ele –, eu deserdei um sobrinho que está no exército, porque ele não quis trocar sua comissão e ir para as Índias Ocidentais. Acho que o patife é um covarde, embora se passe por apaixonado, ora veja! Por mim enforcariam todos esses sujeitos, meu senhor; por mim os enforcariam. – Adams respondeu que isso seria severo demais; que os homens não faziam a si mesmos, e, se o medo tivesse demasiada ascendência sobre a mente, o homem seria antes de lamentar do que de execrar; e que a razão e o tempo podiam ensiná-lo a dominar seus medos. Disse: – Um homem pode ser covarde em um momento e valente no outro. Homero – prosseguiu –, que tão bem entendia e copiava a natureza, nos ensinou essa lição: pois Páris luta e Heitor foge[35]. De resto, temos disso um portentoso exemplo na história das últimas eras, e há não mais tempo do que o septingentésimo quinto ano de Roma, quando o grande Pompeu, que vencera tantas batalhas e fora honrado com tantos triunfos, e de cujo valor vários autores, especialmente Cícero e Patérculo, compuseram tantos elogios, este mes-

35. Ou seja, embora Heitor seja tido em geral como valente e Páris como covarde.

mo Pompeu abandonou a batalha de Farsália[36] antes de tê-la perdido e se retirou para sua tenda, onde ficou sentado como o mais pusilânime patife num surto de desespero, cedendo uma vitória que iria determinar o império do mundo a César. Eu não sou muito viajado na história dos tempos modernos, quero dizer dos últimos mil anos; mas os que o são podem, não duvido, fornecer-lhe exemplos paralelos. – Concluiu, assim, que, se o outro tomara tão precipitadas resoluções contra o sobrinho, esperava que ele as reconsiderasse e as retratasse. O cavalheiro respondeu com grande furor, e falou muito de coragem e da pátria, até que, percebendo que ficava tarde, perguntou a Adams onde este pretendia pernoitar. Este respondeu que estava aguardando ali pela diligência. – Diligência, senhor! – disse o cavalheiro. – Já passaram todas faz muito tempo. O senhor mesmo pode avistar a última, quase três milhas à nossa frente. – Palavra que é verdade! – exclamou Adams. – Então preciso me apressar e ir atrás delas. – O cavalheiro observou que ele dificilmente conseguiria alcançá-las, e que, se não soubesse o caminho, correria o risco de se perder no descampado, pois logo escureceria; e ele poderia perambular a noite inteira e, quem sabe, encontrar-se mais distante do destino de sua jornada pela manhã do que já estava. Aconselhava-o, portanto, a acompanhá-lo a sua casa, que não distava muito do caminho, assegurando-lhe que encontraria algum conterrâneo em sua paróquia que o conduziria por seis *pence* à cidade aonde estava indo. Adams aceitou a proposta, e eles seguiram adiante, com o cavalheiro retomando o discurso sobre a coragem e a infâmia de não se estar pronto a toda hora para sacrificar a vida pela pátria. A noite os alcançou quase que no mesmo instante em que chegaram a um moitedo, do qual, subitamente, ouviram provir os mais violentos berros imagináveis numa voz feminina. Adams fez menção de tomar a espingarda das mãos do companheiro. – O que está fazendo? – disse este. – Fazendo? – volveu Adams. – Estou indo ao socorro dessa pobre criatura, que alguns vilões estão assassinando. – Espero que não seja louco a esse ponto – disse o cavalheiro, tremebundo. – Já considerou que esta espingarda só está carregada com chumbo, e que os bandidos estão muito provavelmente munidos de pistolas carregadas com balas? Isto não é assunto nosso; vamos dar o fora daqui o mais prontamente possível, ou poderemos cair nós mesmos nas mãos deles. – Como os gritos se intensificassem, Adams não lhe deu resposta, mas, sim, estalou os dedos e, brandindo seu bordão de macieira, encaminhou-se diretamente ao local de onde provinha a voz; já o homem de coragem mandou-se com igual presteza na direção de sua casa, à qual chegou em

36. Em 48 a.C.

pouquíssimo tempo, sem olhar uma única vez para trás. Ali o deixaremos a contemplar a própria bravura e a censurar sua ausência nos outros, e retornaremos ao bom Adams, que, chegando ao local de onde provinha o barulho, encontrou uma mulher debatendo-se com um homem, que a derrubara ao chão e quase a subjugara. As grandes habilidades do sr. Adams não eram necessárias para chegar a um juízo correto do assunto logo à primeira vista. Ele não precisou, portanto, das súplicas da pobre coitada para assisti-la, e, erguendo seu bordão de macieira, desferiu imediatamente uma paulada naquela parte da cabeça do violador onde, de acordo com a opinião dos antigos, o cérebro de algumas pessoas se deposita, e que ele teria sem dúvida esbagaçado, não houvesse a natureza (que, como sábios já observaram, equipa todas as criaturas com aquilo que mais lhes convém) tomado a providente precaução (como sempre faz com aqueles que destina a certames) de tornar essa parte da cabeça três vezes mais grossa do que a dos homens comuns, que são destinados a exercer talentos vulgarmente ditos racionais, e nos quais, como os miolos são necessários, ela é forçada a reservar-lhes algum espaço na cavidade do crânio, ao passo que, sendo tais ingredientes inteiramente inúteis em pessoas da vocação heroica, ela tem a chance de espessar o osso e torná-lo com isso menos suscetível a toda impressão ou menos passível de ser rachado ou rompido; e, com efeito, em certa gente predestinada ao comando de exércitos e impérios, supõe-se que ela às vezes torne essa parte perfeitamente sólida.

Assim como um galo de briga, quando em folganças amorosas com uma galinha, caso espreite um outro galo por perto, deixa imediatamente a fêmea e se atraca com o rival, outrossim o violador, ao registrar a informação do bordão, saltou imediatamente de sobre a mulher e prontificou-se a assaltar o homem. Ele não tinha outras armas além daquelas com que a natureza o provera. No entanto, cerrou o punho e sem delongas dardejou-o contra aquela parte do peito de Adams onde o coração se aloja. Adams cambaleou ante a violência do golpe, e então, atirando longe seu cajado, cerrou também ele aquele punho que já antes celebramos, e o teria descarregado em cheio no peito de seu antagonista, não o houvesse este agarrado agilmente com a mão esquerda; no mesmo instante, arremetendo de cabeça (que alguns heróis modernos da classe inferior usam à maneira do aríete dos antigos, como arma ofensiva – outra razão para admirarmos a astúcia da natureza em compô-la daqueles impenetráveis materiais), investindo de cabeça, eu dizia, contra o estômago de Adams, ele o derrubou de costas e, não tendo o menor respeito pelas leis do heroísmo, que o teriam refreado de novos ataques contra o inimigo até que este se achasse uma vez mais em pé, atirou-se sobre ele, e, apoiando-se no chão com a mão esquerda, fulminou o corpo de

Adams com a direita até se fartar, e com efeito até concluir (para usar a linguagem dos prélios) que *dera cabo do negócio*; ou, na linguagem da poesia, que *o despedira para as ínferas sombras*; ou, em bom vernáculo, que *ele estava morto.*

Mas Adams, que não era nenhum frangote e aguentava uma coça tão bem como qualquer campeão de boxe do universo, estava imóvel apenas para aguardar uma oportunidade; e então, percebendo que o antagonista ofegava pelo esforço, aplicou sua máxima força de uma só vez, e com tamanho sucesso que o derrubou e assumiu a vantagem; então, pousando um dos joelhos em seu peito, proclamou, em voz exultante: – Agora é a minha vez. – E, após alguns minutos de diligente aplicação, serviu-lhe uma murraça tão destra no queixo que o sujeito não mais se moveu, e Adams começou a temer que lhe houvesse dado uma pancada além da conta, pois sempre dissera que ficaria consternado se tivesse sobre si o sangue dos maus.

Adams se pôs de pé e gritou para a jovem: – Anime-se, donzela – disse ele –, você já não tem o que temer de seu violador, que, receio terrivelmente, jaz morto a meus pés; mas D*** me perdoe pelo que fiz em defesa da inocência. – A pobre coitada, que demorara a recobrar forças suficientes para se erguer, e posteriormente, durante o confronto, ficara tremendo, incapacitada pelo medo até mesmo de fugir, ao saber que seu campeão se saíra vitorioso, foi ter com ele, mas não sem receios, e até mesmo do próprio libertador; destes, contudo, ela foi logo livrada por seu comportamento cortês e suas palavras gentis. Estavam ambos junto ao corpo, que jazia imóvel no chão, e que Adams quisera ver movendo-se muito mais do que a mulher, quando ele pediu-lhe encarecidamente que lhe contasse por que infortúnios ela viera, àquela hora da noite, a um lugar tão solitário. Ela lhe deu a saber que estava viajando para Londres e encontrara acidentalmente o sujeito de quem ele a havia libertado, o qual lhe dissera que estava igualmente de viagem para o mesmo local, e lhe faria companhia – uma oferta que, sem recear perigo, ela aceitara; que ele dissera estarem a pouca distância de uma estalagem onde ela poderia conseguir alojamento pela noite, e que lhe mostraria um caminho mais curto do que se seguissem pela estrada; que, se houvesse suspeitado dele (o que não fizera, já que ele lhe falara tão gentilmente), por estar sozinha naquele descampado no escuro, ela não teria meios humanos de evitá-lo; que, sendo assim, pusera todas as suas esperanças na Providência e seguira em frente, esperando a todo momento chegar à estalagem, quando, de súbito, tendo chegado àquele moitedo, ele lhe pedira que parasse e, após alguns beijos rudes, a que ela resistira, e certas súplicas, que ela rejeitara, deitara-lhe mãos violentas, e vinha tentando executar seu perverso intuito quando, graças a D***, ele apareceu bem na hora e o impediu. Adams congratulou-a por dizer que havia posto todas as suas esperanças na Providência, e disse que não tinha dúvidas de que a Providência o enviara em seu socorro, como recompensa por aquela confiança. Ele bem quisera não ter privado o perverso desgraçado da vida, mas fosse feita a vontade de D***; disse esperar que a bondade de sua intenção o desculpasse no próximo mundo, e confiava no testemunho dela para absolvê-lo neste. Em seguida fez silêncio e entrou a matutar consigo mesmo se seria mais apropriado escapulir ou entregar-se às mãos da justiça, meditação esta que se encerrou tal como o leitor verá no próximo capítulo.

CAPÍTULO X

COM UM RELATO DA ESTRANHA CATÁSTROFE[37] DA AVENTURA PRECEDENTE, QUE ARRASTOU O POBRE ADAMS A NOVAS CALAMIDADES; E QUEM ERA A MULHER QUE DEVIA A PRESERVAÇÃO DA CASTIDADE A SEU BRAÇO VITORIOSO.

O silêncio de Adams, somado à escuridão da noite e à solidão do lugar, pôs apreensões terríveis na mente da pobre mulher. Ela começou a recear um tão grande inimigo em seu libertador como aquele de quem este a libertara; e, como não tinha iluminação suficiente para perceber a idade de Adams e a benevolência visível em seu semblante, ela suspeitou que ele a tratara como certos homens honestíssimos tratam seu país, e a arrancara das mãos de um assaltante para assaltá-la ele próprio. Tais as suspeitas que ela concebera de seu silêncio: mas eram certamente infundadas. Ele se postava acima do inimigo vencido, ponderando sabiamente as objeções que poderiam ser feitas a cada um dos métodos de ação mencionados no último capítulo, com seu julgamento às vezes se inclinando para um e às vezes para o outro, pois ambos lhe pareciam tão igualmente aconselháveis e tão igualmente perigosos que ele provavelmente teria encerrado seus dias, ou pelo menos dois ou três deles, naquele mesmo local, antes de tomar alguma resolução. Por fim ergueu os olhos e avistou uma luz a distância, à qual se endereçou prontamente com "*Heus tu*, viajante, *heus tu!*"[38]. Logo ouviu várias vozes e percebeu

37. No clássico sentido de "desfecho".
38. "Alto lá."

que a luz avançava em sua direção. As pessoas que carregavam a luz começaram algumas a rir, outras a cantar e outras a berrar, diante do que a mulher revelou certo medo (pois ocultara as suspeitas que tinha do próprio pastor), mas Adams lhe disse: – Anima-te, donzela, e repousa tua confiança na mesma Providência que te protegeu até aqui, e que jamais abandonará os inocentes. – Essa gente que se aproximava não mais era, leitor, do que um bando de jovens que vinham àquele moitedo em busca de uma diversão a que chamam *iscar pássaros.* Isso, se tu o ignoras (como talvez ignores se jamais tiveres viajado para além de Kensington, Islington, Hackney ou o distrito[39]), informo-te, é realizado em se segurando uma grande rede dobrável diante de uma lanterna e, ao mesmo tempo, em se sacudindo as moitas; pois os pássaros, quando perturbados em seu local de repouso, ou poleiro, de imediato buscam a luz, e assim são atraídos para a rede. Adams contou-lhes imediatamente o que tinha acontecido e pediu que iluminassem com a lanterna o rosto do homem caído, pois temia tê-lo acertado fatalmente. Mas a verdade é que seus temores eram descabidos, pois o sujeito, embora tivesse ficado atordoado com o último golpe que sofrera, já há muito recobrara os sentidos, e, vendo-se livre de Adams, ouvira atentamente a conversa entre este e a jovem, cuja partida vinha aguardando com paciência para poder igualmente retirar-se, já não tendo esperanças de satisfazer seus desejos – os quais, de resto, foram quase tão bem aplacados pelo sr. Adams como poderiam ter sido pela própria jovem, caso ele houvesse concretizado sua maior vontade. Esse camarada, que levava jeito para tirar vantagem de qualquer acidente, achou então que poderia desempenhar um papel melhor do que o de um morto, e, por conseguinte, no instante em que a vela foi suspensa sobre seu rosto, meteu-se de pé num salto e, deitando as mãos sobre Adams, gritou: – Não, vilão, eu não estou morto, embora você e sua rameira perversa possam bem achar que eu esteja, depois das bárbaras crueldades que me infligiram. Cavalheiros – disse ele –, os senhores por sorte chegaram em auxílio de um pobre viajante que de outro modo teria sido roubado e assassinado por este homem e esta mulher vis, os quais me atraíram para cá da estrada e, atirando-se sobre mim, trataram-me como os senhores estão vendo. – Adams ia responder, quando um dos jovens gritou: – M***itos sejam, vamos levar os dois perante o juiz. – A pobre mulher começou a tremer, e Adams levantou a voz, mas em vão. Três ou quatro deles o agarraram e, tendo um deles iluminado seu rosto com a lanterna, todos concordaram que ele possuía as mais vilanazes feições que jamais tinham visto, e um assistente jurídico, que pertencia ao grupo, declarou

39. O "distrito" é Southwark. Todas essas são áreas na periferia da Londres setecentista.

que se lembrava seguramente de tê-lo visto no tribunal. Quanto à mulher, seus cabelos se haviam desgrenhado na luta e seu nariz havia sangrado, de maneira que não podiam determinar se ela era bonita ou feia; mas disseram que seus temores demonstravam claramente sua culpa. Então, vasculhando seus bolsos, como já haviam feito com os de Adams, em busca de um dinheiro que o sujeito alegava ter perdido, encontraram neles uma bolsa com algum ouro dentro, o que de sobra os convenceu, especialmente quando o sujeito se ofereceu para identificá-lo sob juramento. O sr. Adams, verificou-se, não trazia mais do que meio pêni consigo. Isso, o assistente disse, constituía um forte indício de que ele era um criminoso de longa data, pois entregara ardilosamente todo o butim à mulher; ao que os demais prontamente assentiram.

Como este incidente lhes prometesse melhor diversão do que aquilo que haviam proposto, abandonaram a intenção de apanhar pássaros e resolveram unanimemente ir até o juiz com os ofensores. Sabendo que sujeito encarniçado era Adams, amarraram-lhe as mãos às costas, e, tendo ocultado suas redes atrás das moitas e levando a lanterna à sua frente, puseram os dois prisioneiros na dianteira e iniciaram a marcha, com Adams não apenas se resignando pacientemente a seu próprio destino, como confortando e animando a companheira em seus sofrimentos.

Enquanto estavam a caminho, o assistente informou aos demais que essa aventura lhes seria muito proveitosa, pois todos teriam direito a sua parcela das 80 libras por capturar os bandidos. Isso ocasionou um bate-boca sobre o papel que cada um desempenhara na captura, um insistindo que deveria receber a maior parte, pois fora o primeiro a deitar as mãos sobre Adams, e outro reivindicando uma parte maior por ter levado a lanterna primeiramente ao rosto do homem no chão, graças ao que, dizia, tudo se descobrira. O assistente reclamava quatro quintos da recompensa, por ter proposto que vistoriassem os prisioneiros, e igualmente por os estar levando ao juiz; disse, aliás, que, em estrita justiça, deveria ficar com tudo. Tais reivindicações, todavia, eles por fim consentiram em deixar para uma decisão futura, mas pareciam convir em que o assistente tinha direito a metade. Então discutiram quanto dinheiro devia caber ao jovem que se ocupara apenas em segurar as redes. Ele muito modestamente disse que não esperava que um grande quinhão lhe coubesse por parte, mas esperava que lhe concedessem alguma coisa, e pediu considerarem que haviam confiado suas redes a seus cuidados, o que o impedira de ser tão lesto como os demais na captura dos bandidos (pois assim essas inocentes pessoas eram chamadas); que, se ele não se houvesse ocupado das redes, um outro teria tido de fazê-lo; concluindo, porém, que ficaria contente com a mínima fração imaginável, e a teria antes por bondade deles do que por mérito seu. Mas eles foram unânimes em negar-lhe toda e qualquer quota, com o assistente particularmente jurando que, se lhe dessem um xelim, poderiam fazer o que quisessem com o resto, pois ele não se envolveria no assunto. O bate-boca foi tão acalorado e absorveu tão totalmente a atenção de todas as partes, que um ladrão ágil e matreiro, se estivesse na situação do sr. Adams, teria tomado providências para não dar ao juiz nenhum trabalho àquela noite. A bem dizer, não teria sido necessária a arte de um Shepherd[40] para escapar, especialmente porque a escuridão da noite o teria favorecido em muito. Mas Adams confiava mais em sua inocência do que em seus calcanhares, e, sem cogitar na fuga, que seria fácil, ou na resistência (que seria impossível, pois havia ali presentes seis jovens robustos, além do próprio vilão), avançava com perfeita resignação na direção em que julgavam próprio conduzi-lo.

Adams frequentemente desabafava em exclamações durante a jornada; por fim, vindo-lhe à mente o pobre Joseph Andrews, não pôde impedir-se de suspirar seu nome, e, sendo este ouvido por sua companheira de aflição, esta exclamou com certa veemência: – Mas eu devia ter conhecido essa voz! O senhor por certo não será o sr. Abraham Adams? – Com efeito, donzela – disse ele –, é esse o meu nome; há algo também em sua voz persuadindo-me de que já a ouvi antes. – Ora, senhor – disse ela –, não se lembra da pobre Fanny? – Como, Fanny?! – respondeu Adams. – Mas é claro, lembro-me muito bem de você; o que pode tê-la trazido até aqui? – Eu disse ao senhor – replicou ela – que estava viajando para Londres; mas acho que o senhor mencionou Joseph Andrews; diga-me, o que se faz dele? – Eu o deixei esta tarde, minha filha – disse ele –, numa diligência a caminho de nossa paróquia, aonde ele se encaminha para vê-la. – Para ver-me? Ora, senhor – respondeu Fanny –, com certeza caçoa de mim; por que razão ele iria me ver? – E ainda pergunta? – retorquiu Adams. – Espero, Fanny, que você não seja inconstante; afianço-lhe que ele merece muito mais de você. – Ah, sr. Adams – disse ela –, o que é o sr. Joseph para mim? Eu decerto jamais tive coisa a dizer-lhe salvo o que um criado diria a outro. – Sinto ouvir isso – disse Adams –, uma paixão virtuosa por um rapaz é algo de que nenhuma mulher precisa envergonhar-se. Ou você não está me dizendo a verdade, ou está sendo falsa com um homem muito digno. – Adams contou-lhe então o

40. Referência a Jack Sheppard, salteador famoso pelas fugas que empreendia, e figura frequente na literatura da época.

que se passara na estalagem, o que ela ouviu com a maior atenção; com frequência escapavam-lhe suspiros, a despeito de seus maiores esforços em contrário, e tampouco ela podia impedir-se de fazer mil perguntas, que teriam certificado qualquer um, exceto Adams, que nunca via nas pessoas mais do que elas desejavam permitir-lhe, da realidade de uma paixão que ela se empenhava em ocultar. E a verdade é que essa pobre jovem, tendo sido informada do infortúnio de Joseph por um dos criados daquele coche que já mencionamos como tendo parado na estalagem enquanto o coitado estava de cama, abandonou no mesmo instante a vaca que ordenhava e, levando consigo um pequeno fardo de roupas sob o braço e tendo na bolsa todo o dinheiro de que dispunha, partiu imediatamente, sem consultar ninguém, em busca de uma pessoa que, não obstante sua timidez diante do pastor, ela amava com inexprimível violência, embora com a mais pura e mais delicada paixão. Essa timidez, portanto, como confiamos que recomendará seu caráter a todas as nossas leitoras e não surpreenderá aqueles de nossos leitores familiarizados com a parte mais jovem do sexo oposto, não nos daremos o trabalho de vindicar.

CAPÍTULO XI

O QUE LHES SUCEDEU DIANTE DO JUIZ. UM CAPÍTULO MUI REPLETO DE ERUDIÇÃO.

Seus companheiros de viagem estavam tão absortos na acalorada disputa quanto à divisão da recompensa por terem capturado essa gente inocente que prestaram muito pouca atenção a sua conversa. Chegaram por fim à casa do juiz e despacharam um dos criados para informar sua excelência de que tinham apanhado dois assaltantes e os traziam à sua presença. O juiz, que acabava de regressar de uma caça à raposa e ainda não terminara o jantar, mandou que levassem os prisioneiros ao estábulo, ao qual eles foram acompanhados por todos os criados da casa e todas as pessoas da vizinhança, que se arrebanhavam para vê-los com tanta curiosidade como se houvesse algo de incomum a ser visto, ou como se um patife não se parecesse com a demais gente.

O juiz, estando então no auge da jovialidade e dos copos, lembrou-se dos prisioneiros e, dizendo aos convivas que eles provavelmente se divertiriam com o inquérito, ordenou que fossem levados a sua presença. Eles nem bem adentraram a sala e ele desatou a vilificá-los, dizendo que assaltos na estrada se haviam tornado tão frequentes que as pessoas já não podiam dormir seguras em suas camas, e garantiu-lhes que eles serviriam de exemplo no julgamento que se seguiria. Depois de dilatar-se por mais algum tempo nessa maneira, ele foi lembrado pelo escrevente de que seria apropriado tomar o depoimento das testemunhas contra os acusados. O que ele lhe rogou fizesse, e ele acenderia o cachimbo nesse meio tempo. Enquanto o escrevente se ocupava em anotar o depoimento do sujeito que se pretendia roubado, o juiz se ocupava em fazer pilhérias à custa da pobre Fanny, no que era secundado por todos os convivas à mesa. Um deles perguntou se ela fora indiciada como ladrão de estrada. Outro sussurrou em seus ouvidos que, se ela ainda não se houvesse provido de um barrigão[41], ele estaria a seu dispor. Um terceiro garantiu que ela era parente de Turpin[42]. Nisso um dos membros do grupo, um grande espírito, a sacudir a cabeça e em seguida os flancos, replicou que a seu ver ela era parente mais próxima de Turpis[43], ao que se seguiu uma gargalhada geral. Assim eles iam dando tratos à pobre moça, quando alguém, percebendo a sotaina que aparecia por baixo da sobrecasaca de Adams, exclamou: – O que temos aqui, um pároco? – Como é isso, seu moço – disse o juiz –, o senhor sai assaltando em roupas de clérigo? Fique sabendo que seu hábito não o admitirá ao Benefício do Clero[44]. – Sim – disse o camarada de espírito –, ele vai ter um benefício do clero: será alçado acima das cabeças do povo – com o que houve uma segunda gargalhada. E então o espirituoso patusco, ao ver que suas piadas vingavam, começou a se entusiasmar; voltando-se para Adams, desafiou-o a encarrilhar versos, e, provocando-o ao desferir o primeiro golpe, recitou:

Molle meum levibus cord est vilebile Telis[45].

Ao que Adams, com um olhar carregado de inefável desprezo, disse que ele merecia ser açoitado por sua pronúncia. O sujeito de espírito respondeu: – E o que merece o senhor, doutor, por não ter sido capaz de responder na primeira? Ora, eu lhe darei uma, seu cabeça oca; com um *s*?

41. A gravidez podia evitar uma sentença de morte.
42. Dick Turpin, famoso salteador da época.
43. Em latim, "torpe".
44. Historicamente os membros do clero estavam isentos de julgamento na corte secular.
45. Esta, como as citações seguintes, é uma versão corrompida de frases latinas extraídas de uma cartilha da época. Neste caso, o correto seria: *Molle meum levibusque cor est violabile telis* ("meu coração é tenro e vulnerável a dardos leves"); Ovídio, *Heróidas*, 15, 79.

Silicet, ut fulvum spectatur in igdibus haurum[46].

O que, nem com um *m* consegues? És mesmo um belo de um pároco! Por que não roubaste ao pároco um pouco de latim, além de seu hábito? – Um outro à mesa então respondeu: – Ainda que o tivesse feito, o senhor ia ser demais para ele; recordo-o como um demônio nesse jogo nos tempos de colégio, já o vi apanhando um calouro: pois ninguém que o conhecesse se meteria com o senhor. – Já esqueci essas coisas – protestou o espírito –, creio que me teria saído muito bem antigamente. Vejamos então, com o que foi que terminei?... com um *m* de novo... sim...

Mars, Bacchus, Apollo, virorum.

Antigamente eu levava jeito. – Ah, que uma praga o carregue, ainda agora o senhor leva – disse o outro –, ninguém neste condado o enfrentaria. – Adams não aguentava mais. – Amigo – disse ele –, eu tenho um garoto com não mais de oito anos que poderia ensinar-lhe que o último verso reza assim:

Ut sunt divorum, Mars, Bacchus, Apollo, virorum[47].

– Casarei contigo um guinéu quanto a isso – disse o sujeito de espírito, atirando o dinheiro à mesa. – E eu bancarei a metade – exclamou o outro. – Feito – respondeu Adams; mas, tendo vasculhado seus bolsos, foi obrigado a se retratar e a admitir que não tinha dinheiro nenhum consigo, o que pôs todos a rir e confirmou o triunfo de seu adversário, que não foi moderado, não mais do que a aprovação que ele recebeu de todos os convivas, os quais diziam a Adams que ele devia ir um pouco mais à escola antes de tentar atacar aquele cavalheiro em latim.

O escrevente, tendo finalizado os depoimentos tanto do sujeito como dos que tinham apreendido os prisioneiros, entregou-os ao juiz, que, tendo feito jurar as várias testemunhas, e sem ler uma única sílaba, ordenou ao escriturário que preparasse o *mittimus*[48].

46. *Scilicet ut fulvum spectatur in ignibus aurum,* [*tempore sic duro est inspicienda fides*] ("sabe-se que, assim como o ouro fulvo se testa nas chamas, [outrossim nas horas difíceis se testa a fidelidade]") Ovídio, *Tristes*, 1, 5, 25.

47. Uma linha truncada de um trecho sobre os gêneros gramaticais: "Como são [masculinos] os [nomes] de deuses: Marte, Apolo, Baco; e os de homens".

48. Mandado de prisão.

"Ut sunt divorum, Mars, Bacchus, Apollo, virorum." *Por Norman Tealby.*

Adams, nisso, disse esperar que não o condenariam sem tê-lo ouvido. – Não, não – troou o juiz –, perguntaremos o que o senhor tem a dizer em sua defesa quando vier a julgamento; nós agora não o estamos julgando; só vou mandá-lo para a cadeia. Se o senhor puder provar sua inocência na corte, receberá o *ignoramus*[49], e assim nenhum mal terá sido feito. – Não é punição, senhor, que um homem inocente passe vários meses na cadeia? – bradou Adams. – Rogo que ao menos me ouça antes de assinar o *mittimus*. – De que vale o que o senhor possa dizer? – disse o juiz. – Não está tudo aqui, preto no branco, contra o senhor? Mas vou lhe dizer, o senhor é mesmo um sujeitinho muito impertinente, para abusar assim do meu tempo. Por isso vamos logo com esse *mittimus*.

O escrevente fez saber então ao juiz que, entre outras coisas suspeitas, como um canivete &c., encontradas nos bolsos do sr. Adams, eles haviam achado um livro escrito, ele receava, em cifras, pois ninguém pudera ler uma palavra dele. – Ora pois – disse o juiz –, esse sujeito pode ser mais do que um ladrão comum, pode estar num complô contra o governo. Apresentem o livro. – Com isso o pobre manuscrito de Ésquilo, que Adams transcrevera de seu próprio punho, foi trazido; e o juiz, ao contemplá-lo, balançou a cabeça e, voltando-se para o prisioneiro, perguntou qual o sentido daquelas cifras. – Cifras! – respondeu Adams. – É um manuscrito de Ésquilo. – Quem? Quem? – disse o juiz. – Adams repetiu: – Ésquilo. – Eis aí um nome estrambólico – disse o escrevente. – Antes um nome fictício, suponho – disse o juiz. Um dos presentes disse que a coisa se parecia um bocado com grego. – Grego! – berrou o juiz. – Como, se é tudo manuscrito? – Espere – volveu o outro –, não digo positivamente que o seja, pois faz muito tempo desde que vi algum grego. Ali está alguém – disse, apontando para o pároco local, que se achava presente – que no-lo dirá imediatamente. – O pároco, tomando o livro e munindo-se a um só tempo de óculos e de gravidade, murmurou consigo algumas palavras, e então declarou em voz alta: – Sim, de fato é um manuscrito grego, uma finíssima antiguidade. Não tenho dúvida de que foi roubado do mesmo clérigo de quem o celerado tomou a sotaina. – O que o salafrário quis dizer com seu Ésquilo? – perguntou o juiz. – Bah! – respondeu o doutor com um esgar desdenhoso. – O senhor acha que esse sujeito sabe alguma coisa deste livro? Ésquilo? Ho, ho, ho! Vejo agora o que é isto... um manuscrito de um dos pais[50]. Sei de um nobre que daria uma dinheirama por uma antigui-

49. Termo que o júri escrevia no verso da acusação em caso de falta de evidências.

50. Ou seja, um dos pais da Igreja, teólogos de grande influência nos primeiros séculos do cristianismo, entre os quais contam-se São Clemente, Santo Ambrósio e Santo Agostinho.

dade destas... sim, sim, pergunta e resposta. O início é o catecismo em grego... sim, sim, *pollaki toi*[51]: qual é o seu nome? – Ora, qual é o seu nome? – disse o juiz a Adams, que respondeu: – *É* Ésquilo, e nisso eu insisto. – Oh, sem dúvida – disse o juiz. – Preparem o *mittimus* do senhor Ésquilo. Vou ensiná-lo a vir troçar-me com nomes falsos.

Um dos presentes, tendo olhado atentamente para Adams, perguntou-lhe se ele não conhecia Lady Booby. E então Adams, lembrando-se dele subitamente, respondeu, com júbilo: – Ó meu fidalgo, é o senhor? Creio que o senhor informará a sua excelência que sou inocente. – Posso com efeito dizer – replicou o fidalgo – que muito me surpreende vê-lo nesta situação. – E então, endereçando-se ao juiz, disse: – Senhor, asseguro-lhe que o sr. Adams é um clérigo tal como parece, e um gentil-homem de boníssimo caráter. Eu lhe pediria que investigasse um pouco mais a fundo este caso, pois estou convencido de sua inocência. – Não – disse o juiz –, se ele é um gentil-homem e o senhor está seguro de que é inocente, eu não faço questão de condená-lo, longe de mim; vou condenar só a mulher, e aceitar sua fiança pelo cavalheiro; consulte o livro, escrevente, e veja como se faz para pagar fiança; vamos, e prepare o *mittimus* da mulher o mais rápido que puder. – Senhor – interveio Adams –, asseguro-lhe que ela é tão inocente como eu próprio. – Talvez – disse o fidalgo – tenha havido algum engano; peço-lhe que ouçamos o relato do sr. Adams. – Com todo o prazer – respondeu o juiz –, e deem ao cavalheiro um copo para molhar o bico antes de começar. Eu sei como tratar um gentil-homem tão bem como qualquer outro. Ninguém pode dizer que já condenei um deles desde que estou no cargo. – Adams iniciou então a narrativa, durante a qual, embora fosse bastante prolixo, não foi interrompido, salvo por vários *uhs* e *ahs* do juiz, e de seus pedidos de que repetisse as partes que lhe pareciam mais importantes. Quando ele concluiu, o juiz, que, depois do que lhe dissera o fidalgo, acreditou em cada sílaba de sua história com base em sua mera afirmação, sem embargo dos depoimentos jurados em contrário, entrou a soltar vários *celerados* e *salafrários* contra a testemunha, que ele ordenou se apresentasse, mas em vão: a dita testemunha, que há muito adivinhara o curso que as coisas provavelmente tomariam, se havia discretamente retirado, sem aguardar o desfecho. O juiz tombou então numa fúria violenta, e a custo foi convencido a não condenar os inocentes rapazes, que tinham sido tapeados tão bem como ele. Ele jurou que seria melhor eles acharem o sujeito culpado de perjúrio e o levarem à sua presença dentro de dois dias; do contrário, ele lhes im-

51. A expressão significa efetivamente "qual é o seu nome", mas o pároco apenas simula lê-la no manuscrito.

poria a todos boa conduta. Todos prometeram fazer os melhores esforços nesse sentido, e foram dispensados. Então o juiz insistiu em que o sr. Adams se sentasse e tomasse com ele um copo, e o pastor da paróquia devolveu-lhe o manuscrito sem dizer palavra; tampouco Adams, que discernira claramente sua ignorância, quis expô-la. Quanto a Fanny, ela fora, a seu próprio pedido, confiada aos cuidados de uma criada da casa, que lhe forneceu roupas novas e a ajudou a lavar-se.

O grupo no saguão não estava sentado havia muito quando foram alarmados por um horrível escarcéu vindo de fora, onde os indivíduos que tinham capturado Adams e Fanny vinham-se regalando, segundo o costume da casa, com a cerveja forte do juiz. Estavam todos se agarrando pelas orelhas, e socavam-se uns aos outros sem piedade. O juiz em pessoa saiu e, com a dignidade de sua presença, pôs fim rapidamente à refrega. Ao retornar ao saguão ele contou que a causa da querela outra não fora que uma discussão sobre a quem, caso Adams tivesse sido condenado, a maior parte da recompensa por sua captura teria cabido. Todos os convivas riram com isso, exceto Adams, que, tirando o cachimbo da boca, emitiu um profundo suspiro e disse que consternava-o ver uma têmpera tão litigiosa nos homens. Disse lembrar-se de uma história meio parecida em uma das paróquias onde tinha sua cura. – Houve – prosseguiu ele – uma concorrência entre três jovens pelo cargo de sacristão, que eu conferi, no alcance de minhas habilidades, de acordo com o mérito. Ou seja, dei-o ao que tinha mais traquejo para preparar um salmo. O sacristão nem bem se estabeleceu no cargo e teve início uma polêmica entre os dois candidatos desapontados a respeito da própria excelência, ambos debatendo sobre quem, se tivessem sido eles os únicos concorrentes, minha escolha teria recaído. Essa disputa perturbava frequentemente a congregação, e gerou dissonância na salmodia, até que fui obrigado a silenciar os dois. Mas, ai de mim, o espírito litigioso não podia ser suprimido, e, já não podendo se manifestar pelo canto, rebentou em pancadaria. Ele provocou muitas batalhas (pois eles faziam um páreo e tanto), e creio que teria acabado fatalmente, não houvesse a morte do sacristão me proporcionado uma oportunidade de promover um deles a seu posto, o que logo pôs fim à disputa e reconciliou inteiramente as partes querelantes. – Adams passou então a fazer algumas observações filosóficas sobre a insensatez de se ficar esquentado em discussões em que nenhuma das partes tem interesse. Em seguida aplicou-se vigorosamente ao fumo, e um longo silêncio se seguiu, sendo finalmente rompido pelo juiz, que começou a entoar louvores a si mesmo e a se gabar desbragadamente de seu fino discernimento no caso que acabavam de lhe submeter. Foi rapidamente interrompido pelo sr. Adams, e entre este e sua excelência levantou-se uma discussão sobre se ele deveria ou não, pelo rigor da lei, ter condenado o dito Adams, durante a qual o último afirmava que deveria ter sido condenado, e o juiz sustentava com igual veemência que não deveria. Isso teria muito provavelmente causado uma briga (pois ambos eram bastante violentos e positivos em suas opiniões), não houvesse Fanny acidentalmente ouvido que um rapaz partiria da casa do juiz para a mesma estalagem em que a diligência onde estava Joseph fazia parada. Com essa notícia, ela pediu imediatamente que chamassem o pastor do saguão. Adams, ao vê-la decidida a partir (embora ela não confessasse a razão, pretendendo antes que não tolerava ver a cara daqueles que a haviam suspeitado de tal crime), mostrou-se igualmente determinado a acompanhá-la; assim sendo, despediu-se do juiz e dos convivas e encerrou uma discussão em que a lei parecia vergonhosamente pretender que um magistrado e um homem de Deus se pegassem pelas orelhas.

CAPÍTULO XII

UMA AVENTURA DELICIOSÍSSIMA, TANTO PARA AS PESSOAS ENVOLVIDAS COMO PARA O LEITOR DE BOA NATUREZA.

Adams, Fanny e o guia partiram juntos por volta de uma da manhã, tendo a lua acabado de ascender. Não haviam avançado mais de uma milha quando um violentíssimo temporal os forçou a buscar abrigo em uma estalagem, ou antes cervejaria, onde Adams arrumou logo um bom fogo, uma torrada com cerveja e um cachimbo, e se pôs a fumar com grande satisfação, esquecendo absolutamente tudo o que se passara.

Fanny sentou-se também ela junto ao fogo, mas estava muito mais impaciente com o temporal. Ela acabou atraindo os olhos do estalajadeiro, de sua esposa, da aia da casa e do rapaz que lhes servia de guia; todos refletiam que jamais tinham visto coisa alguma que fosse metade tão bela; e, de fato, leitor, se és de índole amorosa, aconselho-te a pular o próximo parágrafo, o qual, para tornar nossa história perfeita, somos obrigados a com-

Partindo à luz da lua, por Norman Tealby

por, esperando humildemente poder escapar ao fado de Pigmalião[52]. Pois se nos ocorresse, ou a ti, deparar tal imagem, quedaríamos talvez em tão desvalida condição como Narciso, e poderíamos porventura dizer a nós mesmos: *quod petis est nusquam*[53]. Ou, se seus traços mais finos nos trouxessem aos olhos a imagem da senhora ***, estaríamos ainda numa situação igualmente ruim, e poderíamos dizer a nossos desejos: *coelum ipsum petimus stultitia*[54].

Fanny estava então com dezenove anos de idade; era alta e de formas delicadas, mas não uma daquelas jovens esguias que parecem feitas antes para se pendurar no saguão de um anatomista do que para qualquer outra coisa. Pelo contrário, era tão cheia que parecia transbordar pelo corpete justo, especialmente na parte que confinava seus volumosos seios. Tampouco seus quadris requeriam a assistência de um aro para se alargarem. A forma precisa de seus braços denotava a forma daqueles membros que ela ocultava; e, embora estivessem um pouco avermelhados pelo trabalho, se suas mangas se arregaçassem acima dos cotovelos, ou se seu lenço descobrisse qualquer parte de seu colo, desvelar-se-ia tal brancura que a mais fina pintura italiana seria incapaz de alcançá-la. Seu cabelo era de um tom castanho, e a natureza fora-lhe extremamente generosa com ele; ela o mantinha cortado, e nos domingos costumava enlaçá-lo ao redor do pescoço, à moda moderna. Sua testa era alta, suas sobrancelhas arqueadas, e antes cheias do que o contrário. Os olhos, negros e brilhantes; o nariz, pendendo para o romano; os lábios, vermelhos e úmidos, sendo o inferior, na opinião das senhoras, saliente demais. Seus dentes eram brancos, mas não totalmente regulares. A varíola lhe deixara uma única marca no queixo, tão grande que poder-se-ia tomá-la por uma covinha, não houvesse sua face esquerda produzido outra tão semelhante à primeira que aquela não servia senão de realce para esta. Sua compleição era alva, um pouco marcada pelo sol, mas revestida de tal viço que as mais finas damas trocariam por ela toda a sua brancura. Acrescente-se a isso um semblante em que, embora ela fosse extremamente acanhada, revelava-se uma sensibilidade quase incrível, e uma doçura, sempre que ela sorria, acima de toda imitação ou descrição. Para encerrar, ela tinha uma nobreza natural além do alcance da arte, que surpreendia a todos que a contemplavam.

Essa adorável criatura estava sentada junto ao fogo com Adams quando sua atenção foi subitamente atraída por uma voz provinda de uma sala interna, que entoava a seguinte canção:

52. Pigmalião, rei de Chipre, apaixonou-se pela estátua de mármore que ele próprio esculpira.
53. "O que buscas não está em parte alguma" (Ovídio, *Metamorfoses*, 3, 433).
54. "Buscamos o próprio céu em nossa loucura" (Horácio, *Odes*, 1, 33, 38).

A CANÇÃO

Aonde irá, Cloé, em andanças
O pastor de teus charmes devoto?
A lavar-lhes da mente as lembranças
Correrá a que Lete[55] remoto?
O infeliz sob pena de morte
Pode ainda escapar caso tente
E fugir de sua terra com sorte;
Mas pode ele fugir de sua mente?

Ah, ventura nunca antes sonhada
É caber a Cloé por direito;
Nem mesmo ela, ou tirânica armada
Lhe hão de a imagem tirar-me do peito.
Não tivera mais gáudio Narciso
Ao mirar seduzido seus traços?
E no entanto lhe fora preciso
Com urgência cingi-los nos braços.

Como pode ser teu o semblante
Que meu peito cumula de agruras?
Poderá algo a ti semelhante
Mais dolência trazer que venturas?
Arrancai-me do seio a fingida,
Ó potências, embora eu sucumba
E mortal seja embora a ferida,
Pois então terei paz em minha tumba.

Vede a ninfa que pela planura
Se aproxima sorrindo e saltando!
Mil amores lhe dançam à sura
E rodeiam-na as Graças em bando.
Ledo Zéfiro a vê-la voeja
Carregando as doçuras da flora,

55. Rio mitológico cuja água causava esquecimento a quem a bebesse.

Ah, vilão!, no que os olhos lhe beija,
De seu sopro mais doces devora.

A mirá-la minh'alma se elança,
Mas sua fronte é tão cheia de graça
Que ao desejo se me alça a esperança
E ao tardio desespero ultrapassa.
Nesse instante a loucura me cega
E disparo a enlaçar minha eleita;
De seu colo a metade ela nega,
De meu beijo a metade ela aceita.

Animado por tantos sinais,
Sussurrei-lhe: – Estamos a sós!
– O restante dirão imortais,
Outras línguas o vedam a nós.
Ah, Cloé – expirando desato –,
quanto tempo aguentei teu despeito!
– Ah, Estréfon – volveu com recato –,
não instaste jamais deste jeito.

Adams estivera todo esse tempo ruminando uma passagem de Ésquilo, sem prestar a mínima atenção à voz, malgrado fosse uma das mais melodiosas que jamais se ouviram; quando, pondo subitamente os olhos em Fanny, exclamou: – Bênçãos, você está extremamente pálida! – Pálida, sr. Adams! – disse ela. – Ó Jesus! – e caiu para trás na cadeira. Adams se pôs de pé num salto, atirou seu Ésquilo ao fogo e se pôs a berrar pela ajuda da gente da casa. Em pouco tempo ele atraiu todos para o salão, e o cantor em meio ao resto. Mas ó leitor, quando este rouxinol, que outro não era senão o próprio Joseph Andrews, viu sua amada Fanny na situação em que a descrevemos, podes conceber a agitação de sua mente? Se não puderes, descarta essa ideia e contempla sua felicidade quando, ao tomá-la nos braços, ele descobriu a vida e o sangue retornando-lhe às faces, e quando a viu abrir os adorados olhos e ouviu-a sussurrar no mais meigo tom: – E és tu Joseph Andrews? – És tu minha Fanny? – respondeu ele afoito, e, estreitando-a junto ao coração, imprimiu-lhe incontáveis beijos nos lábios, sem cuidar em quem estivesse presente.

Se os santarrões se ofenderem com a sensualidade desta imagem, que desviem os olhos dela e contemplem o pastor Adams dançando pela sala num paroxismo de alegria. Alguns filósofos talvez se perguntem se ele não seria o mais feliz dos três, já que a bondade de seu coração gozava as benesses que exultavam no peito dos outros dois juntamente com as suas próprias. Mas deixaremos tais disquisições, para nós demasiado profundas, aos que estiverem erigindo alguma hipótese acalentada, para cuja construção e esteio não rejeitarão nenhum refugo metafísico. De nossa parte, concederemos a vitória claramente a Joseph, cuja felicidade era não apenas maior que a do pastor, como também de maior duração: pois tão logo cessaram os primeiros tumultos do êxtase de Adams, ele voltou os olhos à fogueira, onde Ésquilo jazia expirando, e imediatamente resgatou os pobres resquícios – a saber, a capa de pele de cabra de seu querido amigo, que fora trabalho de suas próprias mãos e tinha sido seu companheiro inseparável por mais de trinta anos.

Fanny, tão logo se viu perfeitamente recuperada, começou a refrear a impetuosidade de seus elances, e, refletindo no que tinha feito e tolerado na presença de tantos, foi imediatamente tomada de embaraço; afastando Joseph gentilmente, pediu-lhe que se aquietasse, e tampouco admitiu novos beijos ou abraços. Então, avistando a sr.ª Slipslop, fez uma mesura e se ofereceu para acompanhá-la; mas essa altiva mulher não retribuiu a mesura, e sim, desviando os olhos, retirou-se imediatamente para outra sala, murmurando, no caminho, que se perguntava *quem era a criatura*.

CAPÍTULO XIII

UMA DISSERTAÇÃO A RESPEITO DE GENTE SUBIDA E GENTE RASTEIRA, COM A PARTIDA DA SR.ª SLIPSLOP NUM ESTADO DE HUMOR NÃO MUITO BOM, E OS MAUS TRANSES EM QUE ELA DEIXOU ADAMS E SEUS COMPANHEIROS.

Parecerá sem dúvida estranhíssimo a muitos leitores que a sr.ª Slipslop, que vivera vários anos na mesma casa que Fanny, se esquecesse dela totalmente após uma breve separação. E a verdade é que ela a recordava muito bem. Sendo assim, como não desejamos que algo soe desnatural nesta história, vamo-nos empenhar em explicar as razões de sua conduta; e não temos dúvidas de que poderemos convencer o curiosíssimo leitor de que a sr.ª Slipslop não se desviou minimamente do caminho usual com essa atitude; e, com efeito, se houvesse agido de outra forma, ter-se-ia forçosamente rebaixado, e seria mui justamente digna de censura.

Fique-se sabendo, então, que a espécie humana é dividida em dois tipos de pessoas, a saber, a gente *subida* e a gente *rasteira.* Assim como por gente subida não quero dar a entender pessoas literalmente nascidas mais altas em suas dimensões do que o restante da espécie, nem, metaforicamente, aquelas de caracteres ou habilidades exaltados, outrossim, por gente rasteira não se julgue que eu entenda o reverso. A gente subida não mais é do que a gente da moda, e a gente rasteira, a sem moda nenhuma. Ora, esta palavra *moda,* à força do uso, já perdeu seu sentido original, e atualmente nos transmite uma ideia muito diversa dele. Pois muito me engano se a gente da moda não associamos geralmente uma concepção de nascimento e predicados superiores aos do rebanho da humanidade, ao passo que, na realidade, nada mais se entendia originalmente por pessoa da moda do que uma pessoa que se vestia segundo a moda da época; e a palavra, real e verdadeiramente, não significa nada além disso nos dias de hoje. Ora, estando o mundo assim dividido entre gente da moda e gente sem moda, uma feroz contenda irrompeu entre ambas, e os membros de um partido, para evitar suspeitas, não se deixariam ver publicamente em conversa com os do outro, embora mantivessem com frequência uma relação muito boa em particular. Nessa contenda é difícil dizer qual dos partidos se saiu melhor, pois ao passo que a gente da moda se apossou de vários locais para seu próprio uso, como cortes, assembleias, óperas, bailes *&c.*, a gente sem moda, além de um régio local chamado o Jardim dos Ursos de sua majestade[56], tem estado em posse constante de todos os arrasta-pés, feiras, folias *&c.* Dois locais concordou-se que se repartiriam entre ambas, a saber, a igreja e o teatro, onde elas se segregam uma da outra de maneira notável: pois, assim como a gente da moda se exalta na igreja acima da cabeça da gente sem moda, no teatro ela se rebaixa no mesmo grau sob seus pés. Essa distinção nunca encontrei quem pudesse explicar; baste dizer que, longe de se considerarem mutuamente como irmãs na língua cristã, elas mal parecem considerar-se como membros da mesma espécie. Isso as expressões *gente estranha, gente que ninguém conhece, a criatura, os desgraçados, as bestas, os brutos* e muitas outras designações evidentemente demonstram – as quais a sr.ª Slipslop, tendo amiúde ouvido a patroa usar, achou-se no igual direito de empregar por seu turno. E talvez não se enganasse, visto que esses dois partidos, e especialmente aqueles que fazem fronteira de perto com os outros, ou seja, os mais rasteiros dos subidos e os mais subidos dos rasteiros, com frequência trocam de partido segundo o lugar e o momento; pois os que são gente da moda em um lugar são

56. Onde se abatiam ursos como espetáculo público.

com frequência gente sem moda em outro; e, no que toca ao momento, talvez não seja desagradável considerarmos o panorama da subordinação qual fosse uma espécie de escada de mão; por exemplo, de manhã cedo levanta-se o postilhão, ou algum outro menino de que as grandes famílias, não mais do que os grandes navios, jamais carecem, e se põe a escovar as roupas e limpar os sapatos de John, o lacaio, que, tendo-se ele próprio vestido, põe mãos às mesmas tarefas pelo sr. Second-hand[57], gentil-homem do fidalgo; o gentil-homem, de maneira similar, presta respeitos mais tarde ao fidalgo; o fidalgo, tão logo se paramenta, comparece ao despertar de milorde, o qual nem bem acaba e o próprio milorde é visto no despertar do favorito, que, tendo sua hora de honrarias chegado ao fim, acorre ele próprio a honrar o despertar de seu soberano. Tampouco há, talvez, em toda essa escada da subordinação, um degrau a maior distância do outro do que o primeiro do segundo, de modo que, para um filósofo, a questão pareceria apenas a de se você escolheria ser um grande homem às seis da manhã ou às duas da tarde. E todavia mal há dois deles que não considerem a mínima familiaridade com as pessoas logo abaixo uma condescendência, e, se avançarem um degrau a mais, uma degradação.

E agora, leitor, espero que perdoes esta longa digressão, que me pareceu necessária para vindicar o grande caráter da sr.ª Slipslop de algo que a gente rasteira, que nunca viu gente subida, poderia julgar um absurdo; mas nós, que a conhecemos, devemos ter visto diariamente pessoas muito subidas reconhecendo-nos em um lugar e não em outro, hoje e não amanhã; tudo o que seria difícil justificar senão pelo modo como aqui procurei fazer; e talvez, se os deuses, segundo a opinião de alguns, só fizeram os homens para se rirem deles, não haja parte de nosso comportamento que melhor atenda ao propósito de nossa criação do que essa.

Mas retornando a nossa história: Adams, que não sabia a esse respeito mais do que o gato sentado na mesa, imaginando que a memória da sr.ª Slipslop fosse muito pior do que realmente era, seguiu-a até a sala vizinha, berrando: – Senhora Slipslop, está aqui uma de suas antigas conhecidas. Venha só ver que bela moça ela ficou desde que deixou o serviço de Lady Booby! – Acho que eu me *discordo* um pouco dela – respondeu a outra, com grande dignidade –, mas não posso me lembrar de todos os criados inferiores da família. – Ela passou em seguida a satisfazer a curiosidade de Adams, dizendo-lhe que, ao chegar à estalagem, encontrara uma carruagem a sua espera; que, como sua senhora era

57. "Segunda mão."

esperada para muito breve no campo, ela tivera de apressar-se ao máximo, e, em *comensuração* pela manqueira de Joseph, trouxera-o consigo; e, por fim, que a excessiva *virulência* da tempestade os havia empurrado até a casa onde ele os encontrara. Depois disso, fez saber a Adams que ele havia esquecido seu cavalo, e expressou certa surpresa por ele ter-se desviado tanto do caminho, e por encontrá-lo, como dizia, em companhia daquela moçoila, que ela receava não fosse melhor do que prometia.

O cavalo nem bem entrou na cabeça de Adams e foi imediatamente expulso por esse comentário sobre o caráter de Fanny. Ele protestou que, segundo cria, não havia donzela mais casta no universo. – Quisera de coração, quisera de coração – exclamou ele (estalando os dedos) – que as pessoas acima dela fossem igualmente boas. – E então passou a informá-la quanto ao acidente de seu encontro; mas, quando ele mencionou o detalhe de que a salvara da violação, ela observou que o achava mais talhado para o exército do que para o clero; que não caía bem num clérigo deitar mãos violentas sobre ninguém, e que ele devia era ter rezado para que ela ganhasse forças. Adams disse que estava muito longe de se envergonhar do que fizera; ela replicou que a falta de vergonha não era a *caricaturística* de um clérigo. Esse diálogo poderia ter esquentado ainda mais, não houvesse Joseph entrado oportunamente na sala para pedir permissão à sr.ª Slipslop de lhe apresentar Fanny. Mas ela se negou positivamente a admitir quaisquer marafonas do tipo, e disse que teria morrido queimada antes de tolerar que ele a acompanhasse numa carruagem se o houvesse *respeitado* de pôr suas vadias a esperá-lo na estrada, acrescentando que o sr. Adams fizera mesmo um bonito papel, e que não duvidava de vê-lo bispo. Ele fez a melhor mesura que pôde e declarou: – Agradeço-lhe, senhora, pelo mui reverendo tratamento, que me valerei de todos os meios honestos para merecer. – Meio muito honesto – retorquiu ela com um riso sardônico – esse de sair ajuntando gente boa. – A estas palavras Adams deu duas ou três passadas através da sala, quando o cocheiro veio informar à sr.ª Slipslop que a tempestade estiara e a lua brilhava forte. Ela então mandou chamar Joseph, que estava sentado fora com sua Fanny, e pediu-lhe que a acompanhasse. Mas ele se negou peremptoriamente a deixar Fanny para trás, o que lançou a boa mulher numa fúria violenta. Ela disse que informaria a sua senhora que coisas se vinham passando, e que não duvidava de que ela livraria a paróquia de toda aquela gentinha; e encerrou um longo discurso cheio de fel e termos atrozes com algumas reflexões sobre o clero, que não seria decente repetir. Por fim, vendo Joseph inamovível, atirou-se na carruagem, lançando a Fanny, ao passar, um olhar não diverso daquele que Cleópatra dirige a Otávia na peça[58]. A dizer a verdade, ela estava amargamente desapontada com a presença de Fanny; ela havia, quando primeiro avistara Joseph na estalagem, concebido esperanças de certas coisas que poderiam tão bem concretizar-se numa cervejaria como num palácio, e aliás é muito provável que o sr. Adams tenha resgatado não apenas Fanny do perigo de uma violação àquela noite.

Assim que a carruagem levou embora a enfurecida Slipslop, Adams, Joseph e Fanny se reuniram junto ao fogo, onde travaram uma boa dose de conversa inocente, longa o bastante; mas, como esta possivelmente não seria muito entretida para o leitor, avançaremos até a manhã, observando apenas que nenhum deles foi para a cama aquela noite. Adams, após tragar três cachimbadas, tirou uma confortável soneca numa espreguiçadeira, e deixou que os amantes, cujos olhos estavam demasiado bem empregados para permitir qualquer desejo de fechá-los, se comprazessem a sós durante algumas horas – felicidade de que nenhum dos meus leitores que jamais se apaixonaram poderão fazer a mínima ideia, ainda que tivéssemos tantas línguas como desejara Homero[59] para descrevê-la, e que todos os amantes verdadeiros representarão em suas mentes sem a menor assistência de nossa parte.

Baste dizer então que Fanny, após mil súplicas, por fim entregou sua alma inteira a Joseph e, quase a desmaiar-lhe nos braços, com um suspiro infinitamente mais suave e também mais doce do que qualquer brisa da Arábia, sussurrou-lhe junto aos lábios, que estavam próximos aos seus: – Ó Joseph, você me ganhou: eu serei para sempre sua. – Joseph, tendo-lhe agradecido de joelhos e a abraçado com uma urgência que ela então quase retribuiu, meteu-se de pé num êxtase e despertou o pastor, pedindo-lhe enfaticamente que unisse suas mãos naquele mesmo instante. Adams o repreendeu pelo pedido, e disse que de modo algum consentiria em algo contrário às formalidades da Igreja; que ele não tinha licença, e ele tampouco o aconselharia a obtê-la; que a Igreja havia prescrito uma prática – qual fosse, a publicação de proclamas – que todos os bons cristãos deviam observar, e a cuja omissão ele atribuía as muitas misérias que se precipitavam sobre os grandes no casamento[60], concluindo que *todos quantos se unem diversamente do que permite a palavra de D*** não são unidos por D***, nem*

58. A peça é *All for Love* (1678), de John Dryden, que compartilha, em moldes neoclássicos, o tema de *Antônio e Cleópatra,* de Shakespeare. Na versão de Dryden, Cleópatra e Otávia trocam insultos em sua disputa por Antônio (III, i).
59. Ou seja, dez línguas (*Ilíada*, II, 489-490).
60. Os "grandes" recorriam com frequência a licenças emitidas por bispos, um método também aceito pela Igreja Anglicana, mas desaprovado por Adams.

Joseph lhe agradeceu de joelhos, por Herbert Railton e E. J. Wheeler

tampouco seu matrimônio é legal[61]. Fanny concordou com o pastor, garantindo a Joseph, com um rubor, que não consentiria semelhante coisa, e que se admirava de ele a propor. Nessa resolução ela foi confortada e elogiada por Adams, e Joseph foi obrigado a aguardar pacientemente até depois da terceira publicação dos proclamas, os quais, entretanto, ele obteve o consentimento de Fanny, na presença de Adams, para providenciar assim que chegassem.

O sol já saíra havia algumas horas quando Joseph, descobrindo sua perna surpreendentemente recuperada, propôs que seguissem andando; mas quando estavam todos prontos para partir, um acidente meio que os retardou. E outra coisa não foi do que a conta, que montava a sete xelins; não era nenhuma for-

61. Citação do *Livro de Preces Comuns*.

tuna, se considerarmos a imensa quantidade de cerveja que o sr. Adams sorvera. E, de fato, eles não faziam objeção à razoabilidade da conta, mas faziam muitas à probabilidade de pagá-la – pois o sujeito que havia tomado a bolsa da pobre Fanny se esquecera lamentavelmente de restituí-la. E a conta ficou assim:

Sr. Adams e companhia, dev.:	0	7	0
No bolso do sr. Adams	0	0	6½
No do sr. Joseph	0	0	0
No da sr.ª Fanny	0	0	0
Saldo	0	6	5½

Eles guardaram silêncio por alguns minutos, encarando-se uns aos outros, quando Adams se esgueirou na ponta dos pés e perguntou à estalajadeira se não havia algum clérigo naquela paróquia. Ela respondeu que havia. – E é bem de vida? – volveu ele, ao que ela igualmente respondeu que sim. Adams, então, estalando os dedos, regressou extasiado a seus companheiros, a exclamar "*Eureka, Eureka!*"; e, não sendo compreendido, disse-lhes, em bom inglês, que não precisariam agastar-se, pois ele tinha um irmão na paróquia que arcaria com a conta, e que só iria até a casa deste buscar o dinheiro e estaria de volta num instante.

CAPÍTULO XIV

UMA ENTREVISTA ENTRE O PASTOR ADAMS E O PASTOR TRULLIBER.

O pastor Adams foi dar à casa do pastor Trulliber, que encontrou apenas de colete, com um avental e um balde na mão, recém-chegado de tratar os porcos; pois o sr. Trulliber era pároco aos domingos, mas nos outros seis dias podia ser considerado mais propriamente um sitiante[62]. Ele ocupava uma pequena faixa de terra própria, além do qual arrendava consideráveis outras. Sua esposa ordenhava as vacas, cuidava da leiteria e comerciava manteiga e ovos. Os porcos ficavam

62. O que era ilegal para os clérigos, pois desviava-os de seus deveres espirituais.

sobretudo por sua conta, e ele os tratava zelosamente em casa e os levava a feiras; em tais ocasiões, era alvo de muitos gracejos, pois seu próprio porte, à força de tanta cerveja, tornara-se pouco inferior ao dos animais que vendia. Era, de fato, um dos maiores homens que se hão de ver, e poderia ter feito o papel de Sir John Falstaff[63] sem enchimentos. Acrescente-se a isso que a rotundidade de seu ventre era consideravelmente ampliada pela curteza de sua estatura; sua sombra alcançava quase a mesma altura, quando ele se deitava de costas, que quando ficava em pé. A voz era sonora e rouca, e o sotaque extremamente carregado; para arrematar o todo, tinha uma pomposidade no passo, ao caminhar, não diversa da de um ganso, salvo que marchava mais devagar.

O sr. Trulliber, tendo sido informado de que alguém desejava falar-lhe, tirou imediatamente o avental e vestiu um velho roupão, que era o traje em que sempre recebia visitas em casa. A esposa, que o havia informado da chegada do sr. Adams, cometera um pequeno deslize, pois dissera ao marido que parecia estar ali um homem vindo para ver seus porcos. Essa suposição fez o sr. Trulliber acorrer com a maior prontidão a receber o visitante; nem bem viu Adams e, sem a menor dúvida de que a causa da visita era a que a esposa imaginara, disse-lhe que chegava em muito boa hora, pois esperava um comprador para aquela mesma tarde; e acrescentou que eles eram todos puros e gordos, para cima de vinte arrobas cada. Adams respondeu presumir que ele não o conhecesse. – Sim, sim – exclamou Trulliber –, vi o senhor muitas vezes na feira; ora, nós já negociamos antes disso, garanto; sim, sim – exclamou –, lembro-me muito bem do teu rosto, mas não direi outra palavra até que o senhor os tenha visto, embora não tenha te vendido nunca uma manta de toucinho como o que há agora no chiqueiro. – Com isso ele deitou mãos violentas sobre Adams e o arrastou ao chiqueiro dos porcos, que na verdade ficava a apenas dois passos da janela da sala. Nem bem chegaram lá e ele trovejou: – Dá só uma apalpada neles; entra lá, amigo; és bem-vindo para apalpá-los, quer compres, quer não. – E com essas palavras, tendo aberto o portão, empurrou Adams para o chiqueiro, insistindo em que devia apalpá-los antes de trocarem uma palavra. Adams, cuja complacência natural excedia toda a artificial, viu-se forçado a obedecer antes de ter a chance de se explicar, e, quando apanhou a cauda de um deles, o sanhoso bicho deu um salto tão brusco que atirou o coitado de comprido na lama. Trulliber, em vez de ajudá-lo a se levantar, desatou a rir e, entrando no chiqueiro, disse a Adams com certo des-

63. O avantajado e cômico anti-herói de Shakespeare, que figura nas duas partes de *Henrique IV* e em *As Alegres Comadres de Windsor.*

"Como é, não sabes apalpar um porco?" Por Norman Tealby.

caso: – Como é, não sabes apalpar um porco? – e ia agarrando um ele próprio, mas Adams, que supunha já ter levado sua complacência longe o bastante, nem bem se pôs de pé e escapou para além do alcance dos animais, gritando: – *Nihil habeo cum porcis*[64]. Sou um clérigo, senhor, e não vim comprar porcos. – Trulliber respondeu que lamentava o equívoco, mas que ele devia culpar sua esposa, acrescentando que ela era uma tonta e vivia dando foras. Então convidou-o a entrar e se limpar, que ele só iria fechar o chiqueiro e o acompanharia. Adams pediu licença para secar a sobrecasaca, a peruca e o chapéu junto ao fogo, e Trulliber a concedeu. A sr.ª Trulliber fez menção de trazer-lhe uma bacia de água para lavar o rosto, mas o marido mandou-a aquietar-se como a tonta que era, ou daria novos foras, e então levou Adams até a bomba. Enquanto Adams se ocupava nisso, Trulliber, não concebendo grande respeito pela aparência do hóspede, fechou a porta da sala, e em seguida o conduziu até a cozinha, dizendo-lhe supor que um copo de bebida não lhe faria mal; e cochichou para a esposa que buscasse um pouco da pior cerveja. Após um breve silêncio, Adams disse: – O senhor, presumo, já percebe que sou um clérigo. – Sim, sim – exclamou Trulliber, sorrindo. – Percebo que o senhor tem aí alguma sotaina; não me atreverei a chamá-la[65] inteira. – Adams respondeu que esta não era, de fato, das melhores, mas que tivera o infortúnio de rasgá-la uns dez anos antes ao saltar uma cerca. A sr.ª Trulliber, voltando com a bebida, disse ao marido que o cavalheiro lhe parecia ser um viajante, e talvez quisesse comer alguma coisa. Trulliber mandou que ela mordesse a língua impertinente e perguntou-lhe se párocos por acaso viajavam sem cavalo, emendando que a seu ver o cavalheiro não tinha nenhum, já que estava sem botas. – Sim, senhor, sim – disse Adams –, eu tenho um cavalo, mas o deixei para trás. – Fico feliz em saber que o senhor o tem – disse Trulliber –, pois asseguro-lhe que não aprecio ver a clerezia a pé; não é decente, nem condiz com a dignidade do hábito. – Aqui Trulliber fez uma longa oração sobre a dignidade do hábito (ou antes roupão), que não importa muito relatar, até que sua esposa pôs a mesa e serviu nela uma porção de mingau como seu desjejum. Ele então disse a Adams: – Não sei, amigo, como calhou de o senhor vir chamar-me; mas, como já está aqui, se lhe agradar comer um bocado, esteja à vontade. – Adams aceitou o convite, e os dois párocos se sentaram juntos, com a sr.ª Trulliber postando-se atrás da cadeira do marido, como parece era seu costume. Trulliber comeu com

64. "Nada tenho com porcos."
65. No original Fielding altera a ortografia de "*call*" para "*caale*", exaltando a pronúncia carregada de Trulliber. Isso ocorre também em outros trechos. Como se trata de um traço fonológico com implicações regionais especificamente inglesas, preferi não imitar o efeito na tradução.

gosto, mas raramente punha alguma coisa na boca sem meter defeito na culinária da esposa. Tudo isso a pobre mulher tolerava com paciência. A bem dizer, ela era uma tão absoluta admiradora da grandeza e importância do marido, de que ouvia frequentes deixas da boca dele próprio, que quase convertera essa adoração numa opinião de sua infalibilidade. Verdade seja dita, o pároco a disciplinara por mais de uma via, e a piedosa mulher fora tão edificada pelos sermões do marido que resolvera aceitar as coisas boas deste mundo juntamente com as más. Ela se mostrara, é fato, um tanto teimosa no início, mas já há muito que ele lhe levara a palma, em parte pelo amor dela a *isto*, em parte pelo medo dela *àquilo*, em parte por sua religião, em parte pelo respeito que ele tinha a si mesmo, e em parte por aquele que lhe tinha a paróquia. Ela se havia, em suma, submetido totalmente, e por essa altura venerava o marido como Sara a Abraão, chamando-lhe não senhor, mas mestre. Enquanto estavam à mesa, o marido lhe deu um novo exemplo de sua grandeza, pois assim que ela estendeu um copo de cerveja a Adams ele lho arrebatou da mão e, rugindo que pedira primeiro, engoliu a cerveja. Adams negou-o, e a questão foi submetida à esposa, que, embora sua consciência tomasse o lado de Adams, não se atreveu a decidir contra o marido. Nisso o último disse: – Não, senhor, não, eu não teria sido rude a ponto de tomá-la do senhor se o senhor tivesse pedido primeiro; mas fique sabendo que eu não sou homem de tolerar que o melhor sujeito do reino beba antes de mim em minha casa quando eu peço primeiro.

Assim que o desjejum se encerrou, Adams principiou da seguinte maneira: – Creio, meu senhor, já ser hora de participar-lhe o assunto de minha embaixada. Sou um viajante, e estou passando por aqui em companhia de dois jovens, um mancebo e uma donzela, meus paroquianos, a caminho de meu próprio curato. Paramos em uma casa de pasto na paróquia, onde me recomendaram o senhor como detentor do curato. – Embora eu seja um mero cura – disse Trulliber –, acho que sou tão rico como o próprio vigário, ou até como o prior da paróquia vizinha; acho que poderia comprá-los a ambos. – Senhor – disse Adams –, isso muito me alegra. Ora, senhor, meu negócio é que, por força de vários acidentes, acabamos destituídos de nosso dinheiro, e não temos como pagar nossa conta, que é de sete xelins. Peço-lhe assim que me obsequie com o empréstimo desses sete xelins, e também de outros sete, que eu provavelmente lhe restituirei; mas, caso não o faça, estou certo de que o senhor acolherá alegremente tal oportunidade de acumular tesouro num lugar melhor do que quantos oferece este mundo.

Suponha que um estranho, ao entrar no escritório de um advogado, fosse tomado por um cliente, e, no momento em que o advogado preparasse a palma para os honorários, sacasse uma intimação contra ele. Suponha que um boticário, à porta de uma carruagem contendo algum médico de eminente habilidade, lhe estendesse, em vez de receitas para um paciente, uma poção para ele próprio. Suponha que um ministro, em vez de uma polpuda soma, servisse a meu lorde *** ou a Sir *** ou ao fidalgo *** uma boa vassourada. Suponha que um companheiro civil ou um capitão subalterno, ao invés de virtude e honra e beleza e talentos e admiração, trovejasse vício e infâmia e feiura e tontice e desprezo nos ouvidos de seu patrono. Suponha que quando um mercador apresentasse pela primeira vez sua conta o janota a pagasse; ou suponha que, como ele a pagou, o mercador abatesse o que cobrara a mais já pressupondo a espera. Em suma, suponha o que quiser, e jamais poderá nem logrará conceber coisa alguma igual ao estupor que tomou Trulliber assim que Adams encerrou seu discurso. Por algum tempo ele rodopiou os olhos em silêncio, por vezes medindo Adams, por vezes a esposa, ora pousando-os no chão, ora erguendo-os para o céu. Por fim, ele prorrompeu nos seguintes termos: – Meu senhor, eu acho que sei onde estocar meu tesouro tão bem como qualquer homem; graças a D***, se não sou tão rico como certa gente, estou satisfeito; essa é uma bênção maior do que as riquezas, e aquele a quem ela é concedida não requer nada mais. Estar satisfeito com pouco é melhor do que possuir o mundo, que um homem pode possuir sem que esteja. Acumular meu tesouro! De que importa onde está o tesouro de um homem cujo coração está nas Escrituras? Esse é o tesouro do cristão! – A tais palavras correu água dos olhos de Adams, e, tomando Trulliber pela mão em êxtase, ele disse: – Irmão, bendigam os céus o acidente por cuja virtude vim procurá-lo; eu teria percorrido muitas milhas para comungar com o senhor, e, creia-me, em breve lhe farei uma segunda visita. Mas meus amigos, imagino, por esta altura já se admiram de minha demora, por isso queira passar-me o dinheiro imediatamente. – Trulliber assumiu então um olhar sério, e bradou: – Não estás intentando roubar-me? – Ao que a esposa, rompendo em lágrimas, tombou de joelhos e disse aos urros: – Ó querido senhor, por amor dos céus não roube meu mestre, nós somos gente pobre! – Levanta-te, como a tonta que és, e vai cuidar dos teus assuntos – disse Trulliber. – Achas que o homem arriscará a vida? Ele é um mendigo, e não um ladrão. – É bem verdade – respondeu Adams. – Quisera de todo o coração que o esbirro estivesse aqui – exclamou Trulliber –, e eu te faria castigar como vagabundo por tua impudência. Quatorze xelins, sim! Não te darei um vintém! Acho que não és mais clérigo do que esta mulher aqui – apontando para a esposa; – mas, se fores, mereces que te arranquem o hábito pelos ombros por sair correndo mundo desse jeito. – Eu perdoo suas suspeitas – disse Adams –, mas, supondo-se que eu não fosse clérigo, eu seria ainda assim teu irmão, e tu, como cristão, e muito mais como clérigo, és obrigado a aliviar minhas penas. – Pregas-me sermões – replicou Trulliber –, pretendes instruir-me em meu dever? – É mesmo uma boa piada – exclamou a sr.[a] Trulliber –, passar sermões em meu mestre. – Silêncio, mulher – berrou Trulliber. – Fica sabendo, amigo – dirigindo-se a Adams –, que não vou aprender meu dever de um tipo como tu; sei muito bem o que é a caridade para desperdiçá-la com vagabundos. – Além disso, mesmo que tivéssemos a inclinação, o imposto dos pobres[66] já nos obriga a fazer tanta caridade – exclamou a mulher. – Arre! És uma tonta. Imposto dos pobres! Deixa-te de bobagens – respondeu Trulliber. E então, voltando-se para Adams, disse-lhe que não lhe daria nada. – Lamento – replicou Adams – que o senhor saiba o que é a caridade, já que não a pratica melhor; devo dizer-lhe que, se confia em seu saber para justificar-se, descobrirá que se equivoca, ainda que lhe ajunte a fé sem boas obras. – Camarada – volveu Trulliber –, falas contra a fé em minha casa? Vai-te já pela porta; eu não ficarei por mais tempo sob o mesmo teto que um desgraçado que fala levianamente da fé e das Escrituras! – Não mencione as Escrituras – disse Adams. – Como assim, não mencioná-las? O senhor descrê das Escrituras? – bradou Trulliber. – Não, mas o senhor sim – respondeu Adams –, se posso julgar por sua prática. Pois as ordenações delas são tão explícitas, e as recompensas e punições tão imensas, que é impossível que um homem creia nelas firmemente sem obedecê-las. Agora, não há ordenação mais expressa nem dever mais frequentemente injungido do que a caridade. Todo aquele, portanto, que não tem caridade, não faço escrúpulo de afirmar que não é cristão. – Eu não te aconselharia – disse Trulliber – dizer que não sou cristão. Isso não tolerarei do senhor, pois creio ser tão homem quanto tu! – E, de fato, embora estivesse então corpulento demais para exercícios atléticos, ele fora na juventude um dos melhores pugilistas e caceteiros do condado. Sua esposa, ao vê-lo cerrar o punho, se interpôs e implorou-lhe que não brigasse, mas se mostrasse um verdadeiro cristão e o levasse à justiça. Como nada provocaria Adams a atacar, salvo um absoluto assalto contra sua pessoa ou a de um amigo, ele se riu dos gestos e das feições raivosas de Trulliber, e, dizendo que doía-lhe ver homens de tal sorte tomando ordens, partiu sem mais cerimônia.

66. Imposto territorial destinado a proporcionar apoio aos carentes.

CAPÍTULO XV

UMA AVENTURA RESULTANTE DE UMA NOVA MOSTRA DE DISTRAÇÃO DO PASTOR ADAMS.

Quando regressou à estalagem, encontrou Joseph e Fanny sentados juntos. Eles estavam tão longe de achar sua ausência longa, como ele temia que achassem, que nem por um momento sentiram sua falta ou pensaram nele. Na verdade, ambos me confirmaram muitas vezes que passaram essas horas na mais deleitosa conversa. Mas, como nunca pude convencer nenhum dos dois a relatá-la, tampouco posso comunicá-la ao leitor.

Adams participou aos amantes o mau sucesso de sua empresa. Ficaram todos bastante confusos, sem que nenhum conseguisse sugerir algum método para partirem, até que Joseph por fim aconselhou chamarem a estalajadeira e pedir-lhe que lhes fizesse fiado; Fanny disse duvidar que ela o fizesse, pois tinha uma das caras mais azedas aque ela já vira.

Mas foi felizmente desenganada, pois a estalajadeira bastou ouvir a pergunta para prontamente concordar; e, com uma mesura e um sorriso, desejou-lhes boa viagem. Entretanto, para que a habilidade de Fanny como fisionomista não seja posta em dúvida, arriscaremos sugerir uma razão que provavelmente a inclinou a essa confiança e bom humor. Quando Adams disse que ia visitar seu irmão, ele inadvertidamente enganou Joseph e Fanny, ambos crendo que ele se referia a seu irmão natural, e não a seu irmão em Deus; e foi isso que disseram à estalajadeira quando ela perguntou por ele. Ora, o sr. Trulliber, graças a suas profissões de piedade, a sua gravidade, austeridade e reserva, e aos rumores de sua grande riqueza, tinha tão grande autoridade em sua paróquia que todos viviam com o maior medo e apreensão dele. Não admira, assim, que a estalajadeira, sabendo que estava a critério dele determinar se ela voltaria a vender uma única caneca de bebida, não ousasse afrontar seu suposto irmão negando-lhe crédito.

Eles estavam a ponto de partir quando Adams se lembrou de que deixara a sobrecasaca e o chapéu na casa do sr. Trulliber. Como ele não desejasse repetir sua visita, a própria estalajadeira, não tendo criados em casa, se ofereceu para ir buscá-los.

Esse foi um expediente infeliz, pois a estalajadeira foi logo desiludida da opinião que fizera de Adams, a quem Trulliber insultou nos termos mais grosseiros, especialmente ao saber que ele tivera a empáfia de se passar por seu parente próximo.

Ao retornar, portanto, ela mudou inteiramente de tom. Disse que as pessoas deviam ter vergonha de sair por aí fingindo ser quem não eram. Que os impostos estavam altos, e ela, de sua parte, era obrigada a pagar pelo que tinha; que, sendo assim, não podia nem iria confiar em ninguém, nem mesmo em seu próprio pai. Que o dinheiro nunca fora mais escasso, e ela pretendia fazer um pé-de-meia. E que, por tudo isso, esperava que eles pagassem a conta antes de deixarem a casa.

Adams ficou bastante perplexo; mas, sabendo que teria obtido tal soma facilmente em sua própria paróquia, e que a teria emprestado ele próprio a qualquer mortal em aflição, voltou a reunir coragem e saiu percorrendo a paróquia, mas em vão; regressou tão sem vintém como saíra, gemendo e lamentando ser possível que, num país que professava o cristianismo, um desgraçado se esfaimasse no meio de semelhantes abastados.

Durante sua ausência, a estalajadeira, que ficara como uma espécie de guarda junto a Joseph e Fanny, os entreteve com a bondade do pastor Trulliber; e, de fato, ele não só tinha uma ótima fama na vizinhança no tocante a outras virtudes, como era reputado homem de grande caridade: pois, embora nunca desse um vintém, vivia com essa palavra na boca.

Tão logo Adams voltou pela segunda vez, a tempestade engrossou a valer, com a estalajadeira declarando, entre outras coisas, que, se eles fizessem menção de partir sem pagá-la, ela logo os alcançaria com uma ordem de prisão.

Platão, ou Aristóteles, ou algum outro já disse que, QUANDO A ASTÚCIA MAIS ESPLÊNDIDA FALHA, O ACASO AMIÚDE ATINGE O ALVO, E ISSO PELOS MEIOS MENOS ESPERADOS. Virgílio expressa-o bastante incisivamente:

Turne quod optanti divum promittere nemo
Auderet, volvenda dies en attulit ultro[67].

Eu citaria outros grandes homens se pudesse; mas, como a memória não mo permite, passarei a ilustrar essas observações com o exemplo a seguir.

Aconteceu (pois Adams não tinha astúcia suficiente para tramá-lo) de estar então na cervejaria um sujeito que fora em outros tempos tamborileiro em um regimento irlandês e então viajava pelo interior como mascate. Esse homem, tendo ouvido atentamente o discurso da estalajadeira, por fim puxou Adams de lado e perguntou-lhe qual a soma pela qual eles estavam sendo detidos. Assim que foi in-

67. "Turno, aquilo que deus algum ousou prometer ao rogares, eis que o dia que corre trouxe sem rogos" (*Eneida* IX, 6-7).

formado, ele suspirou e disse lamentar que fosse tamanha, pois não tinha mais do que seis xelins e seis *pence* no bolso, que lhes emprestaria de todo o coração. Adams deu uma cabriola e exclamou que isso bastaria, pois ele próprio tinha seis *pence*. E com isso essa pobre gente, que não pudera despertar a compaixão da riqueza e da piedade, foi finalmente liberta de seus transes pela caridade de um pobre mascate.

Deixarei ao critério de meu leitor fazer quantas observações quiser acerca deste incidente; para mim é suficiente informar-lhe que, depois que Adams e seus companheiros agradeceram mil vezes ao homem e lhe disseram onde ele podia aparecer para ser ressarcido, todos deixaram a casa sem receber o menor cumprimento de sua anfitriã, e aliás sem lhe dirigir nenhum, com Adams declarando que tomaria especial cuidado para nunca parar ali de novo, e ela, por seu turno, garantindo-lhes que nem queria esse tipo de cliente.

CAPÍTULO XVI

UMA CURIOSÍSSIMA AVENTURA, EM QUE O SR. ADAMS DEU UMA PROVA MUITO MAIOR DA HONESTA SIMPLICIDADE DE SEU CORAÇÃO DO QUE DE SUA EXPERIÊNCIA COM OS MODOS DESTE MUNDO.

Nossos viajantes se haviam afastado cerca de duas milhas daquela estalagem – que tinham mais razão para confundir com um castelo do que Dom Quixote jamais teve em todas aquelas em que pernoitou, já que haviam enfrentado tamanha dificuldade para escapar de suas muralhas – quando chegaram a uma paróquia e avistaram uma placa de boas-vindas a balouçar. Um cavalheiro sentava-se fumando cachimbo junto à porta; Adams perguntou-lhe o caminho, e recebeu uma resposta tão cortês e amável, acompanhada de uma expressão tão sorridente, que o bom pastor, cujo coração se dispunha naturalmente ao amor e ao afeto, entrou a perguntar muitas outras coisas – particularmente o nome da paróquia e quem era o dono de um casarão cuja fachada eles então tinham à vista. O cavalheiro respondeu tão amavelmente como antes; e, quanto à casa, disse-lhe que era a sua. Então prosseguiu da seguinte maneira: – Presumo que o senhor, pelo seu hábito, seja um clérigo. E, como está viajando a pé, suponho que um copo de boa cerveja não lhe será desagradável; e posso recomendar a de meu estalajadeiro aqui como uma das melhores de todo este condado. O que me diz de fazer uma breve parada e darmos uma cachimbada juntos? Não há tabaco melhor no reino. – Essa proposta não desagradou a Adams, que não saciara a sede naquele dia com bebida melhor do lhe proporcionara a adega da sr.ª Trulliber, e que na verdade era pouco superior, fosse em riqueza, fosse em sabor, à que se destilava dos grãos que seu generoso marido servia aos porcos. Tendo assim agradecido abundantemente ao cavalheiro por seu gentil convite, e pedido a Joseph e Fanny que o seguissem, ele entrou na cervejaria, onde, sendo-lhes servidos um grande pão com queijo e uma bilha de cerveja, que correspondia de fato à descrição feita dela, os três viajantes se puseram a comer com apetites infinitamente mais vorazes do que se hão de ver nas mais suntuosas casas de pasto da paróquia de St. James.

O cavalheiro expressou grande satisfação pelo comportamento caloroso e animado de Adams, e particularmente pela familiaridade com que este tratava com Joseph e Fanny, aos quais amiúde chamava seus filhos, termo que, explicou, não queria dizer mais do que seus paroquianos, dizendo que considerava todos os que Deus confiara a sua cura como tendo consigo essa relação. O cavalheiro, apertando-lhe a mão, aplaudiu sonoramente tais sentimentos. – Eles são, com efeito – disse ele –, os verdadeiros princípios de um sacerdote cristão; e muito quisera que fossem universais. Mas, pelo contrário, lamento dizer que o pastor de nossa paróquia, em vez de estimar seus pobres paroquianos como parte de sua família, parece antes considerá-los como não pertencentes a sua espécie. Ele raro conversa com algum, salvo uns poucos dentre os mais ricos de nós; pior ainda, nem tira o chapéu para os outros. Amiúde me rio quando o vejo aos domingos desfilando pelo pátio da igreja feito um pavão em meio a fileiras de seus paroquianos, que se curvam diante dele com tanta submissão e são tão esnobados quanto um bando de cortesãos servis pelo mais orgulhoso príncipe da cristandade. Mas, se esse orgulho temporal é ridículo, sem dúvida o espiritual é odioso e detestável; se uma tal bexiga humana vazia e inflada, ao pavonear-se em trajes principescos, desperta com justiça nosso sarcasmo, é certo que no hábito de um sacerdote ela deve provocar nosso desprezo.

– Sem dúvida – respondeu Adams –, sua opinião é acertada; mas espero que tais exemplos sejam raros. O clero que tenho a honra de conhecer mantém uma conduta diferente; e o senhor há de convir comigo que a disposição que tantos leigos demonstram de condenar a ordem pode ser uma razão para que eles evitem demasiada humildade. – É muito bem verdade – disse o cavalheiro. – Noto que o senhor é um homem de excelente juízo, e alegra-me esta oportunidade de conhecê-lo. Talvez nosso encontro acidental tampouco seja desvantajoso para o senhor. No momento, posso dizer-lhe apenas que o detentor do benefício local é velho e enfermo, e que ele ficou a meu critério. Doutor, dê-me sua mão; e considere-o seu depois que ele morrer. – Adams lhe disse que nunca se vira mais aparvalhado na vida do que em sua total incapacidade de retribuir tão nobre e imérita generosidade. – Uma mera ninharia, senhor – disse o cavalheiro –, que mal vale sua aceitação; pouco mais de trezentos por ano. Quisera fosse o dobro por sua causa. – Adams se curvou, e chorou em seus sentimentos de gratidão, quando o outro perguntou-lhe se era casado ou tinha filhos além dos que mencionara no sentido espiritual. – Meu senhor – replicou o pároco –, eu tenho uma esposa e seis filhos a seu serviço. – É uma pena – disse o cavalheiro –, pois de outro modo eu o teria admitido à minha casa como capelão. Entretanto, tenho uma outra na paróquia (pois a casa paroquial não é boa o bastante) que mobiliarei para o senhor. Diga-me, sua esposa entende de leiteria? – Não posso dizer que entenda – disse Adams. – Lamento por isso – replicou o cavalheiro. – Eu lhe teria dado meia dúzia de vacas, e pastos muito bons para mantê-las. – Meu senhor – disse Adams, em êxtase –, o senhor é muito liberal; mas é mesmo! – De modo algum – protestou o cavalheiro. – Só estimo as riquezas na medida em que me dão a oportunidade de praticar o bem; e nunca conheci ninguém a quem tivesse maior inclinação de servir. – Com essas palavras apertou-lhe calorosamente a mão, e disse-lhe que tinha suficiente espaço em sua casa para recebê-lo e a seus amigos. Adams pediu que ele não se desse esse trabalho, pois poderiam acomodar-se muito bem na casa onde já estavam, esquecendo-se de que não tinham juntos nem uma moeda de seis *pence*. O cavalheiro não admitiu recusa, e, informando-se de até onde viajariam, disse que era uma jornada longa demais para ser empreendida a pé, e rogou que o obsequiassem permitindo que ele lhes oferecesse cavalos e um criado, acrescentando ainda que, se o honrassem com sua companhia por apenas dois dias, ele os muniria de um coche de seis cavalos. Adams, voltando-se para Joseph, disse: – Quão afortunada é a bondade deste cavalheiro para você, que, receio, dificilmente resistiria com essa perna manca – e então, voltando-se para a pessoa que lhe fizera essas liberais promessas, e após muitas mesuras, exclamou: – Bendita a hora que primeiro apresentou-me a um homem de sua caridade: o senhor é com efeito um cristão da verdadeira estirpe primitiva, e uma honra para o país em que vive. Eu de bom grado teria feito uma peregrinação à Terra Santa só para contemplá-lo; pois as vantagens que auferimos de sua bondade pouco prazer me dão em comparação com o que sinto por sua própria conta, quando considero os tesouros que o senhor está por tais meios acumulando para si mesmo num país que não perece. Por tudo isso, mui generoso senhor, nós vamos aceitar sua bondade, bem como a recepção que o senhor tão cordialmente nos ofereceu em sua casa esta noite, e a comodidade de seus cavalos amanhã de manhã. – Começou então a procurar seu chapéu, como fez Joseph com o seu; e tanto eles como Fanny estavam prontos para partir quando o cavalheiro estacou de súbito e, parecendo meditar em foro íntimo pelo espaço de um minuto, exclamou: – Palavra que nunca houve azar maior; eu tinha me esquecido de que minha governanta saiu de casa e fechou a chave todos os meus quartos; eu até os arrombaria para os senhores, mas não poderei provê-los com leitos, pois ela igualmente removeu toda a roupa de cama. Ainda bem que isso acudiu-me à mente antes que eu lhes desse o trabalho de ir andando até lá; além do mais, acho que os senhores encontrarão melhor acomodação aqui do que esperam. Ó senhorio, o senhor pode arrumar boas camas para esta gente, não pode? – Sim, como queira sua honra – exclamou o estalajadeiro –, e camas tais que nenhum lorde ou juiz de paz deste reino se envergonharia de dormir nelas. – Lamento de coração – disse o cavalheiro – por este desapontamento. Estou decidido a jamais deixar que ela carregue as chaves de novo. – Por favor, meu senhor, não permita que isso o agaste – disse Adams –, ficaremos muito bem aqui; e o empréstimo de seus cavalos é um favor a que não poderemos fazer a menor retribuição. – Sim – disse o fidalgo –, os cavalos os aguardarão aqui à hora da manhã que lhes aprouver. – E então, depois de muitas cortesias demasiado tediosas para enumerar, de muitos apertos de mãos e de olhares e sorrisos afetuosíssimos de um lado e outro, e após acertarem os cavalos para as sete da manhã seguinte, o cavalheiro se despediu deles e partiu para sua casa. Adams e seus companheiros retornaram à mesa, onde o pastor fumou mais uma cachimbada, e em seguida todos se recolheram para dormir.

O sr. Adams se levantou bem cedo e chamou Joseph da cama, e entre ambos rebentou uma ferocíssima disputa sobre se Fanny deveria montar atrás de Joseph ou atrás do criado do cavalheiro; Joseph insistia em que estava perfeitamente recuperado, e era tão capaz de tomar conta de Fanny como qualquer outra pessoa poderia ser. Mas Adams não concordava, e declarava que não a confiaria a sua garupa, pois ele estava mais debilitado do que se supunha.

A disputa continuou por um longo tempo, e se esquentava seriamente quando chegou um criado de seu bom amigo para informar-lhes que ele fora infelizmente incapacitado de emprestar-lhes quaisquer cavalos – pois o cavalariço, sem que ele soubesse, tinha posto o estábulo inteiro sob medicação.

O comunicado emudeceu subitamente os dois debatedores; Adams exclamou: – Já se viu alguém mais azarado do que esse pobre cavalheiro? Palavra que sinto mais por conta dele do que pela minha. Veja, Joseph, como esse bondoso homem é servido pelos criados: uma lhe trancafia os lençóis, outro lhe seda os cavalos; e suponho que, como ele estava nesta casa a noite passada, o mordomo lhe tivesse fechado a adega. Bênçãos! Como a boa natureza é tratada neste mundo! Palavra que me condoo mais por ele do que por mim. – Mas eu não – exclamou Joseph. – Não que me importe muito andar a pé; toda a minha preocupação, agora, é como sairemos desta casa, a menos que Deus envie outro mascate para nos redimir. Mas, sem dúvida, esse cavalheiro tem tanto afeto pelo senhor que lhe emprestaria uma soma maior do que a que devemos aqui, que não passará de quatro ou cinco xelins. – É bem verdade, meu filho – respondeu Adams. – Vou escrever-lhe uma carta, e me arriscarei mesmo a solicitar-lhe três meias coroas; não nos fará mal ter dois ou três xelins nos bolsos; como temos quarenta milhas inteiras a viajar, possivelmente teremos precisão deles.

Fanny estando desperta, Joseph lhe fez uma visita, e deixou que Adams escrevesse sua carta; tendo-a concluída, este despachou um menino com ela até o cavalheiro, e então se sentou junto à porta, acendeu o cachimbo e entregou-se à meditação.

Como o menino se demorasse mais do que parecia necessário, Joseph, que voltara com Fanny para junto do pastor, expressou certas apreensões de que o secretário do cavalheiro lhe houvesse lacrado a bolsa também. Ao que Adams respondeu que era bem possível, e que não se admiraria de nenhuma liberdade que o diabo inspirasse algum criado perverso a tomar com tão digno patrão; mas acrescentou que, como a soma era tão miúda, um cavalheiro tão nobre poderia obtê-la facilmente na paróquia, embora não a tivesse nos próprios bolsos. – Claro – emendou –, se fossem quatro ou cinco guinéus, ou outra dinheirama semelhante, a coisa poderia ser diferente.

Eles se haviam sentado para um desjejum com torradas e cerveja quando o menino retornou e lhes informou que o cavalheiro não estava em casa. – Muito bem – disse Adams –, mas por que, meu filho, você não se demorou até que ele retornasse? Torne lá, meu bom garoto, e espere até que ele esteja em casa. Não pode ter ido longe, com seus cavalos todos doentes; além disso, ele não tinha a intenção de sair, pois nos convidou a passar o dia de hoje e o de amanhã em sua casa. Por isso volte, meu filho, e fique por lá até que ele retorne. – O mensageiro partiu e voltou com grande prontidão, trazendo a notícia de que o cavalheiro saíra numa longa viagem e não estaria em casa de novo durante o mês. A estas palavras Adams pareceu imensamente perplexo, e disse: – Deve ter sido um acidente repentino, como o adoecimento ou a morte de um parente, ou outro infortúnio inesperado – e então, voltando-se para Joseph, exclamou: – Queria que você me tivesse lembrado de pedir o dinheiro emprestado ontem à noite. – Joseph, sorrindo, respondeu que muito se enganava se o cavalheiro não teria encontrado alguma desculpa para evitar emprestá-lo. – Admito – disse ele – que não me agradou muito que ele lhe professasse tamanha bondade à primeira vista, pois ouvi os cavalheiros de meu ofício em Londres contando muitas histórias similares de seus patrões. Mas quando o menino trouxe a mensagem de que ele não estava em casa, eu logo soube o que se seguiria; pois sempre que um homem da moda não faz questão de cumprir suas promessas, o costume é que ele diga aos criados que nunca estará em casa para a pessoa a quem as fez. Em Londres, chamam a isso *negá-lo*. Eu mesmo neguei Sir Thomas Booby mais de cem vezes; e quando o visitante já dançou na espera por cerca de um mês, ou às vezes por mais tempo, ele fica sabendo finalmente que o cavalheiro saiu da cidade e não pôde fazer nada sobre o assunto. – Meu bom pai! – disse Adams. – Que malevolência há no mundo cristão? Palavra, é quase igual ao que li sobre os pagãos! Mas com certeza, Joseph, suas suspeitas contra esse cavalheiro devem ser injustas; pois que sujeito bocó não será aquele que sirva o diabo a troco de nada? E podes tu dizer-me que interesse ele lá teria em nos tapear com suas profissões? – Não compete a mim – respondeu Joseph – explicar as razões do que os homens fazem a um cavalheiro com o seu saber. – Disse-o bem – replicou Adams. – O conhecimento dos homens só pode ser adquirido nos livros, e de resto em Platão e Sêneca; e esses são autores, meu filho, que receio você nunca tenha lido. – Não, senhor, de fato – respondeu Joseph; – tudo o que sei é que é uma máxima entre os cavalheiros de meu ofício que os patrões que mais prometem menos cumprem; e eu os ouvi muitas vezes dizer que descobriram as melhores gorjetas nas famílias que não lhes prometiam nenhuma. Mas, senhor, em vez de considerarmos por mais tempo este assunto, o mais sábio seria concebermos algum método de sair desta casa, pois o generoso cavalheiro, ao invés de nos prestar algum serviço, nos deixou a conta toda para pagar. – Adams ia responder quando o estalajadeiro chegou e, com uma espécie de riso trocista, disse: – Ora, patrões! O fidalgo ainda não lhes mandou os cavalos. Laud[68] me ajude! Quão facilmente certa gente faz promessas! – Como? – disse Adams. – O senhor já o viu fazendo esse tipo de coisa antes? – E como vi – respondeu o estalajadeiro. – Não é meu negócio, como o senhor sabe, acusar um cavalheiro às suas fuças. Mas agora que ele não está aqui, posso dizer-lhe que ele não tem rival nas três cidades-mercado

68. William Laud (1573–1645), o temido arcebispo da Cantuária na época da Guerra Civil.

vizinhas. Admito que não pude segurar o riso quando o ouvi oferecer-lhe o benefício; pois ali estava uma boa piada. Achei que ele ia oferecer-lhe minha casa em seguida, pois uma coisa não está mais a seu dispor do que a outra. – Ante tais palavras, Adams, persignando-se, declarou que nunca havia lido a respeito de um tal monstro. – Mas o que mais me apoquenta – disse – é que ele nos induziu a contrair com o senhor uma grande dívida, que não podemos pagar, pois não temos nenhum dinheiro conosco; e, pior, moramos a tal distância que, se o senhor nos fizer fiado, receio que perderá seu dinheiro, por falta de encontrarmos algum meio de remetê-lo. – Fazer-lhes fiado! – disse o estalajadeiro. – Isso eu farei de todo o coração; eu honro demais o clero para me negar a fiar-me em um de seus membros por tal ninharia; além disso, agradam-me seus receios de nunca me pagar. Levei muitos calotes na vida, mas todos prometiam pagar-me em curtíssimo prazo. Vou registrar esta conta pela novidade. Asseguro-lhe que é a primeira do tipo. Mas o que me diz, patrão, de tomarmos um jarro a mais antes de nos despedirmos? Só gastarei um pouco mais de giz, e, se o senhor nunca me pagar um xelim, o prejuízo não me arruinará. – Adams gostou sobremaneira do convite, especialmente por ter sido feito em tom tão caloroso. Ele apertou a mão ao estalajadeiro e, agradecendo-lhe, disse que ficaria para mais um jarro, mais pelo prazer de companhia tão digna do que pela bebida, acrescentando que estava feliz por constatar que restavam alguns cristãos no reino, pois quase começava a suspeitar que vivia num país habitado apenas por judeus e turcos.

O gentil estalajadeiro trouxe a bebida, e Joseph retirou-se com Fanny para o jardim; enquanto eles ali se confortavam com discursos amorosos, Adams se sentou com seu anfitrião, e, tendo enchido seus copos e acendido seus cachimbos, iniciaram o diálogo que o leitor encontrará no próximo capítulo.

Uma última cachimbada, por Norman Tealby

CAPÍTULO XVII

UM DIÁLOGO ENTRE O SR. ABRAHAM ADAMS E O ESTALAJADEIRO, QUE, PELO CONFLITO DE OPINIÕES, PARECIA AUGURAR UMA INFELIZ CATÁSTROFE, NÃO FOSSE ESTA IMPEDIDA A TEMPO PELO RETORNO DOS AMANTES.

– Meu senhor – disse o estalajadeiro –, asseguro-lhe que não é o primeiro a quem nosso fidalgo prometeu mais do que cumpriu. Ele é tão famoso por esse hábito que sua palavra não é levada a sério por quem o conheça. Lembro-me de um rapaz a cujos pais ele prometera fazê-lo exator. Os coitados, que mal podiam dar-se tal luxo, instruíram o filho no escrever e fazer contas, bem como em outros misteres, para qualificá-lo para o cargo; e o menino empinou a cabeça acima de sua condição com tais esperanças; não queria arar, nem fazer nenhum outro tipo de trabalho; e sempre saía tão finamente vestido quanto podia, com duas camisas novas de linho holandês por semana, e isso por anos a fio; até que, por fim, foi ter com o fidalgo em Londres, pensando em ali lembrá-lo de suas promessas. Mas nunca conseguia vê-lo. E deu-se que, sem dinheiro e ocupação, ele acabou em má companhia e maus caminhos, e recebeu por fim uma sentença de extradição, as notícias da qual partiram o coração da mãe. Vou lhe contar uma outra história real sobre ele. Havia um vizinho meu, um lavrador, que tinha dois filhos, aos quais instruíra em seu ofício. Belos rapazes eles eram. O fidalgo queria porque queria que o mais novo fosse feito pároco. E com isso ele persuadiu o pai a mandá-lo à escola, prometendo que posteriormente o sustentaria na universidade, e, quando ele alcançasse a idade devida, lhe daria um benefício. Mas depois que o rapaz passou sete anos na escola e seu pai o levou até o fidalgo, com uma carta do mestre declarando-o apto para a universidade, o fidalgo, em vez de recordar a promessa ou de enviá-lo para lá a expensas próprias, disse meramente ao pai que o jovem era um fino escolar, e que era uma pena que ele não pudesse mantê-lo em Oxford por mais quatro ou cinco anos, após o que, se conseguisse obter-lhe um curato, poderia fazê-lo ordenar-se. O lavrador disse que não era rico o bastante para fazer tal coisa. "Ora essa", respondeu o fidalgo, "então muito deploro que o senhor lhe tenha dado tanto saber; pois, se ele não puder ganhar a vida por esse meio, este antes o incapacitará para qualquer outra coisa; e seu outro filho, que mal sabe escrever o nome, ganhará mais lavrando e plantando, e está em melhor condição do que este". E, de fato, assim se deu: pois o pobre rapaz, não encontrando amigos que o sustentassem em seus estudos, como havia esperado, e estando indisposto ao trabalho, deu de beber, embora tivesse sido antes disso um rapaz muito sóbrio; e em pouco tempo, em parte por mágoa e em parte pela boa bebida, contraiu uma consunção e morreu. E ainda posso contar-lhe mais. Houve uma outra, uma moça nova, e a mais bela desta vizinhança, que ele atraiu para Londres prometendo fazê-la dama de companhia de alguma dessas senhoras de qualidade. Mas, longe de cumprir sua palavra, ficamos sabendo desde então que, depois que ele próprio teve um filho dela, ela se tornou uma vagabunda comum; em seguida manteve um café em Covent Garden, e pouco depois morreu do mal francês[69] numa prisão. Eu poderia contar-lhe muitas outras estórias; mas como o senhor imagina que ele tenha tratado a mim mesmo? Saiba o senhor que eu fui criado marinheiro e estive em muitas viagens, até chegar a ser eu próprio comandante de um navio; e estava bem a caminho de fazer fortuna, quando fui atacado por um daqueles malditos *guarda-costas*[70] que tomavam nossos navios antes do início da guerra; e, depois de um confronto em que perdi a maior parte de minha tripulação, com meu cordame todo destruído e tendo levado dois tiros na linha d'água, fui obrigado a me render. Os vilões levaram meu navio, um bergantim de 150 toneladas – bela criatura ele era – e me puseram, com um homem e um menino, numa chalupazinha surrada, em que com muito esforço chegamos por fim a Falmouth, embora eu creia que os espanhóis não imaginassem que ela poderia durar um único dia no mar. Quando de meu retorno a estas partes, onde minha esposa, que é da região, então vivia, o fidalgo me disse que estava tão satisfeito com a defesa que eu promovera contra o inimigo que não tinha dúvidas de que me faria promover à tenência de um navio de guerra, desde que eu aceitasse, o que assegurei-lhe com gratidão que faria. Ora, senhor, dois ou três anos se passaram, durante os quais tive muitas promessas reiteradas, não apenas do fidalgo, mas (como ele me dizia) dos lordes do almirantado. Ele nunca voltava de Londres sem que eu fosse assegurado de que podia então ficar tranquilo, pois eu tinha garantida a primeira vaga; e o que ainda me surpreende, quando penso a respeito, é que essas garantias eram dadas com não menos confiança, após tantos desapontamentos, do que a princípio. Por fim, meu senhor, ficando enfarado e um tanto suspeitoso após tamanha demora, escrevi para um amigo em Londres, que eu sabia ter conhecidos na melhor casa do almirantado, e pedi-lhe que apoiasse as intercessões do fidalgo, pois temia que ele houvesse solicitado a coisa com mais frieza do que pretendia. E que

69. Assim os ingleses designavam várias doenças venéreas, particularmente a sífilis. Em sua versão (francesa) do romance, o abade Desfontaines prefere dizer que a moça morreu "de sua libertinagem".

70. Os navios que protegiam as águas espanholas de naus mercantes inglesas. Em espanhol no original.

resposta o senhor acha que meu amigo me mandou? Palavra, senhor, ele me deu a saber que o fidalgo nunca na vida mencionara meu nome no almirantado, e, a menos que eu tivesse um apoio muito mais fidedigno, aconselhou-me a renunciar a minhas pretensões, o que fiz imediatamente; e, com o concurso de minha esposa, resolvi montar uma cervejaria, à qual o senhor é calorosamente bem-vindo: meus respeitos, portanto; e que o fidalgo e todos os velhacos pandilheiros de sua laia vão para o diabo juntos! – Com a breca! – disse Adams. – Com a breca! Ele é de fato um homem maldoso, mas D***, espero, inclinará seu coração ao arrependimento. De resto, se ele por um momento enxergasse a mesquinhez desse vício detestável, se só por um momento refletisse que é um mentiroso dos mais escandalosos e perniciosos, com certeza se desprezaria num grau tão intolerável que lhe seria impossível continuar por um instante em tal caminho. E, para confessar a verdade, não obstante a baixeza dessa reputação, que bem fez por merecer, ele tem em seu semblante suficientes sintomas daquela *bona indoles*, daquela doçura de disposição, que aparamenta o bom cristão. – Ah, patrão, patrão! – disse o estalajadeiro. – Se o senhor houvesse viajado tanto como eu, e tratado com as muitas nações onde comerciei, não daria nenhum crédito ao semblante dos homens. Sintomas em seu semblante, o senhor diz! Eu os consultaria, talvez, para saber se um homem teve varíola, mas para nada mais! – Isso ele disse com tão pouco caso pela observação do pároco que o abespinhou sobremaneira, e este, sacando o cachimbo afoitamente da boca, replicou: – Meu patrão, eu talvez tenha viajado bem mais longe do que o senhor sem a assistência de um navio. O senhor imagina que navegar por diferentes cidades ou países seja viajar? Não!

Caelum non animun mutant qui trans mare currunt[71].

Eu posso chegar mais longe numa tarde do que o senhor em doze meses. Ora, presumo que o senhor tenha visto as Colunas de Hércules e quiçá as muralhas de Cartago? Mais que isso, deve ter ouvido Cila e visto Caribde; deve ter entrado no armário em que acharam Arquimedes na tomada de Siracusa. Suponho que tenha viajado entre as Cícladas e transposto os famosos estreitos que herdaram o nome à infortunada Hele, cujo fado é docemente descrito por Apolônio de Rodes; passou pelo exato ponto, suponho, onde Dédalo[72] precipitou-se naquele mar, com as asas

71. "Os que cruzam os mares mudam de clima, não de espírito" (Horácio, *Epístolas*, I, II, 27).
72. Na verdade Ícaro. Como Adams é apresentado como um exemplo de erudição, o erro se deve decerto a um descuido de Fielding.

de cera dissolutas pelo sol; o senhor atravessou o mar Euxino, não tenho dúvida; mais que isso, pode ter estado às margens do Cáspio e visitado a Cólquida, a ver se existe um outro velo de ouro. – Eu não, patrão – respondeu o estalajadeiro. – Nunca estive em nenhum desses lugares. – Pois eu estive em todos – replicou Adams. – Mas então suponho – exclamou o estalajadeiro – que o senhor tenha estado nas Índias Orientais, pois não há tais lugares, posso jurar, no Ocidente ou no Levante. – Diga-me, onde fica o Levante? – volveu Adams. – Devia ser justamente nas Índias Orientais[73]. – Ahá! O senhor é um belo viajante – riu o estalajadeiro; – não conhecer o Levante! Meus respeitos, patrão; o senhor não devia falar de tais coisas comigo! Não devia dar uma de viajante; aqui não cola. – Já que és obtuso o bastante para ainda me entender mal – replicou Adams –, eu te informarei; as viagens a que me refiro se dão nos livros, a única maneira de viajar pela qual se pode adquirir algum saber. Deles aprendi o que acabo de asseverar: que a natureza geralmente imprime tal retrato da mente no semblante que um fisionomista hábil mui raro se engana. Presumo que o senhor jamais tenha ouvido a estória de Sócrates a esse respeito, e por isso eu a contarei. Um certo fisionomista afirmou, a respeito de Sócrates, que este mostrava claramente em seus traços ser um pilantra por natureza. Um caráter tão contrário ao teor de todas as ações desse grande homem e da opinião geralmente tida a seu respeito inflamou os rapazes de Atenas a tal ponto que eles apedrejaram o fisionomista, e o teriam demolido por sua ignorância não os houvesse o próprio Sócrates impedido ao confessar a verdade de suas observações e reconhecer que, embora corrigisse suas disposições pela filosofia, era deveras tão inclinado pela natureza ao vício como lhe fora imputado. Agora o senhor me explique: como um homem conheceria esta estória se não a houvesse lido?[74] – Ora, patrão – disse o estalajadeiro –, e de que importa se ele a conhece ou não? Quem sair por aí como eu fiz sempre terá oportunidades de sobra de conhecer o mundo sem cansar a cabeça com Sócrates ou outros sujeitos do tipo. – Amigo – exclamou Adams –, se um homem navegar à roda do mundo e ancorar em todos os seus portos sem ter conhecimento, voltará para casa tão ignorante como partiu. – Valha-o o Senhor! – respondeu o anfitrião. – Eu tinha um contramestre, coitado!, que mal sabia escrever ou ler, e todavia pilotaria um navio contra qualquer comandante de uma nau de guerra; e tinha também um baita conhecimento do comércio. – O comércio – volveu Adams –, como Aristóteles prova no primeiro capítulo da *Política*, está abaixo de um filósofo, e é desnatural tal como hoje o praticam. – O estalaja-

73. Adams está pensando naturalmente no nascer do sol.
74. Neste caso, em Cícero, *Disputas Tusculanas* (4, 37, 80).

deiro olhou detidamente para Adams e, após um minuto de silêncio, perguntou-lhe se ele era um dos escritores das *Gazetas*[75]. – Pois ouvi dizer – emendou – que elas são escritas por párocos. – *Gazetas*? – respondeu Adams. – O que é isso? – Trata-se de um jornal imundo – replicou o estalajadeiro –, que vem sendo distribuído em toda a nação há vários anos para achincalhar o comércio e os homens honestos, e que eu não toleraria sobre minha mesa, ainda que me fosse oferecida de graça! – Eu não, palavra – disse Adams. – Nunca escrevo nada senão sermões, e afianço-lhe que não sou nenhum inimigo do comércio, quando consistente com a honestidade; mais que isso, sempre considerei o comerciante um valiosíssimo membro da sociedade, inferior talvez a ninguém, salvo ao homem de saber. – Não, acho que não, nem mesmo a este – respondeu o estalajadeiro. – De que valeria o saber num país sem comércio? O que vocês párocos fariam para vestir o lombo e encher o bucho? Quem é que lhes busca suas sedas e seus linhos, e seus vinhos, e todas as outras necessidades da vida? E eu falo sobretudo com respeito aos marinheiros. – O senhor devia dizer as extravagâncias da vida – replicou o pastor –, mas, supondo que fossem necessidades, há uma coisa mais necessária do que a própria vida, e que é proporcionada pelo saber; e refiro-me ao saber do clero. Quem é que veste os senhores de piedade, mansuetude, humildade, caridade, paciência e todas as demais virtudes cristãs? Quem alimenta suas almas com o leite do amor fraterno, e as nutre com todas as finas iguarias da santidade, que a um só tempo as lavam de todas as impuras afeições carnais e as engordam com o verdadeiramente rico espírito da graça? Quem é que faz isso? – Pois é: quem será? – bradou o estalajadeiro. – Pois eu não me lembro de jamais ter visto tais vestes ou alimentos. E assim, nesse meio tempo, meus respeitos, patrão. – Adams ia responder com certa severidade, quando Joseph e Fanny voltaram e solicitaram tão insistentemente sua partida que ele não pôde recusar; e assim, apanhando seu bordão de macieira, despediu-se do estalajadeiro (nenhum deles estando tão satisfeito com o outro como haviam estado ao se sentarem) e, juntamente com Joseph e Fanny, que expressavam ambos grande impaciência, partiu; e então todos retomaram juntos sua jornada.

De partida uma vez mais, por Norman Tealby

75. *The Daily Gazetteer*, veículo de propaganda do primeiro-ministro Robert Walpole.

LIVRO III

CAPÍTULO I

MATÉRIA PREFACIAL EM LOUVOR DA BIOGRAFIA.

Não obstante a preferência que vulgarmente se dá à autoridade daqueles escritores romanescos que intitulam seus livros "a história da Inglaterra, a história da França, da Espanha &c.", é certíssimo que a verdade só se há de encontrar nas obras dos que celebram as vidas de grandes homens, e que são comumente chamados biógrafos, assim como aos outros se deveria com efeito chamar topógrafos ou corógrafos – palavras que bem marcariam a distinção entre eles, sendo o mister dos últimos sobretudo descrever países e cidades, coisa que, com a assistência de mapas, eles fazem mui justamente, e em que são confiáveis; mas, quanto às ações e aos caracteres dos homens, seus escritos já não são tão autênticos, do que não se requer outra prova além daquelas eternas contradições que ocorrem entre dois topógrafos que tomem a peito a história do mesmo país: por exemplo, entre milorde Clarendon e o sr. Whitlock*, entre o sr. Echard e Rapin[1], e muitos outros, nos quais, sendo os fatos expostos sob diferentes luzes, cada leitor acredita no que quiser, e os mais judiciosos e desconfiados consideram o todo, com grande justiça, como nada mais do que uma estória romanesca, em que o escritor deu asas a uma invenção alegre e fértil. Mas, embora estes difiram vastamente na narrativa dos fatos, uns atribuindo a vitória a um lado e os outros ao outro, uns representando como vilão o mesmo homem a quem os outros atribuem um grande e honesto caráter,

* Mantiveram-se no texto as peculiaridades ortográficas de Fielding (que escrevia Whitlock em vez de Whitelock, por exemplo). Nas notas de rodapé, adotou-se a forma corrente na grafia dos nomes (N. do E.).

1. Exemplos de historiografia conservadora, ou *tory* (representada aqui pelo conde de Clarendon e por Laurence Eachard), e liberal, ou *whig* (representada por Bulstrode Whitelock e Paul de Rapin).

todos concordam quanto ao cenário onde o fato supostamente ocorreu e onde o indivíduo que é tanto um pilantra como um homem honesto viveu. Já conosco, biógrafos, o caso é diferente: os fatos que apresentamos são confiáveis, embora amiúde erremos a época e o país em que ocorreram. Pois embora possa merecer o exame dos críticos se o pastor Crisóstomo (que, como Cervantes nos informa, morreu de amor pela bela Marcela, que lhe tinha ódio) jamais viveu na Espanha, alguém duvidará que um tonto desses realmente tenha existido? Haverá no mundo alguém tão cético que duvide da loucura de Cardênio, da perfídia de Ferdinando, da curiosidade impertinente de Anselmo, da fraqueza de Camila e da amizade irresoluta de Lotário, embora, no que toca ao tempo e ao lugar em que viveram essas pessoas, seu bom historiador talvez seja deploravelmente falho?[2] Mas o mais conhecido exemplo dessa espécie é a história verdadeira de Gil Blas, em que o inimitável biógrafo[3] cometeu um deslize notório no país do dr. Sangrado, que tratava os pacientes como um taberneiro aos seus barris, vertendo-lhes o sangue e enchendo-os de água. Não saberá qualquer pessoa minimamente versada na história da medicina que a Espanha não foi o país em que viveu esse médico? O mesmo autor errou igualmente o país de seu arcebispo, bem como o daqueles grandes personagens cujo entendimento era por demais sublime para apreciarem o que não fosse tragédia, e o de muitos outros mais. Os mesmos erros podem outrossim observar-se em Scarron[4], nas *Noites Árabes*[5], na *História de Mariana* e no *Camponês Emergente*[6], e talvez em alguns outros autores dessa classe, que ou não li ou não recordo no momento; pois de modo algum se depreenda que incluo aqui aquelas pessoas de espantoso gênio, autoras de imensas estórias romanescas, nem as modernas escritoras de romances e Atlântidas[7], que, sem a menor assistência da natureza ou da história, recordam pessoas que nunca existiram nem existirão, e fatos que jamais ocorreram nem

2. Todos são personagens da primeira parte de *Dom Quixote*.
3. O romancista e dramaturgo francês Alain René Le Sage (1668–1747), cujo exuberante romance *Gil Blas de Santillane* foi traduzido para o português por ninguém menos que Bocage.
4. Paul Scarron (1610–1660), autor satírico francês cujo *Roman Comique* teve boa circulação na Inglaterra. Para a importância de Scarron na gênese de *Joseph Andrews*, ver a Introdução, na seção "*Joseph Andrews* e a Tradição Continental".
5. *The Arabian Nights Entertainments* (*Entretenimentos das Noites Árabes*), a primeira coletânea em inglês de contos das *Mil e Uma Noites*, traduzidas da versão francesa de Antoine Galland em 1705–1708.
6. *La Vie de Marianne* e *Le Paysan Parvenu*, ambos romances de Marivaux (1688–1763). O último, em que um rapaz de origens humildes desperta o afeto de senhoras de condição, é considerado uma das fontes literárias de *Joseph Andrews*.
7. Menção explícita a Mary Delarivière Manley (c. 1663–1724), autora de *The New Atalantis (A Nova Atlântida)*, um polêmico *roman à clef*. Há também uma alusão mais geral a outras autoras como Aphra Behn (1640–1689) e Eliza Haywood (1693–1756).

possivelmente ocorreriam; cujos heróis são de sua própria criação, e cujos cérebros são o caos de onde compilam todo o seu material. Não que tais escritores não mereçam honra; tão longe disso que talvez mereçam a máxima: pois o que pode ser mais nobre do que constituir como que um exemplo do maravilhoso alcance do gênio humano? Pode-se aplicar a eles o que disse Balzac[8] de Aristóteles, que constituem *uma segunda Natureza* – pois não têm o menor contato com a primeira, na qual autores de classe inferior, que não conseguem firmar-se sozinhos, são obrigados a se escorar como que em muletas; mas estes de quem ora falo parecem possuir *aquelas pernas de pau que*, como nos conta o excelente Voltaire em suas cartas, *levam o gênio longe, mas num passo canhestro*[9]. De fato, para bem longe das vistas do leitor,

além do reino de caos e noite antiga[10].

Mas, voltando à primeira classe, que se contenta em copiar a natureza em vez de formar originais a partir da confusa pilha de matéria em seus cérebros: não será um livro como o que registra os feitos do renomado Dom Quixote mais digno do nome de história do que até mesmo o de Mariana?[11] Pois ao passo que o último se confina a um período específico de tempo e a uma nação específica, o primeiro é a história do mundo em geral, pelo menos daquela parte polida por leis, artes e ciências, e isso desde o momento em que ela foi primeiramente polida até os dias de hoje; e também doravante, por quanto tempo ela assim perdurar.

Passarei agora a aplicar essas observações à obra diante de nós; pois, na verdade, eu as fiz sobretudo para evitar certas interpretações que a boa natureza dos homens, que estão sempre afoitos por ver registradas as virtudes de seus amigos, pudesse fazer de certas partes. Não duvido que muitos de meus leitores reconhecerão o advogado da diligência no instante em que lhe ouvirem a voz. É igualmente provável que o espírito e a santarrona topem com conhecidos seus, como também todo o restante de meus personagens. Para evitar, portanto, quaisquer aplicações maliciosas do tipo, declaro aqui de uma vez por todas que

8. Jean-Luis Guez de Balzac (1597–1654), autor renascentista francês.
9. Voltaire se referia à tragédia inglesa, cujos excessos lhe desagradavam. Suas objeções ao que ele via como a brutalidade de Shakespeare marcaram época. Ver *Cartas Filosóficas*, XVIII.
10. Milton, *Paraíso Perdido*, I, 543.
11. Juan de Mariana (1536–1632), autor de uma celebrada *História das Coisas da Espanha*, publicada originalmente em latim em 1592.

não descrevo homens, mas modos; não um indivíduo, mas uma espécie. Talvez me repliquem: então os personagens não foram tirados da vida real? Ao que respondo que sim; mais que isso, acho que poderia afirmar que escrevi pouco além do que vi. O advogado não somente está vivo, como tem estado ao longo destes quatro mil anos, e espero que D*** lhe dê vida por muitos outros ainda. Ele na verdade não se confinou a uma única profissão, religião ou país; antes, quando surgiu a primeira criatura mesquinha e egoísta no palco humano que fez de si mesma o centro de toda a criação; que não faria o menor esforço, não correria o menor perigo e não investiria o menor dinheiro para assistir ou preservar seus semelhantes; então nosso advogado nasceu; e, enquanto uma pessoa tal como a que descrevi existir sobre a terra, sobre ela ele permanecerá. É, portanto, fazer-lhe pouca honra supor que ele procura imitar algum sujeitinho obscuro, só porque calha de lembrá-lo em algum traço específico, ou talvez na profissão, quando sua aparição no mundo foi calculada para propósitos muito mais gerais e mais nobres: não o de expor um mísero desgraçado ao pequeno e negligível círculo de seus conhecidos, mas o de mostrar um espelho a milhares em seus gabinetes, para que possam contemplar sua deformidade e se empenhem em reduzi-la, e assim, ao sofrerem uma mortificação privada, possam evitar a vergonha pública. Isso estabelece a divisa entre o satirista e o libelista e os diferencia, pois o primeiro corrige a falta privadamente para o benefício do indivíduo, como um pai; e o último expõe publicamente o próprio indivíduo para servir de exemplo aos outros, como um executor.

Há, de resto, pequenas circunstâncias a considerar, como o drapejamento do retrato, pois embora a moda varie em diferentes épocas, a semelhança dos traços não é por tais meios diminuída. Assim, acredito, podemos arriscar-nos a dizer que a sr.ª Tow-wouse é coetânea de nosso advogado, e que, embora durante as mudanças que tão longa existência deve ter atravessado ela haja por seu turno ficado atrás de um bar de estalagem, não reluto em afirmar que, na revolução das eras, ela igualmente ocupou um trono. Em suma, sempre que a extrema turbulência de têmpera, a avareza e a insensibilidade diante da miséria humana, juntamente com certo grau de hipocrisia, se houverem reunido num composto feminino, a sr.ª Tow-wouse foi essa mulher; e sempre que uma boa inclinação, eclipsada pela pobreza de espírito e entendimento, tiver luzido debilmente num homem, tal homem outro não foi que seu furtivo marido.

Não deterei meu leitor por mais tempo senão para fazer uma ressalva de um tipo contrário: pois assim como na maioria de nossos personagens específicos não pretendemos fustigar indivíduos, mas todos do mesmo jaez, outrossim, em nossas descrições gerais, não nos referimos a universais, mas queremos ser entendidos com muitas exceções. Por exemplo, em nossa descrição da gente subida, não se pode pretender que incluamos pessoas que, embora constituam uma honra para o seu escalão, por meio de uma condescendência judiciosa tornam sua superioridade tão amena quanto possível para aqueles que a fortuna, antes de mais nada, situou abaixo delas. Desse número, eu poderia citar um par do reino[12], não menos elevado pela natureza do que pela fortuna, que, ao tempo mesmo em que traja as mais nobres insígnias da honra em sua pessoa, traz a real estampa da dignidade em sua mente, adornada com grandeza, enriquecida com saber e embelezada pelo gênio. Vi esse homem socorrer com generosidade enquanto conversava com liberdade, e ser para a mesma pessoa um patrono e um companheiro. Poderia citar um comum[13] alçado mais acima da multidão por talentos superiores do que estaria no poder de seu príncipe exaltá-lo; cuja conduta para com os que obsequiou é mais amável do que os obséquios em si, e que é um tão grande mestre da afabilidade que, se se pudesse despojar de certa grandeza inerente em seus modos, amiúde faria esquecer aos mais humildes de seus conhecidos quem era o senhor do palácio onde estes se viam tão cortesmente entretidos. Estes são retratos que, acredito, precisam ser conhecidos; declaro que foram tirados da vida real, e não tencionam excedê-la. Pela gente subida que descrevi, portanto, refiro-me a uma corja de celerados que, ao mesmo tempo em que são uma desgraça para seus ancestrais, cujas honras e fortunas herdaram (ou talvez uma maior para suas mães, pois tal degeneração mal é crível), têm a insolência de tratar com desrespeito aqueles que são no mínimo iguais aos fundadores de seu próprio esplendor. É, imagino, impossível conceber um espetáculo mais merecedor de nossa indignação do que um sujeito que é não apenas uma nódoa no brasão de uma grande família, mas um escândalo para a espécie humana, mantendo uma conduta sobranceira para com homens que são uma honra para sua natureza e uma desgraça para sua fortuna.

E agora o leitor, levando consigo estas sugestões, já pode, se lhe aprouver, passar à sequência desta nossa verdadeira história.

12. Provavelmente Lorde Stanhope, patrono de Fielding.
13. Ralph Allen, o modelo do sr. Allworthy em *Tom Jones*.

CAPÍTULO II

UMA CENA NOTURNA, EM QUE VÁRIAS AVENTURAS MARAVILHOSAS OCORRERAM A ADAMS E SEUS COMPANHEIROS DE VIAGEM.

Era tão tarde quando nossos viajantes deixaram a estalagem ou cervejaria (pois poderia ser tida por ambas), que não viajaram muitas milhas antes de a noite os alcançar, ou encontrar, como se queira. O leitor me perdoe se eu não for exato quanto ao caminho que seguiram; pois como agora nos acercamos da quinta dos Boobies, e como este é um nome melindroso, que gente maliciosa poderia aplicar, segundo suas perversas inclinações, a vários dignos fidalgos do campo – uma raça de homens que consideramos inteiramente inofensiva, e pela qual temos um adequado respeito –, não prestaremos a menor assistência a esses maliciosos propósitos.

A escuridão havia debruado o hemisfério quando Fanny sussurrou a Joseph que gostaria de descansar um pouco, pois estava tão fatigada que já não podia andar. Joseph imediatamente persuadiu o pastor Adams, que era tão ágil como uma abelha, a se deter. Este nem bem se sentou e entrou a lamentar a perda de seu querido Ésquilo; mas foi um pouco reconfortado quando lhe lembraram que, mesmo que o tivesse em mãos, não enxergaria para ler.

O céu estava tão nublado que nem uma estrela aparecia. Era, com efeito, de acordo com Milton, a escuridão visível. Essa foi, entretanto, uma circunstância muito favorável para Joseph, pois Fanny, sem receios de ser observada por Adams, deu rédeas a sua paixão como nunca antes fizera, e, reclinando a cabeça sobre o peito dele, passou o braço negligentemente ao seu redor, e permitiu-lhe pôr o rosto junto ao seu. Isso tudo infundiu tal felicidade em Joseph que ele não trocaria seu gramado pelo mais fino relvado no mais fino palácio do universo.

Adams sentou-se a certa distância dos amantes e, não querendo incomodá-los, entregou-se à meditação; e nisso não passara muito tempo quando divisou uma luz a certa distância, que parecia vir em sua direção. Imediatamente saudou-a, mas, para sua consternação e surpresa, ela se deteve por um momento e em seguida desapareceu. Então ele chamou Joseph, perguntando-lhe se não tinha visto a luz. Joseph respondeu que a vira. – E não notou como ela sumiu? – volveu ele. – Embora eu não tenha medo de fantasmas, não descreio em absoluto deles.

Ele então enveredou por uma meditação sobre esses seres insubstanciais, que foi logo interrompida por várias vozes que ele supôs quase a seus cotovelos, embora na verdade não estivessem tão extremamente perto. Ainda assim, podia ouvi-las distintamente acertando a morte de qualquer um que encontrassem. E pouco depois ouviu uma delas dizer que matara uma dúzia só na última quinzena.

Adams nisso se pôs de joelhos e encomendou-se aos cuidados da Providência; e a pobre Fanny, que igualmente ouvira essas terríveis palavras, abraçou-se tão firmemente a Joseph que, não estivesse ele, cujos ouvidos também se achavam abertos, apreensivo por conta dela, e não teria julgado nenhum perigo que o ameaçasse exclusivamente um preço excessivo por tais abraços.

Joseph nesse momento sacou de seu canivete, e Adams, tendo encerrado suas interjeições, apanhou seu bordão de macieira, sua única arma, e, aproximando-se de Joseph, quis que ele soltasse Fanny e a deixasse na retaguarda; mas seu conselho foi infrutífero, pois ela se achegou ainda mais a ele, sem fazer o menor caso da presença de Adams, e, numa voz tranquilizante, declarou que morreria em seus braços. Joseph, enlaçando-a com inexprimível urgência, sussurrou-lhe que preferiria a morte nos dela à vida fora deles. Adams, a brandir seu bordão, disse que desprezava a morte tão bem como qualquer homem, e então repetiu em voz alta:

Est hic, est animus lucis contemptor, et illum,
Qui vita bene credat emi quo tendis, Honorem[14].

Nesse instante as vozes cessaram por um momento, e então uma delas chamou: – M***ição, quem vai lá? – A isso Adams foi prudente o bastante para não dar réplica; e, de súbito, avistou meia dúzia de luzes, que pareceram levantar-se a um só tempo do chão e investir velozmente em sua direção. Isso ele imediatamente concluiu ser uma aparição, e, começando a imaginar que as vozes eram da mesma natureza, interpelou-as: – Em nome do Senhor, o que procuras? – Nem bem falou e ouviu uma das vozes exclamar: – Que se d**e, aqui estão vindo! – e logo em seguida ouviu várias bordoadas bem servidas, como se uma fieira de homens se estivesse pegando a varapau. Ele ia avançar em direção ao local do combate quando Joseph, apanhando-o pelas abas, rogou-lhe aproveitassem o ensejo da escuridão para afastar Fanny do perigo que a ameaçava. Ele acedeu prontamente e, tendo Joseph erguido Fanny, saíram os três a correr o mais que podiam, e, não olhando para trás nem sendo alcançados, haviam percorrido duas milhas inteiras, sem que a pobre Fanny se queixasse uma única vez de cansaço, quan-

14. "Eis aqui uma alma que desdenha a luz e que julga que aquela honra a que aspiras bem vale uma vida" (Virgílio, *Eneida*, IX, 205-206).

do avistaram ao largo várias luzes espalhadas a pouca distância umas das outras, e ao mesmo tempo se viram no declive de uma colina bastante íngreme. O pé de Adams deslizou e ele desapareceu no mesmo instante, o que causou grande medo tanto a Joseph como a Fanny; na verdade, se a luz lhes tivesse permitido ver a coisa, dificilmente teriam contido o riso ao ver o pároco rolando morro abaixo, o que fez do cume até a base sem sofrer nenhum ferimento. Ele então berrou o mais alto que pôde, para informar-lhes que estava bem e livrá-los dos temores que nutriam por sua causa. Joseph e Fanny relutaram por algum tempo, pensando no que fazer; por fim, arriscaram alguns passos onde o declive parecia menos íngreme; e então Joseph, tomando sua Fanny nos braços, caminhou firmemente colina abaixo, sem dar um passo em falso, e terminou por depositá-la na base, onde Adams veio logo ter com eles.

Aprendam daqui, minhas belas compatriotas, a considerar sua própria fraqueza, e as muitas ocasiões em que a força de um homem lhes pode ser de valia; e, pesando-o bem, premunam-se de aliar-se aos janotas e senhorzinhos de canela fina da época, que, ao invés de serem capazes, como Joseph Andrews, de carregá-las em braços vigorosos pelos tortuosos caminhos e pelas precipitosas escarpas da vida, terão, antes, de escorar os débeis membros em sua força e assistência.

Nossos viajantes então avançaram para o local onde a luz mais próxima aparecia, e, tendo cruzado um campo comunal, chegaram a uma campina, onde pareciam estar a pouquíssima distância da luz, quando, para seu pesar, foram dar na barranca de um rio. Ali Adams estacou e declarou que poderia nadar, mas não imaginava como seria possível trasladar Fanny; ao que Joseph respondeu que, se

A caminho de casa, por Norman Tealby

caminhassem ao longo da barranca, podiam estar certos de que logo achariam uma ponte, especialmente porque, pelo número de luzes que tinham visto, havia seguramente uma paróquia nas proximidades. – Ora, mas é bem verdade! – disse Adams. – Eu não tinha pensado nisso. – E assim, sendo aceito o conselho de Joseph, cruzaram duas campinas e chegaram a um pequeno pomar, que os levou até uma casa. Fanny suplicou que Joseph batesse à porta, asseverando-lhe que estava tão desgastada que mal podia parar em pé. Adams, que seguia na dianteira, incumbiu-se dessa cerimônia, e, sendo a porta imediatamente aberta, um homem de aparência comum surgiu nela; Adams contou-lhe que tinham consigo uma jovem, que estava tão cansada da viagem que ele lhe seria muito grato se ela pudesse entrar e descansar. O homem, que via Fanny à luz da vela que trazia à mão, percebendo-lhe a aparência inocente e modesta, e não nutrindo receios diante da conduta civil de Adams, respondeu prontamente que a jovem era muito bem-vinda a repousar em sua casa, como também seus acompanhantes. Então introduziu-os numa sala bastante decente, onde sua esposa se sentava à mesa; esta imediatamente se levantou e ajudou-os a arrumar as cadeiras, pedindo-lhes que se sentassem, o que eles nem bem fizeram e o dono da casa perguntou se aceitariam algo com que refrescar-se. Adams agradeceu-lhe e respondeu que apreciaria um copo de sua cerveja, que foi igualmente a escolha de Joseph e Fanny. Enquanto o homem se ausentava para encher uma imensa jarra com essa bebida, sua esposa disse a Fanny que ela lhe parecia muito fatigada, e sugeriu-lhe tomar algo mais forte do que cerveja; mas ela recusou com muitas mesuras, dizendo que era verdade que estava muito cansada, mas esperava que um breve repouso a restabelecesse. Assim que todos os presentes se sentaram, o sr. Adams, que se servira de cerveja e, com a permissão geral, acendera o cachimbo, voltou-se para o dono da casa, perguntando se maus espíritos não costumavam rondar por aquelas bandas. Não recebendo resposta a isso, ele passou a informá-lo da aventura que haviam tido no descampado, e não avançara muito na história quando alguém bateu à porta com grande força. Os presentes expressaram certa surpresa, e Fanny e a boa mulher empalideceram; o marido foi atender e, enquanto esteve ausente, o que foi por algum tempo, todos ficaram em silêncio a se entreolhar, ouvindo várias vozes que discorriam um tanto ruidosamente. Adams estava totalmente convencido de que espíritos andavam à solta, e se pôs a meditar uns exorcismos; Joseph meio que se inclinava para a mesma opinião; Fanny tinha mais medo de homens; já a boa mulher começava a suspeitar de seus visitantes, e imaginava que os de fora fossem patifes pertencentes a seu bando. Por fim o dono da casa regressou e, rindo, disse a Adams que descobrira sua aparição:

que os assassinos eram ladrões de ovelhas, e as doze pessoas mortas outras não eram que doze ovelhas; acrescentando que os pastores haviam dado conta dos larápios e capturado dois, e os estavam levando a um juiz de paz. Esse relato aliviou em muito os temores de todo o grupo, mas Adams murmurou consigo que estava convencido assim mesmo da realidade das aparições.

Então sentaram-se alegremente à roda do fogo, até que o dono da casa, tendo perscrutado seus visitantes e cismado que a sotaina que, estando caída, aparecia por baixo da sobrecasaca de Adams e a surrada libré de Joseph Andrews não batiam bem com a familiaridade entre ambos, começou a albergar certas suspeitas não muito vantajosas para eles. Dirigindo-se portanto a Adams, disse que percebera ser ele um clérigo por seus trajes, e supunha que aquele honesto rapaz fosse seu lacaio. – Meu senhor – respondeu Adams –, sou um clérigo, ao seu dispor; mas quanto a este jovem, que o senhor corretamente disse honesto, não se acha atualmente a serviço de ninguém; ele nunca viveu em outra casa senão a de Lady Booby, de onde foi despedido, asseguro-lhe, por crime nenhum. – Joseph disse que não se admirava de o cavalheiro surpreender-se por ver um homem do caráter do sr. Adams condescendendo em tamanha bondade para com um homem pobre. – Meu filho – disse Adams –, eu me envergonharia de meu hábito se considerasse um homem pobre, porém honesto, indigno de minha atenção ou familiaridade. Não sei como os que pensam diversamente podem professar-se seguidores e servos d'Aquele que não fazia distinções, salvo, porventura, ao preferir o pobre ao rico. Meu senhor – emendou, dirigindo-se ao cavalheiro –, estes dois jovens humildes são meus paroquianos, e eu os considero e amo como a meus filhos. Há algo de bastante singular em sua história, mas agora não tenho tempo de relatá-la. – O dono da casa, não obstante a simplicidade que se evidenciava em Adams, sabia demais do mundo para dar pronto crédito a profissões. Ainda não estava certo de que Adams tivesse mais de clérigo do que a sotaina. Assim, para testá-lo um pouco mais, perguntou-lhe se o sr. Pope havia recentemente publicado algo de novo. Adams respondeu que ouvira grandes encômios àquele poeta, mas que nunca lera nem conhecia nenhuma de suas obras. "Ahá!", pensou consigo o cavalheiro, "tê-lo-ei apanhado?" – Como – disse ele –, o senhor nunca viu seu Homero[15]? – Adams respondeu que nunca lera nenhuma tradução dos clássicos. – Ah, é verdade – replicou o cavalheiro –, há uma dignidade na língua grega que, acredito, nenhuma língua moderna pode alcançar. – O senhor enten-

15. Referência à tradução, por Pope, dos dois épicos homéricos: da *Ilíada* em 1715–1720 e da *Odisseia* em 1725–1726, no último caso com a assistência de William Broome e Elijah Fenton.

de grego? – perguntou Adams afoitamente. – Um pouco, senhor – respondeu o cavalheiro. – O senhor saberia – exclamou Adams – onde posso comprar um Ésquilo? Um infeliz infortúnio ocorreu recentemente ao meu. – Ésquilo era demais para o cavalheiro, posto ele o conhecesse muito bem de nome; voltou portanto a Homero e perguntou a Adams que parte da *Ilíada* este considerava a mais excelente. Adams replicou que seria mais apropriado perguntar que espécie de beleza era a principal na poesia, pois Homero excelia igualmente em todas.

– E, com efeito – prosseguiu –, o que Cícero diz do orador completo pode bem aplicar-se a um grande poeta: *ele deve conter todas as perfeições*. Homero fez isso no mais excelente grau; não é sem razão, portanto, que o filósofo, no 22º capítulo de sua *Poética,* o mencione por não outro cognome que *o Poeta*. Ele foi o pai do drama, como também da épica; não apenas da tragédia, mas também da comédia; pois seu *Margites*, que foi deploravelmente perdido, mantinha, diz Aristóteles, a mesma analogia com a comédia que a *Odisseia* e a *Ilíada* com a tragédia. A ele, portanto, devemos Aristófanes, bem como Eurípides, Sófocles e o meu pobre Ésquilo. Mas, se me permitir, nós nos limitaremos (ao menos por ora) à *Ilíada*, sua obra mais nobre, embora nem Aristóteles nem Horácio lhe deem preferência, pelo que me lembro, à *Odisseia*. Primeiro, então, quanto a seu assunto: pode alguma coisa ser mais simples e ao mesmo tempo mais nobre? Ele é justamente elogiado pelo primeiro desses judiciosos críticos por não ter escolhido a guerra inteira[16], a qual, embora este diga ter um começo e um fim completos, seria por demais vasta para que o entendimento a compreendesse de um só olhar. Por isso perguntei-me muitas vezes por que um autor tão correto como Horácio lhe chamaria, em sua epístola a Lólio, *trojani belli scriptorem*[17]. Em segundo lugar, sua ação, chamada por Aristóteles de *pragmaton systasis*[18]: será possível que a mente do homem conceba uma ideia de tão perfeita unidade, e ao mesmo tempo tão repleta de grandeza? E aqui devo observar o que não me recorda ter visto notado por ninguém: o *harmotton*[19], aquela concordância entre sua ação e seu assunto: pois, como o assunto é a ira, quão condizente não é a ação, que é a guerra, da qual todos os incidentes decorrem e com que todos os episódios imediatamente se relacionam? Em terceiro lugar, suas maneiras[20], que Aristóteles põe em segundo em sua descrição das várias partes da tragédia,

16. *Poética*, 23, 5.
17. "Escritor da guerra troiana" (*Epístolas*, I, 2, I).
18. "Arranjo dos incidentes" (*Poética*, VI, 12).
19. "Propriedade."
20. No sentido de "caracteres".

e diz estarem incluídas na ação; ignoro se devo admirar antes a exatidão de seu juízo nas distinções sutis ou a imensidade de sua imaginação na variedade delas. Pois, quanto à primeira destas, quão acuradamente não é o ressentimento sereno e injuriado de Aquiles distinguido da paixão insultuosa e inflamada de Agamênon? Quão vastamente a coragem brutal de Ajax não difere da amável bravura de Diomedes; e a sabedoria de Nestor, que é o resultado de longa reflexão e experiência, da astúcia de Ulisses, efeito apenas de arte e sutileza? Se considerarmos sua variedade, poderemos exclamar, como Aristóteles em seu 24º capítulo, que nenhuma parte desse divino poema é destituída de maneiras. E, de fato, eu poderia dizer que mal existe um traço na natureza humana que não seja abordado em um trecho ou outro. E assim como não há paixão que ele não consiga descrever, tampouco há alguma no leitor que ele não possa despertar. Se ele possui alguma excelência superior às demais, tenho-me inclinado a crer que ela se encontra no patético. Eu com certeza nunca li de olhos enxutos os dois episódios em que Andrômaca é introduzida, no primeiro lamentando o perigo, e no segundo a morte de Heitor[21]. As imagens são neles tão extremamente ternas que estou convencido de que o poeta tinha o melhor e mais digno coração imaginável. Tampouco posso deixar de observar como Sófocles fica aquém das belezas do original em sua imitação do discurso dissuasivo de Andrômaca, que ele pôs na boca de Tecmessa[22]. E todavia Sófocles foi o maior gênio que jamais escreveu tragédia, e nenhum de seus sucessores nessa arte, ou seja, nem Eurípides, nem Sêneca, o Trágico, conseguiram chegar-lhe perto. Quanto a seus[23] sentimentos e dicção, não preciso dizer nada: os primeiros são particularmente notáveis pela absoluta perfeição no quesito propriedade; quanto à última, Aristóteles, que o senhor sem dúvida leu e releu, é muito difuso. Mencionarei apenas uma última coisa, que esse grande crítico, em sua divisão da tragédia, chamou de *opsis*, ou cenário, e que é tão própria da épica como do drama, com a diferença de que na primeira fica a cabo do poeta, e na última do pintor. Mas algum pintor já imaginou uma cena como aquela na 13ª e na 14ª ilíadas, em que o leitor contempla de um só golpe o panorama de Troia, com as hostes dispostas à sua frente; o exército, o acampamento e a marinha gregos; Júpiter sentado no Monte Ida, com a cabeça envolta numa nuvem e um relâmpago na mão, olhando na direção da Trácia; Netuno cruzando os mares, que se dividem de um lado e outro para

21. Livros 6 e 24, respectivamente.
22. *Ajax*, 485–524.
23. Ou seja, de Homero.

permitir sua passagem, e assentando-se em seguida no Monte Samos; os céus abertos, e as deidades todas sentadas em seus tronos? Isso é sublime! Isso é poesia! – Adams disparou então uma centena de versos gregos, e com tal voz, ênfase e ação que quase assustou as mulheres; quanto ao cavalheiro, estava tão longe de nutrir quaisquer outras suspeitas de Adams que já se perguntava se não teria um bispo em sua casa. Ele fez os mais extravagantes encômios ao seu saber, e a bondade de seu coração começou a se dilatar para todos os estranhos. Disse ter grande compaixão pela pobre moça, que parecia pálida e abatida com a viagem, e na verdade fazia uma opinião muito superior de sua qualidade do que esta merecia. Disse lamentar que não os pudesse acomodar a todos, mas, se eles se contentassem com o pé do fogo, ele se sentaria com os homens, e a jovem poderia, se quisesse, dividir a cama de sua esposa, coisa que lhe aconselhava fazer, pois teriam de caminhar mais de uma milha até qualquer casa de pasto, que tampouco seria muito boa. Adams, que apreciara seu assento, a cerveja, o tabaco e a companhia, persuadiu Fanny a aceitar essa gentil proposta, e nessa solicitação foi secundado por Joseph. Tampouco ela custou muito a ser convencida, pois havia dormido pouco na noite anterior e nada na precedente, de modo que o próprio amor mal conseguia manter-lhe os olhos abertos por mais tempo. E assim, sendo a oferta cordialmente aceita, a boa mulher pôs à mesa tudo o que havia de comestível na casa, e os visitantes, com gosto convidados, com igual gosto se regalaram, especialmente o pastor Adams. Quanto aos outros dois, eram exemplos da verdade daquela observação física de que o amor, como outras coisas doces, não serve para açular o estômago.

A ceia nem bem se encerrou e Fanny, a seu próprio pedido, se recolheu, e a boa mulher a acompanhou. O homem da casa, Adams e Joseph, que se teriam modestamente retirado não houvesse o cavalheiro insistido no contrário, se distribuíram ao pé do fogo, onde Adams (para usar suas próprias palavras) reabasteceu seu cachimbo, e o cavalheiro providenciou uma garrafa de excelente cerveja, que era a melhor bebida da casa.

A conduta modesta de Joseph, somada à graciosidade de sua pessoa, ao caráter que Adams lhe atribuíra e à amizade que este parecia votar-lhe, começou a agir nas afeições do cavalheiro, e o deixou curioso por conhecer a singularidade que Adams dissera haver em sua história. Adams nem bem foi informado dessa curiosidade e, com o consentimento de Joseph, concordou em satisfazê-la, e relatou assim tudo o que sabia, com tanta ternura quanto era possível pelo caráter de Lady Booby; e concluiu com a longa, fiel e mútua paixão entre ele e Fanny, não ocultando a humildade de nascimento e educação dela. Estas últimas circunstâncias desfizeram inteiramente uma suspeita que se insinuara havia pouco na mente do cavalheiro: a de que Fanny fosse filha de alguma pessoa da moda e Joseph houvesse fugido com ela, estando Adams enredado na trama. Ele então se enamorou de seus hóspedes; bebeu-lhes à saúde com grande animação e expressou muitos agradecimentos a Adams, que gastara um bocado de fôlego, pois era um contador de histórias minucioso.

Adams disse a ele que estava então em seu poder retribuir o favor; pois sua extraordinária bondade, bem como o quinhão de literatura de que era dono[24], e que ele não esperava encontrar sob tal teto, haviam despertado nele mais curiosidade do que ele jamais conhecera. – Portanto – disse –, se não for muito trabalho, meu senhor, sua história, por obséquio.

O cavalheiro respondeu que não poderia negar-lhe o que ele tinha tanto direito de requerer; e, após algumas das apologias de praxe, que são o usual prefácio de uma estória, começou como a seguir.

CAPÍTULO III

EM QUE O CAVALHEIRO RELATA A HISTÓRIA DE SUA VIDA.

Meu senhor, eu descendo de uma boa família, e nasci gentil-homem. Minha educação foi liberal e se deu numa escola pública, onde avancei suficientemente para dominar o latim e ser toleravelmente versado na língua grega. Meu pai morreu quando eu tinha dezesseis anos, e me deixou senhor de mim mesmo. Legou-me uma fortuna moderada, que tencionava eu não recebesse antes de atingir a idade de vinte e cinco anos, pois asseverava constantemente ser isso o mais cedo que se podia entregar qualquer homem inteiramente à direção de seu próprio alvedrio.

24. O autor foi acusado por alguns de ter cometido uma gafe aqui: pois Adams havia de fato mostrado algum saber, eles dizem, talvez todo o que o autor possuía; mas o cavalheiro não mostrara nenhum, a menos que sua aprovação do Sr. Adams o constitua. Mas, sem dúvida, seria prepóstero de sua parte chamá-lo assim. Eu mantive, contudo, e não obstante tal crítica, que me disseram provir da boca de um grande orador num café público, essa gafe tal como estava na primeira edição. Não terei a vaidade de aplicar a coisa alguma nesta obra a observação que Madame Dacier faz no prefácio a seu Aristófanes. *Je tiens pour une maxime constante qu'une beauté médiocre plaît plus généralement qu'une beauté sans défaut* ["Tenho por máxima constante que uma beleza medíocre agrada mais geralmente do que uma beleza sem defeitos"]. O sr. Congreve cometeu uma outra gafe similar em seu *Amor por Amor*, quando Tattle diz à senhorita Prue que *ela devia admirá-lo pela beleza que ele nela louvava, como se ele próprio a possuísse.* [Nota de Fielding.]

Entretanto, como essa intenção fora tão obscuramente lavrada em seu testamento que os advogados me aconselhassem contestar o ponto junto a meus curadores, confesso que fiz tão pouca conta das inclinações de meu finado pai, que eram suficientemente inequívocas para mim, que segui o conselho deles, e logo tive sucesso: pois os curadores não discutiram o assunto muito obstinadamente por seu turno. – Meu senhor – disse Adams –, eu poderia por obséquio saber sua graça? – O cavalheiro respondeu que se chamava Wilson, e então prosseguiu:

– Fiquei pouquíssimo tempo na escola após a morte dele; pois, sendo um jovem ansioso, eu estava extremamente impaciente por estar no mundo, para o que supunha que meus predicados, meu conhecimento e minha maturidade me qualificavam plenamente. E a esse ingresso precoce na vida, sem um guia, imputo todos os meus futuros infortúnios; pois, além dos óbvios descalabros que o acompanham, há um outro que não tem sido tão geralmente observado. A primeira impressão que a humanidade tem do senhor é muito difícil de erradicar. Quão infeliz, portanto, não será fixar seu caráter na vida antes de poder conhecer-lhe o valor ou pesar as consequências daquelas ações que estabelecerão sua futura reputação?

Com pouco menos de dezessete anos deixei a escola e parti para Londres, com não mais de seis libras no bolso. Uma grande soma, como eu então a achava, e que posteriormente surpreendi-me ao ver tão cedo consumida.

O caráter que eu ambicionava alcançar era o de um fino gentil-homem; os primeiros requisitos para isso, eu supunha, eram fazer-me suprir por um alfaiate, um peruqueiro e outros mais negociantes que se ocupam em guarnecer o corpo humano. Não obstante a penúria de minha bolsa, consegui crédito com eles mais facilmente do que esperava, e vi-me logo equipado como queria. Isso, admito, surpreendeu-me agradavelmente na época; mas de lá para cá descobri ser uma máxima entre muitos negociantes no canto polido da cidade vender o mais largamente que puderem, cobrar o mais caro que puderem e pedir prisão o mais cedo que puderem.

As qualificações seguintes, quais sejam, dançar, esgrimir, montar corcéis e a música, vieram-me à mente; mas, como exigiam gastos e tempo, confortei-me, no tocante à dança, com o ter aprendido um pouquinho na juventude, e poder dançar um minueto com suficiente elegância; quanto à esgrima, eu supunha que meu bom humor me fosse preservar do perigo de uma rusga; quanto ao corcel, esperava que ninguém pensasse nisso; e, com respeito à música, imaginava que poderia facilmente adquirir uma reputação nessa área, pois ouvira alguns de meus colegas de escola fingindo conhecimento de óperas, sem saberem cantar nem tocar rabeca.

O conhecimento da cidade parecia ser um outro ingrediente; este eu julgava que obteria frequentando lugares públicos. Por isso mesmo marcava presença assídua em todos, e por esses meios tornei-me logo mestre das frases da moda, aprendi a exaltar os passatempos da moda e conheci os nomes e rostos dos homens e mulheres mais em moda.

Nada parecia faltar-me senão uma intriga, que eu estava decidido a ter imediatamente; refiro-me à reputação por ela; e fui com efeito tão bem-sucedido que em pouquíssimo tempo arrumei meia dúzia, com as mais finas mulheres da cidade.

A estas palavras, Adams emitiu um profundo suspiro, e então, persignando-se, exclamou: – Meu bom Deus! Que tempos perversos são estes?

– Não tão perversos como o senhor imagina – prosseguiu o cavalheiro. – Pois asseguro-lhe que eram todas virgens vestais, até onde eu sabia. A reputação de uma intriga com elas era tudo o que eu buscava, e foi o que consegui. E talvez só lisonjeasse a mim mesmo até nisso, pois muito provavelmente as pessoas a quem eu mostrava os bilhetes delas sabiam, tão bem como eu, que eram forjados, e que eu os escrevera a mim mesmo.

– *ESCREVER cartas a si mesmo!* – disse Adams atônito.

– Oh, senhor – respondeu o cavalheiro –, *esse é o engodo típico da época*. Metade de nossas peças modernas inclui um personagem desses. São incríveis os esforços que fiz e os absurdos métodos que empreguei para deslustrar o caráter de mulheres de distinção. Quando um outro falava enleado de alguma, eu respondia: "Que se d***e ela! Hemos de vê-la no H***d[25] muito em breve". Quando ele replicava que a supunha virtuosa, eu respondia: "Sim, tu sempre suporás uma mulher virtuosa até que ela esteja nas ruas, mas eu e você, Jack, ou Tom (voltando-me a um outro no grupo), sabemos das coisas". Após o que eu sacaria um papel do bolso, talvez uma conta de alfaiate, e o beijaria, exclamando ao mesmo tempo: "Por Deus que eu já lhe quis bem!".

– Prossiga, por favor, mas não faça mais juras – disse Adams.

– Senhor – disse o cavalheiro –, peço que me perdoe. Bem, nesse curso de vida eu persisti por três anos inteiros. – Que curso de vida? – atalhou Adams. – Não me lembro que o senhor tenha mencionado algum. – Sua observação é justa – disse o cavalheiro, sorrindo –, eu devia antes ter dito: nesse curso de não fazer nada. Recordo que algum tempo depois escrevi o diário de um dia, que acredito servisse igualmente para qualquer outro dia durante todo esse tempo; vou tentar repeti-lo para o senhor.

25. O bordel da senhora Haywood.

O sr. Wilson conta a sua história, por Herbert Railton e E. J. Wheeler

"Pela manhã levantei-me, apanhei meu cajado e saí de túnica verde, com o cabelo em fitinhas (um gemido de Adams) e zanzei por aí até as dez.

"Fui ao leilão; disse à senhora *** que ela tem uma cara imunda; ri com gosto de algo que o capitão *** disse; não recordo o quê, pois não ouvi direito; cochichei ao Lorde ***; inclinei-me para o duque de ***; e ia pedir uma caixa de rapé, mas não o fiz, por receios de que ma dessem.

"Das 2 às 4, eu me vesti.	Um gemido.
4 às 6, jantei.	Um gemido.
6 às 8, café.	
8 às 9, teatro de Drury Lane.	
9 às 10, Lincoln's-Inn-Fields[26].	
10 às 12, sala de recepção.	Um grande gemido.

26. Local de um outro teatro, o de John Rich.

"E em todos esses locais nada ocorreu digno de nota." Nisso Adams disse, com certa veemência: – Meu senhor, isso está abaixo da vida de um animal, e pouco acima de vegetar; pergunto-me o que poderia levar a isso um homem de seu juízo. – O que nos leva a mais desmandos do que o doutor imagina – respondeu o cavalheiro –, a vaidade. Pois, por mais que eu fosse uma criatura desprezível, e asseguro-lhe que o senhor não pode ter mais desprezo por tal desgraçado do que eu ora tenho, eu então me admirava, e teria desdenhado uma pessoa de sua presente aparência (o senhor me perdoe) mesmo com todo o seu saber e aquelas excelentes qualidades que lhe percebi. – Adams fez uma mesura e rogou-lhe prosseguir. – Depois de eu continuar por dois anos nesse curso de vida – disse o cavalheiro –, ocorreu um acidente que me obrigou a mudar de ares. Estando eu certo dia no Café St. James a pintar e bordar com o caráter de uma jovem dama de qualidade, um oficial da guarda que se achava presente houve por bem desmentir-me. Respondi que eu poderia estar enganado, mas que não tencionara dizer mais que a verdade. A isto ele não deu réplica senão com um esgar desdenhoso. Depois disso, observei uma estranha frieza em todos os meus conhecidos; nenhum deles puxava conversa comigo, e pouquíssimos me retribuíam a mera cortesia de uma mesura. O grupo com quem eu costumava jantar me excluiu, e em uma semana descobri-me numa tal solidão em St. James como se estivesse num deserto. Um honesto senhor de idade, de chapéu largo e espadão, disse-me por fim que se compadecia de minha juventude, e portanto me aconselhava a mostrar ao mundo que eu não era um tal biltre como supunham. A princípio eu não o entendi. Mas ele se explicou, e concluiu dizendo-me que, se eu escrevesse um desafio para o capitão, ele por pura caridade o entregaria. – Pessoa muito caridosa, deveras! – exclamou Adams. – Pedi até o dia seguinte – prosseguiu o cavalheiro – para considerar o assunto, e, recolhendo-me a meus aposentos, pesei as consequências de um e outro lado tão justamente quanto pude. Em um deles, eu via o risco destas alternativas: ou perder minha vida, ou ter em minhas mãos o sangue de um homem com o qual não estava em absoluto irritado. Logo concluí que as vantagens visíveis no outro não justificavam esse risco. Resolvi assim mudar de ares, e pouco depois mudei-me para o Templo[27], onde aluguei aposentos. Ali fiz logo um novo rol de conhecidos, que nada sabiam do que me ocorrera. A verdade é que não eram muito a meu gosto, pois os janotas do Templo são apenas a sombra dos outros. São a afetação da afetação. A vaidade deles é ainda mais ridícula, se possível, do que a dos demais. Ali encontrei peralvilhos que bebiam com lordes

27. O Middle e o Inner Temples, redutos dos estudantes de direito, de resto bem conhecidos por Fielding.

que não conheciam e intrigavam com mulheres que jamais tinham visto. Covent Garden era então o limite máximo de minha ambição, onde eu brilhava nos balcões dos teatros, visitava meretrizes, cortejava vendedoras de laranjas e maldizia peças. Essa carreira foi cedo interrompida por meu cirurgião, que me convenceu da necessidade de confinar-me em meu quarto durante um mês. Ao fim deste, tendo tido tempo para refletir, resolvi abster-me de novos tratos com janotas e salazes de toda a sorte, e evitar, se possível, todo risco de retornar àquele local de confinamento. – Acho – disse Adams – que o conselho de retirar-se e refletir por um mês foi muito apropriado; mas eu o teria esperado antes de um clérigo que de um cirurgião. – O cavalheiro sorriu ante a simplicidade de Adams e, sem se explicar melhor sobre um assunto tão odioso, prosseguiu assim: – Assim que recobrei perfeitamente a saúde, descobri que minha paixão pelas mulheres, que eu receava satisfazer como antes, me incomodava bastante; decidi, por isso, manter uma amante. Não tardei a optar por uma jovem que já tinha sido mantida por dois cavalheiros e que me fora recomendada por um célebre libertino. Levei-a para meus aposentos e concedi-lhe um estipêndio durante a coabitação. Este teria sido talvez bem miserável, mas ela não deixou que eu me atormentasse por conta disso – pois antes do vencimento encontrei-a em meus aposentos em trato muito familiar com um rapaz que se trajava como oficial, mas que era de fato um aprendiz na cidade. Em vez de se desculpar pela inconstância, disparou meia dúzia de impropérios e, estalando os dedos às minhas barbas, jurou que desdenharia confinar-se ao melhor homem da Inglaterra. Depois disso nós nos separamos, e o mesmo libertino logo lhe arrumou outro arrimo. Não me afligi tanto por nossa separação quanto, como descobri um ou dois dias depois, devia tê-lo feito por nosso encontro; pois fui obrigado a fazer uma segunda visita a meu cirurgião. Fui forçado dessa vez a cumprir penitência por algumas semanas, período durante o qual travei conhecimento com uma bela jovem, filha de um gentil-homem que, após ter servido por quarenta anos no exército, e em todas as campanhas do duque de Marlborough[28], morrera como tenente a meio soldo, e deixara uma viúva, com essa única filha, em circunstâncias muito penosas: elas tinham apenas uma magra pensão do governo, além do pouco que a filha conseguia acrescer-lhe por via de seu trabalho – pois tinha grande excelência com a agulha. Essa moça, quando primeiro a conheci, fora solicitada em casamento por um rapaz em boas circunstân-

28. John Churchill, primeiro duque de Marlborough (1650–1722) foi o mais destacado general da Guerra da Sucessão Espanhola (1701–1714) e uma das máximas figuras da história militar inglesa. Sir Winston Churchill era seu descendente.

cias. Ele era aprendiz de um armarinheiro, e tinha uma pequena fortuna que bastava para montar seu próprio negócio. A mãe estava muito satisfeita com esse consórcio, tendo aliás suficiente razão. Mas logo o impedi. Representei-o em cores tão baixas para sua amante e fiz um tão bom uso de lisonjas, promessas e presentes que, para não me demorar nesse assunto mais do que o necessário, prevaleci sobre a pobre garota, e arranquei-a de sua mãe! Numa palavra, eu a perverti. – Diante de tais palavras, Adams levantou-se, deu três largas passadas através do aposento e voltou a se instalar em sua cadeira. – O senhor não estará mais sentido por esta parte de minha estória do que eu próprio. Asseguro-lhe que ela jamais será suficientemente lamentada em minha opinião. Mas se o senhor já a detesta, em quanto não se elevará sua indignação quando ouvir as fatais consequências desse ato bárbaro e vilanaz? Se lhe aprouver, portanto, desistirei aqui mesmo. – De modo algum – protestou Adams. – Prossiga, eu lhe peço, e concedam os céus que o senhor se arrependa sinceramente desta e das muitas outras coisas que relatou. – Eu nessa época – continuou o cavalheiro – me achava tão feliz quanto a posse de uma jovem e bela criatura, que tinha boa educação e era dotada de muitas qualidades agradáveis, poderia fazer-me. Vivemos alguns meses juntos em imensa afeição, sem outra companhia ou intercâmbio do que encontrávamos um no outro. Mas isso não podia continuar para sempre; e, embora eu ainda tivesse grande afeição por ela, comecei mais e mais a desejar o alívio de outra companhia, e por conseguinte a deixá-la gradualmente, enfim, por dias inteiros sozinha. Ela não deixou de demonstrar certa inquietude nessas ocasiões, e queixou-se da vida melancólica que levava; para remediar isso, introduzi-a nos círculos de outras amantes mantidas, com as quais ela costumava jogar cartas e frequentar peças e outras diversões. Não viveu muito tempo em tais intimidades antes de eu perceber uma alteração visível em sua conduta; toda a sua modéstia e inocência sumiram aos poucos, até sua mente ficar completamente maculada. Buscava a companhia de bandalhos, dava-se toda sorte de ares e só sossegava fora de casa ou quando tinha uma farra em meus aposentos. Era rapace por dinheiro, extravagante em excesso e licenciosa ao conversar; e, se eu obstasse a qualquer uma de suas exigências, juras, lágrimas e chiliques eram as imediatas consequências. Como os primeiros arroubos de afeição já há muito se tivessem passado, esse comportamento logo alienou dela minhas afeições; comecei a refletir com prazer que ela não era minha esposa, e a conceber o intuito de livrar-me dela; e, tendo-lhe eu dado uma deixa a esse respeito, ela tratou de poupar-me o incômodo de expulsá-la porta afora e partiu por conta própria, tendo primeiro arrombado minha secretária e levado consigo tudo o que pôde encontrar, no valor de aproximadamente

200 libras. No calor inicial de meu ressentimento, decidi persegui-la com toda a vingança da lei. Mas, como ela teve a boa sorte de escapar-me durante esse assomo, minha cólera posteriormente se amainou; e, tendo refletido que eu fora o primeiro agressor e lhe causara um prejuízo pelo qual não poderia fazer-lhe reparações ao despojá-la da inocência de sua mente, e ouvindo dizer ao mesmo tempo que a pobre senhora sua mãe tivera o coração partido por ocasião da fuga da filha, eu, concluindo-me seu assassino ("Como bem deveria", exclamou Adams, com um gemido), rejubilei-me por Deus Todo-Poderoso haver adotado esse método de punir-me, e resolvi conformar-me placidamente com o prejuízo. A bem da verdade, eu quisera nunca ter voltado a ouvir falar da pobre criatura, que se acabou tornando uma devassa perdida e, depois de ter sido por anos uma prostituta comum, encerrou enfim sua miserável vida em Newgate[29]. – Neste ponto o cavalheiro

William Hogarth, terceira gravura de O Progresso da Prostituta *(1731). Nesta e em outras séries de gravuras, Hogarth ilustrou com impiedoso detalhismo a trajetória usual de certos tipos decadentes (como a prostituta ou o libertino). A história do sr. Wilson, em* Joseph Andrews, *espelha esse gênero, e enriquece o que é essencialmente um romance rural com uma série de instantâneos da sordidez da vida londrina.*

29. Uma das mais conhecidas e temidas prisões londrinas, Newgate tem presença frequente na literatura setecentista, como em *Moll Flanders*, de Defoe, *Amelia*, do próprio Fielding, e *The Beggar's Opera*, de John Gay. (Este último título, por sinal, é frequentemente traduzido no Brasil como *A Ópera dos Mendigos*, mas o correto é mesmo o singular *A Ópera do Mendigo*. Ela tem esse título porque é apresentada como tendo sido escrita por um mendigo, o que justificaria o universo de delinquência que retrata.)

emitiu um profundo suspiro, que o sr. Adams ecoou mui sonoramente, e ambos guardaram silêncio, entreolhando-se, por alguns minutos. Por fim o cavalheiro prosseguiu assim: – Eu fora totalmente fiel a essa garota durante todo o tempo em que a mantive; mas ela mal havia partido quando descobri outras marcas de sua infidelidade além da perda de meu dinheiro. Em suma, fui obrigado a fazer uma terceira visita a meu cirurgião, de cujas mãos não consegui uma pronta dispensa.

Nesse momento renunciei a toda lida futura com o sexo, queixei-me em alta voz de que o prazer não compensava a dor e invectivei contra as belas criaturas em tão grossa linguagem como aquela em que Juvenal anteriormente as vilificara[30]. Eu via todas as rameiras da cidade com uma ojeriza difícil de imaginar; suas pessoas se me afiguravam palácios pintados, habitados pela doença e pela morte. Tampouco sua beleza podia torná-las objetos mais desejáveis a meus olhos do que o revestimento poderia fazer-me cobiçar uma pílula, ou as placas douradas um caixão. Mas, embora eu já não fosse um escravo absoluto, descobri razões para confessar-me ainda sujeito ao amor. Meu ódio pelas mulheres diminuía diariamente; e não posso garantir que o tempo não me teria atraído uma vez mais a alguma rameira ordinária, não fosse eu segurado por uma paixão pela encantadora Safira, que, uma vez admitida, fez um violento progresso em meu coração. Safira era esposa de um homem de moda e galanterias, e um homem que, reconheço, parecia sob todos os sentidos digno de suas afeições, que no entanto não passava por possuir. Ela era, com efeito, uma *coquette achevée*[31]. – Diga-me, senhor – interveio Adams –, o que é uma coquete? Encontrei a palavra em autores franceses, mas nunca pude atribuir-lhe algum sentido. Presumo que seja o mesmo que *une sotte*; anglicizando-se, *uma tonta*. – Meu senhor – respondeu o cavalheiro –, talvez o senhor não se engane em muito; mas, como se trata de um tipo específico de tontice, tentarei descrevê-lo. Fossem todas as criaturas classificadas na ordem da criação de acordo com sua utilidade, sei de poucos animais que não tomariam a frente à coquete; tampouco a criatura tem grandes pretensões a coisa alguma além do instinto, pois, embora por vezes imaginemos que ela seja animada pela paixão da vaidade, a grande maioria de suas ações queda abaixo até mesmo desse vil motivo, como, por exemplo, seus vários gestos e trejeitos absurdos, infinitamente mais tolos do que os que se podem observar nas mais ridículas aves e feras, e que persuadiriam o observador de que a palerma tinha em mira nosso desprezo. A bem dizer, sua característica é a afetação, e comandada e governada tão-somente pelo capricho: pois assim como a beleza,

30. Em sua *Sexta Sátira*.
31. "Coquete consumada."

a sabedoria, o espírito, a boa natureza, a polidez e a saúde são por vezes afetadas pela criatura, outrossim a feiura, a sandice, a insensatez, a ruindade, a malcriadez e a enfermidade são assumidas a seu tempo. Sua vida é uma mentira constante, e a única regra pela qual se pode formar delas qualquer juízo é que elas nunca são o que parecem. Se fosse possível a uma coquete amar (e não é, pois se vier a alcançar essa paixão a coquete cessará no mesmo instante), ela assumiria a face da indiferença, ou mesmo do ódio, pelo objeto amado; o senhor, portanto, pode estar certo de que, quando elas se empenham em persuadi-lo de que o apreciam, são-lhe no mínimo indiferentes. E, com efeito, foi esse o caso de minha Safira, que nem bem me viu no rol de seus admiradores já me deu aquilo a que comumente se chamam esperanças; ela amiúde me olhava e, ao perceber que eu encontrava seus olhos, desviava-os instantaneamente, denotando ao mesmo tempo tanta surpresa e emoção como possível. Essas artes não deixaram de ter o sucesso que ela pretendia; e, conforme eu me destacava em meio ao restante de seus admiradores, ela proporcionalmente se dirigia mais diretamente a mim do que aos outros. Afetava a voz baixa, os sussurros, ceceios, suspiros, sustos, risos e os muitos outros indícios de paixão que diariamente tapeiam milhares. Quando eu jogava uíste com ela, punha-se a me olhar seriamente, e ao mesmo tempo perdia o carteio ou a vez; então rompia numa risada ridícula, e exclamava: “Uh-la-lá, nem imagino no que eu estava pensando”. Para não detê-los por mais tempo, depois de ter passado por um suficiente curso de galanterias, como eu o supunha, e estando plenamente convencido de que despertara uma violenta paixão em minha senhora, procurei uma oportunidade de chegar a um entendimento com ela. Isso ela evitou tanto quanto possível, mas minha grande assiduidade por fim me apresentou uma. Não descreverei todos os detalhes dessa entrevista; baste dizer que, quando já não podia fingir que não me entendia, ela primeiro afetou uma violenta surpresa, e logo em seguida uma fúria igualmente violenta. Perguntava-se o que eu tinha visto em sua conduta que me induzisse a afrontá-la daquela maneira. E, desvencilhando-se de mim no primeiro momento que pôde, disse-me que eu não tinha outros meios de escapar às consequências de seu ressentimento do que jamais voltando a vê-la ou, no mínimo, a falar-lhe. Não me satisfiz com essa resposta; continuei a persegui-la, mas sem sucesso, e acabei me convencendo de que o marido detinha a posse exclusiva de sua pessoa, e de que nem ele nem ninguém jamais causara impressão alguma em seu coração. Fui dissuadido de seguir no encalço desse *ignis fatuus*[32] por certos avanços que me fez a

32. “Fogo-fátuo”: luz provocada na escuridão pela combustão de material orgânico sobre terrenos pantanosos, e vista pelo folclore de vários povos como um espírito elusivo.

O cavalheiro relata a história de sua vida, por Norman Tealby

esposa de um cidadão, a qual, embora nem tão jovem nem tão bonita, era todavia demasiado agradável para ser rejeitada por minha constituição amorosa. Eu por conseguinte logo a convenci de que ela não lançara suas indiretas em solo estéril ou frio; pelo contrário, estas instantaneamente lhe renderam um amante ávido e desejoso. Ela tampouco me deu alguma razão de queixa, e recebeu o calor que despertara com idêntico ardor. Eu já não estava lidando com uma coquete, mas com alguém que sabia o bastante para não prostituir a nobre paixão do amor pela ridícula luxúria da vaidade. Em pouco tempo nos entendemos; e, como os prazeres que buscávamos consistiam numa gratificação mútua, logo os encontramos e usufruímos. Eu a princípio me achei felicíssimo pela posse dessa nova amante, cujo afeto teria logo extinguido um apetite mais débil, tendo porém um efeito diverso no meu: ela elevou minha paixão por meio dele acima do que haviam logrado fazer a juventude ou a beleza. Mas minha felicidade não podia continuar por muito tempo ininterrupta. As apreensões em que vivíamos por conta dos ciúmes do marido dela nos causavam grande inquietação. – Pobre coitado! Tenho pena dele – exclamou Adams. – E ele de fato a merecia – disse o cavalheiro –, pois amava a esposa com grande ternura, e asseguro-lhe que é uma grande satisfação para mim o não ter sido o primeiro a privá-lo das afeições dela. Essas apreensões, ademais, se mostraram mui bem fundadas, pois ele por fim nos descobriu e providenciou testemunhas de nossas carícias. Então processou-me junto à lei e obteve uma reparação de três mil libras, cujo pagamento abalou em muito minha fortuna; e o pior é que a esposa, divorciada, acabou em minhas mãos. Levei uma vida muito irrequieta com ela, pois, além de minha paixão já estar bastante abatida, a ciumaria excessiva dela era azucrinante. Por fim, a morte me livrou de um estorvo que a consideração de que eu fora o autor de seus infortúnios jamais me permitiria recorrer a outro método de descartar.

Eu então disse adeus ao amor, e resolvi buscar outros prazeres menos arriscados e onerosos. Acabei conhecendo uma súcia de folgazões que dormiam o dia inteiro e bebiam a noite toda: camaradas que melhor se diria consumirem o tempo que viverem. Sua melhor conversa não era mais que barulho: cantar, urrar, porfiar, beber, brindar, vom**ar e fumar eram os principais ingredientes de nosso entretenimento. E, todavia, por piores que fossem, eram mais toleráveis do que nossas cenas mais sérias, que consistiam ou em narrativas excessivamente tediosas de fatos corriqueiros e maçantes, ou em acaloradas disputas sobre questões frívolas, que usualmente terminavam em apostas. A esse estilo de vida a primeira reflexão séria deu fim, e tornei-me membro de um clube frequentado por jovens de grandes habilidades[33]. A garrafa então só era convocada em auxílio da conversa, que versava sobre os mais profundos tópicos da filosofia. Esses cavalheiros estavam empenhados numa busca pela verdade, em cujo empreendimento despojavam-se de todos os preconceitos da educação, e se guiavam tão-somente pelo infalível guia da razão humana. Esse grande guia, depois de lhes ter mostrado a falsidade daquele antiquíssimo mas simples princípio de que existe um ser tal como a divindade no universo, ajudou-os a estabelecer em seu lugar uma certa *regra do direito*[34], pela adesão à qual todos se alçaram à suma pureza moral. A reflexão me deixou tão satisfeito com essa sociedade quanto me ensinara a desprezar e detestar a precedente. Comecei então a me considerar um ser de uma ordem superior ao que jamais imaginara, e estava tanto mais encantado com essa regra do direito quanto nada achara em minha natureza que a repugnasse. Eu via com absoluto desdém todos os que precisassem de qualquer outra indução à virtude além de sua beleza e excelência intrínsecas; e fazia tão alta conta de meus presentes companheiros em termos de moralidade que lhes teria confiado o que quer que me fosse mais íntimo e mais caro. Enquanto eu me comprazia nesse deleitoso sonho, sobrevieram em sucessão dois ou três acidentes que a princípio muito me surpreenderam. Pois um de nossos maiores filósofos, ou *homens da regra do direito*, se afastou de nós levando consigo a esposa de um de seus amigos mais íntimos. Segundo, um outro da mesma sociedade deixou o clube sem lembrar de se despedir do fiador. Um terceiro, tendo-me tomado emprestada certa soma, pela qual não recebi garantias, desmentiu totalmente o empréstimo quando fui cobrá-la. Essas tantas práticas, tão inconsistentes com nossa regra dourada, fez-me começar a suspeitar de sua infalibilidade; mas, quando comuniquei meus pensamentos a um membro do clube, ele disse que não havia nada de absolutamente bom ou mau em si mesmo; que as ações eram denominadas boas ou más segundo as circunstâncias do agente[35]; que o sujeito que fugira com a esposa do vizinho podia ser homem de mui boas inclinações, mas assoberbado pela violência de uma paixão indômita, e em outros sentidos talvez fosse um digníssimo membro da sociedade; que, se a beleza de uma mulher lhe causasse desassossego, ele tinha por natureza o direito de aliviar-se; e muitas outras coisas que detestei a tal ponto que me despedi da sociedade naquela mesma noite, e nunca mais retornei a ela. Estando então reduzido a um estado de solidão que não me aprazia,

33. Os livres-pensadores, que costumavam reunir-se em cafés. Ver nota 72 do Livro I.
34. Princípio comum entre os deístas, que confiavam em que o senso moral do indivíduo lhe indicaria o que é direito mesmo na ausência de princípios da religião. Fielding via essa tendência como moralmente subversiva.
35. Um princípio exposto, por exemplo, no *Leviatã* (I, vi) de Hobbes. Ver nota 74 ao Livro I.

tornei-me um grande frequentador dos teatros, que de resto sempre tinham sido minha diversão favorita, e na maioria das noites passava duas ou três horas nos bastidores, onde conheci muitos poetas, com os quais marcava encontros nas tavernas. Alguns dos atores também participavam de nossos saraus. Nesses encontros éramos geralmente entretidos pelos poetas, que liam suas obras, e pelos atores, que recitavam seus papéis. E em tais ocasiões observei que o cavalheiro que provia nosso entretenimento era usualmente o mais satisfeito dos convivas, os quais, embora se mostrassem muito corteses à sua frente, raramente deixavam de aproveitar o primeiro ensejo de sua ausência para ridicularizá-lo. E então fiz algumas constatações que são provavelmente óbvias demais para merecer relato. – Senhor – disse Adams –, suas constatações, por favor. – Em primeiro lugar, então – disse ele –, concluí que a observação geral de que os homens de espírito são especialmente inclinados à vaidade não é verdadeira. Há homens igualmente vaidosos por conta de riquezas, força, beleza, honrarias &c., mas estas se mostram por si mesmas aos olhos dos observadores, ao passo que o pobre homem de espírito é obrigado a exibir seus escritos para nos mostrar sua perfeição, e em sua disposição para tanto funda-se a opinião vulgar que mencionei. Mas será que o indivíduo que gasta vastas somas na mobília da casa ou nos ornamentos de sua pessoa, e que consome um longo tempo e empenha grandes esforços em se vestir, ou que se sente recompensado por abnegação, labores ou mesmo vilanias com um título ou uma fita, não faz tantos sacrifícios à vaidade quanto o pobre homem de espírito, que deseja ler para o senhor seu poema ou sua peça? Minha segunda constatação é que a vaidade é a pior das paixões, e está mais apta a contaminar a mente do que qualquer outra. Pois assim como o egoísmo é muito mais geral do que nos apraz admitir, outrossim é natural detestarmos e invejarmos aqueles que se interpõem entre nós e o bem que desejamos. Ora, na luxúria e na ambição estes são poucos, e mesmo na avareza encontramos muitos que não constituem obstáculo para nossas metas; mas o homem vaidoso busca a preeminência, e tudo o que for excelente ou louvável em outra pessoa faz desta o alvo de sua antipatia. – Adams entrou então a remexer os bolsos, e logo exclamou: – Homessa! Não está comigo! – Após o que, tendo-lhe o cavalheiro perguntado o que ele estava procurando, ele disse que procurava um sermão, que considerava sua obra-prima, contra a vaidade. – Com a breca, com a breca – lamuriava-se ele –, por que é que tiro esse sermão do bolso? Quisera que estivesse a cinco milhas; eu de boa vontade o buscaria, só para lê-lo para o senhor. – O cavalheiro respondeu que não havia necessidade, pois já se curara daquela paixão. – Por essa mesma razão – disse Adams – eu gostaria de lê-lo, pois confio em que o senhor o admiraria. A bem dizer, nunca fui maior inimigo de paixão alguma como da tola paixão da vaidade. – O cavalheiro sorriu, e prosseguiu: – Dessa sociedade passei facilmente para a dos jogadores, onde nada de notável aconteceu salvo o fim de minha fortuna, que aqueles cavalheiros logo me ajudaram a liquidar. Isso descerrou cenas da vida até então desconhecidas; a pobreza e a penúria, com seu hórrido séquito de credores, advogados e beleguins, me assombravam dia e noite. Minhas roupas ficaram rotas, meu crédito ruim, meus amigos e conhecidos de toda sorte frios. Nessa situação, a mais estranha ideia imaginável veio-me à cabeça; e qual não foi senão escrever uma peça? Afinal, eu tinha tempo livre o suficiente; o medo dos beleguins me confinava todos os dias em meu quarto; e, como eu sempre tivera um pouco de inclinação e um certo gênio nesse sentido, pus mãos à obra, e dentro de poucos meses produzi uma peça de cinco atos, que foi aceita no teatro. Eu me lembrava de ter anteriormente comprado entradas de outros poetas para suas noites de benefício, muito antes da estreia das obras, e, decidindo-me a seguir um precedente que tão bem se ajustava a minhas presentes circunstâncias, muni-me imediatamente de um grande número de papelotes. Bem afortunado seria o estado da poesia caso tais entradas servissem de moeda na padaria, na cervejaria e no empório; mas, ai de mim!, bem pelo contrário: nenhum alfaiate as aceitaria como paga por entreforros, esteios ou presilhas, e nenhum beleguim como cortesia. Elas de fato não são mais do que um passaporte para mendigar, um certificado de que o detentor não dispõe de cinco xelins, o que induz à caridade os cristãos de boa vontade. Eu então experimentei o que é pior do que a pobreza, ou, antes, o que é a pior consequência da pobreza; em outras palavras, a espera e a dependência dos grandes. Muitas manhãs eu esperei durante horas nos gélidos saguões de homens de qualidade, onde, após ver os mais vis pilantras em lacinhos e bordados e os alcoviteiros e bufões da moda sendo admitidos, eu por vezes ouvia, após enviar meu nome, que milorde não poderia receber-me àquela manhã – garantia suficiente de que eu nunca mais entraria naquela casa. Por vezes eu era enfim admitido, e o grande homem julgava apropriado escusar-se, dizendo-me que estava *amarrado*. – Amarrado? – perguntou Adams. – O que é isso? – Senhor – volveu o cavalheiro –, o lucro que os livreiros permitiam aos autores pelas melhores obras era tão miúdo que alguns anos atrás certos homens de nascimento e fortuna, que eram os patronos do espírito e do saber, julgaram apropriado incentivá-los um pouco mais fazendo assinaturas voluntárias para seu estímulo[36]. E assim Prior, Rowe, Pope e outros homens de gê-

36. Ver nota 4 ao Livro II.

nio receberam do público vastas somas por seu trabalho. Esse parecia um método tão fácil de ganhar dinheiro que muitos dos mais reles escrevinhadores da época se arriscaram a publicar suas obras da mesma maneira; e muitos tiveram o despejo de recolher assinaturas para o que não fora nem escrito nem jamais tencionado. Como as assinaturas desse modo se tornassem infinitas, e uma espécie de ônus sobre o público, certas pessoas, descobrindo não ser tarefa muito fácil discernir os bons dos maus autores, ou saber qual gênio merecia estímulo e qual não, com vistas a evitar a despesa de subscrever-se junto a tantos, inventaram um método para se escusar de toda e qualquer assinatura; e este consistia em cobrar uma pequena soma em dinheiro em troca de uma vasta soma caso viessem a fazer a assinatura; e isso muitos faziam, e muitos mais pretendiam ter feito, como meio de silenciar toda solicitação. O mesmo método foi outrossim adotado para as entradas de teatro, que eram igualmente uma aflição pública; e a isso é que chamam estar *amarrado* para assinaturas. – Não posso negar que o termo seja apropriado, e um tanto típico – disse Adams –, pois um homem de grande fortuna que se amarre, como o senhor diz, para não estimular homens de mérito devia ser amarrado de verdade. – Bem, senhor – volveu o cavalheiro –, voltemos a minha estória. Vez por outra eu recebia um guinéu de algum homem de qualidade, dado com tão má vontade como as esmolas o são em geral ao mais vil mendigo, e obtido com tanto tempo gasto em esperas que, se tivesse sido gasto num ofício honesto, ter-me-ia trazido mais lucro com infinitamente mais satisfação. Após cerca de dois meses perdidos dessa desagradável maneira com a maior mortificação, e enquanto eu punha minhas esperanças numa generosa colheita com minha peça, quando recorri ao ponto para saber quando ela seria ensaiada, ele informou-me que recebera ordens dos diretores para devolver-me a peça, pois não poderiam representá-la naquela temporada; mas, se eu a levasse e a revisasse até a seguinte, eles ficariam felizes em revê-la. Arranquei-a dele com grande indignação e voltei a meus aposentos, onde caí na cama num surto de desespero. – O senhor devia era ter caído de joelhos – disse Adams –, pois o desespero é pecaminoso. – Tão logo – prosseguiu o cavalheiro – eu dera vazão ao tumulto inicial de minha emoção, comecei a considerar friamente que curso deveria seguir, numa situação sem amigos, dinheiro, crédito ou reputação de tipo algum. Depois de revolver muitas coisas na mente, não vi outra possibilidade de prover-me das míseras necessidades da vida do que recolhendo-me a um sótão perto do Templo e me fazendo escrevinhador de aluguel para os advogados, coisa para a qual estava bem qualificado, pois era um excelente calígrafo. Por esse projeto eu me decidi, e o pus imediatamente em execução. Eu conhecia um advogado que em outros tempos tratara de assuntos meus, e a ele recorri. Mas, em vez de me passar algum serviço, riu de minha iniciativa e disse-me recear que eu convertesse seus documentos em peças, e ele os fosse ver no palco. Para não cansar o senhor com exemplos semelhantes de outras partes, descobri que o próprio Platão não tinha pelos poetas maior aversão do que esses homens de negócio[37]. Sempre que eu me arriscava a entrar num café, o que só fazia aos domingos, um sussurro percolava o salão, sendo constantemente acompanhado de um motejo: "Eis o poeta Wilson". Pois não sei se o senhor já notou, mas há uma malevolência na natureza do homem que, quando não extirpada ou pelo menos recoberta por uma boa educação e polidez, deleita-se em deixar o outro incomodado ou insatisfeito consigo mesmo. Isso se evidencia de sobra em quaisquer agremiações, salvo as compostas por gente da moda, e especialmente entre aquelas pessoas mais jovens de ambos os sexos cujo nascimento e fortuna as põem logo à margem dos círculos polidos; refiro-me à classe inferior da fidalguia rural e à superior do mundo mercante, que são na realidade a mais malcriada parte da raça humana. Bem, senhor, enquanto eu prosseguia nesse miserável estado, com negócios que mal bastavam para não morrer de fome, sendo a reputação de poeta minha ruína, travei conhecimento acidentalmente com um livreiro, e este me disse que era uma pena que um homem de meu gênio e saber fosse obrigado a tal método de ganhar a vida; disse que tinha compaixão por mim e, se eu me pusesse a seu serviço, cuidaria de prover-me generosamente. Um homem em minhas circunstâncias, como ele bem sabia, não tinha escolha. Eu por conseguinte aceitei sua proposta junto com suas condições, que não eram das mais favoráveis, e passei a traduzir com todas as minhas forças. Eu já não tinha razões para lamentar a falta de serviço, pois ele me passava tantos que em meio ano quase me fiz cego de escrever. Também contraí uma moléstia com minha vida sedentária, em que nenhuma parte de meu corpo se exercitava salvo meu braço direito, e ela me deixou incapaz de escrever por um longo tempo. Como isso infelizmente calhasse de atrasar a publicação de uma obra, e meu trabalho anterior não tivesse vendido bem, o livreiro se absteve de novos tratos e me enxovalhou junto a seus colegas como um sujeito desmazelado e preguiçoso. Eu, contudo, à força de me matar metade de fome e metade de trabalhar durante o tempo em que estivera a seu serviço, havia poupado uns poucos guinéus, com os quais comprei um bilhe-

37. Os comentários de Platão sobre os poetas acham-se sobretudo na *República* e no diálogo *Íon*. Platão objetava ao conteúdo imoral da antiga poesia grega e, sobretudo, ao fato de que a imitação, ou mimese, constituía uma distorção da realidade, que poderia levar à corrupção das mentes num Estado ideal.

te de loteria, resolvendo atirar-me ao regaço da fortuna e ver se ela me faria compensações pelos prejuízos que me infligira à mesa de jogo. Essa compra, tendo sido feita, me deixou quase que sem vintém, e nisso, como se eu não estivesse suficientemente desgraçado, um beleguim em roupas de mulher conseguiu ser admitido a meus aposentos, aonde fora direcionado pelo livreiro. Ele me prendeu a pedido de meu alfaiate por trinta e cinco libras, soma pela qual não pude pagar fiança, e fui assim conduzido a sua casa, onde fui trancafiado num quarto superior[38]. Eu não tinha então nem saúde (pois mal me recobrara de minha indisposição), nem liberdade, dinheiro ou amigos; e tinha renunciado a todas as esperanças, e até mesmo ao desejo de viver. – Mas isso não poderia durar muito – disse Adams –, pois sem dúvida o alfaiate o libertou assim que se inteirou realmente de sua situação e soube que suas circunstâncias não permitiriam que o senhor o pagasse. – Ah, senhor – replicou o cavalheiro –, isso ele já sabia antes de me fazer prender; pior, ele sabia que nada, salvo a incapacidade, poderia ter-me impedido de pagar minhas dívidas, pois eu fora seu cliente por muitos anos, gastara vastas somas de dinheiro com ele e sempre o pagara mui pontualmente em meus dias prósperos. Mas quando o lembrei disso, com garantias de que, se ele não molestasse meus esforços, eu lhe pagaria todo o dinheiro que conseguisse ganhar à força do máximo trabalho e indústria, reservando apenas o suficiente para me manter vivo, ele respondeu que sua paciência se esgotara; que eu já o fizera esperar por vezes seguidas; que ele precisava do dinheiro; que tinha posto a coisa nas mãos de um advogado; e que, se eu não o pagasse imediatamente ou encontrasse garantias, ficaria na cadeia sem esperanças de mercê. – Ele talvez espere mercê – exclamou Adams, saltando da cadeira – onde não encontrará nenhuma. Como pode um canalha desses repetir o Pai Nosso, onde a palavra traduzida, não sei por que razão, como *ofensas*, é no original *dívidas*? E é certo que, se não perdoarmos as dívidas do próximo quando este não puder pagá-las, tampouco seremos perdoados quando não estivermos em condição de pagar. – Ele parou por aí, e o cavalheiro prosseguiu: – Enquanto eu estava nessa situação deplorável, um antigo conhecido, a quem eu mencionara meu bilhete de loteria, me localizou e, fazendo-me uma visita com grande júbilo no semblante, apertou-me efusivamente a mão e me desejou felicidades por minha boa fortuna. "Pois seu bilhete", disse, "trouxe um prêmio de três mil libras". – Adams

38. Era costume aprisionar os devedores para que não se evadissem, embora isso os incapacitasse ainda mais de saldar suas dívidas. Muito foi escrito contra essa prática – inclusive pelo próprio Fielding e por Defoe, que esteve pessoalmente preso por dívidas –, mas ela persistiu até o século XIX.

estalou os dedos a tais palavras num êxtase de alegria, que todavia não durou muito, pois o cavalheiro prosseguiu assim: – Ai de mim! Senhor, esse era apenas um truque da fortuna para me afundar ainda mais. Pois eu passara esse bilhete de loteria dois dias antes para um parente, que se negara de outro modo a me emprestar um xelim para eu me prover de pão. Assim que meu amigo ficou sabendo de minha infortunada venda, começou a me aviltar, e me lembrou de todos os desmandos e fiascos de minha vida. Disse que eu era alguém que a fortuna não poderia salvar nem se quisesse; que estava arruinado e sem esperanças de remissão, e nem devia esperar alguma piedade de meus amigos; que seria uma extrema fraqueza compadecer-se dos infortúnios de um homem que se precipitava rumo à própria destruição. Em seguida me pintou, em cores tão vívidas quanto pôde, a felicidade que eu então usufruiria se não tivesse me desfeito estupidamente de meu bilhete. Invoquei como justificativa a necessidade. Mas ele não deu resposta a isso, e entrou uma vez mais a me aviltar, até que não pude tolerar mais e pedi-lhe que encerrasse sua visita. Logo troquei a casa do beleguim por uma prisão, onde, como não tinha dinheiro suficiente para obter um aposento à parte, fui espremido em meio a um grande número de miseráveis desgraçados, em comum com os quais eu estava destituído de todas as conveniências da vida, e mesmo daquela que todos os brutos usufruem, o ar puro. Nessas circunstâncias terríveis recorri por carta a vários de meus antigos conhecidos, e a tais deles a quem eu outrora emprestara dinheiro sem grandes esperanças de vê-lo devolvido, pedindo-lhes assistência; mas foi em vão. Uma desculpa, em vez de uma recusa, foi a resposta mais gentil que recebi. Enquanto eu languescia numa condição horrível demais para ser descrita, e que, numa terra de humanidade e, o que é ainda mais, de cristianismo, parecia um estranho castigo para um pouco de inadvertência e indiscrição – enquanto eu estava nessa condição, um sujeito apareceu na prisão e, tendo perguntado por mim, entregou-me a seguinte carta:

Senhor;

Meu pai, a quem o senhor vendeu seu bilhete da última loteria, faleceu no mesmo dia em que este foi sorteado, como o senhor provavelmente soube, e deixou-me única herdeira de toda a sua fortuna. Estou tão sentida com suas atuais circunstâncias e com a aflição em que o senhor deve estar por ter sido levado a se desfazer do que poderia tê-lo feito feliz que devo pedir-lhe que aceite o incluso. Sou

sua humilde criada,

Harriet Hearty.

E o que o senhor acha que estava incluso? – Sei lá – exclamou Adams. – Não menos de um guinéu, espero. – Senhor, era uma nota bancária no valor de duzentas libras. – Duzentas libras! – disse Adams, extasiado. – Não menos, garanto – respondeu o cavalheiro. – E uma soma com a qual eu não fiquei de longe tão encantado quanto com o querido nome da moça generosa que a enviara, e que era não apenas a melhor, mas a mais bela criatura do universo, e pela qual eu há muito nutria uma paixão que não ousava revelar-lhe. Beijei seu nome mil vezes, com os olhos transbordando de ternura e gratidão, e repeti... Mas, para não deter o senhor nesses êxtases, adquiri imediatamente minha liberdade, e, tendo saldado todas as minhas dívidas, parti, com mais de cinquenta libras no bolso, para agradecer a minha gentil libertadora. Ela calhou de estar então fora da cidade, uma circunstância que, pensando bem, me agradou: pois assim eu teria a oportunidade de aparecer diante dela em roupas mais decentes. Quando retornou à cidade um ou dois dias depois, atirei-me a seus pés com os mais ardentes agradecimentos, que ela dispensou com uma genuína grandeza de espírito, dizendo-me que eu não poderia obsequiar-lhe melhor do que jamais mencionando ou, se possível, pensando em circunstâncias que haveriam de trazer-me à memória um acidente em que me seria penoso deter-me. E prosseguiu destarte: "O que fiz foi a meus olhos uma ninharia, e talvez infinitamente menos do que me competia fazer. E se o senhor pensa em montar algum negócio em que uma soma maior lhe possa ser útil, eu não serei muito rígida quanto a garantias nem juros. – Esforcei-me para expressar toda a gratidão que pude por essa profusão de bondade, embora ela fosse talvez minha inimiga e começasse a afligir minha mente com agonias maiores do que todas as misérias que eu sofrera; ela me afetava com reflexões mais severas do que a pobreza, o suplício e as prisões me tinham podido infligir em conjunto. Pois, meu senhor, esses atos e profissões de bondade, que bastariam para ter inspirado num bom coração a mais violenta amizade por alguém do mesmo sexo, ou pela idade e feiura no sexo oposto, vinham-me de uma mulher, uma jovem e bela mulher, cujas perfeições eu há muito conhecia, e por quem há muito albergava uma paixão violenta – salvo que com um desespero que me levara a empenhar-me antes em coibi-la e escondê-la do que em cultivá-la e comunicá-la a ela. Em suma, eles me vinham unidos à beleza, à brandura e à ternura, e a tão cativantes sorrisos... Ah, sr. Adams, naquele momento eu perdi a cabeça e, descurando de nossas diferentes condições, e sem tampouco considerar que retribuição lhe fazia por sua bondade ao desejar que ela, que tanto me dera, me concedesse tudo, segurei-lhe gentilmente a mão, e, levando-a a meus lábios, premi-a com inconcebível ardor; então, alçando meus olhos rasos d'água, vi-lhe o rosto e o colo debruados de um só rubor; ela fez menção de retirar a mão, mas não a ponto de livrá-la da minha, embora eu a segurasse com a força mais tênue. Ambos quedamos trêmulos, os olhos dela pousados no chão, os meus resolutamente fixos nela. Meu bom D***, qual não era então a condição de minha alma!, queimando de amor, desejo, admiração, gratidão e todas as paixões ternas, todas concentradas num único e encantador objeto? A paixão por fim levou-me a palma à razão e ao respeito, e, soltando-lhe suavemente a mão, tentei encerrá-la loucamente nos braços, quando ela, recobrando-se em algo, afastou-se de mim num susto, e me perguntou, com mostras de irritação, se tinha motivos para esperar tal tratamento de minha parte. Então eu me prostrei diante dela e declarei que, se a havia ofendido, minha vida estaria totalmente em seu poder, e que eu a perderia como fosse por seu bem. "Mais que isso (eu disse), a senhora não estará tão disposta a me punir como eu a sofrer. Reconheço minha culpa. Detesto a ideia de que eu teria sacrificado sua felicidade à minha. Acredite-me: arrependo-me sinceramente de minha ingratidão; mas acredite também que foi minha paixão, minha ilimitada paixão pela senhora, que me levou tão longe; eu a tenho amado longa e ternamente, e a bondade que demonstrou por mim pôs abaixo inocentemente um coitado já antes perdido. Absolva-me de todo intuito mesquinho e mercenário, e, antes que eu me despeça da senhora para sempre, o que estou decidido a fazer neste instante, creia que a fortuna não me poderia alçar a nenhuma altura à qual eu não a teria de bom grado elevado. Ah, maldita seja a fortuna!" "Não", disse ela, interrompendo-me com a mais doce voz, "não amaldiçoe a fortuna, pois ela me fez feliz e, se pôs sua felicidade em meu poder, eu já lhe disse que o senhor não pode pedir nada de razoável que eu lhe haja de negar". "Senhora", eu disse, "interpreta-me mal se imagina, como parece, que minha felicidade esteja agora em poder da fortuna. A senhora já me agraciou em demasia; se tenho algum desejo, é por algum bendito acidente pelo qual eu possa contribuir com minha vida para o mínimo acréscimo em sua felicidade. Quanto a mim, a única ventura que posso vir a ter consistirá em saber da sua; e, se a fortuna a fizer completa, perdoarei todos os males que ela me causou". "Como de fato pode", respondeu ela com um sorriso, "pois sua felicidade deverá estar inclusa na minha. Eu há muito conheço seu valor; mais que isso, devo confessar", disse, enrubescendo, "que há muito percebi a paixão que o senhor professa por mim, não obstante seus esforços, que estou convencida foram sinceros, por ocultá-la; e, se tudo o que eu puder dar de razoável não bastar, esqueça a razão – e agora creio que o senhor não me pode pedir nada que eu vá negar". Proferiu essas palavras com uma doçura inimaginável. Sobressaltei-me imediatamente, e o sangue, que gelava em meu coração, prorrompeu-me tumultuosamente por todas as veias. Guardei silêncio por um instante, e então, precipitando-me até ela, tomei-a nos braços, já sem resistência, e lhe disse docemente que nesse caso ela devia me dar a si mesma. Ah, senhor, poderei descrever o seu aspecto? Ela ficou calada e quase imóvel por vários minutos. Por fim, recobrando-se em algo, insistiu em que eu a deixasse, e de tal maneira que prontamente obedeci. O senhor pode imaginar, entretanto, que cedo voltei a vê-la. Mas peço seu perdão; receio tê-lo detido por tempo demais ao relatar os detalhes da entrevista anterior. – Tão longe disso – disse Adams, lambendo os beiços – que eu de bom grado a ouviria de novo. – Muito bem, senhor – continuou o cavalheiro –, para ser o mais conciso possível, em uma semana ela consentiu em fazer-me o mais feliz dos homens. Nós nos casamos pouco depois, e, quando pude examinar as circunstâncias da fortuna de minha esposa (o que, asseguro-lhe, tão cedo não tive tempo para fazer), descobri que esta montava a cerca de seis mil libras, a maior parte consistindo em bens, porquanto seu pai fora um mercador de vinho e ela parecia desejar que eu, se me aprouvesse, seguisse no mesmo negócio. E tentei, imediata e um tanto irrefletidamente, pois, não tendo sido instruído nos segredos do ofício, e empenhando-me em negociar com a maior honestidade e retidão, logo descobri nossa fortuna entrando em declínio e meus negócios diminuindo de pouco em pouco. Afinal, meus vinhos, que eu nunca adulterava após a importação, e que eram vendidos tão puros como chegavam, foram universalmente envilecidos pelos bodegueiros, aos quais eu não podia vendê-los tão barato como aqueles que obtinham o dobro do lucro com preços mais baixos. Logo comecei a perder as esperanças de melhorar nossa fortuna por tais meios; tampouco eu me sentia à vontade com as visitas e a familiaridade de muitos que tinham sido meus conhecidos na prosperidade mas me haviam repelido e evitado na adversidade, e que então reatavam solicitamente suas relações comigo. Em suma, vira suficientemente que os prazeres do mundo eram sobretudo tolices, e os negócios, velhacarias, sendo ambos nada mais que vaidade – os homens de prazeres se despedaçando uns aos outros pelo afã de gastar dinheiro, e os homens de negócio pela inveja de ganhá-lo. Minha felicidade consistia inteiramente em minha esposa, a quem eu amava com um afeto inexprimível, que era perfeitamente correspondido; e meus prospectos outros não eram senão sustentar nossa crescente família, pois ela se achava grávida do segundo filho. Eu por isso aproveitei uma oportunidade para perguntar o que ela achava de adotarmos uma vida retirada, o que, após ouvir minhas razões e notar meu gosto pela ideia, ela prontamente aceitou. Logo convertemos nossa pequena fortuna, então reduzida a menos de três mil libras, em dinheiro, com parte do qual compramos este lugarzinho, ao qual nos retiramos pouco depois do parto dela, de um mundo repleto de alvoroço, barulho, ódio, inveja e ingratidão para o sossego, a tranquilidade e o amor. Aqui vivemos quase vinte anos, com pouco trato além do nosso próprio, a maior parte da vizinhança nos tendo por gente muito estranha; o fidalgo da paróquia me pinta como um doido, e o pároco como um presbiteriano, porque não caço com um nem bebo com o outro. – Meu caro – disse Adams –, acho que a fortuna pagou-lhe todas as dívidas com este doce retiro. – Senhor – replicou o cavalheiro –, sou grato ao grande autor de todas as coisas pelas bênçãos que aqui usufruo. Tenho a melhor das esposas e três belíssimos filhos, pelos quais sinto a genuína ternura de um pai; mas não há bênçãos puras neste mundo. Passados três anos de minha chegada aqui, perdi meu filho mais velho. – Nisso ele suspirou amargamente. – Senhor – disse Adams –, devemos submeter-nos à Providência, e considerar que a morte é comum a todos. – Devemos, de fato – respondeu o cavalheiro –, e se ele tivesse morrido eu poderia talvez ter tolerado a perda com paciência. Mas ai de mim, meu senhor, ele foi roubado à minha porta por uma perversa gente itinerante a quem chamam ciganos, e nem com a mais diligente busca pude recuperá-lo. Pobre criança! Tinha os mais doces traços, a exata imagem de sua mãe. – E nisso algumas lágrimas rolaram-lhe involuntariamente dos olhos, como também dos de Adams, que sempre simpatizava com os amigos em tais ocasiões. – E com isso, senhor – disse o cavalheiro –, concluí minha história, na qual, se fui minucioso demais, peço que me desculpe; agora, se o senhor concordar, eu lhe trarei outra garrafa. – E essa proposta o pastor gratamente aceitou.

CAPÍTULO IV

UMA DESCRIÇÃO DO ESTILO DE VIDA DO SR. WILSON. A TRÁGICA AVENTURA DO CÃO, E OUTROS ASSUNTOS SÉRIOS.

O cavalheiro regressou com a garrafa, e Adams e ele se sentaram por algum tempo em silêncio, quando o primeiro se sobressaltou e disse: – Não, não pode ser. – O cavalheiro perguntou o que ele queria dizer; ele respondeu que vinha considerando se o há pouco célebre rei Teodoro[39] não seria o exato filho que havia

39. Theodor Stephan Freiherr von Neuhoff (1686–1756), aventureiro alemão que se tornou rei da Córsega em 1736, sendo logo deposto. Posteriormente buscaria auxílio na Inglaterra, onde seria preso por dívidas, e viveria seus últimos anos sob a proteção de Horace Walpole.

perdido; mas acrescentou que a idade não autorizaria essa suposição. – Entretanto – disse –, D*** dispõe de todas as coisas para o melhor, e muito provavelmente ele será algum grande homem ou duque, e pode um dia ou outro revisitar o senhor nessa condição. – O cavalheiro respondeu que o reconheceria em meio a dez mil, pois ele tinha uma marca no peitoral esquerdo na forma de um morango, que a mãe lhe legara ao sentir vontade daquela fruta.

Aquela bela senhorita, a Manhã, levantava-se da cama e, com um semblante vicejando em fresca juventude e vivacidade, tal como a senhorita ***[40], e suaves gotas de orvalho a pender-lhe dos lábios salientes, começava a dar seu matinal passeio pelas colinas orientais; e logo em seguida aquele galante indivíduo, o Sol, deixava suavemente os aposentos da esposa para ir prestar-lhe respeitos, quando o cavalheiro perguntou a seu hóspede se lhe agradaria caminhar um pouco e conhecer seu pequeno jardim, ao que este prontamente acedeu; e Joseph, que no momento despertava de um sono em que estivera imerso por duas horas, os acompanhou. Nenhum canteiro, nenhuma fonte, nenhuma estátua embelezava aquele pequeno jardim. Seu único ornamento era uma pequena calçada ensombrecida de cada lado por uma sebe de aveleiras, com um pequeno caramanchão num dos cantos, ao qual, quando fazia calor, o cavalheiro e a esposa costumavam recolher-se e se divertir com as filhas, que brincavam na calçada à sua frente. Mas, embora a vaidade não tivesse devotos nesse remanso, havia ali grande variedade de frutas, e todas as coisas úteis para a cozinha, o que mais do que bastou para despertar a admiração de Adams, que disse ao cavalheiro que este tinha decerto um bom jardineiro. – Meu senhor – respondeu ele –, esse jardineiro está agora à sua frente; tudo o que o senhor vê aqui é trabalho tão-somente de minhas próprias mãos. Enquanto supro as necessidades de minha mesa, provejo-me ao mesmo tempo de um apetite por elas. Nas boas estações raramente passo menos de seis das vinte e quatro horas neste lugar, onde nunca fico ocioso, e por esses meios pude preservar minha saúde desde minha chegada aqui, sem a assistência de remédios. Para cá geralmente venho ao amanhecer, e me exercito enquanto minha esposa veste as crianças e prepara nosso desjejum, depois do que raramente nos separamos pelo restante do dia; afinal, quando o tempo não lhes permite acompanhar-me aqui, eu de costume fico lá dentro com elas, pois não me envergonho de conversar com minha esposa, nem de brincar com minhas filhas. Para dizer a verdade, não percebo aquela inferioridade de entendimento que a leviandade dos libertinos, a obtusidade dos homens de negócio ou a auste-

40. Quem quer que o leitor deseje. [Nota de Fielding.]

ridade dos eruditos nos quer vender nas mulheres. Quanto a minha mulher, afirmo que nunca encontrei ninguém de meu próprio sexo capaz de fazer observações mais justas sobre a vida, nem de exprimi-las mais agradavelmente; nem creio que alguém possua uma amiga mais fiel ou corajosa. E tão certo como esta amizade é adoçada com mais delicadeza e ternura, ela é confirmada por votos mais caros do que podem acompanhar a mais íntima aliança entre homens. Pois que união pode ser tão firme como nosso interesse comum nos frutos de nossos abraços? Talvez o senhor não seja pai; se não for, esteja certo de que não pode conceber o deleite que tenho em minhas pequeninas. O senhor não me desprezaria se me visse estendido no chão, com minhas filhas brincando à minha volta? – Eu reverenciaria essa vista – disse Adams. – Eu próprio sou agora pai de seis, tendo-o sido de onze, e posso dizer que nunca vergastei um filho meu, salvo como seu mestre-escola, e nesse caso senti cada golpe em meu próprio traseiro. E quanto ao que o senhor diz com respeito às mulheres, eu muita vez lamentei que minha esposa não entenda grego. – O cavalheiro sorriu e respondeu que não quisera insinuar que a sua tivesse um entendimento que fosse além do cuidado com a família. – Pelo contrário – disse ele –, minha Harriet, asseguro-lhe, é uma notável dona de casa, e as governantas de poucos gentis-homens entenderão mais de culinária ou confeitaria; mas essas são artes para as quais ela não tem grande uso hoje em dia. Entretanto, o vinho que o senhor tanto elogiou na ceia de ontem à noite era de fabrico dela, como também todas as bebidas em minha casa, exceto a cerveja, que cabe a minha província. – E posso dizer que é tão excelente – atalhou Adams – como jamais provei. – Tínhamos antes uma criada, mas, como minhas filhas estão crescendo, ela não quer deixá-las ociosas; afinal, como a fortuna que lhes deixarei será bem pouca, não pretendemos educá-las acima da classe que provavelmente ocuparão no futuro, nem ensiná-las a desprezar ou arruinar um marido humilde. De fato, eu gostaria que um homem de meu temperamento e uma vida retirada lhes coubessem por sorte, pois já constatei que aquela calma e serena felicidade assente na satisfação é incompatível com a afobação e o alvoroço do mundo. – Ele prosseguia nesses termos quando as pequeninas, que acabavam de acordar, correram ansiosas em sua direção e pediram-lhe a bênção. Mostraram-se tímidas diante dos estranhos, mas a mais velha informou ao pai que sua mãe e a jovem senhorita já se achavam de pé, e que o café estava posto. Todos entraram, e o cavalheiro ficou surpreso com a beleza de Fanny, que então se recobrara de sua fadiga e vestia roupas limpas – pois os larápios que tinham tirado sua bolsa lhe haviam deixado o enxoval. Mas se ele ficou tão maravilhado com a beleza dessa jovem criatura, seus hóspedes não ficaram menos encantados com a ternura visível na conduta de marido e mulher entre si e para com as filhas, nem com a atitude obediente e afetuosa destas para com os pais. Essas coisas aprouveram à mente bem disposta de Adams, tão bem como a disposição que expressavam de agradar aos hóspedes e sua solicitude em oferecer-lhes o melhor do que tinham em sua casa; e o que o encantou ainda mais foram um ou dois exemplos de sua caridade. Pois, enquanto tomavam café, a boa mulher foi chamada para assistir a uma vizinha doente, o que fez com cordiais preparados para o uso público; e o bom homem foi ao jardim na mesma hora prover uma outra pessoa com alguma coisa de que esta precisava dali; porquanto eles não tinham nada a que os necessitados não fossem bem-vindos. Essa boa gente se encontrava na maior animação quando ouviram o disparo de uma arma, e imediatamente depois um cãozinho, o favorito da filha mais velha, entrou mancando todo ensanguentado e foi prostrar-se aos pés da dona. A pobre menina, que orçava pelos onze anos[41], se desfez em lágrimas diante da cena, e pouco depois um dos vizinhos entrou e informou-lhes que o jovem fidalgo, filho do solarengo, alvejara o cão enquanto este passava, jurando ao mesmo tempo que processaria seu dono por ter um *spaniel*, pois ele já informara que não os toleraria na paróquia. O cão, que a dona tomara no colo, morreu em poucos minutos, lambendo-lhe a mão. Ela expressou grande agonia por sua perda, e as outras filhas começaram a chorar pelo infortúnio da irmã; tampouco Fanny pôde conter-se. Enquanto o pai e a mãe tentavam confortá-la, Adams agarrou seu bordão de macieira, e teria saído à cata do fidalgo se Joseph não o detivesse. Este não pôde, porém, refrear-lhe a língua. Proferiu a palavra *pilantra* com grande ênfase, disse que ele era mais digno de ser enforcado do que um salteador de estrada e emendou que bem quisera que o incumbissem de vergastá-lo. A mãe levou a filha, que chorava e carregava nos braços seu favorito morto, para fora da sala, e o cavalheiro disse que aquela era a segunda vez que o fidalgo tentava matar o pobrezinho, já o tendo ferido gravemente uma vez, acrescentando que ele não teria motivo nenhum salvo a ruindade, pois o animalzinho, que não chegava ao tamanho de um punho, jamais se afastara vinte jardas da casa nos seis anos em que sua filha o tivera. Ele disse que não fizera nada para merecer tal tratamento, mas que o pai do rapaz tinha uma fortuna demasiado grande para ser enfrentada; que era tão absoluto como qualquer tirano no universo, e matara todos os cães, além de ter confiscado todas as armas da vizinhança; não somente isso, mas também atropelava cer-

41. Uma inconsistência, já que o segundo parto precedeu a mudança para o interior e a família já vive ali há "quase vinte anos".

cas e cavalgava por cima de milharais e jardins, sem mais respeito por estes do que se fossem a estrada. – Queria poder apanhá-lo no meu jardim – disse Adams. – Se bem que eu o perdoaria antes por atravessar minha casa a cavalo do que por um ato desnaturado como este.

Tendo a animação da conversa sido interrompida por esse acidente, em que os hóspedes não podiam ser da menor serventia para seu caro anfitrião, e como a mãe estivesse ocupada em consolar a pobre menina, cuja disposição era por demais bondosa para esquecer tão cedo a súbita perda de seu pequeno favorito, que lhe fazia mimos até poucos minutos antes, e Joseph e Fanny estivessem impacientes por chegar em casa e dar início àquelas cerimônias prévias a sua felicidade em que Adams insistira, eles fizeram menção de se despedir. O cavalheiro instou muito para que ficassem para o jantar, mas, quando lhes percebeu a ansiedade para partir, chamou a esposa; então, tendo sido feitas todas as usuais cerimônias de mesuras e cortesias, mais agradáveis de ver do que de relatar, eles se despediram, com o cavalheiro e a esposa a desejar-lhes de coração uma boa viagem, e eles de igual modo agradecendo-lhes pela gentil acolhida. Então partiram, com Adams declarando que era daquela maneira que as pessoas haviam vivido na Idade de Ouro.

CAPÍTULO V

UMA DISCUSSÃO SOBRE ESCOLAS, TRAVADA NA ESTRADA ENTRE O SR. ABRAHAM ADAMS E JOSEPH; E UMA DESCOBERTA NADA INGRATA PARA AMBOS.

Nossos viajantes, tendo bem se recomposto na casa do cavalheiro – Joseph e Fanny com o sono, e o sr. Abraham Adams com cerveja e tabaco –, reencetaram sua jornada com grande animação; e, seguindo a estrada que lhes haviam indicado, avançaram muitas milhas sem deparar com nenhuma aventura digna de relato. Nesse ínterim, apresentaremos a nossos leitores um discurso a nosso ver curiosíssimo a respeito das escolas públicas, o qual se passou entre o sr. Joseph Andrews e o sr. Abraham Adams.

Eles não tinham chegado longe quando Adams, dirigindo-se a Joseph, perguntou-lhe se prestara atenção na história do cavalheiro; este respondeu que a toda a primeira parte. – E não acha – prosseguiu ele – que ele foi um homem muito infeliz na juventude? – Um homem muito infeliz, de fato –, respondeu o outro. – Joseph – exclamou Adams, torcendo a boca –, já descobri; já descobri a causa de todos os infortúnios que lhe couberam. Uma escola pública, Joseph, foi a causa de quantas calamidades ele posteriormente sofreu. Escolas públicas são o berço de todo vício e imoralidade. Todos os malvados de que me lembro na universidade tinham sido educados nelas. Ah, Senhor! Lembro-me, tão bem como se fosse ontem, de um punhado deles; eram chamados de alunos do rei, esqueci por quê[42] – sujeitinhos bem perversos! Joseph, agradeça ao Senhor por não ter sido educado numa escola pública; você nunca teria preservado sua virtude como o fez. O primeiro cuidado que sempre tomo é com a moral de um menino; prefiro que ele seja um cabeça-oca a um ateu ou presbiteriano. O que é todo o saber do mundo comparado com sua alma imortal? O que um homem aceitará em troca de sua alma? Mas os mestres das grandes escolas não se apoquentam com tais coisas. Conheci um rapaz de dezoito anos na universidade que não era capaz de dizer o catecismo; mas eu, de minha parte, sempre vergasto um menino antes por perder essa lição do que qualquer outra. Acredite, meu filho, todos os infortúnios daquele cavalheiro decorreram de ele ter sido educado numa escola pública.

– Não me cai bem – respondeu Joseph – discutir alguma coisa com o senhor, especialmente num assunto deste tipo; pois sem dúvida o senhor há de ser reconhecido por todo o mundo como o melhor mestre-escola em todo o nosso condado. – Sim, isso – respondeu Adams – eu creio que me concedam; isso eu posso, sem grande vaidade, reivindicar – mais ainda, acho que posso incluir o condado vizinho também – mas *gloriari non est meum*[43]. – Entretanto, como o senhor pediu que eu me pronuncie – disse Joseph –, o senhor sabe que meu finado patrão, Sir Thomas Booby, foi educado numa escola pública, e era o mais fino gentil-homem de toda a vizinhança. E eu muitas vezes o ouvi dizer que, se tivesse cem filhos, educaria a todos no mesmo lugar. Era sua opinião, e eu o ouvi muitas vezes exprimi-la, que um menino tirado de uma escola pública e lançado no mundo aprenderia mais coisas ali em um ano do que outro de educação privada em cinco. Ele costumava dizer que a escola em si o iniciara em muita coisa (recordo ser esta sua exata expressão), pois grandes escolas são pequenas sociedades, onde um garoto com algum poder de observação pode ver em epítome o que depois encontrará no mundo em grande escala. – *Hinc illae lachrymae*[44]: por

42. A razão é que tais alunos tinham subsídio real para seguir para Cambridge ou Oxford.
43. "Não é de meu feitio glorificar-me."
44. "Daí aquelas lágrimas."

essa mesma razão – disse Adams – prefiro uma escola privada, onde os meninos podem ser mantidos na inocência e ignorância. Pois, segundo aquela bela passagem na peça *Catão*, a única tragédia inglesa que jamais li,

> *Se o saber do mundo nos faz vilões,*
> *Que Juba viva sempre em ignorância*[45].

Quem não preferirá preservar a pureza de seu filho a desejar que ele abarque todo o círculo das artes e ciências – coisa que, por sinal, ele pode aprender nas classes de uma escola privada? Pois, sem querer ser vaidoso, não me considero o segundo de ninguém, *nulli secundum*, no ensino de tais coisas, de maneira que um menino pode adquirir tanto saber na educação privada como na pública. – E, com sua licença – respondeu Joseph –, pode adquirir também tanto vício, o que testemunham vários gentis-homens do campo, que foram educados a cinco milhas de suas casas e são tão malvados como se tivessem conhecido o mundo desde a infância. Recordo que, quando eu trabalhava no estábulo, se um potro fosse vicioso por natureza, nenhum corretivo o faria mudar; penso que o mesmo se dá com os homens: se um menino for de índole perversa e nociva, nenhuma escola, por mais privada que seja, há de torná-lo bom; se, pelo contrário, ele for de têmpera idônea, pode-se confiá-lo a Londres ou ao lugar que for, e ele não correrá o menor risco de ser corrompido. Além disso, ouvi dizer muitas vezes a meu patrão que a disciplina praticada nas escolas públicas era muito melhor do que a das privadas. – Você fala como um farrombeiro – disse Adams –, e seu patrão também! Disciplina, francamente! Porque um homem vergasta na mesma manhã vinte ou trinta meninos a mais do que outro, segue-se daí que ele é melhor disciplinador? Eu me atreveria a debater esse tópico com todos o que jamais ensinaram, dos tempos de Quíron[46] aos dias de hoje; e, se eu fosse mestre de apenas seis meninos, manteria tão boa disciplina entre eles como o mestre da maior escola do mundo. Não digo nada, meu jovem, lembre-se de que não digo nada, mas se o próprio Sir Thomas tivesse sido educado mais perto de casa, e sob a tutela de alguém – lembre-se de que não cito nomes –, talvez tivesse sido melhor para ele; mas seu pai teve de instruí-lo no conhecimento do mundo! *Nemo mortalium omnibus ho-*

45. Trata-se da peça *Catão* (II, v.), de Joseph Addison (1672–1719), muito elogiada em seu tempo pelos moldes clássicos que seguia – o que sugere por que Adams a leu. Isso também ajuda a explicar por que Adams citara Sófocles como o maior dos tragediógrafos, numa época em que os ingleses começavam a dar a primazia a Shakespeare.
46. O sábio centauro que instruiu vários heróis, inclusive Aquiles.

ris sapit.[47] – Joseph, vendo-o prorromper dessa maneira, pediu-lhe perdão muitas vezes, assegurando-lhe que não tivera a intenção de ofender. – Acredito que não a teve, meu filho – disse ele –, e não estou irritado com você; mas, quanto a manter a boa disciplina numa escola, quanto a isso... – e então prorrompeu como antes, citou todos os mestres registrados nos livros antigos e preferiu-se a todos eles. A bem dizer, se esse bom homem tinha uma mania, ou o que o vulgo chama de ponto cego, era esta: ele julgava um mestre-escola a maior figura do mundo, e a si mesmo o maior de todos os mestres-escolas, e em nenhum desses pontos cederia a Alexandre, o Grande, à testa de seu exército.

Adams persistiu nesse assunto até chegarem a um dos mais lindos pedaços de chão no universo. Era uma espécie de anfiteatro natural, formado pelos meandros de um pequeno arroio, e recoberto por uma mata espessa, com árvores que ascendiam gradualmente umas acima das outras graças ao aclive natural do terreno em que estavam; e, como ocultassem esse aclive com seus ramos, elas pareciam ter sido dispostas pelo desígnio do mais hábil plantador. O solo permeava-se de um verdor que nenhuma pintura poderia imitar, e o lugar como um todo teria acendido ideias românticas em mentes mais velhas que as de Joseph e Fanny, sem a assistência do amor.

Chegaram ali por volta do meio-dia, e Joseph propôs a Adams que descansassem um pouco nesse aprazível lugar e se recompusessem com algumas provisões com que a boa natureza da sr.ª Wilson os municiara. Adams não fez objeção à proposta, e com isso se sentaram e, desembalando um frango frio e uma garrafa de vinho, fizeram seu repasto com uma animação que teria feito inveja a mesas mais esplêndidas. Não posso omitir que encontraram entre suas provisões um papelote encerrando uma peça de ouro, que Adams, imaginando que fora posta ali por engano, quis voltar para devolver; mas foi enfim convencido por Joseph de que o sr. Wilson adotara essa generosa maneira de muni-los de uma reserva para a viagem, depois de ele lhe ter relatado o suplício em que estavam quando foram redimidos pela generosidade do mascate. Adams se disse feliz por ver tal exemplo de bondade, menos pela conveniência que ele lhes trouxera do que por conta do benfeitor, cuja recompensa seria grande nos céus. Confortou-se igualmente com a reflexão de que muito em breve teria a oportunidade de retribuí-lo, pois o cavalheiro em uma semana teria de viajar para Somersetshire e passar pela paróquia de Adams, tendo-lhe dado fé de que o visitaria – uma circunstância que julgamos demasiado irrelevante para mencionar antes, mas com que se

47. "Nenhum mortal é sábio a toda hora" (Plínio, *História Natural*, 7, 40, 131).

regozijarão aqueles que têm pelo cavalheiro tanta afeição como nós, pois ela lhes pode dar esperanças de revê-lo. Nisso Joseph fez um discurso sobre a caridade, que o leitor, se estiver disposto, pode ver no próximo capítulo, pois nos negamos a atraí-lo a esse tipo de leitura sem primeiro alertá-lo.

CAPÍTULO VI

REFLEXÕES MORAIS DE JOSEPH ANDREWS, COM A AVENTURA DA CAÇA E A MILAGROSA ESCAPADA DO PASTOR ADAMS.

– Eu muitas vezes me admirei, senhor – disse Joseph –, de ver tão poucos exemplos de caridade entre os homens; pois mesmo que a bondade do coração de um homem não o incline a aliviar o sofrimento de seus semelhantes, penso que o desejo da honra deveria movê-lo a isso. O que inspira um homem a construir belas casas, comprar belos móveis, quadros, roupas e outras coisas a grandes expensas, senão a ambição de ser mais respeitado do que as outras pessoas? Agora, será que um grande ato de caridade – um exemplo de ter redimido uma família pobre de todas as misérias da pobreza; de ter restituído a um mercador infortunado, com uma soma em dinheiro, os meios de ganhar a vida pela indústria; de ter livrado um devedor falido das dívidas ou da prisão; ou outros exemplos afins de bondade – não traria a um homem mais honra e respeito do que ele poderia adquirir com a mais bela casa, móveis, quadros ou roupas jamais vistos? Pois não apenas o próprio indivíduo que foi assim socorrido, mas todos os que ouvissem o nome de tal pessoa deveriam, imagino, reverenciá-la infinitamente mais do que ao possuidor de todas essas outras coisas; já que nós, ao admirá-las, elogiamos antes o construtor, o marceneiro, o pintor, o fiteiro, o alfaiate e os demais por cujo engenho elas foram produzidas do que a pessoa que com seu dinheiro as fez suas. De minha parte, sempre que eu me postava atrás de minha senhora numa sala repleta de belos quadros, enquanto os contemplava jamais pensava no dono, e nem ninguém mais, pelo que observei; pois quando se perguntava de quem era uma pintura, nunca se respondia que era do dono da casa, mas de Ammyconni, Paul Varnish, Hannibal Scratchi ou Hogarthi[48], que me parece

48. Na verdade Amigone (1675–1752), Paolo Veronese (1528–1609), Annibale Carraci (1560–1609) e Hogarth. É sintomático da pouca fama de Hogarth na Europa continental que, na tradução de Desfontaines, seu nome tenha sido substituído pelo de Poussin.

eram os nomes dos pintores. Mas se perguntassem: "Quem tirou fulano da prisão? quem emprestou dinheiro para que esse mercador arruinado se recuperasse? quem agasalhou aquela família de filhinhos pobres?", está muito claro qual seria a resposta. Além do mais, esses figurões se enganam se imaginam auferir alguma honra por esses meios; pois não me lembro de jamais ter estado com minha senhora em algum lugar onde ela elogiasse a casa ou a mobília sem que a ouvisse, na volta para casa, fazer troça e escarnecer de tudo o que havia elogiado antes. E ouvi de outros cavalheiros de libré que o mesmo se dá em suas famílias. Mas desafio o homem mais sábio do mundo a ridicularizar uma ação verdadeiramente boa. Desafio-o a isso. Aquele que tentar será ele próprio objeto de riso, em vez de fazer rir aos outros. Quase ninguém pratica o bem, mas todos concordam em elogiar os que o fazem. Com efeito, é estranho que todos os homens consintam em elogiar a bondade e que nenhum se empenhe em merecer o elogio, enquanto que, por outro lado, todos esculhambem a maldade e todos igualmente anseiem por ser o que condenam. A razão para isso eu não conheço, mas é algo tão claro como a luz do dia para os que convivem no mundo, como eu vim fazendo estes três anos. – Todos os figurões são malvados, então? – perguntou Fanny. – Claro que há algumas exceções – respondeu Joseph. – Alguns cavalheiros de nosso ofício reportam ações caridosas da parte de seus senhores e patrões, e eu ouvi o fidalgo Pope, o grande poeta, quando à mesa de minha senhora, contar histórias sobre um homem que vivia num lugar chamado Ross, e de um outro em Bath, um certo Al... Al... esqueci o nome, mas está no livro de versos[49]. Esse cavalheiro também construiu uma mansão suntuosa, que o fidalgo muito aprecia, mas sua caridade se vê mais de longe do que sua casa, embora esta fique numa colina, e lhe traz mais honra também. Sua caridade é que o pôs no livro, onde o fidalgo afirma incluir todos os que o merecem; e, com certeza, já que ele vive no meio dos grandes, se houver algum assim ele há de conhecê-lo. – Isso foi tudo o que consegui que o sr. Joseph Andrews recordasse de seu discurso, que reproduzi na medida do possível em suas próprias palavras, com um mínimo embelezamento. Mas presumo que o leitor não tenha ficado pouco surpreso com o longo silêncio do pastor Adams, especialmente por tantas ocasiões se terem oferecido ao exercício de sua curiosidade e observação. A verdade é que ele estava ferrado no sono, e havia estado desde o início da narrativa precedente. E, com efeito, se o leitor considerar que tantas horas se haviam passado desde que ele pregara os olhos,

49. Trata-se do filantropo John Kyrle (1637–1724) e de Ralph Allen (1693–1764), ambos elogiados por Pope em seus poemas.

"Um namorico consistente com a mais pura inocência e recato." Por Norman Tealby.

não admirará seu repouso, ainda que o próprio Henley[50], ou outro orador igualmente ilustre (se algum houver), estivesse no rostro ou no púlpito à sua frente.

Joseph, que, enquanto falava, havia mantido uma mesma postura, com a cabeça reclinada para um lado e os olhos pousados no chão, tão logo percebeu, ao erguer a vista, a posição de Adams, que estava deitado de costas e roncava mais alto do que o zurro usual daquele bicho de longas orelhas, voltou-se para Fanny, e, tomando-a pela mão, encetou um namorico que, embora consistente com a mais pura inocência e recato, nem ele teria tentado nem ela permitido diante de testemunhas. Enquanto se entretinham dessa inócua e deleitosa maneira, ouviram uma matilha de cães se aproximando à toda em sua direção, e logo em seguida viram uma lebre brotar do bosque e, cruzando a água, aportar a poucas jardas deles na campina. A lebre, tão logo chegou à margem, se assentou nas pernas traseiras e ficou a ouvir o barulho dos perseguidores. Fanny ficou encantadíssima com a pobrezinha, e quis muito tomá-la nos braços para protegê-la dos perigos que pareciam ameaçá-la. Mas a parte racional da criação nem sempre distingue direito amigos de inimigos; não admira, assim, que essa criatura simplória, no momento em que a viu, fugisse da amiga que a teria protegido e, atravessando a campina uma vez mais, cruzasse o riacho para o lado oposto. Ela estava, entretanto, tão passada e combalida que caiu duas ou três vezes pelo caminho. Isso comoveu o terno coração de Fanny, que protestou, com lágrimas nos olhos, contra a barbaridade de se matar de angústia um pobre animal inocente e indefeso, e submetê-lo à mais extrema tortura por diversão. Ela não teve muito tempo para fazer reflexões desse tipo, pois de súbito os cães passaram correndo pelo bosque, que ressoou com suas goelas e as goelas de sua comitiva, que os acompanhava a cavalo. Os cães então cruzaram o riacho e seguiram no rastro da lebre; cinco cavaleiros tentaram passar saltando, três dos quais conseguiram, sendo que dois, na tentativa, foram atirados da sela na água; seus companheiros e seus próprios cavalos seguiram atrás da presa, e deixaram seus amigos e ginetes a invocar a assistência da fortuna, ou a empregar os meios mais ativos da força e da agilidade para se salvarem. Joseph, porém, não ficou tão indiferente nessa ocasião; deixou Fanny por um momento sozinha e correu até os cavalheiros, que imediatamente se puseram de pé, sacudindo as orelhas, e, com a ajuda de sua mão, subiram facilmente à barranca (pois o riacho não era fundo); então, sem parar para agradecer a seu gentil assistente, correram a ressumbrar pela campina, berrando para que seus irmãos de caça detivessem os cavalos. Mas eles não os ouviram.

50. John Henley (1692–1756), orador e pregador então celebrado.

Os cães por essa altura estavam logo atrás de sua pobre presa cambaleante e abatida, que, quase desmaiando a cada passo, se arrastava pelo bosque, tendo quase chegado uma vez mais ao local onde estava Fanny quando foi alcançada por seus inimigos, e, sendo posta a descoberto, apanhada e instantaneamente feita em pedaços diante de Fanny, que se viu incapaz de ajudá-la com auxílio maior do que o da piedade; tampouco ela pôde convencer Joseph, que fora ele próprio caçador na juventude, a tentar qualquer coisa contrária às leis da caça em favor da lebre, que ele dizia fora morta em jogo limpo.

A lebre fora apanhada a uma ou duas jardas de Adams, que estava adormecido a certa distância dos amantes, e os cães, no que a devoravam e repuxavam para lá e para cá, a levaram para tão perto dele que algum deles (talvez confundindo-a com a pele da lebre) abocanhou a barra de sua sotaina, ao mesmo tempo que outros, cravando os dentes em sua peruca, que ele atara à cabeça com um lenço, começaram a arrastá-lo; e, não tivesse o movimento de seu corpo mais efeito sobre ele do que o que parecia exercido pelo barulho, eles com certeza teriam provado sua carne, cujo sabor delicioso lhe teria sido fatal. Porém, sendo acordado por esses puxões, ele se espertou instantaneamente e, livrando a cabeça da peruca num abanão, libertou com a mais admirável destreza as pernas, que pareciam então os únicos membros a que poderia confiar sua segurança. Tendo-se igualmente desprendido de no mínimo um terço de sua sotaina, que de bom grado deixou como *exuviae*, ou espólios, ao inimigo, ele fugiu com a maior rapidez que pôde invocar em sua assistência. Mas que isso não constitua uma detração para a bravura de seu caráter: que o número de inimigos e a surpresa em que ele foi pego sejam levados em conta; e, se houver algum moderno tão exorbitantemente brioso que não admita fugas em circunstância alguma, digo (mas cochicho-o baixinho, e, solenemente o declaro, sem a menor intenção de ofender brioso algum da nação), digo, ou antes cochicho, que é um ignorante e que nunca leu Homero nem Virgílio, nem sabe coisa alguma de Heitor ou Turno[51]; mais ainda, desconhece a história de certos grandes homens ainda vivos que, posto sejam bravos como leões, e até mesmo como tigres, já deitaram a correr Deus sabe até onde e sabe Deus por que causa, para o espanto dos amigos e a diversão dos inimigos. Mas se pessoas de disposição tão heroica ficarem meio ofendidas com o comportamento de Adams, garantimos que ficarão em igual medida satisfeitas com o que imediatamente relataremos de Joseph Andrews. O dono da matilha tinha acabado de chegar, ou, no dizer dos caçadores, de *marcar entrada*, quando Adams marcou

51. Dois casos de guerreiros valentes (respectivamente da *Ilíada* e da *Eneida*) que em certa ocasião fugiram.

saída, como já mencionamos. Esse cavalheiro era tido geralmente como um grande amante do humor, mas, para não medir palavras, especialmente como já entramos no assunto, ele era, sim, um grande caçador de homens: a bem da verdade até então só tinha praticado esse esporte com cães de sua própria espécie, pois mantinha dois ou três pares de vira-latas rosnadores tão-somente para esse fim. Mas, como achou que encontrara um homem ágil o bastante, quis comprazer-se com um outro tipo de esporte, e assim, gritando "escapuliu!", instigou os cães a perseguirem o sr. Adams, jurando que ele era o maior lebrão que já vira e ao mesmo tempo atiçando e fechando o cerco, como se um inimigo vencido fugisse à sua frente; e nisso foi imitado por aqueles dois ou três pares de vira-latas humanos, ou antes bípedes, a cavalo, os quais já mencionamos.

Agora tu, quem quer que sejas, se uma musa, ou qualquer outro nome por que prefiras ser chamada, tu que presides à biografia e tens inspirado todos os autores de vidas nestes nossos tempos; tu que infundiste tão maravilhoso humor à pena do imortal Gulliver, e que guiaste cuidadosamente o juízo enquanto exaltavas o conturbado e másculo estilo de teu Mallet[52]; tu que não tiveste mão alguma naquela dedicatória e no prefácio, ou mesmo nas traduções, que de bom grado arrancarias à vida de Cícero[53]; tu, enfim, que, sem a assistência do menor condimento de literatura, e mesmo contra a inclinação do dito-cujo, forçaste Colley Cibber, em algumas páginas de seu livro, a escrever inglês[54]; assiste-me naquilo a cuja altura não me encontro. Introduz na planície o jovem, o vivaz, o valente Joseph Andrews, enquanto os homens o veem com admiração e inveja, e as ternas donzelas, com amor e ansiosos receios por sua segurança.

Tão logo percebeu o suplício de seu amigo quando os cães de agudo faro[55] primeiro o atacaram, Joseph Andrews empunhou seu bordão com a mão direita, um bordão que seu pai herdara de seu avô, a quem um brutamontes de Kent o presenteara num dia em que havia quebrado três cabeças no tablado. Era um bordão de prodigiosa força e estupendo feitio, produzido por um dos melhores artesãos do sr. Deard[56], a quem nenhum outro artífice pode igualar-se, e que fa-

52. David Mallet (1706–1765), poeta escocês.

53. Referência a uma biografia de Cícero escrita por Conyers Middleton (1683–1750) e alvo de muitos ataques, sobretudo por sua bajuladora dedicatória a Lorde Hervey.

54. Ou seja, *An Apology for the Life of Colley Cibber*, sua já mencionada biografia.

55. Aqui Fielding parodia o estilo homérico com seus epítetos, genealogias e descrições de armas, cujas gravações podiam conter narrativas inteiras em espaços exíguos.

56. William Deard (m. 1761) era um joalheiro e ferramenteiro com quem Fielding havia estado em litígio. Ele aparece aqui como uma prosaica versão de Hefestos, ferreiro do Olimpo e feitor do escudo de Aquiles, no qual gravara cidades inteiras.

bricou todos aqueles cajados com que os janotas têm recentemente desfilado pelo parque de manhãzinha. Mas este era de longe sua obra-prima; sobre a ponteira estavam gravados um nariz e um queixo, que poderiam ter sido tomados por um par de quebra-nozes. Os eruditos imaginaram que eles se propunham representar a górgona, mas foram na verdade copiados do rosto de um comprido baronete inglês de infinito espírito, humor e gravidade[57]. Ele quisera, sim, ter gravado aí muitas histórias, como a estreia da peça do capitão B***[58], em que se veriam críticos em bordados transplantados dos camarotes para o poço, cujos antigos ocupantes foram alçados às galerias, onde caíram na vaia. Ele quisera, sim, ter pintado um leilão, onde o sr. Cock[59] apareceria empoleirado em sua tribuna a trombetear encômios a uma bacia de porcelana e a perguntar-se, com assombro, por que *ninguém oferece mais por esta fina, esta soberba...* Ele quisera, sim, ter gravado muitas outras coisas, mas foi forçado a deixá-las de fora por falta de espaço.

Tão logo Joseph tomou seu bordão nas mãos, raios dardejaram-lhe dos olhos, e o heroico jovem dos pés alígeros[60] correu a toda a velocidade em socorro do amigo. Alcançou-o no momento mesmo em que Pedregoso lhe abocanhava a barra da sotaina, que, feita em farrapos, pendia até o chão. Leitor, nós faríamos um símile nesta ocasião, não fosse por duas razões: a primeira é que ele interromperia a descrição, que nesta parte precisa ser *rápida*; mas isso nem pesa tanto, já que há muitos precedentes para tais interrupções. A segunda razão, de muito mais vulto, é que não achamos nenhum símile adequado a nossos propósitos. Pois, francamente, que exemplo poderíamos invocar para trazer aos olhos de nossos leitores a um só tempo as ideias de amizade, coragem, juventude, beleza, força e agilidade, todas as quais fulguravam na pessoa de Joseph Andrews? Que aqueles, portanto, que descrevem leões e tigres, e heróis mais bravos que ambos, exaltem seus poemas ou peças com símiles de Joseph Andrews, ele próprio além do alcance de todo símile.

Nesse momento Pedregoso agarrou firmemente a barra do pastor, e deteve sua fuga; e Joseph, tão logo o notou, desceu-lhe o bordão à cabeça e o deixou esparramado. Queixada e Ricochete se atiraram então a sua sobrecasaca, e o teriam sem dúvida posto por terra não houvesse Joseph, reunindo todas as forças, assestado a Queixada um tal carolo nas costas que este, soltando sua presa, su-

57. Sir Thomas Robinson, famoso pelas dispendiosas festas que dava.
58. Trata-se de *The Modish Couple* (1732), peça que se descobriu não ter sido escrita pelo pretenso autor (o capitão Charles Bodens), o que causou grande polêmica na estreia.
59. Christopher Cock, leiloeiro de renome na época.
60. O epíteto de Aquiles na *Ilíada*.

miu bramindo pela planície. Um fado mais duro te aguardava, ó Ricochete! Ricochete, o melhor cão de quantos caçaram lebre, que nunca deu língua salvo em rastro garantido; bom de faro, e seguro na estrada; não latia à toa, nem passava batido, e era respeitado por toda a matilha, já que, com ele na ponta, sabiam que a caça era certa. E ele tombou com o golpe de Joseph. Trovão e Tição, Tremonho e Medonho foram as vítimas seguintes de sua ira, e mediram seu comprimento no chão. Então Donairosa, uma cadela que o sr. John Temple criara em casa, alimentando-a à própria mesa, e recentemente despachara por cinquenta milhas como presente ao fidalgo, avançou ferozmente contra Joseph e o mordeu na perna; cão nunca houve mais feroz que ela, que descendia de uma raça amazonense e amedrontara touros em seu país, mas agora ela travava um combate desigual, e teria compartilhado a sina dos que já mencionamos não houvesse Diana (o leitor que o creia ou não, como quiser) se interposto naquele momento e, na forma do caçador, tomado sua favorita nos braços[61].

O pastor fez então meia volta e, com seu bordão de macieira, deitou vários por terra e espantou outros, até ser atacado por César e lançado ao chão; nisso Joseph acorreu ao resgate, e caiu com tanta força sobre o vencedor que César – ó eterna mancha em seu nome! – debandou aos ganidos.

A batalha então grassava com a mais terrível violência, quando eis que o caçador, homem de anos e dignidade, ergueu a voz e revocou seus cães do combate, dizendo-lhes, numa língua que entendiam, que era vão contender por mais tempo, pois os fados haviam dado a vitória a seus inimigos.

Até aqui a musa, com sua usual dignidade, veio relatando esta prodigiosa batalha – uma batalha, a nosso ver, jamais igualada por nenhum poeta, escritor romanesco ou autor de vidas – e, tendo-a trazido a um desfecho, cessou; prosseguiremos portanto em nosso estilo ordinário na continuação desta história. O fidalgo e seus companheiros, que a figura de Adams e a galantaria de Joseph lançaram inicialmente num violento acesso de riso, e que até então assistiam ao prélio com mais deleite do que a caça, o tiro ao alvo, as corridas de cavalo, a briga de galo, a tourada ou a ursada já lhes haviam proporcionado, começaram a recear perigo para seus cães, muitos dos quais se estrebuchavam pelos campos. O fidalgo, por isso, tendo primeiro chamado os amigos à sua volta, como guardas para a segurança de sua pessoa, cavalgou virilmente até os combatentes e, invocando ao semblante todo o terror de que era dono, perguntou com voz autoritária o que

61. Este parágrafo parodia ainda outros elementos comuns da épica, como a descrição dos antecedentes heroicos dos guerreiros e a intervenção das deidades em favor de seus protegidos.

Joseph pretendia assaltando seus cães daquela maneira. Joseph respondeu, com grande intrepidez, que eles haviam atacado seu amigo primeiro, e que, ainda que pertencessem ao maior homem do reino, ele os teria tratado da mesma maneira; pois enquanto suas veias contivessem uma única gota de sangue, ele não ficaria à toa vendo aquele cavalheiro (a apontar para Adams) ser agredido por homem ou fera; e, tendo-o dito, ele e Adams brandiram suas ígneas armas e se puseram em tal postura que o fidalgo e seus seguidores concluíram ser melhor estarem em preponderância antes de tentarem vingar a causa de seus aliados quadrúpedes.

Nesse instante Fanny, a quem a apreensão pelos perigos de Joseph tanto alarmara que ela, esquecendo os seus próprios, correra com toda a pressa, chegou até eles. O fidalgo e todos os cavaleiros ficaram tão surpresos com sua beleza que concentraram imediatamente seus olhares e seus pensamentos tão-somente nela, todos declarando que jamais tinham visto criatura tão encantadora. Nem o gáudio nem a raiva os ocuparam por mais um instante: todos quedaram em silencioso assombro. Só o caçador ficou livre de seus atrativos, ocupando-se em cortar as orelhas dos cães e procurando restituí-los à vida, no que se saiu tão bem que apenas dois, de não grande monta, restaram trucidados no campo de ação. Nisso ele declarou que era uma sorte não ter sido pior; de sua parte ele não podia culpar o cavalheiro, e se admirava de que seu patrão incitasse os cães a caçar cristãos, pois a maneira mais segura de estragá-los era fazê-los perseguir bicharocos em vez de se ater às lebres.

O fidalgo, sendo informado do pouco dano que tinha sido causado, e talvez com danos de outra sorte em mente, achegou-se ao sr. Adams com um aspecto mais favorável do que antes; disse-lhe que lastimava o ocorrido, e que fizera o possível para impedi-lo no momento em que se apercebera de seu hábito; e elogiou em muito a coragem de seu criado, pois isso ele supunha que Joseph fosse. Em seguida convidou o sr. Adams para jantar, e desejou que a jovem moça os acompanhasse. Adams recusou por um bom tempo, mas o convite foi repetido com tanta ênfase e cortesia que ele por fim foi forçado a aceitá-lo. Tendo sua peruca e seu chapéu, além de outros espólios do campo, sido recolhidos por Joseph (pois de outro modo teriam sido provavelmente esquecidos), ele se arrumou o melhor que pôde; e então cavalos e pedestres avançaram no mesmo passo rumo à casa do fidalgo, que ficava a bem pouca distância.

Enquanto estavam na estrada, a adorável Fanny atraía os olhos de todos; eles se empenhavam em superar-se uns aos outros com encômios a sua beleza, que o leitor me perdoará por não relatar, já que não continham nada de novo ou incomum, e igualmente por não registrar os muitos e curiosos chistes feitos às custas de Adams, alguns declarando que a parocada era o melhor passatempo do mundo, outros elogiando o modo como se encurralara, o que diziam ele fizera tão bem como qualquer texugo, e tantas outras graçolas afins, que, embora pouco condizentes com a dignidade desta história, proporcionaram muito riso e diversão ao fidalgo e a seus chistosos companheiros.

CAPÍTULO VII

UMA CENA DE TROTES, BEM DE ACORDO COM O GOSTO E OS TEMPOS ATUAIS.

Chegaram à casa do fidalgo bem na hora em que o jantar ficou pronto. Certa disputa ocorreu por conta de Fanny, que o fidalgo, que era solteiro, queria instalar à sua própria mesa; mas ela não consentia, e tampouco o sr. Adams permitiria que a separassem de Joseph. E com isso ela foi enfim consignada com este à cozinha, onde os criados receberam ordens de embebedá-lo, obséquio tencionado igualmente para Adams: e, uma vez concretizado tal desígnio, o fidalgo acreditava que pudesse realizar facilmente o que já à primeira vista tencionara perpetrar com Fanny.

Pode não ser descabido, antes de avançarmos, desvelar um pouco o caráter desse cavalheiro e o de seus amigos. O dono da casa era então um homem de fortuna muito considerável; um solteirão, como dissemos, orçando pelos quarenta anos. Fora educado (se podemos usar aqui essa expressão) no campo, e em sua própria casa, sob os cuidados da mãe e de um tutor, que tinha ordens de nunca corrigi-lo nem de compeli-lo a aprender mais do que ele queria – o que parece era muito pouco, e isso só na infância, pois a partir dos quinze anos ele se viciou inteiramente na caça e em outros entretenimentos rurais, para os quais sua mãe cuidava de equipá-lo com cavalos, cães e todos os demais artigos de necessidade; e seu tutor, procurando agraciar-se junto ao jovem pupilo, que, como ele sabia, seria capaz de provê-lo generosamente, tornou-se seu companheiro, não apenas nesses exercícios, mas igualmente junto às garrafas, pelas quais o jovem fidalgo tinha um apreço muito precoce. À idade de vinte, sua mãe começou a achar que não cumprira seu dever maternal; ela resolveu assim persuadir o filho, se possível, a fazer o que ela supunha lhe proporcionaria tudo quanto ele poderia ter aprendido numa escola pública ou universidade. Era o que comumente se chama *via-*

jar. E nisso, com a ajuda do tutor, que foi designado para acompanhá-lo, ela teve fácil sucesso. Ele fez por três anos a turnê da Europa, como a designam, e voltou para casa bem munido de roupas, frases e criados franceses, com um sincero desprezo por seu próprio país, especialmente em quanto soubesse à honestidade e ao espírito simples de nossos ancestrais. A mãe congratulou-se imensamente quando de seu retorno; e então, sendo mestre de sua própria fortuna, ele logo arrumou uma cadeira no Parlamento, e era, na opinião comum, um dos mais finos gentis-homens de seu tempo. Mas o que o distinguia em especial era um estranho deleite que sentia em tudo o que fosse ridículo, odioso e absurdo em sua própria espécie, de modo que nunca escolhia um companheiro sem um ou mais desses ingredientes, e os que com estes fossem assinalados pela natureza no mais eminente grau eram seus grandes favoritos. Sempre que encontrava algum homem que ou não possuía ou procurava ocultar tais imperfeições, ele tinha grande prazer em inventar métodos para induzi-lo a absurdos que não lhe eram naturais, ou em extrair e expor os que o eram; e para esse fim estava sempre acompanhado de um time de camaradas que já chamamos de vira-latas, e que na verdade não faziam muita honra à espécie canina. Seu negócio era desentocar e exibir qualquer coisa que recendesse de algum modo às qualidades acima mencionadas, e especialmente nos melhores e mais graves caracteres. Mas, se falhassem na busca, eles tinham de converter até mesmo a própria virtude e sabedoria em ridículo, para a diversão de seu mestre e provedor. Os cavalheiros de índole vira-latesca que estavam então em sua casa, e que ele trouxera consigo de Londres, eram um velho oficial de meio soldo, um ator, um poeta sem graça, um médico de araque, um rabequista arranhador e um manco mestre de dança alemão.

Assim que o jantar foi servido, e enquanto o sr. Adams dizia as preces, o capitão puxou a cadeira para trás, de modo que ele, ao tentar sentar-se, estatelou-se no chão; e isso consumou a piada número um, para o grande deleite de todos os convivas. A segunda piada foi perpetrada pelo poeta, que se sentava perto dele no lado oposto e aproveitou a oportunidade, enquanto o pobre Adams bebia respeitosamente à saúde do dono da casa, para entornar uma tigela de sopa em seus calções, o que, com as muitas desculpas que pediu e as gentis respostas do pastor, causou imenso regozijo entre os convivas. A piada número três foi servida por um dos criados, que recebera ordens de despejar uma boa dose de gim na cerveja do sr. Adams; e ele, declarando-a a melhor bebida que já provara, salvo que um tanto rica demais no malte, contribuiu uma vez mais para o riso. O sr. Adams, de quem obtivemos a maior parte deste relato, não pôde recordar todas as larachas dessa sorte que lhe pregaram, e que a disposição inofensiva de seu coração fizera-o lento em perceber;

e, com efeito, não fosse pelas informações que recebemos de um criado da família, e esta parte de nossa história, que não consideramos entre as menos curiosas, teria permanecido deploravelmente imperfeita – embora devamos admitir a probabilidade de que mais piadas tenham sido, como se diz, *cascadas* durante o jantar; mas não pudemos por meio algum chegar ao conhecimento delas. Quando a mesa foi retirada, o poeta começou a recitar uns versos, que dizia compostos de improviso. A seguir está uma cópia deles, obtida com a maior dificuldade:

Poema improvisado ao pastor Adams

Mortal algum já viu pastor assim?
Sotaina rota e crina rente ao fim?
Os cães o tomariam por fuinho
Pois cheira mais a este que um toucinho[62].
Mas há quem de estupor não se desquebre
Ao ver que a esse pastor tomam por lebre?
Se Febo se igualasse em miopia
Quiçá por caçador te tomaria.

A essas palavras o bardo arrancou a peruca do ator e recebeu a aprovação dos companheiros, talvez antes pela destreza de sua mão que pela de sua cabeça. O ator, em vez de descontar o gracejo no poeta, começou a demonstrar seus talentos valendo-se do mesmo tema. Repetiu muitos retalhos de espírito tirados de peças, deslustrando todo o corpo do clero, os quais foram recebidos com grandes aclamações por todos os presentes. Em seguida, foi a vez de o mestre de danças exibir seus talentos; dirigindo-se portanto a Adams em inglês quebrado, disse-lhe que ele era um homem muita feito para o dança, e supunha, por seu andar, que ele tivesse aprendido com um grande mestre. Disse que era um bonita qualidade num clérigo o dança, e concluiu sugerindo que ele dançasse um minueto, dizendo que o sotaina lhe ia servir de anáguas e ele próprio ia ser seu par. Com essas palavras, sem esperar resposta, sacou as luvas, e o rabequista foi preparando a rabeca. Todos os convivas ofereceram apostas ao mestre de dança de que o pastor lhe passaria a perna, as quais ele recusou, dizendo que também o cria, pois nunca na vida vira homem com tanta jeito para o dança como o cavalheiro. Então ele se adian-

62. Todos os cães que dão caça a fuinhos ou outras presas perseguem um pedaço de toucinho rançoso arrastado pelo chão. [Nota de Fielding.]

tou para tomar Adams pela mão; este rapidamente se desvencilhou e, cerrando o punho ao mesmo tempo, aconselhou-lhe não levar a piada longe demais, pois ele não toleraria ser feito de tonto. O mestre de dança, nem bem viu o punho, se pôs prudentemente fora de seu alcance, e ficou de longe imitando Adams, cujos olhos estavam fixos nele – não por entender o que ele estava aprontando, mas a fim de impedir que ele o agarrasse, como já tentara uma vez. Nesse ínterim, o capitão, percebendo uma oportunidade, prendeu-lhe uma bomba ou busca-pé na sotaina, e então a acendeu com sua velinha de fumo. Adams, estranho a esse esporte e crendo que o explodiam de verdade, saltou da cadeira e deu pinotes pela sala, para a infinita alegria dos espectadores, que o declararam o melhor dançarino do universo. Assim que o busca-pé deixou de atormentá-lo e ele se recobrou em algo de sua confusão, voltou à mesa, assumindo a postura de quem pretende fazer um discurso. Todos clamaram: – Ouçam-no, ouçam-no! – e ele falou então da seguinte maneira: – Senhor, lastimo ver um homem a quem a Providência foi tão pródiga em conceder seus favores fazer por eles uma retribuição tão malsã e ingrata; pois, embora o senhor não me tenha insultado pessoalmente, é visível que se divertiu com os que o fizeram; tampouco o senhor desestimulou as muitas grosserias com que fui tratado, ou, antes, com que trataram ao senhor, se as entendeu direito: pois eu sou seu convidado e, pelas leis da hospitalidade, tenho direito à sua proteção. Um cavalheiro julgou cabido produzir poesia às minhas custas, da qual só direi que prefiro ser o assunto a ser o autor. Ele houve por bem desrespeitar-me como pároco; receio que minha ordem não seja objeto de escárnio, e que eu tampouco possa vir a sê-lo, a menos que constitua uma desgraça para ela, algo que a pobreza, espero, jamais será chamada. Outro cavalheiro, em verdade, repetiu certas frases em que a própria ordem é mencionada com desdém. Ela diz que são tiradas de peças. Estou certo de que tais peças são um escândalo para o governo que as permite, e maldita há de ser a nação onde são representadas. Como outros me trataram eu não preciso dizer; eles próprios, se refletirem, terão de convir em que sua conduta foi tão incondizente para com meus anos quanto para com meu hábito. O senhor me encontrou viajando com dois de meus paroquianos (omito o fato de que seus cães me atacaram, pois já o perdoei, quer tenha decorrido da maldade, quer da negligência do caçador); minha aparência pode muito bem tê-lo persuadido de que seu convite seria um ato de caridade, embora na verdade estivéssemos bem supridos; sim, senhor, se tivéssemos ainda cem milhas a viajar, teríamos o bastante para arcar com nossas despesas de nobre maneira. – Com essas palavras mostrou o meio-guinéu que tinha sido achado na cesta. – Não lhes mostro isso para ostentar riqueza, mas para convencê-los de que digo a verdade. O senhor ter-me instalado a sua mesa foi uma honra que eu não ambicionava; uma vez aqui, procurei portar-me com o máximo respeito para com o senhor; se falhei, não foi por intenção, e tampouco eu poderia, claro está, ser assaz culpado para merecer todos os insultos que sofri. Se eles se dirigiram, portanto, a minha ordem ou a minha pobreza (e o senhor vê que não sou tão pobre), a vergonha não está à minha porta, e rogo de coração para que o pecado se possa averter da sua. – Assim concluiu, e recebeu as palmas gerais de todos os convivas. Então o dono da casa afirmou que lamentava o ocorrido; que não se podia acusá-lo de parte alguma na coisa; que os versos eram, como ele bem observara, tão ruins que ele poderia facilmente responder-lhes; já quanto ao diabinho-maluco, fora sem dúvida uma grandíssima afronta que lhe fizera o mestre de dança; e se ele o desancasse por isso, como o outro merecia (prosseguiu o cavalheiro), ele próprio teria o maior prazer em assistir (no que provavelmente dizia a verdade). Adams respondeu que, quem quer que o tivesse feito, não era sua profissão puni-lo daquela forma; porém, quanto à pessoa que ele acusava: – Sou testemunha – disse – de sua inocência, pois estive de olho nele o tempo todo. Quem quer que tenha sido, Deus o perdoe, e conceda-lhe um pouco mais de juízo, como também de humanidade. – O capitão respondeu, com um olhar e um tom biliosos, que esperava que ele não o estivesse recriminando; que se d***sse se não tinha tanta *manidade* quanto qualquer outro, e, se algum homem dissesse que não, ele o convenceria do erro cortando-lhe a garganta. Adams, sorrindo, disse crer que ele falara a verdade por acidente. A isso o capitão retorquiu: – Como assim, falei a verdade? Se o senhor não fosse pastor, eu não toleraria essas palavras; mas seu hábito o protege. Se qualquer homem portando espada dissesse o mesmo, eu o teria puxado pelo nariz bem antes disso. – Adams replicou que, se ele tentasse qualquer agressão contra a sua pessoa, não acharia proteção alguma em seu hábito, e, cerrando o punho, declarou que já debulhara muito homem mais parrudo. O cavalheiro fez o que pôde para estimular essa disposição belicosa em Adams, na esperança de produzir um embate; mas acabou desapontado, pois o capitão não deu outra resposta além desta: – Que boa coisa é ser pastor – e, bebendo um copaço à velha madre Igreja, encerrou a disputa.

Nisso o médico, que até então guardara silêncio e que era o mais sisudo e todavia o mais patusco de todos os cães, aplaudiu sonoramente, com um discurso pomposo, o que Adams dissera, e censurou de igual maneira a forma como o haviam tratado; passou a encômios à Igreja e à pobreza; e por fim recomendou perdoar o transcorrido a Adams, que respondeu imediatamente estar tudo perdoado, e, no calor de sua bondade, encheu um copo de cerveja forte (bebida que preferia

"Adams agarrou-o ... e o levou consigo, para a total e secreta satisfação de todo o grupo." Por Norman Tealby.

ao vinho) e bebeu à saúde de todos os convivas, apertando animadamente a mão do capitão e do poeta e dirigindo-se com muito respeito ao médico, que, a bem da verdade, não rira externamente de nada do que se passara, pois tinha perfeito comando de seus músculos e conseguia rir internamente sem trair o mínimo sintoma em seu semblante. O médico principiou então um segundo discurso formal, em que declamou contra toda leviandade na conversação e contra aquilo a que se usa chamar hilaridade. Disse que havia entretenimentos adequados para pessoas de todas as idades e condições, desde a garrulice até a discussão de tópicos de filosofia, e que as pessoas mostravam a que vinham tão-somente pela escolha de seus recreios. – Afinal – disse –, assim como nossa expectativa quanto à futura conduta dos meninos na vida deve aumentar quando percebemos que estes, em seus tenros anos, em vez da birosca ou da bola ou de outros folguedos pueris, preferem, nas horas livres, exercitar seu gênio com disputas de espírito, saber e outras mais; outrossim, deve-nos inspirar equivalente desprezo por um homem o descobri-lo entregue à birosca ou a outros joguetes de criança. – Adams elogiou altamente a opinião do médico, e disse que amiúde se intrigara com passagens nos autores antigos em que Cipião, Lélio e outros grandes homens eram representados como tendo passado muitas horas em recreios da mais frívola espécie. O médico respondeu que tinha consigo um antigo manuscrito grego em que se registrava uma das diversões favoritas de Sócrates. – Ora – disse o pastor, ansioso –, eu lhe seria infinitamente grato pelo obséquio de examiná-lo. – O médico prometeu que o enviaria, e emendou que se supunha capaz de descrevê-lo. – Acho – disse ele –, até onde me lembro, que a coisa era assim: erigia-se um trono, a um lado do qual se sentava um rei, e ao outro uma rainha, com seus guardas e seguidores perfilados em ambos os flancos; era-lhes anunciado um embaixador, papel que Sócrates sempre costumava interpretar ele próprio; e, ao ser conduzido até os degraus do trono, ele se endereçava aos monarcas com algum discurso solene, cheio de virtude, bondade, moralidade e coisas tais. Em seguida era assentado entre o rei e a rainha, e regiamente entretido. Essa, creio, era a parte principal. Talvez eu tenha esquecido alguns detalhes, pois faz muito tempo que o li. – Adams disse que essa era de fato uma diversão digna do lazer de tão grande homem, e opinou que algo similar deveria ser instituído entre os nossos grandes homens, em lugar do baralho e de outros passatempos ociosos em que, segundo ele soubera, estes desperdiçavam uma parte excessiva da vida. Acrescentou que a religião cristã seria um assunto mais nobre para tais discursos do que qualquer outro que Sócrates pudesse ter inventado. O dono da casa aprovou o que o sr. Adams dizia, e declarou que estava resolvido a realizar a cerimônia àquela mesma noite. A isto o médico objetou, visto que ninguém tinha um discurso preparado. – A menos – disse ele, voltando-se para Adams com uma gravidade no semblante que teria enganado um homem mais astuto – que tenha um sermão consigo, doutor. – Meu senhor – disse Adams –, eu nunca viajo sem um, por medo do que possa ocorrer. – Foi facilmente persuadido por seu digno amigo, como então chamava ao médico, a assumir o papel do embaixador; assim sendo, o gentil-homem deu ordens imediatas para que o trono fosse erigido, o que se fez antes que tivessem bebido duas garrafas. E o leitor neste ponto não terá talvez grandes motivos para admirar a agilidade dos criados. Para dizer a verdade, o trono nada mais era do que isto: providenciou-se uma grande tina de água, a cujos lados foram postos dois banquinhos de altura superior a sua superfície, e sobre o conjunto estendeu-se uma manta; nesses banquinhos sentaram-se o rei e a rainha, a saber, o dono da casa e o capitão. E então o embaixador foi introduzido entre o poeta e o médico, e, tendo lido seu sermão, para o imenso entretenimento de todos os presentes, foi conduzido a seu lugar e assentado entre suas majestades. Estas imediatamente se levantaram, e a manta, perdendo o apoio nas duas pontas, cedeu e mergulhou Adams dos pés à cabeça na água; o capitão conseguiu escapar, mas como o cavalheiro infelizmente não fosse tão ágil como devia, Adams agarrou-o antes de descer do trono e o levou consigo, para a total e secreta satisfação de todo o grupo. Adams, depois de submergir o fidalgo duas ou três vezes, saltou da tina e saiu à cata do médico, que ele teria decerto arrastado ao mesmo posto de honra; mas este se havia sabiamente evadido. Procurou então seu bordão de macieira e, tendo-o encontrado, bem como a seus companheiros de viagem, declarou que não ficaria um minuto a mais naquela casa. Em seguida partiu sem se despedir do anfitrião, de quem obteve uma vingança mais severa do que tencionara: pois este, como não teve o cuidado de secar-se a tempo, apanhou um resfriado com o acidente, o qual lhe rendeu tal febre que esteve a ponto de custar-lhe a vida.

CAPÍTULO VIII

QUE ALGUNS LEITORES ACHARÃO MUITO CURTO, E OUTROS MUITO LONGO.

Adams e Joseph, que não estava menos possesso do que o amigo com o tratamento que este recebera, saíram de cajado em punho e levaram dali Fanny, não obstante a oposição dos criados, que fizeram todo o possível, sem recorrer à violência, para detê-los. Eles andavam o mais rápido que podiam, não tanto por receios de serem seguidos, mas para que o sr. Adams pudesse, pelo exercício, evitar os perigos da umidade. O cavalheiro, que dera tais ordens a seus criados com respeito a Fanny que não temia de modo algum que ela escapasse, tão logo soube que ela se fora, começou a esbravejar, e despachou imediatamente vários homens com ordens ou de trazê-la de volta ou de nunca voltarem. O poeta, o ator e todos os demais, salvo o mestre de dança e o médico, partiram nessa missão.

Era tenebrosa a noite em que nossos amigos encetaram a jornada; entretanto, foram tão expeditos que logo chegaram a uma estalagem, situada a sete milhas de distância. Ali consentiram unanimemente em pernoitar, estando o sr. Adams já tão seco como antes de partir em sua embaixada.

Essa estalagem, que na prática poderíamos chamar de cervejaria, não tivessem as palavras "A Nova Estalagem" sido escritas na tabuleta, não lhes proporcionou melhor passadio do que pão com queijo e cerveja; disso, porém, fizeram uma refeição bastante agradável, pois a fome é melhor do que um cozinheiro francês.

Tão logo terminaram a ceia, Adams, rendendo graças ao Todo-Poderoso pelo alimento, declarou que ingerira esse repasto modesto com muito mais satisfação do que seu esplêndido jantar, e expressou grande desdém pela tolice da humanidade, que sacrificava suas esperanças dos céus à aquisição de vastas riquezas, quando tanto conforto podia ser encontrado no estado mais humilde e na provisão mais singela. – É bem verdade, senhor – disse um homem sério que se sentava a fumar cachimbo junto ao fogo, e que era um viajante como ele. – Com frequência me vi tão surpreso quanto o senhor ao considerar o valor que a humanidade em geral atribui às riquezas, já que a experiência do dia-a-dia nos mostra quão pouco está no poder delas; pois o que de verdadeiramente desejável elas nos podem oferecer? Podem dar beleza aos disformes, fortaleza aos fracos ou saúde aos enfermos? É claro que, se pudessem, não veríamos tantas caras desairosas assombrando as assembleias dos grandes, nem tal número de débeis desgraçados languescendo em seus coches e palácios. Não, mesmo a riqueza de um reino não pode comprar tinturas para corar a feiura pálida com o viço desta jovem donzela, nem drogas para equipar a doença com o vigor deste jovem rapaz. Não nos trazem as riquezas angústia em vez de sossego, inveja em vez de afeição e perigo ao invés de segurança? Poderão prolongar sua própria posse ou alongar os dias de quem as usufrui? Tanto não podem que a preguiça, a luxúria e o cuidado que as acompanham abreviam as vidas de milhões, e os levam com dor e miséria a um túmulo temporão. Onde, então, está seu valor, se não podem embelezar ou fortalecer nossas formas, nem adoçar ou prolongar nossas vidas? Ainda: podem elas adornar a mente, mais do que ao corpo? Antes não incham o coração com vaidade, não enfunam as faces de orgulho, não tapam nossos ouvidos a todo chamado da virtude e nossas entranhas a todo motivo de compaixão? – Dê-me sua mão, irmão – disse Adams, extasiado –, pois presumo que o senhor seja um clérigo. – Não exatamente – respondeu o outro (a verdade é que ele era um padre da Igreja de Roma; mas aqueles que entendem nossas leis não se admirarão de que não se precipitasse em confessá-lo)[63]. – O que quer que o senhor seja – exclamou Adams –, expressou meus sentimentos. Acho que já preguei cada sílaba de seu discurso vinte vezes, pois sempre me pareceu mais fácil que uma corda (que, por sinal, é a real tradução da palavra que vertemos como "camelo") passar pelo buraco de uma agulha do que um rico entrar no reino dos céus. – Isso, meu senhor – disse o outro –, lhe seria facilmente concedido pelos teólogos, e é deploravelmente verdade. Mas, como o prospecto de um bem longínquo não nos afeta tão forçosamente, pode ser de alguma serventia para a humanidade ser plenamente conscientizada – o que creio ela poderia ser com um mínimo de atenção séria – de que mesmo as bênçãos deste mundo não hão de ser compradas com riquezas. Uma doutrina, em minha opinião, não apenas metafísica, mas, se me permitem dizer, matematicamente demonstrável, e da qual sempre estive tão perfeitamente convencido que a nada tenho tal desprezo como ao ouro. – Adams começou então um longo discurso, mas, como a maior parte do que ele disse já figura em muitos autores que trataram desse assunto, omitirei sua inserção. Durante seu prosseguimento, Joseph e Fanny se recolheram para repousar, e o estalajadeiro igualmente deixou a sala. Quando o pároco inglês concluiu, o romano retomou o discurso, estendendo-o com grande acerbidade e muitas invectivas; por fim, concluiu pedindo que Adams lhe emprestasse dezoito *pence* para pagar a conta, prometendo-lhe que, se nunca o pagasse, ele poderia estar seguro de suas preces. O bom homem respondeu que dezoito *pence* seriam pouco demais para levá-lo em qualquer jornada muito longa, e que tinha no bolso meio-guinéu, que dividiria com ele. Entrou então a fuçar os bolsos, mas não achou dinheiro algum – pois a verdade é que seus companheiros de jantar lhe haviam pregado uma peça que não enumeramos então, e tinham pilhado seu bolso de todo o tesouro que ele tão ostentosamente exibira.

63. Os católicos, que eram na Inglaterra uma minoria e sobre quem pairavam frequentes suspeitas de conspiração política, eram alvo de leis repressivas que podiam acarretar desde uma carga tributária maior até a pena de morte por traição.

– Bênçãos! – exclamou Adams. – Certamente o perdi; não é possível que o tenha gastado. Senhor, tão certo como eu seja cristão, eu tinha meio-guinéu no bolso esta manhã, e dele não me resta agora nem meio-pêni. Com certeza o diabo o tirou de mim! – O senhor – respondeu o padre, sorrindo – não precisa me dar desculpas; se não estiver disposto a me emprestar o dinheiro, por mim tudo bem. – Meu senhor – protestou Adams –, tivesse eu a maior soma do mundo... sim, tivesse comigo dez libras, e doaria tudo para resgatar um cristão da desdita. Estou mais vexado com minha perda por sua conta do que pela minha. Já houve coisa mais azarada? Porque não tenho dinheiro no bolso, vão suspeitar que não sou cristão. – Tanto pior para mim – disse o outro – se o senhor é tão generoso como afirma, pois palavra que uma coroa me teria feito feliz, e me levaria de sobra ao local aonde vou, que não dista mais de vinte milhas e ao qual posso chegar até amanhã à noite. Asseguro-lhe que não estou habituado a viajar sem vintém. Acabei de chegar à Inglaterra, e fomos obrigados por uma procela durante a travessia a atirar de bordo tudo o que possuíamos. Não duvido que este sujeito aceitasse minha palavra pela ninharia que lhe devo, mas detesto parecer miserável a ponto de confessar-me sem vintém a esse tipo de gente. Pois estes, e aliás muitíssimos outros, fazem pouca distinção em seus juízos de um mendigo e de um ladrão. – Entretanto, ele achou que se sairia melhor com o estalajadeiro naquela noite do que na manhã seguinte, e com isso resolveu partir imediatamente, não obstante a escuridão; assim sendo, tão logo o estalajadeiro voltou, ele lhe comunicou o estado de seus negócios; e então o estalajadeiro, coçando a cabeça, respondeu: – Aí eu não sei, patrão; se é assim mesmo e o senhor não tem dinheiro, vou ter que fazer fiado, acho, embora sempre prefira o dinheiro na mão se puder; mas, bolas, o senhor me parece um cavalheiro tão honesto que não duvido que me pagará, ainda que fossem vinte vezes mais. – O padre não lhe deu resposta, mas, despedindo-se dele e de Adams o mais rápido que pôde, não sem certa confusão e talvez com alguma desconfiança da sinceridade de Adams, partiu.

Ele nem bem partira quando o estalajadeiro saiu a balançar a cabeça e declarou que, se tivesse suspeitado que o sujeito não tinha dinheiro, não lhe teria servido uma única gota de bebida, emendando que desesperava de jamais voltar a ver sua cara, pois ele parecia um rematado patife. – Que se espane o safado! – exclamou. – Achei que, como ele falava tanto de riquezas, teria pelo menos umas cem libras no bolso. – Adams o repreendeu pelas suspeitas, que disse não assentavam bem num cristão; e então, sem refletir em sua perda, nem considerar como ele próprio partiria pela manhã, recolheu-se a uma cama bem rústica, como seus companheiros já haviam feito; mas a saúde e o cansaço lhes proporcionaram um repouso mais doce do que podem amiúde conceder o veludo e o cotão.

CAPÍTULO IX

CONTENDO AVENTURAS TÃO SURPREENDENTES E SANGRENTAS COMO SE PODE ENCONTRAR NESTA OU TALVEZ EM QUALQUER OUTRA HISTÓRIA AUTÊNTICA.

Era quase manhã quando Joseph Andrews, cujos olhos os pensamentos de sua querida Fanny tinham aberto, enquanto jazia meditando afetuosamente sobre essa adorável criatura, ouviu uma violenta pancada na porta acima da qual se achava; ele de pronto saltou da cama, e, tendo aberto a janela, foi-lhe perguntado se havia viajantes na casa e, logo em seguida, por uma outra voz, se dois homens e uma jovem não tinham procurado abrigo ali àquela noite. Embora não conhecesse as vozes, começou a nutrir suspeitas da verdade, pois tinha de fato recebido certas deixas de um dos criados na casa do fidalgo quanto aos desígnios deste último, e respondeu que não. Um dos criados, que conhecia bem o estalajadeiro, chamou-o pelo nome e lhe fez a mesma pergunta, à qual este respondeu que sim. – Ahá! – disse um outro – e não é que o achamos? – e mandou que o estalajadeiro descesse e abrisse a porta. Fanny, que estava tão bem desperta como Joseph, tão logo ouviu isso tudo saltou da cama e, pondo às pressas o vestido e as anáguas, correu o mais rápido que pôde até o quarto de Joseph, que por essa altura estava quase vestido; ele a admitiu imediatamente e, abraçando-a com a mais apaixonada ternura, pediu-lhe que nada temesse, pois ele morreria em sua defesa. – E isso é razão para que eu não tema – perguntou ela –, quando posso perder o que me é mais caro do que todo o mundo? – Então Joseph, beijando-lhe a mão, disse que quase poderia agradecer pela ocasião que extorquira dela uma ternura com que ela nunca o havia tratado antes. Em seguida correu a acordar seu companheiro de cama Adams, que ainda estava em profundo sono, não obstante os muitos chamados de Joseph. Mas, tão logo se conscientizou do perigo, ele saltou da cama, sem cuidar na presença de Fanny, que virou o rosto depressa e extraiu um duplo benefício da escuridão, que, assim como teria evitado toda ofensa a uma inocência menos pura ou a uma modéstia menos delicada, ocultou até mesmo os rubores que tinham sido nela produzidos.

Adams em pouco tempo vestiu todas as suas roupas, exceto as bermudas, de que na pressa se esqueceu; mas elas eram bem compensadas pelo comprimento das demais vestes. E então, sendo aberta a porta da casa, o capitão, o poeta, o ator e três criados entraram. O capitão disse ao estalajadeiro que dois elementos que se achavam em sua casa haviam fugido com uma jovem, e quis saber em que quarto ela estava. O estalajadeiro, que acreditou prontamente na história, os orientou, e ato contínuo o capitão e o poeta, a se acotovelarem, subiram correndo. O poeta, que era o mais ágil, tendo entrado primeiro no quarto, vasculhou a cama e todas as outras partes, mas sem resultado; a ave tinha voado, como o leitor impaciente, que poderia de outro modo ter-se afligido por ela, já foi inteirado. Perguntaram então onde estavam os homens, e iam-se aproximando do quarto quando Joseph gritou, com voz estentórea, que atiraria no primeiro homem que tentasse acometer a porta. O capitão perguntou que armas de fogo eles tinham, ao que o estalajadeiro respondeu achar que não tinham nenhuma; mais ainda, estava quase seguro disso, pois ouvira um deles perguntar ao outro, na véspera, o que teriam feito se houvessem sido alcançados, já que estavam sem armas; ao que o outro respondera que se teriam defendido com seus bordões por quanto tempo aguentassem, e que D*** assistiria uma causa justa. Isso convenceu o capitão, mas não o poeta, que prudentemente recuou escada abaixo, dizendo que seu negócio era registrar grandes ações, e não realizá-las. O capitão, tão logo se convenceu de que não havia armas de fogo, a fazer descaso da pólvora e jurar que amava seu cheiro, mandou que os criados o acompanhassem, e, marchando intrépido, tentou imediatamente forçar a porta, o que os últimos logo o ajudaram a conseguir. Quando ela se abriu, viram o inimigo disposto em três fileiras, com Adams à frente e Fanny na retaguarda. O capitão disse a Adams que, se regressassem todos à casa, seriam civilmente tratados, mas que, a menos que consentissem, ele tinha ordens de levar consigo a jovem senhorita, que havia muitas razões para crer eles tinham subtraído aos pais, pois, não obstante o disfarce dela, seus ares, que ela não conseguia dissimular, bastavam para revelar que seu nascimento era infinitamente superior ao deles. Fanny, rompendo em lágrimas, garantiu solenemente que ele se enganava; que era uma pobre e desvalida órfã, e não tinha parentes no mundo de que soubesse; e, pondo-se de joelhos, implorou que ele não tentasse tirá-la de seus amigos, que, estava convencida, morreriam antes de perdê-la – o que Adams confirmou com palavras que não distavam de uma jura. O capitão protestou que não tinha tempo para trelas e, dizendo que deveriam agradecer a si mesmos pelo que ocorresse, mandou que os criados lhes caíssem em cima, ao mesmo tempo em que tentava passar por Adams para apoderar-se de Fanny; mas o pastor, no que o detinha, levou um soco de um deles, que, sem considerar de onde viera, descontou no capitão, dando-lhe tão destra punhada naquela parte do estômago vulgarmente chamada a boca que ele bamboleou uns bons passos para trás. O capitão, que não estava acostumado a esse tipo de jogo e temia sabiamente as consequências de um outro murro daqueles, dois dos quais lhe pareciam valer um trespasse pelo corpo, sacou da adaga enquanto Adams se acercava, e ia desferir-lhe um golpe na cabeça que provavelmente teria silenciado o pregador para sempre, não houvesse Joseph naquele instante erguido com uma mão certo colossal penico de pedra que seis janotas não teriam erguido com as duas e o lançado, com seu conteúdo, bem na cara do capitão. A adaga suspensa tombou-lhe da mão, e ele caiu prostrado no assoalho *com um baque surdo, seu meio-pêni a tilintar-lhe no bolso*[64]; o rubro licor que suas veias continham e o licor alvo que continha o penico escorreram num único caudal por seu rosto e suas roupas. Tampouco Adams escapara de todo, pois parte do líquido, durante a passagem, espargira louros em sua cabeça, e começava a lhe escorrer pelas rugas, ou antes valetas, das faces quando um dos criados, apanhando um esfregão num balde d'água, que já cumprira seu dever lavando a casa, pressionou-o contra a cara do pastor; não pôde todavia dominá-lo, pois o pastor, tomando o esfregão do sujeito com uma só mão, deitou-o por terra com a outra, assestando-lhe um petardo naquela parte do rosto onde, em certos homens de prazeres, os narizes natural e artificial se conjugam[65].

Até aqui a fortuna pareceu inclinar a vitória para o lado dos viajantes, quando, de acordo com seu costume, começou a mostrar a volubilidade de sua disposição: pois nesse momento o estalajadeiro, adentrando o campo, ou antes a câmara, de batalha, voou direto contra Joseph e, mandando a cabeça contra seu estômago (pois era um tipo parrudo e um pugilista de escol), quase o nocauteou; mas Joseph, recuando de uma perna, pegou-lhe tal esquerda sob o queixo que ele balançou. O rapaz ia dar sequência ao golpe com uma direita quando recebeu de um dos criados uma tal bordoada nas têmporas que no mesmo instante o privou dos sentidos, e ele mediu sua estatura no chão.

Fanny fendeu o ar com seus gritos, e Adams tentou acorrer ao auxílio de Joseph, mas os dois criados e o estalajadeiro lhe caíram em cima e logo o subjugaram, embora ele se esbatesse como um mentecapto e estivesse tão pretejado

64. Mais uma paródia do estilo homérico, com seus feitos de força, suas quedas ruidosas e o retinir das armaduras (destacado em itálico no original).

65. Referência irônica aos efeitos deletérios da sífilis, também em chave homérica.

"Joseph pegou-lhe tal esquerda sob o queixo..." Por Norman Tealby.

com as impressões que recebera do esfregão que Dom Quixote o teria decerto confundido com um mouro encantado. Mas agora vem a parte mais trágica, pois o capitão já se tinha reerguido e, vendo Joseph no chão e Adams seguro, apoderou-se no mesmo instante de Fanny, e, com a assistência do poeta e do ator, que, tendo ouvido que a batalha se encerrara, haviam subido as escadas, arrastou-a, a gritar e arrancar os cabelos, das vistas de seu Joseph; com absoluta surdez a seus rogos, eles a carregaram com violência escada abaixo e a amarraram ao cavalo do ator; e o capitão, montando o seu próprio e conduzindo aquele em que essa pobre e miserável desgraçada se encontrava, partiu, sem mais consideração pelos gritos dela do que um açougueiro tem pelos de um cordeiro, pois seus pensamentos só se ocupavam com o grau de favor que esperava receber do fidalgo com o sucesso dessa aventura.

Os criados, que receberam ordens de manter Adams e Joseph tão seguros como possível, para que o fidalgo não sofresse interrupções em seus projetos para a pobre Fanny, imediatamente amarraram Adams, por conselho do poeta, a um dos pilares da cama, fazendo o mesmo com Joseph do outro lado tão logo conseguiram trazê-lo de volta a si. E então, deixando-os juntos de costas um para o outro e pedindo ao estalajadeiro que não os pusesse em liberdade nem se aproximasse deles até receber novas ordens, partiram ao encontro de seu senhor, mas calharam de tomar uma estrada diversa daquela em que o capitão se tinha embrenhado.

CAPÍTULO X

UM DISCURSO ENTRE O POETA E O ATOR; SEM OUTRA FUNÇÃO NESTA HISTÓRIA QUE A DE DIVERTIR O LEITOR.

Antes de seguirmos adiante com esta tragédia, deixaremos o sr. Joseph e o sr. Adams a sós, e imitaremos os sábios diretores de teatro, que, no meio de uma ação grave, nos entretêm com alguma excelente peça satírica ou humorística chamada de dança – peça esta que é por conseguinte dançada, e não falada, já que é servida ao público por pessoas cuja faculdade pensante se encontra, no entender da maioria, nos calcanhares, e às quais, tão bem como aos heróis, que pensam com os punhos, a natureza só deu cabeças por amor da conformidade, e por serem úteis nas danças, para pendurarem os chapéus.

O poeta, endereçando-se ao ator, prosseguiu destarte: – Como eu ia dizendo – pois eles vinham-se ocupando com esse discurso desde o momento do confronto no primeiro andar –, a razão por que não há peças novas que prestem é evidente: isso se deve ao desestímulo dos autores. Os homens não escreverão, senhor, não escreverão sem a expectativa de fama ou lucro, ou quiçá de ambos. Peças são como árvores, que não crescem sem sustento; mas, a exemplo dos cogumelos, brotam espontaneamente, por assim dizer, de um solo rico. As musas, como vinhas, podem ser podadas, mas não a machadinha. A cidade, como uma criança birrenta, não sabe o que quer, e sempre fica mais contente com um guizo. Um autor de farsas tem, é fato, certa chance de sucesso, mas eles perderam todo o gosto pelo sublime – embora eu creia que um motivo para sua depravação seja a ruindade dos atores. Ainda que se escreva como um anjo, senhor, esses tipos não sabem dar expressão a um sentimento. – Não tão rápido – disse o ator –, os atores modernos são no mínimo tão bons como seus autores; mais que isso, chegam mais perto de seus ilustres predecessores, e espero ver um Booth[66] de novo nos palcos antes de um Shakespeare ou um Otway; e, na verdade, posso voltar sua observação contra o senhor, e dizer, com acerto, que a razão por que nenhum autor é estimulado é que não há peças novas que prestem. – Não afirmei o contrário – disse o poeta –, mas surpreende-me que se agaste desse jeito; o senhor não deve imaginar-se envolvido na disputa: espero que faça suficiente opinião de meu gosto para não supor que eu o tivesse em mente. Não, meu caro, se tivéssemos seis atores como o senhor, logo rivalizaríamos com os Bettertons e Sandfords de outros tempos[67]; pois, sem querer cumprimentá-lo, acho impossível que alguém o tenha superado na maioria de seus papéis. Mais ainda, esta é uma solene verdade, e eu ouvi muitos, todos eles grandes juízes, dizendo a mesma coisa; e o senhor me perdoe se eu lhe disser que, em todas as últimas vezes em que o vi, acho que adquiriu constantemente novas excelências, como uma bola de neve. O senhor me desenganou em minha estimativa da perfeição e superou o que eu julgava inimitável. – O senhor tampouco estava envolvido – respondeu o ator – no que eu disse de outros poetas; pois mal***o eu seja se não há em sua última tragédia toques viris, ou mesmo cenas inteiras, que no mínimo se igualam a Shakespeare. Há nela uma delicadeza de sentimento e uma dignidade de expressão às quais admito que muitos de nossos colegas não fizeram adequada justiça. Para confessar a verdade, eles são bastante ruins, e lamento o autor que

66. Barton Booth (1681–1733), ator trágico.
67. Thomas Betterton (1635?–1733) e Samuel Sandford (c. 1661–1700), ambos atores famosos no século XVII.

esteja presente ao assassínio de suas obras. – Ora, isso não pode ocorrer senão raramente – volveu o poeta. – As obras da maioria dos autores modernos, como crianças natimortas, não podem ser assassinadas. São uma tal porcaria semiparida e semiescrita, apática, insossa, chã e rastejante que quase lamento o ator que é obrigado a aprendê-las de cor, pois devem ser tão difíceis de lembrar quanto palavras numa língua que não se entende. – É certo – disse o ator – que, se as sentenças têm pouco sentido ao serem escritas, quando forem proferidas o terão menos. Mal conheço alguém que acerte uma ênfase, e muito menos que adapte a ação a seu personagem. Já vi um terno amante em atitude de combate com sua amada, e um bravo herói fazendo a corte ao inimigo de espada em punho. Não me agrada denegrir minha profissão, mas que eu apodreça se no fundo não me inclino a favor do poeta. – Isso é antes generoso de sua parte do que justo – disse o poeta –, e, embora eu deteste falar mal da produção de quem quer que seja (mais ainda, nunca fiz isso, nem o farei), no entanto, para render justiça aos atores, o que poderiam Booth ou Betterton ter feito de tão horrenda coisa como a *Mariana* de Fenton, o *Fílotas* de Frowd ou a *Eurídice* de Mallet[68], ou daqueles vis e imundos discursos derradeiros que um sujeito da Cidade, ou de Wapping, um tal de Dillo ou Lillo[69], como é o nome mesmo?, chamou de tragédias? – Muito bem, senhor – disse o ator –, e diga-me: o que acha de tipos como Quin e Delane, ou aquele pelintra caramunheiro do novo Cibber, ou aquele cão mal-apanhado do Macklin, ou aquela jabiraca insolente da sr.ª Clive?[70] Que trabalho eles fariam com seus Shakespeares, Otways e Lees? Como sairiam da língua deles aquelas admiráveis linhas?

– Não mais! Pois eu desdenho
Toda pompa junto a ti. Evitemos
Os régios adereços; nossas almas
Por fado mais gentil são dirigidas.
Vamos livres como aves nos unir
Sem conta de quem fossem nossos pais.
Voar por bosques, grutas e campinas,
Conjugar nossas almas em murmúrios;
Beber juntos o cristal das correntes

68. Todos dramaturgos de relativo sucesso em seu tempo.
69. Na verdade George Lillo (1693–1739), cujas tragédias domésticas Fielding admirava.
70. Atores que Fielding em maioria aprovava.

Ou provar o fruto pardo do outono;
E tão logo a noite áurea nos conclame,
Voltar ao brando ninho e ali dormir[71].

Ou que desdouro não causaria isto a Otway?

Quem seria a tola coisa dita o homem?[72]

– Espere, espere, espere! – disse o poeta. – Queira repetir aquele terno discurso, no terceiro ato de minha peça, em que o senhor fez tamanha figura. – Eu de bom grado o faria – disse o ator –, mas já o esqueci. – Ah, o senhor não foi exatamente perfeito nessa parte quando a interpretou – exclamou o poeta –, ou teria recebido um tal aplauso como nunca se viu no teatro; um aplauso que muito me afligiu que o senhor perdesse. – Claro – disse o ator –, se bem me lembro, essa passagem foi mais vaiada do que qualquer outra em toda a peça. – Sim, sua declamação foi vaiada – disse o poeta. – Minha declamação! – replicou o ator. – Quero dizer, sua não-declamação – volveu o poeta. – O senhor teve um branco, e então eles vaiaram. – Eles vaiaram, e depois eu tive um branco, se bem me lembro – respondeu o ator –, e devo dizer, em minha defesa, que o público inteiro conveio em que eu fiz justiça à passagem; por isso não venha pôr-me às costas a desgraça de sua peça. – Não sei o que o senhor quer dizer com desgraça – replicou o poeta. – Ora, o senhor sabe bem que ela só foi encenada uma noite – vociferou o ator. – Não – disse o poeta –, o senhor e a cidade inteira sabem que eu tinha inimigos; na plateia eram todos meus inimigos, sujeitinhos que me cortariam a garganta, se o medo de ir à forca não os impedisse. Todos alfaiates, meu caro, todos alfaiates! – E por que os alfaiates estariam tão irritados com o senhor? – exclamou o ator. – Imagino que não empregue tantos no fabrico de suas roupas. – Aceito o gracejo – respondeu o poeta –, mas o senhor se lembra do caso tão bem como eu próprio; sabe que havia uma cabala na plateia e na galeria superior que não toleraria que a peça fosse encenada de novo, embora muitos – sim, a infinita maioria, e todos os camarotes em particular – desejassem que o fosse; mais que isso, a maioria das senhoras jurou que não voltaria ao teatro até que ela fosse encenada de novo. A bem da verdade, devo reconhecer que foi boa

71. Nathaniel Lee (1653?–1692), *Theodosius: or the Force of Love* (1680), tragédia de cujo estilo pomposo Fielding implicitamente escarnece.
72. Thomas Otway (1652–1685), *The Orphan* (1680), I, i.

política deles não permitir que ela fosse encenada uma segunda vez, pois os calhordas sabiam que, se ela durasse uma segunda noite, teria durado cinquenta. Pois se já houve angústia numa tragédia... não me envaideço de minha própria obra, mas se lhe contasse o que os melhores juízes disseram dela... Tampouco se deveu inteiramente a meus inimigos que ela não tenha vingado no palco tão bem como tem feito desde então entre os leitores polidos, pois o senhor não pode dizer que os intérpretes lhe fizeram justiça. – Eu acho – respondeu o ator – que os intérpretes fizeram justiça à sua angústia, pois garanto que ficamos angustiados o bastante, nós que fomos bombardeados com laranjas por todo o último ato; todos imaginávamos que seria o último ato de nossas vidas.

O poeta, cuja fúria estava então acesa, ia tentar uma resposta quando foram interrompidos e tiveram um fim posto a seu discurso por um acidente que, se o leitor estiver impaciente por conhecer, deve pular o próximo capítulo, que é uma espécie de contrapartida deste e contém alguns dos melhores e mais sérios tópicos de todo o livro, consistindo num discurso entre o pastor Abraham Adams e o sr. Joseph Andrews.

CAPÍTULO XI

CONTENDO AS EXORTAÇÕES DO PASTOR ADAMS A SEU AMIGO EM AFLIÇÃO; CALCULADO PARA A INSTRUÇÃO E O ENGRANDECIMENTO DO LEITOR.

Joseph nem bem voltou plenamente a si e, percebendo que sua amada se fora, lastimou sua perda com gemidos que teriam penetrado qualquer coração, exceto os possuídos por certa gente, que são feitos de um composto não diverso da rocha em sua dureza e em outras propriedades; pois pode-se arrancar fogo deles, o qual lhes dardejará pelos olhos, mas jamais eles destilariam uma gota d'água pela mesma via. Já o dele, pobre rapaz!, era de composição mais tenra, e às palavras "Ó minha querida Fanny! Ó meu amor! Será que nunca, nunca mais te verei?", seus olhos se inundaram de lágrimas, o que cairia bem em qualquer pessoa, menos num herói. Em uma palavra, seu desespero era mais fácil de conceber que de relatar.

O senhor Adams, depois de muitos gemidos, estando sentado de costas para Joseph, principiou assim em tom pesaroso: – Não imagine, meu bom filho, que eu condene inteiramente essas primeiras agonias de sua dor; pois, quando os infortúnios nos atacam de surpresa, requer-se infinitamente mais saber do que você possui para resistir-lhes. Mas é o dever de um homem e de um cristão invocar a razão o quanto antes em seu auxílio, e ela logo lhe ensinará paciência e submissão. Conforte-se portanto, meu filho, conforte-se, eu digo. É verdade que você perdeu a mais bela, a mais gentil, a mais amável e a mais doce das moçoilas, com quem poderia ter esperado viver em felicidade, virtude e inocência, e da qual poderia prometer-se muitos pequeninos, que teriam sido o regalo de sua juventude e o conforto de sua velhice. Você não apenas a perdeu, mas tem razões para recear toda a violência que a luxúria e a pujança podem infligir-lhe. Assim sendo, você pode facilmente ter ideias horríveis, que podem levá-lo ao desespero. – Ah, eu vou acabar louco! – exclamou Joseph. – Ah, se ao menos pudesse comandar minhas mãos para arrancar meus olhos e minha carne! – Se as usaria para tais propósitos, alegra-me que não possa – respondeu Adams. – Descrevi seu infortúnio tão intensamente como pude; mas, por outro lado, você deve considerar que é cristão, que nenhum acidente nos ocorre sem a permissão divina e que é o dever de um homem, e muito mais de um cristão, submeter-se. Nós não fizemos a nós mesmos; mas o mesmo poder que nos fez impera sobre nós, e estamos absolutamente a seu dispor; ele pode fazer conosco o que lhe aprouver, e não temos o menor direito de nos queixar. Uma segunda razão contra as nossas queixas é nossa ignorância, pois, como não conhecemos os eventos futuros, não podemos dizer para que fim um acidente tende; e aquilo que a princípio nos ameaça com o mal pode ao fim produzir nosso bem. Eu deveria a rigor ter dito que nossa ignorância é dúplice (mas agora não estou com tempo para dividi-la propriamente), pois assim como não sabemos para que fim um evento em última instância se direciona, tampouco podemos afirmar de que causa originalmente proveio. Você é um homem, e por conseguinte um pecador; e isto talvez seja uma punição para você em razão de seus pecados; a bem dizer, nesse sentido ela pode ser considerada um bem, e mesmo o maior dos bens, que satisfaz a zanga dos céus e debela aquela ira que não pode persistir sem nossa destruição. Em terceiro lugar, nossa impotência para achar alívio demonstra a insensatez e o absurdo de nossas queixas: pois a quem resistimos, ou de quem nos queixamos, senão de um poder de cujos dardos nenhuma armadura pode guardar-nos, e nenhuma velocidade fugir? Um poder que não nos deixa esperança senão a da submissão. – Ah, senhor! – gritou Joseph. – Tudo isso é muito verdade, e muito bonito, e eu poderia ouvi-lo o dia inteiro se não estivesse tão ferido no coração como agora. – Você toma remédio – disse

Adams – quando está bem, e o recusa quando está doente? Não deve o conforto ser ministrado aos aflitos, e não aos que rejubilam ou estão em paz? – Ah! O senhor ainda não me disse uma palavra de conforto! – retorquiu Joseph. – Não?! – exclamou Adams. – O que estou fazendo então? O que posso dizer para confortá-lo? – Diga-me – exclamou Joseph – que Fanny vai escapar de volta a meus braços, e que estes hão de uma vez mais encerrar essa adorável criatura, com toda a sua doçura e toda a sua imaculada inocência! – Ora, talvez até se possa – volveu Adams –, mas não posso prometer-lhe o que virá. Você deve, com perfeita resignação, aguardar o resultado; se ela lhe for restituída, é seu dever sentir-se grato, e é-o ainda se ela não for. Joseph, se você tiver juízo e conhecer de fato os seus próprios interesses, há de pacífica e tranquilamente submeter-se a todos os decretos da Providência, em plena segurança de que todos os infortúnios, por maiores que sejam, ocorridos aos justos ocorrem-lhes para o seu próprio bem. Mais que isso, não é apenas seu interesse, mas seu dever abster-se de uma mágoa imoderada, pois se lhe der vazão você não será digno do nome de cristão. – Proferiu as últimas palavras com um tom um tanto mais severo do que o usual, pelo que Joseph rogou-lhe não se irritar, dizendo que o entendia mal se supunha que ele negasse ser aquele seu dever: porquanto já o conhecia de longa data. – De que vale conhecer o seu dever, se não o cumpre? – retrucou Adams. – Seu conhecimento agrava sua culpa. Ó Joseph! Nunca achei que tivesse essa teimosia na cabeça! – Joseph respondeu supor que ele o entendia mal. – O que asseguro-lhe o senhor faz – emendou – se supõe que eu me empenhe em padecer; por minha alma que não! – Adams o repreendeu pela jura e passou a expandir-se sobre a insensatez da mágoa, dizendo-lhe que todos os sábios e filósofos, mesmo entre os pagãos, haviam escrito contra ela, e citando várias passagens de Sêneca e da *Consolação*, que, embora não fosse de Cícero[73], era em seu dizer quase tão boa como qualquer de suas obras; e arrematou tudo sugerindo que a mágoa imoderada nesse caso poderia irritar aquele poder que unicamente seria capaz de restituir-lhe sua Fanny. Essa razão, ou antes a ideia que ela suscitou da restituição da amada, teve mais efeito do que tudo o que o pároco dissera antes, e por um momento abateu suas agonias. Mas, quando seus temores lhe trouxeram suficientemente aos olhos o perigo em que a pobre criatura se achava, a mágoa retornou-lhe com redobrada violência, e Adams em nada pôde mitigá-la, embora possamos duvidar, em seu favor, de que o próprio Sócrates se tivesse saído melhor.

73. A provavelmente apócrifa *Consolatio Ciceronis*.

Guardaram silêncio por algum tempo, gemidos e suspiros a brotarem de ambos; por fim, Joseph irrompeu no seguinte solilóquio:

> Sim, tolerarei minhas dores como um homem,
> Mas como um homem igualmente hei de senti-las.
> Não posso não recordar que tais coisas houve
> E que caríssimas me foram[74].

Adams perguntou-lhe que negócio era aquele que ele recitara. E ele respondeu que eram versos de uma peça que aprendera de cor. – Ah, não há nada senão paganismo a ser aprendido em peças – replicou. – Nunca soube de nenhuma peça adequada à leitura de um cristão, exceto *Catão* e *Os Amantes Conscienciosos*[75]; devo reconhecer que na última há coisas quase solenes o bastante para um sermão. – Mas agora os deixaremos por um instante para nos informar sobre o objeto de sua conversa.

CAPÍTULO XII

MAIS AVENTURAS, QUE, ESPERAMOS, TANTO AGRADARÃO COMO SURPREENDERÃO AO LEITOR.

Nem o diálogo chistoso transcorrido entre o poeta e o ator, nem o discurso grave e deveras solene do sr. Adams terão, ao que supomos, feito suficiente reparação ao leitor pela ansiedade que ele deve ter sentido por conta da pobre Fanny, que deixamos em tão deplorável condição. Por isso passaremos agora ao relato do que ocorreu àquela bela e inocente virgem depois de cair nas mãos malvadas do capitão.

Esse homem de guerra, tendo tirado sua encantadora presa da estalagem pouco antes de raiar o dia, mandou-se tão rápido como pôde para a casa do fidalgo, onde a delicada criatura seria oferecida em sacrifício à lascívia de um violador. Ele não só se fez surdo a todas as suas lamentações e súplicas pela estrada, como se lhe achegou aos ouvidos com impurezas de que ela, não estando habituada a tais coisas, para a própria sorte entendeu bem pouco. Por fim ele mu-

74. Shakespeare, *Macbeth*, IV, iii.
75. Respectivamente de Joseph Addison e Richard Steele.

dou de tom e tentou serená-la e embrandecê-la, exaltando o esplendor e o luxo que lhe caberiam por fortuna junto a um homem que teria a inclinação e também o poder para lhe dar tudo aquilo que mais desejasse; e disse não duvidar que ela logo o julgaria mais favoravelmente, como o instrumento de sua felicidade, e desprezaria aquele tipo lamentável a que somente a ignorância poderia tê-la afeiçoado. Ela respondeu que não sabia a quem ele se referia, pois jamais se afeiçoara a nenhum tipo lamentável. – Sente-se afrontada, senhora – disse ele –, por eu chamá-lo assim? Mas o que de melhor se pode dizer de um sujeito de libré, apesar de seu afeto por ele? – Ela replicou que não o entendia; que o homem fora seu colega de criadagem e ela o supunha uma criatura tão honesta como qualquer outra em vida; mas quanto a ter afeto por homens... – Estou-lhe avisando – vociferou o capitão –, vamos achar meios de fazê-la afetuosa; e sugiro que ceda a meios gentis, pois fique sabendo que não está em seu poder, por porfia nenhuma, preservar sua virgindade por outras duas horas. É de seu interesse consentir, pois o fidalgo será muito mais gentil com a senhora se a usufruir voluntariamente do que à força. – A essas palavras ela começou a gritar por socorro em voz alta (pois já era dia claro), mas, não encontrando nenhum, alçou os olhos aos céus e suplicou à assistência divina que preservasse sua inocência. O capitão lhe disse que, se persistisse na berraria, ele acharia um jeito de tapar-lhe a boca. E então a pobre coitada, não vendo esperanças de socorro, entregou-se ao desespero, e, enquanto sussurrava o nome "Joseph!, Joseph!", um rio de lágrimas lhe desceu pelas adoráveis faces, e molhou o lenço que lhe cobria o busto. Nesse momento um cavaleiro apontou na estrada, e o capitão a ameaçou violentamente se ela se queixasse; não obstante, no momento em que se aproximavam um do outro, ela suplicou-lhe encarecidamente que libertasse uma criatura aflita, então nas mãos de um violador. O sujeito se deteve ante essas palavras, mas o capitão afiançou-lhe que se tratava de sua esposa, e que ele a trazia para casa de junto do amante. Isso tanto convenceu o homem, que era idoso (e quiçá também casado), que ele lhe desejou boa viagem e seguiu adiante. Tão logo ele se foi, o capitão a injuriou violentamente por transgredir seus comandos, e ameaçou amordaçá-la; foi quando dois outros cavaleiros, armados com pistolas, surgiram na estrada à sua frente. Ela pediu socorro uma vez mais, e o capitão contou a mesma história de antes. Nisso um deles disse ao outro: – É uma rapariga jeitosa! Jack, eu bem queria estar no lugar do sujeito, quem quer que ele seja. – Mas o outro, em vez de responder, exclamou afoito: – Cristo, eu a conheço! – e, voltando-se para ela, disse: – Você não seria Fanny Goodwill? – Sim, sou eu mesma! – gritou ela. – Ah, John, agora o reconheço. Os céus o mandaram em minha assistência, para livrar-me deste homem perverso, que está me sequestrando com propósitos vis. Pelo amor de D**s, resgatem-me dele! – Uma discussão ferrenha rebentou imediatamente entre o capitão e esses dois homens, e, como estivessem ambos armados de pistolas e a carruagem que acompanhavam acabasse de chegar, o capitão concluiu que força e estratagemas seriam vãos e tentou realizar uma fuga, no que todavia não teve êxito. O cavalheiro que seguia de carruagem ordenou que ela parasse, e, com ares de autoridade, examinou os méritos do caso; sendo dele inteirado por Fanny, cujo crédito foi confirmado pelo rapaz que a conhecia, ele mandou que o capitão, que estava todo ensanguentado do recontro na estalagem, fosse levado como prisioneiro atrás da carruagem, e muito cortesmente admitiu Fanny a bordo dela; pois, para dizer a verdade, este cavalheiro (que outro não era senão o celebrado sr. Peter Pounce, que precedia Lady Booby de umas poucas milhas por ter partido mais cedo pela manhã) era pessoa muito galante, e apreciava uma moça bonita mais do que qualquer coisa, salvo seu dinheiro e o dinheiro dos outros.

A carruagem avançou então em direção à estalagem, que, como Fanny foi informada, ficava no caminho, e ali chegou no mesmo instante em que o poeta e o ator debatiam no térreo e Adams e Joseph discorriam de costas viradas mais acima; no exato momento a que os trouxemos nos dois capítulos precedentes, a carruagem se deteve à porta, e em um átimo Fanny, deixando-a num salto, subiu correndo as escadas até seu Joseph. Ó leitor!, concebe, se puderes, a alegria que inflamou o peito dos amantes nesse encontro; e, se teu próprio coração não te assistir com simpatia em concebê-lo, eu te lamento sinceramente com o meu. Pois que o vilão de coração duro fique sabendo que existe um prazer nas sensações ternas acima de quantos ele possa provar.

Peter, sendo informado por Fanny da presença de Adams, desceu para vê-lo e receber suas homenagens; pois, como Peter fosse um hipócrita – um tipo de gente que o sr. Adams jamais penetrava –, um prestava à aparente bondade um respeito que o outro supunha prestado a suas riquezas; e com isso o sr. Adams se tornara de tal modo seu favorito que de certa feita lhe emprestara quatro libras, treze xelins e seis *pence* para salvá-lo de ir em cana[76], sem mais garantias que uma carta de penhor, de que provavelmente não teria feito uso ainda que o dinheiro não tivesse sido pago (como o foi) exatamente dentro do prazo.

Não será talvez fácil descrever a figura de Adams; ele tinha-se levantado com uma pressa tão violenta que não vestira nem bermudas, nem meias; tam-

76. Por dívidas, sem dúvida.

pouco havia tirado da cabeça um lenço vermelho com pintas que à noite lhe prendia a peruca, e que estava virado do avesso ao redor de sua cabeça. Estava vestido com sua sotaina rasgada e sua sobrecasaca, mas, assim como o restante da sotaina pendia abaixo da sobrecasaca, igualmente pendia uma pequena peça de tecido branco, ou antes branquicento, abaixo dela; e a isso podemos acrescentar as várias cores ostentadas em seu rosto, onde uma barbona de tom mijado servira para reter o licor do penico e o de tom mais escuro que se destilara do esfregão. Essa figura, que Fanny libertara do cativeiro, nem bem foi espiada por Peter e perturbou a composta gravidade de seus músculos; mas ele aconselhou-o a ir limpar-se imediatamente, e tampouco admitiu suas homenagens em tamanho azango.

O poeta e o ator, tão logo viram o capitão em cativeiro, começaram a cuidar na própria segurança, de que a fuga se apresentava como o único meio; e, assim sendo, montaram ambos no cavalo do poeta e saíram na mais expedita retirada que puderam.

O estalajadeiro, que conhecia bem o sr. Pounce e a libré de Lady Booby, não ficou pouco surpreso com essa mudança de cenário, e tampouco sua confusão foi mitigada por sua esposa, que acabava de acordar e, tendo ouvido dele o relato do que se passara, confortou-o com um decente número de "tontos" e "cabeçudos", perguntou-lhe por que não a consultara e disse que ele nunca ia deixar de seguir os insensatos ditames de sua cabeça oca, até que ela e a família estivessem arruinadas.

Joseph, sendo informado da chegada do capitão e vendo sua Fanny já em segurança, deixou-a por um momento e, descendo as escadas correndo, encaminhou-se diretamente a ele; então, tirando o colete, desafiou-o para uma luta; mas o capitão se negou, alegando que não entendia de boxe. Ele apanhou então um bordão numa das mãos e, agarrando o capitão pelo colarinho com a outra, serviu-lhe uma severíssima coça, e concluiu dizendo-lhe que tivera enfim alguma vingança pelo que sua querida Fanny havia sofrido.

Assim que o sr. Pounce se regalou um pouco com certas provisões que trazia na carruagem e o sr. Adams assumiu a melhor aparência que suas roupas lhe permitiam, Pounce convocou o capitão a sua presença, pois dizia que ele era culpado de felonia e que o juiz de paz mais próximo deveria julgá-lo; mas os criados (cuja sede de vingança é cedo saciada), estando suficientemente satisfeitos com a coça que Joseph lhe infligira, e que a bem da verdade não fora nada moderada, tinham-lhe permitido ir embora – o que ele fizera, ameaçando uma terrível vingança contra Joseph, que nunca ouvi dizer que se dignasse a obter.

A dona da casa fez uma aparição voluntária diante do sr. Pounce, e com mil mesuras disse esperar que sua honra lhe perdoasse o marido, que era um homem tão *sem sentido*, pelo bem de sua pobre família; claro que, se se pudesse arruiná-lo sozinho, ela bem que o desejaria, *pois porquanto aos porquês,* sua honra bem sabia que ele o merecia. Mas ela tinha três pobres filhinhos que não eram capazes de ganhar a vida, e, se o marido fosse parar na cadeia, teriam todos de recorrer à paróquia, pois ela era uma coitada enfermiça que vivia dando cria, e não tinha tempo para trabalhar por eles. Esperava portanto que sua honra levasse isso em sua honrada consideração e lhe perdoasse o marido por essa vez, pois ela tinha certeza de que ele nunca tencionara mal algum a homem, mulher ou criança; e, se não fosse por aquela cabeça dura dele, em certas coisas até que o homem prestava; pois ela tivera três filhos dele em menos de três anos, e estava quase pronta a se esgoelar pela quarta vez. – Teria prosseguido dessa maneira por muito mais tempo, não lhe houvesse Peter detido a língua ao informar-lhe que não tinha nada a dizer a seu marido, e nem a ela. E assim, como Adams e os demais a certificassem de seu perdão, ela deu um gritinho e deixou a sala às mesuras.

O sr. Pounce fez questão de que Fanny continuasse a jornada junto com ele na carruagem, mas ela se negou terminantemente, dizendo que iria na garupa de Joseph, num cavalo com que um dos criados de Lady Booby o havia equipado. Mas homessa!, quando o cavalo apareceu, constatou-se que outro não era senão o mesmíssimo animal que o sr. Adams deixara para trás na estalagem, e que esses honestos rapazes, que o conheciam, tinham reavido. A verdade é que, qualquer cavalo que tivessem fornecido a Joseph, eles o teriam convencido a não montar nenhum, nem mesmo para viajar à frente de sua amada Fanny, até que o pastor estivesse suprido; e menos ainda ele privaria o amigo do animal que lhe pertencia, e que ele reconheceu no instante em que o viu, embora Adams não o fizesse. Porém, quando o lembraram da coisa e lhe disseram que haviam trazido consigo o cavalo que ele deixara para trás, ele respondeu: – Bênçãos! E deixei mesmo!

Adams fez a maior questão de que Joseph e Fanny montassem seu cavalo, e declarou que poderia muito facilmente caminhar até em casa. – Se eu caminhasse sozinho – disse –, apostaria um xelim em que o viajante *pedestre* passaria a perna aos viajantes *equestres*; mas como pretendo ter a companhia de um cachimbo, pode ser que me atrase uma hora. – Um dos criados cochichou a Joseph que aceitasse suas palavras e permitisse que o velho caipira seguisse andando se quisesse. Essa proposta foi recebida com um olhar irado e uma recusa peremptória por Joseph, que, tomando Fanny nos braços, asseverou que preferiria carregá-la até em casa daquela maneira a tirar o cavalo do sr. Adams e permitir que ele viajasse a pé.

Talvez, leitor, já tenhas visto um certame entre dois cavalheiros ou duas damas ser rapidamente decidido, embora ambos asseverassem que não comeriam tão fino petisco e cada um insistisse em que o outro o aceitasse; mas na verdade os dois queriam muito é engoli-lo eles mesmos. Não concluas daí que esta disputa teria chegado a uma decisão rápida, pois aqui ambas as partes falavam muito a sério, e é bastante provável que tivessem permanecido no pátio da estalagem até hoje, não houvesse o bom Peter Pounce posto fim na coisa; pois, constatando que já não tinha esperanças de satisfazer seu velho apetite por Fanny, e desejoso de ter alguém a quem pudesse comunicar sua grandeza, ele disse ao pastor que o levaria para casa em sua carruagem. Esse favor foi aceito por Adams com muitas mesuras e agradecimentos, embora ele dissesse mais tarde que subira na carruagem mais para evitar ofensas do que por algum desejo de viajar nela, pois no fundo preferia a celeridade *pedestre* até mesmo à *veicular*. Como tudo estivesse arranjado, a carruagem em que iam Adams e Pounce seguiu viagem; e, tendo Joseph tomado emprestada uma sela feminina junto ao estalajadeiro, Fanny acabara de se instalar nela e de segurar a cinta que seu amado usava para esse fim quando o sábio animal, que concluiu que um por vez bastava, que dois contra um era demais &c., denotou grande desconforto com essa carga dupla, e começou a considerar as pernas traseiras como dianteiras, movendo-se na direção contrária à que se chama adiante. Tampouco pôde Joseph, com toda a sua perícia de montador, persuadi-lo a avançar; antes, sem fazer a menor conta da adorável parte da moça adorável que estava em seu dorso, ele se serviu de tais reboleios que, se um dos homens não tivesse acorrido em auxílio, ela teria, em inglês sem rodeios, se esborrachado no chão. Esse inconveniente foi logo remediado por uma troca de cavalos, e, estando Fanny instalada uma vez mais em sua sela, num animal de melhor natureza e um tanto mais bem nutrido, o cavalo do pastor, constatando que já não tinha demasias com que se avir, concordou em marchar; e a procissão inteira partiu rumo a Booby Hall, aonde chegou em poucas horas, sem que nada de notável ocorresse pela estrada, salvo um curioso diálogo entre o pastor e o secretário, que, para usar a linguagem de um recente apologista[77], um modelo para todos os biógrafos, *aguarda o leitor no próximo capítulo.*

77. Uma vez mais, Colley Cibber.

CAPÍTULO XIII

UM CURIOSO DIÁLOGO TRANSCORRIDO ENTRE O SR. ABRAHAM ADAMS E O SR. PETER POUNCE, MAIS DIGNO DE LEITURA DO QUE TODAS AS OBRAS DE COLLEY CIBBER E MUITOS OUTROS.

A carruagem não tinha chegado longe quando o sr. Adams observou que fazia um dia soberbo. – Sim, e a região é soberba também – respondeu Pounce. – Eu a julgaria mais – replicou Adams – se não tivesse viajado recentemente pelos Downs, que julgo superam esta e todas as demais vistas do universo. – Às favas as vistas – retrucou Pounce –, um acre aqui vale dez lá; e, de minha parte, não tenho nenhum prazer nas vistas de terra alguma exceto a minha. – O senhor – disse Adams – pode comprazer-se com muitas vistas belas dessa sorte. – Graças a Deus, tenho o meu pouquinho – replicou o outro –, com que estou contente, e não invejo nenhum homem. Tenho o meu pouquinho, sr. Adams, com que faço todo o bem que posso. – Adams respondeu que as riquezas sem caridade não valiam nada, pois só eram uma bênção para aquele que delas fizesse uma bênção para os outros. – O senhor e eu – disse Peter – temos noções diferentes de caridade. Admito que, no sentido em que é geralmente usada, não aprecio a palavra, nem creio que ela caia bem num de nós gentis-homens; é uma qualidade mesquinha e paroqueira; embora eu não queira dizer que muitos párocos a tenham tampouco. – Senhor – disse Adams –, minha definição de caridade é uma disposição generosa para aliviar os aflitos. – Há algo nessa definição – respondeu Peter – que me agrada bastante; ela é, como o senhor diz, uma disposição, e não consiste tanto no ato como na disposição de realizá-lo; mas palavra, sr. Adams, quem vêm a ser os aflitos? Creia-me, as aflições da humanidade são em maioria imaginárias, e seria antes tolice do que bondade aliviá-las. – É certo, senhor – replicou Adams –, que a fome e a sede, o frio e a nudez, e outras aflições que vitimam os pobres não se pode jamais dizer que sejam males imaginários. – Como pode algum homem se queixar de fome – disse Peter – num país onde tão excelentes saladas podem ser recolhidas em quase todo campo? Ou de sede, onde todo rio e córrego produz tão deliciosas poções? E quanto ao frio e à nudez, são males introduzidos pelo luxo e pelo costume. O homem, por natureza, não precisa de mais roupas do que um cavalo ou qualquer outro animal, e há nações inteiras que andam sem elas. Mas essas talvez sejam coisas que o senhor, que não conhece o mundo... – O senhor vai me perdoar – retrucou Adams –, mas já li sobre os gimnosofistas. – Às favas com os seus josafatas![78] – deblaterou Peter. – A maior falta em nossa Constituição é a provisão feita para os pobres, salvo, talvez, aquelas feitas para certos outros. Meu senhor, eu não tenho uma única propriedade que não contribua tanto para os pobres quanto para o imposto territorial; e afianço-lhe que espero eu próprio ficar aos cuidados da paróquia ao final. – Como Adams, diante disso, desse um sorriso de dissensão, Peter prosseguiu: – Estou achando, sr. Adams, que o senhor é um daqueles que imaginam que eu seja um pelotão de dinheiro; pois muitos há que, parece-me, supõem que não apenas meus bolsos, mas minhas roupas inteiras estejam estofadas com notas bancárias; asseguro-lhe, porém, que estão todos enganados. Eu não sou o homem que o mundo me julga. Se posso manter a cabeça acima d'água, é tudo o que posso. Prejudiquei-me com compras. Fui liberal demais com meu dinheiro. A verdade é que temo que meu herdeiro vá encontrar meus negócios numa situação pior do que se presume. Ah! Ele terá razões para desejar que eu tivesse amado mais o dinheiro, e menos a terra. Diga, meu bom vizinho, onde é que eu teria essa profusão de riquezas que o mundo tão liberalmente me atribui? Onde é que eu poderia, salvo se o roubasse, adquirir tamanho tesouro? – Ora, de fato – disse Adams –, sempre fui de sua opinião. Tenho-me admirado, tão bem como o senhor, da confiança com que eles conseguem reportar tais coisas a seu respeito, que para mim pareceram meras impossibilidades; pois o senhor sabe, e com frequência o ouvi dizer, que sua riqueza é de aquisição própria; e será crível que em tão pouco tempo o senhor tenha amontoado uma tal pilha de tesouros como essa gente crê que possui? Com efeito, se tivesse herdado uma propriedade como Sir Thomas Booby, transmitida em sua família por muitas gerações, eles teriam alguma substância em suas asserções. – Por quê, quanto dizem eles que eu valho? – perguntou Peter, com um risinho malicioso. – Meu senhor – respondeu Adams –, ouvi alguns afirmando que o senhor não vale menos de vinte mil libras. – A isso Peter franziu o cenho. – Não, senhor – disse Adams –, o senhor me pede apenas a opinião dos outros. De minha parte, eu sempre o neguei, e nem por um momento acreditei que o senhor pudesse valer a metade dessa soma. – Entretanto, sr. Adams – disse ele, premendo-lhe a mão –, eu não lhes venderia tudo o que valho nem pelo dobro dessa soma; e quanto ao que o senhor crê, ou eles creem, não dou por isso uma fava; não, nem um peido! Não sou pobre porque vocês assim me julgam, nem porque tentam me apoucar na região. Conheço a inve-

78. Adams se referia a uma antiga seita hindu, cujo nome grego significa "filósofos nus". Pounce confunde o termo com o nome bíblico Josafat (rei de Judá).

ja da humanidade muito bem, mas agradeço aos céus por estar acima dela. É verdade que minha riqueza é de aquisição própria. Não tenho, como Sir Thomas Booby, uma propriedade transmitida em minha família ao longo de muitas gerações; mas conheço herdeiros de tais propriedades que são obrigados a viajar pelo campo como certa gente de sotaina puída, e que aceitariam de bom grado um curatinho pífio, pelo que sei. Sim, senhor, tipinhos tão maltrapilhos como o senhor, que nenhum homem de minha figura, sem aquele vício da boa natureza, admitiria consigo numa carruagem. – Meu senhor – disse Adams –, não dou um prego por sua carruagem; e, se soubesse que o senhor tencionava afrontar-me, teria seguido a pé até o fim do mundo antes de aceitar um lugar nela. No entanto, meu caro, vou livrá-lo já, já desse inconveniente – e, dizendo isso, abriu a porta da carruagem, sem gritar para o cocheiro, e saltou para a estrada, esquecendo de levar o chapéu; este, de qualquer modo, o sr. Pounce atirou-lhe com grande violência. Joseph e Fanny se detiveram para acompanhá-lo pelo restante do caminho, que não era mais que uma milha.

LIVRO IV

CAPÍTULO I

A CHEGADA DE LADY BOOBY E DOS DEMAIS A BOOBY HALL.

O coche de seis cavalos em que Lady Booby viajava alcançou os outros viajantes enquanto entravam na paróquia. Ela nem bem avistou Joseph e suas faces brilharam rubras, e imediatamente em seguida ficaram com igual totalidade pálidas. Em sua surpresa, quase deteve o coche, mas se recompôs a tempo de evitá-lo. Entrou na paróquia entre repiques de sinos e aclamações dos pobres, que se rejubilavam por ver sua patrona de regresso após tão longa ausência, durante a qual todas as rendas dela se tinham direcionado para Londres, sem que um xelim fosse gasto entre eles, o que não contribuía pouco para seu agudo empobrecimento; pois se a falta da corte seria duramente sentida numa cidade como Londres, quanto mais não o seria a ausência de uma pessoa de grande fortuna numa pequena aldeia rural, para cujos habitantes tal família proporciona constante emprego e provisão, e com cujos restos à mesa os enfermos, os idosos e as crianças pobres são abundantemente alimentados, com uma generosidade que mal chega a ter um efeito visível nos bolsos dos benfeitores?

Mas se o interesse inspirou tão pública alegria em todos os semblantes, quão mais intensamente não operou o afeto que tinham pelo pastor Adams sobre todos os que assistiram ao seu retorno? As pessoas se aglomeravam à sua volta como crianças devotas ao redor de um pai indulgente, e concorriam umas com as outras em demonstrações de zelo e amor. O pastor, por seu turno, apertava a mão a todo mundo e se informava com amabilidade da saúde de todos os que estavam ausentes, e de seus filhos e parentes, e expressava no rosto uma tal satisfação que nada, exceto a benevolência alegrada por seus objetos, poderia infundir.

"Nenhum trio de pessoas poderia ser mais gentilmente acolhido." Por Norman Tealby.

Tampouco Joseph e Fanny careceram de uma acolhida calorosa por parte de todos os que os viram. Em suma, nenhum trio de pessoas poderia ser mais gentilmente acolhido, como de fato nenhum jamais mereceu ser tão universalmente amado.

Adams levou os companheiros de viagem até sua casa, onde insistiu em que partilhassem do que quer que sua esposa, que encontrou com alegria e saúde junto aos filhos, lhes pudesse prover. E ali os deixaremos, usufruindo uma felicidade perfeita em meio a uma refeição modesta, para contemplar cenas de maior esplendor mas infinitamente menos ventura.

Nossos leitores mais inteligentes sem dúvida suspeitarão, com esta segunda aparição de Lady Booby no palco, que nem tudo se encerrara com a demissão de Joseph; e, para sermos francos com eles, eles estão certos; a seta penetrara mais fundo do que ela imaginava, e a ferida não seria curada tão facilmente. A remoção do objeto cedo lhe aplacara a ira, mas tivera um efeito diverso sobre seu amor: aquela partiu com a pessoa, mas este ficou rondando-lhe a mente com a imagem. Cochilos inquietos e intermitentes, e sonhos confusos e horríveis foram sua sina na primeira noite. Pela manhã a fantasia lhe pintou uma cena mais aprazível, mas para iludi-la, e não deleitá-la: pois, antes que ela pudesse alcançar a prometida felicidade, a cena sumiu e a deixou a amaldiçoar, e não a bendizer, a visão.

Ela despertou num sobressalto, com a imaginação toda inflamada com o devaneio, quando, tendo seus olhos se voltado acidentalmente para o ponto onde o verdadeiro Joseph tinha estado na véspera, essa pequena circunstância evocou a imagem dele nas mais vívidas cores em sua memória. Cada olhar, cada palavra, cada gesto regressou-lhe à mente com encantos que nem toda a frieza dele podia abater. Mais ainda, ela imputava tal coisa a sua juventude, tolice, pasmo, religião e tudo o mais, salvo o que teria instantaneamente despertado seu desdém, a falta de paixão pelo sexo; ou o que teria provocado seu ódio, a falta de gosto por ela.

A reflexão então a levou mais além, e lhe disse que ela não deveria voltar a ver esse belo rapaz; mais que isso, sugeriu-lhe que ela própria provavelmente não o demitira por outra falta senão uma reverência e um respeito demasiado violentos por ela, coisas que deveria ter visto antes como um mérito, e cujos efeitos teriam sido ademais tão fácil e seguramente removidos; ela então acusou e amaldiçoou o estouvamento irrefletido de sua têmpera; sua fúria voltou-se totalmente contra ela própria, e Joseph pareceu inocente a seus olhos. Sua paixão se tornou por fim tão violenta que a obrigou a buscar alívio, e nisso ela pensou em reconvocá-lo. Mas o orgulho o proibia, o orgulho, que logo baniu todas as paixões mais suaves de sua alma, e retratou-lhe a baixeza daquele por quem ela se afeiçoara. Esse pensamento logo começou a obscurecer as belezas dele; o menosprezo veio em seguida, e então o desdém, que logo depois introduziu o ódio dela pela criatura que lhe havia causado tantos pruridos. Esses inimigos de Joseph, tão logo tomaram posse da mente dela, insinuaram-lhe mil coisas em seu desmérito; tudo, salvo a aversão por ela – uma ideia que, como lhe teria sido intolerável, reprimiu no momento mesmo em que ela tentava emergir. A vingança veio então assisti-la, e ela refletiu em como o demitira, desvestido e sem referências, com o maior dos prazeres. Esbaldou-se com os vários tipos de miséria que, como a imaginação lhe sugeria, podiam ter sido sua sina; e, com um sorriso composto de raiva, alegria e escárnio, contemplou-o nos trapos em que sua fantasia o vestia.

A sr.ª Slipslop, sendo chamada, foi ter com a patroa, que já havia no próprio entender aplacado totalmente essa paixão. Enquanto se vestia, esta perguntou se aquele sujeito havia sido dispensado de acordo com suas ordens. Slipslop respondeu que já tinha dito a sua senhoria que sim (como de fato havia feito). – E como ele se comportou? – replicou a dama. – Francamente, senhora – exclamou Slipslop –, de um tal jeito que *infectava* todo mundo que o via. O pobre moço só tinha um salarinho a receber, pois sempre dava ao pai e à mãe metade de sua renda; de tal modo que, quando a libré de sua senhoria lhe foi tirada, ele não tinha com que comprar um casaco, e teria saído pelado se um dos lacaios não lhe tivesse *previdenciado* um; e, enquanto estava só de camiseta (e palavra que fazia uma figura *amorável*), ao ouvir dizer que sua senhoria não lhe daria referências, ele suspirou, e disse que não tinha feito nada na intenção de ofender; que, de sua parte, ele sempre daria boas referências da senhora aonde quer que fosse; e rogou a Deus que a abençoasse, pois sua senhoria era a melhor das mulheres, embora seus inimigos a tivessem virado contra ele. Queria que a senhora não o tivesse mandado embora, pois creio que não possui um criado mais fiel nesta casa. – Por que foi então – retorquiu a dama – que você me aconselhou a mandá-lo embora? – Eu, senhora! – disse Slipslop. – Com certeza me fará a justiça de reconhecer que eu fiz quanto esteve em meu poder para impedi-lo; mas vi que sua senhoria estava enfezada, e não é da conta da gente, altos criados, *entreferir* nessas horas. – Então não foi você, viloa atrevida – gritou a dama –, quem me enfezou? Não foi o seu diz-que-diz-que, em que suponho você desmereceu o pobre rapaz, que me inflamou contra ele? Ele pode agradecer-lhe por tudo o que aconteceu; e eu também, pela perda de um bom criado, e um criado que tinha provavelmente mais mérito do que todos vocês. Pobre rapaz! Estou tocada por sua bondade com os pais. Por que não me falou disso, e permitiu-me dispensar tão boa criatura sem referências? Vejo agora a razão de toda a sua conduta, como também de sua queixa: estava com ciúmes das moças. – Eu, com ciúmes! – disse Slipslop. – Garanto à senhora que me considero acima dele; não sou petisco para lacaio, espero. – Essas palavras lançaram a dama numa fúria violenta, e ela expulsou de sua presença Slipslop, que partiu torcendo o nariz e gritando: – Ora vamos! Tem gente com mais ciúmes do que eu, acredito. – A dama fingiu não ouvir as palavras, embora na verdade as ouvisse, e também entendesse. Seguiu-se então um segundo conflito, tão parecido com o primeiro que poderia saber a repetição relatá-lo em detalhes. Talvez baste dizer que Lady Booby encontrou boas razões para duvidar que houvesse superado sua paixão tão absolutamente como se vangloriava de ter feito; e, para consegui-lo de fato, tomou a resolução mais comum do que prudente de se recolher imediatamente ao campo. O leitor já há muito testemunhou a chegada da sr.ª Slipslop, da qual nenhum atrevimento poderia convencer a patroa a desfazer-se; em seguida, a do sr. Pounce e seus predecessores; e, por fim, a da própria dama.

Como o dia após sua chegada fosse domingo, ela foi à igreja, para a grande surpresa de todos, que se admiravam de ver ali sua senhoria, que não era uma devota muito assídua, tão subitamente após sua viagem. Joseph estava igualmente lá, e eu ouvi terem notado que ela firmara os olhos muito mais nele que no pastor; mas isso acredito que não passe de um rumor malicioso. Quando as preces se encerraram, o sr. Adams se pôs de pé e, com uma voz sonora, pronunciou: – Publico aqui os proclamas de casamento entre Joseph Andrews e Frances Goodwill, ambos desta paróquia &c. – Se isso teve ou não algum efeito sobre Lady Booby, que estava então em seu banco, que a congregação não podia ver, nunca pude descobrir. Mas é certo que, em cerca de um quarto de hora, ela se levantou e direcionou os olhos para aquela parte da igreja onde se sentavam as mulheres, e continuou a olhar nessa direção pelo restante do sermão, de tão penetrante maneira e com tão agastado semblante que a maioria das mulheres temeu que estivesse ofendida com elas.

Adams no púlpito, por Norman Tealby

No momento em que chegou em casa, convocou Slipslop a seu quarto e disse que queria saber o que aquele sujeito impudente do Joseph fazia naquela paróquia. E então Slipslop fez um relato de como encontrara Adams com ele na estrada, e igualmente da aventura com Fanny, no decorrer do qual a dama mudou amiúde de expressão; e, assim que ouviu tudo, mandou chamar Adams a sua presença, com o qual se portou como o leitor verá no capítulo seguinte.

CAPÍTULO II

UM DIÁLOGO ENTRE O SR. ABRAHAM ADAMS E LADY BOOBY.

O senhor Adams não se achava muito longe, pois estava brindando à saúde de sua senhora no térreo, com um copo de sua cerveja. Ele nem bem apareceu diante dela, e ela principiou da seguinte maneira: – Admira-me, senhor, que após as muitas e grandes obrigações que teve para com esta família – de todas as quais o leitor, ao longo desta história, já foi minuciosamente informado – o senhor ingratamente demonstre algum respeito por um sujeito que foi dela expulso por suas malfeitorias. Tampouco condiz, posso afirmar-lhe, com um homem de seu caráter perambular pelo campo com um vagabundo e uma rapariga. É verdade que, no que toca à moça, nunca ouvi nada de mau. Slipslop me disse que ela foi outrora educada em minha casa e se portava como cumpria, até que se abobou por esse sujeito, e ele a pôs a perder. De resto, ela pode até se sair bem, se ele a deixar em paz. O senhor, portanto, está fazendo uma coisa monstruosa ao se empenhar em promover um consórcio entre esses dois, que redundará na ruína de ambos! – Senhora – disse Adams –, se sua senhoria dignar-se a ouvir-me, asseguro-lhe que nunca ouvi nada de mau sobre Joseph Andrews; se o tivesse, eu o corrigiria por isso, pois nunca incentivei, e nem incentivarei, as faltas daqueles sob minha cura. Quanto à moça, asseguro-lhe que tenho dela uma opinião tão boa como poderiam ter sua senhoria ou qualquer outro. É a mais doce, mais honesta e mais digna jovem criatura; aliás, quanto a sua beleza, não a elogio por conta disso, embora todos os homens concedam que ela é a mais bonita mulher, quer fina, quer simples, que jamais apareceu na paróquia. – O senhor é bem impertinente – disse ela –, para vir dizer-me tais maçadas. Cai mesmo muito bem num clérigo ficar-se ocupando de mulheres bonitas, e o senhor é um fino juiz de beleza, sem dúvida. Um homem que passou a vida inteira numa paróquia destas é um raro juiz de beleza! Ridículo! Beleza, ora essa – uma campônia uma beleza?! Vou ter enjoos sempre que ouvir falar de beleza de novo. E agora essa rapariga vai abastecer a paróquia de belezuras, espero. Mas, meu caro, nossos pobres já são numerosos o bastante; não quero outros vagabundos assentados aqui. – Senhora – disse Adams –, sua senhoria está ofendida comigo, e afirmo que sem nenhuma razão. Esse casal desejava se unir há muito tempo, e eu os dissuadi disso; mais ainda, posso arriscar-me a dizer que fui a única causa de eles o terem postergado. – Ora – disse ela –, e o senhor agiu mui sábia e honestamente também, muito embora ela seja a maior beleza da paróquia. – E agora, senhora – continuou ele –, só estou exercendo meu ofício junto ao sr. Joseph. – Faça o favor de não me senhorear tais tipos – exclamou a dama. – Ele – disse o pastor –, com o consentimento de Fanny, e diante de mim, deu entrada nos proclamas. – Pois é – respondeu a dama –, parece que a vadia é bem oferecida; Slipslop me contou que cabeça ela tem pelos homens; é uma de suas belezas, suponho. Mas se eles deram entrada nos proclamas, eu lhe peço que já não os publique sem minhas ordens. – Senhora! – exclamou Adams. – Se alguém registrar uma queixa suficiente e citar uma razão apropriada contra eles, estarei disposto a voltar atrás. – Eu lhe darei uma razão – disse ela. – Ele é um vagabundo, e não há de se assentar aqui para trazer um ninho de mendigos à paróquia; pouco nos compensará que eles sejam belezas. – Senhora – respondeu Adams –, com a maior submissão a sua senhoria, fui informado por Scout, o advogado, que qualquer pessoa que servir por um ano ganha o assentamento na paróquia onde serve. – Scout, o advogado – replicou a dama –, é um palerma impudente; não admito que nenhum Scout advogado se meta comigo. Repito-lhe uma vez mais que não quero novos estorvos nas nossas costas: por isso requeiro que o senhor não vá mais além. – Senhora – volveu Adams –, eu a obedeceria em tudo o que é da lei; mas é certo que os cônjuges serem pobres não é razão contra seu casamento. D*** proíba que jamais haja tal lei! Os pobres já têm um quinhão assaz pequeno neste mundo; seria mesmo uma barbaridade negar-lhes os privilégios comuns e os deleites inocentes que a natureza concede à criação animal. – Já que o senhor não tem suficiente juízo – troou a dama –, e tampouco o respeito devido por gente da sua laia a uma mulher de minha distinção, para não afrontar-me os ouvidos com tal discurso lascivo, só direi mais uma palavrinha: minhas ordens para o senhor são de que já não publique esses proclamas; e, se se atrever a isso, recomendarei a seu mestre, o doutor, que o descarte de seu serviço. Isso eu farei, senhor, não obstante sua família pobre; e então o senhor e a maior beleza da paróquia podem sair e mendigar juntos. – Senhora – respondeu Adams –, eu não sei o que sua senhoria entende pelos termos *mestre* e *serviço*. Eu me acho a serviço de um mestre que jamais me descartará por cumprir o meu dever. E se o doutor (pois é verdade que nunca pude pagar por uma licença) houver por bem me dispensar de meu curato, D*** espero há de prover-me um outro. Pelo menos minha família, como eu também, temos mãos, e Ele favorecerá, não duvido, nossos esforços por ganhar o pão honestamente com elas. Enquanto minha consciência estiver pura, nunca temerei o que o homem possa fazer-me. – Maldigo minha humildade – disse a dama – por rebaixar-me a conversar com o senhor por tanto tempo. Tomarei outras medidas, pois vejo que é um cúmplice deles. Mas quanto antes o senhor me deixar, melhor; e eu darei ordens para que minhas portas já não lhe estejam abertas; não vou tolerar pastores que perambulam com belezuras sendo entretidos aqui. – Senhora – disse Adams –, não entrarei pela porta de ninguém a seu mau grado. Mas tenho certeza de que assim que a senhora se inteirar melhor deste assunto, irá aplaudir e não censurar meus procedimentos; e assim humildemente me despeço – o que ele fez com muitas mesuras, ou ao menos muitas tentativas de mesurar.

CAPÍTULO III

O QUE SE PASSOU ENTRE A DAMA E SCOUT, O ADVOGADO.

Naquela tarde a dama mandou chamar o sr. Scout, a quem atacou mui violentamente por se meter com seus criados, coisa que ele negou, e aliás com toda a razão, pois só asseverara acidental e quiçá corretamente que um ano de serviço valia o assentamento; e até aí ele reconhecia que poderia ter outrora informado o pastor, e acreditava ser essa a lei. – Estou decidida – disse a dama – a não ter ex-criados meus assentados aqui; e por isso, se for essa a sua lei, vou mandar que chamem outro advogado. – Scout disse que, ainda que ela mandasse chamar cem advogados, nem um nem todos eles poderiam alterar a lei. O máximo que estava no poder de um advogado era impedir que a lei tivesse efeito; e isso ele mesmo poderia fazer por sua senhoria, tão bem como qualquer outro. – E acredito, senhora – disse ele –, que sua senhoria, não sendo experimentada nestas coisas, deixou passar uma distinção. Pois eu só afirmei que um homem que servisse um ano estaria assentado. Agora, há uma diferença material entre estar assentado de direito e assentado de fato; e, como afirmei de modo geral que ele estaria assentado, e o direito é preferível ao fato, meu assentamento deve ser entendido como de direito, e não de fato! E suponha, senhora, que admitamos que ele estivesse assentado de direito: que uso fariam eles disso, e que tem isso a ver com os fatos? Ele não está assentado de fato; e, se não está assentado de fato, não é um habitante; e, se não é habitante, não é desta paróquia; e então não há dúvida de que não devia ser publicado aqui; pois o sr. Adams já me participou o desejo de sua senhoria, e a razão, que é muito boa: impedir que sejamos onerados com os pobres, que já temos de sobra; e eu acho que devíamos ter um decreto para enforcar ou deportar metade. Se pudermos provar, com evidências, que ele não está assentado de fato, o negócio é outro. O que eu disse ao sr. Adams era em se supondo que ele estivesse assentado de fato; e, com efeito, fosse esse o caso, e eu teria minhas dúvidas. – Não me venha com seus *fatos* e seus *ses* – disse a dama; – eu não entendo o seu palavrório. O senhor presume demais, e é muito impertinente se pretende mandar nesta paróquia; e vai ter sua lição, fique sabendo, e como vai! Mas, no que toca à moça, estou resolvida a que ela não se assente aqui; não vou tolerar que belezas desse jaez produzam filhos para cuidarmos. – Belezas, ora essa! Sua senhoria se compraz em fazer troça – respondeu Scout. – O sr. Adams descreveu-a assim para mim – disse a dama. – Diga-me, que espécie de mocreia ela é, sr. Scout? – É quase que a mais feia criatura que jamais vi; uma pobre findinga imunda, sua senhoria nunca viu um bagaço assim. – Ora bem, meu querido sr. Scout, seja ela o que for, essas feiosas acabam tendo filhos, o senhor sabe; por isso precisamos impedir o casamento. – É verdade, senhora – replicou Scout –, pois se o subsequente casamento cooperar com o direito, fará do direito fato. Quando um homem se casa, ele se assenta de fato, e então já não é removível. Verei o sr. Adams, e não tenho dúvidas de que o convencerei. Sua única objeção é decerto que perderá seus honorários, mas, uma vez acertado isso, como o será, confio em que não restarão outras objeções. Não, não, é impossível; mas sua senhoria não pode condenar-lhe a indisposição em abrir mão dos honorários. Todo homem deve dar o devido valor a sua paga. Quanto à causa em questão, se aprouver a sua senhoria empregar-me nela, aventuro-me a prometer-lhe sucesso. As leis desta terra não são tão vulgares que permitam que um qualquer litigue com alguém da fortuna da senhora. Temos um trunfo certo, que é levá-lo perante o juiz Frolick[1], o qual, só de ouvir o nome de sua senhoria, vai con-

1. "Galhofa." Quem será "levado", por sinal, é Joseph, e não Adams, de quem até aqui se falava. Em vários momentos Fielding faz transições súbitas similares.

dená-lo sem mais perguntas. Quanto à vadia imunda, nada teremos com ela; pois, se nos livrarmos do rapaz, essa feia bruaca vai... – Tome as medidas que quiser, meu bom sr. Scout – respondeu a dama –, mas eu gostaria que livrasse a paróquia de ambos, pois Slipslop me conta tais histórias dessa moça que abomino pensar nela; e, embora o senhor diga que ela é uma vadia tão feia, sabe bem, meu querido sr. Scout, que essas criaturas oferecidas que correm atrás dos homens sempre encontram alguns tão oferecidos como elas. Sendo assim, para evitar a proliferação dos mendigos, temos de nos livrar dela. – Sua senhoria tem muita razão – respondeu Scout –, mas temo que a lei seja um pouquinho deficiente em nos dar tal poder de prevenção; ainda assim, o juiz esticará a coisa o mais que puder para agradar a sua senhoria. Para dizer a verdade, é uma grande bênção para a região que ele esteja no cargo, pois já nos livrou de muitos pobretões que a lei nunca apanharia. Sei de juízes que relutam tanto em mandar um homem para Bridewell[2] quanto milorde das sessões provisórias em mandar que o enforquem; mas dá gosto ver sua excelência, o nosso juiz, despachar um camarada para Bridewell; ele tem tanto prazer na coisa! E, uma vez que o tranquemos lá, é raro ouvirmos falar dele de novo. Ou morre de fome ou é comido pelos bichos em um mês. – Nisso a chegada de um visitante pôs fim à conversa, e o sr. Scout, tendo aceitado a causa e prometido sucesso, despediu-se.

Esse Scout era um daqueles indivíduos que, sem nenhum conhecimento da lei, ou sem serem educados nela, têm o despejo, à revelia de um decreto do Parlamento, de atuar como advogados no interior, e assim são chamados. São as pragas da sociedade, e um escândalo para uma profissão à qual de fato não pertencem, e que deve a essa sorte de larápios a malquerença que as pessoas fracas lhe demonstram. Com esse sujeito, a quem pouco antes ela não teria condescendido em dirigir palavra, uma certa paixão por Joseph e o ciúme e desdém da pobre e inocente Fanny induziram Lady Booby a uma conversa íntima, em que ela inadvertidamente confirmou muitos palpites que Slipslop, de quem ele era galanteador, já lhe havia previamente participado; daí ele ter aproveitado a oportunidade de asseverar aquelas graves falsidades contra a pequena Fanny, que o leitor possivelmente não teria sido muito capaz de justificar se não tivéssemos julgado próprio comunicar-lhe esta informação.

2. Grande casa de correção para indigentes, com trabalho obrigatório. Até 1530, quando ainda era o Palácio de Bridewell, fora a residência de Henrique VIII.

CAPÍTULO IV

UM CAPÍTULO CURTO MAS REPLETO DE COISAS, PARTICULARMENTE A CHEGADA DO SR. BOOBY E SUA SENHORA.

Toda aquela noite e o dia seguinte Lady Booby passou na maior ansiedade; sua mente estava atormentada, e sua alma era agitada para cima e para baixo por muitas paixões turbulentas e opostas. Amava, odiava, deplorava, desdenhava, admirava e desprezava a mesma pessoa por turnos, que mudavam a intervalos muito breves. Na manhã de terça-feira, que calhou de ser feriado, foi à igreja, onde para sua surpresa o sr. Adams publicou os proclamas uma vez mais, com voz tão audível como antes. Sua sorte foi que, como não havia sermão, ela teve uma oportunidade imediata de voltar para casa e dar vazão a sua fúria, que não teria podido ocultar da congregação por cinco minutos; esta com efeito não era então muito numerosa, consistindo a assembleia de não mais do que Adams, seu sacristão, sua esposa, a dama e um de seus criados. Ao retornar, encontrou Slipslop, que a interpelou com estas palavras: – Ah, sinhá, o que é que sua senhoria acha? Palavra que o advogado Scout arrastou Joseph e Fanny até o juiz. A paróquia inteira anda às lágrimas e diz que eles com certeza serão enforcados; pois ninguém sabe de que se trata. – Suponho que o mereçam – disse a dama. – Por que vem falar-me de tais desgraçados? – Ó minha cara senhora – respondeu Slipslop –, não é uma pena que um jovem tão *desairoso* pereça de morte *virulenta*? Espero que o juiz tenha *comensuração* de sua juventude. Quanto a Fanny, não acho que importa muito o que se faça dela; e, se o pobre Joseph fez alguma coisa, posso jurar que ela o *traduziu* a isso. Poucos homens jamais sofrem punição *fragorosa* salvo por essas criaturas perdidas, que são um escândalo para o *nó sucesso*. – A dama não ficou mais satisfeita com a notícia, após um momento de reflexão, do que a própria Slipslop. Pois, embora quisesse Fanny o mais longe dali, não desejava a remoção de Joseph, especialmente com a outra. Via-se perplexa quanto a como agir ou o que dizer nessa ocasião, quando um coche de seis cavalos deu entrada no pátio e um criado anunciou-lhe a chegada de seu sobrinho Booby e senhora. Ela mandou que eles fossem conduzidos a uma sala de visitas, à qual logo depois se dirigiu, tendo recomposto suas feições tão bem como pôde e estando um pouquinho satisfeita pelo fato de que o casamento por tais meios seria ao menos interrompido, e de que teria a oportunidade de executar qualquer resolução que viesse a tomar, para o que se via munida de um excelente instrumento em Scout.

Lady Booby imaginava que seu criado havia cometido um erro ao mencionar a esposa do sr. Booby, pois nunca ouvira dizer que ele se casara. Mas qual não foi sua surpresa quando, ao entrar na sala, o sobrinho lhe apresentou a esposa, dizendo: – Senhora, esta é aquela encantadora Pamela de quem, estou convencido, a senhora tanto ouviu falar. – A dama a recebeu com mais civilidade do que ele esperava; a bem dizer, com a máxima, pois ela era perfeitamente polida e não possuía nenhum vício inconsistente com as boas maneiras. Eles passaram um tempinho conversando à toa, quando um criado entrou e cochichou algo ao sr. Booby, que logo em seguida comunicou às senhoras que precisaria deixá-las por uns momentos devido a assuntos de importância; e, como o discurso delas em sua ausência proporcionaria pouco engrandecimento ou diversão ao leitor, nós as deixaremos por enquanto e acompanhemos o sr. Booby.

CAPÍTULO V

CONCERNENTE A ASSUNTOS DE JUSTIÇA; CURIOSOS PRECEDENTES DE DEPOIMENTO, E OUTRAS QUESTÕES A SEREM EXAMINADAS POR TODOS OS JUÍZES DE PAZ E SEUS ESCREVENTES.

Tão logo o jovem fidalgo e sua senhora apearam do coche, os criados se puseram a inquirir do sr. Joseph, de quem diziam que sua patroa não ouvira uma palavra, para sua grande surpresa, desde que ele deixara a casa de Lady Booby. Feito o que, foram no mesmo instante informados do que recentemente se passara, coisa que correram a participar ao patrão, o qual tomou a resolução imediata de ir em pessoa tentar restituir o irmão a sua Pamela, antes mesmo que ela soubesse que o havia perdido.

O juiz perante o qual os criminosos tinham sido levados, e que vivia a menos de uma milha da casa da dama, era por sorte um conhecido do sr. Booby, em razão de ter uma quinta em sua vizinhança. Mandando, portanto, atrelar os cavalos a seu coche, este partiu para o local do julgamento, e chegou quando o juiz já quase encerrara seu negócio. Foi conduzido a um vestíbulo onde lhe deram a saber que sua excelência o atenderia num instante, pois só precisava antes disso condenar um homem e uma mulher a Bridewell. Estando assim convencido de que não tinha um minuto a perder, insistiu em que os criados o introduzissem diretamente na sala onde o juiz estava naquele momento executando seu ofício, como o chamava. Sendo levado até lá, e tendo os primeiros cumprimentos se passado entre o fidalgo e sua excelência, o primeiro perguntou ao último de que crime aqueles dois jovens eram culpados. – Nenhum grande crime – respondeu o juiz –, só os mandei para Bridewell por um mês. – Mas qual é o crime deles? – repetiu o fidalgo. – Furto, se me permite sua honra – disse Scout. – Sim – disse o juiz –, um tipo de coisa furtiva, traiçoeira. Acho que devia aplicar-lhes um corretivo, também, umas poucas chibatadas sem camisa. – A pobre Fanny, que até então suportara tudo graças à ideia da companhia de seu Joseph, tremeu diante desse som; mas na verdade sem razão, já que ninguém, salvo o diabo em pessoa, executaria nela uma tal sentença. – E todavia – disse o fidalgo – continuo ignorante do crime; refiro-me ao fato. – Ora, aqui está ele, no papel – respondeu o juiz, mostrando um depoimento que, na ausência de seu escrevente, ele próprio compusera, e do qual obtivemos com grande dificuldade uma cópia autêntica; aqui segue-se ele, *verbatim et literatim*:

O depoemento de James Scout, adevogado, e Thomas Trotter, sitiante, tomado perante eu, um dos joíses de pais de sua magestade em Zumersetshire.

Estes depoentes diz, e primeiro Thomas Trotter por si mesmo diz, que no dia *** deste presente outubro, sendo sábado, entre as 2 e 4 da tarde, ele vil Joseph Andrews e Francis Goodwill atraveçar um çerto campo pertençente ao adevogado Scout, e sair da trilha que crusa o dito campo, e ali ele vil Joseph Andrews com uma faca cortar um broto de aveleira, no valor que ele acredita que era de 3 meivintém, ou por essa casa aí; e ele diz que a dita Francis Goodwill estava igualzinho andando na grama fora da trilha do dito campo, e que recebeu e saiu levando na mão o dito broto, e que assim estava poiando, judando e sistindo lá o dito Joseph. E o dito James Scout, de sua parte, diz que acredita sim que o dito broto palavra que é mesmo o seu próprio broto &c.

– Jesus! – disse o fidalgo – o senhor condenaria duas pessoas a Bridewell por um broto? – Claro – disse o advogado –, e com grande clemência aliás; pois, se o tivéssemos chamado de árvore em botão, seriam os dois enforcados. – Escute – disse o juiz, puxando o fidalgo de lado –, eu não teria sido tão severo nesta ocasião, mas Lady Booby quer enxotá-los da paróquia; e por isso o advogado Scout dará ordens ao esbirro para deixar que fujam, se quiserem; mas parece que querem casar um com o outro, e a dama não tem outros meios, visto que estão legalmente assentados aqui, de impedir que virem um estorvo para a própria paróquia. – Bem – disse o fidalgo –, tomarei providências para que minha tia se satisfaça quanto a esse ponto; do mesmo modo, prometo-lhe que o Joseph aqui nunca será nenhum estorvo para ela. Ficarei grato ao senhor, portanto, se, em vez de a Bridewell, o senhor os confiar à minha custódia. – Ah, mas é claro, senhor, se o senhor o deseja – respondeu o juiz; e, sem mais delongas, Joseph e Fanny foram entregues ao fidalgo Booby, que Joseph conhecia muito bem, mas sem suspeitar quão intimamente aparentado estava com ele. O juiz queimou o *mittimus*. O esbirro teve ordens de ir cuidar da vida. O advogado não fez nenhuma queixa por falta de justiça; e os prisioneiros, com corações exultantes, renderam mil graças a sua honra o sr. Booby, que não pretendia que as obrigações deles para consigo cessassem aí; pois, tendo mandado seu criado buscar uma mala de roupas que havia trazido da casa de Lady Booby com essa finalidade, requisitou permissão ao juiz para acompanhar Joseph a um dos quartos; e ali, ordenando a seu criado que sacasse um jogo de suas próprias roupas, com peças de linho e outras necessidades, deixou Joseph a se vestir, o qual, não sabendo ainda a causa de toda essa cortesia, escusou-se de aceitar tal favor por tanto tempo quanto decentemente pôde. Enquanto Joseph se estava vestindo, o fidalgo foi ter com o juiz, que encontrou conversando com Fanny; pois durante o inquérito ela havia baixado o chapéu sobre os olhos, que também estavam banhados de lágrimas, e havia com isso ocultado de sua excelência o que poderia ter tornado a chegada do sr. Booby desnecessária, pelo menos no caso dela. O juiz nem bem viu-lhe os traços aclarados e os olhos brilhantes reluzindo por entre as lágrimas, e se amaldiçoou secretamente por ter sequer pensado em Bridewell para ela. Ele de bom grado enviaria sua esposa para lá, para ter Fanny em seu lugar. E, concebendo quase no mesmo instante desejos e esquemas para realizá-los, empregou os minutos em que o fidalgo esteve ausente com Joseph em asseverar quão sentido se achava por tê-la tratado tão rudemente antes de conhecer seu mérito; e disse-lhe que, já que Lady Booby se opunha a que ela se assentasse em sua paróquia, ela seria muito bem-vinda à dele, onde ele lhe prometia sua proteção, acrescentando que empregaria tanto Joseph como ela em sua própria casa, se ela quisesse; promessas estas que confirmou premindo-lhe a mão. Ela lhe agradeceu mui cortesmente e disse que comunicaria a Joseph a oferta, que ele certamente ficaria feliz em aceitar, já que Lady Booby estava agastada com os dois – embora ela não recordasse que algum deles tivesse feito alguma coisa para ofendê-la, imputando-o antes à senhora Slipslop, que sempre fora sua inimiga.

O fidalgo nesse momento retornou e impediu o prosseguimento dessa conversa; e o juiz, pretensamente por respeito ao visitante, mas na realidade por receios de um rival (pois nada sabia de seu casamento), enviou Fanny para a cozinha, à qual ela de bom grado se recolheu; tampouco o fidalgo, que não se deu o trabalho de explicar a coisa toda, se opôs.

Seria desnecessário, se eu pudesse, o que francamente não posso, relatar a conversa entre esses dois cavalheiros, que versou, segundo me informei, inteiramente sobre o assunto das corridas de cavalo. Joseph em pouco tempo se vestiu com as roupas mais simples que pôde encontrar, que eram um conjunto azul de casaca e bermuda com borda dourada e um colete vermelho também com ela; e, assim como essas roupas, que eram largas demais para o fidalgo, lhe serviram perfeitamente, também ele se lhes assentou tão bem e ficou tão elegante que ninguém duvidaria que elas condissessem tanto com sua posição como com sua forma, e nem suspeitaria, como era possível quando milorde ***, ou Sir *** ou o sr. *** apareciam em lacinhos ou bordados, que o criado do alfaiate fora para casa vestindo no corpo as roupas que deveria ter levado sob o braço.

O fidalgo nisso se despediu do juiz e, chamando Fanny, fez com que ela e Joseph, contra a vontade, entrassem com ele no coche, a que ordenou então seguir para a casa de Lady Booby. Este só avançara umas poucas jardas quando o fidalgo perguntou a Joseph se ele sabia quem era o homem que cruzava o descampado. – Pois – acrescentou – nunca antes vi alguém que desse tamanhas passadas. – Joseph respondeu vivamente: – Ah, senhor, é o pastor Adams! – Mas vejam só, é mesmo! – disse Fanny. – Coitado, está vindo fazer o que puder por nós. Ora, ele é a mais digna e mais bondosa das criaturas. – Sim – disse Joseph –, Deus o abençoe; pois não há outro assim no universo. – A melhor criatura vivente, sem dúvida – exclamou Fanny. – É mesmo? – perguntou o fidalgo. – Então estou resolvido a ter a melhor criatura vivente em meu coche –, e, dizendo isso, ordenou uma parada, enquanto Joseph, a seu pedido, gritava para o pastor, que, conhecendo bem sua voz, saiu na maior precipitação imaginável e veio logo ter com eles; foi convidado pelo dono, que mal podia conter o riso diante de sua figura, a subir ao coche, o que ele recusou com muitas graças, dizendo que podia caminhar a seu lado e garantindo que acompanharia seu ritmo; mas foi enfim persuadido a aceitar. O fidalgo em seguida participou seu casamento a Joseph; mas podia ter-se poupado esse trabalho, pois seu criado, enquanto Joseph se vestia, já lhe prestara esse serviço. Ele seguiu expressando a imensa felicidade que encontrara em sua irmã, e a estima que tinha por todos os que lhe pertenciam. Joseph fez muitas mesuras e proferiu igual número de obrigados; e o pastor Adams, que só então se deu conta da nova indumentária de Joseph, verteu lágrimas de alegria e entrou a esfregar as mãos e a estalar os dedos como se estivesse biruta.

Chegaram então à casa de Lady Booby, e o fidalgo, pedindo-lhes que aguardassem um momento no pátio, entrou para falar com a tia e, chamando-a de junto da esposa, participou-lhe a chegada de Joseph, dizendo: – Senhora, como tomei por esposa uma mulher virtuosa e digna, estou decidido a reconhecer seus parentes, e a demonstrar por todos o devido respeito; e eu próprio ficarei assim infinitamente grato a todos os meus que fizerem o mesmo. É verdade, o irmão dela foi seu criado, mas agora se tornou meu irmão; e tenho a felicidade de que nem seu caráter, nem sua conduta, nem sua aparência me dão razão alguma de envergonhar-me por chamá-lo assim. Para ser breve, ele está agora lá embaixo, vestido como um gentil-homem, e é nessa luz que eu pretendo que seja visto doravante; e a senhora me obsequiará inexprimivelmente se o admitir à nossa presença, pois sei que isso dará grande prazer a minha esposa, embora ela não o mencione.

Esse foi um golpe de sorte acima de quaisquer esperanças ou expectativas de Lady Booby; ela respondeu ansiosamente: – Sobrinho, você bem sabe quão facilmente sou persuadida a fazer o que quer que Joseph Andrews requeira... oops!, digo, que você requeira de mim; e, como ele é agora seu parente, não posso me recusar a recebê-lo como tal. – O fidalgo se declarou ciente de sua obrigação junto a ela por sua anuência, e, tendo dado três passos, voltou e lhe disse que tinha mais um favor a pedir, que acreditava ela facilmente lhe faria, como já lhe havia concedido o primeiro. – Há uma jovem... – Sobrinho – disse ela –, não deixe que minha boa natureza o induza, como é tão comumente o caso, a querer abusar de mim. Nem pense que, só porque acedi, com muita condescendência, em tolerar que seu cunhado se sente à minha mesa, eu vá me sujeitar à companhia de todos os meus criados e de todas as rameiras imundas da região. – Senhora – respondeu o fidalgo –, acredito que a senhora nunca tenha visto essa jovem criatura. Nunca contemplei tanta doçura e inocência aliadas a tamanha beleza, e ao mesmo tempo tão distintas. – Por minha alma, não a admitirei – respondeu a dama num acesso. – O mundo inteiro não me convencerá, eu ressinto o mero desejo como uma afronta, e... – O fidalgo, que lhe conhecia a inflexibilidade, interrompeu-a pedindo perdão e prometendo não mencionar mais o assunto. Retornou então a Joseph, e ela a Pamela. Ele puxou Joseph de lado e disse que o levaria até sua irmã, mas que não conseguira fazer o mesmo por Fanny. Joseph rogou-lhe que pudesse ver a irmã a sós, e então ficar com sua Fanny; mas o fidalgo, sabendo o prazer que sua esposa teria na companhia do irmão, não admitiu tal coisa, dizendo a Joseph que nenhum mal haveria em tão breve separação de Fanny, enquanto ele estivesse certo de sua segurança; acrescentando esperar que ele não abandonasse tão facilmente uma irmã a quem há tanto não via e que tão ternamente o amava. Joseph imediatamente acedeu; pois, com efeito, nenhum irmão poderia amar mais a uma irmã; e, confiando Fanny, a qual se alegrou por não ter de comparecer diante de Lady Booby, aos cuidados do sr. Adams, ele acompanhou o fidalgo escada acima, enquanto Fanny retornava com o pastor à casa deste, onde estava segura de uma gentil acolhida.

CAPÍTULO VI

DE QUE OS SENHORES NÃO PRECISAM LER MAIS DO QUE QUISEREM.

O encontro entre Joseph e Pamela não careceu de lágrimas de alegria de ambos os lados, e seus abraços se mostraram cheios de ternura e afeição. Foram todavia observados com muito mais prazer pelo sobrinho do que pela tia, para cujas chamas só eram combustível; e isso era agravado pelo adendo das roupas, a bem dizer desnecessárias para exaltar as vívidas cores com que a natureza vestira saúde, força, graça e juventude. À tarde Joseph, a pedidos, entreteve-os com o relato de suas aventuras, e Lady Booby não pôde ocultar seu desagrado nas partes que tocavam a Fanny, especialmente tendo o sr. Booby se desatado em tão arrebatados elogios a sua beleza. Ela disse, dirigindo-se à sobrinha, que se admirava de que seu sobrinho, que pretendia ter casado por amor, julgasse aquele um tema adequado com que entreter a esposa, acrescentando que de sua parte ficaria enciumada de um marido que falasse tão ardorosamente em louvor de outra mulher. Pamela respondeu achar que ela de fato tinha razão, mas que esse era um exemplo da aptidão do sr. Booby para ver mais beleza nas mulheres do que elas possuíam. A essas palavras ambas fixaram o olhar num par de espelhos, e Lady Booby replicou que os homens eram em geral péssimos juízes de beleza; e então, enquanto contemplavam tão-somente as próprias feições, ambas teceram elogios cruzados aos encantos da outra. Quando se aproximou a hora do repouso, que a dona da casa deferiu tanto quanto decentemente pôde, ela informou Joseph (que por diante chamaremos de sr. Joseph, tendo ele tanto direito a esse título como muitos outros – e refiro-me àquele inconteste das boas roupas) de que mandara providenciar-lhe uma cama; ele declinou desse favor até onde pôde, pois seu coração há muito que estava com Fanny; mas ela insistia em que ele o aceitasse, alegando que a paróquia não tinha acomodações próprias para uma pessoa como ele então devia estimar-se. Como o fidalgo e sua esposa se unissem a ela, o sr. Joseph foi por fim obrigado a renunciar a seu projeto de visitar Fanny àquela noite, a qual por seu turno o aguardou com igual impaciência até a meia-noite, quando, em consideração pela família do sr. Adams, que aguardara sentada por duas horas em respeito a ela, recolheu-se à cama, mas não para dormir: pensamentos de seu amor a acordavam seguidamente, e o não ter ele retornado como prometera a enchia de receios, aos quais entretanto ela não conseguia atribuir outra causa senão o mero fato de estar separada dele.

O sr. Joseph se levantou bem cedo pela manhã e foi visitar aquela em quem sua alma se deleitava. Bastou ouvir a voz dele no vestíbulo do pastor para que ela saltasse da cama e, vestindo-se em poucos minutos, descesse ao seu encontro. Passaram duas horas juntos em inexprimível felicidade, e então, tendo escolhido a segunda-feira, com a permissão do sr. Adams, para seu casamento, o sr. Joseph retornou, conforme sua promessa, para o desjejum na casa de Lady Booby, de cujo comportamento desde a véspera inteiraremos agora o leitor.

Nem bem se recolheu a seu quarto, ela perguntou a Slipslop o que esta achava da maravilhosa criatura que o sobrinho esposara. – Senhora? – disse Slipslop, não entendendo ainda suficientemente que resposta lhe devia dar. – Perguntei – replicou a dama – o que você acha da lambisgoia, ou minha sobrinha, como acho que devo chamá-la. – Slipslop, não precisando de novas deixas, começou a fazê-la em pedaços, e a desfigurou tão miseravelmente que teria sido impossível a quem quer que fosse reconhecer a pessoa. A dama lhe prestou toda a assistência que pôde, e concluiu dizendo: – Acho, Slipslop, que você lhe fez justiça; e no entanto, por pior que seja, ela é um anjo comparada com essa Fanny. – Slipslop então caiu sobre Fanny, que retalhou e estropiou da mesma maneira bárbara, concluindo com a observação de que sempre havia algo nessas criaturas de vida chã que as distinguiria eternamente de seus superiores. – Na verdade – disse a dama –, acho que há uma exceção para sua regra, e estou certa de que pode adivinhar a quem me refiro. – Eu não, senhora, palavra – disse Slipslop. – Refiro-me a um rapaz; mas você é mesmo a mais insossa das desgraçadas! – volveu a Dama. – Puxa vida, sou mesmo. É verdade, senhora, ele é uma *ascensão* – respondeu Slipslop. – Sim, não é mesmo, Slipslop? – volveu a dama. – Não é ele tão elegante que um príncipe pode, sem corar, reconhecê-lo por seu filho? Seu comportamento é tal que não faria vergonha à melhor educação. Ele toma de sua condição uma deferência em todas as coisas a seus superiores, mas sem aquele servilismo mesquinho que é tido por boa conduta em tais pessoas. O que quer que ele faça não traz a menor marca do vil motivo do medo; antes denota visivelmente certo respeito e gratidão, e carrega consigo a confiança do amor. E há então suas virtudes; uma tal devoção aos pais, uma tão terna afeição pela irmã, uma tal integridade na amizade, tanta bravura, tamanha bondade que, se tivesse nascido gentil-homem, sua esposa teria possuído a mais inestimável benesse. – Não há dúvida, senhora – disse Slipslop. – Mas, sendo ele o que é – volveu a dama –, se tivesse mil outras boas qualidades, tornaria desprezível uma mulher da moda a mera suspeita de que pensa nele; sim, eu me desprezaria por tal pensamento. – Com certeza, madame – disse Slispslop. – E por que com certeza? – retrucou a dama. – Tu és sempre um eco da gente. Não é ele mais digno de afeição do que um sujo palhaço do campo, embora nascido em família antiga como o dilúvio? ou do que um libertino imprestável e ocioso, ou algum miúdo e moloide janota de qualidade? E todavia a estes devemos nos condenar a fim de evitar a censura do mundo; para evitar o menoscabo alheio, devemo-nos aliar àqueles que desprezamos; devemos preferir nascimento, título e fortuna ao verdadeiro mérito. É uma tirania dos costumes, uma tirania com que devemos compactuar, já que nós, gente da moda, somos escravos dos costumes. – Deixe lá disso! – disse Slipslop, que agora bem sabia que partido tomar. – Se eu fosse uma mulher da fortuna e qualidade de sua senhoria, não seria escrava de ninguém. – Eu?! – disse a dama. – O que estou dizendo é que, se uma jovem mulher da moda, que não tenha visto nada do mundo, calhasse de gostar de um sujeito desses... Eu, palavra! Espero que não imagines... – Não, senhora, pode estar certa. – Não! Não o quê? – berrou a dama. – Estás sempre pronta a responder antes de teres ouvido. Eu até admito que ele é um sujeito charmoso. Mas eu, francamente! Não, Slipslop, toda ideia de homens se acabou comigo. Perdi um marido que... mas se parar para refletir acabo doida. Minha paz futura vai depender do esquecimento. Slipslop, deixe-me ouvir um pouco de suas tontices para distrair minhas ideias. O que achas do sr. Andrews? – Ora, eu acho – disse Slipslop – que ele é o mais esbelto e mais distintíssimo homem que nunca vi; e, se eu fosse uma dama do mais alto grau, nem dava bola para certa gente. Sua senhoria pode falar de costumes se quiser; mas eu tenho *convenção* de que não há comparação entre o jovem sr. Andrews e a maioria dos jovens gentis-homens que aparecem na casa de sua senhoria em Londres; uma cambada de frajolas metediços. Eu antes me casava com o nosso velho pastor Adams. Pouco se me dá o que as pessoas digam, enquanto eu estiver feliz nos braços de quem amo. Certa gente fala mal da gente porque a gente tem o que certa gente bem que queria. – E com isso – atalhou a dama –, se você fosse uma mulher de condição, ia mesmo se casar com o sr. Andrews? – Sim, dou fé a sua senhoria – replicou Slipslop –, se ele me aceitasse. – Pateta, idiota – exclamou a dama –, se ele aceitasse uma mulher da moda? E há alguma dúvida? – Na verdade não, senhora – disse Slipslop –, acho que não haveria nenhuma, se Fanny estivesse fora do caminho; e tenho *convenção* de que, se eu estivesse no lugar de sua senhoria e gostasse do sr. Joseph Andrews, ela não ficava um instante na paróquia. Com certeza o advogado Scout a faria arrumar a mala se a senhora dissesse uma palavra. – Este último discurso de Slipslop provocou uma tempestade na mente da patroa. Ela temia que Scout a tivesse traído, ou antes que houvesse traído a si mesma. Após certo silêncio e uma dupla mudança de compleição, primeiro para o pálido e então para o rubro, ela falou assim: – Estou pasma com a liberdade que você dá a essa língua. Pretende insinuar que empreguei Scout contra essa rapariga por causa do rapaz? – Olá, madame – disse Slipslop, transida de medo –, eu, *assassinar* tal coisa! – Acho que não ousaria – respondeu a dama. – Creio que minha conduta desafiaria a própria malícia a proferir tão maldita calúnia. Vá lá se eu tivesse demonstrado alguma devassidão, alguma leviandade em minha conduta; se tivesse seguido o exemplo de algumas que tu, como creio, já viste, em tomar liberdades indecentes mesmo tendo marido; mas o querido homem partido – aqui ela começou a soluçar –, se vivesse de novo – então verteu lágrimas –, não me poderia exprobrar um único ato de ternura ou paixão. Não, Slipslop, por todo o tempo que coabitei com ele, nunca obteve de mim um beijo que fosse sem que eu expressasse relutância em concedê-lo. Estou certa de que ele próprio nunca suspeitou quanto eu o amava. Desde sua morte, como tu sabes, embora faça quase seis semanas[3] (só faltando um dia), não admiti um só visitante, até chegar esse coió do meu sobrinho. Confinei-me praticamente a um único grupo de amigas. E pode uma conduta como essa temer ser malsinada? Ser acusada não apenas de uma paixão que sempre desprezei, mas de fixá-la em tal objeto, numa criatura tão abaixo de minha atenção! – Dou minha palavra, senhora – disse Slipslop –, em como não entendo sua senhoria, nem sei coisa nenhuma desse assunto. – Acredito mesmo que não me entendas. Essas são delicadezas que só existem nas mentes superiores; noções rudimentares como tens não podem compreendê-las. És uma criatura vil, da ninhada dos Andrews, um réptil de ordem rasteira, uma erva que cresce no jardim comum da criação. – Garanto a sua senhoria – disse Slipslop, cujas paixões eram de ordem quase tão subida quanto as da patroa – que não tenho mais a ver com esse Jardim Comum[4] do que as outras gentes. Francamente, a senhora fala dos criados como se não fossem nascidos da *espesse* cristã. Criados têm carne e sangue, como

3. Na verdade três.
4. Slipslop está pensando em Covent Garden e seus bordéis.

também qualidade; e o próprio sr. Andrews é uma prova de que os têm tão bons, ou até melhores. E, de minha parte, não me parece que os meus moções[5] sejam mais rudimentares do que os das outras pessoas; e tenho certeza de que se o sr. Andrews fosse meu moção, eu não ia me envergonhar dele na companhia de gentis-homens, pois quem quer que o tenha visto em suas roupas novas deve confessar que ele parece tanto um gentil-homem como qualquer outro. Rudimentar, diz a senhora! Não aguento ver o coitado sendo achincalhado, pois posso afirmar que nunca o ouvi dizer uma palavra ruim de quem quer que seja na vida. Estou certa de que a rudimenteza não está em seu coração, pois ele é o homem de melhor natureza no mundo; e, quanto a sua pele, não é mais rudimentar do que a de outras pessoas, disso estou certa. Seu peito, quando menino, era tão branco como a neve espraiada; e, onde não está recoberto de pelos, continua sendo. Palavra! Se eu fosse a sr.ª Andrews, com cem libras por ano, não ia invejar a melhor dona com uma cabeça nos ombros. Uma mulher que não for feliz com um homem desses não há de sê-lo nunca; pois se ele não puder fazer uma mulher feliz, ainda não vi o homem que possa. Digo uma vez mais que eu bem quisera ser uma grande dama por causa dele; acho que assim que o tivesse feito um gentil-homem, ele se comportaria de tal modo que ninguém *sensoraria* o que fiz; e acho que poucos se arriscariam a dizer que ele não é um gentil-homem na sua cara, e nem na minha. – E com tais palavras, apanhando as velas, perguntou à patroa, que já estava há algum tempo na cama, se ela tinha outras ordens; esta respondeu brandamente que não tinha nenhuma, e, dizendo-lhe que ela era uma criatura cômica, desejou-lhe boa noite.

CAPÍTULO VII

REFLEXÕES FILOSÓFICAS, TAIS COMO NÃO SE HÃO DE ACHAR NAS VÁPIDAS ESTÓRIAS ROMANESCAS FRANCESAS. O GRAVE CONSELHO DO SR. BOOBY A JOSEPH, E O ENCONTRO DE FANNY COM UM GALANTEADOR.

O hábito, meu bom leitor, tem tão vasta prevalência sobre a mente humana que mal se pode dizer algo de demasiado estranho ou forte a respeito dele. A estória

5. Provavelmente "noções". [Nota de Fielding.]

do avaro que, de há muito acostumado a tapear os outros, acabou por fim tapeando a si mesmo, e, com grande deleite e triunfo, pilhou um guinéu do próprio bolso para levá-lo a seu pecúlio, não é impossível nem improvável. A mesma coisa se dá com os praticantes do logro, que, de tanto enganar seus conhecidos, obtêm por fim o poder de enganar a si mesmos, e passam a ter a mesma opinião (embora falsa) de suas habilidades, excelências e virtudes que procuraram talvez por anos incutir a seus vizinhos. Agora, leitor, para aplicar esta observação a meu presente propósito, tu deves saber que, como a paixão em geral chamada amor exercita a maior parte dos talentos do mundo feminil ou belo, este nisso por vezes revela uma certa inclinação ao logro; e não te irritarás por isso com as belas criaturas se considerares que à idade de sete, ou por vezes antes, a senhorita aprende da mãe que o morgado é um tipo monstruosíssimo de animal, que, se ela permitir que chegue muito perto, infalivelmente a devorará e fará em pedaços; que, longe de beijá-lo ou brincar com ele de moto próprio, ela não deve admitir que ele a beije ou com ela brinque; e, por fim, que ela não deve nunca ter por ele o menor afeto, pois, se o tiver, todas as suas amigas de anágua a terão por traidora, lhe apontarão o dedo e a correrão de sua sociedade. Essas impressões, uma vez recebidas, são inculcadas mais vasta e profundamente por suas mestras e companheiras, de modo que à idade de dez anos elas já contraíram tamanho medo e ojeriza ao monstro citado acima que, onde quer que o vejam, fogem dele como a lebre inocente foge do galgo. Por isso, até a idade de quatorze ou quinze, elas nutrem imensa antipatia pelo morgado; decidem, e frequentemente professam, que nunca terão nenhuma relação com ele, e nutrem doces esperanças de passar a vida fora de seu alcance, coisa de cuja possibilidade têm um exemplo tão visível em sua boa tia solteirona. Mas quando chegam a esse período, e já passaram o segundo climatérico[6], quando seu juízo, mais amadurecido, começa a enxergar um pouco mais longe e, à força de se verem quase diariamente no caminho do morgado, a perceber a grande dificuldade de se manter fora deste; e quando o notam contemplando-as com frequência, e por vezes também com grande anseio e seriedade (pois o monstro raramente toma conhecimento delas até essa idade), então elas começam a cuidar no perigo; e, como percebem que não podem evitá-lo facilmente, aquelas mais sábias resolvem garantir sua segurança por outros meios. Procuram, por todos os métodos que puderem inventar, fazer-se tão agradáveis a seus olhos que ele não tenha a menor inclinação

6. A astrologia grega dividia a vida em fases de sete anos, e a transição de uma fase para a outra era considerada um climatérico, ou "degrau"; o segundo climatérico, assim, vinha com os quatorze anos.

de feri-las, no que em geral se saem tão bem que os olhos dele, pelo frequente langor, logo lhes abranda a ideia de sua ferocidade, e a tal ponto lhes abate os temores que elas se aventuram a dirigir-lhe a palavra; e quando o percebem tão diferente de como ele fora descrito, toda a gentileza, brandura, cortesia, ternura e meiguice, com suas terríveis apreensões, desaparecem num instante; e então (sendo usual a mente humana saltar de um extremo ao oposto, tão fácil e quase tão subitamente quanto um pássaro de um galho a outro), o amor logo sucede ao medo. Mas, assim como ocorre de pessoas apavoradas na infância com certas não-pessoas chamadas fantasmas preservarem o medo desses seres mesmo depois de se convencerem de que não existem tais coisas, outrossim essas jovens, embora já não receiem a devoração, não conseguem desvencilhar-se totalmente de tudo o que lhes fora instilado; ainda preservam a ideia daquela censura que foi tão firmemente impressa em suas mentes tenras, para a qual as declarações de ojeriza que todos os dias ouvem de suas companheiras em muito contribuem. Evitar essa censura torna-se portanto seu único cuidado, e para esse fim elas ainda simulam a mesma aversão ao monstro. E, quanto mais o amam, mais ardentemente fingem antipatia. E com a contínua e constante prática desse engano em outrem, acabam enganando a si mesmas, e creem realmente detestar aquilo que amam. E assim, com efeito, ocorreu com Lady Booby, que amava Joseph muito antes de sabê-lo, e agora amava-o muito mais do que suspeitava. E o fato é que, desde o momento em que a irmã dele chegara na condição de sua sobrinha, e desde o instante em que o vira nos trajes e no caráter de um gentil-homem, ela começara a conceber secretamente um desígnio que o amor lhe ocultara, até que um sonho lho revelou.

Ela nem bem se levantara e mandou chamar o sobrinho; quando este apareceu, após muitos cumprimentos por sua escolha, ela disse que ele podia notar, por sua anuência em admitir à mesa o próprio criado, que ela considerava a família Andrews como parentela dele e aliás sua; que, já que ele se unira a tal família, competia-lhe empenhar-se por todos os métodos em elevá-la o máximo possível; e, por fim, aconselhou-o a usar de toda a sua arte para dissuadir Joseph do tencionado consórcio, que aumentaria ainda mais o parentesco deles com a mesquinhez e a pobreza; concluindo que, com uma comissão no exército ou algum outro emprego distinto, ele poderia logo pôr o jovem sr. Andrews num patamar de gentil-homem; e, uma vez feito isso, os conseguimentos deste último poderiam rapidamente angariar-lhe uma aliança que não redundaria no descrédito deles.

Seu sobrinho abraçou com entusiasmo essa proposta e, encontrando o sr. Joseph com sua esposa ao regressar ao quarto dela, principiou imediatamente nestes termos: – Meu amor a minha querida Pamela, irmão, se estenderá a todos os parentes dela; tampouco eu lhes mostrarei menos respeito do que se houvesse me unido à família de um duque. Espero já ter-lhe dado os primeiros testemunhos disso, e continuarei a dar outros diariamente. Você há portanto de perdoar-me, irmão, se minha preocupação com seus interesses me leva a mencionar o que talvez lhe seja desagradável ouvir. Mas devo insistir em que, se você dá algum valor a minha amizade ou aliança, declinará de toda ideia de seguir comprometido com uma garota que, sendo você meu parente, lhe está tão abaixo. Sei que pode haver a princípio certa dificuldade em sua aquiescência, mas ela diminuirá a cada dia; e você por fim me agradecerá sinceramente por meu conselho. Reconheço, claro, que a moça é bonita. Mas a beleza, sozinha, é um ingrediente pobre, e só renderá um casamento incômodo. – Senhor – disse Joseph –, asseguro-lhe que a beleza dela é sua menor perfeição; tampouco sei de alguma virtude que essa jovem criatura não possua. – Quanto a suas virtudes – respondeu o sr. Booby –, você só pode ser delas um fraco juiz. Mas, por muitas que ela tenha, você encontrará sua igual nestas últimas em meio a mulheres superiores em nascimento e fortuna, que agora lhe cumpre estimar em seu próprio nível; ao menos cuidarei para que elas logo o sejam, a menos que você me impeça degradando-se com uma união desse tipo, uma união em que mal tenho paciência para pensar, e que partiria o coração de seus pais, que agora se regozijam com a expectativa de vê-lo fazer figura no mundo. – Não estou sabendo – replicou Joseph – que meus pais tenham algum poder sobre minhas inclinações; nem sou obrigado a sacrificar minha felicidade ao capricho ou ambição deles. De resto, muito me doeria ver que a inesperada promoção de minha irmã lhes inspirou tão subitamente esse orgulho perverso, e os fez desprezar seus iguais. Estou resolvido a de modo algum deixar minha querida Fanny; não, ainda que fosse capaz de elevá-la tão acima de sua condição presente quanto o senhor elevou minha irmã. – Sua irmã, como eu também – disse Booby –, somos-lhe muito gratos pela comparação. Mas, senhor, ela não merece ser comparada em beleza a minha Pamela, e tampouco tem metade de seu mérito. E além disso, meu caro, como o senhor civilmente me atira às faces meu casamento com sua irmã, devo ensinar-lhe a imensa diferença que há entre nós: minha fortuna permitiu que eu me comprazesse; e teria sido uma insensatez tão excessiva de minha parte tê-lo omitido como será da sua fazê-lo. – Minha fortuna me permite comprazer-me do mesmo modo – disse Joseph –, pois todo meu prazer está centrado em Fanny, e enquanto eu tiver saúde serei capaz de sustentá-la, com meu trabalho, na condição para a qual ela nasceu, e com a qual está contente. – Irmão – disse Pamela –, o sr. Booby o aconselha como amigo; e, sem dúvida, meu papai e mamãe serão de sua opinião, e terão muita razão em se agastar com você por destruir o que a bondade dele erigiu e derrubar nossa família uma vez mais depois que ele a elevou. Melhor lhe assentaria, meu irmão, rogar o auxílio da graça contra tal paixão do que dar-lhe largas. – Francamente, irmã, você não fala a sério; estou certo de que ela é no mínimo sua igual! – Ela era minha igual – respondeu Pamela –, mas eu já não sou Pamela Andrews; agora sou a esposa deste gentil-homem, e como tal estou acima dela. Espero nunca agir com descabido orgulho, mas ao mesmo tempo sempre procurarei conhecer a mim mesma, e não questionar a assistência da graça para esse fim. – Foram então chamados para o desjejum, e com isso encerraram a conversa pelo momento, para a escassa satisfação de qualquer das partes.

Fanny por essa altura estava passeando numa avenida a alguma distância da casa, onde Joseph prometera aproveitar a primeira oportunidade para encontrá-la. Ela não tinha um xelim no mundo, e subsistira desde seu retorno inteiramente pela caridade do pastor Adams. Um jovem gentil-homem acompanhado de muitos criados veio ter com ela e perguntou se aquela logo à frente não era a casa de Lady Booby. Isso na verdade ele já sabia, mas tramara a pergunta com o único propósito de fazê-la olhar para cima e descobrir se seu rosto correspondia à delicadeza de suas formas. Ele nem bem o viu e foi tomado de assombro. Deteve o cavalo e jurou que ela era a mais linda criatura que ele jamais contemplara. Então, apeando no mesmo instante e confiando o cavalo ao criado, disparou meia dúzia de juras de que a beijaria; ao que ela a princípio se submeteu, rogando-lhe que não fosse rude. Mas ele não se satisfez com a delicadeza de um cumprimento, e nem mesmo com o mais rude ataque que pôde desferir contra seus lábios, mas apanhou-a nos braços e tentou beijar-lhe os seios, ao que ela, com todas as forças, resistiu, e, como nosso casquilho não era de raça hercúlea, com alguma dificuldade impediu. O jovem gentil-homem, ficando logo esbaforido com a luta, soltou-a e, remontando o cavalo, chamou a si um de seus criados, a quem deu ordens de ficar para trás com ela e fazer-lhe qualquer oferta que fosse para persuadi-la a voltar para casa com ele àquela noite, e de assegurar-lhe que ele a sustentaria. Ele então partiu com seus outros criados e chegou à casa da dama, de quem era um parente distante e a quem vinha fazer uma visita.

Esse homem de confiança, sendo empregado num ofício a que estava há muito habituado, cumpriu sua parte com toda a fidelidade e destreza imagináveis; mas foi a troco de nada. Ela se mostrou totalmente surda a suas ofertas, e as rejeitou com absoluto desdém. Por fim o alcoviteiro, que tinha talvez mais sangue quente nas veias do que seu patrão, começou a solicitar em seu próprio

Ele acorre em socorro dela, por Herbert Railton e E. J. Wheeler

nome; disse-lhe que, embora fosse um criado, era homem de alguma fortuna, de que a faria senhora – e isso sem nenhum insulto a sua virtude, pois que se casaria com ela. Ela respondeu que, se até mesmo seu patrão, ou o maior lorde do país, se oferecesse para esposá-la, ela o recusaria. Por fim, estando farto de intercessões e inflamado por encantos que teriam quase acendido uma chama no peito de um filósofo antigo ou de um teólogo moderno, ele atrelou o cavalo ao chão e atacou-a com muito mais força do que o cavalheiro havia exercido. A pobre Fanny não teria sido capaz de resistir por muito tempo a sua brutalidade, mas a deidade que preside ao amor casto despachou Joseph em seu auxílio. Mal surgiu em cena e a percebeu lutando com um homem, e ele, feito uma bala de canhão, ou um raio, ou alguma coisa mais rápida, se é que existe, correu ao encontro dela, e, chegando bem no momento em que o violador lhe arrancara o lenço do busto, e antes que seus lábios tocassem aquele assento de inocência e ventura, assestou-lhe tão viçosa pancada naquela parte do pescoço em que uma corda cairia com suma propriedade que o sujeito bamboleou e, percebendo que estava às voltas com algo mais áspero do que a pequena, tenra e trêmula mão de Fanny, deixou-a; então, dando meia volta, divisou seu rival, com fogo a irradiar-lhe dos olhos, pronto para assaltá-lo uma vez mais; e, de fato, antes que pudesse se defender direito ou retribuir o primeiro golpe, recebeu um segundo, que, se houvesse acertado a parte do estômago a que fora dirigido, teria sido provavelmente o último de que jamais precisaria; mas o violador, erguendo a mão, desviou o murro para cima em direção a sua boca, onde este desalojou três de seus dentes; e então, não concebendo nenhuma afeição extraordinária pela beleza pessoal de Joseph, nem se agradando em demasia desse método de saudação, reuniu toda a sua força e mirou um murro contra o peito de Joseph, que este aparou habilmente com um punho, de modo que ele perdeu a força inteiramente no ar. Em seguida o último, recuando de um passo, mandou o punho tão furiosamente contra o inimigo que, se este não o houvesse atalhado com a mão (pois era um pugilista de não pouca fama), tê-lo-ia estatelado no chão. Nisso o violador meditou outro golpe, que mirou contra aquela parte do peito onde o coração se aloja; Joseph não o aparou como antes, mas desviou-lhe o rumo de tal modo que ele acertou-o em cheio no nariz, mas com força abatida. Joseph então, investindo com punhos e pés ao mesmo tempo, lançou a cabeça tão destramente contra o estômago do violador que este sucumbiu feito uma massa sem vida no campo, onde ficou vários minutos sem respirar nem se mexer.

Quando viu seu Joseph levar um soco na cara, e o sangue escorrer-lhe em torrente, Fanny entrou a arrancar os cabelos e a invocar todo o poder humano e divino em sua assistência. Não ficou, porém, por muito tempo nessa aflição antes que Joseph, tendo suplantado seu inimigo, corresse até ela e a certificasse de que não estava ferido; ela no mesmo instante caiu de joelhos e agradeceu a D*** por ter feito de Joseph seu meio de resgate e ao mesmo tempo por ter evitado que ele se ferisse na tentativa. Ela se ofereceu, com seu lenço, para enxugar-lhe o sangue do rosto, mas ele, vendo que o rival tentava se pôr em pé, se voltou para o último e perguntou-lhe se tinha tido o bastante; ao que o outro respondeu que sim, pois achava que havia lutado com o próprio diabo, e não com um homem; e, desamarrando o cavalo, disse que não se teria metido com a moça se soubesse que ela estava tão bem provida.

Fanny suplicou então que Joseph retornasse com ela à casa do pastor Adams e prometesse que não mais a deixaria; estas eram propostas tão ao gosto de Joseph que, se as tivesse ouvido, ele lhes teria dado seu pronto consentimento. Mas a verdade é que os olhos eram nesse momento seu único sentido, pois o leitor talvez recorde que o violador arrancara o lenço do colo de Fanny, e com isso descortinara tal vista que Joseph declarou que todas as estátuas que jamais vira eram-lhe tão inferiores em beleza que ela estaria mais apta a converter um homem em estátua do que a ser imitada pelo maior mestre daquela arte. Essa modesta criatura, que nenhum calor de verão induziria a expor seus encantos ao impudico sol, modéstia a que eles talvez devessem sua inconcebível alvura, ficou vários minutos de colo exposto na presença de Joseph, antes que a apreensão por seus perigos e o horror por contemplar seu sangue lhe permitissem pensar uma única vez no que lhe dizia respeito; até que, por fim, quando a causa de suas preocupações desapareceu, a perplexidade pelo silêncio dele, juntamente com a constatação da fixidez de seus olhos, produziram na adorável donzela uma ideia que trouxe mais sangue às suas faces do que fluíra das narinas de Joseph. A tez nevada de seu colo comutou igualmente para escarlate no instante em que ela atou o lenço ao redor do pescoço. Joseph viu o constrangimento em que ela estava e imediatamente desviou os olhos de um objeto em cuja contemplação sentira o máximo deleite que os órgãos da visão poderiam transmitir-lhe à alma – tão grande era seu temor de ofendê-la, e tão verdadeiramente sua paixão por ela merecia o nobre nome de amor.

Fanny, tendo-se recobrado de seu embaraço, que era quase igualado pelo que Joseph sentira ao percebê-lo, mencionou uma vez mais seu pedido; este foi instantânea e alegremente aceito, e juntos cruzaram dois ou três descampados, o que os levou à morada do sr. Adams.

Chegando em casa, por Norman Tealby

CAPÍTULO VIII

UMA CONVERSA TRANSCORRIDA ENTRE O SR. ADAMS, A SR.ª ADAMS, JOSEPH E FANNY; COM CERTA CONDUTA DO SR. ADAMS QUE ALGUNS LEITORES TAXARÃO DE BAIXÍSSIMA, ABSURDA E DESNATURADA

O pastor e sua esposa tinham acabado de dar fim a um longo debate quando os amantes chegaram à porta. E a verdade é que esse jovem casal fora o tema do debate; pois a sr.ª Adams era uma dessas pessoas prudentes que nunca fazem nada em prejuízo da família, ou talvez uma daquelas boas mães que chegariam a estirar a consciência para ajudar os filhos. Ela há muito nutria esperanças de ver sua filha mais velha suceder à sr.ª Slipslop e de fazer de seu segundo filho exator por intermédio de Lady Booby. Essas eram expectativas de que ela não tolerava a mera ideia de abrir mão, e estava por isso muito inquieta por ver o marido tão resoluto em se opor às intenções da dama no assunto de Fanny. Ela lhe disse que competia a todo homem cuidar primeiro da família; que ele tinha esposa e seis filhos, cuja manutenção e provisão já lhe seriam ocupação suficiente, sem se intrometer nos assuntos dos outros; que ele sempre pregara a submissão aos superiores, e faria mal em dar um exemplo da atitude contrária em sua própria conduta; que, se Lady Booby agira mal, ela própria deveria responder por isso, e o pecado não ficaria à porta deles; que Fanny trabalhara como criada e fora educada junto à própria família da dama, e por conseguinte deveria conhecê-la melhor do que eles, sendo muito improvável que, se se tivesse portado bem, a dama viesse a ser tão amargamente sua inimiga; que talvez ele estivesse por demais inclinado a pensar bem dela porque era bonita, mas que mulheres bonitas muitas vezes não eram melhores do que deviam; que D*** fizera as mulheres feias tão bem como as bonitas; e que, se uma mulher tivesse virtude, pouco importava se tinha beleza ou não. Por todas essas razões ela concluiu que ele deveria agradar à dama e cessar a futura publicação dos proclamas. Mas todos esses excelentes argumentos não tiveram o menor efeito sobre o pastor, que insistia em cumprir seu dever sem cuidar nas consequências que este pudesse ter para seus interesses mundanos; ele se empenhou em responder-lhe tão bem como pôde, ao que ela acabava de dar réplica (pois tinha sempre a última palavra por toda a parte, salvo na igreja) quando Joseph e Fanny entraram na cozinha, onde o pastor e ela estavam sentados a desjejuar-se com toucinho e repolho. Houve uma frieza na civilidade da sr.ª Adams que pessoas de discernimento agudo poderiam ter observado, mas que escapou a seus visitantes presentes; a bem dizer, ela foi em grande parte encoberta pela amabilidade de Adams, que, nem bem soube que Fanny não tinha comido nem bebido àquela manhã, serviu-lhe uma peça de toucinho que estivera há pouco mordiscando, e que era o único resquício de sua provisão, e em seguida correu agilmente até a torneira e providenciou uma caneca com uma água choca a que chamava cerveja, e que era todavia a melhor em sua casa. Joseph, dirigindo-se ao pastor, contou-lhe a conversa que se passara entre o fidalgo Booby, sua irmã e ele próprio com relação a Fanny; participou-lhe em seguida os perigos de que a resgatara, e manifestou certa apreensão por sua conta. Concluiu que nunca teria um momento de sossego até que Fanny fosse absolutamente sua, e rogou-lhe permitisse ir buscar uma licença, dizendo que poderia facilmente tomar emprestado o dinheiro. O pastor respondeu que já expressara seus sentimentos com respeito a licenças, e que uns poucos dias a tornariam desnecessária. – Joseph – disse ele –, espero que essa pressa não decorra antes de sua impaciência do que de seu medo. Mas, como certamente procede de uma dessas causas, examinarei a ambas. Cada uma, portanto, em seu turno, e primeiramente a primeira, qual seja, a impaciência. Ora, filho, devo informar-lhe que, se em seu proposto casamento com esta jovem seu intuito não é outro senão a satisfação dos apetites carnais, você é culpado de um pecado muito hediondo. O casamento foi instituído para propósitos mais nobres, como você aprenderá ao ouvir os ofícios preparados para essa ocasião sendo lidos. Mais, talvez: se você for um bom rapaz, eu lhe passarei um sermão de graça, em que demonstrarei quão pouco apreço se deve ter pela carne em tais ocasiões. O texto, criança, será o quinto versículo de São Mateus, e parte do vigésimo oitavo: "quem quer que olhe para a mulher como que a cobiçá-la..." – A última parte omitirei, como estranha a meu propósito[7]. De fato, toda luxúria e afeição brutal deve ser firmemente subjugada, quando não totalmente erradicada, antes que o vaso se possa dizer consagrado à honra. Casar-se com vistas a gratificar tais pendores é uma prostituição dessa cerimônia sagrada, e deve acarretar uma maldição sobre todos os que tão levianamente a empreendam. Se, portanto, esta pressa decorre de impaciência, você deve corrigi-la, e não ceder a ela. Agora, quanto ao segundo tópico de que me propus falar, qual seja, o medo: ele sugere uma difidência altamente criminosa daquele poder em que tão-somente devemos depositar nossa confiança, visto que podemos estar bem seguros de que ele é capaz não apenas de frustrar os desígnios de nossos inimigos, mas também de converter seus

7. Naturalmente, pois de outro modo se veria que a passagem se refere ao adultério, sendo aplicável apenas a homens já casados. Ela termina assim: "...já cometeu adultério com ela em seu coração" (Mateus, 5, 27-28).

corações. Em vez de nos valermos, portanto, de quaisquer meios injustificáveis ou desesperados para nos livrar do medo, cumpre-nos recorrer apenas às preces em tais ocasiões, e então poderemos ter certeza de obter o melhor para nós. Quando algum acidente nos ameaça, não nos cabe desesperar-nos, nem, quando nos acomete, lamentá-lo; devemo-nos submeter em tudo à vontade da Providência, sem pôr nossas afeições em coisa alguma daqui a ponto de não a podermos deixar sem relutância. Você é jovem, e só pode saber pouco deste mundo; eu sou mais velho, e vi muita coisa. Todas as paixões são criminosas em excesso, e até mesmo o amor, quando não subserviente a nosso dever, pode nos tornar cegos a ele. Se Abraão tivesse amado seu filho Isaac a ponto de recusar o sacrifício requerido, há algum de nós que não o condenasse? Joseph, eu conheço suas muitas boas qualidades, e o prezo por elas. Mas, como devo prestar contas de sua alma, que se acha confiada a minha cura, não posso ver uma falta sem cientificá-lo dela. Você é demasiado inclinado à paixão, meu filho, e pôs seus afetos tão absolutamente nesta jovem que, se D*** a exigisse de suas mãos, temo que você se desfizesse dela relutantemente. Agora, creia-me, nenhum cristão deve afeiçoar-se a pessoa ou coisa alguma deste mundo salvo se for capaz, no momento em que ela lhe for requerida ou arrebatada de alguma forma pela divina Providência, de pacata, tranquila e resignadamente desfazer-se dela. – A tais palavras alguém entrou correndo e fez saber ao sr. Adams que seu caçula tinha-se afogado. Ele guardou silêncio por um momento e logo em seguida entrou a pisar fundo pela sala e a deplorar sua perda com a mais amarga agonia. Joseph, que estava igualmente assoberbado pela aflição, se recobrou suficientemente para tentar confortar o pastor; e nessa tentativa usou de muitos argumentos que recordara muitas vezes dos próprios discursos deste, tanto em particular como em público (pois ele era grande inimigo das paixões, e não pregava nada mais que seu subjugo pela razão e pela graça), mas ele não estava com cabeça para ouvir conselhos. – Criança, criança – dizia –, não atente o impossível! Tivesse sido qualquer outro de meus filhos, e eu poderia tolerá-lo com paciência; mas meu pequeno tagarela, regalo e conforto de minha velhice! Que o coitadinho tenha sido arrancado à vida no instante mesmo de seu ingresso nela! O mais doce e mais afável garoto, que nunca fez nada para ofender-me. Esta manhã mesmo eu lhe dei a primeira lição do *Quae Genus*[8]. Este aqui é o mesmo livro que estudou, coitadinho! Já não tem serventia para ti agora. Ele teria dado o maior dos estudiosos, e teria sido um ornamento para a Igreja. Tais talentos e tamanha bondade nunca se reuniram em alguém tão jovem. – E era também o mais

8. Lição de gramática latina.

bonito menino – disse a sr.ª Adams, recobrando-se de um desmaio nos braços de Fanny. – Meu pobre Jacky, então nunca mais te verei? – chorava o pastor. – Verá, com certeza – disse Joseph –, e num lugar melhor; vão se rever para não mais se separarem. – Acredito que o pastor não ouviu essas palavras, pois lhes deu pouca atenção e continuou lamuriando-se, com as lágrimas a lhe escorrerem até o peito. Por fim, gritou: – Cadê meu pequerrucho? – e ia disparar porta afora quando, para sua grande surpresa e alegria, com que o leitor espero simpatizará, topou com o filho, todo ensopado, é verdade, mas vivo, e correndo em sua direção. A pessoa que trouxera a notícia de seu infortúnio fora um tanto afoita demais, como as pessoas às vezes são, e creio que por princípios não muito bons, em transmitir más notícias; e, vendo-o cair no rio, em vez de correr em seu auxílio, correu diretamente para participar ao pai um destino que concluíra inevitável, mas de que o menino fora salvo pelo mesmo pobre mascate que já resgatara seu pai anteriormente de um transe menor. A alegria do pastor era então tão extravagante como fora antes sua mágoa; beijou e abraçou o filho mil vezes, e saiu dançando pela sala como um destrambelhado. Mas quando divisou o rosto de seu velho amigo o mascate e soube da nova obrigação que lhe tinha, quais não foram seus sentimentos? Não aqueles que dois cortesãos têm no abraço um do outro; não aqueles com que um grande homem recebe os vis e traiçoeiros instrumentos de seus propósitos malignos; não aqueles com que um imprestável irmão mais novo transmite ao mais velho seus parabéns pelo filho, ou com que um homem congratula seu rival por obter uma amante, um cargo ou uma honraria. Não, leitor, ele sentiu a ebulição e os transbordamentos de um coração cheio, honesto e aberto pela pessoa que lhe fizera um real obséquio, e, se deles não puderes fazer uma ideia interna, não procurarei em vão assistir-te.

Quantos tais tumultos cessaram, o pastor, puxando Joseph de lado, prosseguiu destarte: – Não, Joseph, não dês muita asa a tuas paixões, se esperas de fato a felicidade. – A paciência de Joseph, e quiçá a do próprio Jó, já não podia aturar mais; interrompeu o pastor, dizendo que era mais fácil dar conselhos do que aceitá-los, e que tampouco lhe parecia que ele conseguira dominar-se tão inteiramente quando receou ter perdido o filho, ou quando o viu restituído. – Menino – replicou Adams, elevando a voz – não cai bem em cacholas verdes dar conselhos a cabelos brancos. Tu ignoras a ternura da afeição paterna; quando fores pai serás capaz, e só então, de saber o que um pai pode sentir. Nenhum homem é obrigado ao impossível, e a perda de um filho é uma daquelas grandes provações em que se permite a nossa mágoa tornar-se imoderada. – Ora, senhor – exclamou Joseph –, e se eu amo uma dona tanto quanto o senhor a seu filho, com certeza a perda dela me doerá igualmente. – Sim, mas tal amor é tolice, e errado em si mesmo, e deve ser dominado – respondeu Adams. – Ele sabe demasiado a carne. – Com certeza, senhor – disse Joseph –, não é pecado amar minha esposa, e nem mesmo ser maluco por ela! – Ah, mas como é! – disse Adams. – Todo homem deve amar sua esposa, sem dúvida; é-nos ordenado fazer isso; mas devemos amá-la com moderação e discrição. – Receio que serei culpado de algum pecado, a despeito de todos os meus esforços – disse Joseph –, pois amarei sem a menor moderação, disso estou certo. – Você fala tola e infantilmente – protestou Adams. – Na verdade – disse a sr.ª Adams, que ouvira a última parte da conversa deles –, você próprio fala ainda mais tolamente. Espero, querido, que nunca pregue doutrinas como essa de que os maridos podem ter amor demais às esposas. Se eu souber que você tem um sermão desses em casa, garanto que lhe meto fogo; e declaro que, se eu não estivesse convencida de que você me amava tão bem quanto podia, posso dizer por mim mesma que o teria detestado e desprezado. Ora vamos! Uma bela doutrina mesmo! Uma esposa tem o direito de insistir em que o marido a ame tanto quanto possa, e é um vilão pecaminoso o que não o fizer. Ele não promete amá-la, confortá-la, acalentá-la e tudo o mais? Posso garantir que me lembro de tudo, como se o tivesse repetido ontem, e nunca hei de esquecê-lo. De resto, estou certa de que você não prega o que pratica, pois tem sido um marido apegado e carinhoso para mim, eis a verdade; e por que você deva empenhar-se em meter essa bobagem maldosa na cabeça deste jovem é que eu não entendo. Não dê ouvidos a ele, sr. Joseph; seja um marido tão bom como puder, e ame sua esposa com todo o seu corpo e sua alma também. – Nesse momento uma violenta pancada na porta pôs fim à conversa, e produziu a cena que o leitor encontrará no próximo capítulo.

CAPÍTULO IX

UMA VISITA QUE A BOA LADY BOOBY E SEU POLIDO AMIGO FIZERAM AO PASTOR.

Tão logo ouviu do cavalheiro o relato de seu encontro com uma estupenda beleza perto de sua casa e notou o embevecimento com que falava dela, Lady Booby, concluindo imediatamente tratar-se de Fanny, começou a meditar um projeto para fazê-los conhecer-se melhor e a nutrir esperanças de que as roupas finas, os presentes e as promessas desse jovem a convencessem a abandonar Joseph. Ela propôs assim aos presentes um passeio pelos campos antes do jantar, durante o qual os levou em direção à casa do sr. Adams; e, ao aproximar-se dela, disse-lhes que, se quisessem, iria diverti-los com uma das mais ridículas visões que jamais tinham tido, e que era velho pároco bocó que, ela dizia aos risos, sustentava esposa e seis pirralhos com um salário de umas vinte libras por ano, acrescentando que não havia outra família tão esfarrapada na paróquia. Todos concordaram prontamente com essa visita, e chegaram enquanto a sr.ª Adams estava discursando, como no capítulo anterior. O dândi Didapper, que era o nome do jovem gentil-homem que vimos cavalgando em direção à casa de Lady Booby, imitou com o cajado a batida de um lacaio londrino à porta. As pessoas de dentro, que eram Adams, a esposa, três filhos, Joseph, Fanny e o mascate, ficaram na maior perplexidade com essa batida, mas Adams se encaminhou diretamente à porta, e, sendo esta aberta, Lady Booby e seus companheiros entraram, e foram recebidos pelo pastor com umas duzentas mesuras, e pela esposa com igual número de reverências, a última dizendo à dama que se envergonhava de ser vista num desmazelo daqueles e de estar com a casa em tamanha baderna; mas que, se tivesse esperado tamanha honra de sua senhoria, esta a teria encontrado em melhor condição. O pastor não se desculpou de nada, embora estivesse de meia sotaina e com um gorro de flanela. Disse que eles eram muito bem-vindos a seu pobre casebre e, voltando-se para o sr. Didapper, exclamou: *Non mea renidet in domo lacunar*[9]. O dândi respondeu que não sabia galês, ao que o pastor arregalou os olhos e não deu resposta.

O sr. Didapper, ou dândi Didapper, era um jovem cavalheiro de uns quatro pés e cinco polegadas[10] de altura. Usava seu próprio cabelo, embora a escassez deste lhe pudesse ter dado suficiente desculpa para uma peruca. Seu rosto era encovado e pálido; a forma de seu tronco e pernas não era das melhores, pois tinha ombros muito estreitos e nenhuma panturrilha; e seu passo seria mais propriamente chamado de saltitar que de andadura. As qualificações de sua mente eram bem adaptadas a sua pessoa. Tratemo-las primeiro negativamente. Ele não era de todo ignaro, pois sabia falar algum francês e cantar duas ou três canções italianas. Vivera muito no mundo para ser acanhado, e muito na corte para ser orgulhoso. Não parecia muito inclinado à avareza, pois era profuso em suas despesas. Tampouco tinha todos os traços da prodigalidade, pois nunca dava um xelim. Não tinha ódio às mulheres, pois vivia arrastando-se atrás delas; mas era tão pouco sujeito à lascívia

9. "Em minha casa não brilham ornamentos" (Horácio, *Odes*, II, 18, 1-2).
10. Aproximadamente 1,34 m.

que tinha, entre aquelas que o conheciam melhor, o caráter de grande moderação em seus prazeres. Não bebia vinho, nem era tão viciado na fúria que uma ou duas palavras esquentadas de um adversário não o resfriassem imediatamente.

Agora, para dar apenas uma ou duas pinceladas pelo lado afirmativo: embora houvesse nascido com imensa fortuna, escolheu, por pífia e porca consideração a um posto de pouca consequência, depender inteiramente da vontade de um indivíduo a quem chamam um grande homem, que o tratava com absoluto desrespeito e exigia dele plena obediência a seus comandos, aos quais implicitamente se submetia às custas de sua consciência, de sua honra e de seu distrito, do qual possuía pessoalmente tão grande parte. E, para arrematar seu caráter, "assim como estava inteiramente satisfeito com sua própria figura e atributos, era muito dado a ridicularizar e a se rir de quaisquer imperfeições em outrem"[11]. E tal era a pessoazinha, ou antes coisinha, que saltitou atrás de Lady Booby até a cozinha do sr. Adams.

O pastor e seus companheiros recuaram do canto da chaminé, onde haviam estado sentados, para abrir espaço à dama e aos seus. Em vez de retribuir alguma das reverências ou a extraordinária civilidade da sr.ª Adams, a dama, voltando-se para o sr. Booby, exclamou: – *Quelle bête! Quel animal!* – E, assim que divisou Fanny (pois não precisava do fato de ela estar junto a Joseph para confirmar sua identidade), perguntou ao dândi se não a achava uma moça bonita. – Deus meu, senhora – respondeu ele – é a mesmíssima que encontrei. – Não imaginei – replicou a dama – que você tivesse tamanho bom gosto. – É porque nunca gostei de você, garanto – berrou o dândi. – Ridículo – disse ela –, você sabe que sempre me causou nojo! – Eu nunca falaria de nojo – respondeu o dândi – com uma cara dessas[12]; querida Lady Booby, lave essa cara antes de falar de nojo, eu lhe suplico. – Ele então riu e deu meia-volta para ir namoricar Fanny.

A sr.ª Adams estivera todo esse tempo implorando e rogando às damas que se sentassem, um favor que por fim obteve. O garotinho a quem o acidente ocorrera, e que mantinha ainda seu lugar junto ao fogo, foi repreendido pela mãe por não ser mais respeitoso. Mas Lady Booby tomou o lado dele e, elogiando-lhe a beleza, disse ao pastor que era a sua cara. Então, vendo-lhe um livro na mão, perguntou se ele sabia ler. – Sim – disse Adams –, um pouco de latim, se-

11. Fielding cita aqui um ataque a Pope (ele próprio fisicamente disforme e nada mais alto que Didapper) escrito por Lorde Hervey e Lady Montagu.
12. Para que isso não pareça desnatural a alguns leitores, achamos justo informar-lhes que foi tirado *verbatim* de conversas muito polidas. [Nota de Fielding, numa referência a *Polite Conversation,* obra em que Swift compilou exemplos similares de conversa social.]

nhora; acabou de chegar ao *Quae Genus*. – Às favas os *Queijanos* – retorquiu ela –, quero ouvi-lo ler algo em inglês. – *Lege,* Dick[13], *lege* – disse Adams. Mas o menino não deu resposta, até que viu o pastor franzir o cenho; então protestou: – Eu não o entendo, pai. – Como, garoto? – disse Adams. – Como fica *lego* no modo imperativo? *Legito*, não é? – É – respondeu Dick. – E o que mais? – disse o pai. – *Lege*, respondeu o filho, após certa hesitação. – Bom menino! – disse o pai. – E agora, filho, como se diz *lego* em inglês? – Ao que o menino, depois de muito matutar, respondeu que nem fazia ideia. – Como! – trovejou Adams, num rompante. – O que foi, a água lavou o seu saber? Homessa, como fica em latim o verbo *leio*? Pense antes de falar. – O menino pensou por um tempo, e então o pastor disse duas ou três vezes: – *Le... le...* – Dick respondeu: – *Lego.* – Muito bem; e então, qual o equivalente inglês – disse o pastor – do verbo *lego*? – *Leio* – exclamou Dick. – Muito bem – disse o pastor –, bom menino; você vai chegar longe, se se esforçar. Garanto à senhora que ele não passa muito dos oito anos, e já terminou o *Propria quae Maribus.* Vamos, Dick, leia para sua senhoria. – E, como ela o pedisse uma vez mais, para dar ao dândi tempo e ensejo junto a Fanny, Dick começou como no próximo capítulo.

Adams como pai e instrutor, por Norman Tealby

CAPÍTULO X

A HISTÓRIA DE DOIS AMIGOS, QUE PODE PROPORCIONAR UMA LIÇÃO ÚTIL A TODAS AQUELAS PESSOAS QUE CALHAM DE FIXAR RESIDÊNCIA JUNTO A UM CASAL.

– Leonard e Paul eram dois amigos... – Pronuncie *Lennard*, garoto – exclamou o pastor. – Faça o favor, sr. Adams – disse Lady Booby –, deixe seu filho ler sem interrupções. – Dick então prosseguiu. – Lennard e Paul eram dois amigos que, tendo sido educados juntos na mesma escola, contraíram uma amizade que preservaram por muito tempo um pelo outro. Ela ficou tão profundamente fixada

13. Note-se que há algumas páginas o nome era Jacky.

na mente de ambos que uma longa separação, durante a qual não mantiveram a menor correspondência, não a erradicou nem diminuiu. Pelo contrário, ela reviveu com toda a sua força no primeiro reencontro, que não ocorreu senão após quinze anos de ausência, a maior parte da qual Lennard passou nas Endias Orientais. – Pronuncie direito, *Índias* – disse Adams. – O senhor fique quieto! – disse a dama. – O menino repetiu: – ... nas Índias Orientais, enquanto Paul havia servido seu rei e seu país no exército. E nesses diferentes serviços eles haviam tido tão diferentes sucessos que Lennard estava então casado e se aposentara com uma fortuna de trinta mil libras; já Paul alcançara o posto de tenente de infantaria e não valia um xelim furado.

"O regimento a que Paul pertencia calhou de ser enviado a um quartel a pouca distância da propriedade que Lennard comprara e na qual estava assentado. O último, que se tornara um gentil-homem de província e um juiz de paz, compareceu às sessões trimestrais na cidadezinha onde seu velho amigo estava aquartelado, pouco depois de sua chegada. Algum assunto em que um soldado estava envolvido fez com que Paul comparecesse aos julgamentos. A maturidade, o tempo e a mudança de clima haviam alterado a tal ponto Lennard que Paul não identificou imediatamente as feições do velho amigo. Mas deu-se o contrário com Lennard. Reconheceu Paul no momento em que o viu, e não pôde impedir-se de sair da banca e correr afoitamente a abraçá-lo. Paul a princípio ficou meio surpreso, mas recebeu logo suficientes informações do amigo, de quem nem bem se lembrou e retribuiu o abraço com uma energia que fez muitos dos espectadores rirem e proporcionou a uns poucos uma sensação muito mais nobre e mais agradável.

"Para não deter o leitor com circunstâncias miúdas, Lennard insistiu em que seu amigo voltasse consigo para casa àquela noite; esse pedido foi aceito, e uma licença para uma ausência de um mês foi obtida para Paul junto ao oficial comandante.

"Se era possível que alguma circunstância viesse a aumentar a felicidade que Paul se prometia com essa visita, ele teve esse prazer adicional ao descobrir, quando de sua chegada à casa do amigo, que a esposa deste era uma antiga conhecida que fizera anteriormente no quartel, e que sempre parecera ter um temperamento dos mais agradáveis – caráter este que ela sempre preservara entre os íntimos, pertencendo àquele número de que as integrantes são todas tidas como o melhor tipo de mulher neste mundo.

"Mas, por melhor que essa dama fosse, ela era ainda mulher; quer dizer, era um anjo e não era um anjo. – Deve ter-se enganado, filho – disse o pastor –, pois está lendo tolices. – Está assim no livro – respondeu o filho. O sr. Adams foi então silenciado pela autoridade, e Dick prosseguiu: – Pois, embora sua pessoa fosse do tipo a que os homens atribuem o nome de anjo, em sua mente ela era perfeitamente mulher. E disso um alto grau de obstinação proporcionava o mais notável e quiçá mais pernicioso exemplo.

"Um dia ou dois se passaram após a chegada de Paul antes que quaisquer indícios disso se revelassem; mas era impossível ocultá-lo por muito tempo. Tanto ela como o marido logo perderam todo receio da presença do amigo, e voltaram a suas disputas com tanto vigor como antes. Estas eram ainda travadas com todo o ardor e veemência, por mais frívolas que fossem as causas de que decorriam. Mais que isso: por incrível que pareça, a pouca importância do assunto em debate era frequentemente citada como razão para a ferocidade da rusga, como a seguir: 'Se você me amasse, é claro que não ia discutir comigo uma ninharia dessas'. A resposta para isso era muito óbvia, já que o argumento valia igualmente para ambos os lados e era constantemente retrucado com algum adendo, como: 'Eu com certeza tenho muito mais razão para dizer isso, já que estou certo'. Durante todas essas disputas Paul sempre mantinha estrito silêncio e preservava uma expressão equilibrada, sem mostrar a mínima inclinação visível por qualquer das partes. Um dia, contudo, tendo a dama deixado a sala numa fúria violenta, Lennard não pôde deixar de submeter o caso ao amigo. 'Já houve coisa mais irrazoável', disse ele, 'do que essa mulher? O que vou fazer com ela? Amo-a loucamente, e não tenho nenhuma causa de queixa além dessa obstinação em sua têmpera; o que quer que ela afirme, há de mantê-lo contra toda a razão e persuasão do mundo. Por obséquio, dê-me o seu conselho'. 'Primeiramente', disse Paul, 'darei minha opinião, que é simplesmente a de que você está errado; pois, supondo-se que ela estivesse errada, o assunto da disputa era de algum modo importante? De que importa se você se casou de colete vermelho ou amarelo (já que era essa a discussão)? Ora, suponhamos que ela estivesse errada; já que você, como diz, a ama tão ternamente, e creio que ela o mereça, não teria sido mais sábio ceder, embora seguro de estar com a razão, do que causar mal-estar a ela ou a si mesmo? De minha parte, se eu vier a me casar, estou decidido a entrar num acordo com minha esposa para que em toda disputa (especialmente a propósito de ninharias) aquele que estiver mais convencido de que tem razão deva sempre conceder a vitória; e por tais meios ambos faremos questão de renunciar à causa'. 'Reconheço, meu caro amigo', disse Lennard, apertando-lhe a mão, 'que há grande verdade e razão no que diz; e pelo futuro hei de empenhar-me em seguir seu conselho'. Pouco depois encerraram a conversa, e Lennard, indo ter com a esposa, pediu-lhe perdão e disse que seu amigo o convencera de que ele estava errado. Ela principiou imediatamente um vasto elogio a Paul, no que ele a secundou, e ambos concordaram que era o mais digno e mais sábio homem sobre a terra. Quando se encontraram em seguida, o que foi durante a ceia, ela, embora tivesse prometido não mencionar o que o marido lhe contara, não pôde deixar de lançar os mais ternos e mais afetuosos olhares a Paul, e perguntou-lhe, com a mais doce voz, se podia servir-lhe uma porção de galinhola à panela. 'Perdiz à panela, querida, é o que quis dizer', disse o marido. 'Querido', disse ela, 'perguntei a seu amigo se ele vai querer galinhola à panela, e eu com certeza devo saber, já que a cozinhei'. 'Acho que eu também devo saber, já que a cacei', replicou o marido, 'e estou certo de que não vi galinhola alguma este ano; entretanto, embora eu saiba que estou certo, submeto-me, e a perdiz à panela será galinhola à panela se você assim quiser'. 'Para mim dá no mesmo', disse ela, 'que seja uma coisa ou outra; mas você quer persuadir as pessoas contra o juízo delas; claro que você está sempre certo na própria opinião; mas seu amigo, acredito, sabe o que está comendo'. Paul não deu resposta, e a discussão continuou, como de costume, pela maior parte da noite. Na manhã seguinte a dama, encontrando Paul acidentalmente, e estando convencida de que ele era seu amigo e ficaria a seu lado, interpelou-o destarte: 'Tenho certeza de que o senhor há muito se admira da irrazoabilidade de meu marido. Ele é de fato em outros sentidos uma boa sorte de homem, mas tão teimoso que nenhuma mulher que não possua meu temperamento afável aguentaria viver com ele. À noite passada mesmo, já houve criatura mais irrazoável? Estou certa de que o senhor o condena. Diga-me, por favor: ele não estava errado?' Paul, após um breve silêncio, falou como a seguir: 'Lamento, senhora, que, assim como as boas maneiras me obrigam a responder contra a vontade, o apego à verdade me force a declarar-me de uma opinião diferente. Para ser claro e honesto, a senhora estava inteiramente enganada; a causa, admito, não merecia discussão, mas o pássaro era indubitavelmente uma perdiz'. 'Ah, senhor', replicou a dama, 'não posso fazer nada por seu paladar'. 'Senhora', volveu Paul, 'isso tem pouquíssima importância; pois, se tivesse sido de outro modo, um marido poderia esperar submissão'. 'Ah, é? Meu senhor', disse ela, 'mas francamente!' 'Sim, senhora', protestou ele, 'poderia, de uma pessoa com seu excelente entendimento; e perdoe que eu lhe diga, mas tal concessão teria demonstrado um juízo superior até mesmo ao de seu marido'. 'Mas, meu caro senhor', volveu ela, 'por que eu cederia quando estou com a razão?' 'Por esse exato motivo', respondeu ele; 'esse seria o maior exemplo de afeto imaginável; pois pode alguma coisa ser um objeto maior de nossa compaixão do que alguém que amamos a equivocar-se?' 'Sim, mas eu deveria empenhar-me', disse ela, 'em corrigi-lo'. 'Perdoe-me, senhora', respondeu Paul, 'perguntarei a sua própria experiência se a senhora já viu seus argumentos tendo esse efeito. Quanto mais nosso julgamento erra, menos nos dispomos a admiti-lo; de minha parte, sempre observei que as pessoas que defendem o pior lado numa disputa são as mais veementes'. 'Ora', disse ela, 'devo confessar que há verdade no que o senhor diz, e vou me empenhar em praticá-lo'. Como o marido então entrasse, Paul se retirou. E Lennard, abordando a esposa com um ar de bom humor, disse-lhe que sentia muito pela tola discussão da véspera, e que estava convencido de seu erro. Ela respondeu, sorrindo, que supunha dever tal concessão à sua complacência, e que se envergonhava de pensar que tinham batido boca por um motivo tão frívolo, especialmente por estar convencida de que se enganara. Uma breve altercação se seguiu, mas com a máxima boa vontade de um para com outro, e foi encerrada quando ela afirmou que Paul a convencera totalmente de que havia estado errada. E com isso eles se uniram em louvores a seu amigo comum.

"Paul agora passava seu tempo com grande satisfação, tendo as disputas se tornado muito menos frequentes e também mais breves do que de costume. Mas o diabo, ou algum acidente infeliz em que o diabo porventura não teve mão, cedo deu fim a sua felicidade. Ele se tornara definitivamente o árbitro privado de toda divergência, e nisso, depois de ter perfeitamente estabelecido, como supunha, a doutrina da submissão, já não fazia caso de garantir a ambos, em particular, que estavam com a razão em todo debate, assim como seguira antes o método contrário. Um dia, um litígio violento ocorreu em sua ausência, e ambas as partes concordaram em submetê-lo a sua decisão. Como o marido se dissesse certo de que a decisão correria a seu favor, a esposa retorquiu que ele provavelmente se enganava, pois cria que seu amigo já se convencera de quão raro ela estava em falta, e que se ele soubesse de tudo... O marido replicou: 'Querida, eu não quero nenhum retrospecto, mas acho que, se você também soubesse de tudo, não iria imaginar meu amigo tão inteiramente do seu lado'. 'Ora', disse ela, 'já que você me provoca, vou citar um único exemplo. Você talvez se lembre de nossa disputa quanto a enviar Jacky à escola em dias frios, um ponto que lhe cedi por mera complacência, sabendo que eu tinha razão; e o próprio Paul me disse mais tarde achar que eu a tinha'. 'Querida', replicou o marido, 'não porei em dúvida sua veracidade; mas asseguro-lhe solenemente que, quando o consultei, ele deu a causa absolutamente a meu favor, e disse que teria agido da mesma maneira'. Eles então passaram a mencionar um sem-número de outros exemplos, em todos os quais Paul havia, sob votos de sigilo, dado sua opinião de ambos os lados. Ao fim do que, como ambos acreditassem um no outro, caíram matando sobre a velhacaria de Paul, e concordaram que ele fora a causa de quase toda disputa jamais ocorrida entre eles. Em seguida mostraram-se extremamente amáveis, e tão cheios de condescendência de ambos os lados que concorriam entre si em censurar a própria conduta e expressavam conjuntamente sua indignação contra Paul, que a esposa, temendo consequências sangrentas, suplicou enfaticamente ao marido deixasse partir em paz no dia seguinte, que era a data marcada para seu retorno ao quartel, e em seguida renunciasse a sua amizade.

"Por mais mesquinha que se possa achar essa conduta em Lennard, a esposa obteve-lhe a promessa (embora com dificuldade) de que seguiria seu conselho; mas ambos demonstraram uma tão inusitada frieza naquele dia a Paul que este, que era de percepção aguda, tirando Lennard à parte, pressionou-o de tal modo que o último por fim lhe revelou o segredo. Paul admitiu a verdade, mas explicou o intuito com que o fizera – ao que o outro respondeu que teria sido mais amigável comunicar-lhe todo o seu intuito, pois ele lhe teria garantido sigilo. Paul replicou, com certa indignação, que ele lhe dera uma prova suficiente de quão capaz era de ocultar um segredo da esposa. Lennard retrucou com certo ardor que tinha mais razão para censurá-lo, já que ele havia causado a maioria das rusgas entre eles com sua estranha conduta, e poderia (se eles não houvessem revelado a coisa um ao outro) ter sido a causa de sua separação. Paul então disse..." – mas nisso ocorreu alguma coisa que pôs termo à leitura de Dick, e de que trataremos no próximo capítulo.

CAPÍTULO XI

EM QUE A HISTÓRIA CONTINUA.

Joseph Andrews tolerara com grande desassossego a impertinência do dândi Didapper para com Fanny, o qual vinha falando-lhe bastante livremente e oferecendo-lhe pensões; mas o respeito aos presentes o impedira de interferir enquanto o dândi se limitou ao uso da língua; o dito dândi, porém, espiando uma oportunidade enquanto os olhos das damas estavam voltados em outra direção, tentou molestá-la com as mãos; e Joseph, tão logo o viu, serviu-lhe um tão salutar soco no ouvido que o mandou para vários passos de onde estava. As damas imediatamente berraram e se levantaram das cadeiras, e o dândi, assim que se recobrou, sacou de seu punhal; Adams, percebendo-o, apanhou a tam-

"Joseph pediu que Adams deixasse seu rival atacar." Por Norman Tealby.

pa de uma panela com a mão esquerda e, protegendo-se com ela à guisa de escudo, sem nenhuma arma ofensiva na outra mão, postou-se diante de Joseph e se expôs ao furibundo dândi, que ameaçava tanta perdição e ruína que deixou as mulheres, que se haviam aglomerado num grupelho, aparvalhadas de medo, só de ouvir seus protestos de vingança. Joseph era de uma outra têmpera, e pediu que Adams deixasse seu rival atacar, pois tinha um belo bordão nas mãos e não o temia. Nisso Fanny desmaiou nos braços da sr.ª Adams, e a sala inteira ficou na maior confusão, até que o sr. Booby, passando por Adams, que estava bem aconchegado sob a tampa da panela, dirigiu-se a Didapper e insistiu em que ele embainhasse o punhal, prometendo que teria satisfações, o que Joseph declarou que lhe daria, e o enfrentaria com qualquer arma que fosse. O dândi então embainhou o punhal e, sacando um espelho de bolso e jurando vingança o tempo todo, arrumou o cabelo; o pastor depôs seu escudo, e Joseph, correndo até Fanny, logo a reanimou. Lady Booby repreendeu Joseph por seu insulto a Didapper; mas ele respondeu que teria atacado um exército pela mesma causa. – Que causa? – disse a dama. – Senhora – respondeu Joseph –, ele foi rude com esta jovem. – O quê – disse a dama –, imagino que tenha tentado beijar a rapariga; e deve um gentil-homem se exaltar por tal gesto? Devo dizer-lhe, Joseph, que esses ares não lhe caem bem. – Senhora – disse o sr. Booby –, eu vi a coisa toda, e não defendo meu irmão, pois não percebo por que ele deveria arvorar-se em protetor da moça. – Pois eu o defendo – disse Adams. – Ele é um rapaz valente, e cai bem em qualquer homem ser o protetor dos inocentes; e há de ser o mais vil dos covardes aquele que não vindicar uma mulher com quem está às raias do casamento. – Senhor – disse o sr. Booby –, meu irmão não é um partido adequado para uma jovem dessa espécie. – Não – disse Lady Booby –, nem o senhor, sr. Adams, faz jus a seu devido papel ao encorajar tais coisas; e muito me surpreende que o senhor se ocupe com elas. Acho que sua esposa e sua família são seu devido cuidado. – De fato, senhora, sua senhoria fala bem a verdade – respondeu a sr.ª Adams –, ele diz cada pacote de asneiras, que a paróquia inteira são seus filhos! Eu palavra que não entendo o que ele quer dizer com isso; já faria certas mulheres suspeitarem que ele andou perdendo o rumo, mas eu o absolvo disso; posso ler as Escrituras tão bem como ele, e nunca li que o pastor seja obrigado a cuidar dos filhos dos outros; e além disso ele é apenas um pobre cura, e o que tem já é pouco, como sua senhoria bem sabe, para mim e para os meus. – Fala muito bem, sr.ª Adams – disse Lady Booby, que não lhe havia dito uma só palavra até então. – A senhora me parece uma mulher muito sensata; e asseguro-lhe que seu marido está fazendo um papel de tonto e se opondo a seus próprios interesses, visto que meu sobrinho é violentamente contrário a essa união. E eu de fato não posso culpá-lo; não se trata de modo algum de pessoa adequada para a nossa família. – E assim a dama prosseguia com a sr.ª Adams, enquanto o dândi saltitava pela sala a sacudir a cabeça, em parte de dor e em parte de raiva; já Pamela repreendia Fanny por sua presunção em cobiçar um partido como seu irmão. A pobre Fanny respondia apenas com lágrimas, que já há muito tinham começado a umedecer seu lenço; Joseph, percebendo-o, tomou-a pelo braço e, envolvendo-o no seu, levou-a dali, jurando que não reconheceria seu parentesco com pessoa alguma que fosse inimiga daquela a quem amava mais do que a tudo no mundo. Saiu com Fanny sob o braço esquerdo, brandindo um bordão com o direito, e nem o sr. Booby nem o dândi julgaram adequado impedi-lo. Lady Booby e suas acompanhantes se demoraram bem pouco depois dele; pois o sino da dama as convocou a vestir-se, para o que teriam o tempo justo antes do jantar.

Adams pareceu muitíssimo desolado por essa altura, e sua esposa, tão logo o percebeu, começou a aplicar-lhe um bálsamo matrimonial. Disse que ele tinha boas razões para se preocupar, pois havia provavelmente arruinado a família com sua patacoadas. Mas talvez ele se condoesse pela perda de seus dois filhos, Joseph e Fanny. Sua filha mais velha prosseguiu: – Palavra, pai, é muito duro que o senhor traga estranhos aqui para tirar a comida da boca de seus filhos. O senhor os tem sustentado desde que eles voltaram para casa; e, por tudo o que eu saiba em contrário, pode sustentá-los por mais um mês. O senhor será obrigado a servi-la de carne, por mais bonita que ela seja? Mas eu não noto que ela seja tão mais bonita do que as outras pessoas. Se as pessoas tivessem de ser sustentadas conforme a beleza, ela não se daria muito melhor do que as vizinhas, creio eu. Quanto ao sr. Joseph, não tenho nada a dizer; é um rapaz de princípios honestos, e pagará uma hora ou outra pelo que recebe. Mas quanto à garota... por que ela não volta para o lugar de onde fugiu? Eu não daria a uma vadia errante dessas nem meio-pêni, ainda que tivesse um milhão de dinheiros; não, nem que ela estivesse morrendo de fome. – Mas eu, sim, daria – exclamou o pequeno Dick –, e, pai, antes que a pobre Fanny morresse de fome, eu lhe daria todo este pão com queijo – oferecendo o que tinha na mão. Adams sorriu para o menino e disse que se alegrava de ver que ele era um cristão, e que, se tivesse meio-pêni no bolso, o teria dado a ele, explicando que era seu dever considerar todos os vizinhos como seus irmãos e irmãs, e amá-los como tais. – Sim, papai – disse ele –, e eu gosto mais dela do que de minhas irmãs; pois ela é mais bonita do que todas. – É mesmo, seu abusado? – disse a irmã, dando-lhe um soco na orelha, que seu pai teria provavelmente res-

O roubo da criança, por Norman Tealby

sentido, não houvessem Joseph, Fanny e o mascate regressado juntos nesse instante. Adams pediu à esposa que preparasse algo para o jantar deles; ela disse que em verdade não podia, pois tinha outras coisas a fazer. Adams admoestou-a por contestar suas ordens, e citou muitos textos das Escrituras para provar "que o marido é o chefe da esposa, e ela deve submeter-se e obedecer". A esposa respondeu que era blasfêmia falar das Escrituras fora da igreja; que tais coisas eram muito próprias para dizer no púlpito, mas que era profano proferi-las em conversa comum. Joseph disse ao sr. Adams que não viera com o intuito de dar-lhe trabalho, ou à sr.ª Adams, e sim para solicitar o obséquio de sua companhia no George (uma cervejaria na paróquia), onde já pedira uma peça de bacon com verduras para o jantar. A sr.ª Adams, que era uma boníssima sorte de mulher, apenas rígida demais na economia doméstica, aceitou prontamente esse convite, como fez o próprio pastor a seu exemplo; e saíram andando todos juntos, sem omitir o pequeno Dick, a quem Joseph deu um xelim quando soube de sua tencionada liberalidade para com Fanny.

CAPÍTULO XII

EM QUE O LEITOR DE BOA NATUREZA VERÁ ALGO QUE NÃO LHE DARÁ GRANDE PRAZER.

O mascate vinha-se mostrando bastante inquisitivo desde o momento em que primeiro ouviu dizer que a mansão daquela paróquia pertencia a Lady Booby e soube que ela era a viúva de Sir Thomas, e que Sir Thomas havia comprado Fanny, com cerca de três ou quatro anos de idade, de uma mulher itinerante; e agora que sua modesta mas animada refeição estava encerrada ele disse a Fanny acreditar que poderia dar-lhe a conhecer seus pais. O grupo inteiro, e especialmente ela própria, sobressaltou-se com essa oferta do mascate. Ele então prosseguiu assim, enquanto todos lhe prestavam a mais estrita atenção: – Embora hoje eu me contente com esta forma humilde de ganhar a vida, fui em outros tempos um gentil-homem, pois todos os de minha profissão são assim chamados. Em uma palavra, eu era tamborileiro num regimento de infantaria irlandês. Enquanto estive nessa honrada posição, acompanhei um oficial de nosso regimento à Inglaterra em missão de recrutamento. Em nossa marcha de Bristol a Froome (pois desde o declínio do comércio de lã as cidades tecedeiras têm fornecido ao exército grande número de recrutas), alcançamos na estrada uma mulher que parecia orçar pelos trinta anos, ou coisa que o valha; não era muito bonita, mas servia para um soldado. Conforme nos aproximávamos, ela moderou o passo e, entabulando conversa com nossas mulheres (pois todos os homens do grupo, que eram um sargento, dois soldados rasos e um tamborileiro, estavam providos de mulher, exceto eu), continuou a viagem conosco. Eu, percebendo que ela me caberia por sorte, sem tardança me dirigi a ela, cortejei-a à nossa moda militar e logo consumei meus desejos. Fizemos uma barganha no espaço de uma milha, e vivemos juntos como homem e mulher até o dia de sua morte. – Suponho – disse Adams, interrompendo-o – que se casaram por licença, pois não vejo como poderiam arranjar a publicação dos proclamas enquanto marchavam de uma parte a outra. – Não, senhor – disse o mascate –, nós conseguimos licença para ir para a cama juntos, sem proclama nenhum. – Sim, sim – disse o pastor –, *ex necessitate,* uma licença pode ser admissível; mas claro, claro que a outra é a maneira mais regular e elegível. – O mascate prosseguiu assim: – Ela voltou comigo para o nosso regimento e se mudou conosco de quartel a quartel, até que, por fim, enquanto estávamos em Galloway, contraiu uma febre e morreu. Quando estava no leito de morte, ela me chamou junto a si e, chorando amargamente, declarou que não podia partir deste mundo sem me revelar um segredo que, dizia, era o único pecado que pesava em seu coração. Disse que viajara antigamente numa companhia de ciganos que praticavam o furto de crianças; que, de sua parte, só por uma única vez fora culpada desse crime, que dizia lamentar mais do que a todo o restante de seus pecados, já que ele provavelmente ocasionara a morte dos pais. "Pois", emendou ela, "é quase impossível descrever a beleza da jovem criatura, que tinha cerca de um ano e meio quando a sequestrei. Mantivemo-la (pois era uma menina) mais de dois anos em nossa companhia, quando eu mesma a vendi, por três guinéus, a Sir Thomas Booby, em Somersetshire". Bem, os senhores sabem se há alguém mais com esse nome neste condado. – Sim – disse Adams –, há vários Boobys que são fidalgos; mas creio que nenhum baronete ainda vivo, e além disso tudo se encaixa tão bem em todos os pontos que não há espaço para dúvidas; mas o senhor se esqueceu de mencionar os pais de quem a criança foi roubada. – O nome deles – respondeu o mascate – era Andrews. Viviam a cerca de trinta milhas do fidalgo, e ela me disse que eu poderia localizá-los graças a um pormenor: pois eles tinham uma filha com um nome muito esquisito, Pâmela, ou Paméla; uns pronunciam de um jeito, outros de outro[14]. – Fanny, que havia mudado de cor à primeira menção do nome, então desmaiou; Joseph ficou pálido, e o pobre Dicky começou a berrar; o pastor caiu de joelhos e rendeu muitas graças por essa descoberta ter sido feita antes de o pecado medonho do incesto ser cometido; e o mascate ficou estupefato, sem ser capaz de se entender com todo aquele alvoroço, cuja causa lhe foi revelada em seguida pela filha do pastor, que era a única pessoa indiferente (pois sua mãe estava massageando as têmporas de Fanny, e cuidando dela com todo o carinho); e a bem dizer Fanny era a única criatura de que a filha não teria tido pena naquela situação – em que, embora nós próprios nos compadeçamos dela, vamos deixá-la por um momento, e fazer uma breve visita a Lady Booby.

CAPÍTULO XIII

A HISTÓRIA, RETORNANDO A LADY BOOBY, FAZ UM RELATO DO TERRÍVEL CONFLITO EM SEU PEITO ENTRE O AMOR E O ORGULHO; COM O QUE SE SEGUIU À PRESENTE DESCOBERTA.

A dama se sentou com seus convidados para jantar, mas não comeu nada. Assim que sua toalha foi removida, cochichou a Pamela que se sentia meio mal, e pediu-lhe que entretivesse seu marido e o dândi Didapper. Em seguida subiu até seu quarto, mandou chamar Slipslop e atirou-se à cama, entregue às agonias do amor, da fúria e do desespero; tampouco poderia ter ocultado essas paixões ferventes por mais tempo sem rebentar. Slipslop se achegou então à cama e perguntou como sua senhoria estava passando; mas esta, em vez de revelar sua moléstia, como tencionara, desatou num longo encômio à beleza e às virtudes de Joseph Andrews, e concluiu por fim expressando seus temores de que tanta ternura fosse desperdiçada num objeto tão desprezível como Fanny. Slipslop, sabendo bem como tratar os frenesis da patroa, passou a repetir, se possível com exagero, tudo o que ela havia dito, e concluiu manifestando o desejo de que Joseph fosse um gentil-homem, e que pudesse ver sua senhora nos braços de tal marido. A dama então precipitou-se da cama e, dando uma volta ou duas pela sala, exclamou,

14. Embora hoje comum, Pamela não era de modo algum um nome familiar à época. Sir Philip Sidney, cavalheiro por excelência das letras elisabetanas, cunhara-o em sua estória romanesca *Arcadia* um século e meio antes, mas o nome só viria a ganhar corrência depois do êxito popularizador de Richardson.

com um suspiro profundo: – Ele decerto faria qualquer mulher feliz! – Sua senhoria – disse a outra – seria a mulher mais feliz do mundo com ele. Às favas os costumes e contra-sensos! De que nos *porta* o que as pessoas dizem? Vou ter medo de comer doces porque me dizem que estraga os dentes? Se me desse na telha de casar com um homem, nem todo o mundo me impediria. Sua senhoria não tem pais para *editar* as suas *infecções*; de mais a mais, ele agora é membro de sua família, e um tão bom gentil-homem quanto qualquer outro na freguesia; e por que uma mulher não pode seguir seus pendores, como um homem? Por que não pode sua senhoria se casar com o irmão, como seu sobrinho com a irmã? Com certeza, se fosse um crime *fragrante*, eu não ia persuadi-la a fazer isso. – Mas, querida Slipslop – respondeu a dama –, ainda que eu pudesse prevalecer sobre mim mesma e cometer tal fraqueza, há aquela excomungada da Fanny no caminho, que o idiota... ah, como eu o odeio e desprezo! – Ela, uma baranguinha feiosa? – exclamou Slipslop. – Deixe-a comigo. Acho que sua senhoria já ouviu que Joseph se *engolfinhou* com um dos criados do sr. Didapper por causa dela; e o patrão do dito mandou que a sequestrassem à força esta noite. Vou cuidar para que não lhes falte assistência. Eu estava falando com o lacaio dele, que estava lá embaixo bem na hora em que sua senhoria mandou me chamar. – Volte lá – disse Lady Booby – neste instante, pois suponho que o sr. Didapper esteja logo saindo. Faça tudo o que puder, pois estou resolvida a que essa rapariga não seja de nossa família; vou fazer um esforço para voltar às visitas; mas informe-me tão logo ela seja sequestrada. – Slipslop saiu, e sua senhora começou a censurar a própria conduta da seguinte maneira:

– O que estou fazendo? Como permito que essa paixão se alastre imperceptivelmente por mim? Quantos dias se passaram desde que pude rebaixar-me a me fazer tal pergunta? Casar-me com um lacaio? Loucura! Poderei tolerar depois os olhares de meus conhecidos? Mas eu posso me refugiar deles; refugiar-me com alguém de quem espero mais felicidade do que o mundo sem ele pode dar-me! Refugiar-me... para me regalar continuamente com belezas que minha imaginação inflamada adoece de tanto contemplar; para satisfazer todo apetite, todo desejo, em suas máximas aspirações! – Ah! E então eu babo assim por um lacaio? Eu desprezo, eu detesto minha paixão! – E por quê? Ele não é generoso, gentil, carinhoso? – Carinhoso com quem? Com a mais vil desgraçada, uma criatura abaixo de minha consideração. Não é mesmo? – Sim, ele de fato a prefere; malditas sejam as belezas dele, e o coraçãozinho rasteiro que as possui, e que consegue rebaixar-se abjetamente a essa rapariga desprezível e ser ingratamente surdo a todas as honras que lhe faço! E posso então amar esse monstro? Não, eu hei de arrancar sua imagem de meu peito, de pisar nele, de escorraçá-lo! Terei esses encantos pífios, que ora desprezo, desfigurados ante minhas vistas, pois não tolerarei que a peruazinha que odeio se esbalde com as belezas que desdenho. Não, embora eu própria o despreze, e embora queira escorraçá-lo de junto a meus pés, ainda que ele languesça diante deles, nenhuma outra há de saborear a felicidade que desdenho. Por que digo felicidade? Para mim seria a miséria. – Sacrificar minha reputação, meu caráter, meu estatuto na vida, à satisfação de um reles e vil apetite! – Como detesto essa ideia! Quão mais esplêndido é o prazer resultante da reflexão sobre a virtude e a prudência do que o pálido usufruto daquele que flui do vício e da loucura! Aonde não deixei que essa paixão imprópria, que essa paixão insana me arrastasse, apenas por ter deixado de convocar o concurso da razão em minha assistência? A razão, que agora dispôs meus desejos diante de mim em suas devidas cores e imediatamente me ajudou a expeli-los. Sim, graças aos céus e a meu orgulho, já dominei perfeitamente essa paixão indigna; e, ainda que não houvesse nenhum obstáculo no caminho, meu orgulho desdenharia quaisquer prazeres que pudessem redundar de tão chã, tão reles, tão vulgar... – Slipslop retornou nesse instante com uma pressa violenta e disse, na maior afobação: – Ah, senhora, tenho estranhas notícias! Tom, o lacaio, acaba de chegar do George, onde parece que Joseph e os outros todos estão no maior *esfrega-bofe*; e ele diz que há por lá um homem esquisito que revelou que Fanny e Joseph são irmão e irmã. – Como, Slipslop? – gritou a dama, surpresa. – Não tive tempo, senhora – exclamou Slipslop –, de me informar dos *entalhes*, mas Tom afirma que é a mais segura verdade.

Esse relato inesperado obliterou inteiramente todas aquelas admiráveis reflexões que o supremo poder da razão tão sabiamente fizera pouco antes. Em suma, quando o desespero, que tivera a maior parte em promover as resoluções de ódio que vimos tomadas, começou a recuar, a dama hesitou por um momento e então, esquecendo todo o teor de seu solilóquio, dispensou sua aia uma vez mais com ordens de que mandasse Tom encontrá-la na sala de visitas, aonde correu a inteirar Pamela das notícias. Pamela disse que não podia crer naquilo, pois nunca ouvira dizer que sua mãe tivesse perdido alguma filha, nem que houvesse tido filhos além dela e de Joseph. A dama tomou-se de uma fúria violenta contra ela, e falou de novos-ricos e de repudiar parentes que até há bem pouco estavam no mesmo nível dela. Pamela não deu resposta, mas seu marido, tomando sua causa, repreendeu severamente a tia pela conduta para com sua esposa; disse-lhe que, se já não fosse tão tarde, esta não ficaria um instante a mais em sua casa, e que estava convencido de que, se se pudesse provar que aquela moça era sua irmã, ela prontamente a acolheria como tal, e ele próprio faria o mesmo. Pediu então que se fizesse chamar o sujeito, e a moça com ele; isso Lady Booby imediatamente ordenou, e, julgando apropriado apresentar desculpas a Pamela pelo que dissera, teve-as prontamente aceitas, e tudo se reconciliou.

O mascate nisso apareceu, como também Fanny, e Joseph, que não quisera deixá-la; o pastor fora similarmente induzido, não apenas por curiosidade, de que tinha não parca quota, mas por seu dever, como o entendia, a segui-los: pois continuou por todo o caminho a exortar os dois, que então estavam de coração partido, a render graças e se regozijar por tão milagrosa escapada.

Quando chegaram a Booby Hall, foram logo chamados à sala de visitas, onde o mascate repetiu a mesma história que já havia contado, e insistiu na veracidade de cada detalhe, de modo que todos que o ouviram ficaram perfeitamente convencidos da verdade, com exceção de Pamela, que imaginava que, como nunca ouvira nenhum de seus pais mencionar tal acidente, este seria certamente falso; e com exceção ainda de Lady Booby, que suspeitava da falsidade da estória por seu ardente anelo de que fosse verdadeira, e de Joseph, que lhe temia a veracidade por seu sincero desejo de que fosse falsa.

O sr. Booby nesse momento pediu a todos que suspendessem sua curiosidade e sua absoluta crença ou descrença até a manhã seguinte, quando esperava que o velho sr. Andrews e a esposa viessem buscá-lo e a Pamela com seu coche; e então poderiam estar certos de que conheceriam perfeitamente a verdade ou falsidade do relato; e observou que, assim como havia neste muitos detalhes fortes para motivar seu crédito, tampouco via que interesse o mascate poderia ter em inventá-lo, ou em tentar empurrar-lhes tal patranha.

Lady Booby, que estava bem pouco habituada a esse tipo de companhia, recebeu a todos – a saber, o sobrinho, sua esposa, o irmão e a irmã desta, o dândi e o pastor – com muito bom humor a sua própria mesa. Quanto ao mascate, deu ordens para que fosse o mais bem acomodado possível por seus criados. Todos os convivas do salão, exceto os amantes desapontados, que se sentavam tristonhos e silentes, estavam cheios de alegria, pois o sr. Booby convencera Joseph a pedir desculpas ao sr. Didapper, com as quais este ficou perfeitamente satisfeito. Muitas piadas se passaram entre o dândi e o pastor, sobretudo quanto às roupas de um e outro, e elas proporcionaram grande diversão aos convivas. Pamela exprobrou seu irmão Joseph pela aflição que expressava em descobrir uma nova irmã. Ela dizia que, se ele amasse Fanny como devia, com uma afeição pura, não teria razão para lamentar seu parentesco com ela. Nisso Adams começou a discorrer sobre o amor platônico, do qual fez uma rápida transição para as alegrias do mundo vindouro, e concluiu asseverando enfaticamente que não havia coisa tal como prazeres neste aqui. Com o que Pamela e seu marido sorriram um para o outro.

Como esse alegre casal propôs recolher-se (pois ninguém mais dera o menor sinal de desejar repouso), eles se retiraram para vários leitos que lhes foram preparados na mesma casa; o próprio Adams não se admitiu que fosse para casa, sendo a noite tempestuosa. Fanny, na verdade, pediu repetidamente que a deixassem regressar com o pastor, mas tanto se insistiu em sua permanência que ela, por fim, a conselho de Joseph, consentiu.

CAPÍTULO XIV

CONTENDO MUITAS E CURIOSAS AVENTURAS NOTURNAS, EM QUE O SR. ADAMS TEVE VÁRIAS ESCAPADAS POR UM TRIZ, EM PARTE POR SUA BONDADE E EM PARTE POR SUA INADVERTÊNCIA.

Cerca de uma hora depois que todos se separaram (já passando das três da manhã), o dândi Didapper, cuja paixão por Fanny não lhe permitira pregar o olho, e que empregara a imaginação em artifícios para satisfazer seus desejos, por fim atinou com um método pelo qual esperava consegui-lo. Ordenara a seu criado que viesse informá-lo sobre onde Fanny dormiria, e havia recebido a informação; por isso levantou-se, vestiu as bermudas e o roupão e se esgueirou de mansinho pela galeria que conduzia aos aposentos dela; e, tendo chegado à porta, como supunha, abriu-a fazendo o mínimo possível de barulho e adentrou o quarto. Invadiu-lhe então as narinas um aroma que não esperava encontrar no quarto de uma jovem criatura tão doce, e que provavelmente não teria tido bons efeitos num amante mais frio. Mesmo assim, tateou a cama com dificuldade, pois não havia uma réstia de luz, e, abrindo as cortinas, sussurrou na voz de Joseph (pois era um excelente mímico): – Fanny, meu anjo! Vim te informar que descobri a falsidade da estória que ouvimos a noite passada. Já não sou teu irmão, mas teu amante; nem protelarei meu gozo de ti por mais um instante. Você tem suficientes confirmações de minha constância para não duvidar de que a esposarei, e seria falta de amor negar-me a posse de teus encantos. – Tendo dito isso, desembaraçou-se das poucas roupas que usava e, saltando sobre a cama, abraçou seu anjo, como a concebia, com grande arrebatamento. Se ficou surpreso por não receber resposta, ficou não menos satisfeito ao ver seu abraço retribuído com igual ardor. Não permaneceu muito tempo nessa doce ilusão, pois tanto ele como sua bem-amada logo descobriram o engano. A verdade é que ele não agarrara outra senão a prendada Slipslop; mas, embora esta reconhecesse imediatamente a pessoa que havia tomado por Joseph, ele estava às escuras para adivinhar quem fosse a representante de Fanny. Vira e atentara tão pouco a essa senhora que a própria luz lhe teria proporcionado pouca assistência em suas conjecturas. Nem bem percebeu seu erro, o dândi Didapper tentou escapar da cama com muito mais pressa do que quando se fizera a ela; mas a alerta Slipslop o impediu. Pois essa prudente mulher, vendo-se desapontada naquelas deliciosas oferendas que a fantasia prometera a seus prazeres, resolveu fazer um sacrifício imediato a sua virtude. De fato, vinha querendo uma oportunidade para sanar certas feridas que sua recente conduta, como receava, teria aberto em sua reputação; e, como tivesse uma maravilhosa presença de espírito, concluiu que a pessoa do infeliz dândi fora afortunadamente lançada em seu caminho para restaurar a opinião de sua senhora quanto a sua inexpugnável castidade. No instante, portanto, em que ele fez menção de sair da cama, ela agarrou firmemente sua camisa, ao mesmo tempo berrando: – Ó vilão, que atacaste minha castidade e acredito me arruinaste em meu sono! Hei de jurar um estupro contra ti, hei de processar-te com a máxima vingança! – O dândi tentou soltar-se, mas ela o segurou firme e, como ele se debatesse, gritou: – Assassinato! Assassinato! Estupro! Assalto! Ruína! – A tais palavras o pastor Adams, que jazia acordado no quarto vizinho meditando sobre a revelação do mascate, saltou da cama e, sem parar para vestir um retalho de roupa[15], correu até o aposento de onde os gritos procediam. Ele se fez diretamente à cama no escuro, onde, agarrando a pele do dândi (pois Slipslop quase lhe arrancara a camisa) e descobrindo-a extremamente macia, e ouvindo-o implorar em voz baixa para que Slipslop o deixasse ir, já não teve dúvidas de que se tratasse da jovem moça em perigo de violação, e, caindo imediatamente sobre a cama e apanhando o queixo de Slipslop, no qual descobriu uma espessa barba, teve seu palpite confirmado; ele por isso resgatou o dândi, que na mesma hora se mandou, e em seguida, voltando-se para Slipslop, levou um tal murro na queixada que sua ira instantaneamente se acendeu, e procurou retribuir o favor tão vigorosamente que, tivesse a pobre Slipslop levado o soco, que no escuro passou por ela e foi acertar o travesseiro, e provavelmente teria rendido a alma. Adams, errando o

15. Estando porém em seu camisão. "Nu" era uma descrição um tanto exagerada na literatura da época, e se aplicava corriqueiramente a pessoas em roupas de dormir.

golpe, caiu bem em cima de Slipslop, que esmurrava e arranhava como melhor podia; ele tampouco ficou atrás em seus empenhos, mas por sorte a escuridão da noite a beneficiava. Ela então gritou que era mulher, mas Adams respondeu que era antes o diabo, e, mesmo que fosse, ele o enfrentaria; e, irritando-se de novo com outro murro na queixada, aplicou-lhe um tal lembrete no bucho que ela começou a rugir alto o bastante para ser ouvida pela casa inteira. Em seguida Adams, agarrando-a pelos cabelos (pois seu lenço tinha caído na refrega), firmou sua cabeça contra o travesseiro, e os dois pediram luzes juntos. Lady Booby, que se achava tão desperta como qualquer um de seus hóspedes, estivera alarmada desde o início, e, sendo uma mulher de espírito intrépido, vestiu uma camisola, anáguas e chinelos e, tomando a vela que sempre ardia em seu quarto em uma das mãos, encaminhou-se destemidamente ao quarto de Slipslop, ali entrando no exato instante que em Adams constatava, pelas duas montanhas que Slipslop levava na dianteira, que estava às voltas com uma mulher. Concluiu então que fosse uma bruxa, e disse supor que aquelas tetas amamentassem uma legião de diabos. Slipslop, vendo Lady Booby entrar no quarto, gritou "Socorro! ou me violam" com uma voz bastante audível, e Adams, percebendo a luz, virou-se depressa e viu a dama (como esta o viu) no momento em que ela se achegava aos pés da cama; mas sua modéstia, quando ela notou a condição destrajada de Adams, não lhe permitiu aproximar-se mais. Ela começou então a asprejar o pastor como o mais vicioso de todos os homens, e maldisse especialmente sua impudência em escolher a casa dela como palco de suas safadezas, e sua criada como objeto de sua bestialidade. O pobre Adams já havia descoberto as feições de sua parceira de cama e, lembrando-se pela primeira vez de que estava nu, ficou não menos embaraçado do que a própria Lady Booby, e imediatamente se enfiou embaixo dos lençóis, de onde a casta Slipslop procurou em vão expulsá-lo. Então, espichando a cabeça, em que, à guisa de ornamento, usava um gorro de flanela, ele protestou sua inocência e pediu mil perdões à sr.[a] Slipslop pelos sopapos que lhe dera, jurando que a confundira com uma bruxa. Nisso Lady Booby, pousando os olhos no chão, viu alguma coisa brilhar com grande lustro, a qual, assim que a recolheu, revelou-se um finíssimo par de abotoaduras de diamante. Um pouco mais adiante viu caída a própria manga de uma camisa com franzidos de renda. – Papagaio! – disse –, o que significa isto? – Ah, senhora – disse Slipslop –, eu nem sei o que se passou, de tanto terror que tive! Pode ter havido uns doze homens aqui no quarto. – A quem pertencem esta camisa de renda e estas jóias? – volveu a dama. – Sem dúvida – exclamou o pastor – ao jovem cavalheiro que confundi com uma mulher ao entrar no quarto, donde procederam todos os subsequentes enganos; pois, se tivesse suspeitado que era um homem, eu o teria apanhado, ainda que fosse um outro Hércules; se bem que na verdade parecesse estar mais para Hilas[16]. – Ele então explicou a razão de ter saído da cama e de todo o resto, até a dama entrar no quarto; e disso, como também das figuras de Slipslop e de seu salvador, de que só se viam as cabeças em lados opostos da cama, ela não pôde impedir-se de rir; tampouco Slipslop persistiu em acusar o pastor de quaisquer tentativas de violação. A dama, com isso, pediu que ele voltasse para a cama assim que ela saísse, e então, mandando que Slipslop se levantasse e a fosse ver em seu quarto, para lá regressou. Assim que ela se foi, Adams renovou seus pedidos de perdão à sr.ª Slipslop, que, com um temperamento muito cristão, não apenas o perdoou como começou a se achegar a ele com muita cortesia; e ele, interpretando isso como uma deixa para dar o fora, imediatamente saiu da cama e se mandou em direção à sua; mas, por azar, ao invés de virar à direita virou à esquerda e foi dar no aposento onde ficara Fanny, que (como o leitor talvez se lembre) não havia dormido um átimo na noite anterior, e estava tão desgastada pelo que lhe ocorrera naquele dia que, não obstante os pensamentos de seu Joseph, caíra num sono tão profundo que nem todo o barulho no quarto adjacente fora capaz de perturbá-la. Adams tateou a cama e, puxando os lençóis bem de leve, prática a que a sr.ª Adams há muito o habituara, enfiou-se debaixo deles e depositou sua carcaça junto ao pé da cama, lugar que aquela boa mulher sempre lhe designara.

Assim como o gato ou o cãozinho de alguma ninfa adorável, por quem dez mil amantes padecem, jaz tranquilamente ao lado da encantadora donzela, e, ignorando o cenário de delícias em que repousa, medita a futura captura de um rato ou o achado de uma travessa de pão com manteiga; outrossim jazia Adams ao lado de Fanny, ignorando o paraíso de que estava tão próximo; nem podia a emanação de doçuras que fluía do hálito dela suplantar os fumos de tabaco que dançarolavam nas ventas do pastor. E o sono ainda não alcançara o bom homem quando Joseph, que acertara secretamente com Fanny de vir vê-la ao romper do dia, bateu de leve à porta do quarto; quando ele o repetiu por duas vezes, Adams gritou: – Entre, quem quer que seja! – Joseph achou que tinha-se enganado de porta, embora ela lhe tivesse dado as orientações mais precisas; todavia, reconhecendo a voz do amigo, abriu-a e viu algumas peças femininas dispostas numa cadeira. Fanny acordou no mesmo instante e, esticando o braço contra a barba de Adams, gritou: – Céus! Onde estou? – Bên-

16. Jovem companheiro e amante de Hércules.

Várias e curiosas aventuras noturnas, por Norman Tealby

ços! Onde estou eu? – disse o pastor. Então Fanny berrou, Adams saltou da cama e Joseph ficou, como dizem os poetas trágicos, feito a estátua da surpresa. – Como ela veio parar no meu quarto? – perguntou Adams. – Como o senhor veio parar no dela? – troou Joseph, com perplexidade. – Não sei nada do assunto – respondeu Adams –, salvo que ela é uma vestal para mim. Por cristão que sou, não sei se ela é homem ou mulher. É um infiel o que não crê em bruxarias. Elas tão certamente existem hoje como nos dias de Saul[17]. Minhas roupas também foram levadas por bruxedos, e as de Fanny trazidas no lugar delas. – Pois ele ainda insistia em que estava em seus próprios aposentos; mas Fanny negou-o veementemente, e disse que sua tentativa de persuadir Joseph de tamanha falsidade a convencia de seus perversos desígnios. – Como! – disse Joseph, em fúria –, ele lhe mostrou alguma rudeza? – Ela respondeu que não podia acusá-lo de nada mais do que de enfiar-se vilãmente na cama com ela, o que achava rudeza suficiente, e algo que nenhum homem faria sem intenções perversas. A ótima opinião que Joseph tinha de Adams não seria facilmente abalada, e, quando soube de Fanny que nada de mau acontecera, ele se acalmou um pouco; mas ainda estava perplexo e, como conhecia a casa e sabia que os aposentos das mulheres ficavam de um lado do quarto da sr.ª Slipslop e os dos homens, do outro, estava seguro de achar-se no quarto de Fanny. Assegurando Adams, portanto, dessa verdade, pediu-lhe que explicasse como fora parar ali. Então Adams, de pé em seu camisão, que não ofendia Fanny, já que os dosséis da cama estavam puxados, relatou tudo o que acontecera; e, assim que concluiu, Joseph lhe disse ser óbvio que ele se confundira ao virar à direita ao invés de à esquerda. – Puxa vida – exclamou Adams –, é verdade, tão certo como seis vinténs; você acertou bem na mosca. – Então atravessou o quarto esfregando as mãos e pediu perdão a Fanny, garantindo que não sabia se ela era homem ou mulher. Essa inocente criatura, acreditando firmemente em tudo o que ele dissera, afirmou que já não estava zangada, e pediu a Joseph que o conduzisse a seus próprios aposentos, onde ele próprio deveria aguardar até que ela tivesse vestido suas roupas. Joseph e Adams por isso partiram, e o último logo se convenceu do erro que havia cometido; no entanto, enquanto se vestia, afirmou amiudadamente que cria no poder das bruxarias, e não via como um cristão pudesse negá-lo.

17. Saul, primeiro rei do antigo reino de Israel segundo a Bíblia. Embora houvesse feito da feitiçaria um crime capital, ele invocou o espírito do profeta Samuel com o auxílio da bruxa de Endor (1 Samuel 28, 7-25).

CAPÍTULO XV

A CHEGADA DO COMPADRE E DA COMADRE ANDREWS, COM OUTRA PESSOA NÃO MUITO ESPERADA; E UMA PERFEITA SOLUÇÃO PARA AS DIFICULDADES LEVANTADAS PELO MASCATE.

Assim que Fanny se vestiu, Joseph voltou a ela, e tiveram uma longa conversa juntos, cuja conclusão foi que, se descobrissem que eram realmente irmão e irmã, jurariam um celibato perpétuo e viveriam juntos todos os seus dias, cultivando uma amizade platônica um pelo outro.

Os convivas se mostraram todos muito animados durante o desjejum, e Joseph e Fanny um tanto mais alegres do que na noite precedente. Lady Booby mostrou a abotoadura de diamante, que o dândi bem prontamente reconheceu, e alegou que era muito dado a caminhar durante o sono. O fato é que estava longe de se envergonhar de seus amores, e antes se empenhava em insinuar que mais do que era de fato verdade se havia passado entre ele e a formosa Slipslop.

O chá mal se havia encerrado quando vieram notícias da chegada do velho sr. Andrews e sua esposa. Foram imediatamente introduzidos e gentilmente recebidos por Lady Booby, cujo coração começou nisso a pulular, como também o de Joseph e Fanny. Eles sentiram talvez pouco menos ansiedade nesse ínterim do que o próprio Édipo enquanto seu fado se revelava[18].

O sr. Booby entrou no assunto informando ao velho cavalheiro que ele tinha uma filha a mais naquele grupo do que supunha, e, puxando Fanny pela mão, disse que ali estava aquela filha sua que fora roubada por ciganos na infância. O sr. Andrews, depois de expressar certo espanto, assegurou a sua excelência que nunca perdera uma filha para ciganos, nem nunca tivera outros filhos além de Joseph e Pamela. Essas palavras foram um bálsamo para os dois amantes, mas tiveram um efeito diferente em Lady Booby. Ela mandou que chamassem o mascate, que recontou sua história como já fizera antes. Ao fim do que a velha sr.ª Andrews, correndo até Fanny, abraçou-a, proclamando: – É sim, é minha filha! – Os presentes ficaram todos perplexos com essa divergência entre o homem e sua mulher; e o sangue por essa altura abandonara as faces dos amantes, quando a velha senhora,

18. O "fado" de Édipo é descobrir que inconscientemente matara o pai e se casara com a mãe. A versão mais célebre da história é *Édipo Rei*, de Sófocles, mas ela havia ganhado tratamentos mais recentes nas mãos de autores como Pierre Corneille e Voltaire.

voltando-se para o marido, que estava mais surpreso do que todos os demais, e tendo recobrado um pouco de sua presença de espírito, falou como a seguir: – Você talvez recorde, querido, que, quando partiu como sargento para Gibraltar, você me deixou grávida de uma criança, e ficou fora, como sabe, por mais de três anos. Em sua ausência eu tive o parto, como bem creio, desta filha, de quem decerto tenho razões para me lembrar, já que a amamentei neste mesmo seio até o dia em que foi roubada de mim. Uma tarde, quando a criança tinha cerca de um ano ou um ano e meio de idade, ou por aí, duas ciganas apareceram-me à porta e se ofereceram para ler minha sorte. Uma delas tinha uma criança no colo; mostrei-lhes minha mão e quis saber se você um dia voltaria para casa, e, lembro-me como se fosse ontem, elas me prometeram fielmente que você voltaria. Deixei a menina no berço e fui buscar-lhes um copo de bebida, da melhor que eu tinha; quando voltei com o jarro (estou certa de que não me ausentei por mais tempo do que levei para lhe contar isso), as mulheres tinham sumido. Temi que houvessem roubado alguma coisa, e olhei e olhei, mas a troco de nada, e os céus sabem que eu tinha muito pouco para elas roubarem. Por fim, ouvindo a criança chorar no berço, fui apanhá-la; mas, ó viventes!, qual não foi minha surpresa ao encontrar, em vez de minha própria menina, que eu havia posto no berço, e que era uma criança cheinha e saudável, tão bela como se há de ver num dia de verão, um pobre menino doente, a quem não parecia restar uma hora de vida? Saí correndo, arrancando os cabelos e gritando feito louca atrás das mulheres, mas nunca ouvi uma palavra acerca delas desde aquele dia até hoje. Quando voltei, o pobre menino (que era ali o nosso Joseph, por mais robusto que esteja hoje) ergueu os olhos para mim tão deploravelmente que, palavra, apesar de meu desespero não tive coração para fazer-lhe algum mal. Uma vizinha minha, calhando de aparecer na mesma hora, depois de ouvir o caso aconselhou-me a tomar conta dessa pobre criança, e D*** talvez viesse um dia a restituir-me a minha. Com isso peguei a criança no colo e a amamentei, asseguro-lhes, absolutamente como se fora nascida de meu corpo natural. E, tão certo como estou viva, em pouco tempo passei a amar o menino nem um tico menos do que se fosse minha própria filha. Bem, como eu ia dizendo: tendo os tempos ficado muito difíceis, eu, como tinha dois filhos e nada além de meu próprio trabalho, que era bem pouco, como D*** sabe, para sustentá-los, fui obrigada a pedir auxílio à paróquia; mas, em vez de o proporcionarem, eles me removeram, a mando dos juízes, quinze milhas, até o lugar onde hoje vivo, e onde não morei por muito tempo antes de você voltar para casa. Joseph (pois foi esse o nome que eu mesma lhe dei – sabe lá o Senhor se ele foi batizado ou não, ou com que nome), Joseph, eu dizia, parecia-me ter uns cinco anos quando você retornou, já que acredito que seja dois ou três anos mais velho do que nossa filha aqui (pois estou plenamente convencida de que é ela mesma), e você, quando o viu, disse que ele era um menino graúdo, sem nunca pensar na idade dele; e por isso, vendo que você não suspeitava nada do assunto, achei que poderia muito bem guardá-lo comigo, por medo de que você não o amasse tão bem como eu. E tudo isso é realmente verdade, e estou pronta a jurá-lo diante de qualquer juiz no reino.

O mascate, que tinha sido convocado por ordens de Lady Booby, ouviu com a máxima atenção a história da comadre Andrews, e, assim que esta terminou, perguntou se a criança supositícia não tinha alguma marca no peito. A isso ela respondeu: – Sim, ele tinha um tão perfeito morango como jamais cresceu num pomar. – Isso Joseph confirmou e, desabotoando o casaco a pedido do grupo, mostrou-o a eles. – Bem – disse o compadre Andrews, que era um velhote matreiro e engraçado, e muito provavelmente não queria ter mais filhos do que podia manter –, você provou muito claramente, eu acho, que este rapaz não nos pertence; mas como pode saber que a moça é nossa? – O pastor então fez o mascate se adiantar e pediu-lhe que repetisse a história que lhe comunicara no dia anterior na cervejaria, ao que ele acedeu e relatou o que o leitor, como também o sr. Adams, já viu anteriormente[19]. Ele então confirmou, com base no relato de sua mulher, todos os detalhes da troca, como também do morango no peito de Joseph. À repetição da palavra morango, Adams, que o vira sem nenhuma emoção, sobressaltou-se e exclamou: – Bênçãos! Alguma coisa me vem à cabeça. – Mas antes que tivesse tempo de revelar o que fosse, um criado veio chamá-lo. Depois que ele se foi, o mascate afiançou a Joseph que seus pais eram pessoas de circunstâncias muito melhores do que aqueles que ele até então tomara por tais; pois tinha sido roubado da casa de um gentil-homem por aquelas a quem chamavam ciganas, e fora mantido por elas durante um ano inteiro, até que, vendo-o numa condição moribunda, trocaram-no pela outra criança mais saudável, da maneira já relatada. Ele disse que, quanto ao nome de seu pai, a esposa ou nunca o soubera ou o esquecera, mas que ela lhe informara que ele vivia a cerca de quarenta milhas do local onde a troca fora efetuada, e em que direção, prometendo não poupar esforços em empenhar-se com ele para descobrir o lugar.

Mas a fortuna, que raramente faz o bem ou o mal, ou torna os homens felizes ou miseráveis, pela metade, resolveu poupar-lhe esse trabalho. O leitor

19. Fielding parece ter esquecido que o mascate já contara sua história na presença do grupo a pedido de Lady Booby, fazendo com que a sr.ª Andrews reconhecesse Fanny. De qualquer forma, o mascate desta vez acrescenta detalhes que o leitor não viu antes.

queira lembrar-se de que o sr. Wilson planejara uma viagem para o oeste, na qual deveria passar pela paróquia do sr. Adams, e prometera fazer-lhe uma visita. Acabava de chegar aos portões de Lady Booby com esse propósito, aonde fora encaminhado da casa do pastor, e enviara o criado que acima vimos para chamar o sr. Adams. Este nem bem mencionou a descoberta de uma criança roubada e proferiu a palavra *morango*, e o sr. Wilson, com agitação no olhar e a maior ansiedade nas palavras, rogou que o admitissem à sala, onde entrou sem prestar a menor atenção em qualquer dos presentes exceto Joseph, e, abraçando-o com a compleição toda pálida e trêmula, pediu para ver a marca em seu peito; o pastor o seguia dando cabriolas, esfregando as mãos e gritando *"hic est quem quaeris; inventus est"*[20] &c. Joseph acedeu ao pedido do sr. Wilson, que nem bem viu a marca e, entregando-se ao mais extravagante surto de emoção, abraçou Joseph com inexprimível enlevo e exclamou, entre lágrimas de alegria: – Encontrei meu filho, tenho-o uma vez mais nos braços! – Joseph não estava ainda suficientemente inteirado para sentir o mesmo deleite que seu pai (pois isso em realidade ele era); entretanto, retribuiu com algum calor seus abraços. Mas tão logo percebeu, pelo relato do pai, a concordância de todos os detalhes, de pessoa, tempo e lugar, atirou-se aos seus pés e, abraçando-lhe os joelhos, rogou entre lágrimas sua bênção, que foi dada com grande afeição e recebida com tanto respeito, misturado a tanta ternura de ambas as partes, que afetou a todos os presentes; mas a ninguém tanto como a Lady Booby, que deixou a sala em agonia, a qual foi muito bem percebida, e não muito caridosamente explicada por alguns membros do grupo.

CAPÍTULO XVI

E ÚLTIMO, NO QUAL ESTA HISTÓRIA VERDADEIRA É TRAZIDA A UMA CONCLUSÃO FELIZ.

Fanny ficou pouco atrás de seu Joseph na deferência que prestou a seus pais e na alegria que demonstrou ao descobri-los. A comadre Andrews a beijou e disse estar sinceramente feliz por vê-la; mas, de sua parte, jamais poderia amar alguém mais do que a Joseph. O compadre Andrews não testemunhou nenhuma emo-

20. "Eis aqui quem procuras; foi encontrado." A fonte da citação, se disso se trata, é incerta.

ção notável; abençoou-a e a beijou, mas queixou-se amargamente de querer seu cachimbo, pois não dera uma pitada àquela manhã.

O sr. Booby, que não sabia nada sobre os afetos da tia, imputou-lhe a partida abrupta a seu orgulho e desdém pela família à qual ele se ligara; estava portanto inclinado a mandar-se dali o mais rápido possível. E então, tendo parabenizado o sr. Wilson e Joseph pela descoberta, saudou Fanny, chamou-a de irmã e apresentou-a como tal a Pamela, que se comportou com grande decência nessa ocasião.

Em seguida enviou uma mensagem à tia, a qual respondeu que desejava-lhe uma boa viagem, mas que estava perturbada demais para ver quem quer que fosse. Ele portanto se preparou para partir, tendo convidado o sr. Wilson a sua casa, e tanto Pamela como Joseph insistiram a tal ponto em sua anuência que ele por fim consentiu, tendo primeiro conseguido um mensageiro junto ao sr. Booby para inteirar sua esposa da notícia – que, como ele sabia que a deixaria plenamente feliz, não poderia persuadir-se a demorar um momento para comunicar-lhe.

O grupo se distribuiu desta maneira: os dois velhinhos, com suas duas filhas, partiram no coche; e o fidalgo, o sr. Wilson, Joseph, o pastor Adams e o mascate seguiram a cavalo.

No caminho, Joseph informou o pai de seu tencionado casamento com Fanny, com que este, posto expressasse certa relutância a princípio, ante a ansiedade das instâncias do filho consentiu, dizendo que, se ela era uma criatura tão boa como parecia, e como ele a descrevera, supunha que as desvantagens de nascimento e fortuna pudessem ser compensadas. Ele todavia insistiu para que o casamento fosse deferido até que ele tivesse visto sua mãe; e Joseph, vendo-o decidido, com grande deferência obedeceu-lhe, para o grande deleite do pastor Adams, que por esses meios viu o ensejo de cumprir as formalidades da igreja e casar seus paroquianos sem licença.

O sr. Adams, muito exultante nessa ocasião (pois tais cerimônias eram questões de não pouca monta para ele), esporeou acidentalmente seu cavalo, e o generoso animal, desdenhando-o – pois era de alto calibre e fora habituado a ginetes mais consumados do que o cavalheiro que então o montava, por cujas habilidades de equitação nutria talvez certo desprezo –, disparou subitamente a toda a velocidade e usou de tantos truques estrambóticos que atirou o pastor de suas costas; Joseph, percebendo isso, acorreu a resgatá-lo. Esse acidente proporcionou imensa diversão aos criados e não menos temor à pobre Fanny, que o avistara enquanto ele passava pelo coche; mas a alegria de uns e o terror da outra foram logo interrompidos, quando o pastor declarou que não sofrera ferimentos.

O cavalo, tendo-se livrado de seu indigno montador, como provavelmente o julgava, continuou fugindo à toda, mas foi detido por um cavalheiro e seus criados, que viajavam na direção oposta e se achavam então a pouca distância do coche. Eles logo se encontraram e, enquanto um dos criados entregava a Adams seu cavalo, seu senhor o saudou, e Adams, alçando a vista, recordou prontamente tratar-se do juiz de paz diante do qual ele e Fanny tinham comparecido. O pastor no mesmo instante o saudou muito afavelmente, e o juiz informou-lhe que encontrara o sujeito que havia tentado jurar contra ele e a jovem já no dia seguinte, e que o despachara para a cadeia de Salisbury, onde o haviam acusado de muitos assaltos.

Muitos rapapés se havendo passado entre o pastor e o juiz, o último prosseguiu em sua jornada, e o primeiro, tendo com certo desdém recusado a oferta de Joseph de trocar de cavalo, e declarando que era um cavaleiro tão hábil como qualquer outro no reino, remontou seu animal; e a caravana uma vez mais avançou e chegou felizmente ao fim de sua jornada, tendo o senhor Adams, antes por sorte que por bom governo, escapado de uma segunda queda.

Os viajantes, chegando à casa do sr. Booby, foram todos recebidos por ele da mais cortês e entretidos da mais esplêndida maneira, segundo o costume da antiga hospitalidade inglesa, que ainda é preservada em umas pouquíssimas famílias nos rincões remotos da Inglaterra. Todos passaram aquele dia na maior satisfação, sendo talvez impossível encontrar um grupo de pessoas mais sólida e sinceramente feliz. Joseph e Fanny encontraram meios de ficar a sós por mais de duas horas, que foram as mais breves mas as mais doces imagináveis.

Pela manhã o sr. Wilson propôs a seu filho que fizesse com ele uma visita à mãe, o que, não obstante as inclinações deferentes do último e o ardente desejo que tinha de vê-la, meio que o incomodou, já que seria obrigado a deixar sua Fanny. Mas a bondade do sr. Booby veio aliviá-lo, pois este propôs enviar seu coche de seis cavalos para buscar a sr.ª Wilson, a quem Pamela convidou tão enfaticamente que o sr. Wilson por fim cedeu às súplicas do sr. Booby e de Joseph, e permitiu que o coche fosse vazio buscar-lhe a esposa.

Na noite de sábado o coche retornou com a sr.ª Wilson, que acrescentou mais um membro a essa feliz assembleia. O leitor pode imaginar, melhor e também mais rápido do que eu posso descrever, os muitos abraços e lágrimas de alegria que sucederam a sua chegada. Bastará dizer que ela foi facilmente persuadida a seguir o exemplo do marido em consentir na união.

No domingo o sr. Adams celebrou o culto na igreja da paróquia do fidalgo, cujo cura mui gentilmente trocou de função com ele, e viajou vinte milhas até a paróquia de Lady Booby para isso, sendo particularmente incumbido de não omitir a publicação dos proclamas, sendo essa a terceira e última vez.

Por fim chegou o afortunado dia que poria Joseph em posse de todos os seus desejos. Ele se levantou e se vestiu com um terno impecável mas simples do sr. Booby, que lhe servia exatamente, pois recusou todo ornato, como também fez Fanny, que não se deixou persuadir por Pamela a trajar nada mais rico do que um vestido branco de fustão. Além disso sua bata, que lhe fora dada por Pamela, era da mais fina sorte, e tinha uma orla de renda à roda do colo; ela igualmente a equipara com um par de finas meias brancas bordadas; e isso foi tudo o que ela aceitou, pois vestiu uma de suas próprias touquinhas redondas e, por cima desta, um chapeuzinho de palha orlado com seda cor de cereja e amarrado com uma fita da mesma cor. Nesses trajes ela surgiu do quarto, enrubescendo e exalando doçuras, e foi por Joseph, cujos olhos dardejavam fogo, conduzida à igreja, estando toda a família presente, onde o sr. Adams realizou a cerimônia – na qual nada foi tão notável como a extraordinária e desafetada modéstia de Fanny, salvo a vera piedade cristã de Adams, que repreendeu publicamente o sr. Booby e Pamela por rirem num lugar tão sagrado e numa ocasião tão solene. Nosso pastor não teria feito menos com o mais excelso príncipe da terra, pois, embora mostrasse toda a submissão e deferência a seus superiores em outras questões, sempre que o menor teor de religião interviesse ele imediatamente perdia toda conta das pessoas. Era sua máxima que ele era um criado do Altíssimo, e não podia, sem se afastar de seus deveres, ceder no menor artigo de sua honra ou de sua causa ao maior potentado terreno. Com efeito, sempre asseverava que o sr. Adams na igreja de sobrepeliz e o sr. Adams sem esse ornato em qualquer outra parte eram duas pessoas muito diferentes.

Quando os ritos da igreja se encerraram, Joseph levou sua exuberante noiva de volta à casa do sr. Booby (pois a distância era tão pequena que não acharam apropriado usar um coche), e a assembleia inteira os acompanhou igualmente a pé; e então a mais magnífica recepção foi proporcionada, durante a qual o pastor Adams demonstrou um apetite surpreendente, bem como superior ao de todos os presentes. A bem dizer, as únicas pessoas que demonstraram alguma deficiência nessa ocasião foram aquelas por conta de quem a festa era dada. Regalavam a imaginação com o repasto muito mais esplêndido que a aproximação da noite lhes prometia, e cuja ideia enchia a mente de ambos, embora com sensações diferentes: uma era toda desejo, enquanto a outra tinha suas vontades temperadas por temores.

Por fim, depois de um dia passado com a máxima alegria, corrigida pela mais estrita decência, em que entretanto o pastor Adams, estando bem abastecido de cerveja e pudim, dera rédeas a uma jocosidade maior do que era seu uso, chegou o feliz, o abençoado momento em que Fanny se recolheu com a mãe, a sogra e a irmã. Ela foi em pouco tempo despida, pois não tinha joias a pôr em estojos nem laços finos a dobrar com fastidiosa exatidão. O despir no seu caso era revelar propriamente, e não remover, ornamentos, pois, como todos os seus encantos eram dons da natureza, ela não podia se desvestir de nenhum. Como, leitor, hei de dar-te uma ideia adequada dessa adorável e jovem criatura? O viço das rosas e dos lírios poderia ilustrar um pouco sua compleição, ou o aroma destes, sua doçura; mas para abrangê-la totalmente, imagine a juventude, a saúde, o viço, a beleza, o asseio e a inocência no leito conjugal; imagine-os todos em sua absoluta perfeição, e poderá ter a imagem da encantadora Fanny diante dos olhos.

Joseph, nem bem soube que ela estava na cama, correu com a máxima urgência até ela. Um minuto o transportou aos seus braços, e aí deixaremos esse feliz casal a usufruir as recompensas privadas de sua constância – recompensas tão grandes e doces que presumo Joseph não invejou o mais nobre duque, nem Fanny a mais fina duquesa naquela noite.

No terceiro dia, o sr. Wilson e a esposa, com o filho e a filha, voltaram para casa, onde hoje vivem juntos num estado de beatitude raramente igualado. O sr. Booby, com uma generosidade sem precedentes, concedeu a Fanny uma fortuna de duas mil libras, que Joseph investiu numa pequena propriedade na mesma paróquia do pai, onde hoje vive (tendo-lha seu pai provido de gado); e Fanny preside, com a mais excelente gestão, a sua leiteria, onde todavia não se acha por ora em condições de trabalhar muito, estando, como me informa o sr. Wilson em sua última carta, extremamente inchada do primeiro filho.

O sr. Booby presenteou o sr. Adams com um benefício de cento e trinta libras por ano. Este a princípio o recusou, resolvendo não deixar seus paroquianos, com quem vivera por tanto tempo. Mas, lembrando-se de que poderia manter um curato com esse benefício, foi recentemente induzido a aceitá-lo[21].

O mascate, além de ganhar vários presentes generosos tanto do sr. Wilson como do sr. Booby, foi por intercessão do último feito exator, ofício que desempenha com tanta justiça que é imensamente amado em sua vizinhança.

Quanto a Lady Booby, retornou a Londres em poucos dias, onde um jovem

21. A carreira de Adams na obra de Fielding na verdade não termina aqui. Ele voltaria para fazer pontas em *Tom Jones* e *A Journey from this World to the Next*, figurando também em dois periódicos, o *True Patriot* e o *Jacobite Journal*.

capitão dos dragões, juntamente com eternas partidas de baralho, logo obliterou as lembranças de Joseph.

Joseph continua abençoado com sua Fanny, a quem adora com a máxima ternura, sendo esta plenamente correspondida por parte dela. A felicidade desse casal é uma fonte perpétua de prazer para seus afetuosos pais, e, o que é particularmente notável, ele declara que os imitará em seu retiro, e tampouco se deixará convencer por nenhum livreiro, ou por seus autores, a aparecer nas altas rodas[22].

FIM

Paisagem rural inglesa, por Norman Tealby

22. Alusão a sequências espúrias de *Pamela* que a faziam circular pela alta sociedade.

Título	*A História das Aventuras de Joseph Andrews e seu Amigo o Senhor Abraham Adams*
Autor	Henry Fielding
Editor	Plinio Martins Filho
Tradução, introdução e notas	Roger Maioli dos Santos
Produção editorial	Aline Sato
Capa	Tomás Martins
Revisão	Geraldo Gerson de Souza
Editoração eletrônica	Gustavo Marchetti Daniela Fujiwara Tomás Martins
Formato	18 x 27 cm
Tipologia	Adobe Garamond Pro
Papel	Reciclato 150 g/m² (capa) Pólen Soft 80 g/m² (miolo)
Número de páginas	384
Impressão e acabamento	Gráfica Vida e Consciência